武则天

杨焕亭 著

② 君临神州

长江出版传媒　长江文艺出版社

目 录

第一章

裴少常力定选制 荣国府突生事端

"嘚嘚嘚"的马蹄声穿破暮色,劲风吹散了大漠孤烟,战马一声嘶鸣,前蹄在石头上磕出火星。都督府长史任惠急忙出了大帐,迎着翻身下马的裴行俭抱拳施礼道:"大人回来了!"

裴行俭还了一礼,回眸看去,远方一轮硕大的红日正慢慢地在大漠边缘沉没。他心中漫过一片苍茫,岁月如白驹过隙,一转眼来西州都十四年了。

在陪裴行俭回大帐的路上,任惠告诉他说朝廷的使者来了,正在等着。

裴行俭"哦"了一声,不免心生诧异——多年了,他伴随着边关冷月,每日巡察在茫茫戈壁,目送着一队队商旅远去,也曾想朝廷会不会派使者前来抚慰。可是望断云山,留下的却是空寂的落寞。

进了大帐,他就看见一位中年官员就着灯光翻阅案头的书。那不是别人,正是司宪侍御史韦思谦。他上前请道:"韦大人一路风尘,下官有礼了。"

韦思谦放下书,忙起身道:"下官一到西州,就听说裴大人巡视边陲,不辞辛劳,下官十分钦佩。"

裴行俭连道不敢。

等他话音一落,韦思谦就严肃起来,高声说道:"西州都督裴行俭接旨!"

"微臣接旨。"

制曰:西州都督裴行俭,文雅方略,无谢昔贤,治戎安边,绰有心术,将材文雄,壮容伟绩。着即调回京履新,钦此。

"谢陛下隆恩!"裴行俭伏地长呼,他感慨岁月蹉跎,将乌黑的双鬓易为白霜;他感念十四年的朝堂风雨,多少知己先他而去;他感激皇上,没忘记在遥远的边陲还有一位铁衣忠良。

见状,韦思谦和任惠的眼圈也红了。特别是韦思谦,更是心有块垒,口不能言,郁结心头,挥之不去。

当晚,裴行俭在行辕设了小宴为其接风,所上菜肴皆依西域风俗。一只全羊以木棒贯穿首尾放在炭火上烤,酒是五百里外庭州所产的玉液。显庆四年,他率军驰援庭州刺史来济,当地酋长赠了他一坛上好的酒。他一直珍藏至今,是为了寄托对来大人的念想,不过今夜他们放开喝了。

开宴之际,裴行俭高举酒酿,倾洒在地道:"来大人,今夜下官与你同饮,不醉不休。"

任惠会意,在旁边添了一个空座与一套餐具。裴行俭每举一次杯,都要向空座上邀约。这情景,让韦思谦十分感动。

席间,任惠告诉韦思谦,说裴大人主政西州十四载,乐民之乐,忧民之忧,在各族中官声斐然,百姓感陛下恩德,心皆向往长安。

"西州有裴大人,乃百姓之福;大唐有裴大人,乃社稷之幸。"韦思谦说着起身来到他面前仰首狂饮,脸被烈酒烧得灼红,话也慷慨苍凉起来,"作为使者,下官期待大人早日归京担负大任。下官虽愚钝迟滞,然愿以臃肿之姿追随于玫瑰之末。"

任惠也趁着酒劲道:"属下在西州多蒙大人观照,不胜感激,于此作别之际,属下尚有一不敬之请,不知大人可否留一墨宝?"

"这有何难?"裴行俭将酒灌进肚里,转脸对着外面喊道,"拿笔墨来!"

不一会儿,两名士卒捧着墨砚进来了。裴行俭铺开绢帛,沉思片刻,挥毫便写就"心雄万夫"四字。刚刚落笔,身后就传来一阵掌声。

裴行俭也不客气道:"人谓褚遂良无精笔佳墨就写不出好字来,而不择笔墨快且好者,唯下官与虞世南矣。"

第二天,裴行俭和韦思谦骑两匹快马巡查边防,沿途营帐林立、亭堡壁垒,校尉旅帅军容整齐,因此,韦思谦由衷地感叹裴行俭治军有方。

两人放松马缰,漫步在戈壁之上,话题也变得宽泛起来。说到当今朝堂,裴行俭问韦思谦道:"听闻大人已做到了大司宪,为何又复任侍御史了?"

韦思谦叹了一口气:"宦海险恶,大人自不难思解。当初许圉师大人为李义府所嫉,他趁许大人之子踩踏百姓稼禾之际,兴师问罪。下官秉公办案,不想遭池鱼之殃。好在陛下开恩,得以重履旧职。"

裴行俭望了望远方天山的白雪道："大人光明磊落,就如这天山,洁者自洁,污者自污,岂是小人所能了解! 好在李义府自毙,刘仁轨大人主政,朝野清朗。"说到这里,他想起了许敬宗,便问道,"另一位许大人现在怎么样了?"

"年老失宠,皇后很少召见了。"

裴行俭"哦"了一声,看看日近午时,便向附近的军营走去,他们决定在那里歇息之后再返回行辕。

路上,裴行俭将心中百思不得其解的疑虑提到韦思谦面前："像下官这样的贬官,陛下要召回京,皇后那一关能过么?"

韦思谦勒住马头,向裴行俭身边靠了靠道："依下官观之,皇后虽恣肆专权,可于用人上却不失慧眼,此次就是她接纳刘大人之谏言调大人回京的。"

闻言,裴行俭沉默了,他不知道该怎样回应韦思谦的话。他离京太久了,许多事他还要等到回京后亲自去参验……

总章二年(公元 669 年)十二月,裴行俭回到了阔别十四年的长安。

坐骑驰过渭桥的时候,他勒住马头站在桥中央举目望去,渭河已结了厚厚的冰层,两岸的柳树上挂满了霜花,恰似万树梨花迎风怒放;河湾处的芦苇荡里偶尔飞起一只寒鸟,很快就融入茫茫大雾之中。

昨夜,他到了京郊的咸阳,就宿在当年赴西州时的西去天阁。他还点了永徽六年与褚遂良、长孙无忌春游时的菜蔬,在对面和旁侧各放了一只杯子,又给杯中斟满了酒,他满脸怆然地对着空座说道："两位大人,下官回来了。"他仿佛看见了长孙无忌棱角分明的脸庞,褚遂良潇洒的身姿,仿佛听见了上官仪爽朗的笑声。

今非昔比,时过境迁,长安物是人非,他需要从头收拾自己的心绪,面对十四年之后的朝廷。他不知道该怎样适应"二圣"并立的局面,尤其是如何梳理与武曌之间的关系。尽管刘仁轨在给他的书札中对皇后的用人气度不无感佩,但毕竟他是因为反对立武曌为后才被迫离开京都的,而且那时武曌还没有今天的气象。

也许刘仁轨的感觉是对的,裴行俭收回目光,轻轻地鞭策了一下坐骑。咦? 站在桥南头的不正是刘仁轨么? 他顿时有些惶恐,下了马上前抱拳道："劳右相大人出城,下官不胜惭愧。"

"老夫之盼大人,若阳关之望归凤矣。"刘仁轨只这一句话,两个在往日并无多少往来的大臣就彼此交心了。

并马而行,两人进了长安城。一路走来,裴行俭不由得感慨世事沧桑,长安又新添了不少商贾店铺和皇家宫苑,让他徒生了诸多陌生。刘仁轨还告诉他,大明宫修葺一新,新建了不少殿宇。

"满目皆非昨日景,还将新花当旧花啊!"裴行俭满腹感慨。当年离开京都时,他的夫人因产后风而去世,刚刚出生不久的幼子也随母而去。他孤身一人飘落西州,这也是刘仁轨很牵挂的。

"多谢大人还记得这些。下官在边塞十四年,多得诸族关照,期间有一女子库狄氏善解人意,多有关照,后经已故都督麴智湛大人的撮合,乃为续弦,膝下生有一子。此次回京,下官先行一步,他们母子由长史遣人护送,随后才到。"裴行俭解释了一下。

"大人能与胡人联姻,也是佳话一则。"说着话就到了,刘仁轨又道,"大人刚回来,府邸尚需清扫,老夫已在府上备了薄酒,为大人接风。"

裴行俭十分感动,就客随主便了。

洗去征尘,裴行俭来到膳室,刘夫人早在那里等候多时。

裴行俭谢道:"劳嫂夫人费心,在下深感不安。"

"大人与夫君皆戍边多年,其间甘苦老身深知,何言费心?"说罢,刘夫人举杯向裴行俭敬酒,"饮罢这杯,就请大人慢用,老身就不奉陪了,夫君也好和大人说说话。"

当室内只有他俩的时候,刘仁轨才将近年来朝堂变故一一说与裴行俭听。其中有些他在西州时已有所闻,有些则是第一次听说。他听得很专注,时不时地住杯停箸。

"大人有所不知,上官仪一案致使数百人死于非命,梁王李忠以参与谋反之罪被皇上赐死于黔州。第二年,太子请求陛下恩准才得以迁葬昭陵。"

裴行俭长叹一声道:"下官在西州闻听上官大人一案,为他的举止感到震惊又敬佩。"

"上官大人忠心天地可鉴,然则书生气太浓,做事操之过急,期待一纸诏书就可转不可逆之势,未免浮泛无根,到头来事与愿违,不仅自己血溅西市,而且从此'二圣'临朝,诸事皆决于皇后。"刘仁轨顿了顿继续道,"这也是老夫要对大人说的,眼下朝局非朝夕可扭转,你我需谨慎从事,顺势而为,多为朝廷做些实事。"

听了这话,裴行俭觉得刘仁轨虽久在海东,然世事洞明,人情练达,外柔内刚,这也正是自己所缺少的。其实在回京的路上,他也曾反复梳理过这些年的宦海经历,从中也悟出不少道理。与其知之不可为而强为,不如情系百姓而求实。如今,这些想法都与刘仁轨的话契合了,他不禁生出知音难觅的感觉,油然端起酒杯,把满腹的敬意说给这位大自己十二岁的兄长听。

刘仁轨饮干完杯中之酒,然后告诉裴行俭道:"陛下已与皇后商定,任你为司列少常伯,主持选官。"

闻言,裴行俭想到一个问题,假若此议出于武曌之口,那么,这至少说明她对朝事变革是洞若观火,切中积弊的。

自武德以来,任官虽广开才路,然选仕之制唯以出身门第定高下尊卑,以致布衣卒伍者仕路阻塞。大唐立国至今五十余年,正逢中兴,若因循旧习,必致有志者报国无门。

"下官定辅助大人革新选制,为贤者开道,为能者造境。"

刘仁轨为裴行俭的雄心所感动,禁不住越过席位,抱拳道:"大人正当盛年,报国有时,此老夫最感快慰者矣。"

日色过午,两人都有些微醉。出了刘府,裴行俭抬头看去,岁末的太阳透出春的亮丽。他的心境也因这阳光而豁然开朗,屈指数来,该是腊月初八了。嗯!刘大人说得对,他要尽快开始新的生活,把积蓄了十四年的抱负捧给长安,献给朝廷……

裴行俭很快见证了刘仁轨在信札中对皇后的评价。回京第三天,正不逢朝会,刘仁轨偕裴行俭一同到宣政殿来拜见皇上、皇后。

路上,裴行俭问道:"皇后与陛下并肩问事么?"

刘仁轨告诉他道:"皇后在帘后,皇上在台前。"

裴行俭"哦"了一声,心想皇上能做到这样已很不容易了。

来到塾门,两人看见李荣,裴行俭忙上前见礼道:"烦劳公公禀奏,就说西州都督裴行俭觐见。"

"哦?是裴大人啊!"李荣惊异岁月如刀,在眉宇间刻镂下了流逝的年华。看看,裴行俭的鬓角已有了白发。而裴行俭又何尝不是如此想呢?李荣老了,老得须眉皆白,可还是一步不离陛下左右,真可谓忠心赤胆。李荣擦了擦眼角,转身进了殿,不一会儿便出来宣道,"陛下有旨,刘仁轨、裴行俭觐见!"

当裴行俭遵循刘仁轨的提醒,跪倒在宣政殿中央,口称"微臣裴行俭参见'二圣'"时,李治放下朱笔,睁开有些昏花的眼睛问道:"裴爱卿回来了!"

"陛下,微臣回来了。"裴行俭抑制住激动的语气,忍不住热泪盈眶。

刘仁轨道:"启奏'二圣',裴大人一回京就急着要见'二圣',只是臣因要与太子中舍人杨思俭商议太子婚典大计,故今日才来拜见。臣已向裴大人转达了陛下旨意，任命他为司列少常伯，与西台侍郎李敬玄主持选官。"

"如此甚好！我闻裴大人在西州选贤任能，不拘一格，华夷睦邻，人皆称颂。今回京参知选官，必能擢拔英才，举荐贤能。"随着一声赞叹，武曌从竹帘后出来了，她满面春风，对裴行俭的归来充满了喜悦，似乎早忘记了当年的龃龉和不快。

这情景让李治很欣慰，道："皇后所言，亦朕之所望。"

刘仁轨与裴行俭见此，几乎同声回答道："臣等定不负'二圣'厚望。"

就在大家激动之际，武曌接下来的话却让大家有石破天惊之感："两位爱卿且不要急于断言。我夜观史籍，乃知秦四世而霸，其兴在于制。故制立则国强，制废则国亡。选官之制，累代沿袭，陈陈相因。世卿世禄，屡废屡行。有隋以来，虽科举勃兴，然旧制未除。纨绔者得先祖荫庇而入仕，贤达者空怀壮志而无路。别的不说，如我几位兄长，因周国公有功而得以任官，结果不思报效朝廷，反而恃权妄为，鱼肉百姓。武惟良更是投毒谋刺，罪在不赦。我朝立国久矣，选官之制不改，人才匮乏，何谈中兴呢？"

无论是李治，还是刘仁轨、裴行俭都没有想到，武曌言及选制因革，先从自己说起。尤其是裴行俭，更是一时瞠目，话就由衷地出口了："皇后圣明！"

李治便马上对裴行俭说道："朕给你十日时间，将因革选制呈与朕与皇后如何？"

裴行俭忙回答："微臣遵旨！"

眼见时间不早，武曌便道："裴爱卿刚回京，免不了造访应酬，可以退下了。刘爱卿先留下，我与陛下还有话要说。"

告辞出了宣政殿，裴行俭忽地生出如负泰山的感觉，皇后以武氏兄弟为据而言选官旧制之弊，令他很是震撼，他问送自己出来的李荣道："皇后几位兄长安在？"

李荣回道："唉！说起来那是乾封元年的事了。皇后以谦虚之故，奏请陛下外放武元庆为龙州刺史，武元爽为濠州刺史。两人一在职上忧郁而死，一因被人举报贪贿而在流放振州途中病死。"

裴行俭"哦"了一声，没有再说话。他离京太久，这做法有多少出于公心，有多少源于私怨他还理不清。皇后与几位兄长不和，他是知道的。

"皇后的族兄武惟良竟大逆不道，欲投毒皇后，结果魏国夫人却不幸中毒身亡，皇后下令将其斩于西市。"

裴行俭又"哦"了一声，这些事他在西州的确不曾听闻。登上车驾，回头看了看李荣转身的背影,裴行俭双目迷离,那感觉却无法用语言来表达。

此时,在宣政殿内,刘仁轨正向李治与武曌禀奏太子婚典的筹备。

"臣曾就此征询过杨思俭,他深感'二圣'知遇之恩,只是……"

武曌一听这话,便打断了:"难道他不愿意么?"

"那倒不是!他是忧虑自己门第太低,教子不严,有辱皇家声誉。"

又是门第桎梏,这也让李治感喟。世人一旦发迹,往往看重门第,可哪里知道他们的祖先也是从贫寒起家的:"朕与皇后皆悦,他不应再有顾虑。"

刘仁轨回道:"臣也是如此说的,杨大人表示一切遵从'二圣'旨意。"

"这不就对了,我已问过太子,他言曾在偶然场合见过杨家小姐,他对这桩婚姻也心向往之。"武曌又表达了赞同之意。

刘仁轨便禀奏道:"臣已要司宗寺、奉常寺、内侍省同心协力筹办太子婚礼大典。而且太史推演阴阳,以明年秋日为吉时。"

武曌感慨刘仁轨办事干练,不禁为当初听信许敬宗谗言,为了李义府贬他到边关而感到惋惜,于是叮嘱道:"既是阴阳勘定,当是天意。爱卿当尽心为之,不可疏忽大意。"

刘仁轨觉得该禀奏的事都已说完,遂起身告退,不料武曌又叫住他道:"我已奏明陛下,龙朔二年改制以来已有六年,朝野多言不便,请爱卿回去召集三台集议,看是否要恢复旧称?"

李治接着武曌的话道:"朕自即位以来,愿听诤谏,朝野当以真言奏之,不可言不及义,口是心非,虚于应付。"

"臣不敢!"刘仁轨说完,便向"二圣"告辞。

出了宣政殿,他看见太子少师许敬宗在塾门等候。见刘仁轨出来,他上前问道:"大人奏事完了?"

刘仁轨点了点头:"大人这是……"

许敬宗咳了一声,显出一副老态。他迟疑片刻,才将准备致仕的想法说与刘仁轨听。

"哦,大人要告老还乡?"刘仁轨很诧异。

"陛下念臣年老,恩准骑马入宫,若老夫不知趣而退,待在朝堂,岂不碍眼?"自永徽以来,许敬宗追随皇后,官至太子少师。然则,眼下已七十有八,步履蹒跚。

尽管刘仁轨因道不同而一向不待见许敬宗,回朝以来,诸事多与姜恪商议,可许敬宗这番话却在他心头引起了强烈的共鸣。岁月如梭,过了年,他也已年届七旬了,当急流勇退才是。好在裴行俭回来了,他正当盛年,自己可以放心了:"下官只比大人小九岁,开年也该乞骸骨致仕了。"

这时候,就听见李荣在殿门口喊道:"陛下有旨,许敬宗觐见。"

许敬宗转身的时候,一个趔趄差点摔倒,刘仁轨连忙扶住,许敬宗很感激地看了他一眼,那眼里的慈祥和温柔在刘仁轨心里盘桓了多日。

王朝的选制变革,因为裴行俭的归来而风生水起。连日来,他遍访了东、中、西台及各司臣僚,征询对选官的建议。他很吃惊,朝野对选制的变革竟如此关注,以至于成为署中的中心话题。裴行俭很谨慎,他不仅仅听赞同的言论,更注意不同的声音。几天下来,他发现凡是反对新制的,大都是那些袭封了先祖爵位,而又在朝任官的功臣子弟。而拥戴者则多为农家布衣,以科举而入仕者。

这有什么要紧呢?自古及今,变法未有一帆风顺的。让他有底气的是,从李治到武曌,都对新制寄予了厚望。还令他颇为欣慰的是,与他一起推进选制变法的西台侍郎李敬玄更是不遗余力。两人博集众长,一连数日不知晨昏旦暮,终于将复杂的吏制理出一个头绪来。

十二月十八日的朝会中心议题只有一个,那就是选官新制。

关于选制的奏章前一日已送至李治与武曌的案头,裴行俭知道现在要做的,就是阐释新制的思路。他一脸的肃穆,扫视了一下周围的臣僚,从他们迥然各异的目光中读出了对新制诞生的惶恐、兴奋和诧异。他撩了撩袍袖,又整了整冠冕,使自己跃动的心平静下来,然后才缓缓来到大殿中央,展开文稿念道:"大略选官之法,取人以身、言、书、判。身者,言其体貌丰伟;言者,取其言辞辩证;书者,取其楷发遒美;判者,取其文理优长。考虑资历、衡量劳绩而分别授任官职。"

此言一出,大殿中一阵骚动。他侧目看了看站在最前面的刘仁轨,从他坚毅的目光中获得了巨大的鼓励,便接着道:"何以证身、言、书、判之臧否,乃在始集而试,观其书、判,已试而铨,察其体貌、言辞。及注授官职,须得征询其人便利。"接着,他详细解释了选拔的过程,"凡注授之官员,须在应试者中公开宣布,此所谓'已注而唱'。然后分类罗列次序,由仆射选报东台省,给事中填注情况、意见,侍郎查核,东台审定,对不适当的提出异议,审定后上报皇帝,司列寺按皇帝旨意授官,分别发给凭信,称为'告身'。"

班列中又是一阵哗然,但裴行俭并没有因此而受到影响,他继续侃侃而谈。无论是刘仁轨还是姜恪,都从心底感慨裴行俭西州十四年没有白待。

在裴行俭就选制做了陈述后,李敬玄又就如何选拔边远地区的官员,如何考核官员政绩做了进一步的阐述。

在群臣的议论声中,李治说话了:"诸位爱卿,政之兴在人,人之用在选官。选制之变,关乎社稷,众卿有何灼见,不妨奏来。"

大司宪乐彦玮,西台侍郎、同东西台门下三品的孙处约,都是布衣出身,通过科举入仕的官员,对世袭门第早有异议。他们首先对新制表示了发自内心的赞同,极言新制广开贤路,大唐必人才荟萃,群英翔集。

"启奏陛下,臣有话说。"正当众人议论纷纷之际,突然一个声音响起,大家转脸看去,却是袭封英国公、现任太仆少卿的李勣之孙李敬业。他将笏板举在当面,遮住自己不屑和放任的目光,"新制贬抑功臣子弟,名为集贤,实乃不公,臣以为行之不便。"

他的话很快得到了袭封周国公、已改姓武氏的贺兰敏之的响应:"李大人所言至为有理。夫君者,委任而责成功,所委者当,则所用者自精矣,选制在台,岂非暗讽陛下不知人矣!臣以为此乃奸人用心,当治罪。"

贺兰敏之的话音刚落,已故宰相窦德玄之子窦怀贞立即跟了上来,言道:"新制选官权在司列,难免力所不及,照有所穷,如有人假公济私,阻塞才路亦未可知。"

贺兰敏之更是把矛头直指裴行俭:"众所周知,裴大人当年是如何离京的,下官不言,裴大人心中自明。而今归朝,裴大人本当尽职履命,为何又生风波,实乃居心叵测,臣以为当严治罪。"

裴行俭很吃惊,这些功臣子弟沆瀣一气,才是朝廷潜在的危险。前有房遗爱、柴令武、薛万彻为训,今又有贺兰敏之等人之行。他们凭借祖宗之功,趾高气扬,让裴行俭感到了很大的压力。他把目光转向了姜恪,只见他颜面通红,摩挲双拳。果然,姜恪出列说话了,长期的兵戎生涯练就了他声若洪钟的气度:"臣以为方才各位国公所言差矣。各位只见显爵之荣光,而不闻军功之艰辛。且不论别的,敢问李大人,可知故英国公遍体创伤几何?再问武大人,可知故周国公疆场险夷几何?你等不思报效朝廷,只为坐享其成,岂功臣之后所为乎?"

姜恪的话在刘仁轨心头激起层层浪花,可叹时人不晓"君子之泽,五世而斩"乃千古不易之理。他明白李敬业、贺兰敏之不过是其中的代表,在他们的身后还有一大批这样的官宦子弟,若再不改弦更张,总有一天社稷要毁在这些人手里。想到这里,他面朝皇上,说话的声音因为激动而有些发颤:"启奏陛下，姜大人所奏切中时弊，臣以为选制当改、当新、当行，请‘二圣’圣裁。”

武曌在竹帘后听着朝臣们的争论，内心也很不平静，尤其是贺兰敏之的陈奏让她很是失望。若非武元庆兄弟逆鳞，哪会让他袭封周国公。他不知感恩，反而大言不惭，反对选制，这让她十分恼火。她之所以一直强压心火，就是要听一听宰辅们的声音。如今，姜恪与刘仁轨已说了话，该她出面了。

“方才听诸位爱卿奏言，一则喜，一则忧。所喜者，乃刘爱卿、姜爱卿情在社稷，心忧天下。所忧者，在功臣之后抱残守缺，不思进取，浑浑噩噩。我倒要问一句，扪心自问，国公之爵可有你等一滴血、一寸功乎？我还想问一句，今日朝堂之上颐指气使者，是否有恃权贪贿，倚强凌弱，欺压百姓之为乎？”武曌此言一出，刚才还声高气粗的几位功臣之后顿时蔫了，悄悄地低下了头。

武曌见状，厉声道：“乐彦玮、卢承庆何在？”

两人同时回答：“老臣在！”

“退朝后，司宪寺会同司刑寺查一查这些功臣之后，看看他们背着陛下都做了些什么？如有触犯律令者，严惩不贷！”

李治觉得廷议到这个时候该是落幕的时候了，刚才皇后的一番话等于为这场争论做了结语，也代表了他此刻的心境。于是，他环顾了一下臣僚说道：“传朕旨意，新选制于明春颁行，知晓州县。并改元咸亨，大赦天下。”

“‘二圣’圣明！”从紫宸殿发出的声涛，在大明宫的上空久久回旋……

咸亨元年(公元 670 年)的春夏之际，李弘觉得每一个日子都是靓丽清朗的。在父皇与母后于九成宫避暑时，他与留守在京城的刘仁轨、裴行俭等一起署理朝政。十八岁正是情窦初绽的年龄，太子妃的选定使他的梦想很快触手可及。每当处理完政务，一人静下来的时候，他都会痴痴地面对殿门外馨香馥郁的花木，想象着那位佳人如云霞一般地飘到他的面前。

她到底是怎样的性格，是同母后一样温柔中多了阳刚，还是如表姐贺兰蕊儿那样小鸟依人呢？近年来，他看到父皇在母后凌厉目光下的怯懦，暗生了不尽的悲悯，他发誓将来太子妃一定不选母后那样的女人。他不在乎婚礼的隆重与否，他向往的是花前月下的厮守。

而另外一件让他高兴的事是，选制的变革使早年被父皇和母后严令出宫的王勃等才俊有可能重新入仕，他们就有机会一起谈文论诗了。因此，当李敬玄向他禀奏说已将王勃、杨炯、卢照邻和骆宾王举荐给裴行俭时，他就期待着有一天与他们重逢。

此刻正是上午巳时，八月的天气虽然在正午时分还有些热，但暑流的消退使得夜晚十分清凉。皇上已命内侍省传来消息，不日将回到京都，他需要将手头的事情处理好，好给父皇和母后一个交代。

他刚翻开一卷奏章，贴身太监郭纬就进来禀道："殿下，姜恪大人求见。"

他知道司戎前来必是边关有事，忙停下手中的笔道："宣他来见。"

果然，姜恪带来了一个令太子十分不快的消息。

说起来那是四月的事情，远在西南的吐蕃连下西域十八州，消息传来，朝野震惊。李治当即敕命右威卫大将军薛仁贵为逻娑道行军大总管，左屯卫大将军阿史那道真、左豹韬卫将军郭待封为副总管征讨吐蕃，并护送吐谷浑部族回归故地。

然而此刻却传来唐军大败的朝报，李弘很是震惊："怎么会这样呢？"

"据军中虞候禀报，此事皆在郭待封。早年征高丽时，其与薛仁贵并列，及至征吐蕃，其耻于居下。故薛仁贵所言，他多违之。乌海一战，薛将军以为乌海险远，宜留二万人，为两栅于大非岭上，辎重悉置栅内，然后率精锐倍道兼行，必大破敌军。然郭待封不用其策，将辎重徐进，未至乌海，便遭遇吐蕃军二十余万，后因寡不敌众，大败而归。"姜恪道出了其中的原委。

"郭待封该杀！"李弘怒而击案道。

"吐蕃知我将心离散，接连攻击，我军全军覆没，仅三将脱身而还。"

"三将误国，是可忍孰不可忍！兵法云，'不求名，退不避罪，唯民是保，而利于主，国之宝也'，今将不为民，争名于朝，岂能不败？"李弘顿了顿，说话的声音就加重了，"传我教令，敕大司宪乐彦玮赴军，待将三人羁押回京后，关进大司宪诏狱。父皇、母后不日回京，待禀奏后再行处置。"

离开东宫，回望长长的司马道，姜恪有一种无言的欣喜。太子真的成人了，他处事的稳健、多思，大唐后继有人。

可李弘的心境却没有轻松，以致当尚衣令拿来婚典的服饰要他试穿时，他竟发了脾气："你等为何如此着急，不是九月才行大典么？"

尚衣令小心翼翼回道："殿下先试穿，若有不适，微臣好让大匠们去改。"

"你等只求其表，何求其实？这礼装我不试了，拿下去吧。"

尚衣令道："这……此非微臣之所为，乃皇后旨意也。皇后前往九成宫前夕曾传微臣到蓬莱殿，明旨礼装做好后呈殿下试穿。"

李弘无奈，只好勉强试了……

八月底，李治和武曌回到长安。两人对太子署理的国政十分满意，严令将薛仁贵、郭待封、阿史那道真免死除名,贬为庶人。

当李弘在宣政殿对朝政侃侃而谈时,李治与武曌都有一个共同的感觉——太子真是长大了,婚礼也迫在眉睫了。

回京第四天,武曌传司礼、司宗、奉常寺太常伯到宫中详细地询问了婚礼大典,知会各国使节以及州府等筹备进城,她对每个细节都寻根问底,直到觉得毫无纰漏才放心道:"太子婚礼,关乎国威。你等当尽职尽责,若有贻误,我唯你等是问。"

然而,武曌没有想到,在大臣们刚刚告退后,荣国府府令便慌慌张张地进宫来了。武曌一见,刚才还满怀喜悦的心境顿时变得老大不快,责备道:"何事如此慌张失色,这成何体统?"

府令战战兢兢地说道:"启奏娘娘,大事不好了!老夫人她……"

"老夫人怎么了……快说!"

"老夫人病体沉重了,要小的进宫来禀奏,说是要见娘娘。"

武曌顿时有些紧张,大声道:"你老实说,老夫人究竟如何了?"

"从七月初起,老夫人就感不适,太子殿下曾多次探视,并遣太医诊脉司药,但终无起色。老夫人自言去日无多,便要小的进宫来,说有话要对娘娘说。"府令说着,眼眶就涌出了泪水。

武曌的心顿时绞痛了,她记得四月离开长安时,母亲尚颜面红润,体态康健,未料几个月过去,竟然病入膏理。她不敢有丝毫的耽误,要府令速回荣国府,她随后就到。

"老夫人还说,让娘娘将太子妃带上。"府令又加了一句。

"知道了,你快回去吧。"看着府令离去,武曌朝外面喊道,"张尚宫!"

张尚宫应声进来。

"速遣人传太医令、太子妃素儿随我前往荣国府。"

张尚宫道一声遵旨,转身疾疾离去。武曌又在身后叫住了她叮嘱道:"你去禀奏陛下,就说老夫人病重了。"

交代完毕,武曌颓然地跌在榻上,觉得心中空落落的……

荣国夫人杨氏觉得自己的身子轻飘飘的,就像一片云被风吹着,在天地间游荡,眼前忽而风雨滂沱,忽而愁云重重。而每一朵云彩上,都站着一个熟悉的身影。那不是别人,是曾对自己十分冷落的武元庆和武元爽,还有武惟良、武怀远。他们一个个怒目圆睁,声言是武曌害死了他们,要向她索命。她恐惧而又声嘶力竭地呼唤丈夫武士彠来救她。

哦！武士彟来了，依旧是盔甲被身，依旧是风尘仆仆。他为她擦去眼角的泪水，牵她来到一座佛山前。那里金光四射，殿宇嵯峨。佛祖莲台高坐，对跪拜在面前的武士彟夫妇道："佛法无边，度你入慈航慧海。"

就在此时，杨氏忽然听到一个声音自远及近地穿越云霭，在耳边回响。哦！那是女儿的呼唤。她回眸寻找，果然在蓬莱殿前发现了武曌。

"母亲！女儿看您来了。"

荣国夫人睁开眼睛，发现武曌带着太子李弘、太子妃素儿，还有外孙左散骑常侍贺兰敏之。

八十岁的她看上去很憔悴，两颊浮肿，黄中透亮。武曌心头就有了不祥的预感，含着泪道："母亲刚才睡过去了。"她不愿意用"晕"字，那太伤情了。

荣国夫人低声应道："老身方才看见你父亲了。"

"那是母亲精神恍惚，也是父亲在天之灵牵挂所致。母亲不必担心，我这就命太医令为您诊脉。"武曌擦了擦眼角，便来到外间，传淳于太医进去。

淳于太医进去了大约半个时辰，他才来到外间。武曌便急忙问道："老夫人病情如何？据实说来，恕你无罪。"

淳于太医跪倒在地道："老夫人脉跳微弱无力，紊乱无序。依微臣观之，老夫人病入膏肓，不可治矣。"

"依太医估计，老夫人尚有多少时日？"

"不过两日。"

"我知道了，你退下吧！"

来到内室，未至榻前，武曌已泪眼婆娑了。荣国夫人双目微闭道："佛祖度我，老身自知不久人世，将去之际，萦萦牵挂，不绝如缕。你父亲乃开国功臣，战功卓著，屡蒙圣恩，多所追赠。还请皇后奏明陛下，再事封赠，以慰在天之灵。自武元庆弟兄去后，敏之续脉。彼虽行为无常，还请善待。老身当年初到京都，举目无亲，赖许敬宗大人关照，乃得有余生。老身去后，定要知会他。"说到这里，荣国夫人微微睁开眼睛，两行浊泪纷然而下，"太子婚事，事关国脉，更牵后宫，若非老身病笃，当亲观大典。"

武曌的心浸透了酸涩，忙传李弘和素儿进内室。

李弘偕素儿来到榻前，轻声道："外祖母，孙儿来看您了。"

荣国夫人侧过脸看着一对年轻人，她伸出清瘦的手摸索着素儿的头发，就难得地笑了："看看！出脱得像个玉人似的。"

素儿母亲早逝，这些年在父亲和乳母的抚养下，出落得楚楚动人。她感受着一位将去老人的手无力地拂过自己的乌发，油然想起自己母亲离开时的情景，禁不住泪流满面："外祖母一定会好的。"

荣国夫人喘一口气，声音低微地说道："难得太子妃一片孝心，老身即便去也放心了。"接着，她又拉起李弘的手说，"你为太子，将来要主宰大唐江山。后宫安则朝事顺，婚典以后，你要善待太子妃。"

李弘的喉头就哽咽了，童年时被外祖母殷殷呵护的记忆犹在昨日。往事历历，不想她已成垂暮之人。岁月无情，天不憖遗一老。李弘不知道该怎样表达自己此刻的心境，他唯一能够做到的，就是让老人毫无牵挂地去。他擦掉眼泪，换上笑容道："弘儿谨遵外祖母教诲。"

武曌见状，忍住泪水道："向你外祖母叩头谢恩。"

李弘遵旨一一做了。

贺兰敏之这会儿在干什么呢？当李弘和素儿在榻前听老夫人说话之际，他则一直透过薄如蝉翼的帷帐，暗暗地瞧着素儿发呆。他从心底感叹造化怡人，生了这冰清玉洁的女子。不说那粉面桃腮，肌肤如雪，不说那青丝如瀑，螺髻盘旋，不说那纤纤素指，如丹朱唇，就说那一双眼睛宛若一泓秋水，波光涟漪，羞怯中含着沉静，顾盼中熠熠生辉，倒是与姐姐蕊儿生前有得一比。

他倾心素儿已不是一天两天了，还是在前年清明，他约了李敬业去踏青。在曲江池畔漫步，他的心思并不在桃烟柳雨，春和景明，不在水色山光，曲江流饮，他一双眼睛不断地在如织游人中搜寻着妙龄女子。当他的目光掠过池中央的画舫时，就被一位站在船头的女子勾了魂去。

"贺兰兄是否动了心？"他的情态怎能逃过李敬业的眼睛呢？

贺兰敏之语无伦次道："美哉！美哉！若可与之一谈，死而无憾了。"

李敬业笑道："贺兰兄既是喜欢，何不命衙役传来见见？"

贺兰敏之正要说话，却看见从舱内走出一位中年男子，正是太子中舍人杨思俭。他的心顿时收了，他担心自己的无礼行径被告到皇后那里。依皇后的性格，他不死也得脱层皮。再后来，他就听说素儿已被选为太子妃。他曾嫉妒过，多少次在夜深人静之际问，李弘有什么呢？他哪一点比自己强呢？就因为他是皇上的儿子，就该把世间所有的美占为己有吗？

这种想法一旦脱缰而出，就漫无边际地横冲直撞，让他浑身燥热，血往上冲。就在这时，他看见了武曌那双冰冷的眼睛。

"敏之，你好生无礼！"武曌斥责道。

贺兰敏之打了一个寒战，急忙收回淫邪的目光。好在老夫人的贴身丫鬟出来传他进去回话,他趁机躲开了严责。

在几位外孙中,荣国夫人最放心不下的就是贺兰敏之。他空有一张英俊的面孔,一副挺拔的身子,却难成大器。荣国夫人拼尽最后的力气留给贺兰敏之一句嘱托:"你要好自为之。"说完,便垂下了瘦骨嶙峋的双手。

"外祖母!"贺兰敏之感到天塌下来了,扑到荣国夫人榻前放声大哭。

武曌没有再流泪,她知道母亲去了。往后,这荣国府人去室空,空留一腔思念。她打起精神,对蓬莱殿詹事道:"你速去禀奏陛下,就说老夫人去世了。"言罢,她只觉得头晕目眩,张尚宫与宫娥们急忙上前搀扶。

可詹事还未离去,就听见府门外传来"陛下驾到"的宣唤。武曌忙率太监、宫娥们出门迎驾。看见李治,武曌再也无法压抑断肠的悲痛,扑到他怀里便泣不成声了。

李治一声长叹,他进到内室,看了荣国夫人最后一眼,便来到外室对李荣道:"宣旨!"

李荣捧着圣旨,高声念道——

制曰:荣国夫人殒薨,苍峰举哀,渭水垂首,国之彻痛,敕文武百官九品以上及外命妇并诣宅吊哭。故司徒周忠孝公武士彟功勋卓著,万古不朽。诏加赠为太尉、太原王,夫人为王妃。

陛下口谕:太子与太子妃为太原王妃守灵,太子婚典另择吉日。

这一切来得如此自然,而又如此突然。在这一刻,武曌尽享了李治对自己的深爱。她跪在李治面前,发自肺腑地道了一声:"谢陛下隆恩!吾皇万岁万万岁!"

李治一步上前扶起武曌,亲自为她拭去眼角的泪水,安慰道:"为社稷计,皇后还要节哀。"

这时候,贺兰敏之上前请求"二圣"恩准他陪太子为外祖母守灵。

武曌闻言道:"念你未忘记老夫人养育之恩,我就恩准你尽孝心。"

武士彟由周国公追赠为太原王,荣国夫人的丧葬立时成为朝野关注的中心。从后半天开始,在京的三台宰辅、各司首长及他们的夫人都纷纷按照司宗寺和奉常寺的安排前来吊祭。荣国府内银羽纷飞,哀声动地,守灵和答谢皆由太子和即将过门的太子妃以及武氏家族的钦定续脉贺兰敏之履行。

暮色落地的时候,老态龙钟的许敬宗在府令的陪同下也来了。他一进灵堂,就哭跪在灵前。他声声泣诉过往的岁月,一字一泪地追忆两家的友情。他的悲情让贺兰敏之感到极不舒服,他明白这哭声中含了太多的意味。

李弘在还了孝子的礼仪后,以太子的身份安慰道:"人已去矣,老师还需保重为要。"

在叮嘱郭纬送许敬宗上了车驾,李弘回转身子时,发现素儿脸色蜡黄,疲倦不堪。眼看时间已过酉时三刻,在她的父亲杨思俭吊祭之后,李弘就要府中丫鬟扶她到后房歇息。

贺兰敏之一直目送素儿转过了灵堂后面的回廊,才转过脸来对李弘道:"时候不早了,吊祭者渐次稀少,殿下也去歇息吧,微臣在这里照看足矣。"

李弘难得看到贺兰敏之如此郑重其事地说话,他报以凄然道:"老夫人在世时,对我百般牵护。她如今去矣,我当替父皇、母后尽人主之情。你若困倦,不妨去厢房歇息。"

"那微臣谢殿下了。"贺兰敏之向李弘施了一礼,小心谨慎地退下。

他一出灵堂,没有去厢房,而是沿着后院的小径绕了一大圈,来到素儿歇息的后房。

天阴沉沉的,月朦胧,树朦胧,墨影掩径,守候在素儿房门外的几位府役和丫鬟昏昏欲睡。从室内传出素儿纤细的、均匀的呼吸,仿佛静夜里缕缕馨香,直入贺兰敏之的心脾,让他心神不定,口舌干燥。他轻手轻脚地来到窗前,用手指戳破窗纸朝里面望,那呼吸就骤然凝固了。

上苍该是多么的偏爱,怎么将人间所有的美都给了她。也许是室内暖融,素儿睡得微汗津津。一双细长的胳膊露在外面,恰如玉色藕节般圆润。鲜桃般的脸庞似乎还挂着泪珠儿,洁白粉嫩的脖颈,这隆起的双乳,这柔滑的肌肤……上天哦! 你该是多么的不公,为什么她就不能属于我呢?

李弘究竟能给她带来什么? 他自幼体弱多病,哪有一点男人的雄健和威猛。他自信只有他才能给予这女人以海的汹涌,浪的喷薄;给她山的崔嵬,原的透迤;给她情欲的蒸腾,梦幻的绚烂。现在躺在他眼前的不是皇上、皇后的儿媳,也不是太子妃,就是一个散发着芬芳,让他神魂颠倒的女人。

他不是没有想到后果,可当情感将理智压缩到一狭小空间时,当一种报复的心理淹没了人性时,他为自己寻找了条堂而皇之的理由。不要看皇上每日正襟危坐在朝堂上,可他骨子里是淫邪的。他的母亲本是有夫之妇,却要不时地被送上皇榻,而他的父亲还要在朝会时卑躬屈膝地面对皇上。

不! 贺兰敏之不再多想,他溜进室内,像一头饿狼向素儿扑去……

第二章

李治且罢让位念　武曌鸩毒首摘瓜

结局是不言而喻的，贺兰敏之的行为不但极大伤害了李弘的尊严，更是触怒了李治和武曌，不久他就被剥夺了太原王府续脉的地位，复其旧姓，并被逐出京城，流放雷州。然而，这仍不能消解武曌的失望和愤怒，在贺兰敏之行至韶州时，她又密遣袁公瑜途中拦截，将其用马缰绞死。

这事让武曌伤心了很久，在武氏一门接二连三地出事之际，她不但颜面扫地，且感到孤独。虽说皇子们都是自己亲生的，然而他们都是李氏的血脉，总不比武氏人用起来方便。因此，在袁公瑜即将离京前，她以武氏需要接续香火为由，在征得李治的同意后，特地要他绕道振州，召因受武元庆株连流放到岭南的侄子武承嗣回朝袭爵，并拜尚衣奉御，在殿中省供职。

随着太子年龄的增长，尤其是在监国之后，母子在许多政见上经常发生冲撞，武曌需要一个贴身的人为她排解难题和消解烦恼。她很明白，以武承嗣的才思和人品根本无法与李氏兄弟相比，可眼下除了他，还有谁能来承继武氏的血脉呢？

起始于龙朔二年的改制在运行了十年后，终于在咸亨二年恢复了旧制，仍以尚书、中书、门下三省署理政务。武曌内心清楚，这样的结果不过是当初反对她涉入朝政的继续。

咸亨四年八月，武曌奏请李治加封武承嗣为宗正卿，取代老迈的李博乂，从此为他进入三省扫除了障碍。也就是在这一天，这对因为武元庆之死而一度生疏的姑侄暂时抛却前嫌，在蓬莱殿进行了一次毫不设防的谈话。武曌没有隐晦她与太子之间的龃龉，也没有隐瞒她与李治在用人上的分歧。二十三岁的武承嗣对姑母的担忧表示了理解："娘娘所思，亦臣之所虑。"

武曌问道："你以为刘仁轨、裴行俭这些人可靠么？"

武承嗣步子往前挪了挪道："论文韬武略，刘、裴皆在姜恪之上，眼下要推进朝事，不可不借重。可依臣看来，彼等总归与褚遂良、上官仪等人牵系甚深，不可不防。"

"那依你之见，该如何处置呢？"

"臣闻听乾封元年，娘娘曾召集弘文馆直学士刘祎之、著作郎元万顷等为翰林院待诏，入禁中撰《列女传》《臣轨》等书，有九年了吧？"

武曌点了点头："确有其事，这又如何？"

"仅让彼等沉溺于编纂，岂非荒废了贤才？他们皆是治世之能臣啊！"武曌没有打断武承嗣的话，武承嗣的眼睛转了转继续道，"臣倒有一计，今后凡朝廷颁行文书，百官奏疏，皆由诸生密议研判，再奏明陛下颁行。如此，则宰辅之权分也，娘娘可解远虑近忧，陛下也不至劳心费神。"

闻言，武曌眼前一亮，看来流放岭南对武承嗣来说不啻为一次历练，他比贺兰敏之成熟多了，由此她的亲近感又增加了一层："好！贤侄所言，甚合我意，你今日即可将此意转告彼等。"

"不仅如此，臣还以为必须设法使陛下不至于生疑。"

"你不妨详细奏来。"

"娘娘不难知道，陛下对长孙无忌一案至今犹存狐疑，耿耿于怀。现在长孙无忌已死，娘娘何不奏请陛下复其官爵，说到底就是给亡人头上加光彩，安的却是陛下的心。"

"这……"

"臣了解娘娘所虑，当选一个适当时机自然为之，则陛下心安理得矣！"

武曌欣然笑了："如此甚好！我明日就去奏明皇上，追尊李氏先祖，追尊高祖太武皇帝为神尧皇帝，太穆皇后为太穆神皇后；太宗文皇帝为太宗文武圣皇帝，文德皇后为文德圣皇后。"

武承嗣立即领会了武曌的意思，接话道："臣即以宗正卿身份奏请陛下，皇上称天皇，皇后称天后，以避先帝先后之称。"

时间不早了，武承嗣起身告辞，在回眸的那一瞬间，他惊异地从姑母眼中发现了难得的慈祥和温柔，甚至有一种淡淡的忧伤。而武曌在武承嗣身后也留下一句刻骨铭心的话——武氏于此有续矣。

事情的发展果然不出武承嗣所料，八月，朝野举行了盛大的祭典。大典后第三天的朝会上，李治颁诏，皇上从此称天皇，皇后从此称天后，改年号为上元,大赦天下。武曌也不失时机地向李治提出,恢复长孙无忌生前的官爵,以他的曾孙长孙翼袭赵国公爵位。随后,李治又恩准长孙无忌陪葬昭陵。

这些事均出自武曌口,让李治十分感动和欣慰。当他们在秋末与太子一起重返东都时,两人都感到了近几个月来少有的和谐。

上元元年十二月,洛阳周围落了一场数十年不遇的大雪,东都的坊间和街道雪盈三尺,以致有司不得不调动羽林卫上街扫雪,但常常是前一天扫过,到第二天凌晨又雪厚如旧。朝臣们的车驾往往陷入雪中不能自拔,朝会的时间因而推后了一个时辰。

今天虽不逢朝会,可无论是李治还是武曌的心都随着雪在天地间飘荡。

前天的朝会上,太子左庶子、同中书门下三品的刘仁轨上奏,说洛阳街头大批平民百姓冻死,每日都有数十具尸体运往城外。

李治闻奏,心便无法再沉浸在奏章里了,他时不时地来到武成殿门前,望着鹅毛般的大雪,发出悠长的叹息:"此乃上天以灾异谴告于朕也。"

这天,他正在眺望大雪,就见皇后身边的太监武钦踩着积雪高一脚低一脚地从司马道上过来了。上官仪案发后,武曌谢绝了内侍省遣往身边的太监,而是遣人到并州故里召了武氏族中一位年轻人,净身后安排在身边。

李治转身回到案头,李荣就引着武钦进来了,原来是武曌有奏章呈上。

"你先退下,朕阅后会告知天后的。"

李荣往殿中央的木炭盆里添了些木炭,看着黑色的木炭渐渐变红,殿内又重新暖和起来后,才静静地站在一边。李治将手头的文书推到一边,聚精会神地看起了武曌的上书。

天后究竟在奏章中说了些什么呢?以至于陛下如此用心。李荣心里想着,但又不敢多问。他看着皇上先还是能平静地默读,后来就不禁念出了声,还喜不自胜地拍案击节,发出由衷的感叹:"慧哉天后也!慧哉天后也!"

李治放下奏章,抬头看见李荣正吃惊地看着自己,便挥手招呼道:"你来看看这奏章,来!你念,朕听。"

李荣捧起奏章,尖细的嗓音在大殿回响——

一、劝农桑,薄赋徭;二、给复三辅地;三、息兵,以道德化天下;四、南北中尚禁浮巧;五、省功费力役;六、广言路;七、杜谗口;八、王公以降皆习《老子》;九、父在为母服齐衰三年;十、上元前勋官已给告身者无追核;十一、京官八品以上益禀入;十二、百官任事久,材高位下者得进阶申滞。

李荣刚刚读完,李治便道:"整整十二条。强国体、美教化、振纲纪、褒先进,真可谓针砭时弊,周密详致。"

从李荣手中接过奏章,李治拿起朱笔在奏章后面批了"言约而文要,缜密亦详致,行之天下,朝野大治"。写完这些,他见暮色渐浓,便伸了伸胳膊,站起来对李荣道:"移驾合璧宫,朕要与天后共进晚膳。"

从长安到洛阳几个月了,李荣第一次看到李治如此眉飞色舞,他的情绪也跟随着格外明朗了,他兴冲冲地来到殿外,尖着嗓子喊道:"天皇口谕,移驾合璧宫……"

此刻,武曌正与北门学士们谈论下午送往李治处的奏章。因为这些人通常是通过皇宫北门出入禁中的,故而称为北门学士。

弘文馆直学士刘祎之道:"奏章虽由臣等草拟,然则条文思虑皆出于天后,臣等深受教矣!"

武曌看了看外面的雪道:"大灾突降,我忧心如焚,当替天皇分担。"

著作郎元万顷道:"天后圣明,建言所列十二条,条条关乎社稷,实乃治国理政之统要。我朝承平久矣,王公攀比,奢华成风,若是蔓延滋长,必蹈前隋之覆辙。天后禁淫巧,倡怀素抱朴之风,中兴有望也!"

特地赶来参与十二建言修订的武承嗣也道:"京官八品以上益廪入,乃人心所向。天后体恤臣下疾苦,真帝王之度量,朝野闻之,当感'二圣'恩德。"

刘祎之又逐条对建言给予了赞誉,对它将产生的影响做了绘声绘色的展望,似乎眼前就是万民拜倒,山呼万岁的情景。

但武曌的心里非常清醒,朝廷不是几位北门学士所能左右得了的,即便李治批阅了奏章,还需上书、中书、门下集议之后才能由门下省发出,这是一个十分复杂的过程。

不过武曌也很自信,她相信集北门学士群智而草成的建言,大多数都是出于平衡各方关系,体察民情民意,有利农商振兴。至于禁淫巧,得先从宫内做起,然后扩展到王爷、公主们,再说这也是极少的人。尤其是倡导王公以降皆习《老子》,更是李治孜孜以求的,故而当不会有多大阻力。

武曌觉得眼前的几位学士思维活跃,绝少腐气,将来都是治国良才。若当初就注重集思广益,调动诸生议政才能,如今当有不少人站在朝堂了,于是鼓励道:"诸位爱卿,我所呈之建言乃大家群智集益之果。大唐之兴,要在选才;选才之绳,要在实务。卿等不尚空言,我当奏明陛下,量才任用。"

武承嗣正要说话，却听见殿门外传来李荣的声音："天皇驾到！"

武曌使了个眼色，迅速整理衣冠，北门学士们个个刹住话头，将正在编纂的《列女传》《臣轨》等文稿摊开，这才前去迎驾。

李治进得殿来，见几位弘文馆学士和著作郎都在，便笑了笑道："天后这里甚是热闹啊！"

武曌在李治身边坐下笑道："妾召他们前来，是要看《列女传》等书编纂得如何了，随后也好禀奏皇上。"说完，她又转脸对武承嗣和几位学士道，"你等先下去吧！"

"微臣遵旨。"武承嗣等人出了殿门，各自回去了。

"天后所呈建言十二条，朕看了，字字珠玑，条条实务。朕意颁诏天下行之，明日就命中书省拟定诏书。"

闻言，武曌心里十分快慰，这十二条乃当下施政之纲，更应为长久国策。她从案头拿起一卷《臣轨》道："妾所修纂之《臣轨》已见大略，请陛下圣览。"

李治接过文卷，大略翻了翻，就感喟武曌精气健旺，每日要看许多的奏章，还要召集学士们著书立说，这些倒与母亲长孙皇后十分相近。

武曌指着前面的书名道："人主之道，在御臣；御臣之道，在立规。此妾编纂此书之要旨。"

李治点了点头："《书》曰：'知人则哲，惟帝其难之。'群英莅职，众彦分司，虽复已积忠良，犹且思垂劝励，《臣轨》一部。想周朝之十乱，爰著十章，左准绳，右规矩，资栋梁而成大厦，凭舟楫而济巨川。天后于唐，功莫大焉。"

武曌闻言笑得更灿烂了，人一下子显得年轻了许多，忙作揖道："谢天皇谬夸，妾诚惶诚恐。"

李治正在兴头上，并不关注这些细枝末节，接着又是一番感慨："先帝曾著有《帝范》，计君体、建亲、求贤、审官、纳谏、去谗、诫盈、崇俭、赏罚、务农、阅武、崇文十二篇，自轩昊以降，迄至周隋，以经天纬地之君，纂业承基之主，兴亡治乱，其道焕焉。所以披镜前踪，博览史籍，聚其要言，以为近诫云耳。今天后又著《臣轨》，相映生辉，主行有范，而臣道有轨，至美政矣！"

武曌趁机道："陛下何不为之作序，以彰御臣之道。"

"此议甚好，朕就为序一篇。"

此时，张尚宫进来禀报，说晚膳已经备好。

"陛下请。"武曌随之挽起李治的胳膊，出了殿门。

雪花纷纷扬扬落在额头，清凉凉的。张尚宫忙命宫娥打开黄罗伞盖，却被武曌拦住了，她眉毛蹙郁在了一起，接下来却是沉沉的叹息："这场雪灾，真是苦了百姓。"

这话如重锤敲打在李治的心上："唉！纵然朕有错，上天谴朕可矣，何必殃及百姓呢？"

及至进了膳室，李治看见一桌的珍肴美馔，眉头就皱了起来。武曌会意，丹凤眼立时添了愠怒，唤来尚食斥责道："雪灾未了，坊有饿殍塞道，路有冻死之骨，你说陛下与我能安然食之么？"

尚食低首忙谢罪道："奴婢这就撤下去。"

武曌叮嘱道："命宫人将饭菜送到街头，周济冻饿者。"

上元二年三月的大唐四域，被十二建言荡起新的春波。武曌在燕剪垂柳的日子里，到洛阳城北、黄河南岸的邙山祭祀蚕神，不仅宫中嫔妃随行，李治诏令百官及朝集使陪同。

殿中省官员庄严地献上"少牢"，百官分列行三叩九拜之礼，然后武曌走进桑园，轻轻地采下三片桑叶。这消息很快传遍四面八方，东都四周迅速出现了养蚕热。

十二建言不过是武曌初试牛刀，从此以后，凡是臣下送来的奏章都要先经过北门学士的点评，才决定是否呈送给李治。譬如吏部尚书裴行俭在考核官员中，提出司农少卿韦鸿机为司农卿，奏章送到"二圣"这里，武曌先遣人探听了此人的根基，在确定没有门派的牵连后，才转奏李治。

这样一来，李治每日批阅的奏章大大减少，负担轻了，来自朝野的消息也少了。好在他从显庆五年以来早已习惯了"二圣"共理朝政，加之随着年龄的增长，头风益发地沉重，心中就渐渐生了莫名的倦怠。

这一天，裴行俭到武成殿觐见皇上，就选官之事禀奏。

前些日子，有一位叫刘晓的臣下上疏批评礼部取士，以文章论高下，致使天下之士舍德而趋文艺，导致空虚之风蔓延滋长。李治将之批给裴行俭，要他查处。

寒雪梅中尽，春风柳上归。三月的太阳照耀着洛阳的大街小巷，绿色铺满了坊间的高墙驰道。自回京以来，裴行俭从司列少常伯做到了吏部尚书，在天皇天后间巧妙周旋，小心翼翼地梳理各种关系，终于使"总章选官之制"不仅获得了"二圣"的赞誉，而且大多数臣僚都逐渐地适应了新的选举考课。现在，他朝着站在墊门口的李荣加快了脚步。

李荣看见裴行俭，忙上前催道："陛下等急了，大人还是快进去吧！"

裴行俭脱下因融雪而沾了泥水的朝靴,换上干净的布履才进了殿门。

免去一切繁文缛节,李治直截了当地要他禀奏查处礼部取士之弊之事。

"启奏陛下,臣到礼部查过,确有轻德重文现象,所幸录取之士的才智品性皆无失范之弊。因此臣以为此事提示即可,无追究必要。"

"好,此事就此了结。"接着李治就转了话题,问道,"自天后十二建言颁行之后,不知朝野有怎样的回应?"

裴行俭毫不掩饰自己对十二建言的赞誉:"天后建言十二条,堪为治世之纲也。纲举而目张,有了这十二条,所有的朝事都井井有条,肃然为序。"

李治要的就是这句话,他认为这评论来自曾被武曌疏远的官员,较之袁公瑜这些人口中出来的要更加真实。

见李治心境不错,裴行俭趁机将观察了许久的两个人举荐到他面前。

"臣在审查集试文卷时,发现咸阳尉苏味道、绛州人王勮皆宰辅之才。"

"哦!他们年方几何?"

"陛下,二人均是少年风华。这个苏味道九岁能诗文,二十岁中进士。臣观其人,眉宇间流露出丈夫气。王勮亦是二十中进士,恰好都是二十七岁。"

"不知爱卿凭何而言二人前程。"

"臣赴西域期间,得高人指点,故通阴阳历数,善观人,不离者十之八九。"裴行俭解释道。

李治闻言,很是惊奇:"朕尚不知道爱卿有如此异能,那依爱卿观之,王勃、杨炯二人如何?"

裴行俭皱了皱眉头道:"这两人论才华皆可谓聪明过人,可他们恃才傲物,一腔才华都用到饮酒作乐上了。"裴行俭理解皇上的意思,因为王勃做过李弘的修撰,便间接表示了否定的意见。

话说到这里,晨间的阳光从殿门外投了进来,集成一方鲜亮,李治的心油然地飞到了殿外。合上文卷,他对裴行俭道:"朕看奏折时间久矣,爱卿就陪朕在宫苑内走走如何?"

裴行俭知道,皇上邀约往往是有些心里话要说,他当然不会拒绝。于是,李荣带了宫娥、太监在后面远远地跟着,李治沿着宫苑的回廊缓缓前行。

风很柔和,抬眼望去,李治油然感喟节令无言的急迫。前几天枝头还是一片鹅黄的柳叶,现在已呈现出一片深绿,几只紫燕带了乳燕在林间穿梭觅食。花坛里的月季开得正盛,花香被风吹向宫苑的各个角落,连小径边的春草都是香的。蓦然回首,有一缕白云从天边拉开细长的丝带,在头顶盘旋,宛若曲江画舫荡起的浪花。

"一转眼,朕已过不惑之岁了。"阳光很亮,照得李治双目迷离,他流露出些许的忧伤。

裴行俭何尝不是一样的感触呢？五十六岁,人生的一个重要节点,他不敢有些许的怠惰:"陛下正处盛年,乃社稷之望。咸亨以来,政事顺畅,域内晏然,众心归附,皆陛下、天后运筹有致。"

"爱卿这话只说对了一半,去冬雪灾,乃上天之谴;今春新罗骚动,乃藩国异心依在之征。朕每思及此,就觉得愧对列祖列宗。"

裴行俭触摸到了皇上沉重的心事,他将之归咎于皇上的头风之疾,随后他紧走几步,劝李治一方面放松心境,精心调养;一方面按时传太医进宫,勤诊脉,适时用药。

前面有一座假山,山石采自终南山,石上青苔泛绿,池中涟漪涣涣,刚刚出水的清荷才吐了两片叶子。李治就势坐下,李荣在后面看见了,忙捧了坐垫上来,李治拦住他道:"天暖柳新,朕就石上坐坐何妨？你不必跟着,朕要与裴爱卿说话。"

但他还是接受了裴行俭从怀中拿出的丝绢垫在身下,眼睛望着柳荫深处的一对鸟儿发呆。那雄鸟似乎受了伤,怯怯地卧在草丛中,雌鸟来来回回地将寻来的食物衔到雄鸟面前,又一点一点地喂进雄鸟嘴里。看着看着,李治的眼睛湿润了,他想起二十多年来与武曌的丝丝缕缕,恩恩怨怨,终于决定将埋藏在心头的话说给裴行俭听。

"自头风复发以来,朕思谋许久。"李治叹了一口气,"朕目不能视物,诚恐贻误社稷。天后性敏捷,谋虑周,朕欲使天后摄知国政,爱卿以为如何？"

"这……"事情来得如此突然,裴行俭没有任何准备,一时语塞。

"裴爱卿！"他没有听见皇上的呼唤。

"裴爱卿,朕问你话呢？"李治提高了说话的声音,把裴行俭从纷乱的思路中拉了回来。

"微臣在！"

"朕让你为难了么？"

裴行俭向四周看了看,见除了李荣和宫娥外,院内分外清静,这才凑到李治的面前小声道:"陛下之言,臣无法苟同！"他撩起袍裾,定了定心神继续道,"天子理外,后主内,乃天之道也。昔魏文著令,虽有幼主,不许皇后临朝,恐生祸乱矣！陛下奈何以高祖、太宗之天下,不传之子孙而委以天后乎？"

"唉！朕又何尝愿意为之，只是朕这病……"

裴行俭转换着思绪，寻找着为皇上排解惆怅的谏言。当他的目光转向那对鸟儿时，眼睛一亮，转过身来对李治道："有了！"

"爱卿有什么话要说么？"

"微臣以为，天后乃巾帼女杰，有帝王气度。既如此，何不就让'二圣'临朝现状维持下去，凡军国大事皆决于陛下，平日朝事依旧由天后处置，太子监国。如此，陛下可养龙体，天后可展其谋，岂不两全其美？"

李治依然沉默不语，似乎还没有打消让位的想法。

裴行俭近前一步，用几乎只有李治一人听得见的声音说道："只要陛下还在朝堂，这江山就姓李，任何人都不敢生觊觎之心。"

闻言，李治沉思了片刻，最后终于打消了这个念头："爱卿之言至忠，朕谨受教矣！"

正午巳时，裴行俭回到署中，心里不免有些忐忑不安，他不知皇上会不会如上次上官仪那样，将自己所言转告皇后。不过，他旋即就释然了："所谓无私者无畏，你为社稷虑，心正胆正气正，何须惶恐不安？大不了如上官仪慷慨赴死罢了。"

这一次随父皇和母后来东都，李弘把一颗柔软的心留在了长安。现在想来，那完全是一次偶然的遭遇。

说起来那是去年八月的事，贺兰敏之案发，使李弘蒙受了巨大的屈辱。整整一个月时间，他一闭上眼睛就看见素儿苍白的面容和无助的眼神。从噩梦中醒来，他对着黑魆魆的夜色狂呼："贺兰小贼，我要杀了你！"

他在心里一次又一次地自责，为什么会轻信贺兰敏之的热忱，以致对他放松了警觉，让那个人所不齿的禽兽摧残了一朵娇艳欲滴的鲜花。

杨思俭后来含泪告诉李弘，说素儿精神恍惚，已经不辨男女，整日蓬头垢面在府中乱跑。李弘听了之后泪流满面："是我害了她啊！"

尽管武曌先将贺兰敏之流放岭南，继之又在途中绞死，可李弘从此在心中却种下了对武氏家族的愤怨，由此与母后有了无以名状的疏远。

刚强的武曌看着太子饱受折磨，流下了少见的泪水。她奏请李治同意，暂时终止了有司向太子奏事，又遣宫中太医精心调理。

不久，检校太子左庶子戴至德向李治和武曌禀奏，说左金吾将军裴居道的女儿贤惠美貌，武曌便要戴至德从中牵线。

依照《礼记》，媒使应执白雁作为信物。恰在这时，从芙蓉园中获得一只白雁，李治闻之大喜："汉获朱雁，遂为乐府；今获白雁，得为婚赞。彼礼但成谣颂，此礼便首人伦，异代相望，我无惭德也。"

皇上派媒使上门，对裴居道而言是四壁生辉的幸事，当然满心喜悦。

本来太子婚礼就是朝野瞩目的大事，因素儿一事，武曌为了抚慰李弘，更是极尽铺张，从三省六部到州县官吏直至四域藩国，都来朝贺。

李治被这盛大的场面所感染，油然自语道："东宫内政，朕无忧矣。"

婚后的生活看起来欢悦而又和谐，裴妃贤秀淑容，知书达理，处处依着太子，夫妻间倒也相敬如宾。然而，聪明的裴妃还是从温存时太子不经意地走神察觉到他内心的创伤并没有愈合。

有一天，她借省亲的机会向母亲泪诉自己的尴尬。母亲倒是通达，劝慰道："你既是进了皇家，就该学会忍耐。太子遭了那么大的变故，一时情感转换不过来也是常情。你须知不忘旧人者皆纯情男子，亦当会珍惜新人的。"

日子一天天过去，转眼就是秋天。看着枝头一片片黄叶被秋风吹得漫天飘落时，李弘的心头掠过无言的悲凉。在无朝事处置的日子里，他感到百无聊赖。这一天，他要郭纬陪同在宫苑里散心。

出了崇文馆，沿着雕梁画栋的回廊一路走来，沿途的菊花开得正盛，金灿灿地映出秋色的温柔。可李弘却吟出这样一首诗来——

　　此景无限好，霜来自凋零。
　　何似佳人去，焉知梦里情？

这些让郭纬觉得心里酸酸的，却不知道用什么话来安慰太子，只有跟着唏嘘不止。

隔着宫墙，一处殿宇的檐头横空而出，李弘问道："彼处就是常说的掖庭？"

郭纬点了点头。

"你陪我去看看如何？"

平日里，内侍省绝不许轻易进入掖庭，否则是要治罪的，郭纬有些为难。可这是太子的旨意，他只有硬着头皮前去通禀。

掖庭令闻讯，仓皇出来迎接。李弘道："我今日无事，想到掖庭看看，你且在前面带路。"

掖庭内道路曲折,依照宫女、被打入冷宫思过的皇妃、公主和没入后院苦力的臣僚妇人等级,造了大小不同的建筑群落。

当他们来到一座朱漆大门的屋宇前时,掖庭令显得很紧张,说话也不顺畅了:"殿下,此处还是不看了吧!微臣带殿下去别处看看。"

"这是为何?"

"这……"掖庭令眼见得脸色苍白了。

"莫非你藏娇于此,若是如此,我要治你藏匿之罪。"

掖庭令"扑通"一声就跪倒在地:"微臣何来胆量藏娇,只是……"

"只是什么?快说!"

"只是天后有旨,这屋里的人不许任何人见。"

他这一说,李弘越发地感到稀奇:"你老实说,室内关着何人,我可免你无罪。若是隐匿真情,我今天就要了你的性命!"

掖庭令十分惊恐,忙道:"殿下息怒,微臣不敢隐瞒。此处关押者,乃已废萧淑妃的两个女儿义阳、宣城公主。"

李弘"哦"了一声,心想这不是我姐姐么,遂道:"打开门,我进去看看。"

"殿下,这……"

李弘不再多说,要郭纬宣羽林卫,掖庭令只好打开门,只觉一股"腐气"扑面而来。院内杂草丛生,尘埃遍地,许久不曾打扫了。两位消瘦而又不修面容的女子倚门而坐,绝望地看着天空,眼里早已没有了眼泪。那个大一点的大概就义阳公主了,见头顶有白云,痴呆呆地看了好一会儿,直到消失在屋后,才憨憨地笑道:"又走了……又走了……"

小一点的该是宣城公主,可那蓬头垢面的样子使她看上去比实际年龄大了许多。

李弘的眼睛迅速潮湿,同是父皇的儿女,为何命运竟如天壤?为何上辈的恩怨要儿女来承担。他忽然觉得母后很可怕,她杀了她们的母亲尚不解恨,还要将她的女儿囚禁在冷宫,终年不见天日。李弘的心隐隐疼痛,他轻轻走上前去,试图牵起两位姐姐的衣袖,却让她们一脸的惊恐,趴在地上一个劲地喊:"大人饶命……"

郭纬上前道:"二位公主不必惊惧,当朝太子殿下来看望你们了。"

"太子殿下?哦!你是李忠皇兄么?"

郭纬介绍道:"他是李弘太子殿下。"

"李弘?没听说过。"

李弘忍着一眶泪水道:"二位皇姐受苦了。"

只这一句话,催开了义阳、宣城公主心头的酸楚,她们一时无言,只是抱头痛哭不止。郭纬要上前劝解,被李弘拦住了:"让她们哭吧,把这些年的委屈哭出来会好些。"

哭过痛过之后,她们清醒了,擦去眼角的泪水向太子施了一礼道:"多谢太子殿下关怀,此处非殿下可来之处,还请殿下离开。"

当她们得知当朝太子乃武曌亲生,她们的李忠哥哥早已不在人世时,不仅绝望,更是警醒,她们最担心的是这次探视会给她们带来杀身之祸。

临别时,李弘留下一句话:"我要救两位姐姐出去。"

第二天,李弘来到宣政殿,恰逢父皇和母后都在,他将两位公主的遭际如实禀奏,说她们均是大唐贵胄,为何要过那种非人的生活?李弘已发现了武曌的不悦,但他已经顾不了母亲的情绪:"身为大唐公主,年近三十而不能婚嫁,整日困于冷宫,岂非无情?儿臣请求父皇、母后早日诏命两位公主出掖庭,择定吉日婚嫁。"

"唉!你不要说了,朕……"不等李弘说完,李治已凄然泪下,"朕对不起她们……"可等他的情绪渐渐平伏下来,心里就忐忑不安,担心武曌无法接受眼前的现实。

是的!李弘看得清清楚楚,在父皇忏悔的当儿,武曌的那双丹凤眼在结冰,在喷火。然而当李治抬头的时候,那一切顿然消失,代之而来的是莞尔一笑。那笑,很温暖也很温情:"陛下何必落泪?既是两位公主到了婚嫁年龄,自然不能养在掖庭了。"

李治没有想到,武曌对昔日情敌的女儿会如此宽宏,然而,他继之就释怀了。她也是四十多岁的人了,也许她的心被李弘的诉说融化了。可就在这时,他听武曌说道:"恰我殿外值守者无妻,就赐予彼等吧!"

"你!"李治咽了一口气道,"她们好赖也是公主,你怎么能如此……"

"此乃后宫之事,何劳陛下费心。"武曌脸上毫无表情,说完便朝外面喊道,"张尚宫,传两位值守者进来……"

李弘很吃惊、很茫然,对母后置父皇情绪而不顾生出无言的愤慨。

从那以后,武曌就很少召见他了。这次父皇赴东都,提出让他留在长安监国,武曌坚决不肯,宁愿将三省宰辅都带到洛阳,也不愿意将他留下。看来,母后是戒备日深了。

现在,望着窗外的春色,李弘十分惦念两位姐姐现在过得怎样。尽管他无法改变武曌的决断,可他从内心祝福她们过得幸福、平安,最起码受到两位皇宫卫士的善待。

这时,裴妃进来了。端庄秀丽的她看见太子在发呆,就悄悄站在一边,直到李弘醒过神来,才笑吟吟地上前问候道:"春日暖暖,殿下为何在此呆坐?"

"你是何时进来的?"李弘有些诧异。

"妾进来有些时候了,看殿下想事,就没有打扰。"

李弘觉得不好意思:"让你久等了,我方才是想到了长安的两位姐姐,不知道她们过得怎么样了?"

裴妃宽慰道:"难得太子如此宽仁。依妾想,既是陛下亲生女儿,两位卫士又有多大的胆子敢对公主无礼?"

李弘无奈地笑了笑:"他们自然不敢,我担心的是母后授意他们对两位姐姐无礼。"

听了这话,裴妃便无言了。来宫中几个月了,她亲身体验了这位皇家婆婆的专横独断,在婆婆面前,她永远是温顺而又小心翼翼地。

两人正说着话,郭纬进来禀奏,说雍王李贤来洛阳了,现正在殿门等候召见。李弘的脸上立时变得清朗多了,急不可耐地拉起裴妃迎出门去。

虽是同胞兄弟,但自从李弘被立为太子那天起,就有了君臣之别。李贤看见李弘,上前施礼道:"臣弟参见太子、太子妃。"

李弘却没有这么多讲究,拉起李贤道:"正盼着你来呢! 走,进去说话!"

李贤通禀了父皇、母后离开长安后的朝事,李弘都不在意,而是打断他的话直接问道:"不知义阳、宣城两位姐姐境况如何?"

见兄长问起,李贤长叹了一声,将他所知的情况都说了出来。一天,他去看望义阳公主,却不想看见她伤痕累累。他大怒,命卫士招来她的夫婿就是一顿狠打。那人忍受不了鞭笞,只好据实交代。说到这里,李贤的脸色就阴暗了:"皇兄猜怎么着? 他竟供出是奉母后之命,每日必须毒打皇姐三次。"

李弘的担心不幸成了现实,叹道:"你我有如此母亲,必获罪于天啊!"

兄弟俩谈了很久,两人都对武曌颇有微词,对父皇的处境很是同情。

李弘有些疑惑:"我就是不明白,母后为何要这样做。"

李贤道:"臣弟亦有疑虑,她过去对武氏一族恨之入骨,现在又将流放岭南的武承嗣召回京都,还委以宗正卿重任。而贞观以来,宗正卿皆由李姓担任,她这是……"

"莫非……"李弘禁不住"啊"了一声,旋即掩了口,他不敢再往深里想。

送走李贤，整整一个下午李弘都是一副魂不守舍的样子。裴妃问了几次话，他都是答非所问。裴妃不免有些担忧道："殿下有何处不适也该告诉妾，妾也好禀明母后，传太医诊治。"

李弘苦笑道："我何曾有恙，只是心里憋得慌，你何须惊动母后。"

见夫君终于说话，裴妃的眼泪再也忍不住了："殿下吓死妾了。"

李弘捧着裴妃的脸道："我有话憋在腹中，只是不知从何说起。"

裴妃目不转睛地看着李弘，一任自己的热泪洒在太子的衣襟上："妾既与殿下结发，当生死与共，殿下有什么话就对妾说吧，千万不可憋出病来。"

于是，李弘将武曌的所有事情都一一说了出来，听得裴妃心惊肉跳。她虽是将军之女，却也不承想宫廷之内竟如此血腥。

"听了殿下的一番话，妾终于明白了您内心的痛苦。敢情殿下做这太子，还不如百姓家平和清淡。"

"岂止如此？若真如我疑虑的那样，我就永远没有出头之日……"

接下来的日子里，除了李贤经常来宫中叙话外，李弘也在获得"二圣"的恩准后，邀请几位兄弟到洛阳城郊狩猎。但他心中有一个不为人知的打算，他要亲自向母后提出，要她善待义阳、宣城两位公主。

重阳节到了，武曌特地在合璧宫中举行重阳歌会，除留在长安的周王李哲和豫王李旭轮外，李弘、李贤兄弟都奉旨赴会。

李弘本打算谢绝赴宴，可裴妃劝道："既是节庆，百官齐集，殿下不去，反而使天后生疑。"就这样踟躇徘徊，等到他们赶到合璧宫时，歌会已开始了。

歌会显然是经过武曌精心构想的，太乐署出动千名乐工，鼓吹署、歌舞署各出了四百多名鼓者、歌者和舞者，可谓盛况空前。

李弘在太监引导下进了宫门，主殿上，王公、百官座前摆好了美酒佳馔。他携着裴妃悄悄来到紧邻李治身边的座位坐下，一转脸，就看见武曌恼怒的目光。他本想过去解释，又怕坏了母后的兴致，遂打算在歌会后再去拜见。

裴妃暗地朝天后身边打量，就发现她身边多了一个十岁的女孩。那不是太平公主么？裴妃进宫后，只听说当初天后为给荣国夫人祈福，送她到感业寺修行，为何她没有佛姑的装扮呢？只见她正眉飞色舞地向李贤叙说着什么，连歌会也顾不上看。

李弘也在看太平公主。他记得在太平公主五岁那年，因身边养的宠物猫偷食了膳室的肉，她提起猫就摔死在阶前。从那时候起，他就觉得这位御妹的性格太像母后，所以对她一直是疏而远之，倒是李贤同她相处还算融洽。

歌会是依照武曌的诗编的,一首一首演唱,都充盈着雄视八荒、包举宇内的帝王气度。每一首曲终,百官就爆发出"天后千岁"的山呼。武曌举起酒杯,向着百官高声道:"请众卿与我举杯,共祝社稷万世永固。"

这时候,宗正卿武承嗣便命署中官员献上一幅横匾,上书"二圣永寿"四字,武曌命武钦收了。接着,百官起立山呼"天皇万岁,天后千岁"。狂涛般的声浪,在合璧宫上空久久回荡。

这是尊李治为天皇、武曌为天后以来最盛大的歌会,直到深夜才降下帷幕。当百官们纷纷散去后,合璧宫中就剩下天皇、天后和几位皇子、公主。

当宫娥和太监们将宫内外打扫得干干净净,重新摆上醒酒的果蔬时,李弘夫妇来到李治和武曌面前。

李弘首先请罪道:"儿臣因偶感不适,故而来迟,还请父皇、母后恕罪。"

李治摆了摆手:"既是有恙也就罢了,更深夜阑,你们可以回宫了。"

可这时却听见太平公主说话了:"太子皇兄哪是偶感不适,分明是轻慢父皇、母后啊!"

李治看了一眼太平公主道:"你何其多嘴,对太子无礼,还不向皇兄和嫂嫂道歉。"

未等太平公主说话,武曌接上的话就带了不悦的责备:"太平有什么错?身为太子,不能践诺守信,将来如何执掌国政?"

李贤见武曌凤颜嗔怒,忙从旁插话道:"儿臣昨日去宫中拜望,见皇兄确是身体不适,还请父皇、母后宽恕。"

太平公主却撇了撇嘴,嘟哝道:"好呀!你们合起来欺瞒父皇、母后。"

李弘狠狠地瞪了一眼太平公主道:"小孩子懂什么?如今如此张狂,大了难保不篡国窃政。"

这话一出口,裴妃的心就骤然悬到了空中,情知太子祸从口出,忙暗地拉了他一下。果然,武曌用力地拍打案儿,震怒道:"好啊!学会旁敲侧击、指桑骂槐了,太子是不是说我窃国了呢?好大的胆子!"

李治见事情不好,忙打圆场:"此话皆因太平而起,弘儿怎敢骂母亲?还不快向母亲谢罪!"可武曌在气头上,非要太子供出背后主使之人。

李弘情知言出于心,更不愿意牵连外人,拉着裴妃就跪倒在武曌面前:"儿臣一时言语莽撞,冲撞了母后,儿臣罪该万死。儿臣言从心出,并无谁人主使,母后要治罪,就治儿臣一人。"

在这种场合下,李治最是无奈和尴尬。他看了看身边的李贤,希望他能出面平息事端。李贤会意,转身也跪在武曌面前道:"今日重九,日月并应,享宴高会,宜为长久。天皇天后,正应此瑞兆,儿臣请母后息雷霆之怒,且饮了菊花酒,为父皇母后祈福纳祥。"

听了这话,武曌的情绪才有了转变,遂要张尚宫到御膳房去备酒,又对李弘夫妇和李哲道:"你等且平身,这次就依贤儿所奏,饶了你们。"

李弘却没有起来的意思,裴妃就急了,暗暗拉了拉李弘的衣袖道:"母后让殿下平身呢!"

李弘并不理会,伏地而泣道:"儿臣尚有事要禀奏父皇、母后。"

武曌听了便很不耐烦道:"你还有何事?说吧!"

李弘的呼吸急促起来,生怕自己在一瞬间动摇和退却。他将目光直视武曌,把一腹的不平倾泻而出:"儿臣不明白,既是母后应允义阳、宣城两位皇姐出嫁,就该善待她们,为何又要夫婿百般虐待呢?"

"你胡说什么?"

"非儿臣信口胡说,贤弟可以为证。"

李治的脸色十分难看,转脸望着武曌问道:"究竟是怎么回事?"

武曌的脸腾地红了,旋即大怒道:"你这是在指责我么?"

"母后也有子女,若太平遭此厄运,又该如何?难道义阳、宣城公主非李氏血脉么?"

李弘还要说,可武曌的情绪反而平静了,脸上掠过一丝笑意道:"果真有此事?是贤儿看见,当不会错。这两个不知天高地厚的东西,义阳、宣城公主皆陛下骨肉,岂容彼等欺辱。我当命内侍省彻查此事,严惩不贷。"

李治的脸上终于有了依稀活气,道:"天后既已答应彻查,你当平身。"

在众人为一场风雨终于平息而庆幸时,谁也没有发现武曌在太平公主耳边暗语了几句,她就出门去了。

不一会儿,宫娥们一人捧着一个托盘走到李治、武曌、李弘夫妇和李贤面前。待每人举起酒杯时,李治脸上充满了由衷的欣慰:"凤阙澄秋色,龙闱引夕凉,满盖荷凋翠,圆花菊散黄。饮了这酒,大家就早些回宫歇息去吧!"

话音刚落,就听见耳边一阵娇嘤道:"还有我呢!"太平公主快步来到大家面前,端起酒杯,与父皇、母后和两位兄长的杯子碰出一声脆响,仿佛所有的恩怨都被这清淡的菊酒消融了,至少现在每个人的脸上都是清风爽气,眉宇间都是朗月融融。

武曌似乎忘记了李弘方才的顶撞,她走到裴妃面前说道:"弘儿体弱,你要悉心照顾才是……"

那一瞬间闪烁在母亲眉睁间的温柔,让李弘心底生出不尽的愧疚。踏出宫门时,他甚至想从此以后母子之间不再龃龉。可就在这时,他腹中忽地一阵剧痛,直感热血直向口中涌来。

李贤见状,冲上去抱住李弘,只见他口吐鲜血,两眼怒睁,手指无力地指向合璧宫内,未及说一个字就气绝身亡了。

"皇兄,太子殿下……"李贤抱着身子渐渐僵硬的李弘,悲哀的哭声在合璧宫的梁柱间环绕。

"殿下……"裴妃一声悲鸣,昏倒在李弘身旁……

第三章

天后含恨复摘瓜　李治苍凉绝人寰

　　这是永隆元年的三月。上午巳时二刻,位于偃师西南景山脚下走来一队人马。为首的青年容貌俊秀,举止端庄。他身穿一件淡黄色箭衣,头戴一顶紫金远游冠,腰佩镂今雕龙鞘宝剑,骑枣红色骏马。中午的阳光洒在他的肩头和眉宇间,愈发显得气度不凡,他就是大唐的新太子李贤。他的马鞭轻轻地甩在坐骑身上,那马一阵小跑,将身边跟随的几位官员甩了一大截。

　　他们是李贤的贴身太监郭纬,太子左庶子、同中书门下三品的张大安,太子洗马兼充侍读刘纳言,洛州司法参军格希元。看着太子的马飞快奔走,三人相互看了一眼,迅速跟了上去。

　　张大安是此次陪在李贤身边官阶最高的官员, 他回头看着刘侍读与格参军道:"太子有心,赶在清明前去拜谒恭陵,为的是与谒昭陵避开,毕竟孝敬帝没有坐一天龙位。"

　　刘纳言长叹一声道:"一转眼,孝敬帝崩逝已经五年了。好好的,他怎就忽然猝亡了呢?"

　　格希元赶上两位大人道:"朝野对这事讳莫如深,极少谈论,你我就不要妄猜了吧!"

　　他们几位都是被李贤召到身边注释范晔所撰之《后汉书》的。几年相处下来,他们都有一个不言自喻的共识,那就是李贤是几位皇子中最杰出的。他不仅相貌奇伟,而且才思敏捷。他们注释的稿子呈上后,他都要字斟句酌地阅读,常常就其中的疏漏提出质疑;尤其让他们感佩的是,太子对书中人物的批注,总让他们耳目一新。

　　张大安尤其感佩太子的博学宏识,他在督促加快《后汉书》进展的同时,还批阅了有秦以来朝廷与藩国之间的历史,写就了《列藩正论》三十卷,其高屋建瓴、取精用宏,毫不逊色于晁错的《削藩策》。

"孟子曰,五百年必有王者兴。太子颇似太宗,此上天赐我朝圣主矣。"刘纳言的话引起张大安的警觉,作为宰辅之一,他曾目睹了太子与天后之间一次次的龃龉,他在内心认为天后对太子的行为干涉过多,甚至在他监国期间都不能独断朝事。因此,他在心底为李贤捏着一把汗。

张大安转过脸来看了看刘纳言道:"陛下龙体康健,天后精神健旺,太子就是太子,各位大人不可轻言圣主!"

刘纳言和格希元瞬间就理解了张大安的意思,刹住话头追赶李贤去了。

司马道就在眼前,李贤勒住缰绳,那马"啾啾"一声嘶鸣就停在了路口。抬眼远眺,春日下的景山祥云缭绕,松柏碧翠,五年前栽下的松树现在都翁郁葱茏了。因山为陵,皇兄就长眠在这大山深处了。

李贤眼眶有些潮热,在心底呼唤道:"皇兄!弟弟来看你了。"

五年前的那个重阳节,是李贤挥之不去的痛,他怎能忘记皇兄在他怀抱里一点点冰冷呢?他又怎么能够忘记皇兄薨殒后,父皇一夜之间白了双鬓的严酷呢?他记得,第二天父皇没有征求母后的意见,就直截了当地对刘仁轨、裴行俭、李敬玄、武承嗣下了口谕:

> 皇太子弘,生知诞质,唯几毓性。直城趋贺,肃敬著于三朝;中寝问安,仁孝闻于四海。自琰圭在手,沉瘵婴身,顾唯耀掌之珍,特切钟心之念,庶其瘳复,以禅鸿名。及膝理微和,将逊于位,而弘天资仁厚,孝心纯确,既承朕命,掩欷不言,因兹感结,旧疾增甚。亿兆攸系,方崇下武之基;五福无微,俄迁上宾之驾。昔周文至爱,遂延庆于九龄;朕之不慈,遽永诀于千古。天性之重,追怀哽咽,宜申往命,加以尊名。夫谥者,行之迹也;号者,事之表也。慈惠爱亲曰"孝",死不忘君曰"敬",谥为孝敬皇帝。

这是白发人唯一能做的,也是武德以来唯一身后被尊为帝的皇太子。

武曌没有阻止,其实她内心的彷徨和痛苦很少有人知道。她私下里要武承嗣一定要将李弘的葬礼按皇帝的品级办好,不管别人怎样看,她求的是内心的安宁。不管太子生前同她发生过多少不快,此时此刻,她只有将所有的光环都加在亡灵身上,才足以让她在梦中不再看到太子一脸怨恨的样子。

李贤不能理解,父皇为什么置皇兄中毒的事实不顾,而以"疾遽"为由将这一页迅速地揭了过去,他究竟在怕什么?

上元元年六月,李贤被立为太子。但是不久,他和武曌之间就发生了第一次冲突。他发现,母后对宫中其他嫔妃生的儿女都表现出一种厌恶。七月,她因憎恨杞王李世金的母亲杨氏,以致不能容忍已外放做了慈州刺史的杞王。她暗授有司搜集罪证,罗织了一个"腹诽"的罪名禀奏给李治,将其免官。接着,又以同样的方法处置了萧淑妃生的郇王、已被贬为申州刺史的李素节,剥夺了他进京朝觐的权利。

李贤很吃惊,难道他不是父皇亲生的么?父皇怎么可以听任母后为所欲为,而又容忍她身边的臣下诬忠为奸呢? 他先去拜见父皇,希望他能出面阻止,可他从父皇那里得到的却是无言的叹息和默然的垂泪;他转而去拜见母后,恳请她明辨是非,能够善待他们,但招来的却是严厉的训斥:"你心慈手软,优柔寡断,此非帝王所应为者。"

第二次冲突是因为改元这事引起的。

上元二年十二月的一次朝会上,武承嗣忽然谏言改元仪凤,大赦天下。缘由是自陛下患疾以来,天后署理朝政,内修善政,大兴农桑;外平藩乱,海内臣服,四方来朝。

仪凤!百鸟来仪,这意味着什么?李贤当时就在李治身边,他对武承嗣的谏言大为不满。不管臣僚们心中怎样想,可在他李贤的心中,这锦绣江山姓李,父皇还坐在朝堂上,这也太明目张胆了!

朝会后,他直接找到母后,劝她拒绝武承嗣的谏言。

武曌闻言很伤心,以至于十分恼怒。她同样不能理解,从自己身上掉下的骨肉为何就不能与她同心同德呢? 那是她第一次大骂太子无知:"难道武承嗣所言皆虚么?难道不可以改元么?我就是要让朝野明白,天皇天后原为一体,天皇即天后,天后即天皇也。"

结果当然是不言而喻的,父皇又一次屈从于母后,改元仪凤,而李贤的情绪也日复一日地抑郁。

而母子之间的第三次龃龉是因为英王李哲与豫王李旭轮的任职。

仪凤元年,吐蕃入寇鄯、廓、河、芳诸州,朝廷敕左监门中郎将令狐智通发兴州、凤州等地之兵防御。本来诏书中书省已经拟定,武曌却提出要时任洛州牧的英王李哲为洮州道行军元帅,任并州大都督豫王李旭轮为凉州道行军元帅,率领镇军大将军契苾何力等征讨吐蕃。

虽然李哲与李旭轮领着都督军职,并且都在州牧任上,可知弟莫如兄。

李哲性格懦弱,处事中庸;李旭轮虽谦恭孝友、好学,尤爱文字训诂,但不闻朝事。他们一个二十岁,一个只有十四岁,均无领兵打仗经历,让他们凌驾于契苾何力这些老将军之上,岂非徒有虚名?若是他们指手画脚,贻误战事,岂不要铸成大错?他在朝会上据理陈奏,请求"二圣"收回成命,放手让将军们纵横驰骋,却遭到了武曌的斥责。

令李贤啼笑皆非的是,这两位皇弟先是被朝廷的救命惊破了胆,直到战事结束,都窝在京城不敢出来。甚至有一次,他们竟然跑到东宫,当着李贤的面埋怨母后的无情。李贤无言以对,说不清是该为母后的决定感到遗憾,还是该为两位皇弟悲哀。

这些争执和龃龉,让母子间的情感也越来越远。更为可怕的是,宫中很快便传开了一种议论。

一天,李贤正在为《后汉书》中关于东汉将领马武身世的注释而盘桓,贴身太监郭纬进来先给他奉了一杯热茶,接着帮忙整理书稿。李贤在一边看了,觉得这郭纬倒是个实诚人,话不多,干事却是十分利索,难怪皇兄生前十分看重他。因此,在只有两人时,他们之间的说话常常是十分随便的。

"近来外面都有些什么消息呢?"

"这……臣……"郭纬有些支吾其词。

"你今天怎么了?"

"臣不知该怎样禀奏。"

"你我相处非只一日,有何话不能直言?"

"这……"

郭纬还是有些犹豫,李贤就有些不高兴了:"我问你话,你倒三缄其口。看来你是在我身边待得太久了,我明日就禀明天后,让内侍省另遣一人来。"

"殿下息怒,臣说就是了,"郭纬急忙跪倒在地,"近来宫中暗里有不少有关太子身世的议论,因为事关殿下,因此臣踯躅彷徨,还请殿下恕罪。"

"哦?他们如何说的?"

"他们说殿下乃韩国夫人所生。否则,天后为何总是看殿下不顺眼呢?"

李贤又问道:"你信么?"

"臣怎么会信这些毫无根据的信口胡说呢?"

李贤没有再问下去。当日下午,他把自己一人关在崇文馆里,反复检索二十年来生活的每一个细节。从小乳娘就对他说,他是母后在陪父皇前往昭陵途中生下的,难道这是一个精心编织的谎言么?如果说这一切是真的,为什么在他被册封为太子后，母子间发生了如此多的不快呢？回想到皇兄的死，他对母后有了暗悬于心的恐惧，他担心皇兄的结局会在自己身上重演，从此，他做事就分外小心了。但这似乎并不能让母后满意，他不断接到母后的敕令，责备他不懂得为人子。

昨天，母后又差武钦送来两本书，一本《少阳正范》，一本《孝子传》，皆出自北门学士笔下。很显然，这是一种警示。

而且，母后在随附的信中严厉责备他败坏宫中风气，竟与一位叫赵道生的户奴干起了"狎昵"的勾当，还不以为耻，反拒左庶子薛元超的进谏。在信的末尾还警告道："太子身系国脉，关乎社稷，其举止当否，朝野共睹之，我萦系之。万望反求诸己，严于约束，若再执迷不悟，勿谓我无情。"

唉！都怪自己一时糊涂，竟被那个面如粉玉的男子迷住了，着实有失检点。李贤狠狠地摇了摇头，决计将这些烦心事搁下，一心一意谒拜他抱憾而去的皇兄。

太阳已经升得很高，驱散了早晨的凉气，暖暖地照着仲春的偃师土地，这里的一切都呈现出蒸腾的蓬勃，李贤的头上也渗出点点汗珠。

他放松马缰，等郭纬、张大安、刘纳言、格希元几位来到身边，便将马交给了卫士，然后沿着司马道缓缓地一路北上。越过阙门，道边依次排开的三对翁仲、一对天马，一对望柱。在东排第一、二翁仲之间，耸立着《孝敬皇帝睿德碑》。

陵台令在碑前肃立，他远远地看见太子便跪迎道："微臣恭迎殿下！"

"待会儿我要到献殿祭祀孝敬皇帝，你等且去准备吧，我还要谒读碑文呢！"李贤挥了挥手让他们平身，陵台令等人便小心翼翼地退下了。

李贤来碑前，一脸的肃穆，目光默然扫过一行行银钩铁画的字迹，从胸腔间发出的叹息在碑石上荡起经久的回音，几位臣下便都不敢大声说话了。

李贤从字里行间触摸到父皇那一颗憔悴、苍凉而又无奈的心。他相信，这些赞誉字字都是带了情感的，皇兄虽然在这个人世间只有二十四年，但在当太子的十九年间，留下的都是勤政爱民的故事。

他曾陪太子在崇文馆读书多年，深知他对少师、少傅的尊重。然而，他却从不泥古，总是有自己的见解。当他不忍听《春秋》中杀父弑君的史事时，毅然接受了侍读的谏言，选择了读《礼》。多年后，两兄弟在一起回忆起早年的读书经历时，李弘曾道："不懂礼则无以事天地之神、辨君臣之位，所以先王重视此道。孔子曰，'不学礼，无以立'。足见礼之于国，不可须臾离矣！"

李贤的眼睛模糊了，他依稀记得皇兄在自己怀抱里离去的时候，父皇就在身旁，他看着皇兄七窍淌血就昏厥过去了。在太子葬礼后一个多月里，父皇每日以泪洗面，人显见地苍老了。

但是父皇隐忍了，他没有命有司追究太子死因，而在诏书中宣示李弘薨于暴病。这是一个十分冠冕堂皇的理由，而所谓的禅让未遂也掩盖了多少泣然无语的细节。

为亡灵加了诸多的褒奖只是为了生者的心安理得，但李贤透过正午的阳光，却从父皇潇洒漂流、翰逸神飞的碑文里触摸到了点点血渍。

面对碑石，李贤潸然泪下，为他可怜的皇兄，也为他无奈的父皇。

张大安最能理解李贤此刻的心境，他俩在平日里虽然都尽量避开这个话题，但彼此心里都很明白，遂劝道："陛下圣明，追谥先太子为孝敬皇帝，他当含笑九泉了，请殿下节哀。"

李贤点了点头，擦了擦眼角道："但愿他泉下有知，护佑大唐享国万世。"

一干人来到恭殿前，陵台令备好了牺牲、供品和香烛，乐师也早早地在廊庑间等候。虽不及太乐署那样声势浩大，却是笙、竽、鼓、吹俱全。李贤等人在陵台令的引导下，一一行了三叩九拜大礼。因为不逢清明，也非朝祭，诸如宣读祭文等程序都免了。

祭祀完毕，陵台令请李贤等到客厅饮茶，然后又将恭陵的营建进展一一禀奏。

李贤听后叮嘱道："孝敬皇帝生前仁爱宽厚，节俭勤政，你等须兢兢业业，不可懈怠。"

在陵台署用过午饭，李贤让陵台令不必陪着，一干人登上了景山之顶，大家头上都是汗津津了。李贤环视周围，但见半山间浮云沧海，回环缭绕，人在云上，宛若仙境。及至极目远望，中原大地尽收眼底，此时正是万物复苏的季节，千顷碧海，万缕烟柳，桃若灿霞，草色晴翠。

江山如画，却染着多少将士的鲜血。李贤回头问张大安道："裴行俭大人有消息么？"

调露元年，西突厥进逼安西，身为吏部尚书的裴行俭受命送波斯王子泥涅师归国，途经西州时募得万骑，便假为畋猎，以计俘获西突厥都支。西州将士于碎叶城为他立碑记功。消息传来，朝野振奋。这年十一月，东突厥阿史德温傅、阿史那伏念反叛。李治与武曌不约而同地提出，改任裴行俭为礼部尚书兼检校右卫大将军，钦命定襄道行军大总管，将兵十八万征讨。李治亲为裴行俭设宴饯行,李贤奉皇上口谕作陪。席间,李治言道:"爱卿有文武之才,今授爱卿二职,望勿负朕望。"

离开京城时,李贤送行。执手相别时,裴行俭留下一句话:"孝敬帝中道崩卒,殿下负命临位,东都冬寒,还望殿下为社稷计,倍加珍重。"

现在,他回想起裴行俭的别语,觉得自己之前却是忽视了这话外之音。

"姜大人接到边关捷报,裴大人在击东突厥时,以老弱士卒疲敌,以精兵伏敌,全歼叛军。"张大安回道。

"以我名义六百里快马驰书慰勉,大唐有此名臣良将,社稷之幸,百姓之幸。"李贤大为振奋。

郭纬应道:"臣回到洛阳,就遣人前往边关。"

这时候,刘纳言赶上太子的脚步,一副有话要说的样子。李贤看他有些欲言又止,便问道:"爱卿有何话要说?"

刘纳言犹豫了片刻,还是下定决心道:"不知殿下可知明崇俨此人?"

"你是说那位谏议大夫么?我在母后那里见过几次,也看过他检举贪官的奏章,文理不错。"

刘纳言"哦"了一声,没有再说话。这时候,格希元在一旁说话了:"微臣听说,这个明崇俨颇通'厌胜'之术。"

李贤听了很不以为然,摇了摇头道:"身为谏官,不思规谏,却热衷于'厌胜'之术,终非正道。你等不可效之。"

"微臣谨遵殿下旨意。"

然而,当李贤的脚步踏上山道拐弯处的一块石头后,就忽然停住了脚步,回头看了看张大安等人,心中不免就起了波澜。他们这是怎么了?为何忽然提起了明崇俨,是有话要说么?所言之事与我有干系么?

等几个人赶上,李贤便问道:"你等为何无故提起明崇俨其人?他需要我举荐么?"

见众人摇了摇头,李贤又问道:"或是因其有罪,需向我举报……你等必有事瞒着我,快说吧。"

张大安毕竟年纪大些,他一边拍打衣袖上的尘土一边说道:"臣等也是道听途说,殿下不信也罢。"

"我什么都不知道,何谈信与不信?"李贤面露不悦。

于是,张大安看了看郭纬道:"事到如今,郭公公就不必犹豫了,还是禀奏为好!"

郭纬的脸霎时就白了，急忙要跪，却看到山坡陡峭，无处屈膝，只好低了头道："还请殿下恕罪。臣想了多日，就是不知道该不该说。说了，臣没命了！不说，殿下若是知道，也要治臣的罪……"

"有话快说。"

"事情是这样的，有一天臣奉殿下旨意前去天后那送殿下批阅的奏章，不意却看见了谏议大夫明崇俨。"郭纬接下来的叙说让李贤触目惊心，"那明崇俨正奉天后旨意做'厌胜'之术，为殿下兄弟几人看相。大家都全神贯注地看明崇俨作法，谁也没有在意臣就在暗处站着。那明崇俨双目迷离，神情恍惚，若仙若幻。天后很虔诚地问他几位殿下的前程若何？那明崇俨以神仙的语气说英王状类太宗、豫王最贵，只有太子殿下不堪大任。他这话一出口，臣吓出一身冷汗，心想这老贼是唯恐天下不乱。臣再也无心听下去了，转身就疾步踏上归途，不小心碰倒了花坛前的一块石头，弄出了声响。臣情急之中藏身在假山背后的一丛藤萝中，等太监们毫无所获回去后，才胆战心惊地回到东宫。多日来，臣只是将这事告知了张大安几位大人，却不敢直言于殿下，还请殿下恕罪。"

"唉，你有何罪？"李贤转身往山下走，一路上气氛显得非常沉闷。虽说此为妄言，可谁又知道天后对此做何想法呢？

李贤又问道："这是何时发生的事情？"

"仪凤三年十二月。"

李贤的眼睛直了，心想糟了，这件事发生后不久，调露元年四月的一天夜里，明崇俨忽然在府中被杀，头颅悬挂在府门前。天后大怒，责令大理寺、刑部和御史台合力追凶。她还禀奏李治追谥明崇俨为侍中，以褒奖他身在谏位，忠于朝廷的功绩。

这案子查了数月竟没有查出凶手，天后为此而将三部尚书传到合璧宫怒斥，声言如查不出真凶，将流放三部尚书。

哦！李贤想起来了，有几次他到合璧宫请安时，母后曾有意无意地同他谈起此案。那时他根本不知明崇俨曾就自己的命运和前程做过"厌胜"之术，只是依据平日的言行直言不讳地谈了自己的看法："儿臣听闻明崇俨身在谏位，却热衷'厌胜'之术，蛊惑人心，必是获罪于仇家，故而被杀。"

"是这样么？"武曌很不经意地笑了笑，便将话题转移了。

"唉！都是我疏忽大意，也许那时候母后已怀疑此事与我有关了。"他在心里埋怨郭纬，为什么不早点将此事告诉他，以致他在母后面前毫无防备。

几个人来到山下,已是日色西斜。从士卒手中接过马缰,即将踩着马镫时,李贤忽然一个趔趄,差点跌下马背。张大安情知太子的心绪烦乱,急忙上前扶住他道:"有道是正气存内,邪不可干。虚妄之言,殿下何必上心?"

李贤没有回答,他上了马便狠抽一鞭,朝偃师城驰去。一路上他忐忑不安,不断在心里想是什么地方引起母后的警惕,是因为几次政见相左而惹恼了母后么?但直到偃师城楼映入眼帘时,他还是没有头绪。

怀着这样惴惴不安的心思回到东都,他暂时中断了《后汉书》的注释,除张大安每日出入于宫禁,在皇上与太子之间走动外,刘纳言和格希元都被通知回了家。他自己也闭门谢客,在惊慌中靠闷酒打发时光。

这情景可急坏了太子妃房钰。她不知道为什么一场祭祀能让太子神志恍惚、忧郁沉闷,像变了一个人似的。

房钰避过太子传来郭纬,问在谒拜孝敬帝陵时究竟发生了什么事。郭纬一下子软瘫了,战战兢兢地跪倒在太子妃面前叙说了事情的原委。

房钰终于明白,原来太子的所有心结都在明崇俨之死上,他忧心皇兄的悲凉会在他身上重演。房钰的父亲在朝廷任奏议郎,她从小受到母亲严格的教养,向往过一种夫唱妇随的生活,何况太子又是如此英俊奇伟呢?

她来到书房,从容镇定地牵着太子的手说道:"妾出身将门,从小母亲就教妾忠孝节义。既然妾与太子祸福共担,妾当万死不辞。"

闻言,李贤捧起房钰俏丽的脸庞,禁不住眼热心潮:"我最对不起的就是你了。"

"殿下不要这样说,今生能与殿下结缡,乃妾三生之幸。"

"唉!"李贤凄然长叹,"假若你嫁到百姓之家,日出而作,日落而息,岂不快哉?怎会有如此担惊之事呢?"

"茅檐草舍亦有风雨,况宫苑深深。祸福无门,岂止你我。"房钰说着,禁不住抱住李贤,泪如雨下。他们默默相拥,默默地为彼此擦去不断的泪水,默默地任时间流逝。他们觉得此时说什么都是多余的,因为厄运就在前面。

郭纬在门外轻轻呼唤,声音却有些急促:"殿下,大事不好了。"

李贤将房钰扶到座上,拉开门道:"何事如此惊慌?"

"中书侍郎、同中书门下三品的薛元超,黄门侍郎、同中书门下三品的裴炎,还有御史大夫韦思谦奉天后旨意拘拿赵道生,据他招供,太子有反意。现在韦思谦、中郎将令狐智通大人在前厅等候。"

"我不过是多赐了些布帛财物给户奴,并无反心,何惧搜查?"李贤心里先是"咯噔"一下,但随之释然。

他来到前厅,韦思谦一见面便上前见礼,然后捧出李治的诏书,高声宣读:"查太子李贤,怠于修为,举止失范,天后闻之,屡有严责,然则其不思悔悟,反欲谋反,今命御史大夫韦思谦入宫搜查,钦此!"

"儿臣谢陛下、天后隆恩。"李贤站起来时,韦思谦显得十分为难。

李贤宽慰道:"爱卿也是奉诏行事,有何为难?我心底坦荡,尽可放开让大人搜查,也好明我遭人诬陷之冤。"

令狐智通挥手招呼禁卫搜查,房钰急道:"你等怎可对太子无礼?"

"他们也是奉诏行事。"李贤说着,上前把房钰护在身后。

大约过了半个时辰,搜查的禁卫相继来报,说没有发现太子殿下谋反的证据。

韦思谦很不好意思,起身施了一礼道:"打扰殿下,微臣深感不安,微臣这就回去复旨。"

正当他准备离去,耳边却传来李贤的声音:"爱卿既是来了,就不妨再细细搜查一遍,也好消除天后的疑虑。"

韦思谦的心中怦然一动道:"难得殿下如此宽宏,那微臣就再搜一遍。"

又过了半个时辰,领队的队史有些慌神地来到前厅,对韦思谦耳语了几句。韦思谦的脸色顿时大变,问李贤道:"殿下,这究竟是怎么回事?"

"怎么了?"

"禁卫在后花园马坊中搜出皂甲三百余副,兵器若干。"

李贤"哦"了一声道:"那是我用于排演破阵乐时用过的,时过境迁,竟然忘了。"

"唉!"韦思谦有些失望,"此正与赵道生所供相符啊!"

闻听此言,李贤顿感事情严重,看着韦思谦口张了几次,最终没有说出话来。

房钰扑到李贤怀中,眼泪就淌在了太子的衣襟:"殿下,你不是天后亲生么?为何会如此呢?"

韦思谦命禁卫将三百副皂甲和兵器装上车,拱手对李贤道:"微臣亦不愿相信殿下谋反,然事已至此,微臣只有如实向陛下与天后禀奏,告辞。"

韦思谦是什么时候走的,李贤全然不知。他的脑际都是李弘吐血身亡的画面,是他与房妃相拥走向断头台的情景,一种大难将临的恐惧覆盖了他的心苑。

郭纬在李贤眼前晃了数次,见他毫无反应,便吓坏了。他双膝跪在地上,急切地呼唤道:"太子殿下……殿下……"

李贤冥冥间看见李忠在远方向他招手,李弘在不远处向他微笑。他觉得自己的身子很轻,很薄,仿佛一片黄叶被风托着,在天地间飘荡,却总是追不上两位兄长。哦!他们已成了一片云,一片带血的碎云,融入了万里苍穹。在天地间飘荡的李贤听到一个遥远的声音在呼唤他,他转身看去,却是房钰。他睁开疲倦的眼睛,发现自己躺在房钰的怀抱里……

"完了!一切都完了……"他的头深深地埋进房钰的胸间……

中秋在即,又逢万家团圆。可在武曌的记忆里,这个日子很少让她畅快过。而永隆元年八月的洛阳,因三月无雨,气候依旧没有清爽的迹象。

太阳刚刚爬上城头,蝉噪就笼罩了宫苑,此起彼伏,连绵不断。坐在案头批阅奏章的武曌不得不一次次放下朱笔,要武钦吩咐宫人们驱赶。

武钦每逢这时候总是提心吊胆的,他出去一会儿便回来奏道:"娘娘,宫人们持竿满园驱赶,但此法难以奏效。"

"你等尽是无用之徒。"武曌扔下笔,眉头便紧紧地蹙郁在一起,身体朝后靠去。张尚宫急忙上前轻轻地为她按摩太阳穴,武曌的眉宇渐渐舒展开来,一任张尚宫保养得很好的手指滑过自己的额头。多年了,只有这种按摩才能使她的心境平静下来。

其实她心里很清楚,所有的烦恼并不源自蝉鸣,而在那个让自己揪心的太子身上。当臣下们将太子"狎昵"的消息禀奏给武曌的时候,她先是吃惊,继之失望,最后是恼怒。那些往日因政见相左而积累的不快都在这事上聚结成了厌恶,她立即要两位宰相和御史大夫查处。她宁愿这是一场误会——因为她无法忘记永徽六年在前往昭陵的途中,为迎接他的降生而经历的阵痛。

然而,对赵道生审讯所得的"狱辞"比她想象的还要严重,他竟然试图谋反,这让她很伤心……

武曌闭着眼睛问道:"薛爱卿、裴爱卿等人可已到了?"

武钦应道:"几位大人都到了,正在塾门候召。"

"那宣他们进来吧。"

当薛元超、裴炎和韦思谦站在武曌面前时,却都不说话,担心她受不了这个打击。

武曌坐了起来,望了望面前的三位大臣,就明白了他们的心思,道:"爱卿们就如实奏来,我承受得了。"

可在听完韦思谦关于东宫搜查的结果后,武曌还是无法遏制心头的愤怒。她可以容忍他好声色,也可以容忍他对自己有怨气,可绝不能容忍他意图谋反。

大殿内陷入沉寂,几位大臣都屏住了呼吸。他们不安地打量着武曌,那难耐的沉默预示着一场暴风雨即将到来。

"谋反罪该万死。"武曌用力拍打案头,眉目剧烈地抽搐着,"我要废了他!"

随着这一声怒吼,几位大臣都跪下了。

薛元超反复揣摩着武曌的心思。他早年曾同李义府交好,在李义府被贬福州其间,他曾因在李治面前为李义府求情而获罪,被贬为简州刺史。后来,又因为与上官仪有书信来往,而被流放嶲州。在此期间,他曾多次托人向武曌上书,极力推崇"二圣"临朝,盛赞天后颖睿。上元元年,他果然被召回朝廷,而且很快就进入了宰辅之列。他自认为许敬宗之后,他是最能读懂天后的臣下。他对那次明崇俨的"厌胜"经过是了解的,他认为太子所谓的谋反不过是一个由头,根子还在那次相面之后,天后就有了废掉李贤的心思。

"天后圣明!"薛元超立即附和道。

可裴炎与韦思谦都以为废立太子,关乎社稷存续,应禀奏天皇决断。

武曌的眼眶此时也潮湿了:"我当然要禀奏陛下,不过子欲弑父,父复何言?"

她话音刚落,就听见殿外传来李荣的声音:"陛下驾到!"

武曌擦了擦眼角,急忙起身出殿迎驾。

李治道了一声平身,进殿便落了座,对几位大臣道:"你等先退下,朕有话要对天后说。"

几位大臣走后,见李荣和张尚宫依旧在殿内候召,李治又道:"你们也退下吧!"

大殿里只剩下李治和武曌,可气氛却异常沉闷和紧张,两人打量着对方,不知该怎样切入话题。良久,还是李治先打破了沉默道:"朕想知道,天后对贤儿谋反一案的看法。"

武曌欠身面对李治,话语中就带了几分凄婉:"妾正要禀奏陛下,李贤身为当朝太子,屡次监国,竟置律令于不顾,私藏甲胄兵器,试图谋反,想陛下不难决断。"

李治的喉头有些哽咽,他多希望这只是一场误会。在李贤的身上,李治处处看到太宗的影子。他相貌俊朗,眉宇英气,才过诸王,这一切都使得他对李贤的宠爱更重于李哲和李旭轮,怎么能眼看着他被废掉呢?

李治用试探的口气道:"朕也明白,贤儿有罪。然念其年轻,还请天后三思。弘儿殒薨刚刚五年,又要治罪太子,传将出去,四海将如何服膺朝廷?"

武曌明白李治的意思,为他的重情于法而痛心,她撩起裙裾,向李治身边挪了挪道:"若论爱子之心,妾甚于陛下。然则,江山之于亲情孰大?想陛下不难明白。今太子犯法,可以网开一面,明日百姓获罪,将何以处之?"

"这……"

"曩者秦孝公变法,太子逆鳞,放逐乡野;汉武垂拱,太子获罪,发兵讨之;近者,成乾谋反,太宗废之。前车之鉴,陛下不可不察。"

李治的目光充满哀伤,退而求其次道:"天后大义灭亲,殊堪钦敬。纵然废黜太子,且保亲王如何?"

"不可!据赵道生供词,太子宫中参与密谋反叛者不下数十人,尚不算臣僚中之追随者,陛下犹豫少断,必遗后患。"武曌神色肃然说完,便朝外面喊道,"来人!"

李荣和武钦双双应声进来,武曌厉声道:"传陛下与我旨意,废太子李贤为庶人。遣右监门中郎将令狐智通等即日将其送往长安,幽于别所。其党羽皆诛灭伏法。"

"贤本亲生,天后奈何若此也!"李治颓然地跌坐在地上……

张大安因受到牵连被贬为普州刺史,刘纳言流放振州,高政因是李贤的典膳丞,武曌责令其父训诫,被父亲和兄弟刺死于府中。

几天以后的朝会上,李治下诏册立左卫大将军、英王李哲为太子,改名李显,并改元开耀。

这一天,洛阳城降下了第一场秋雨。这雨断断续续,持续月余,直到九月重阳节这天,仍然阴雨蒙蒙。

李治每天独坐武成殿,望着秋雨默然垂泪,来来去去地重复一句话:"贤儿,是朕害了你啊!"他不知道李贤囚禁在何处?他更怀念长眠在景山白云峰顶的李弘和葬在昭陵脚下的李忠。他们一个个离他而去,而他却很委屈地活着。这一切,究竟是为了什么?

早年的浪漫早已逝去,留下的只有孤独的苍凉。他和武曌已经很久没有在一起了,如今再也唤不回早年的风流和激情,再也没有兴味咀嚼当年相守的炽热、相爱的温馨。李贤谋反案后,他心灰意冷,干脆把朝事都推给武曌去处理。这让他常常感到很惭愧,觉得难以面对沉睡在昭陵的父皇……

昨天,武曌遣武钦前来禀奏,说想在重阳节宴请从前线归来、被钦命为太子少傅的刘仁轨和改任太子少保的郝处俊,恳请他恩准并亲往合璧宫,但他以头风病重而婉拒了。合璧宫让他失去了两个儿子,他不愿意再看到那里的一廊一庑,一草一木……

自武曌署理朝政以来,改元也十分频繁,几乎是一年一改。

开耀刚一年,便改元永淳。

永淳一年后,又改元弘道。

李治的病体,也在这频繁的改元中走向沉重。其间发生的许多事情,让他的心备受煎熬。

先是开耀元年,吐蕃国遣使来到洛阳要求和亲,请尚太平公主。他怎么舍得让年仅十五岁的公主远嫁异乡呢?情急之中,武曌在洛阳城中修建太平观,以公主为观主而婉拒了。为了避免再生风波,武曌选了李治的嫡亲外甥——城阳公主的儿子薛绍为驸马。

接着是永淳元年四月,天空出现日食,朝廷的内政外交都面临困难。兵部陈奏,西突厥阿史那车薄率十姓反;关中饥馑,斗米要三百钱。李治的心绪一片烦乱,他又一次从京师出发返回东都,留下李显监国。

李显从被立为太子的第一天就处于不安之中,几位兄长的被废在他心灵上涂下了浓重的阴影。在册立大典之后,他竟瞒着武曌来到武成殿,哭倒在父皇面前:"儿臣自知理政不及李弘皇兄,驭臣不及李贤皇兄,今二兄获罪,儿臣战战兢兢,朝不虑夕,请父皇恩准,降儿臣为亲王。"

李治又如何不知道儿子的苦衷?然大唐江山已历三世,岂可断了国脉?即便是换了李旭轮,就能保证武曌放手让他独当一面么?可这些,他无法对儿子说,他抚着李显的肩膀道:"朕寄厚望于你。"之后,就再没有说话了。

在离开长安的前一天,李显再度拜见父皇,诉说自己的不安。李治只能好言勉励,叮嘱他诸事皆以天后为决,不可自行其是,这是他唯一能够对儿子说的话。

皇家的车队已经走出去很远了,李治回头看去,李显和留守京城的几位大人仍然站在道边,他的眼睛又一次发酸。这种情景让坐在后面车辇的武曌看了心中十分不快,她在心底埋怨皇上年纪越大,眼窝越浅了,动辄泪水盈眶……

在洛阳的日子,李治终日头晕,已不能视事,他唯一的心愿就是想完成封禅嵩山的盛典,为大唐江山祈福。八月,李治诏李显赴东都筹备封禅诸事。可到了十一月,他的病情骤然加重,不得不再一次下诏罢了来年的封禅。

这段时间也是武曌最揪心的日子,她除了听百司奏事外,其他时候几乎就守在李治身旁。他们之间有过龃龉的时候,可这与当年甘露殿的相识相比,又能算得了什么呢?坐在竹帘背后听百官陈奏朝事,她的刚强和果断往往使包括刘仁轨、郝处俊在内的宰辅们感佩甚至汗颜,可谁又能体味她面对李治时的痛苦和惆怅呢?她多希望有一天醒来,能够看到一个永徽年间的李治重新坐在朝堂上。她一遍又一遍地审查太医署的处方,一茬又一茬地撤换派往皇上身边的太医。

这一天,侍医秦鸣鹤被召进宫为李治诊病。秦鸣鹤乃汉代御医秦仲后人,他诊脉之际,武曌一直在外间等着。看见秦鸣鹤出来,不待禀奏,她便急忙问道:"陛下之病可治?"

秦鸣鹤道:"启奏天后娘娘,可治。"

"爱卿欲如何诊治?"

"针刺头出血,可愈。"

听了这话,一向果断的武曌犹豫了,她狐疑的目光反复审视着秦鸣鹤,道:"你要慎思谨行,这是在天子头上刺血,若有闪失,我岂容你生还?"

"这……微臣……"尽管武曌的话不无警告的意思,但他也知道,他面对的是大唐皇帝,他的银针不仅牵系着大唐江山,更牵系着他的妻子儿女乃至秦门百余口的性命。

正在他踟蹰之际,李治说话了:"唉!朕一病人耳,谈何天子?爱卿但刺之,未必不佳。"

"陛下,妾……"武曌还要说话,却被李治挥手拦住了。

秦鸣鹤这才指捻银针,轻刺百会、脑户二穴。刺百会穴时他尚心神略定,然而针入脑户穴时,他却浑身大汗淋漓了。从医半世,他清楚此穴乃禁针穴位,若失轻重,皇上将从此失语,那秦门百余口都将死于非命。

此时此刻已没有退路,他一边小心地进针,一边询问李治的感觉。当行针至二分时,从穴位处渗出些微血点,但见李治面露喜色道:"朕目似明矣!"

秦鸣鹤浑身瘫软,他擦了擦额头的汗珠,就跪在了李治和武曌面前:"此陛下圣德感动上苍矣。"

武曌的面容这时才渐渐活泛了,她快步上前,伸手在李治眼前晃了晃,当获得回应时,她禁不住喜泪盈目道:"陛下复又能视,此天赐之福也。"她转回身来,对张尚宫道,"取彩缎百匹赐秦爱卿。"

秦鸣鹤谢过恩后,却没有丝毫的欣喜。他明白皇上已病入膏肓,他今日的冒险,也不过是解一时之痛。

十二月,李治疾甚,不得不从嵩山深处的奉天宫回到洛阳。朝臣们早早地赶到天津桥等候,然而,他已无力再见这些与自己朝夕相伴的臣下了。

当日,他以太子监国,以裴炎、刘景先、郭正一为同东宫平章事,并宣布改元。他本想登则天楼宣读这道诏书的,然而因不能乘车,而只能让百姓云集于楼前宣敕。

十二月初七夜,刚刚担任辅政大臣的裴炎被紧急召进宫中。他急急忙忙来到皇上榻前,李荣老泪纵横道:"皇上已昏厥了几次,一醒来就问大人到了没有。"

这时,就听到李治微弱的声音:"裴爱卿到了么?"

裴炎就忍住眼泪回道:"陛下,臣来了。"

李治睁开疲倦的眼睛,喘着气道:"朕时日无多,请爱卿代朕拟诏。"

"陛下,您说吧!"裴炎跪在榻前。

"朕去之后,以爱卿辅政,太子于朕灵柩前即位,军国大事有不决者,兼取天后进止。"

说完这些,李治仿佛经历了一场疲惫的远征,便昏昏睡去了。他的灵魂离开肉体,回到了他的父皇和母后的怀抱。

时间是弘道元年(公元 683 年)十二月八日凌晨卯时二刻。

第四章

心苍茫李显临位　泪潸然天后情殇

后半夜落雪了，气温骤然变得冰冷。

裴炎捧着李治的遗诏，哭拜在灵前，口中讷讷道："陛下之托，泰山之重，臣……臣万死不辞。"

李荣更是泣不成声："陛下，你怎么就丢下老臣去了呢？这大唐的万里江山，离不开陛下啊！"

太监们、宫娥们更是哭成一片。

见此情景，还是裴炎冷静，他刹住哭声对李荣道："天皇驾崩，国之大哀，请公公速奏太子并告刘仁轨、刘景先、王德真与武承嗣诸大人进宫，下官这就去洛城殿禀奏天后。"

李荣也知道这是正事，遂应道："请大人放心，咱家即刻去办。"

裴炎又叮嘱道："告知羽林军将军程务挺，严令禁卫恪尽职守，密布岗哨。自此时起，贞观殿只许进，不许出。"

李荣道一声"知道了"，便吩咐宫娥太监精心看护李治的遗体，自己疾步出了殿门，往内侍省去了。

裴炎的车驾碾过雪尘，也把他的思绪碾得十分纷乱。他反复咀嚼遗诏中要太子灵前即位意味着什么。唉！从李弘到李贤，几位太子相继被废，他显然担心事久生变，更担心天后另有所图。既如此，又为何要太子"军国大事有不决者，兼取天后进止"？这也许是出于呵护新皇帝的需要吧！皇上明白，李显根本没有力量与武曌抗衡。

裴炎清楚地记得，皇上驾崩之际，眼睛与嘴唇许久也没有合上，似乎在等待着什么，又似乎有许多话没有来得及说。

"哦！"裴炎在心底暗暗惊呼，皇上手指南方，莫不是牵挂开耀元年被天后发配到巴州的废太子李贤吧？

从绛州闻喜县走出的裴炎，凭借着聪慧好学，从官居七品的濮州仓参军做起，一步一步地做到侍中，亲历了长孙无忌、褚遂良被杀，上官仪引刀，太子李弘暴毙，李贤苍凉南去等事件。到他迁升宰相时，朝廷大事悉决于天后，宰辅们每日战战兢兢，如临深渊。他明白纵然有意遵照天皇遗旨于灵柩前拥立太子登基，但不经天后恩准也是枉然。

驭手"吁"的一声，车驾停在武成殿司马道前。裴炎下了车，一路小跑来到殿门外，对武钦道："请公公速奏天后，就说裴炎有事求见。"

见裴炎深夜进宫，武钦知道必有大事，遂转身进了殿。不一刻，出来的却是知制诰上官婉儿，她问道："天后批阅奏章甚晚，又忧心陛下龙体，才刚刚睡下，裴大人有急事么？"

"天皇他……"裴炎声音有些哽咽。

上官婉儿急问道："陛下怎么了？"

"天皇他……晏驾了。"

闻听这个消息，上官婉儿顿时就呆了，忙对裴炎道："下官这就禀奏天后。"说着，一转身就疾疾进了殿门。

她来到内室帷帐前，却透过幔帐看见武曌睁着一双眼睛，惊恐地望着屋顶。听见婉儿的脚步声，武曌"呼"的一下坐起来道："我刚做了个噩梦，梦见陛下驾着云彩前来辞行，说是要远游仙山，去看李忠。我伸手去拉，不料一个激灵就醒来了。婉儿，你快说……这梦……"

自仪凤二年十四岁的婉儿被武曌召进宫后，她的美丽聪颖，文辞旖旎，都让武曌抛却了当年与上官仪的恩怨，毅然委她以知制诰之职，掌管宫中诏命。也许因为同是女人的缘故，上官婉儿也将私家恩仇置之度外，一心一意地侍奉着武曌。现在，刚满二十岁的她已是武曌须臾不可离开的心腹之臣了。武曌高兴了，喜欢与她分享；烦恼了，也愿意向她诉说。

面对天后蛾眉蹙郁的样子，上官婉儿忍不住泪水夺眶而出，一下子就伏在了武曌的榻前："娘娘，裴大人来奏，说陛下晏驾了。"

可过了好一会儿，上官婉儿也没有听见武曌的回应，等她定神去看，却见天后昏厥在榻上。她上前将武曌抱到怀中，向外面喊人！在殿外伺候的张尚宫快步进来，婉儿要她速备热汤，伺候武曌喝了。半晌，武曌才缓过气来，仰天长叹道："陛下，你我原为连理，你为何就抛下妾去了呢……"

　　她一任泪水哗哗地流向两颊,她埋怨该死的文书、奏章,以致让她错失了送他最后一程的机会,她在心中暗暗自责,以往给他的关爱太少……但是她迅速冷静了,她知道此时不是流泪的时候,当她抬起头时,目光恢复了坚毅和恒定,对婉儿道:"宣裴炎觐见。"

　　裴炎进殿后进行了简略的述说,然后建议道:"太子尚未即位,微臣以为不应宣敕,当务之急是要安定朝野。"

　　武曌点了点头,对武钦道:"传我旨意,宣太子、刘仁轨、刘景先、武承嗣、王德真到贞观殿议事。"

　　武钦应了一声便出殿去了。

　　"裴爱卿随我同往贞观殿,我要亲瞻陛下遗容。"武曌看着李治的遗诏,又对一旁的婉儿说道,"你也随我前往。"

　　更漏已过卯时,武曌的轿舆停在贞观殿前,婉儿和张尚宫看见武曌下轿颤颤巍巍的样子,忙上前搀扶,但被她挡开了。她的刚强和镇定让裴炎深受感染,他急忙紧追几步,随武曌进了贞观殿。

　　李荣在前面引路,武曌与上官婉儿、裴炎来到李治面前。

　　他脸上留下的焦虑,他半开的嘴唇好像隐藏了许多要说的话。那是对天后的叮嘱,是对太子的托付,还是对群臣的作别? 他的眼睛直愣愣地看着每一个人,好像是在追寻什么。是舍不得天后,还是放不下膝下的一群皇子、公主,抑或是牵挂着江山?

　　这情景让上官婉儿心里很痛,祖父被杀的时候,她才来到这个人间。皇上的遗容让她想起远去的祖父,不知道他在走向刑场时有多少牵挂?可作为女人,她理解天后此刻的心境,他们毕竟一同走过了三十多年的岁月,其间流淌了多少爱,留下了多少温馨的记忆,甚至连其间的龃龉都是难忘的。

　　上官婉儿泪眼婆娑地劝慰道:"陛下驾崩,国事仰赖天后,还望节哀。"

　　"我……怎能不痛彻心扉呢? 没有他,我将青灯黄卷,聊度余生;没有他,我又怎会主宰后宫;没有他,我岂能听百司奏事,处理朝政? "武曌饮泣着摇了摇头,长叹一声,"这个朝堂对我多存疑虑,甚而非议,可有多少人知道我与陛下相濡以沫,相亲以知呢? "

　　婉儿安慰道:"微臣深知天后失亲之痛,更知天后的苦衷。"

　　"难得你一片忠心。我此生所为,误解者多,理解者少。"武曌抬起泪眼看了看她,又俯下身子道,"陛下,您放心地去吧。妾定当辅佐太子,光大大唐基业。"说完,她细腻的手指轻轻抚过李治的额头、眼睛、嘴角。

皇上终于褪去了残留在脸上的痛苦和焦虑而平静地睡去了，仿佛经过一场远征，他进入了甜蜜的酣梦……

武曌转过身来的时候，就听见耳边传来号啕的哭声，是太子到了。

……

李显在梦中看见了父皇。

父皇已脱下平日象征皇权的衮服，着了一件仙家的黑色长袍。他脚步缓缓地来到榻前，温柔地梳理着他蓬乱的头发。这样的感觉李显许久不曾有了，他闭着眼睛一任这亲情的暖流从父皇的指尖流向他的全身，那一刻他甚至想，为了父爱，他宁愿就这样睡着而不要醒来。

可父皇的手骤然离开了，他用忧郁的目光望着李显道："朕要远行了，显儿，朕将这万里江山托付于你了，你要论德而定次，量能而授官，你还要善待诸王，如此父皇方无忧矣。"

"父皇……"李显声嘶力竭的呼喊，惊动了身旁的太子妃韦香。

韦妃摇了摇李显叫道："殿下，殿下……"

李显一脸的茫然："我担心父皇的病……"

韦妃宽慰道："殿下不是昨日才进宫探视过么? 殿下的孝心当感动上苍，定会保佑父皇化险为夷的。"

"话虽是这样说，可我这心……"李显心神未定，就听见郑尚宫在帷帐外急切地奏道，"贞观殿来人了，宣太子殿下进宫呢! "

"父皇他……"李显"呼"地坐了起来。

韦妃一边为太子穿衣紧带，一边命王晖备辇，便匆匆奔往贞观殿了。

雪已经下了约有几寸厚，一阵风吹来，李显禁不住瑟缩身子。韦妃帮他紧了紧斗篷，贴着他的耳朵问道："若父皇真的……他会留下遗诏么? "

李显不知道该怎样回答韦妃，虽说他继任了太子，也许是汲取了李贤的教训，母后根本不让他插手朝政，只是要几位太子左右庶子陪他读书。清闲倒是清闲，可越是这样，他就越是提心吊胆。

李显知道，自己去年被召到东都，名义上是要为来年的嵩山封禅做准备，其实是因为自己留守长安，热衷田猎，被中书令兼太子左庶子薛元超规谏不听，于是他奏明天皇、天后，结束了自己远离父母的生活。可是有谁能理解他的苦衷呢? 说他怠于朝政也好，说他韬光养晦也罢，只有韦妃知道，他是怎样无奈地生活在两难之中。

"唉! 我现今所系念者，唯父皇龙体耳，岂能顾得了其他? 纵然父皇有遗诏,不照样要母后恩准么?"

韦妃长叹了一口气,目光中就充满了失望。这李唐后裔是怎么了?自太宗之后,没有一个男人能顶天立地的,于是她说话的语气就加重了:"当此社稷存续之际,殿下万不可优柔寡断。"

李显不再回应韦妃的话,他自知做不了这个王朝的主。

车驾停在贞观殿前,羽林将军程务挺上前迎接道:"殿下节哀,天后已在殿内等候多时。"

李显闻言便知父皇已经驾崩,他顿觉泰山崩顶,一进殿门便长呼道:"父皇,儿臣来迟了!儿臣不孝啊!父皇,您为何弃大唐社稷,弃儿臣而去啊!"

他这一哭,先到的豫王李旦便跟着号啕不止,口中讷讷道:"上苍啊,为何不让我替父皇患疾,以尽人子之孝啊?"

与武曌同时到的太平公主已十八岁,出脱得亭亭玉立。想起父皇生前对自己百般宠爱,也是泪光盈盈。可她见两位皇兄大放悲声,不能自已,心中却是很不以为然——父皇驾崩,朝野无主,你等却哭成泪人,哪有男人的气度!

李显痛到至处,转身抱着李旦而泣,韦妃与刘妃亦唏嘘不止。他们的情绪很快感染了太监、宫娥们,大殿内哭声一片。

看着两个儿子抱头哭成一团,几成不可收拾之势,武曌对李治的怀念迅疾转换为不悦,不禁怒声道:"住了!"

两兄弟的哭声戛然而止。

武曌的眼睛红红的,话却是分外刚强:"陛下驾崩,我之痛逾于你等千百倍!然则国逢大丧,山川举哀,诸事未备,你等痛哭不已,岂是帝王之所为?"

太平公主也跟着武曌的话道:"母后旨意,金声玉振,两位皇兄该振作起来才是。"

这话韦妃就不爱听,正要说话,却见裴炎上前扶起李显道:"天皇驾崩,新主虚位,还望殿下节哀,听候天后决断。"

见状,韦妃只好收住了话头。

武曌在殿中央坐下,环顾了一下便问李荣道:"几位大人都到了么?"

"启奏天后,太子太傅刘仁轨大人,黄门侍郎、同中书门下平章事刘景先大人,兵部侍郎、同中书门下平章事岑长倩大人,太常卿王德真大人,宗正卿武承嗣大人已在殿外等候。"李荣应道。

"宣!"

李荣正要转身离去,武曌喊住他叮嘱道:"告诉他们,国丧待备,臣下节哀,违令者重处。"

听到凌晨被宣进宫的消息,几位大臣顿时便知:一定是皇上病危了,大唐王朝又到了重要关头。他们不敢怠慢,纷纷向贞观殿聚集。

这消息在每人心头引起的震荡却是迥然相异的。刘仁轨悲痛之余,最担心的还是武曌如何对待太子登基这件事。而武承嗣却期待武曌能够接过皇上的权柄,从而开武氏执掌国运的先河。每个人都想从对方的眼里窥探一些有用的消息,却紧紧地关着自己的心窗,垫门的气氛显得沉闷而又紧张。

这时候,李荣在贞观殿门口高声宣唤:"天后口谕,刘仁轨、刘景先、岑长倩、王德真、武承嗣觐见。陛下驾崩,国事待举,节哀勿泣,违者重处。"

随后,几位大臣聚集在武曌周围,个个是一脸的悲哀和肃穆。

武曌擦了擦眼角,对裴炎道:"宣诏吧!"

于是,众大臣纷纷拜倒在地,聆听李治弥留之际的最后一道旨意。

裴炎捧起李治的遗诏,先是沉默了一会,才将自己的情绪平静下来,随即诵读道——

　　朕闻皇极者天下之至公,神器者域中之大宝,自非乾坤幽赞,历数在躬,则凤邸不易而临,龙图难可辄御。所以荣河绿错,彰得一之符;温洛丹书,著通三之表。缅稽前古,其道同归。朕之圣祖神宗,降星虹而禀枢电;乘时抚运,逢涣沸而属山鸣。濡足横流,振苍生之已溺;援手四岳,救赤县之将焚。重称九寰,止麟斗而清日月;再安八极,息龙战而荡风波。自彼迄今,六十六载。黎元无烽柝之警,区宇恣耕凿之欢。育子长孙,击壤鼓腹,遐迩交泰,谁之力欤?

　　朕以眇身,嗣膺鸿绪,钦若穹昊,肃雍清庙,顾諟明命,载迪彝伦。嘉与贤士大夫,励精为政,勖己想蛟冰之惧,为善慕鸡鸣之勤。幸戎夏乂安,中外禔福,亘月窬以覃正朔,匝日城而混车书。端拱无虞,垂衣有截,其天意也,岂人事乎?每导俗匡时,既宏之以礼让;恤刑薄罚,复跻之于仁寿。闻九农之或爽,则亏膳以共其忧;见一物之有违,则撤乐以同其戚。斯亦备诸耳目,非假一二言也。忧勤之至,庶有感于明灵;亭育之怀,谓无负于黔庶。就言薄德,遘疾弥留。往属先圣初崩,遂以哀毁染疾,久婴风瘵,疾与年侵。近者以来,忽焉大渐,翌日之瘳难冀,赐年之福罕邀。但存亡者人之晦明,生死者物之朝夕。常情所滞,唯圣能通,脱屣万方,无足多恨。皇太子显,握哀履已,敦敏徇齐,早著天人之范,凤表皇帝之器。凡百王公卿佐,各竭乃诚,敬保元子,克隆大业,光我七百之基,副兹亿兆之愿。既终之后,七日便殡。天下至大，宗社至重，执契承祧，不可暂旷。皇太子可于枢前即皇帝位，其服纪轻重，宜依汉制。以日易月，于事为宜。园陵制度，务从节俭。军国大事有不决者，兼取天后进止。诸王各加封一百户，公主加五十户。内外文武，九品已上各加一阶，三品已下赐爵一级。就徽以来入军年五十者，并放出军。天下百姓年五十者，皆免课役，废万全、芳桂等宫。

裴炎念完，已是喉头哽咽，语不成句。周围哭声连绵，他抬眼环顾周围，只见同僚们一个个涕泪纵横。皇上很明白自己的病情，他很坦然地面对这一切，将结束生命看作朝发夕至一样的旅程。可裴炎知道，这些日子，他承受着巨大的肉体痛苦和心灵折磨。

至于太子与豫王夫妇更是柔肠寸断，口里只有两个字："父皇……"

人之将死，其言也善。李治的遗诏满怀深情，从皇太子即位说到武曌主事，从节俭治丧说到江山社稷，从百官晋爵说到百姓免课。说得在场几位大臣无不动容，追思漫漫。

武曌坐在上面，遗诏中每一句话她都一字不漏地听入脑中。自显庆五年来，她一直与李治共同担当着社稷，曾有过多次的不谋而合，也曾有过多次的抵牾。她感念李治的宽容，每当她任性或者固执己见时，他总是顺从了她的意思。如今，这一切都只在她的记忆里永存。他对她的爱岂是他人所能深解的？现在，她觉得最好的追念就是原原本本地依照李治的遗诏安排后事。武曌擦了腮边的泪水，对身边的几位大臣道："各位大人，国不可一日无主，定甲子日扶太子登基，在武成殿召见群臣。"

刘仁轨等人转身，面朝李显道："参见陛下，吾皇万岁万万岁！"

李旦夫妇与太平公主也都一一拜见。

李显不免有些惶恐，怯怯地看了看武曌，见她点了点头，才对众位大臣道："平身！朕唯秉先帝遗诏，尊天后为皇太后，军国大事未决者，咸尊太后决断。"说罢，他转身就拉着韦妃跪倒在武曌面前。

韦妃在下拜的同时，悄悄地拉了拉他的衣袖，暗暗表达了心中的不快——既然皇上主事，又诸事咸听太后，这算什么皇上？她多希望皇上能收回刚才的话。李显怎么能不明白韦妃的意思呢？然而当此之际，他敢将这些陈说在母后之前么？于是他甩开韦妃的手道："父皇大丧，还请母后下旨。"

韦妃脸上微妙的表情，可以逃过神情恍惚的李旦的眼睛，却被敏感的太平公主看在眼里，她撇了撇嘴，心想还没册封皇后，就想做了皇上的主，太不自量力了。

"平身!"武曌挥了挥手,待李显在身旁落座,她又道,"先帝遗诏,七日出殡,然一代天皇岂可草率安魂。先帝生前对京都眷顾非常,因此我以为应在长安京畿秉风水而置陵址,此事由太常卿王大人去办。甲子日,皇上于武成殿听奏先帝庙号、谥号勘定。"

接着,武曌又要武承嗣负责发丧、知会王公大臣吊唁。

"可知会二皇子李贤殿下?"武承嗣问道。

武曌眉宇一横道:"他既废为庶人,何来殿下一说;他忤逆谋反,又有何资格吊祭?不必知会他了,令其在巴蜀思过!"

"自礼部尚书裴行俭去世后,此职一直空缺。臣意敕礼部侍郎知会各国使节,禀奏其国君前来行吊祭之礼。"刘景先禀奏道。

武曌看了看李显,彷徨了片刻后道:"就依爱卿。"

"先帝驾崩,难免人心浮动,京师安定不可不虑。臣以为应由兵部岑大人调集武威、左卫将军坚守四塞,而成拱卫之势;诸王殿下中,难保没有觊觎皇位者。然韩王元嘉,修身洁己,内外如一,当代诸王莫能及者。其又地尊望重,若陛下、太后多所加慰,致令宗室为楷模,则天下平矣。"刘仁轨也建议道。

武曌闻言十分欣慰,道:"我之意,进授韩王嘉为太尉、定州刺史。由岑爱卿调遣卫府兵马,护卫京师。婉儿即可拟诏昭告天下,永徽以来入军,年五十者放出军;百姓年五十者,皆免课役。"

上官婉儿回道:"谨遵太后旨意。"

更漏已是辰时一刻,武曌率新皇、李旦、太平公主以及几位大臣,向李治的遗体拜别,人群中再度响起哭声,给凌晨的贞观殿涂上了哀哀愁云……

四天以后,李显在武成殿登基,尊李治为高宗,谥号天皇大圣大弘孝皇帝。武曌在帘后听政,上官婉儿站在她身旁。

李显第一次临朝,所有事项都是经武曌私下允准的。朝会上诏敕,以刘仁轨为左仆射,裴炎为中书令,刘景先为侍中,中书侍郎、同中书门下平章事的郭正一为国子监祭酒。

新的宰辅班底的组成,预示着那个让李治尴尬和无奈的岁月已经过去,李显和他的母亲、太后武曌正走进一个新的更加繁复的时代。

兵部侍郎、同中书门下平章事的岑长倩禀奏道:"太后、陛下,臣紧急调左卫将军王果、左监门将军令狐智通、右金吾将军杨玄俭、右千牛将军郭齐宗分往并州、益州、荆州、扬州四大都督府,与府司相知镇守,一旦有事,即可发兵勤王。"

太常卿王德真也禀奏道:"太后、陛下,为先帝择选陵寝的太常寺官员已委任韦泰真星夜驰往长安,不久便会有消息。"

武曌对宰相班底的设置,让武承嗣有些失望,但他又不便多言,只是遵循武曌旨意,将知会王公们吊祭诸事做了禀奏。

眼见时间不早,武曌在帘后道:"众位爱卿,国忧当前,朝野定当勠力同心,共度艰危。"

"自明日起,诸王、公卿、各国使节前往贞观殿吊唁,朕与豫王将日夜为先帝守灵。"李显接着说道。他的眼里噙满了泪水,让李荣宣布退朝时,他的声音有些颤抖。坐在皇帝的位子上,他不知该怎样处置各种复杂的关系,特别是与太后的关系。他站起来看着朝臣们一个个离开大殿,又送武曌登上回合璧宫的车驾,才起身前往贞观殿。

上官婉儿随武曌回到合璧宫,就进了自己的居处,埋头草拟诏书。铺开稿纸,一支纤笔就凝滞在半空了。她久久地瞅着雪白的素指,忽地就从一双明眸中涌出了珠儿一样的泪花,一点一点地掉进墨砚,很快就被黑色吞噬。

贤,是我害了你啊!上官婉儿在心底轻轻地呼唤,现在一想起由她拟定诏书,让李贤由太子沦为庶人,并发往巴州,她就禁不住心里隐隐作痛,有强烈的负罪感。

祖父因图谋废掉武曌而被斩于长安东市的往事,是她从母亲那听来的,当年上官宰相伟岸的身躯她只能靠想象去描绘,远不如掖庭宫女留给她的印象深。她只知道自己是在掖庭长大的,而且在十四岁以前,有一个至高无上的女人不仅要求掖庭令对她们母女殷殷关照,而且不止一次地命人去掖庭探视,并让人教她读诗书,习礼仪。她就这样在一双丹凤眼的注视下脱去了童稚,渐渐长成一位妖冶艳丽、秀美丰盈的姑娘。

回忆起仪凤二年那个秋天的八月,她至今依然如在梦幻里一般。一天,掖庭令颠儿颠儿地跑来,一脸的谄笑告诉她天后要召见她。她那时还是一颗未脱去酸涩的青梅,并没有多想这次召见会给她和母亲的命运带来多么大的转机。

她天生的率真,嗯!也许还有祖父遗传的倔强,使她在蓬莱殿内见到武曌时,并不像宫娥们那样战战兢兢。当武曌命题要她作文一篇时,她文不加点,须臾而成,且文气通畅,辞藻华丽。武曌凤颜大悦,先是惊呼此文似凤构而成,继之又感叹其有乃祖之风。

抬眼再看上官婉儿时,武曌就更多了亲近。当她得知婉儿年方十四时,就不得不惊异人间果真有如此缘分,当年她被太宗选入宫中时,不也正是这样的豆蔻年华么?她发现自己喜欢上这孩子了,便对武钦道:"传旨,免去婉儿母女的奴婢身份,婉儿选入宫中担任知制诰,起草文书。"

其时,李贤还身为太子,每隔五天就要到武曌殿中请安,他们母子常常就朝事交谈。太子的相貌奇俊、风流倜傥和谈吐不凡,很快地就摄取了婉儿那颗情窦初开的心。那些日子里,她在起草文书或代武曌批阅文书时总是情不自禁地走神,满脑子都是李贤的影子。她发现李贤并不像李显那样好声色,他喜欢吟诗弄文,身边聚集的也都是些骚人墨客。她听宫中人说李贤正与一帮博士注释《后汉书》,就期盼能一睹为快。

一天,武曌要她将批阅过的一些文书送给太子,使他能从中悟出治国理政的道理。上官婉儿心中顿时铺满春风,她对着梳妆台细细整理了容装,便脚步轻盈地前往文思殿。太子左庶子、同中书门下三品的张大安,太子洗马兼充侍读的刘纳言,洛州司法参军格希元正围绕着文稿高谈阔论,见皇后身边的知制诰飘然而至,便知是有旨意宣达,都很知趣地告退了。

上官婉儿先礼见太子,然后传达了武曌的旨意,在李贤浏览文书的当儿,她大略地翻阅了一下他们刚刚完成的一部分书稿。她天生聪敏,过目不忘,尤其是读了李贤的批注以后,顿时为他的文采倾倒了。她暗地把目光投向李贤,望着他宽宽的额头、挺直的鼻梁,感受着从他身上散发的气息。

就在这时,李贤抬起头了,两个年轻人的目光热辣辣地碰在了一起。李贤为婉儿的美丽而惊异,及至发现自己失态时,才用文书中的一段话掩饰了过去。上官婉儿并不拘束,他们就《后汉书》敞开胸怀,无所不谈,李贤也被她的博学震撼了。当他们陶醉于相爱的浪漫中时,李贤已纳左卫将军房仁裕的女儿房钰为妃,并且娶了南阳张氏为良娣了。

上官婉儿只能将对太子的爱深深地埋在心底。她等待时机,希望有一天武曌恩准她到李贤身边,她不在乎什么名分,只要每天能看见自己心爱的男人就满足了。可一场明崇俨被杀的案子莫名其妙地将李贤卷了进去,武曌要她起草贬李贤为庶人的诏书,这无异于用刀子扎她的心?

进宫后,她亲身经历了天后是怎样将一个个与她为敌的朝臣送上断头台的,她又怎么敢抗旨不遵呢……

李贤被押送回长安时,她曾悄悄地赶到城外一个偏僻的角落默默地目送他西去。泪眼蒙眬中,她暗暗祝福他一路平安。

从那以后,她就再也没有看到李贤。后来她听人说,废太子被押解巴州时,房妃与几位王子衣衫褴褛。那一天夜间,她遥望西天,怆然涕泪。第二天,她在洛城殿见到了为李贤求添衣物的太子李显。

李显的叙述催下了李治辛酸的泪水,为自己的无能,也为儿子的命运;他为武曌的无情而纠结,也为李显的兄弟情义而欣慰,便叮嘱尚衣局备了衣物星夜送往巴州。这件事武曌知道后,倒也没说什么。

往事历历在目,天皇却已去矣。

上官婉儿放下笔,用丝绢拭干了腮边的泪水,刚刚以新皇的名义写下"朕闻天下者,民为本也……"就又停下了笔。她不能理解,太后为何对李贤如此厌恶,要剥夺他吊祭父皇的权利呢?纵然他是庶人,可也是天皇的儿子。太后即便不念母子之情,也不能不顾及躺在棺椁里的亡灵啊!

上官婉儿回转目光,看了看周围的环境,室外,值守的羽林卫在寒冷的雪幕中瑟缩着身子,几位太监忙忙碌碌地扫着雪。她知道自己这样想是徒劳的,只有收回心思全神贯注地写诏书。

人就是这样,往往是想丢下的东西反而盈盈系念,上官婉儿写完诏书的最后几个字,吹了吹淋漓的墨迹,心却依旧锁不住地飞向巴州。不!没有理由不让殿下知道父皇驾崩的消息。她决计修一封书信,托可靠的人带往巴州。

上官婉儿长长地喘了一口气,这次与刚才书写诏书的感觉何其相异,这是从内心深处喷涌的流泉,一个字就是一朵浪花。她不管他现在是庶人的身份,依旧亲切地称他为殿下——

　　　知制诰臣上官婉儿敬拜贤皇子殿下:
　　　洛阳一别,匆匆数载。念去去关山万重,锦书难寄;思漫漫凉夜孤灯,泪雨凝噎。叹风流之寒月凋零兮,命途多舛;悲秀木之狂飙摧折兮,落叶萧然。巴州迢远,楚水凄凉,寂然之奈何?
　　　日来洛阳雪浓,伊水低回而悲咽;天皇中道崩卒,别社稷而远行。举国哀恸,行号卧泣,涕泗横流。新皇负重登基,天后力砥中流……

写着写着,婉儿的心思就纷乱了。她担心继续说下去,会情不可遏地说出许多愤愤不平的话来,这非但不能抚平李贤的心头创伤,反而会给他带来横祸,反复掂量之后,她终于以"珍重切切"而收笔。

上官婉儿刚刚拭去腮边的泪水,就听见张尚宫在门外询问值守的声音。她急忙将书信藏了,开门说道:"尚宫到了,外边天冷,请到室内叙话。"

张尚宫赶忙施了一礼道:"多谢大人好意,天后传召,不可耽搁太久。"

"尚宫所言甚是。"上官婉儿说着,携了写好的诏书,随张尚宫沿着清扫得干干净净的回廊来到武曌居住的大殿。

见过武曌,上官婉儿先呈上草拟好的诏书。武曌浏览了一遍,凄楚的眉宇间露出一丝欣慰。婉儿在诏书里不仅将天皇生前的生民之爱表达得婉转而又深情,且对新皇上体恤民意、太后的情怀黎首表述得恰到好处。武曌在诏书上批了些字句,要武钦速送皇上阅批,然后送侍中签署。

在张尚宫退出后,武曌说道:"天皇去后,我心神聚殇,不胜凄然,你就来陪我说说话吧!"

"微臣遵旨。"上官婉儿说着,依照武曌的吩咐在对面坐了。暮色中,她悄悄打量着坐在上首的武曌,眼见她明显地消瘦了。她的心里一下子就注满了同情,其实她也知道,处在这样的地位,别人的同情反而会伤了太后的自尊,可她还是禁不住要这样想。

"太后!"上官婉儿欠了欠身子道,"您若是想到贞观殿去看看天皇,臣就陪您去。"

武曌叹息道:"三十多年了,每一个日子都刻骨铭心,他如今离去,我岂能不悲?只不过当着朝臣的面,忍住一抔眼泪罢了。"

上官婉儿安慰道:"进宫经年,太后待臣恩同己出。太后想哭就哭吧,哭出来心里会好受些。"

于是,武曌的泪水再也无法锁在心堤内,哗啦啦地涌向眼眶。伴随着眼泪是双肩剧烈地颤抖,她不放声号啕,而只是哀哀饮泣:"天皇啊!您撒手人寰,从此列入仙班,可知我形影相吊,寂然独鸣,残灯长夜乎?"

对故人的怀念,使武曌毫不掩饰她和李治之间的情感。回忆起那些浪漫的日子,她似乎回到了二十六岁的青春年华,竟拿出当年李治赠给她的猩红色斗篷给婉儿看:"这是天皇在贞观二十二年送给我的,那时他刚刚二十岁,我二十四岁,因出言率直而受冷落。那一夜,他悄悄接我去会面。黎明时分雪落宫苑,他将这件斗篷披在我身上……"

武曌又从首饰匣中拿出一只凤钗,对婉儿道:"这是我立后时天皇赠予的。其实,尚衣局为我制作的皇后凤袍凤冠可谓朱锦金饰。然而,我独爱天皇在前往昭陵,夜宿礼泉那天夜间赠送给我这件金钗。"武曌捻动手中的金钗,咀嚼着早年的幸福，"也就是在那天子时，我生下了贤儿……"

上官婉儿心头一激灵，太后忽然提到李贤，这意味着什么呢？也许她想到了他是他们夫妻的最爱，也许是对天皇的思念勾起了她对儿子的牵挂，也许这种情感会促使她做出让李贤回京吊祭的决定。可武曌的话到这里却戛然而止了，只见她的泪水断了线一般地落在金钗上："唉，情物依在，人已去矣，此痛何堪，此痛何堪……"

上官婉儿贴着武曌，俯下身子为她擦拭着泪水，用试探的语气问道："太后是想召李贤殿下……"

"不！如此逆子，岂可玷污天皇神灵？"武曌的脸色立即变了，横着眉毛，满腹狐疑地问道，"你如此谏言，是想替逆子张目么？"

上官婉儿的心怦怦跳个不停，脸色一下子变得毫无血色，忙跪倒在地道："太后且息雷霆之怒，臣只是听太后提到他，故而……微臣无知，还请太后恕罪。"

"罢了！"武曌的心境完全被这看似突如其来却又顺乎人情的问话颠覆了，冰冷地瞪了一眼上官婉儿道，"我恕你不知，不追究也罢，你退下吧！"

上官婉儿怯怯地告退，她转过身时的背影让武曌忽然看到了自己年轻时的模样……

弘道元年的除夕，因为李治的驾崩，往年的君臣大筵，精彩纷呈的歌舞、相扑、角抵、驯兽、舞狮、口技等都取消了，代之以臣僚之间的名刺恭贺。

酉时三刻，李显偕韦妃、李旦偕刘妃到合璧宫陪伴武曌守岁。服丧期间，饮酒便罢了，御膳房备了上好的茶汤、果蔬。在李显夫妇向太后行了大礼之后，李旦夫妇以臣子的身份向武曌和李显祈福祝岁。此时此刻，李显和李旦都尽量回避父皇离去的伤情，祝福武曌福寿康宁，祈求社稷万世永固。

母子们叙话到亥时一刻，武曌就要李显夫妇回去："待会儿刘仁轨、裴炎等宰辅要'入阁守岁'，皇上须得在宫中等着。"

李显和李旦先后向武曌跪拜辞行，说元日一早带孙儿辈祭祀宗庙后，就来向太后恭贺新岁。武曌闻言，凄然地笑了笑道："百行孝为先，你等心意到了即可。"

走出合璧宫，李显觉得脊梁冰凉冰凉的，他说不清原因，与母后在一起时，总被拘束和恐惧笼罩着，说话时舌尖都不灵便了。

韦妃看不惯李显的唯唯诺诺和战战兢兢，一上车驾就问道："皇上登基已有数日，为何太后闭口不提立后之事？"

李显小声应道:"此处乃合璧宫,有话回宫去说。"

韦妃不以为然道:"这朝廷究竟是姓李还是姓武,是陛下主事还是……"

后面的话没出口,就被李显捂住了嘴。韦妃一腔的恼怒,暗自叹息这李唐又来了个扶不起的阿斗。

李显刚刚截住韦妃的话头,抬眼望时就发现武承嗣与太平公主夫妇先后在司马道边下了车驾,正准备进宫。刚才的话要是被他们听见了,岂非又要惹来一场大祸?

武承嗣与太平公主也发现了李显的车驾,过来施礼。武承嗣、薛绍十分谦卑,太平公主就自由多了,问道:"皇兄这是要回宫去吗?"

李显回道:"奉母后旨意,朕与群臣'入阁守岁'。"

太平公主"嗯"了一声,见李显身边的韦妃一副气咻咻的样子,心想这女人怎么了?脸上便落了霜,转身对武承嗣和薛绍道:"快进宫吧,母后等着呢!"

韦妃看着三人离去的背影,"哼"了一声。一干人呼啦啦地离了司马道,朝东去了。

太平公主三人进了殿,就看见武曌正与上官婉儿说话。行礼之后,众人依序坐了,宫娥们上了果蔬、珍馐、茶点,说话顿时就多了亲情的温暖。

武曌问道:"长安择陵可有消息?"

"启奏太后,右武卫将军韦待价和曾担任孝敬皇帝恭陵覆土之责的韦泰真星夜奔往长安,以为京畿好畤县西南之梁山为最佳陵址。"武承嗣说着,展开韦泰真所绘梁山图,但见此地三峰对视,浮云缭绕,气象万千,"梁山距昭陵不过数十里,距长安不过百里。北望昭陵,南观长安,可谓形胜。"

武曌要众人近前来看,并特别征求上官婉儿的看法。

"梁山居高临下,三峰突起,主峰苍润高峻,山麓林木葱茏,北望五峰,南雄太白,真帝王之气也。"上官婉儿分析道。

武曌点了点头:"婉儿慧眼,言之有理,就以此处为陵。"

"《易》曰:乾,天也。先帝谥号天皇大圣大弘孝皇帝,故陵名可定为乾陵,以象其至大至上也。"太平公主在一旁说道。

薛绍在一旁恭维道:"公主慧言,乾元者天,祥瑞之兆。"

太平公主脸上溢出由衷的笑意。平日里她总是笑薛绍不读书,孰料这一番话说得倒还得体。当初下嫁薛府,是为婉拒吐蕃和亲之求,他并非自己心目中的男人。

待武承嗣收起图卷,武曌说道:"话虽如此,但还要送皇上阅看。破五之后,由裴相主持集议之后方可勘定。天皇承贞观之余烈,开永徽之新政;外御强敌,内修政治,功垂万世,乾陵之形,类比长安,三阙进深,不可疏忽。"

武承嗣有些疑虑,嘀咕道:"太宗三出阙,天皇亦三出阙,这……"

"天皇一生功业赫赫,有何不可?"武曌一锤定音。

"微臣元日之后,立即宣读太后旨意。不过……"武承嗣连忙回应。

太平公主见武承嗣话里有话,就有些不耐烦了:"表兄有话就说,何必吞吞吐吐的,是何道理?"

"微臣听到有人上奏皇上,谏言将天皇葬于洛阳……"

"你说的是那位右拾遗陈子昂吧!"武曌道。

武承嗣道:"哦!太后已经知道了。一个二十三岁的竖子竟敢口出狂言,极言长安饥馑,又大兴土木,劳民伤财;还指责太后不应大驾陪幸,真乃不知天高地厚。"

"如此狂徒,就该斩首。"太平公主也蛾眉横卧。

武曌转脸看了一眼上官婉儿道:"婉儿以为呢?"

上官婉儿莞尔一笑道:"书生之见,何须当真?彼姑妄说之,不听便了。"

"婉儿所言,正合我意,况彼所言并非全无道理。天子四海为家,圣人包举宇内,不失睿言智语。传我口谕,赐陈子昂绢五十四。"

闻言,上官婉儿又是一惊,太后算是摸清了这些文人的脾性。

更漏报子时一刻,又是一年春到人间。上官婉儿在一旁提醒:"天色不早了,待会儿大臣们都要进宫贺岁,太后还是早些歇息吧!"

然而,武曌却毫无睡意。她感慨时光之逝如风驰电掣,当年与李治在一起的浪漫和惬意犹在昨日。过了子时,她就岁交花甲了。她喟叹上苍无情,夺她至爱,从此宫苑深深,幔帐绮丽,无人伴她入眠。她感念身边人事更迭,风景迥异,又一茬新人聚集在身边。她更感思社稷的未来,担心李显不能……她也知道武承嗣对没有登上相位而耿耿于怀,而她也觉得宰辅里不能没有武氏家族的人。在这个春逐五更来的时刻,她把所有的漫漫忧思埋藏在心里,看着身边的近臣至亲,心想,又一年春到了……

第五章

匆匆弱木朝夕折　飒飒武后三摘瓜

一夜无话,第二天卯时三刻,洛阳晨曦微露,料峭的寒意虽还在大街小巷盘旋,可春天依然在举国哀伤的沉郁中悄无声息地到来了。

人勤春早。李显偕韦妃及诸位王子、豫王李旦偕刘妃及诸位王子以及太平公主一家早早地到武成殿向武曌恭贺新春。

其实,在皇上与豫王、太平公主昨夜离去后,武曌只是睡了一会儿就醒了。她抱怨上苍无情,不给她和李治更多的厮守时间。在梦中她厮守的李治还是太子时候的模样,他们打马曲江池畔,用柳丝儿系着太阳,让时光永远属于他们;他们对饮在安喜殿,在朦胧醉意中双双起舞;他们沉迷在温室殿里,尽情地挥洒情感的丹青,在她生命的幕布上涂抹出色彩斑斓的画卷……那是春花秋月的温情,是云追雨丝的浪漫,是波翻浪卷的狂癫。可他怎么忽地变了脸色,离她而去,甚至连头也没有回,就那么被云带走了……

她睁开眼睛,发现身边空荡荡的,大殿中央的木炭再红,也不如被男人抱着的感觉。于是,寂寞顿然覆盖了她的心胸。她不能设想,在以后的日子里,她将怎样打发百无聊赖的漫夜。

武曌觉得有种无处发泄的力量在身子里涌动,她就禁不住流下泪来,陛下,你好无情啊……她坐起身来,对着外间唤道:"张尚宫,现在几时了?"

张尚宫应声来到帷帐前,小心翼翼地回道:"太后,现在是寅时三刻了。"

"宣上官婉儿来见。"

张尚宫出得门去,觉得地上很亮,抬头一望,原来是雪住了,黑魆魆的天空布满了冰冷的寒星。她来到上官婉儿门前,轻轻地敲了敲门,值守的宫娥出来禀报,说知制诰大人刚刚睡下不久。张尚宫传达了太后的旨意,宫娥进去了不一会儿就出来了："请尚宫回奏太后,知制诰大人随后就到。"

"太后新岁吉祥,万寿无疆。"当上官婉儿站在武曌面前时,她很吃惊于太后脸颊上的团团潮红,这哪是一个年届六旬的老者呢?

"我睡不着,你陪我来说说话。"

"臣也正要来向太后恭贺新年呢!"上官婉儿进到内室,在武曌的榻前坐了下来。

"唉!"武曌长叹一声道,"你还年轻,尚无法体会男人的重要,彼若朝露,女若晨花,晨花无朝露之润,会蔫蔫然而枯槁!女人是要靠男人滋养的。"

上官婉儿脸上有些发热,她这样年龄的女人怎会不懂这些呢?李贤对她来说,该是多么难耐的折磨:"臣理解太后之心境,臣也是女人啊!"

武曌又叹道:"即如我,可以坐在洛城殿听百司奏事,可以与政敌殊死搏斗,唯独对这男人宠爱的缺失忍耐不了。"

上官婉儿眼里润润的,那是女人沉入情感的征兆:"臣有一句话,不知当讲不当讲?"

"这是私房叙话,你但讲无妨。"

"这世道何其不公平,为何男子可以有三宫六院、三妻四妾,而女人就注定要从一而终呢?"

闻言,武曌的心怦然跃动,她怔怔地看着上官婉儿,越来越觉得这女子天定与自己有缘分,怎么自己想到的,她都想到了呢?武曌情不自禁地拉起了上官婉儿的手。她知道这些话在臣下那里听不到,在儿女那更听不到。她本来想说知我者婉儿也,可话到口边却咽回去了,而提起了另一个话题:"我想今日就册封韦妃为皇后,婉儿以为如何?"

婉儿是冰雪人儿,韦香没有被封为皇后的情绪她是看在眼里的,她觉得武曌也一定看出来了,不过她也以为既然李显已经登基,韦妃册封皇后也是迟早的事情,于是就顺着武曌的意思道:"太后圣明!臣以为此事关乎后宫安宁,当速决之。"

"现正值国丧,也不便举行封后大典,待会儿群臣贺春,即由皇上诏命先行册封,正好应了新春的喜气。"

"遵旨!臣这就为皇上起草诏书,待太后过目后就呈皇上。"

眼见时候不早了,武曌便起身梳洗整装后来到殿中央坐定。不一会儿,武钦进来禀奏道:"皇上、豫王进宫贺岁了。"

"好!宣他们来见。"

李显、李旦应召进殿,双双跪倒在武曌面前,向她拜年,然后送上贺礼。

武曌在接受了儿子们的朝拜后问韦妃:"皇太孙来了么?"

她说的皇太孙,是指李显的长子李重润。他生于永淳元年(公元682年),高宗过五十而得长孙,喜不自胜,在满月那一天,他改元永淳,大赦天下。并为皇太孙开府置官属,当时的吏部侍郎王方庆闻讯奏道:"臣闻晋惠帝、晋武帝皆曾置皇太孙,然未闻置官属也,太子官属即皇太孙官属。"才阻止了这场随兴之举。现在,李重润已经两岁了。

韦妃闻言,急忙回头吩咐乳母将李重润抱了过来。武曌看这孩子长得倒也宽额阔口、相貌奇伟,煞是喜欢,忙命张尚宫赏赐。

这样一来,刘妃心中不平了,忙让乳母抱来刚刚出生几个月的王子李捴道:"捴儿祝福太后福寿康宁。"武曌当然也照例给予赏赐。

太平公主虽然来晚了,武曌照旧对她的长子,三岁的薛从简给予了赏赐。当孩子们分别由乳母带到偏殿玩耍时,武曌将册封皇后的动议提在了李显面前:"国不可一日无君,后宫不可一日无主,我欲提请皇上册封韦妃为皇后,不知皇上以为如何?"

李显即位,册封韦妃是顺理成章的事情,太后之所以征询他们的意见,不过是顺水推舟。因此,他们以"母后圣明"来应对。

"我已命上官婉儿拟好诏书,若皇上无异议,即可在朝臣们贺岁时于乾元殿颁诏。"

"谨遵母后旨意。"李显说着话,便从上官婉儿手中接过诏书。他浏览了一遍,不禁为她简洁、要约的文字所打动。他回看了一眼上官婉儿,就觉得这女子真乃上天造化,竟然将人世间的美都集中到她身上了。他心想,若她能到自己身边来,将来朝事岂不省心了许多?

他这种十分微妙的内心变化,当然没能躲过武曌的丹凤眼。从上官婉儿到偏殿拟诏的当儿,她就想到了这一层。自己儿子自己知道,李显不是韦氏的对手,早在他为太子时,她就常常听闻他在韦氏面前的懦弱。过一阵子她就打算让上官婉儿去辅佐皇上,也算是为她找到了归宿,不枉她六年来朝夕服侍在身边。

见李显没有异议,武曌遂要王晖去尚宝监加盖皇帝玉玺。

王晖刚刚离开,李荣就来禀奏,说大臣们来向皇上和太后贺岁,已云集在乾元殿塾门多时了。

雪后天晴,大年元日的阳光经过雪水的濯洗,显得尤其灿烂,金色中透着白炽，象征着嗣圣元年春天的生机。武曌站了起来，望着殿外，长舒一口气说道："移驾乾元殿。"

……

春天的脚步，浪漫地走进了扑面不寒杨柳风的二月。韦皇后的父亲，豫州刺史韦玄贞第一次到洛阳来了。

接到皇上的敕命，不仅韦玄贞以为是在做梦，就是他的上司普州刺史都觉得不可思议，一个远在蜀地的六品参军，一夜之间擢升为四品刺史，而且就在东都畿地豫州。那一天，韦玄贞一人来到城外，对上天行三叩九拜大礼。若非那年那个不知名道长的点化，若非他配了旷世奇药，给了香儿雪肤皓目、花容月貌，特别是她身上散发的一股十步之外就能闻到的淡淡异香，又怎么会引得时为太子的李显的注意呢？

现在想来，他真是感叹天意怜幽草。那是一个草木蓊郁的四月，韦香正与丫鬟在后院荡秋千，偏偏太子李显从郊外狩猎归来，那围墙内的芳香让他销魂，让他驻马。他情不自禁地叩响了门环，尽管在韦香含羞离去的脚步中，他只看到了一个长发飘飘的背影。可从此她就进入了他的视线，再也走不出来了。不久，韦香便被召进宫中。

聪明的韦香懂得怎样博取武曌的心，她将道长的秘方献给武曌。武曌如法服用，宫中的太监、宫娥们惊异地发现，年届六旬的她骤然容光焕发，宛若少妇一般楚楚动人。

李贤被废，李显得以立为太子，是不是与韦香进宝有关，韦玄贞不知道，可在走出蜀地的那一刻，他觉得一个香儿，比几个儿子要强得多。

在洛阳宫飞香殿，韦玄贞参见了刚刚被立为皇后的韦香。父女见面，先行君臣之礼，然后韦香才拜见父亲，仔细询问了一路东来的情况。当韦玄贞告诉她母亲尚在豫州治所时，韦香便流泪道："都是女儿不好，让您二老饱受颠沛之苦。"

韦玄贞摆了摆手道："臣本普州小吏，蒙陛下恩泽，得以擢升刺史，如何还敢再生非分之想，皇后不必自责。"

韦香命宫娥给父亲的杯中续了茶道："父亲何须自卑？今非昔比。想当初先帝在位，王皇后入主椒房，其舅柳奭为中书令；武氏立为皇后，其父武士彟一再追封，至今已追谥为太原王。难道他们真就比父亲强么？"

韦玄贞闻言有些心惊，他朝四周看了看，小声道："皇后还是谨慎为好。陛下初即位，诸事未定，身旁既有太后决事，又有顾命大臣掣肘，不可不防。"

韦香蛾眉颤了颤道:"正因为如此，皇上身边才急需心腹，我要奏明皇上，擢拔父亲入禁中，参与朝政。"韦玄贞还要劝阻，却被韦香用目光截住，"此事父亲勿再多言，我心中有数。"接着，她安排在宫中为父亲接风。

当晚，韦玄贞回到皇后在东都为他置办的宅第，一大群丫鬟、府役服侍他沐浴、更衣。然而，躺上榻床，灭了烛光，他却被一颗忐忑不安的心折磨得毫无睡意。他发现两年没见，女儿变得他已经不认识了，言语间多了许多霸气。这也许是皇宫深院立身的需要，可唯其如此，他觉得他们之间生出了无以名状的隔膜。他望着窗外浓浓的夜色抚着胸口问自己:此次进京，对韦氏家族来说，不知究竟是福是祸?

"香儿!朕的香儿。"李显搂着韦皇后的脖子，那女人散发的玫瑰香味，让他迷醉若幻。他忘记了皇后又有身孕了，就要冲上去。

韦香在李显的脸颊上烙下一个曲线很美的樱桃唇印，又缓缓地吹了一口气，随着淡香的气息沁入李显的心脾，便笑道:"陛下，会伤了胎儿的。"

但她知道李显需要什么，他当初就是冲着那香气来的，因而，她不断地送香风给他。李显闭着眼睛，一任韦香在自己的身上抚摸、吻舔。但一会儿之后，韦香的手停止了，李显觉得有热辣辣的东西掉在自己的胸膛上。他睁开眼睛，吃惊地看到刚才还香风醉人的韦后，怎么就泪珠儿断线了呢，忙问道:"皇后这是怎么了?"

"妾是想到了椿萱二老，故而伤心。"

李显道:"朕不是擢拔他为豫州刺史了么?"

"皇上的恩典，妾没齿不忘。"韦后的手指捋着李显的一缕头发道，"父亲这次到东都，妾发现，蜀中十数载的日月把父亲熬老了，鬓发白了不少，身子骨也远不及昔日。尤其是母亲，竟然不能随父亲来看妾。妾这心里……"

李显明白了韦后的意思，道:"这有何难，在京城造一府邸，接老夫人来住，刺史大人也可随时进京消闲作陪。"

韦后在心里叹息李显不开窍，于是便转了话题道:"陛下已继承了大唐社稷，今后有何打算呢?"

"朕就是雄心勃勃又能怎样?眼下裴炎等一干老臣唯太后之命而是从，每每临朝，虽说太后帘后听政，可她不恩准，臣下何敢作为?朕名为皇上，实则与人偶无异。"李显长叹了一声。

韦后知道她的话触到了李显的痛处。再怎么说他也是个男人，岂肯居于人下?她不失时机地将自己的想法提到了李显面前，问道:"陛下可还记得，太后身边之李义府、许敬宗乎？”

“那时候朕尚年轻，宫中常见他们，只是不甚了解。”

“当初太后若非李义府、许敬宗鼎力辅佐，岂能有今日？反之，先帝若非长孙太尉、褚遂良掣肘，岂能在废立大计上举棋不定？”韦后玉润洁白的身子向李显靠了靠，继续说道，“妾的意思，陛下欲图社稷复兴，非有几位心腹不能有所作为。”

“哦！”李显点了点头，又迟疑了片刻才道，“皇后的意思是调刺史进京，就算朕有这个意思，太后那……”

韦香撇了撇嘴道：“太后怎么了？太后终究是太后，这江山说到底还是姓李。陛下若是不想让武承嗣等人得逞，就不可优柔寡断。”

“此事容朕想想再说……”

说完这事，韦后一会儿便进入了梦乡，均匀的呼吸在李显耳边回旋，他反倒因为那一番话而睡意全无了。父皇生前的委屈，母后的跋扈，都使他不得不承认皇后说得有理。他一一地回顾了身边的几位老臣，发现没有一个可以与他共艰危的，反倒处处束缚他的手脚。

启明星在东方闪烁其光的时候，李显打定主意，这次来个先斩后奏，将韦玄贞调进京城委以侍中再说。等到传到母后那里，木已成舟，她又能怎样呢？四个儿子，她已废掉了两个，如果再对自己开刀，她将何以面对父皇的在天之灵，又如何面对朝野？

话虽这样说，但李显知道，要将现任侍中刘景先改任他职也并非易事，太后这一关无论如何是回避不了的。他这样反复斟酌，到辰时三刻朝会前，他决定等朝会结束后，先探探裴炎的意思。

果然，在武成殿里，他的话刚一开头，就在裴炎那遇到了障碍：“微臣深谙陛下之意，然则先帝刚驾崩，朝事初定，还是安稳为好。况且，陛下已擢升韦大人为豫州刺史，可谓皇恩浩荡，他当尽忠履职才是。”

李显解释道：“裴爱卿所言不无道理。可眼下朝事纷纭，千头万绪，朕欲图社稷中兴，必须集能臣于朝，还请裴爱卿理解。”

裴炎向前挪动了一下道：“即使如此，韦大人也难服人心。”

“这是为何？”

“陛下知道，韦玄贞本六品参军，蒙陛下圣恩，平步豫州刺史，这已属越格，如今又要委以相位，且不说太后处做何感想，就是刘仁轨等几位大人那里，也未必会赞同。夫吏制，乃太宗所制，岂可因私情而废之；再者，选官新制,本天皇、天后缔创,须身、言、书、判集试,又岂能无考课而任之?"

闻言,李显的脸上就非常难看了,说话的声音骤然重了:"裴爱卿是借太后胁迫朕么? 说到底这江山姓李,别说任一个侍中,朕就是将这天下赠予韦玄贞又有何不可?"

裴炎忙起身作揖道:"陛下且息雷霆之怒, 微臣绝无此意。微臣的意思是,此事须征得太后……"

不提太后尚罢,一提太后,李显的脸色更加阴沉了,道:"裴爱卿若是无事,就退下吧。"说罢,李显便埋头看奏章去了。

出得武成殿,裴炎只觉得背后发凉,他怎么也不相信,一向懦弱的皇上竟然变得固执起来。他担心如果皇上一意孤行,真要任韦玄贞为侍中,必会导致母子失和。他没有心思回署中,而是径直踏上了去洛城殿的路。

在洛城殿上,按照武曌的吩咐,裴炎在她的对面坐下来。

"中书令一早来见,有要紧事么?"武曌有些奇怪地问道。

裴炎面露难色,踟蹰不语。

武曌见此就有些不高兴了:"裴爱卿有话就说,如此踟蹰,是有什么难言之隐么?"

裴炎道:"微臣是在顾虑此事是否当讲。"

"爱卿但讲无妨。在我这里,若是臣下违律,爱卿尽可依律处置,若是诸王触犯刑律,则与民同罪。"

闻言,裴炎遂将在武成殿与皇上的争论述说了一遍。未及落音,武曌已是怒火中烧,蛾眉紧蹙,拍打着案头道:"反了! 反了! 刚刚登基,就意图弄权营私,若有朝一日羽翼丰满,还能把我放在眼里?"

武曌的胸脯起伏着,气喘吁吁的。大殿里一片沉默,过了许久,只听从武曌嘴里吐出几个阴森森的字来:"看来这孽障是不愿做这个皇上了。"

裴炎见状,忙劝解道:"废立事关社稷存续,还请太后慎思!"

"哼!"武曌转过身,来到裴炎面前厉声问道,"慎思者何? 三思者何? 难道要等到他将刀架在我脖子上么?"

"这……"

武曌的声音骤然提高了:"难道要等到他将大唐社稷让与那个普州小吏么?哼! 韦香不知天高地厚,刚刚册封皇后就干预朝政,我岂能容你!"接着,她就要裴炎传令,召中书侍郎刘祎之、羽林将军程务挺、张虔勖进殿议事。

二月六日一大早, 刘祎之到飞香殿宣达武曌旨意, 要李显到乾元殿听政。自登基以来，太后临朝已是司空见惯之事，他倒没有多在意，便吩咐王晖准备车驾。他刚要离开，却见韦后从内室出来，问刘祎之道："敢问刘爱卿，何事如此重要，竟要大人亲自来禀奏皇上？"

刘祎之回道："微臣只宣达太后旨意，具体情况还是请陛下去了才知。想来非西突厥犯边，就是高丽国有事，还是请陛下移驾乾元殿吧！"

看着李显上了车驾，在羽林卫的护卫下离开飞香殿，韦香的心中生出莫名的仓皇。皇上的车驾走了许久，她依然站在大殿中央，像丢了魂似的。

辰时三刻，大臣们云集在乾元殿，在京官员职事九品以上分文武和品次排列。只是当大家看见太后出现在朝堂上，且正襟危坐、不苟言笑时，便感到了气氛的不平常。就连侍中刘景先看了看身边的几位宰辅，也一脸的困惑。昨日午后，他去署中拜见裴炎，中书侍郎刘祎之说他进宫去了。孰料一大早，就碰到了如此严肃的气氛。再看看坐在太后旁边的皇上，似乎也很是不安，大家便预感一定有事情发生了。

大殿里静极了，甚至连呼吸的声音都显得如此清晰。见时间到了，武曌向外面挥了挥手喊道："程务挺、张虔勖何在？"

只听殿外高声应道："末将在！"

随着一阵杂沓的脚步声，两位将军率领羽林卫呼啦啦地冲进了乾元殿，在两庑间散开，闪闪的刀光映得大臣们眼睛发酸，神情更加紧张。

武曌对身边的武钦道："宣我懿旨！"

武钦第一次经历这样的场面，声音有些发颤——

> 查李显有失人君作为，乏人主之德，着即废为庐陵王，即日监护离京，不可滞留。离京之前，幽于别所，违旨者斩。废皇太子李重润为庶人。

只见程务挺、张虔勖身披盔甲，双双登上阶陛，扶李显下殿。

李显的脑子里一片空白，他没有料到，今日会成为他皇帝生涯的终日。他奋力挣脱两位将军的手，回头问武曌道："敢问母后，儿臣所犯何罪？"

武曌厉声道："你欲以天下与韦玄贞，还言无罪？"

李显明白祸从口出，在心里大骂裴炎，说话却换了语气："请母后明察，儿臣冤枉。"

武曌并不理会李显的辩解，大声说道："护庐陵王出殿！"

随后，她独坐龙位，目光灿灿，扫视群臣，话语里透着杀气："先帝以万世基业托于我，我自不能容忍落于他人之手。于今以后，敢违逆旨意者，无论何人，格杀勿论。散朝！"

在羽林卫的刀枪下走出乾元殿，大臣们的脚步是沉重的，心境更是烦乱。他们猜不透武曌此举是否意味着从此要临朝称制，独揽朝政。

刘景先在司马道上久久盘桓，等待着刘仁轨和裴炎。看看他俩从道路那头过来了，他上前打拱道："敢问两位大人究竟发生了何事，下官甚是懵懂。"

裴炎应道："太后所指庐陵王之罪，大人还不明白么？"

刘景先感喟道："果有此事啊！难怪太后凤颜动怒。那往后去……"

刘仁轨接道："吾等唯社稷为重，至于其他，则听命于太后。"

裴炎觉得三位宰辅在此说话，传出去未免引人生疑，忙道："时候不早了，我等也散了吧。"

二月七日的朝会上，武曌宣布立雍州牧、豫王李旦为帝，册封刘妃为皇后；以李旦长子、永平郡王李重器为皇太子。

李旦是在案头研习书艺时被武钦宣到乾元殿的。二十二岁的他生得玉树临风、粉面乌发。自幼对书艺和训诂学的痴爱使他整日将《说文解字》抱在怀里。近年来，他又迷上了草隶，书艺大有长进。对宫廷的风云他早已置之度外了，有多少次刘妃在温存时问他往后就如此枉度日月吗？他笑了笑回道："难道要本王步皇兄后尘么？闲云野鹤，未尝不是求生之道。"

昨天，曾在李贤身边现在侍奉他左右的太监郭纬禀奏，说新皇李显被废，他就更觉得自己的选择是对的。李旦并不糊涂，作为武曌的儿子，他体会到龙朔以来"二圣"临朝给父亲带来的痛苦。因此，皇兄被废，似乎在他的预料之中，他想母后临朝称制，是木已成舟之事。

因此，当武钦宣他进殿时，他很不理解。及至听到当殿立他为新皇时，他非但没有欣慰，反而增添了不尽的恐怖。在武钦宣读完懿旨后，他甚至浑身发软，力不能支，怆然跪倒在武曌面前道："儿臣年轻，不足以御臣理政，请母后临朝称制，儿臣愿做豫王，以孝伺候母后。"

武曌并不理会他的请求，还在朝会上同时宣布——新皇居于别殿，不干预朝政。李旦出殿时的掩面而泣，深深地印在大臣们的眼中。他们明白，从此太后不再垂帘，而要直接临朝理政了。

裴炎十分失望，事情的发展完全出乎他的预料。皇上是新立了，却今非昔比，李旦真成了消闲的皇上，这与高宗生前所望相去甚远，也脱离他当初阻止李显的初衷。他觉得很可怕，朝政没有落入韦氏之手，却不能保证不落入武氏之手。裴炎很自责,若果真那样,他就无颜见先帝于九泉之下了!

而刘仁轨更是疑虑重重,两人在司马道上相遇时,都从彼此的眼中读出了相同的思绪,却是不敢多言,诚恐隔墙有耳。

刘仁轨没有想到,两天以后武曌就在武成殿召见了他。品茗中,她以征询的语气说道:"自我问政以来,爱卿在朝为相,选贤任能;出为行道总管,负戈远征,于大唐社稷功莫大焉。此次废立,殊非得已。我感爱卿胸谋大局,为朝野表率,殊堪嘉褒。"

从熊津都督任上回到朝廷后,正逢先帝病笃,委政于皇后,至今已过去多年。刘仁轨不是都对武曌的所有行为看得惯,在心中也有微词,可他同时也感佩她在处理邦交、内政时的大度和智慧。而近来的风云骤变使得他对这番话有些迷茫,但他毕竟饱经风霜,许多事情并不喜怒形于色:"谢太后隆恩。为臣者尽忠竭命,使命耳。"

武曌闻言,笑道:"我欲让爱卿知西京留守事,望爱卿万勿推辞。"

"太后以西京安危悉委与臣,臣不胜感激,然臣自知老迈,恐负重托。"刘仁轨婉言推辞。

"昔日汉朝以关中委萧何,今托公亦犹是也。"武曌依然不放弃。

"西京乃祖庙所在,其任甚重,太后容臣思虑之后再行禀奏。"刘仁轨不得不先应承下来。

当晚回到府上,刘仁轨只简单地用了晚膳,便吩咐夫人无事不许打扰,自己一人进了书房。他泡了杯浓茶,对着青灯陷入冥想。他忽然感到,自己又一次面临抉择。一句错话出口,就有可能带来灭门之祸。可就这样默然顺从,负命西去,他又岂能甘心? 特别是在前天的朝堂上,当新皇上战战兢兢匍匐在地恳求辞去皇位,让武曌临朝时的怯懦;当武曌很专横地宣布由她代理朝事,而不需新皇参政时,他的确蓄积了许多的愤懑。他呷了一口茶,讷讷自问道:"该如何表达自己的意思呢?"

一声鸥鹕的哀鸣惊断了他的思路,接着又是几声,声声直刺刘仁轨的心。这是先帝在指责自己么?油然间,上官仪慷慨赴义的情景浮现在眼前,他的心就情不自禁地悸动了一下。当初他遭李义府诬陷,被外放出京,是上官仪多次在高宗面前进言,使他终于得以还朝。现在,也许轮到他洒血洛阳了。

刘仁轨将了将灰白的胡须,心绪坦然多了。唉!你都如此年纪了,还顾忌什么呢?早在开耀元年,不就请辞过一次么?自那以后又几年过去,现今八十有三,纵然引刀,何憾之有? 想到这里,他不再犹豫,迅速拿起笔伏案疾书起来。天一亮,他唤来已做了太子中舍人的儿子刘浚,要他将上疏交与武钦。

刘浚疑惑地问道:"不知父亲所奏何事?"

刘仁轨正色道:"你不必多问,照办即可。"

大约在巳时一刻,正与武承嗣说话的武曌接到了刘仁轨的奏章,其实,她最着急的就是刘仁轨对留守西京的态度。因此当武钦将奏章呈给她时,她就立即中断了与武承嗣的谈论,迅速地展开了奏章,从字里行间听到了一位老臣的声音——

左仆射臣刘仁轨上疏皇太后陛下:

臣衰朽老骨,太后不以为意,委臣以西京留守,臣不胜感激。然臣戎马倥偬,履冰霜于西域,驱突厥于王土;经战阵于海东,灭百济于藩地。至今华发霜鬓,岁逾耄耋,举止迟暮,诚恐汲深绠短,举鼎绝膑,操刀伤锦,恳请太后体臣之老迈龙钟,不堪居守。

然太后置新皇于别殿,不允陛下御臣理政,臣以为不妥。曩者汉惠帝崩,少帝继位,吕后临朝称制,大封诸吕,才有陈平、周勃诛吕氏之祸。以史为镜而知兴废,臣以衰朽之身,恳请太后为戒……吕后见嗤于后代,禄、产贻祸于汉朝,前车之鉴,深以为虑……

武曌看完,将奏章交与武承嗣。武承嗣浏览一遍后道:"仁轨老儿,分明对太后临朝心存不满,故而借古讽今。其朝野根基甚深,太后不如早除之。"

"鲁莽!"武曌瞪了一眼武承嗣,"人之将死其言也善,刘仁轨以八秩之躯而敢言直谏,足见其无私。况其所言不无道理,你等在朝定当自律,不可放肆。否则,我定斩不赦。"

武承嗣虽然心里对武曌的话很不以为然,嘴里仍道:"谨遵太后旨意。"

"我要修书一封,你代我前去慰谕。"

"那是否要宣上官婉儿前来?"武承嗣问道。

"不必了,还是我亲为吧。"武曌说着便铺开稿纸。

只一刻时间书便已草成,加了太后印玺,武曌交与武承嗣道:"命殿中省备些补品,就说我赐的。"

在前往刘府的途中,武承嗣还是不能理解,百司敬畏的姑母为何对一个行将就木的左仆射如此谦恭。直到在刘府门前停留时,他仍是疑窦未消。

听说武承嗣来访,刘仁轨立即意识到与自己的上疏有关。他已做好了入狱的准备,故而要家人暂避后院,自己一人到前厅迎接。及至发现来者仅武承嗣一人时,他才稍稍心定,忙吩咐丫鬟上茶。

武承嗣也不客气,呷了一口茶水后道:"太后命下官来宣慰大人了。"

刘仁轨不解地看了看武承嗣问道:"这是为何?老夫有些不明白。"

武承嗣朝后面招了招手,只见几位太监抬了补品和布帛进来。武承嗣道:"太后闻听大人年老体衰,特赏赐高丽参、鹿茸及绢帛给大人。这里还有太后御书一封,大人看过就知道了。"

刘仁轨启开封签,展开书信,神色霎时庄严起来——

　　今日以皇帝谅暗不言,眇身且代亲政。远劳劝诫,复表辞衰疾,怪望既多,徊徨失据。又云"吕后见嗤于后代,禄、产贻祸于汉朝",引喻良深,愧慰交集。公忠贞之操,始终不渝;劲直之风,古今罕比。初闻此语,能不惘然;静而思之,是为龟镜。且端揆之任,仪刑百辟,况公先朝旧德,遐迩具瞻。愿以匡救为怀,无以暮年致请。

太后在话语中不乏温和的责备,但是毫无降罪之意,这是何等精明的女人!她并未回避刚看到奏章时的心境,但难能可贵的是"静而思之,是为龟镜"。在书的末尾,她又以"愿以匡救为怀,无以暮年致请"表达诚意,"匡救"二字重如千钧,置他于托孤之臣的地位,他还有什么理由拒绝呢?

刘仁轨合上书,对武承嗣道:"请大人代老臣奏明太后,老臣不日将偕夫人赶赴长安。"

在武承嗣即将离开刘府时,刘仁轨又道:"前日有一商贾言,有人托他将此信札转交老夫,要老夫呈给太后。"

武承嗣问道:"不知是何人之书?"

"封之甚严,老夫并不知情,还是请太后亲启为妥。"

这一趟差事出得武承嗣如坠五里云雾,他不明白为什么太后对刘仁轨的规诫毫不反感,还要赏赐宣慰;他更不明白太后究竟在书中说了些什么,以致让他感激涕零,慨然赴任。登上车驾的时候,武承嗣赧颜地摇了摇头。

几天以后,刘仁轨将刘浚留在新皇身边,自己带着家小前往长安,武曌命裴炎送行。出了洛阳西城门,前面就是一座亭子。正是三月阳春的日子,亭边几棵垂柳挂了深绿,桃花谢了春红,在枝叶间长出毛茸茸的青桃。眼见已经出城十里,刘仁轨勒住马头,对身边的裴炎道:"千里相送,终有一别。裴大人就此回城吧!"

裴炎在马上打拱道:"裴某阳关送客无数,然此次送兄,心境殊异。"

刘仁轨见裴炎的眼圈红了,他知道,废掉李显是裴炎最不愿意看到的结局;而武曌将李旦视同傀儡,更是出乎他的预料。其实,自己又何尝不是如此呢?刘仁轨转身踏上西去的征程,裴炎直到那车队融入三月碧野深处,才长叹一声回城了。

刘仁轨终于答应做长安留守,使武曌松了一口气,有他在西都,她就可以把全部精力放在经营洛阳上。她觉得这些日子很疲倦,因此,在没有朝会的日子,她把所有奏章都委托给上官婉儿去批阅,摘其要者送给自己审核。她把空闲的时间都用来处置安葬李治的事宜,当着群臣的面她明确表示,五月,她要亲自陪送李治的灵柩回长安。她还要亲自构思一篇碑文,尽书李治生前的文治武功。这样的事情,她最喜欢与上官婉儿在一起谈论。

这是三月下旬的日子,暖暖的风吹着殿外的青竹丛林,林子边一簇簇的玉兰开得正盛,如玉色蝴蝶挂满枝头,又似雪花笑迎春阳。而铺满道边的兰草刚刚起身,绿油油的,美极了。它就像新酿的春酒,点点沁入武曌的心脾。

武曌六十岁了,然而韦香呈奉的秘方留住了她的光艳、玉润和风姿,就是不施粉黛,她看上去也不过刚刚四十出头,完全是成熟女人的风韵。这一点,不唯让拜见她的臣下感到不可思议,就是上官婉儿也很着迷。与武曌在一起的时候,她最惬意的事情就是静静地坐在一旁看她的一笑一颦。此刻,当武曌字斟句酌地推敲碑文的时候,上官婉儿正眯着眼睛痴痴地望着她。

武曌一抬头,就看见上官婉儿痴迷的目光,禁不住笑了:"鬼丫头,你为何如此看我?"

"微臣是觉得太后艳光四射,真乃社稷之幸。"

"人生若梦。我现在想来,往事如在昨日。"武曌停下笔,她没有将年龄这个词说出口,那太让她伤感,因此转移了话题,"你看,我此处如此写如何?"

上官婉儿接过碑文草稿,看到如下一行字——

想空谷以载怀,望中林而式则,出潜鳞于紫泉之里,收逸羽丹霄之上,五往三就,志切求贤,得士以昌,……刑不怒而威,不言而信,去罚实由于一德,胜残无杀于百年矣。若夫尧光四表,才临明昧之墟;禹奠九州,止届蛮要之服……

她读着读着就出了声,莺莺燕燕的煞是悦耳。似乎皇上的光热才刚刚开始散发,雄图才刚刚展开。这话未免过誉,但她惊诧的却是太后的才思:"太后文笔,情真意切,光昌流丽,堪为至品。"

"我的这点文墨,得益于太宗皇帝啊!"

上官婉儿正为武曌撰写碑文怎的就忽然想起了太宗皇帝而不解,却看见武钦匆匆进殿来,在她耳边悄悄说了几句话,武曌脸色立即大变,叫道:"呈上来!"

武钦战战兢兢地将一封书札呈给武曌,只见她打开之后,自右及左浏览一遍后便"啪"的一声拍在案头,震得刚才写的碑文草稿落在地上。上官婉儿急忙上前拾起文稿,随后小声地问道:"何事惹太后动怒?"

"你看看吧!"武曌把书信丢给他。

上官婉儿一看那熟悉的笔迹,心底不禁"咯噔"一声。原来这是李贤的上书,对武曌不允准他回京吊唁提出了质问,言辞十分激烈。不过,最让她怦然心跳的还是那首《黄台抱瓜辞》——

种瓜黄台下,瓜熟子离离。

一摘使瓜好,再摘使瓜稀。

三摘犹自可,摘绝抱蔓归。

她不禁在心中埋怨李贤处事不慎,为何用如此语气向太后说话呢?

武曌冷若冰霜,刚才的温和荡然无存,阴沉着脸对武钦说道:"召裴炎进宫,我要问是何人如此大胆,向罪人传递先帝驾崩的消息。"

武钦正要离去,不料上官婉儿却来到武曌面前道:"不必了,是臣向殿下寄书传递哀音的。"

武曌脸上的表情立时僵住了,她怎么也不相信,她宠爱如亲生的上官婉儿会做出如此非礼之举,她再也无法保持矜持,厉声道:"跪下!说,你为何要这样做?"

上官婉儿镇静地跪倒在地,看了一眼武曌道:"太后容禀。古语有云:鸟有反哺之情,羊有跪乳之恩,况乎人也?李贤殿下虽获罪流放,可父子情缘未断,父子之序犹存。太后不恩准他回京吊祭,上不合于天理,下不合于人伦,臣恳请太后开圣天之恩,召殿下回京以尽人子之孝。"

"大胆!"武曌打断了婉儿的话,"此乃宗室之事,何须你多嘴?你竟敢背着我私传信件,该当何罪?"

上官婉儿不再辩解,俯下身子向武曌施了一礼道:"事已至此,要杀要刚,任凭太后处置。"

"反了反了!"武曌气得浑身颤抖,对着外面喊道,"羽林卫何在?"

四名羽林卫应声进来,武曌颤巍巍地指着上官婉儿喊道:"押下去,囚于别室,待日后再和她理论。"

上官婉儿毫不惊慌地从地上站起来,道声"太后保重",转身出殿去了⋯⋯

整整一天,武曌像散了架子一般,拒绝一切臣下的拜见。她一人躺在榻上望着大殿发呆,她一遍又一遍地问自己:我错在何处?为何最亲近的人都一个个背自己而去?不!错的是他们,是他们对我处理朝政本能的抵触。

在她的几个儿子中,李贤曾是她的最爱。李贤在被立为太子的几年中曾三次监国,并得到高宗的褒奖和群臣的拥戴,足见他深知为君之道。正因为如此,她对他的任何叛逆之举不仅敏感,而且绝不宽容。现在,当她发现身边的人竟偷偷向李贤传递消息时,她的思绪就延伸到另一个方向,会不会有人借拥护李贤的名义,而对她废李显之举兴师问罪呢?

她的眉宇不再舒展了,"呼"地从榻上爬起来,对着外面喊道:"来人,速宣袁公瑜来见!"

一个时辰后,大理寺丞袁公瑜已站在了武曌面前。当年的他如今已垂垂老矣,在聆听了武曌要他前往巴州检校(监视)废太子李贤宅第的旨意后,他再也没有当初处置李忠那样的勇气了,"扑通"一声就跪在了武曌面前,布满皱纹的眼角淌下两行浊泪:"微臣铭感太后恩典。然臣已非昔日,垂老迟暮,恐难当大任。"他有种难以言说的委屈,到了这个年纪才做到大理寺丞,相比曾与许敬宗、李义府一同追随武曌的臣下,他的仕途不可谓不缓,这使他有些心灰意冷。

武曌并不怀疑袁公瑜的诚意,借着灯火看去,她惊异于岁月的残酷,油然就动了恻隐之心:"那依爱卿之见,何人能担此大任呢?"

袁公瑜回道:"臣以为左金吾将军丘神勣堪当此任。"

"如此甚好,那爱卿可以退下了。"武曌点了点头。

在袁公瑜告辞的当儿,武曌走下龙案,对伺候在身边的武钦道:"传我旨意,赐袁爱卿帛五十匹。"

袁公瑜几乎是面对着太后退出武成殿的, 他佝偻的身影在三月的阳光下看上去很可怜,这情景让武曌轻轻地叹息。可这也只是瞬间的感慨,她很快就恢复了威严的神态,对武钦道:"宣丘神勣进宫议事。"

第六章

天平谷深葬英魂　西归路远诉衷情

天平山纵横数十里,奇峰耸云,空谷幽邃,苍松葱郁,碧草茵茵,青苔漫径,陪伴着废太子李贤一家种着苦涩的心田,收藏带血的情殇。

曾经的楼观盘郁只在记忆中存在,现在能够勉为栖身的只是几间当地人帮忙搭建的茅棚,孤零零地畏缩在山谷的一角。一道柴扉,四面土墙,隔出一个狭小的世界,李贤与曾经的王妃房钰、良娣张颖、女儿李嫣、大儿子李光顺、二儿子李守礼和随行的几位仆人,就在这打发着贫寂的时光。

他们现在已与当地人无异,不唯女儿和儿子衣衫褴褛,就是李贤与两位夫人遮体的衣裳也是补丁积纳,重重叠叠,早已看不见当初的本色。

大约是上午巳时一刻,房钰提起刚刚补好的衣衫,李贤伸进两只胳膊,房钰为他结好纽带,李贤赧颜道:"都快成袈裟了。"

房钰的眼里就充满了亮亮的泪花:"太子受苦了。"

"唉! 你如何就是改不了呢?"李贤嗔怪地看了一眼她说,"大山幽谷,只有庶民,何来太子? 传将出去,岂非自招其祸? "

房钰点了点头。

这时,从身后传来良娣张颖的声音:"姐姐说说,夫君难道不是皇上的龙种么?为何就不能回京吊祭父皇?他不是母后亲生的么?为何被视为草芥呢?这世道,难言公平啦! "

房钰看一眼张颖,凄然而笑,不知道该如何回答她的问话。但她内心却已认同了良娣的愤懑和不平。跌落尘埃的残酷现实,阶下囚的苦难历程,让这对昔日里曾为争宠而心存芥蒂的女人抛却了恩怨。她还是回应道:"不去就不去,不说山高道远,单是睹物情殇,人情冷暖,夫君也受不了的。"

李贤低头收拾木桌上的书籍,听着两个女人的说话,眼边就润了一圈潮湿。想想四年来不堪回首的时光,品味着一千多个漫漫长夜的世情冷暖,他的心被揪扯着,在眉宇间凝成无以排解的惆怅。他并非贪恋宫观深处的歌舞竽笙、声色犬马。自从被解往长安的那一刻起,他就把自己的勃勃雄心锁进了幽闭的心室,如同进入冬眠的一头猛兽,他只能在漫长的梦魇中等待春天的复苏。唯一能够支撑他活下去的,是即将完成的《后汉书》注释。

那次西行名为援送,实为监押。率领禁卫押送的是左卫将军张虔勗,洛阳到长安,路途并不算远,不几日到达后,他遵照武曌的吩咐,当着长安令将李贤一家交给左金吾将军丘神勣和武承嗣遣来的宗正丞袁公瑾——大理寺丞袁公瑜的胞弟。

李贤至今仍不明白,母后为何要将他羁押在父皇为太子前的晋王府,这是要折磨父皇的情感么?既为庶人,自然不能再享受亲王的礼遇。武承嗣有过交代,所有衣食供给仅为遮体果腹之需。永隆元年冬的第一场大雪降临长安时,监禁的禁卫都已换上棉甲,而李贤一家依旧是夹衣裹身。他与房钰、张颖尚好说,只是苦了两个孩子。

有一天,李光顺瑟缩着身子问他:"祖父不是当今的皇上么?为何孩儿连一件棉衣都穿不上?"

李贤抱着他泣不成声,他无法向孩子解释这一切。他忍着冻饿,连夜向太子李显修书,第二天他找到袁公瑾,望他看在父皇、母后的情分报信给太子,聊解度冬之急。

袁公瑾很为难,武承嗣临行前是有过交代的,不经他允准不能有任何优礼之举:"这……殿下,武大人那里……"

李贤道:"我纵有罪,吾儿无辜,且系皇孙。公今日救他们一命,他日我定以十倍偿还。"

从侧室里传来李守礼的号啕哭声,袁公瑾的心动了。他虽与袁公瑜出于一母,然而他向来看不惯兄长趋炎附势的举止。于是,他答应派可信之人将信札送到了太子宫中。

不久,从东都传来皇上的诏命,责令宗正寺为李贤一家置办冬衣和庆岁的酒食。除夕夜,他邀袁公瑾一同守岁饮酒。席间,袁公瑾告诉他说,太子看到他的书札后,凄然落泪,当即上奏恳请皇上赐衣。这些带着暖意的细节,让李贤感到兄弟情深,江山有望,他从此即便为庶民亦足矣。

除夕夜成了他生活的重要转折点,袁公瑾对他的监视明显松弛了。他常常借故走亲访友,把大量的时间给了李贤,让他有机会去完成《后汉书》的加注书稿。

然而,这样平静的日子没有多久就被打破了。

事情是从前线回来的检校礼部尚书、定襄行军大总管裴行俭引起的。当他听说因明崇俨一案,太子李贤被废黜,当即进宫面见天皇与天后,据理为太子辩冤,但遭到裴炎和武承嗣反对,不久,他便郁郁故去了。

开耀元年十一月,天后的旨意到了长安,徙李贤一家到巴州。

李贤并不知道,裴行俭的举止触动了武曌心底的隐秘,他更不知道,武承嗣借着裴行俭的谏言在武曌耳边吹风,极言他的势力盘根错节,党羽密布,这一切都促成了武曌流放他的决心。

巴州刺史早在一个多月前就接到了朝廷的诏命,因此,他一到巴州,就被安置在偏远的天平山中。据跟随来巴州的袁公瑾说,行前太子李显曾向天皇呈送了《请给庶人衣服表》,听来催人唏嘘——

> 臣闻心有所至,谅在于闻天。事或可矜,必先于叫帝。庶人不道,徙窜巴州。臣以兄弟之情,有怀伤悯。昨者临发之日,辄遣使看。见其缘身衣服,微多故弊。男女下从,亦稍单薄。有至于是,虽自取之。在于臣心,能无愤怆。天皇衣被天下,子育苍生。特乞流此圣恩,霈然垂许。其庶人男女下从等,每年所司,春冬两季,听给时服。则浸润之泽,曲沾于蝼蚁。生长之仁,不遗于萧艾。无任私恳之至。谨遣某官奉表陈请以闻。

李贤听着,苦涩地笑了。李显深知武曌的性格,不敢提袁公瑾的名字,生怕给他带来横祸。他知道,李显的措辞意在说服天后,他再想想自己眼下的处境,真与蝼蚁无异,与萧艾无差。

"皇命难违,殿下且在此屈居。仪陇县令已在城中为下官安置了居处,平日若是有事,下官会及时告知的。下官在这里,殿下一家反而不自在。"袁公瑾打断了他的思绪。

"大人尽可放心,我熟稔大唐律令,不会做出违律之举牵累大人的。"李贤十分感激,觉得袁公瑾正派多了。

送袁公瑾下山,眼看着他的身影融进一片绿色,李贤忽地有种被抛弃的寂寞。毕竟他们在一起交往经年,从最初的心存疑虑到相互敞开心扉,从最初的监视到后来的陪伴,他们之间留下了不少难以忘怀的往事。后来,当他移开警惕的目光时,李贤反倒有些不习惯了。

造化弄人! 李贤收回目光,眺望远方,重峦叠嶂,昂霄耸壑,发出对命运的感叹:天平山,天不平,上苍焉知,这山中藏着一位忍辱受屈的太子?

庶人的日子就是百姓的日子,无非多了几个仆人,可仪陇城中的富户,哪一家不是仆从成群呢?一旦回归民间,他才知道以往的宫廷生活是多么奢侈糜烂。尽管朝廷恩准了太子的上表,春秋之际供给换季衣衫,可在这最难耐的却是饥饿。在这穷乡僻壤,他得同山民们一样面对春荒,为饥馑发愁,他不得不要身边的仆人学会攀岩登高,寻找野果充饥。

永淳元年二三月间,房钰、张颖的脸上再也看不到宫苑留下的痕迹,而充满了菜色……

李贤把这一切看作天意,他不再相信孟子把人生苦难同天降大任联系起来的箴训,而更愿意在艰难困苦中寻求内心的安逸和恬淡。空闲之余,他喜欢抄写禅宗的《华严经》。

他的经文已抄写了不少,心因此而安定了许多,他不再向儿子们絮叨宫廷的那些岁月,转而要他们跟着山人学会犁田,学会爬山,学会摘野果子充饥。可是,他平息的心波还是被来自洛阳的消息再度掀起了悲浪哀涛。

山中无历日,寒尽不知年。除夕,当仪陇县令送来"抄手"(饺子)时,他才知道弘道元年过去了,新的春荒正在等着他们。天气放暖的日子,很久没有碰面的袁公瑾上山来了,为他带来一封信,说是从洛阳到此的商贾捎来的。他打开信札,那熟悉的笔迹便映入眼帘:"哦? 是婉儿! "

他可以忘记两都的一切,唯独忘不了与婉儿两心相仪的对望,忘不了他们围绕《后汉书》的倾心相谈,忘不了在洛阳城外回眸之时,那从树影背后探出来的一双垂泪的眼睛。

上官婉儿在信中向他传递了父皇已经驾崩,李显已经登基的消息,说太后已严令宗正寺不许他回京吊祭。

> ……君泱泱我唐之龙脉兮,何昊天以不公? 君俨俨以人子兮,何夺爱以拒吊。迢迢千里于重山阻隔兮,音杳杳而不闻;愁云茫茫而思心无寄兮,惟哀哀而垂泪。遥夜漫漫而佳人独不寐兮,睹残月而凝眉;飞鸿过窗而托我所系兮,乃祈君以宁靖。

李贤的手剧烈地抖个不停,随着信札脱落在地,他大叫一声"父皇",昏倒在地。

房钰正在房内为儿子缝补衣服,听见外面"扑通"一声,便急忙出来看。只见李贤躺在地上,袁公瑾一脸仓皇,她急忙上前抱起李贤,用力掐他的人中,连声大喊:"夫君醒醒,夫君你怎么了?"

这时候,张颖与几个孩子也都冲了出来,围在李贤周围哭成一片。

李贤睁开疲倦的眼睛,口中喃喃自语:"我这是在何处?"

房钰告诉了他经过,李贤回想起刚才看信时的情景,禁不住仰天长啸:"父皇!父皇他驾崩了!"

大家都惊呆了。此时此刻,张颖已顾不得品味上官婉儿那些很温情的话语,她唯一牵系的是李贤的身子。

张颖又怀孕了,她拖着沉重的身子上前安慰道:"殿下不要过于伤心,父皇驾崩,妾与殿下一样悲痛。可皇命如天,太后既是不允,殿下也不必强求。"

"母后!您为何如此无情?"挣扎着起身,李贤邀袁公瑾进到里屋,泪流满面地问道,"那商贾可还在?"

见袁公瑾点头,李贤又道:"父皇驾崩,我进京吊祭,乃人子之责,为孝之道。因此我欲向母后请命,恩准我与妻儿回洛阳吊祭。我知大人有诏命在身,身不由己,故而托商贾带回京都,转交给太常卿王德真。不说谁的信札,母后看后自然明白。"

"这……"袁公瑾有些迟疑。

"我现今可托之人,只有大人,还望大人玉成。"李贤打躬求道。

袁公瑾还能说什么呢?几年的相处,与其说他在监视李贤,毋宁说李贤的品格深深地影响了他。他慌忙扶着李贤道:"殿下如此,折杀下官了。好!殿下的信就由下官转送就是。"

眼看二月过半,回京的消息却越来越渺茫,他的心也愈益地冷却。现在,听着两个女人的议论,他聊以自慰地回应道:"百行孝为先,论心不论迹。我等心有父皇,他在天之灵必有感知。"

说完,他回身看了一眼张颖挺起的肚子,脸上就加了惆怅:"唉!眼看春荒已到,这孩子来得太不是时候了。"

"殿下何必如此说呢,孩子何罪之有?纵使我等忍饥挨饿,也要抚养好孩子。"房钰抚着张颖的肩膀,向内室喊道,"丽芳!扶夫人进去歇息。"

李贤觉得艰难时势见善性,不要说身边的两个女人如今情同姐妹,就是婉儿信中的缠绵悱恻,她们也都宽容了。

"还是夫人说得对。"李贤说着,起身向外走去。

房钰问道:"夫君欲往何处?"

"眼看着孩子们一天天大了,他们可以没有荣华富贵,却不能不知书达理,该去给他们讲讲'小学'了。"

房钰笑道:"夫君这是读书读呆了吧? 荒山野岭的,连一张纸都没有,谈何读书?"

"夫人这就不懂了, 我当年在宫中就读过南梁散骑侍郎周兴嗣所作之《千字文》,至今仍记忆犹新,教起来何难之有?"说着,李贤出了茅棚的正屋,正要转身到"西厢房",却看见有两人从山下走来,身影十分陌生。

及至跟前,却是县衙的差役,他们上前施礼问道:"请问李贤在此处么?"

李贤还礼道:"在下就是,请问差官……"

一位差官道:"朝廷来人要见你,县令大人差小人请你去城中一趟。"

李贤问道:"敢问袁公瑾大人可在?"

两位差役摇了摇头:"小的只管奉命办事,其他的就不知道了。"

李贤回转身来,只见房钰、张颖与几个仆人站在身后,一双双惊恐的眼睛看着官差。他却笑了笑,心想朝廷来人了,是否意味着恩准他回京吊祭父皇了呢? 也许是母后生了恻隐之心! 李贤愁云紧锁的眉宇骤然展开了,对家人说道:"朝廷来人要见我,你等在此等候,我去去就来。"

房钰却不放心,上前问道:"敢问差官小哥,来者可是哪家大人?"

差官摇了摇头道:"小的不知道,只看他是位将军。"

"将军?"房钰就生了疑窦。

"朝廷钦差,可以是文官,也可以是武将,夫人不必忧虑,我这就去了。"李贤说罢,对两位差官挥了挥手,"走吧!"

这是李贤第二次进仪陇城。刚来时他坐在车内,没顾得上详细打量。曾经在两都长大的他穿过狭窄的街道,看着两厢的店铺纷乱驳杂,有砖木堆砌的瓦房,也有竹木搭建的茅棚。特别是那些歇脚的茶馆,都是瓦房前延伸的几间茅棚,四面无墙,摆几张白木桌椅。店主人肩搭一条绢巾,在桌前招呼客人。他的身后就是一座茶炉,一位汗流浃背的大汉拉着笨重的风箱,一看就不是富人的去处。可现在他看这一切该多么亲切,多么温暖,觉得它就和长安的坊间一样的繁华炫目。

县衙就在街道中段,虽然不能与京城相比,但在一片棚户屋中却也鹤立鸡群,看上去有些气象。

李贤正抬头看，就听见年长的差役说道："朝廷钦差与县令大人就在后堂等候，你进去吧。"

李贤点了点头，他转过一道萧墙，沿着鹅卵石铺就的小路来到后堂，就看见一位穿着朝服的钦差正坐在堂中与巴州刺史及仪陇县令说话。

哦！怎么是他？李贤心中"咯噔"一声，朝廷为何要派遣左金吾将军丘神勣当钦差呢？记得那还是调露二年，"二圣"移驾东都，他在长安监国。有一天，时任吏部侍郎的刘祎之禀奏，说这位左金吾将军纵子犯罪，鱼肉百姓。他当时就将之传到明德殿严加训斥，责令其缚子送到大理寺，后来他的儿子被判流放岭南。母后在这个时候遣他来巴州，是何意思呢？

丘神勣并没有起身，看到李贤进来，便道了一声："殿下别来无恙乎？"

"托母后洪福，还算安好。大人此来巴州，可是要宣我进京吊祭父皇？"

丘神勣并不回答李贤的话，一双乌溜溜的眼珠扫视了一遍李贤的着装，脸上就有了轻蔑的意味，心想真是人生无常，想当年坐在明德殿的太子何其清新俊逸，雅人深致而又气冲斗牛："殿下一定不会想到，有一天也会如犬子一样流于此地吧？"

李贤似乎早料到丘神勣会这么说，但他并不理会，只是进一步问道："就请大人示下，母后可恩准我回京吊祭父皇？"

丘神勣笑道："殿下觉得可能么？殿下也不想想，一个被废为庶人的皇子还有资格进京吊祭先帝么？殿下千不该万不该唆使袁公瑾私传信件，致使袁公获罪。本官已将他缉拿，不日即解往东都交大理寺审理。至于殿下么……"丘神勣看了一眼巴州刺史和仪陇县令，从身后的案头捧过一卷黄色绢帛展开，大声念道——

　　太后懿旨：查庶人李贤不思悔改，妄议朝政，私怨成垒，着即与妻儿分居，幽于别室。

突闻此言，李贤的心顿时一落千丈，脑际一片空白。在丘神勣的提示下，他额头贴地，谢过恩典。

"州中可有幽闭之处？"丘神勣问坐在一旁的巴州刺史。

仪陇县令忙回道："县衙内尚有一密室，专为审理重案所设，不知可否？"

"如此甚好！只不过刺史大人还需派官兵严加看守，也是为殿下安危之虑。"丘神勣道。

巴州刺史忙接道："接到大人传报,下官已命司马率军进了仪陇县城。"

李贤这时终于明白一切都完了,所有的祸端皆起于那封上书。他很后悔,自己的一时激愤为多少人带来了灾难。他不敢想象,远在洛阳的婉儿会不会风摧花折,难逃厄运;而眼前,袁公瑾已经披枷带锁,由监视别人沦为阶下囚;他不敢多想,房钰、张颖和他的儿女会不会因此而葬身异乡?

丘神勣起身来到李贤面前,不无讥讽地挥了挥手道:"走吧,为殿下换个清闲去处。"

"慢着!"李贤推开丘神勣道,"我一人获罪,然妻儿无辜,请不要伤害他们。上书乃我一人所为,不干他人之事,请大人放过袁公瑾。"

"殿下还以为自己是监国么?不过,本官可以告知殿下,太后口谕,本官职在检校殿下作为,并无追究妻儿家小之意,你尽可放心。"丘神勣说完,立时就进来一队卫府官兵,将李贤团团围住。

哀莫大于心死。李贤这会儿万念俱灰,倒很坦然,他轻轻地拍了拍肩头的灰尘,对卫府官兵说道:"不劳各位,我自己会走。"

李贤坦然面对惨淡,可丘神勣的心思却没有闲适下来。当晚,巴州刺史为他接风,两人喝得酩酊大醉。一觉醒来,正是更深夜半,月明星稀,山风吹来,吹醒了他的酒意,临行时太后若明若暗的话语此刻都涌上心头。

太后要他检校,以备外虞,是否说明李贤在诸王、都督和刺史中尚有余孽未尽?果然如此,难保没有人会拥立李贤向太后发难。

太后还说,若遇不测,让他相机处置,这是否是一种暗示?果真如此,为什么不趁这次在太后面前争一次立功的机会呢?

身材魁梧的丘神勣不仅承继了父亲——左卫大将军丘行恭的身骨,更承继了他冷酷无情的秉性。早在他年轻时,父亲腰斩叛逆将军,掏其心肝而食之的情景给他留下了深刻印象。身为左金吾将军,他主管宫廷宿卫,属下每每犯纪,他动辄手刃其首级,悬于高杆以为戒;而他在喝得酩酊大醉时,往往杀了身边的卫兵,醒后又痛哭流涕,为此,他多次受到高宗的斥责。

然而,这鲁莽的性格并不妨碍他随机应变的处世方式。他清楚地看到,随着高宗的驾崩,李氏日益式微,但这又有什么呢?谁治国理政与他没有关系,只要不损害他的利益。

与其在这穷乡僻壤检校一位废太子,空耗时间,倒不如做出一个惊天之举。丘神勣立即做出选择:他要设法让李贤自尽,然后回去复旨……

鲁莽的丘神勣也有狡黠的时候,他并不急于将图谋付诸实施,而是每日在护卫下与李贤在城外散步，还时不时地询问些他为太子时的故事；有时候，他会以转达太后恩典的名义打开御酒，与李贤对饮；与此同时，他还要仪陇县令上山去告诉房钰和张颖，说殿下有些事情要处理，让她们耐心等待。

春一天天走向深处，漫山杜鹃花渐次开放，火一样地烧红高天上的流云，烧红满目的青山，也焦灼着李贤一颗不安的心。他思念着在山上的房钰、张颖和儿女们，思念那虽然破陋却是充满着人情的茅棚；思念着那些陪伴自己度过一个个漫漫长夜的书稿。他开始变得烦躁，时不时地问丘神勣道："母后囚我究竟是何意，大人不妨明说。"

这是二月二十七日的上午，晴了多日的天空布满了乌云，眼看一场风雨就要来临。看着这天，李贤的心飞回了天平山，说什么也不能待下去了。他对着窗外大喊："来人，我要见丘将军！"

在他唇焦舌燥的时候，丘神勣出现了，他脸上掠过冰冷的讥讽道："殿下以为还能回得去么？"他说着话，向后挥了挥手，一名卫府官兵递来一条白绫，"不瞒殿下说，新皇已废，豫王登基，太后临朝称制，闻听州县有人欲借殿下之名图谋反叛，故而赐殿下白绫以自裁。现今殿下有两条路可以选择，一条是自缢而去，一条是本官依法处置。何去何从，全在殿下。"

哦！他们兄弟的命运不幸被他所言中，李显既废，李旦虚设，圣朝何在？母既不惜骨肉殄灭，子心何系？白绫在前，与其死于刽子手中，不如自裁。只是一想到大唐基业未逾百年，帝不过三代，即行衰微，他就禁不住泪如泉涌。但他迅速擦去咸苦的泪水，沉静而又凛冽地望着丘神勣道："将军以我监国时多所指责而含恨，我深解之。然则，我乃太宗之孙，高宗之子，岂可畏死。不劳将军，我自裁之。"李贤面朝北方，仰天长啸，慷慨登上机凳，朝着悬在梁上的白绫伸出了脖子……

三月上旬，丘神勣没有回长安，而是直接策马来到洛阳向武曌复旨。他走在司马道上的步子是铿锵而又自信的，他相信自己揣摩透了武曌的心思，为果断斩断了太后的隐忧而得意非常，甚至想象出了太后快慰的笑意。他看见武钦的身影，急忙上前见礼，询问太后所在。

"太后正和太平公主说话呢！咱家这就进去禀奏。"武钦进去片刻之后就出来宣道，"太后有旨，宣丘神勣觐见。"

一路上喜形于色的丘神勣一俟跪倒在武曌面前时，就收敛起喜色，很拙笨却很庄重地行了拜见之礼。

太平公主并不避讳，问道："这是哪家的将军，如此灰头土脸？"

武曌道："下面可是左金吾将军丘神勣？"

丘神勣连忙回答："微臣丘神勣自巴州归来，向太后复旨。"

武曌抬了抬眼皮道："我命你前往巴州检校庶人李贤举止，你为何擅离职守，私自回京？"

丘神勣闻言很吃惊，猜不透太后话里的意思，便忙不迭地说道："微臣是要禀奏，太后隐忧已除……"

武曌断然打断了他的陈奏："我秉承高宗遗志，张大唐基业，朝野肃然，内外晏然，何忧之有？"

"启奏太后，李贤殿下他……"听了这话，丘神勣不知说什么好，神色十分慌张，平日就口暗，现在更是结巴。

"他怎么了……"

"他自缢了！"

武曌忽地向后靠去，似乎身体一下子就散了架。她双目紧闭，两行泪珠倏然流到腮边，心就阵阵地撕扯出千般疼痛来。她说不上是痛还是怕，是喜还是忧，只觉得眼前晃动着李贤扭曲的面孔和一双忧郁的眼睛。

武曌正饮泣间，就听见太平公主厉声道："好你个丘神勣，太后命你检校庶人，以备不虞，谁让你逼他自缢而死的，你该当何罪？"

这一声叫喊，让武曌幡然醒悟。废太子死于非命，对唐室来说是多么重大的事，她无论如何也得给朝野一个交代啊！她回身看了一眼太平公主，愤然拍案道："丘神勣渎职失责，以致庶人李贤自缢而亡，着即贬为叠州刺史！"

"还不快谢太后隆恩。"太平公主立即接道。

丘神勣蒙了，他不敢抬头看武曌母女。当现实发生的一切偏离了他内心的期许时，他的目光顿时变得迷茫。是他曲解了太后的旨意么？是他擅动了杀机么？他忽然感到，太后的变幻莫测是多么令人匪夷所思。

望着丘神勣的背影，太平公主对武曌道："事已至此，母后将何以处之？"

"若不是殊非得已，为母者怎肯见杀亲生而不痛？然安国定邦乃大爱，骨肉之情乃小爱，舍大爱而趋小爱，此我不为也。贤儿已去矣，他的在天之灵怎知我失子之伤？"武曌长叹一声，神情萎靡。

"儿臣有一句话不知当讲不当讲？"见武曌不置可否，太平公主继续说道，"儿臣所谏者四：遣钦差前往巴州，妥为安葬，以求亡魂安妥，此其一也；复皇兄王爵，以慰朝野，此其二也；接房氏、张氏及诸皇孙回京，此其三也；最后，安抚丘神勣勿使其生事端。如此，方显母后好德怀仁，也塞谤者之口。"

"贤儿,我能为你做的也就这些了,你泉下有知,该体会为母者之良苦用心了吧。"武曌言罢,掩面而泣……

五月,洛阳周围麦子已大体收完,广袤的豫州平原裸露在骄阳之下。刚刚种下的糜谷星星点点透出绿色,城内的柳树枝叶也更加浓密,碧帘一样的垂挂在街头。皇宫殿中、内侍省为太后、皇上避暑而处于一片忙碌中。

这天,宗正卿武承嗣到武成殿来向太后奏事了。远远地,他就看见上官婉儿进了殿,他知道李贤的事情已经过去了,不唯上官婉儿重新被召回到太后身边,那个逼死废太子的丘神勣也重新被任命为左金吾将军。为此,他不得不在心底里感佩姑母的手段。

武曌正在翻阅上官婉儿批阅过的奏章,那些娟秀的小楷使她渐渐忘记了她因私下为李贤传递丧信而惹起的烦恼,时不时发出会心的笑声和由衷的感慨。上官婉儿就在一旁站着,除了回以谦恭的笑之外,并无其他。

看罢一卷之后,武曌侧过脸问道:"待了半天,你怎么不说话呢?"

上官婉儿笑了笑说道:"太后褒奖,微臣受之有愧,故而不敢多言。"

"你还在为我的处置心里不满吧?"

"微臣不敢。"

武曌相信她的话是真的,于是继续埋头看奏章,但她并没有发现,上官婉儿笑意后面隐藏的忧伤。自从听到李贤自缢的消息后,她明显地瘦了,那是用泪水浸渍的削骨,是用思念煎熬的清俊,是被愤怨交织的默然。多少次,她在梦中看到李贤扭曲而又痛苦的脸庞,似乎要对她诉说什么。醒来后,她向隅而泣,独坐天明。而就在这时,武曌宽恕了她私传丧信的罪行,从此,她便用凄然的笑封闭了挥之不去的思念。

"庐陵王李显一行已遵照太后旨意迁往房州,不日即可到达房州治所房陵县……"在这个场合,武承嗣说话的声音有意拖长了。

武曌听出了弦外之音,问道:"你为何踟蹰不语?"

武承嗣见太后发问,沉思了片刻道:"房州山深谷险,贼众出没无常,臣以为迁往均州昔濮王故宅为好。一则可解安危之忧,二则朝廷也好检校,以备不虞。"

"你思虑颇周,就依所奏。你遣人快马传我旨意,徙庐陵王于均州。"

武承嗣领旨,接着又向武曌禀报关于乾陵工程进展的情况。武曌放下奏章,要上官婉儿也坐下来听听。

"在太常卿王德真大人的督促下,韦待价、韦泰真两人按图建筑,一丝不苟,到四月底,地宫已经开好,正在描绘壁画;三道阙门已经沿着司马道矗立在梁山南麓,其气势雄伟,能雄视渭水,远眺终南。"

听罢,武曌脸上绽出很久不曾有过的欣慰,道:"明日早朝后,宣王德真到武成殿,议决先帝灵柩西归大计。我打算亲护先帝灵柩回归长安!"

"万万不可!太后凤体关乎社稷,当此先帝驾崩之际,太后万不可远途劳顿。"武承嗣连忙劝道。

武曌对此好像充耳不闻,她迷离着一双丹凤眼,那些早年幸福的枝枝节节似乎在这一瞬间都迅速在她胸中复活,是那样的鲜活如初。她保养得非常好的面颊泛起绯色的红晕,说话的声音就变得分外的温柔:"唉!你等岂知我与先帝之情乎?相识于霰雪之晨,相慕于经史之叙,相思于风雨迷离,不可谓不刻骨铭心,如今让他孤寂西去,我情何以堪?"

"这……"武承嗣有些语塞。

武曌转过脸,眼里依然涟漪涣涣,问上官婉儿道:"知制诰以为如何?"

细心的上官婉儿被武曌目光中婉丽和柔波打动了,她觉得坐在朝堂上指点江山并不妨碍太后对心爱之人的思念,先帝一定如生前一样地厮守着他们情感的泊岸,于是附议道:"微臣以为太后呵护先帝灵柩西归,乃爱之所至,情之必然,微臣愿随太后一同前往长安。"

"知我者,婉儿也。"武曌又一次发出由衷的感叹。

见此情景,武承嗣不好再说什么,他只有紧锣密鼓地为太后护灵西归做准备。

五月十五日,高宗的灵柩终于要回长安了。这天一大早,贞观殿南门外停着李治的柩车,巨大的棺椁周围堆积了晶莹的冰块,六匹昂首挺胸的战马系了白色的绸缨,齐刷刷地站在柩车前面。

诸王、大臣们送葬的车驾停在柩车后西边,而公主、嫔妃的车驾停在东边。一律的原色,没有上漆,没有装饰,以表示对先帝的哀悼;车上的幔布与丧服的颜色相互映衬,愈益增添了哀伤的气氛。从贞观殿到定鼎门街道两旁,按照吉东凶西的顺序,每隔一段都张挂了帷帐,如雪漫洛阳,东都沉浸在一片哀思之中。

依据周礼,出皇城这一段路上要由孝子牵引柩车。朝廷为防突生事变,禁诸王回京奔丧,所以只有新皇李旦走在柩车前面。

大约辰时三刻,李旦从车驾上走下来,这是他登基后第一次出现在朝臣面前。他脸色苍白,目光离散,眼不斜视,仿佛世间只有他一人。在太常寺官员的引导下,他径直来到枢车前,一任牵绳套在自己肩头……这情景,裴炎看在眼里,悲在心头。

自李治的灵枢离开洛阳这一刻起,裴炎心头的自责渐渐变成一种信念,他扶着先帝的枢车,暗地提醒自己不要辜负了先帝的嘱托。他必须挽狂澜于既倒,让武曌将社稷还给李氏。

巳时一刻,武曌在上官婉儿和太平公主的陪同下登上护灵的大辂,周围是麾幢、佩剑的武士、虎贲甲卒等庞大的仪仗。太常寺官员高呼一声"起枢",鼓吹署的三百八十名吹鼓手鼓乐,枢车缓缓启动。跟在送葬队伍中的太监、宫娥们哭声大作。

武曌端然而坐,望着这长达十数里的送枢队伍缓缓移动,追思的大水苍茫地漫过她的心海,每一个波流都旋流着爱的浪花。李治没有离去,他们仿佛再度相偕,去追寻爱舟起航的码头。

那是贞观十九年的一个晨间,雪中的一抹梅红,一个倩影,一曲吟诵,点燃了一个男人的青春之火!而他的眼睛,他的嘴唇,他的胸膛,就是在那个时候烙下她狂癫的吻印!

> 欲偕君之翔宇兮,何弃我而独翔。
> 君扶摇以九天兮,我秋水而涸枯。
> ……

太平公主伸手为武曌拭去腮边的泪水,她无法读懂父皇和母后之间那复杂而又曲折的感情。在她出生前一年,上官仪一案爆发,朝廷形成了"二圣"并立的局面。因此,从她记事起,父皇总是一副无奈和忍让的模样,这使她无形之中疏远了父皇而更愿意效仿母后的做派:"儿臣有些不明白,父皇为何总是对母后迁就再三呢?"

听了这话,武曌发出长长的叹息:"唉!岂止你等,朝中知你父皇者又有几人?自三代于今,皆以为男者主事。唯先帝卓尔不群,不拘旧格,先是让我听百司奏事,后又委朝政于我,虽非议者多,然有如此胆略,不唯本朝无二,即煌煌青史,也无人可比。褚遂良、长孙无忌等以托孤大臣之资,极言我听百司奏事乃'牝鸡之晨',而你父皇却力排众议,坚持让我视事。他不是软弱,而是独具慧眼,后来连长孙无忌都不得不承认我处事皆称旨。"

太平公主静静地听着。她发现母后被往事滋润的目光宛若一汪清泉,澄澈晶亮而又秋波潋滟,美丽极了。尽管她也觉得这目光与她花甲之岁的现实有些不相称,可她还是愿意那么专注地看着。

贵相知而心仪兮,拥锦衾以春宵;盛清露而花艳兮,怨黄鸟之早啼。太平公主无论如何想象不出父皇在二十二岁时遇见母后,两人之间是怎样的炽热而又浪漫。武曌也攥着她的手,久久没有松开,她在女儿的血流中寻找着李治的体温。她完全回到了流逝的岁月,她的情思在爱海情波中荡桨泛舟。

上官婉儿听着武曌母子一点一滴,一枝一叶地追忆,心就浸染在女人的情潮中了。武曌是一面镜子,上官婉儿追随着她的回忆而自顾。进入五月,她就二十一岁了,她忽然地就有了一种伤春的惆怅。

……

第四天,队伍行进到潼关之下。虢州刺史、仙掌县令等着了袆衣在此等候。

太阳渐渐西沉,暮色笼罩仙掌县大街小巷的时候,庄严、凝重的夕奠在县府门前举行。柩车前摆着羊、豕等牺牲,还有干肉三俎、黍稷两簋以及果脯、酒肉等。李旦在太常寺官员的引领下来到高宗柩车前,行三叩九拜大礼,献牺牲等祭品,然后是随行的公主、朝臣们依序祭奠。

因为是为先皇举丧,故而不可在内堂用膳。虢州刺史命卫府官兵在仙掌县城内外用苇席搭了长棚供行进队伍用膳。熙熙攘攘,直到子夜才渐渐安静下来。李旦与刘皇后的行宫距太后的行宫约有半里,李旦对太常寺的这个安排很满意,离母后越近,他的心神就越不安定。

子夜的月色依旧温柔淡然,洒下一地的银波。上官婉儿已从梦乡中走出,完全没了睡意。她临窗而坐,檐下被月光涂下的竹影摇曳如画,浓浓淡淡,益发增添了春愁。她刚才在梦中又一次看到李贤,他悲泪怆然,拉着高宗的衣袖,问为什么不让他回京拜见……他拉着婉儿的裙裾,要她一起去面见父皇……上官婉儿噙着泪水,她伸手掬起一缕月光,抹过脸庞,哦!湿漉漉的凉……

忽然,从内室传来微微的喘息声,她的心立时回到眼前。她担心太后身体不适,轻手轻脚地朝内室走去。可她的脚步在帷帐前就倏然休止,呼吸也骤然屏蔽,目光是惊惧而又彷徨。

她看见太后裸着身子仰面躺着,呼吸急促,她显然不满足于这种虚拟的情境,泪水顺着眼角滴落在枕边。

也许这不是第一次……上官婉儿悄悄退了出去,留下一段空寂的时光。

第七章

易旗改制彰凤鸾　李唐宗室人自危

随着一场盛大国殡的落幕,甬道的三块巨石被铁汁浇灌,李治便永远长眠在了梁山深处,是时乃文明元年八月十一日。秋云茫茫,秋雨霏霏,武曌在高两丈多,分为七节的《述圣纪碑》前站立了许久,那凝结着她的思念和追怀,由李显书写的文字,被填以金屑,闪闪发光。可它又怎么能尽述武曌与李治之间的依偎和缱绻呢?她冥冥间似乎听到一个声音——一切都过去了。

武曌的泪水在李治驾崩的这几个月中已经流干,留下的只有沉默。从此以后他们将阴阳两隔,只有在梦中对望了。可她毕竟是掌握了国鼎的当朝太后,因此,在太平公主和上官婉儿的劝说下,她最后回望了一次雨中的梁山,然后决然转身,登上了下山的轿舆。从此,长安对她就没有多少情感牵系了,回到京城的第三天,她就启程去了洛阳。

迎接她归来的,除了当初送李治灵柩出城,留守东都的裴炎等人之外,她一下銮辇,就发现了行前被召回东都,授予右卫将军的武三思。

当年她因一时之愤,贬武元庆为龙州刺史,谁知他不久就忧郁而死。随着母亲的西去,她也来越觉得,如果没有武家的人,终究无法与那些拥戴李氏的臣僚抗衡。特别是废黜李显后朝野的忧闷之气,更使她对当初的泄愤多了一些理智的反思。而就在这时,武承嗣向她禀奏,说武三思年方弱冠,风华正茂,自幼重文习武,颇多才智。他随着年龄渐长,对父亲早年对祖母的无礼深感歉疚,希望能有报效朝廷的机会。武曌的心境顿时豁然,当即要上官婉儿拟定敕命,任武三思右卫将军,即日起入朝奉事。

在裴炎率领的臣僚向武曌行了大礼之后,武三思才上前伏地而跪道:"微臣参见太后。"

借着夕阳的余晖,武曌俯看着已经抬起头的武三思,她似乎瞬间看到了父亲的身影。哦!那浓眉大眼、宽宽的额角、那魁梧的身材,将军的气度,倒真是武氏的血脉。油然之间,她的目光就温柔了许多。

"平身!"武曌以平日少有的平和语气回应,然后上前挽起武三思的胳膊来到裴炎面前,"三思年轻,以后还多赖裴爱卿关照。"

裴炎口称遵旨,可心中却是不满——任命一位宿卫将军,宰辅们竟全然不知,那太宗创立的议事制度岂非废了?可他也只能忍着,他十分清楚武曌的性格。好在宿卫将军成百上千,多一个无碍大局。

忙于应酬的武三思完全没有觉察到,有一双眼睛正默默地注视着他。待他转过身的时候,那张美丽清秀的脸庞顿时让他眼前一亮。两人就这样对望了片刻,及至醒悟过来时,上官婉儿的脸就布满红晕,忙低下头挽起了武曌的胳膊。这一瞥,彼此都把对方收入了心底,特别是武三思,自那以后每一次看到上官婉儿就走神,每次进宫他都要寻找各种理由与上官婉儿说话,而她也并不反感。

这是九月的一天,武三思到武成殿向武曌问安来了。他自认为比武承嗣更亲近太后,向武曌请安是再顺理成章不过的事。可只要上了武城殿的司马道,他的一切举止都是谨慎的,他总会向太监武钦先打听太后的情绪。他知道这武钦也是并州人氏,虽与自己不同族,可天下一笔写不出两个"武"字。

"公公好!太后可在忙着批阅奏章?"武三思来到武钦面前问道。

武钦叹息了一声:"从长安回来后,太后的睡眠一直就不好。这会儿知制诰大人正在为她按摩呢!"

"太后心情可好?"

"一大早就烦躁,这会儿被知制诰服侍得好多了。"

"烦请公公通禀一声,就说三思来向太后请安。"

"好,大人少待!"

武钦进去不一会儿,就宣武三思觐见。武曌一看见他,就叫他坐下,她有一个新的想法想说出来让大家参考。

武三思问过安,依照太后的旨意正好与上官婉儿相向而坐。他心里正在感叹造化弄人,将世间的所有美都给了这个女人,耳边就传来太后的声音:"我有意改官制,易服色,不知道你等意下如何?"

这想法上官婉儿并不陌生,此前武曌已在她面前提过几次。但武三思还是第一次听说,他忙面向太后说道:"微臣愿闻其详。"

"那就让婉儿说说吧！"

"遵旨。"婉儿应了一声便讲解道，"依太后之意，从今以后，旗帜皆从金色，八品以下旧服青者更服碧；改尚书省为文昌台、左右仆射为左右相、六曹为天地四时六官、门下省为鸾台、侍中为纳言、中书省为凤阁、中书令为内史、御史台为左肃政台，增置右肃政台。"

闻言，武三思听了后道："太后主政，署中名称以鸾凤改之，甚为恰当。"

"我主政，除旧布新，曩者官制，皆因男而设，我要开旷古未有之局，为巾帼长一回志气。"武曌笑了笑，心想这武三思果然揣摩透了她的心思。

"太后圣明。微臣许久以来也百思不得其解，曩昔男子可在朝廷做官，何以女子就只能主内，未免有轻视之嫌。"上官婉儿也表示支持。

"谁说不是呢？不过……"武三思有些疑虑。

"不过什么？"武曌的身子往前倾了倾。

"微臣担心裴大人他们……"

武曌眉头皱了皱道："我不是没有想到这点。然自古及今，未有变法而一帆风顺的。显庆四年，我曾说动先帝改百官，不久便被那帮老臣以行之不便而告终，此次绝不能半途而废。"

武三思闻言，不由得哆嗦了一下，武曌接着道："调你进京，就是要你辅佐我成就大业，明白么？"

"微臣明白了。"武三思连忙点头。

武曌移开目光，望着殿外西斜的秋阳道："我不仅要改官制，还要将洛阳定为神都，将洛阳宫改为太初宫，看谁敢说三道四？"

武三思第一次听武曌用如此凌厉的语气说事，不免觉得惊怵。先前发生的事他只是有所耳闻，现在亲耳听姑母说出，自然感觉不同。

"我将此议说给你们听，你等要心中有数。好了，我有些累了，你们都退下吧！"

出了武成殿，武三思与上官婉儿边走边说话。武三思问道："不知可否叨扰知制诰讨杯茶吃。"

上官婉儿被武曌的气度浸染了不少，莞尔一笑道："将军莅临，蓬荜生辉，有何不可？"于是，武三思跟着上官婉儿来到她的居室。

一脚踏进门，他就被弥散的兰香浸染得心旷神怡。他环顾周围，墙上悬挂着本朝几位书艺大家的字和阎立本的画。书案后面还有一副字，遒劲中透着阴柔，潇洒中洋溢着霸气，他看了后面的玺章，始知乃武曌所题。

武三思不大懂得书画，但眼前上官婉儿出水芙蓉般的清丽让他不敢有任何的粗俗和造次，甚至觉得这些字画与屋主人真是相得益彰，十分般配，便脱口赞道："知制诰这里真是室雅兰香啊！"

"让将军见笑了。"上官婉儿很吃惊，武三思竟也斯文起来了。随之，她命宫娥泡了茶，两人坐下说话。

武三思问道："听说太后近来睡眠不好，究竟是何原因呢？"

"太后贵为至尊，可她也是女人。先帝驾崩后，太后形影相吊，此间苦衷只有我体味得来。"

上官婉儿一语双关，道出了女儿家的隐秘。正处在青春期的武三思怎能听不出个中滋味呢？可眼下他还顾不了那么多。父亲当年与姑母之间的龃龉和结怨还要他来弥合，于是叹了一口气道："这世道也真不公平。皇上每日嫔妃成群，而宫中的女人却只能孤独守望。"

"将军所言，亦吾之所想。若女子身边也有三五男宠，在我看来，既不违人伦，也不越礼仪。难道这世间都是男人的么？"上官婉儿语出惊人。

这一番话如雷贯耳，武三思抬头看了上官婉儿一眼，就觉得她不愧是太后身边的人，举止做派，说话的语气，简直就是太后的影子。武三思还觉得这趟进宫收获颇丰，弄清了武曌的内心所想。他想如果能为太后找到一个排解寂寞的男人，她一定不会拒绝的……他要考虑的只是以什么名义，以怎样的形式去填补太后情感的空白。

"嗯，就是他了！"出了武成殿的殿苑，武三思忽然想到了一个人，脸上就露出得意的笑……

几天以后的朝会上，武曌口谕裴炎就改制大计召集宰辅们集议。

弘道元年以前的大臣集议，通常是在门下省公署内举行，自李显即位开始，集议便改为由中书省召集，场所也就移到了中书令公署。

参加集议的宰辅们除了侍中刘景先，还有太常卿、同中书门下三品的王德真，礼部尚书、同中书门下三品的武承嗣，中书侍郎、同中书门下三品的刘祎之。左仆射刘仁轨因远在长安，故而缺席，但又增加了御史大夫韦思谦。

辰时二刻，裴炎已在署中等候了。对太后的建议，他从心底是不能接受的。先帝尸骨未寒，就对朝制做如此大的修改，且名之为凤阁鸾台，这意味着什么呢？不就是明目张胆地向域内外宣布，这个朝廷从此以后就由女人主政了么？那皇上将被置于何地呢？

昨夜，他为此而苦思冥想了半宿，终不得要领。作为集议的召集人，他不知该怎样主持这个会议。现在他坐在案边,心里一团乱麻。秋日的阳光从窗口投射进来,按理说,那该是暖融融的,可裴炎不一会儿就一头的汗水。

"裴大人早!"裴炎擦了一把额头的汗水,抬起头,就看见刘景先姗姗地进来了。

"刘大人早。"裴炎一边起身打拱,一边要通事舍人为刘景先看座、奉茶。

两人落座后,刘景先看了一眼裴炎问道:"裴大人为何满目红丝?"

裴炎摇了摇头,一脸的无奈:"下官想不通,显庆四年的改制以不便而告终,为何太后又要重启此议?"

刘景先出身宰相世家,其父刘祥道于龙朔二年迁右相,然他处事谨慎,内怀忧惧。尤其看武曌专权,就曾数陈老疾,祈求隐退。关于显庆改制之得失,他从父亲那听说过。加之入阁后,他与裴炎相处甚笃,也就心无芥蒂,有话即说:"大人还看不出来么,太后先不要皇上理政,继之就是要颠覆太宗钦定的五花判事之制,然后集权于一身。"见裴炎不住地点头,刘景先继续道,"大人仔细想想,不唯阁名改得费心思,就连官名也颇有心机,太后将门下省首辅侍中改作纳言,这意味着什么呢?"

裴炎接住刘景先的话道:"昨夜,下官也是百思才明白。太宗当初设门下省,意在审查诏令,签署章奏,有封驳之权。现今一改纳言,听下言纳于上,受上言宣于下,封驳之权尽失,只是传言者而已了。"

"中书令改为内史,亦不乏削权之嫌。如果没有记错,自汉以降,内史皆为署理京兆事务之职,在九卿之列。现中书令改为内史,岂非降职?"

裴炎呷了一口茶,说话的声音有些沉闷:"因此,今日之集议无异于作茧自缚。"

刘景先叹道:"狂澜既倒,其挽也难。我等好自为之吧!"

这时候,从署门外传来武承嗣、刘祎之、王德真、韦思谦的说话声,两人遂收住话头,起身迎接。

事情一旦上了场面,许多真实就被掩盖在公允、中和的温情脉脉之下。裴炎将繁复的心绪隐藏起来,换上了一副公事公办的严肃:"各位大人!本官今日奉旨就改制一事集议,还请各位大人畅所欲言,直抒己见。"

武承嗣看了看年龄最大的太常卿王德真说道:"还是王大人先说吧?"

闻言,王德真就有点进退维谷,他向来胆小,对这种牵涉各方的事更是讳莫如深,但既然被点了名,他只有硬着头皮说道:"下官以为,太后改制,上顺天意,下顺民心,势在必行。"

但他没有想到,刘景先不动声色地问了一句:"敢问大人,这势在必行可有解吗?"

"这……"王德真沉吟再三,却给不出明晰的答案。

在一旁的武承嗣急了,接过王德真的话道:"这有何费解呢?《礼》曰,苟日新,又日新,日日新。《诗》又曰,周虽旧邦,其命维新。我朝自高祖开国以来,已历七十余载,旧习迁延,循规蹈矩,不思进取,致有庐陵王将大唐江山私相授受之训。故太后临朝,欲新其民,欲兴其国,改制因变,其势之所然也。"

王德真感激地看了武承嗣一眼道:"大人所言,正是下官之意。"

"刘大人有何高见,不妨讲来。"听了大家的对话,裴炎将脸转向刘祎之。

其实,在武承嗣为王德真解围的当儿,刘祎之一直在思考自己接下来该怎么说。宦海沉浮,他是有过切肤之痛的。早年,他的一位姐姐在宫内任职,一天,武曌令其探访母亲荣国夫人的病情,身为中大夫的他借机与姐姐见面,不料却被天后得知。一怒之下,将他流配巂州。好不容易近年来被召回朝,他又怎么能不珍惜呢?特别是太后临朝称制后,多次召他进宫问政。而他又每每参与其谋,改制就是他私下向太后陈奏的。因此,他没有丝毫的犹豫,撩了撩袍裾道:"下官以为改制乃兴国之上策,足见太后治国之明。"

现在就剩下韦思谦了,裴炎大体上猜得出他将怎么说。果然,韦思谦的话与刘祎之如出一辙,他的这种选择是用官场屡次颠簸换来的"明哲"。

裴炎看了一下在场的阵势,知道再讨论下去也没有意义了,干脆不再征求刘景先的意见——免得他忍不住说出不得体的话来。有武承嗣在场,用不了一天,这里的话就会传到太后耳朵里。

"诸位大人!"裴炎站起来在议事厅踱了几步,"集议到此已很明白,吾等当鼎力辅佐太后力行改制,以光大唐基业。如无他议,各位大人且回署中,本官当禀奏太后。"

"慢着!"在大家起身准备离去的当儿,刘景先站起来说话了,"各位大人少待片刻,下官还有话说。"

裴炎知道他要说什么,忙道:"今日时候不早,大人有话还是留待以后再说吧!"

"大人此言差矣!既是集议,下官就该有话说在当面,免生猜忌。"见大家坐了下来,刘景先继续道,"我朝自贞观年间所行之官署设置,百官以为便,显庆改制未果已是明证。今先帝方安寝,又复改制,下官以为不妥。"

此话一出口,武承嗣就不高兴了:"大人所言,上逆太后旨意,下背朝野舆情,难道不怕落逆反之罪么?"

"大人这是何话?太后下旨让我等集议,下官有话说在当面,何逆之有?"

从集议开始,就很少说话的韦思谦说道:"刘大人之言虽直言不讳,却不合时宜。有道是识时务者为俊杰,现今太后主政,万民欢悦,朝野井然,改制正当其时,吾等唯遵从而见忠诚,大人勿复多言了吧!"

刘景先闻言很诧异,这还是当初为扳倒李义府而不怕贬官的韦思谦么?真是浮云苍狗,人心难料啊!他看了看韦思谦,不无讽喻地说道:"大人何时变得如此圆滑了呢?你早年可不是如此啊!"

韦思谦虽然两颊发红,但很快就平静下来了,他也不辩解,只是略带轻蔑地笑了笑。太后主政已非一日,岂是朝臣所能阻挡得了的。阻之无益,不如从之。倒是裴炎为这种场面着急,更为刘景先的安危忧虑,急忙站出来道:"集议之刻,所见相左亦不为怪,何须伤了和气?好了,今日就到此吧。"

各位大人回到署中,刘祎之正伏案书写,见裴炎进来便问道:"裴大人对今天的集议怎么看?"

"很好呀!众位阁僚对太后遵从不二,此下官最为欣慰者。"裴炎应道。

刘祎之没有马上回应,而是过了好一会儿才说道:"也许大人所言俱实。然则,个中有人心怀叵测亦未可知,大人还是警觉为是。"

裴炎是什么人,还能听不出刘祎之话里的味道。虽说都在中书省履职,可一个"同中书门下三品"的称号架在他头上,就与裴炎平分秋色了。而且他越来越觉得刘祎之与自己的距离越来越远,这才是他必须谨防的。

"多谢刘大人提醒,下官先告辞了。"裴炎回了刘祎之一个微笑,转身出了署门,回府去了……

第二天,武承嗣就来到武成殿,将会上各位臣僚所为禀奏给了武曌。

"裴爱卿如何说?"武曌最关心的还是他的态度。

"裴炎倒还明白,只是那个刘景先……"

"刘景先怎么了?"武曌的丹凤眼顿时睁大了。

"刘景先声言改制多有不便,又颠覆太宗官署设置,是为不妥。"

"他为何与其父判若两人呢?"

武承嗣向前挪了挪身子道:"微臣曾听韦思谦说,这个刘景先在先帝重病期间极言太后权重,主张削之。好在先帝圣明,未听其言。"

"可先帝还是任他为同中书门下平章事,将后事托付给了裴炎和他。"

武承嗣疾言厉色道:"如此贰臣逆贼,岂能让他把持相位,微臣以为该处之以弃市。"

"虽说我听百官奏事日久,然毕竟才临朝称制,滥杀则易乱。"武曌摆了摆手,冷冷地笑道,"看来是该给这位刘相挪挪位子了。"说完,她对站在身旁的武钦道,"传旨,以刘景先为太常卿、王德真为侍中、韦思谦为宗正卿。"

"姑母……"武承嗣不免有些失落。

"我知道你瞅着那个侍中的位子。我不是没有想到这一层,然则不积跬步,无以至千里,你资历尚浅,过早擢拔则难以服众。换言之,同中书门下三品与宰相何异?王德真固然平庸,却稳健些,此所谓用当其人,乃金石之策也。"武曌站起来在殿里踱着步子来到武承嗣面前,抚着他的肩膀道,"你现今的礼部尚书可不要小看,主礼仪、祭祀、宴餐、学校、科举和邦交,整日不离我左右。当年许敬宗就是于此起步的。"

"谢太后隆恩。"

武曌挥了挥手:"话也说了,官也任了,你退下吧,我累了。"

武承嗣很谦恭地向武曌行了大礼,才小心翼翼地出了大殿。在司马道的尽头,即将上车的当儿,他忽然改变了主意,对驭手道:"你且在此等候,我去去就来。"说完,他转身就去了李旦的别殿。

他已许久没到过这里了。他想,不唯是他,大概文明元年以来的朝臣都忘记了这里还有一位不理朝政的皇帝。与武成殿动辄朝臣连属相比,这里连门可罗雀都算不上。他之所以中途改道,正是要看看他这位表弟每天都在干些什么。

郭纬最先看到武承嗣,忙上前搭话道:"武大人到了,咱家这就进去通禀皇上。"

"不必了,我进去就是。"武承嗣挥了挥手。

"好!大人请。"郭纬往旁边让了让,看着武承嗣大摇大摆地进了别殿,心里一阵悲哀。就是"二圣"临朝的当年,没有太监的通禀,哪个朝臣敢直闯高宗的殿门。

武承嗣进来的时候,李旦正全神贯注地画着一幅画。他画的是一棵古松,树杈间有一鸟巢,四只雏鸟嗷嗷待哺,旁边另一枝杈上,一只雌鸟正将一只虫子伸进最小的一只雏鸟口里。题款是《育雏图》,并附上了一首诗——

亭亭松如盖,悠悠慈母怀。
嗷嗷待哺者,唧唧盼亲来。

盖好名章、闲章,李旦俯下身子吹了吹,猛然抬头,却发现武承嗣站在旁边。他的脸色顿时苍白了,说话也不利索:"武大人何时来的?"

武承嗣笑了笑道:"你我名为君臣,实为兄弟,还是叫兄弟更亲切。皇上这画画得好,太后看了一定高兴。"

"朕每日所思,唯母后恩德也。母恩浩瀚,朕终其一生未得报偿。"

武承嗣满意地点了点头:"皇上此想实属难得,兄定当禀奏太后。"

"如此便多谢表兄了。"李旦一边招呼宫娥奉茶,一边选择措辞,"太后掌政,朝野晏然,表兄功不可没,朕钦佩之至。表兄若是喜欢这画,朕就将之奉赠予你。"

武承嗣接过画,忙不迭道:"皇上此言差矣,皇上为君,兄为臣,该是赏赐才对。"

"母乃为天,朕乃为子,何敢言赐?"

闻言,武承嗣就觉得李旦对自己位置的认识,比李贤和李显清醒多了,忙道:"恭敬不如从命,兄就收下了。"

李旦让宫娥把画装好,武承嗣觉得此行的目的已经达到,遂起身告辞。李旦送到殿门口,话语益发谦恭:"朕无他,唯书画诗词耳。表兄若是喜欢,尽管来拿好了。"

武承嗣离去后,李旦回到殿中,发现刘皇后从后殿过来了,便问道:"方才的话,皇后都听见了?"

刘皇后蛾眉拧在一起道:"岂止是听见了,妾的肺都要气炸了,堂堂国君,竟在臣下面前唯唯诺诺。说到底,他还不是仗太后的势!"

李旦无奈一笑,并不反驳。但刘皇后并不因此而气消,而是继续发泄道:"如此狂徒,能晓得何谓丹青?皇上竟送画给他,岂非珍珠落于粪溷?"

"朕哪是送他?朕是要他传信给母后,极表朕无心觊觎权力,唯母后之意是从。须知朕与皇后之命,皆系于母后喜怒。"说着,李旦的泪水哗哗涌流出了眼角。他又摸了摸刘皇后隆起的腹部道,"眼看皇儿就要出生,朕可不愿意他一降生,就惨死在淫威之下。"

"皇上!"刘皇后喉头哽咽,一句话也说不出来。

九月五日的朝会没有任何争议,朝臣们都对改制百般称颂。除了三省及其长官改名,左右仆射也改为左右相,从此,宰相这个一直掌握着朝政的职务成了一种褒奖功臣的虚职。与此同时,六曹以天、地、春、夏、秋、冬为职官名;至于秘书、殿中、九卿寺、少府寺、国子监等其他有司,也都以义类改之。

武曌对这个结果很满意,凤眼看着下面的朝臣说道:"一元复始,万象更新。诸位爱卿,自今日起,改元光宅,大赦天下! 王德真何在?"

"臣在!"

"我要你稽考神都源流,可有眉目了?"

"启奏太后,微臣与太常寺博士们遍查史籍,发现《礼记·月令》中曰:'中央土,其帝黄帝,其神后土',溯源稽古,考之典籍,乃知'神州,洛阳也'。因此臣以为,改东都为神都乃顺天应命之举,大唐复兴之兆。"

"众卿以为呢?"武曌高声问大家。

群臣一片呼声,朝会就在大家的欢呼声中结束了。

裴炎是怀着沉重的心境走出乾元殿的。一场集议让刘景先丢掉了相位,让他的心里很不好受。其实,这并没有出乎他的预料。只是从此他更加寂寞和孤立,有种独木难撑的痛苦。武承嗣、刘祎之、韦思谦站到了一起,留下一个老迈的王德真左右摇摆,他这内史还如何当?可一些事情就在这不经意间降临到了他的头上。

十月,外甥薛仲璋忽然登门探望。他在朝廷担任监察御史,年方三十四五,正是年富力强之际,而且声誉不错。平日里甥舅之间忙于公务,偷闲来看看也是常理。薛仲璋先到后堂问候了舅母,并送了一只野山参。裴夫人自是十分感动,又询问他母亲的情况。薛仲璋都一一做了回答。

"甥儿已得朝廷恩准,不日将出使扬州,巡察州县监察官员风纪。"坐在裴府前厅,薛仲璋对裴炎道。

"为何老夫事前毫无所闻呢?"裴炎有些惊奇。

薛仲璋解释道:"事出突然。本来甥儿是要到并州巡察的,可未及开行,却接到御史台命,哦! 现今改肃政台了,言说扬州司马唐之奇举报扬州长史陈敬之贪贿成性,故而将甥儿行程改为南行。"

"哦! 如此老夫就明白了。"说话间,丫鬟上了酒菜,裴炎便道,"那今日老夫就为你饯行了。"

薛仲璋忙举起酒杯一饮而尽,又抢在前面为裴炎斟满了酒,话匣子也借此开启了:"舅父怎么看太后的这次改制?"

裴炎很吃惊外甥这样向自己问话,下意识地环视了一下周围,脸色一下子就严肃了:"肃政台之责在严纲纪,弹劾不法官员。你母亲常为你在朝作为而担心,老夫也以为你当自勉上进,至于朝事纷纭,不问也罢!"

"舅父用心良苦,甥儿深解。然甥儿至今犹记,少时舅父总不忘谆谆教诲,天下兴亡,匹夫有责。现武氏专朝,玩皇上于股掌之间。顺之者昌,逆之者亡。吾等身为大唐之臣,岂可熟视无睹?"

"唉!弱肉强食,自古亦然,当今皇上软弱无能,其母又强……"后面的话裴炎没说,一说他就忍不住心痛。

前些日子,他到别殿去看望皇上,说到处境,他比佛门中人还要淡泊,甚至连"唐室"二字都不愿意提,皇上到了如此不顾自尊的地步,也难怪武氏一族任意横为呢!可这些话,他不能对薛仲璋说,他太年轻,一旦说出去,连累裴薛两家不说,皇上也难逃厄运。

虽是甥舅,可一旦打开哑谜,这酒就喝得寡淡无味。薛仲璋也隐瞒了一个细节,他暗中接到被贬谪为周至县尉的魏思温的密信,约他到扬州会见李敬业,商量起兵讨武之计。于是他转移了话题,笑着对裴炎道:"甥儿也就是在舅父面前说说。皇上都不奋起,臣下奈何?甥儿还是遵舅父嘱托,履行职责,察劾为要。请舅父干了此杯,明日甥儿就要出京了。"

但裴炎还是不放心,一说到南下,他立即就想到李敬业,贬他到柳州任司马的诏书就是他拟定的:"虽说你年过而立,但毕竟未在州县任官,因此老夫还要提醒你,此去有两个人你要谨慎提防。"

"不知舅父所指何人?"

"一位乃柳州司马李敬业,其人出生在功臣之家,自幼骄纵其性,就因为在朝堂上大骂武承嗣被贬;另一位是唐之奇,此人因是李贤的幕属而受牵连流放岭南。"

"甥儿知道了!"薛仲璋点了点头,心里却想此去正是要见此二人。

这场酒从午后喝到日色将暮,甥舅二人都醉得较深,裴炎唤来府令,要他送薛仲璋上车。

"不妨事,我很清醒。"薛仲璋说话都有些口齿不清了,上车时一个趔趄,差点跌倒。

薛仲璋走后,裴炎的眉头就皱了起来,外甥这趟差让他很不放心,总感到要出什么事,却又说不清:"快沏茶来,老夫要醒酒。"

丹水清清,从终南山南麓一泻而出,沿途不断有支流汇入,到均州已是浩浩汤汤了。它进入楚地南缘后又称为均水,均州之名便由此而来。均州雄踞在汉江之滨,武当山下,治所均阳西北的关门岩,像一道屏障呵护着它的子民。从房州转道而来的庐陵王李显，在均州刺史的陪同下正站在关门岩前，望着滔滔东去的汉江而惆怅。

房州与均州，都地处楚地西北，本是毗邻，自古百姓说到两地都喜欢将"均""房"连称，唯其如此，李显就是不能理解，为什么还没有到房州，母后就又来了旨意，要他转到均州呢？一路上他都为此而惶恐不安，生怕被人暗害。

他这种心思，被一路援送的羽林将军张虔勖看在眼里。他心里暗笑先帝的几个儿子，除了李贤之外，为何一个个都如此贪生怕死呢？从内心上讲，他已将命运系在太后身上，只要太后有密令前来，他杀起人来是毫不犹豫的。可太后临行前有过交代，只要他一路上好生押解，绝不可伤及毫发，否则拿他是问。尽管他从内心瞧不起这个废帝，脸上还是表现得尊重有节："看殿下一副忧虑的样子，可否有话要对末将说？"

李显一激灵道："我看到这武当崇山峻岭，汉江滔滔东去，忽然有了一种'逝者如斯'的感触。"

张虔勖又问道："殿下被废黜皇位，难道就不感到愤懑么？"

他为什么会问这样的问题，李显立即警惕起来："错在我，母后不杀已是开恩，我只有感恩，何来纠结？"

想你也不敢徒生怨气。张虔勖心里想着，抬头看了看前面，又对李显说道："前面就是关门岩，过了这关口就是均州地界了，末将向均州刺史交代之后就要回京了，殿下有话要带给太后么？"

"请将军代本王向母后祝福，就说本王一定静心思过，以纠往错。"

说着话，就看见均州刺史率属下在关口迎候。

当晚，均州刺史为李显和张虔勖一行接风。席间，刺史说道："下官已在城中为殿下安排了王府，已派府卫士卒守护，殿下尽可放心安居。"

张虔勖接着道："请刺史大人派人安排殿下入住，下官还有几句话要对您讲。"

刺史唤来守卫王府的司马交代了几句，待他离开后，张虔勖才将太后的旨意说给他知晓："依太后旨意，庐陵王是要安置到房州的。可中途接到朝廷旨意，据说武承嗣大人以为房州不大安定，所以转来均州。庐陵王虽触犯国法，然依旧是一家亲王，防之可以，然虐之不可。还望大人谨记。"

第二天临回京时，在关门岩前，张虔勖又对刺史道："每过一段时间，大人需将殿下在此情貌上奏朝廷。"

"下官明白了，还请将军代下官祝福太后。"

……

一转眼到均州已有月余，李显整日无所事事，有时候无端地发脾气，吓得刚刚一岁的儿子李重润大哭不止。

"殿下这是干什么？吓着润儿了。"

李显回看一眼儿子，内心就充满了歉疚："唉，我何愿如此？可你看看，门外有重兵看守，外出须向司马通报，这与囚笼何异？"

闻言，韦香的心就乱了，她一手抱着李重润，一手抚着李显的肩膀道："妾听闻孔子当年绝粮时，尚能刻苦励志，诲人不倦。殿下今虽遭逆境，然衣食尚无忧。比之李贤皇兄，不知好之多少，何必如此不能自拔呢？"

闻言，李显有些不好意思："多谢爱妃提醒，我失态了。"

正是深秋的日子，夜里躺在榻上，听着蟋蟀啾啾鸣唱，李显的心头顿时豁然，第二天就唤来司马道："我欲上山捉促织，请将军禀报刺史。"

过了一天刺史就到了，李显便道："我待在府中久矣，想出去散散心，还请大人允准。"

刺史皱眉想了许久，还是有些为难："殿下心境，微臣深解。然太后有命，殿下不可出王府。微臣若是允准，岂非违背太后之意。"

"大人还信不过我么？"

刺史还是十分为难，最后想了一个两全其美的办法："那就由微臣陪同殿下去捉吧……"

有道是境由心造，站在关门岩前，望着漫山遍野的枫叶被秋阳映成一片殷红，让李显忽然想到了血。这是李弘中毒从七窍流出的血，是李贤自缢之后脖子上的血印，他的秋兴因这些联想而荡然无存。他抬头看山，天旋地转，一下就倒在地上不省人事了。

再度醒来时，李显发现已卧榻在床，忙问道："我不是在山上捉促织么？"

韦香见李显醒了过来，脸上才有了一丝欣慰的笑意，忙解释道："殿下昏迷已两个昼夜了。不是妾埋怨殿下，好好的捉什么促织？"

"我哪里是因为促织，实在是看到那满山的红叶，就想到了两位皇兄可怜的下场。由人推己，说不定我哪天就……"

李显长叹一声，一句话没有说完就被韦香堵住了嘴："殿下千万不要说出口，妾……"韦香转过身去，强忍着心痛抱起李重润。她知道，只有襁褓中的婴儿才是李显的希望。他只要看到孩子，一切都会好的。

孩子灿烂的笑容映入李显的眼帘，他心中的惧怕渐渐远去："爱妃哪里知道，以我的处境，哪还有心情去玩蟋蟀，那不过是隐晦求生之术罢了。"

"妾深知殿下苦衷……"

韦香刚刚说了一句，就听见府令跑进来道："殿下，刺史大人来了。"

韦香连忙要李显躺下，又给他的头上蒙了一块浸了热水的绢帛，这才迎到外室道："王爷病了，谢大人牵挂。"

刺史曾闻李显有一位十步闻香的王妃，却是第一次见。虽说是一落魄王妃，却是天生丽质、淡香弥漫、沁人心脾。及至暗中打量，那白皙的雪肤，那玲珑的目光，都不因际遇沧桑而有丝毫的衰退。也许是王妃的气质感染之故，刺史说话就不敢造次了："王妃言重了，王爷为君，下官为臣，看望王爷本是臣下的职责所系。"说着，他向外挥了挥手，就见一名士卒捧着一个蟋蟀罐进来了，"这是昨日上山捉的优等蟋蟀，下官为王爷送来了。"

李显在内室听见，忙谢道："烦劳刺史大人亲自送来，我内心甚是不安。爱妃，请刺史大人近前说话。"

刺史来到门前先问安，接着就捧上蟋蟀罐说道："昨日下官捉了许多促织，便连夜请均州行家挑选了这只，一大早就为王爷送来了。"说着，他揭开罐盖，一只精瘦却硕大的蟋蟀趴在里面，"这是有名的'关将军'，它的头部又圆且大，是所谓的菩提头。单从这头来看，就知道是促织中的上品。"

接着，刺史又从蟋蟀的"须""眉""脸"一一地解析下去，末了道："王爷的这只'关将军'不唯卖价昂贵，而且斗起来十分凶猛，连斗三场仍气势汹汹，不见疲劳。"

刺史的话，听得李显瞠目结舌，忙不迭道："我今日大长了见识，原来斗促织亦有如此学问啊！"

刺史合上蟋蟀罐，对士卒道："为王爷好生伺候，待王爷康复，下官邀城中斗家杀他一场！历来都言斗促织乃玩物丧志，可下官不如此看，此智、勇、谋俱用矣。胜败之间，可见谋略。"

听刺史这样说，李显又警觉起来："我不大懂促织，只是看热闹罢了。"

刺史心里就觉得遗憾。他早听人说过，李显在为太子时经常乔装到斗鸡场厮杀，也曾间或到促织店中观战，正要套话，却不料被他封了口。见时候不早，刺史起身告辞，李显唤来府令恭送他到门前。

刺史一走，李显就对韦香道："爱妃信不信？不几日，我的行为就会送到太后案头了。"

韦香"哦"了一声，似乎明白了什么……

第八章

武氏专权追远故　敬业谋反聚逆臣

　　这是光宅元年(公元 684 年)九月底的时光,清晨起来,城外道旁的杨树林落了一层金色的叶子。一叶知秋,节令宣示了秋意的渐深。南望龙门,秋色如丹,霜叶烂漫;北顾邙山,苍郁浑厚,云雾缭绕,翠峰兀立,这些为神都平添了几分秀色。

　　大约在上午巳时, 从宣辉门内奔出一队人马, 为首的一位将军四十开外,剑眉浓重、目光炯炯、气宇轩昂,他就是与张虔勖一起押解庐陵王的左武卫大将军程务挺。前几天, 他接到武曌的旨意, 被任命为单于道安抚大使,督军以备突厥。

　　这是他今年以来的第二次出征,六月,突厥阿史那骨笃禄趁唐朝废黜新帝之际,率部入侵朔州,杀掠官吏百姓。他奉命紧急渡河,将阿史那骨笃禄所部逐出唐土,得胜而归。武曌闻讯后十分欣慰,视他为刘仁轨、裴行俭之后的又一位杰出将领,并给予了重赏。不仅如此,武曌还封他的儿子程齐之为尚乘奉御,擢拔他的兄弟程务忠为太子洗马。

　　作为屡建战功,与苏定方齐名的一代骁将程名振的儿子,他曾跟随裴行俭屡经战阵,立下了赫赫战功。而且,不管裴炎是出于对裴行俭的私怨,还是出于与他的交好,都多次在“二圣”面前举荐他。因此,他得到了“二圣”的青睐,仕途一帆风顺。

　　按理说,他应该从一系列封赏中感受到朝廷的恩泽,尤其是对武曌应该更亲近一些。可在他回眸反顾洛阳城楼时,眉头却紧紧地凝在一起,他发现此行的心境与七月时该有多么的不同。

　　朝廷又一次改制后,左相、右相的权力已经不可同日而语了,而裴炎由中书令改任内史后，虽依旧是集议召集人，可署理公务的回旋余地却大大缩小了。加上知制诰一直在太后身边，许多诏命都不再经过纳言和内史公署。

这使他一想起来就很不安，毕竟他是将门成长起来的卫府将军，对太宗以来朝政变迁多有所闻，他担心这样下去会给朝廷带来纷乱和不安。所以尽管他西行主要是安抚人心，防止突厥进犯，但他还是无法遏制心头的纷乱。

在走出宣辉门的时候，他对前来送行的兄弟程务忠和儿子挥了挥手道："你们该尽忠用命、履职署中才是，不必来送。"

"儿子观父亲心神不定，此行山高路远，父亲还要保重。"程齐之在马上向父亲作别。

"我有下属照看，你不必牵挂，照顾好你母亲才是。"程务挺说完，又转脸对程务忠道，"我离京之间，你应该多去探望内史大人。"

程务忠点了点头，对侄儿道："时候不早了，我们回去吧！"说完他拨转马头，进城去了。

队伍走出五里地，程务挺再度回看洛阳时，已是影影绰绰了。他正要掉头离去，却听见一阵马蹄声自远及近而来。不一会儿，从道路拐弯处飞过一骑，马上的人喊道："程将军，老夫送你来了！"

哦！是裴大人，程务挺让长史带领马队继续前行，他站在道边等候着裴炎的到来。

坐骑"啾啾"一声长啸，安静了下来。裴炎跳下马，上前作揖道："昨夜就思谋要为将军送行，不料一大早署中有些急务耽搁，故而来晚了。"

"末将怎敢劳动大人？"程务挺牵着马与裴炎并行，"文臣辅政，武将戍边，自古亦然。劳大人送行，末将甚感不安。"

裴炎坦然道："你我相交甚笃，送送何妨。再说老夫也有些话想同大人说。"

程务挺"哦"了一声："如果末将没有猜错，大人定是要说前些日子改制一事，其实，末将也有许多话想对大人说。"

马蹄声嘚嘚，荡起裴炎心头的浪花："且不说改制以凤鸾名之，也不说破天荒改东都为神都。单说皇皇大唐一年三改元，这成何体统？朝廷威仪何在？"见程务挺沉默不语，裴炎又道，"这还是其次，老夫担心从此以后，太后将毫无顾忌，大用诸武，则汉之吕氏故伎重演矣！"

"此国之大忧也！"程务挺也表示赞同。

"如果老夫没有猜错，下一步太后还要大封武氏先祖，以平息朝野以为她出身低微的议论。老夫已打定主意,拼死也要阻止太后的恣意妄为。"裴炎的脸色一下子变得严肃起来了,似乎有种身负泰山的感觉。

程务挺被裴炎的气度感染了,他撒开马缰,一把握住他的手道:"国危见净臣,我朝有大人在,社稷幸甚。末将不才,然以身赴国,石赤不夺。大人有用得着末将之处,尽可吩咐。"

"我朝若是多几个砥柱之臣,何惧黑云压城?"裴炎紧紧握着程务挺的手,久久不愿松开。

话说到这里,两人不知不觉已走出十里地。来到阳关路口,程务挺说道:"千里相送,终有一别,大人还是请回吧。"

裴炎拱手道:"好!老夫看着将军上路。"

"大人,末将去了!"程务挺说罢,打马追赶队伍去了。远方卷起一团烟尘,弥漫了裴炎沉重的心。

裴炎回到府上,府令告诉他,说太后要他明日早朝后到武成殿听宣。

"嗯!"裴炎眉毛闪了闪,心想也许是追封武氏祖上之事。

裴炎没有猜错,就在他与程务挺话别的当儿,武承嗣正借着陪同秋游龙门山的机会,向太后陈奏追封武氏先祖之事。武曌的情绪很好,改制的顺利完成、神都的确定,都让她有一种春风得意的快慰。

气之感物,摇荡性情,心境不同,看眼前风物就呈现出完全不同的情态。在裴炎眼里萧瑟的西山红叶,却在武曌的心中灿若云霞,比春花更具韵味。

从伊河岸边下了船,沿着弯弯曲曲的石阶一路走来,她的目光在每一片红叶上都落下了情感的印记。自显庆二年她到西山踏春,并定下继续开凿大型佛像之后,鸿胪寺崇玄署的官员近三十年来不敢懈怠,现今,石窟无论在规模还是数量上,都远远地超越了前代。

崇玄令在前面引路,上官婉儿、武承嗣和武钦陪着太后一个洞窟一个洞窟地观看,她不时停下来,认真阅读石壁上的经文。这些洞窟造像多为佛、菩萨、天王、力士,也有世俗供养人和佛传、本生之故事。当她来到最大的、只是雕出了上半身的卢舍那大佛前时,巨大的佛像让她顿生敬意。记得当初决定开凿石窟时,她谏言造像一定要体现大唐的威仪和崇尚丰美的时尚。眼前的卢舍那大佛丹凤眼迷离,面含微笑,脸颊丰润饱满,武曌看了就笑得很开心,跟在后面的宫娥和太监们也都陪同着笑了起来。

"微臣有一句话不知当讲不当讲?"上官婉儿眼睛很尖,见太后很专注的样子,顺着她的思绪道,"看这卢舍那佛天庭饱满,丰润毓秀,双目有神,眉如丹凤,倒很有些太后的气度。"

顺着上官婉儿的提示看去,武承嗣禁不住就"呀"了一声,大声赞道:"太后大福大贵,恩泽四海,人文化育,恰似佛光普照,普济众生。"

"就你这张嘴,能把鹦鹉说下树。"武曌的手指温婉地弹了一下上官婉儿的额头。

"臣可是肺腑之言,太后善行可比佛天。"上官婉儿脸上掠过一丝娇笑。

"释教有禅宗一派,向来以为'吾心即佛',主张佛在心中,人人都有佛性。以此推论,只要修行止境,自是成佛了。想来这造像者也是本于此宗旨才有此思的吧!"武曌对上官婉儿的话不置可否。

这一番话说得众人频频点头,尤其是上官婉儿为太后的手不释卷,博览广识而惊异,不免觉得自己有些懒惰了。

但一样的话到了武承嗣这,就是完全不同的感觉。他并不关心太后是否能立地成佛,他的全部心思都在为武氏世祖的追封上。

图谋追封祖宗已非一日,自被召回神都以来,武承嗣每日出入于朝堂,最难受的就是臣僚们不经意间的那种轻蔑目光。尽管祖父武士彟追随高祖、太宗屡建卓勋,可他仍然抹不掉商贾后人的背景。在仕宦世家看来,他家出身低微,再怎么也难进入士族行列,这让武承嗣有些承受不了。伴随着改制的完成,他觉得洗刷门第之辱的时机到了。

"听太后如此一说,臣茅塞顿开。看那卢舍那佛慈眉善目地望着太后,想来便是以佛观佛了。"武承嗣紧走几步来到武曌身边。

"就你会说。"武曌笑出了声。

"谢太后夸奖。"武承嗣忙上前挽起太后的胳膊,一副虔诚的样子,"臣有一事想禀奏太后,不知可否?"

"何事?"

"臣入朝之后,常听到有些同僚拿武氏家世说事,言语间流露出轻视之色。因此臣以为太后该追封祖宗,一可以安先灵,二可以平息妄议。"

武曌转脸看了看武承嗣,沉吟片刻后道:"此事我不是没有想过,只是你祖母薨后,先帝已追封你祖父为太原王。如今再行追封,朝野会不会……"

"太后所虑不无道理,然彼一时此一时也。前些日子,臣去并州文水祭祖,乡亲们都以为只有再行追封先祖,才能与太后至尊之位相称,也使那些迂腐之辈不敢腹诽。"

"贤侄所言不无道理。追封之事非同小可,我还要听听凤阁鸾台的宰相们如何说后再定。"武曌点了点头,转身便往回走。离开卢舍那佛的洞窟后,她的眼界一下子豁亮了许多。

宫娥们搀扶着武曌上船时,那洞窟门前的一缕余晖勾起了她的思绪。二十多年前,她就是在这里与明霁发生争执的,那样一个水灵灵的人就在自己的眼底下消失了,没留下一丝痕迹。武曌收回目光,决计不去想那些说不清也道不明的陈年旧事,就进舱了。

"明日早朝后,宣裴炎到武成殿议事。"武曌一坐下就对武钦说道。

……

早朝一散,裴炎就来到塾门等候武曌的召见。

"太后宣老夫觐见,不知所为何事?"裴炎一边喝茶,一边问武钦道。

武钦摇了摇头:"总归是朝廷大事,大人少待,咱家这就去禀奏太后。"

君臣见面后,武曌的第一句话却问:"左武卫大将军已经离京了?"

"程将军心忧社稷,不敢迁延,昨日微臣送他起程了。"裴炎坦然应道,丝毫没有避讳。

武曌又问起朝野近来对改制有何议论。

"国是太后既已勘定,臣下自是秉承旨意,尽忠竭命而已。"裴炎应道。

武曌含蓄地笑了笑,没有多说什么,心想你何时也学得世故了,自己的心结都没有打开,何谈其他朝臣?但她并不在这件事情上盘桓,她相信没人敢直接对此非议。因此,她毫不经意地转移了话题:"听说裴爱卿有一外甥出类拔萃,颇有爱卿之风啊!"

裴炎立即听出太后的话重在后半句,这种似是而非的评说别人也许捉摸不透,但他是心知肚明的,太后这是存了戒心:"哦!太后说的是薛仲璋吧?他现在肃政台任监察御史,已奉命赴江南巡察谏官风纪了。"

"嗯!待他回来,我要亲自召见,倘若真是一位贤才,我要重用啊!"

"谢太后恩典。"裴炎说着话,眼睛却悄悄打量着武曌的神色。他猜想太后绝不会毫无目的地提起薛仲璋,接下来她一定有更重要的话要说。

果然,在沉默了片刻后,武曌说话了:"今日召爱卿来,是有一件要事。近来不少臣下奏请,我故里并州、太原王当年的旧部也纷纷上书,要我追封祖上,立七庙。我举棋不定,故而与爱卿商议。"

裴炎情知这才是武曌召见他的本意,故意装糊涂道:"微臣愚钝,愿听太后明示。"

"我也想追封先祖,这也是顺应民意臣心。"

"哦!"裴炎长吟一声后站了起来,面对武曌说道,"可依微臣看来,首倡此议者,非奸即贼。"

"哦!何以见得?"武曌惊异地睁大了眼睛看着裴炎。

裴炎理了理胡须,尽量让说话的节奏平静些:"太后君临天下,当示至公,不可私于所亲。如今有人要太后舍天下之公而营一姓之私,岂非奸佞?"

"哦?爱卿所言或有些危言耸听。先严追随高祖,尽忠太宗,体爱荆州黎民,大为天下,小光门第,追封其祖,亦不为过。爱卿何出此言?"武曌显见得不悦了。

可裴炎似乎并不顾及这些,他觉得太后唆使臣下进言造势,非主政者所为,因此撩了撩衣袖,向前一步继续道:"当年吕太后临朝称制,大封诸吕。一日晏驾,陈平、周勃举事,尽诛诸吕。前车之鉴,请太后三思。"

"裴爱卿此言差矣。"武曌也站了起来,在殿中踱了一圈步子来到他面前道,"我岂可与吕后相提并论?吕后以权委生者,故及于败,我今追亡者,何伤之有?"

"太后今日追亡者,岂知明日不会以权委生者?盖明者远见于未萌,而智者避危于无形,祸固多藏于隐微,而发于人之所忽者也。是当防微杜渐,此风不可长也。"

裴炎如此固执,毫无退却之意,既在武曌意料之中,又出乎她的预料。她当初估计裴炎的抵触是一定有的,但没想到言辞如此激烈。她觉得这样再谈下去已无多大意义,不过徒添烦恼而已。她挥了挥手,截住了裴炎的话头,语气已不似刚才那样和蔼温情:"裴爱卿之意,我大致明白了,你退下吧!"

武曌疲软地向后靠去,紧闭双目,听着裴炎的脚步渐行渐远。过了很长一段时间,她才慢慢睁开眼睛,问武钦道:"那个老儿走了吗?"

"走了多时了。"

武曌狠狠地瞅了一眼殿门外远远的树影道:"如此不识抬举,该杀!传婉儿来见。"

"遵旨!"

武钦出去不一会儿,上官婉儿就来了,她见武曌一脸的愠怒,便小心地问道:"是何人惹太后生气了?"

"除了那个冥顽不化的裴炎,还能有谁?"武曌不再解释,而是直接下令道,"拟旨,尊我五世祖克己为鲁靖公、妣为夫人;高祖居常为太尉、北平恭肃王;曾祖俭为太尉、太原安成王;先考武士彟为太师、魏定王。祖妣皆为妃,于文水故里筑五祖祠,以制吊祭。明日早朝时宣达。"

"遵旨。"上官婉儿屈身一拜,然后转身出殿去了。

刚刚转过花坛,武三思从垫门出来,紧走几步来到她面前问道:"知制诰大人这是……"

"刚刚太后召见,要追封大人的祖上了。"上官婉儿道。

武三思脸上掠过一丝喜悦:"以太后至尊,早该追封了。"

上官婉儿不想纠缠武家之事,打住话头问道:"将军是要去见太后吗?"

武三思赶紧摇了摇头,笑道:"上次知制诰大人说了太后失眠之症,下官回去后冥思苦想,终于找到疗治的良方了。"

"那就该禀奏太后才是,找我干吗?"上官婉儿有些不解。

"此事重大,下官还是先和大人商议过后再说。"

上官婉儿不再说话,默默在前面引路,来到她的居处。掩了门,上了茶,她对身边的宫娥道:"我有话要与将军说,你们先退下,不经传唤,不可进来。"待众人退下后,她转头问武三思,"你给太后寻到什么良方了?"

武三思哼哧了半天,就是不知道从何说起。上官婉儿不免有些着急,问道:"既是良方,为何吞吞吐吐的?"

武三思的脸顿时红了,小声道:"下官说出来,上官姑娘可不能生气。"

"你没有说,怎知我会生气?再说,此事与我无关,我为何生气?"上官婉儿笑道。

"上回你不是说,太后失眠是因为失爱而致么?"

"那又怎么了?"

"那……那……"

"急死我了,你快说呀!"

"那下官若是为太后找一位健旺男子,可否冲淡她的寂寞?"

闻言,这下就轮到上官婉儿沉默了。她的粉面泛起桃红,手托香腮,双目迷离。女人能不能像男人那样三妻四妾,这话她与太后谈论过不止一次了,可临到头,她还是有些害怕。

"你能不能说得详细些?"

"是这样!上官姑娘可知高宗有一位姑母千金公主,因早年丧夫,常年寡居,私下有一男宠,名为冯小宝,乃神都洛阳卖脂粉儿。他年方三十,长得玉树临风。闻太后病症,公主欲将其献与宫内。只是不知太后意下如何?故而不敢直说。"

"这……"上官婉儿抬起头,水灵灵的眼睛看得武三思浑身燥热,"我也以为未尝不可。可太后毕竟母仪天下,此事尚需时日才能水到渠成,更需贴近之人引荐。"

"那何人引荐合适呢?"武三思追问道。

上官婉儿一转念,眼睛就亮了:"有了!这事若由太平公主去说,最是恰当。"

"上官姑娘言之有理,明日下官就登门拜访太平公主。"武三思说着,就向上官婉儿身边靠了靠,他贪婪地嗅着上官婉儿散出的芳香,口里讪讪道,"下官第一次见姑娘,就不由自主地喜欢上了。"

围绕太后失眠的话题,武三思详细地描绘了千金公主与冯小宝如何彻夜颠鸾倒凤,那些话看似粗俗,却让正在青春花季的上官婉儿浑身酥软,难以自持。她绵绵地歪进了武三思的怀抱,口中却是春山半掩道:"宫娥们都在外面呢!"

武三思也不搭话,抱起她就走进内室。

"将军!不敢……"上官婉儿如梦如幻地呻吟,可她怎抵得住武三思呢?那初始的酸疼掠过意念之时,她明白自己从此不再是刚刚绽开的花朵了。

上官婉儿仿佛被云彩拖着,在万里长空悠悠飘荡。而眼前,是郁郁葱葱的柳林,是芳菲馥郁的鲜花;她又觉得自己是一条鱼,被波澜推着,游过一个个岛屿。长这么大,她第一次品尝到做女人的滋味,是这般妙不可言。

之后,武三思有些疲累地趴在婉儿的身上。他想就此罢休,却不料腰身却被上官婉儿藕节一样的胳膊搂住了:"你再待会儿,我……"她的眼睛很亮眼神却很散,话语很柔也很眷恋。

武三思被上官婉儿的美艳陶醉了,她却指着身下洁白的绢帛,那是用女人初夜勾勒的图画。

九月底,监察御史薛仲璋乘船一路南下到了扬州,但他并没有进城,而是到了黟县县令杜求仁的一处郊区别业。

杜求仁原本是洛阳的詹事司直,以弹劾官僚、纠举为职事,虽官位只居九品上,可臣僚素来不敢小视。后因为牵进庐陵王一案,他被逐出京城,来江南做了县令。

杜求仁准时出现在邗沟码头,看见有船靠岸,他来到河边,见一位三十四五岁的中年官员下了船,便上前问道:"请问阁下可是监察御史薛大人?"

薛仲璋点了点头问:"阁下是……"

"下官乃黟县县令杜求仁,在此恭候多时了,请……"说着,他拉着薛仲璋就上了岸,登上了早已停候在岸边的车驾。两人刚刚进了车篷,驭手顺势就拉上了厚厚的幔帐。

"大人这是……"薛仲璋有些疑惑。

"此地人多眼杂,下官不欲别人知道大人来了。"杜求仁解释道。

约莫一个时辰后,车驾就到了郊外的杜氏别业。杜求仁先下车,对薛仲璋道:"英国公就在里面,听说大人要来,他不胜高兴。"

进到室内,见有一巨大的弥勒佛慈眉善眼地迎接每一个人,只见杜求仁在佛像莲花座下扭了一下,背后竟自动拉开一道门,杜县令说道:"英国公就在里面,请大人随下官来。"

沿着砖砌的台阶下到底层, 薛仲璋借着灯光看去, 发现这地下密室很大,装修也颇讲究。中间一张大案顶头坐着一位四十开外的中年人,英气勃勃,横眉阔额。

杜县令正要介绍, 未料薛仲璋却抢先一步上前打拱道:"下官薛仲璋参见英国公。"

李敬业起身还礼:"薛御史一路风尘,辛苦了。"

"哦!二位认识?"

"英国公的祖父击突厥,平内乱,战功赫赫,乃凌烟阁二十四功臣之一。大人乃将门之后,下官久闻大名,十分敬仰。"薛仲璋解释道。

随后,杜县令又一一将李敬业的胞弟、周至令徐敬猷,曾任给事中、也因李显一案而被贬为栝苍令的唐之奇,曾任御史、被贬谪为周至县尉的魏思温和曾任过赤县主簿、如今辞官赋闲的骆宾王介绍给薛仲璋。

"呀!足下就是声名域内的骆宾王先生啊!下官久闻大名,今日有幸一见,果然气度不凡。"薛仲璋握着骆宾王的手,久久不松开。

"垂垂老矣,垂垂老矣。"骆宾王长叹一声,一句话说得在座的人脸色悲怆了许多。他当年七岁能诗,号称"神童",一年朋友登门,适逢父亲正在放鹅,遂要他以鹅为题作诗一首,他不假思索,随口吟道——

　　鹅!鹅!鹅!曲项向天歌。
　　白毛浮绿水,红掌拨清波。

永徽初年,他曾在道王李元庆属下,后来历任武功、长安主簿。仪凤三年为侍御史,后蒙冤入狱,次年逢朝廷改元,大赦天下,他不但得以复出,而且被任为临海丞。然而此时他已对仕途心灰意冷,干脆辞了乌纱做广陵游了。不料,今日旧事重提,勾起他的忧伤,算一算岁齿,他已年过五旬了。

"我虽穷途末路,尚苟活于人世。可怜王子安早殇,唯一篇《滕王阁序》流传于世。"

这说的是王勃。当年他被逐出雍王府后,一度浪迹天涯。后来,裴行俭主持选举,他们被刘祥道举荐到朝廷。可在裴行俭看来,他们的行为不符合当时的"身、言、书、判"四个条件。

杜县令不无惋惜,又夹带着愤慨道:"都是妖后不能容人,致吾等有今日。"

"当年子安在雍王府中做修撰时,不就是因为写了一篇《檄周王鸡》的文章,何至于妖后大怒,将其逐出王府,从此流落天涯。上元二年竟溺水而亡,岂不悲乎?"

于是,大家对武曌的愤懑就从追忆王勃开始。

听着同僚们毫无顾忌地发泄,李敬业内心很不平静。被贬为柳州司马,他觉得蒙受了巨大的侮辱。其实他有什么错呢?不就是在刺史任上隐瞒了上缴朝廷的税赋么?不就是将朝廷赈灾的库银用作自建府邸了么?她竟不念旧情,一纸诏书把他由眉州刺史贬为柳州司马。

从眉州出发的时候,他在心底大骂武曌忘恩负义。如果当年没有祖父的周旋,她又怎么能够成为皇后呢? 如果没有祖父在要紧关头选择支持她,她又怎么能将长孙无忌、褚遂良等人置于死地呢? 可她一朝得势,便把这一切都忘了。他暗暗发誓,一旦有机会,定要报这蒙羞遭贬之仇。他没有想到,当路过扬州的时候,竟然遇到了如此多对武氏怀恨在心的官员。他们因为官阶太低,都希望他出来主持举事。可现在他有些失望,这些官员视私恨大于国仇,所有的愤慨都走不出武曌对个人的不公,如此目光,岂能成得了大事?

李敬业暗地看了看旁边的魏思温,虽然他只是兄弟手下的一位县尉,可在有限的时间内他已发现,魏思温的才气、目光都是在座其他人所不及的。

魏思温看出了李敬业的意思,在骆宾王话音刚落之时,他就站起来捋了捋胡须,话就随着一双精明眼睛的闪动而出口了:"诸位,妖后逆天背唐,罪不容赦。吾等今日聚集在此,正为图举大事。依在下之意,还是请英国公赐教吧!"于是,众人收住话头,将目光转向李敬业。

李敬业环顾了一下大家,知道他们都是一腹的怨气,可现在要紧的是有人出头拉起队伍。在他看来,这个首领非他莫属:"诸位,社稷者,乃李唐之社稷;天下者,乃天下人之天下。可妖后倒行逆施,诛杀忠良,可谓罪大恶极,天下当共诛之,人神共讨。为今之际,最要紧的是要占领扬州,据此举事。而扬州长史陈敬之乃武氏党羽,必先除之。"

"国公不必担心,下官奉肃政台之命,查处官员贪贿行径,明日就可进城,将其治罪。然后据扬州而号令天下,共讨武氏。"薛仲璋立即出面解决了这个问题。

"自古师出有名,吾等举事,若不以匡复大唐为号令,就很难达一呼而天下应之效。"魏思温又建议道。

"这有何难?"一直没有说话的徐敬猷站了出来,"眼下庐陵王正在均州煎熬,我等就以匡复庐陵王为号,必是一呼百应,百川沸腾。"

魏思温想事总比别人更周密远虑些,他接着徐敬猷的话说道:"大人之言,如烛光照心。下官还有一言陈与各位大人,古今凡成大事者,千头万绪,主事一人。因此在下以为,当推举英国公为首,我等勠力追随,不知大家意下如何?"

众人以为魏思温所言正是讨武枢要,便一致推举李敬业为首。随后又议定在诛杀陈敬之后,在扬州开三府,一曰匡复府,一曰英公府,一曰扬州大都督府。李敬业自任匡复上将、领扬州大都督,唐之奇、杜求仁为左右长史,李宗臣、薛仲璋为左右司马,魏思温为军师。

这时候,杜求仁又从人群中带出一人来到李敬业面前。此人体格雄健,阔唇长目,着一身碧色箭衣,他上前施了一礼道:"不才王那相见过英国公。"

杜求仁解释道:"国公举事,身边不可少了卫士。那相乃下官外甥,生性仗义。下官欲举荐他为卫士队正,不知国公意下如何?"

李敬业大喜道:"如此甚好!从此你就跟在我左右。"

接着,魏思温又从众人中引出一人来到李敬业面前道:"此人乃侍御史鱼承晔之子鱼保教,善为刀剑、弓弩之技。我军新起,兵器匮乏,下官以为可命他总管兵器制作,以充军需。"

"工欲善其事,必先利其器!先生所虑周全,就命他为弓弩司马,主管兵器制作。"接着,李敬业面对众人高声道,"诸位!吾等举事,顺天命,行大义。必当昭告天下,尽言武氏篡权弄威之罪。幸哉骆主簿明珠灿辉,就推举他为记室如何?"

众人纷纷称是,骆宾王向大家鞠了一躬:"承蒙各位抬爱,观光(骆宾王的字)无他能,唯刀笔耳,定不负重托,写一篇讨武檄文使其罪恶昭然天下。"

薛仲璋听一位叫李宗臣的与自己同为左右司马,却非常生疏,也不在场,不免心生疑窦。他的话一出口,杜求仁就笑道:"大人有所不知,这李宗臣乃扬州刺史府士曹参军,掌钱坊、武库。此人虽官居七品,却对武氏废黜庐陵王耿耿于怀。大人明日进城将陈敬之入狱后,即可与之接洽。"

见诸事勘定,魏思温向杜求仁使了个眼色。杜求仁会意,朝着外室喊了一声:"来人!"但见一群衙役抬着一坛酒进来,给每人斟满,一名捕头杀了一只鸡,一股热血喷出。他无所顾忌,将血酒进每人的酒碗。

魏思温庄重地举起酒碗来到李敬业面前道:"请大人主持盟誓。"

李敬业接过酒碗,高高举过头顶,大声道:"吾等忠义之士,今日歃血为盟,共举讨武大业,匡复大唐社稷,誓死拥戴庐陵王,宁为玉碎,绝不苟且偷生。有叛逆者,形同此碗!"

"有叛逆者,形同此碗!"沉闷的声音在密室各个角落荡起阵阵回音。然后,大家将饮完的瓷碗摔成碎片……

这是扬州九月末的子夜,从邗沟岸边传来逆水行舟的号子声——

> 嗨哟！嗨哟！河水滔滔,往北行哟！
> 嗨哟！嗨哟！男儿背月,上征程哟！
> 嗨哟！嗨哟！男儿头上,三把火哟！
> 嗨哟！嗨哟！哪怕风大,波浪涌哟！
> ……

太阳刚刚升上城头的时候,扬州长史陈敬之已打点好行装,来到府门前的轿舆旁——他今天要乘船从邗沟入长江,去迎接路过的柳州司马。

前些日子,他接到武承嗣传来的快报,说新任柳州司马不是别人,正是英国公李敬业。他桀骜不驯,目无法纪,被贬往柳州。武承嗣还要他在李敬业路过扬州之时趁机除掉他,以绝后患。可他命人在邗沟码头等了多日,也没有见到李敬业的影子。

昨夜酉时,忽然有人送来一封信,说李敬业的船今日到达扬州码头。陈敬之心中一阵窃喜,他要看看这名将后人究竟有三头还是六臂,竟然让太后心腹怀忧。他已在码头暗地布下伏兵,一旦李敬业的船靠岸,就难逃他布下的天网。

"你等要百倍警觉,不可使逆贼漏网。"陈敬之提醒率兵埋伏的司马。

"请大人放心,只要他出现在邗沟,就注定死无葬身之地。"

"李敬业乃将门之后,万不可掉以轻心,本官在码头与他周旋。若是本官理了冠冕的帽翅,你等就从芦苇丛中出来杀他个措手不及。若是本官不动声色,你等就不要轻举妄动,明白么?"

司马应了一声,赶往码头去了。

巳时,邗沟的水面上腾起了缕缕白色的雾霭,在清风中缓缓飘荡。往来的商船出没于水雾之间,宛若仙境。偶尔有水鸟成群结队从芦苇深处飞向天空,这情景让守在码头的陈敬之十分不安,他生怕李敬业看出什么破绽,便要身边的卫士去芦苇荡深处警示,千万不要打草惊蛇,坏了大事。

大约在巳时二刻,从雾气中隐约驶出一条官船,虽然称不上雕舫画栋,却也富丽堂皇。陈敬之不禁紧张起来,头上冒出了汗珠。他的手几次都想伸向帽翅,但都忍住了。

官船驶进码头,早有一撑船者出来在码头上搭起一张木板。接着,一位录事装扮的人来到码头,施了一礼问道:"阁下可是扬州长史陈大人?"

陈敬之点了点头问道:"先生是……"

"下官乃肃政台录事,现肃政台御史薛仲璋大人就在船上,请大人随下官去迎接。"

"录事"刚刚说完,薛仲璋就出现在甲板上,高声谢道:"难为陈大人在此等候,下官不胜惶恐。"

陈敬之见来者不是李敬业,紧张的情绪渐渐消散,朝船上作了一揖道:"不知薛大人驾到,下官有失远迎,还请恕罪。"

薛仲璋笑着回答:"好说!好说!下官奉太后之命前来巡察,多有叨扰,还请大人见谅。"

"原来是钦差到了。"陈敬之立即一脸的惶恐和谦恭,"请大人下船,下官在府邸为大人摆宴接风。"

"扬州城是一定要进的,只是临行时太后召下官进宫,叮嘱见了长史大人有几句密旨宣达。因此还是请大人上船来,待下官宣达完太后密旨,你我一同进城如何?"

"这……"

"下官知道,这几天柳州司马李敬业将路过扬州,朝廷下旨要大人密切关注。不瞒大人说，下官正是为此事而来。不唯太后，就连武承嗣大人临行时也反复叮嘱，要下官速与大人见面，商议应变之策。"

看薛仲璋一脸的严肃，"录事"在一旁附和道："事不宜迟，误了大事，太后追究下来，我家大人与您恐怕都承担不起。"

陈敬之沉默片刻，又不经意地看了一眼芦苇荡，心里盘算着利害，这是在自己的辖域，且埋伏了那么多将士，他薛仲璋又能怎样？便答道："好！下官就上船拜见大人。"

陈敬之登上甲板，薛仲璋道一声"大人请"，便挽着他的胳膊进了楼舱。

只见几位禁卫随即关了舱门，陈敬之惊疑地问道："大人这是干什么？"

薛仲璋脸上的笑容骤然退去，大声道："陈敬之听旨！"

听了一声大喝，陈敬之糊里糊涂地跪倒在舱内道："太后千岁千千岁！"

"查扬州长史陈敬之密谋反叛，特命肃政台御史薛仲璋前往拘拿。钦此。"薛仲璋念罢旨意又道，"你还不谢恩？"

"谢太后隆恩。"陈敬之俯下身子讷讷道，等他抬起头来，眼里就充满了惊恐，"大人弄错了吧？下官深受太后恩泽，忠于朝廷，严守一方百姓平安，怎么会谋反呢？"

"录事"拿出举报状在陈敬之面前晃了晃道："此乃雍州人韦超之举报，还会有假么？"

"大人，下官冤枉啊！"

"你如有冤情，不妨随本官回神都面见太后，自可澄清。眼下还请大人委屈一下，先到狱中清闲几天。"薛仲璋说完转过身，对身后的禁卫道，"将陈敬之拿了！"

陈敬之一看周围的禁卫，自知已无法脱身，只好束手就擒。薛仲璋又来到甲板上高声对等待在岸上的扬州僚属们道："本官乃朝廷钦差薛仲璋，扬州长史陈敬之有谋叛之嫌，已被本官拘拿。太后旨意，由本官暂代扬州长史之职。"

扮作录事的魏思温朝芦苇荡里努了努嘴，薛仲璋会意，高声喊道："芦苇荡中的人听着，本官乃朝廷钦差，你等若立即出来，本官将不予追究。"

埋伏在芦苇荡中的司马本就是按陈敬之叮嘱对付李敬业的，现在听说朝廷钦差到了，哪敢抵抗，便出来迎接。薛仲璋在宿卫的护卫下，带着僚属们进了城。

当晚，几位司马在州府为薛仲璋安排饮宴，薛仲璋巧与周旋，编造了他与武承嗣如何往来,如何常常被太后召进宫中问政的情况。当然,他也没有忘记告诉他们,当朝宰相裴炎就是他的舅父。

他说这些的时候脸不变色心不跳,司马们自是消除了满腹的疑窦,都表示愿意在薛仲璋的麾下尽力,为朝廷建功立业。

夜阑人静之时,几位司马喝得烂醉如泥,薛仲璋要宿卫将他们一一锁了关入牢狱,随后又要魏思温布置好岗哨。掩了居室的大门,薛仲璋笑道:"先生这录事扮得滴水不漏啊!"

魏思温也恭维道:"大人临危不乱,处变不惊,才是下官最为佩服的。"

"徐大人不日即到,先生速与李宗臣接洽,安排分发兵器事宜。"

魏思温应道:"大人请放心,此事下官做起来得心应手,何况还有杜大人的信札在此。"

第三天,李敬业带着徐敬猷、杜求仁、唐之奇、骆宾王等人到了扬州。薛仲璋带着魏思温、李宗臣迎到州府。李敬业特地让魏思温、杜求仁传扬州僚属到府中议事。

待大家坐定,李敬业目光炯炯地环顾了周围僚属,声音洪亮地说道:"今日请各位来是要宣布一件大事,众位知道,高州乃蛮夷之地,朝廷历来以羁縻之策对之,然则,高州酋长冯之猷不思皇恩,图谋反叛,本官奉太后密旨发兵讨之。今欲在扬州募兵,即行告知。李宗臣何在?"

"卑职在!"

"你速速打开府库,集囚徒、工匠于兵营,发放盔甲、兵器,由徐敬猷抓紧操练,不日即赴高州剿贼。"

接着,李敬业又对唐之奇、杜求仁道:"两位即日前往扬州郊县,协同县令招募丁壮,以备急需。"

安排完这一切,李敬业又当场宣布扬州长史陈敬之密谋反叛,钦差薛仲璋已将其缉拿入狱,奉旨处斩。

陈敬之这几天在狱中反复思虑,从薛仲璋的举止中发现了诸多漏洞。昨夜,当他把这一切都梳理清楚时,不禁惊出了一身冷汗,真正反叛的不是别人,正是薛仲璋。可是他明白得晚了,前来押解的士卒给他嘴中塞了棉絮,他是有口莫辩。

陈敬之被强压跪倒在地,当薛仲璋宣布他的罪行时,他的目光中充满了愤怒,嘴中发出沉闷的"哼哼"声。他扭动着身子试图挣脱,可这一切都是徒劳的。随着一道寒光闪过,他的头骨碌碌地滚到地上。

薛仲璋接过刽子手捧上来的人头,厉声道:"本官奉太后旨意,对密谋反叛的扬州长史处以极刑。英国公奉旨招募丁壮,不日将赴高州讨逆。州县官员敢逆太后旨意者,斩无赦!"

恰在这时,李宗臣提着一颗人头来到州府。李敬业问道:"兵器可分发了?"

"卑职前往府库调动兵器,录事参军孙处行拒不提供钥匙,被卑职一刀斩于库内,现今兵器已发。"李宗臣回道。

在场僚属们看到血淋淋的人头,知道若犹豫不决,必是同样下场,便纷纷表示愿随英国公讨逆。

"本官奉太后密旨,你等只可尽招募之责,切不可肆意张扬,泄密者斩。"李敬业扫视一下面前的僚属们,又提醒道。

接下来的日子里,徐敬猷、唐之奇按李敬业的安排,一方面招募青壮入伍,一方面加紧操练。不到十天,竟募得十万之众。

这一天,军师魏思温来见李敬业,建议道:"大人矫旨募兵,若延宕太久,必被有心者看出破绽,因此举事之期不可延宕。出师之名,亦需昭彰,不知骆记室写得如何了?"

于是,李敬业便命人传来骆宾王。他一进府厅,大家就闻到了一股酒气。李敬业面露不悦,道:"大敌当前,举事在即,先生还有闲情饮酒?"

骆宾王眼睛通红,憨憨笑道:"扬州黄酒,绵长醇厚,初饮无事,然多饮易醉。不过,依区区酒量,岂是几杯就能醉的?"

凡在酒中自言未醉者,大抵已醉得很深了,魏思温忙上前拉了拉骆宾王的衣袖道:"先生醉了!"

"区区何曾醉过,大人有话请讲。"骆宾王迷离着双眼。

魏思温不得已,只得硬着头皮问道:"李将军之意,是想问大人的檄文起草得怎么样了?"

"什么檄文?"骆宾王打了一个嗝,喷出满嘴的酒气。

李敬业看着生气,狠拍了一下案头大声道:"人道文人无行,果然如此,十天前我命先生起草《讨武曌檄》,现大战在即,先生倒将之置之脑后了。"

骆宾王"哦"了一声道:"大人如此一说,下官记起来了。笔墨伺候。"

"先生醉得如此糊涂,岂能舞文弄墨?"

"下官若是食言,愿意当面领罪。"骆宾王拍了拍胸脯,从侍女手中接过饱蘸浓墨的毛笔,唰唰地写下"讨武曌檄"四字……

第九章

观檄文武后惜才　逼还政裴炎入狱

"讨武曌檄"四字一落纸，笔酣墨饱，仿佛一把利剑直指长空，将李敬业、魏思温等人的目光吸引了过去。骆宾王这会儿已醒了大半，他转脸望着窗外的淡云秋水，心想该从何写起呢？有了！就从她的出身说起，如此可见其非正宗道统也。他正了正头上的纶巾，又用手指捻了一下笔尖，笔走龙蛇，滔滔不绝，呈一发而不可收之势——

伪临朝武氏者，性非和顺，地实寒微。昔充太宗下陈，曾以更衣入侍。洎乎晚节，秽乱春宫。潜隐先帝之私，阴图后庭之嬖。入门见嫉，蛾眉不肯让人；掩袖工谗，狐媚偏能惑主。践元后于翚翟，陷吾君于聚麀。加以虺蜴为心，豺狼成性。近狎邪僻，残害忠良。杀姊屠兄，弑君鸩母。人神之所共嫉，天地之所不容。犹复包藏祸心，窥窃神器。君之爱子，幽之于别宫；贼之宗盟，委之以重任。呜呼！霍子孟之不作，朱虚侯之已亡。燕啄皇孙，知汉祚之将尽。龙漦帝后，识夏庭之遽衰。

敬业皇唐旧臣，公侯冢子。奉先帝之成业，荷本朝之厚恩。宋微子之兴悲，良有以也；袁君山之流涕，岂徒然哉！是用气愤风云，志安社稷。因天下之失望，顺宇内之推心。爰举义旗，以清妖孽。

南连百越，北尽三河；铁骑成群，玉轴相接。海陵红粟，仓储之积靡穷；江浦黄旗，匡复之功何远？班声动而北风起，剑气冲而南斗平。喑呜则山岳崩颓，叱咤则风云变色。以此制敌，何敌不摧？以此图功，何功不克？

公等或居汉地，或协周亲；或膺重寄于话言，或受顾命于宣室。言犹在耳，忠岂忘心。一抔之土未干，六尺之孤何托？倘能转祸为福，送往事居，共立勤王之勋，无废旧君之命，凡诸爵赏，同指山河。若其眷恋穷城，徘徊歧路,坐昧先几之兆,必贻后至之诛。试看今日之域中,竟是谁家之天下!移檄州郡,咸使知闻。

"好!"魏思温在一旁看了,就情不自禁地称赞道,"先生以'伪'字起首,又言其出身寒微,词锋犀利,世人昭之,必奋而讨伐武氏。"

闻言,骆宾王微微颔首。

李敬业原本武将,不大理会文墨士者,他为魏思温的惊愕而感染,忙俯身看去,但见翰墨淋漓间,句句咄咄逼人,忽地看到"掩袖工谗",便问骆宾王道:"先生这是何意?"

魏思温在旁听了,上前说道:"将军是要问这四字的意思么?在下倒略知一二。"

李敬业"哦"了一声,转过脸来。魏思温撩了撩衣袖道:"论起这四字来,倒是有一段故事。曩昔魏襄王送给楚怀王一位美女,楚怀王对她非常宠爱。楚王的夫人郑袖知道楚怀王非常喜欢这个美女,就千方百计讨好这位美女。有一次她对这位美人说:'大王非常喜欢你的美貌,可是不喜欢你的鼻子,你要想得到大王的长久宠爱,以后见君王时,最好把鼻子掩住。'这位美人听了后深信不疑,就按她说的去办。楚怀王对此大为不解,就去问郑袖原因何在。郑袖装出欲说不说的样子:'我知道,但是不能说。'在楚怀王的再三追问下,她才说:'这位美人是厌恶大王您身上的臭味。'楚怀王听后,非常生气,马上下令把这位美人的鼻子割掉。这里则借此暗指武氏曾偷偷窒息亲生女儿而嫁祸于王皇后,使皇后失宠的事。"

这一番话说得李敬业瞠目结舌,惊叹道:"一样的事情,为何在先生笔下便如此洋洋洒洒,以古喻今呢?先生一支笔,果能敌千军万马矣!"然而,当他读到"弑君鸩母"一句时却很不以为然,"可杨氏之死,实属终老天年,先生却道是鸩毒,这又是何必呢?"

骆宾王解释道:"将军不闻孔子删《春秋》,令乱臣贼子惧乎?不如此,怎激起民愤?此所谓褒贬之笔矣!"

"当务之急是号令州县响应,天下只需闻武氏罪行,何须计较真伪?"魏思温也在一边帮腔。

闻言,李敬业想想也是。

魏思温眼见得骆宾王心逐意而腾跃,文因情而湍急,章典掌故,信手拈来,不禁十分佩服。他正欲说话,却见薛仲璋从门外匆匆进来了。

薛仲璋见李敬业摆了摆手,忙收住即将出口的话,顺着魏思温的手指,将目光投向纸上。

檄文文末这几句话既是对天下州县的号召,又暗含了"逆我者亡"的警告。真是回旋自如,揣摩透了大潮之际,朝臣们微妙复杂的心理。

"好!"在场的三人几乎同时喊出一声,洪亮的声音绕梁而过,惊得屋檐下的雀儿扑棱棱地飞到了竹丛中。

"先生果然了得,后面这几句道出了我起事的真意。自祖父起,李家世受皇恩,岂敢有觊觎皇位之心,勤王举事,殊非得已。正所谓知我者,谓我心忧;不知我者,谓我何求。"李敬业尤为感叹。

魏思温倒是十分赞赏"试看今日之域中,竟是谁家之天下"这一句,对庐陵王和当今皇上而言,此事不可不思;对朝臣来说,此事不可不闻;而对武氏,则不可不惧。

骆宾王将笔掷于案头,伸了伸胳膊,长嘘了一口气。众人都被这沉闷的呼吸凝滞了,心里沉甸甸的,室内气氛呈现出难耐的沉寂。

"先生之檄文,大气磅礴,义正词严。武氏闻之,将不胜畏惧,州县闻之,将呈烈火燎原之势。"还是李敬业打破了沉默,他把目光转向魏思温道,"事不宜迟,请军师招扬州城中之缮写者,将先生所撰檄文抄录出来,向州县广为散发,唤醒天下人共诛武氏之激愤。"

薛仲璋到这时才有了说话的机会,言道:"檄文一旦贴出,必是百川沸腾。一旦朝廷大军南下,必有一场恶战。可扬州非我军久留之地,我等既是勤王讨逆,就该早做打算。"

"长史言之有理。"李敬业来到地图前,"我等已在扬州滞留二十余日,十万之众不可能隐蔽太久,你正好与军师一同商议我军下一步该如何走。"

魏思温的手顺着地图上的标示慢慢北移,到洛阳时,眼睛就忽然地亮了:"将军请看,一条运河将洛阳与苏州、杭州、扬州串了起来。我军既是勤王讨逆,即宜率师鼓行而进,直指洛阳。则天下知公志在勤王,群起而响应!"

骆宾王也赞成道:"军师言之有理,只要攻下洛阳,则贼必亡。"

闻言,李敬业转脸问薛仲璋道:"长史从洛阳来,以为此策如何呢?"

薛仲璋听着大家的话,思绪一直在迅速运转。在京多年,他对洛阳的城防比较清楚,那是一座易守难攻的城池。尤其是成为神都以来,有司进一步整修、扩建,不仅在规模上超越了大业之时,而且城池也坚固了许多,遂道:"依我军目前的情势看,虽有十万之众,然取洛阳显然乏力,倘若武氏召近畿军队自保,我军必寡不敌众。因此依下官之见,对洛阳宜缓图之。"

"大人未战而先灭自己威风,这究竟是何意?"魏思温惊异地问道。

薛仲璋对此问似乎早已准备:"下官夜观星象,金陵有王气,且大江天险,足以为固。不如先取常、润,然后北图中原,进无不利,退有所归!"

闻言,骆宾王转而又觉得薛长史说得有道理。

魏思温笑道:"先生纸上谈兵犹可,若论排兵布阵,则暗之矣。若依薛大人之见暂居江南,则事迟也。一旦武氏回过神来,我等恐招架都难,遑论还手制胜?何况所谓霸业,则与我军举事之旨相悖,不可行之。兵法云,兵贵神速,我军只有一鼓作气直取洛阳,才足以置武氏于死地。而我军之利,在匡复庐陵王,故而能得道多助,然一旦据江南而不北进,则必被人疑为自立谋反,武氏完全可以师出有名,大军浩浩南下矣!"

薛仲璋并不认同魏思温的见解,辩道:"先生之言,不免危言耸听。我军眼下势孤力单,须得寻求援兵,常州、润州远离朝廷,独立一隅,正乃我军可借之处。况且……"

"况且什么,长史不妨直说。"李敬业不喜欢吞吞吐吐。

"不知大人可知润州刺史是谁?"

经薛仲璋一提示,李敬业想起来了,润州刺史不就是他的堂叔父李思文么?祖父去世时,他正随裴行俭出击突厥阿史那部,未能回长安吊祭。后来,李敬业承袭了英国公之爵后,他们就很少来往了。此次被外放柳州,他本是要转道润州拜见的,孰料魏思温等人于此举事,他被推为首领。不管怎么说,他总归是李氏血脉,不看僧面,也该看看祖父的情分。而最为重要的是,这位平日很少谋面的叔父让他对占据江南成霸业充满了信心,考量迅速朝薛仲璋这方倾斜:"薛长史一言,让我豁然开朗。明日本官就差人将《讨武曌檄》连同亲笔信送往润州,以求得叔父的襄助。我离京前,听闻薛长史的舅父、当朝宰相裴大人与妖后围绕废庐陵王一事屡生抵牾,足下若能修书一封密传进京,说服其为内应,则我讨武大功则成矣。"

薛仲璋闻言,心里感到为难,他深知舅父的性格,他可以在朝廷犯颜直谏,可要他站出来与太后分道扬镳,这恐怕是行不通的。但此时刚刚举事,他又不便驳了李敬业的想法,在沉默了一会儿之后便道:"好,下官明日就写信给舅父。"

魏思温感到很失望,他觉得李敬业目光过于短浅,怎么会把勤王匡复的大义之举变成独据一方呢?他本想再谏言其改弦更张,可当看到其决心已定时,他只有改换思路,极言攻城略地之重要。

说起打仗,大家很快就达成了共识。于是当场议定一方面散发《讨武曌檄》,造举义之大势,另一方面则率兵攻打楚州。

不几天,由骆宾王撰写的《讨武曌檄》迅速传遍江南。当大军进攻楚州时,几乎兵不血刃,楚州司马李崇福率所部山阳、盐城、安宜三县响应,唯有盱眙刘行举据城抵抗。李敬业大怒,派部将尉迟昭率众攻城。

尉迟昭派属下乘战船到城下,搭起云梯,轮番进攻。刘行举凭城据守,将滚油倾倒在爬梯的军士身上,又辅之以火箭。这时已是光宅元年十月,秋风乍起,火借风势,攻城的士兵或浑身着火,或因云梯被烧断,进攻受挫。

尉迟昭见一连三天攻城无果,便发狠斩了几位旅师。在几次进攻被打退后,他又欲斩伍长,却被偏将一把拦住了:"我军伤亡很大,将军如此滥杀,必致人心混乱。"

尉迟昭长叹一声道:"我哪愿意杀人,只是我不杀他,将军就要杀我,如之奈何?"

"依末将之见,与其劳而无功地攻城,莫如暂停刀兵,与军师商议再说。"

事已至此,尉迟昭只有命令属下暂时罢战,在盱眙城外扎营,自己飞马朝总营而来。

魏思温听了尉迟昭的陈述,亦觉得再战无益,便到后帐唤醒刚刚睡下的李敬业道:"盱眙地势险要,东、北濒临洪泽,我军伤亡太大,再攻也是徒劳。"

李敬业没有料到刚刚开战就受大挫,问魏思温道:"那依军师之见,我军将欲如何?"

魏思温正要说话,却听见门外响起长长的一声"报",接着一位录事参军进帐禀报道:"卑职奉命前往润州送信,孰料……"

"怎么了……"李敬业有些迫不及待。

"润州刺史非但不响应将军讨逆之请,还大骂我等乃叛国逆贼,还要将卑职斩于刀下。多亏有人劝解,卑职才幸免一死,他还要卑职转告将军,要将这里发生的一切报往洛阳,奏明太后知道。"

"知道了,你先退下吧。"

等录事参军一走,魏思温就急道:"盱眙受挫,润州不降,此非吉兆也。"

"如今是箭在弦上,不得不发,军师就说如何办吧!"

魏思温站了起来,在室内踱了一圈后道:"有道是擒贼先擒王。州县之所以敢对抗我军,是因为润州刺史乃封疆大吏。他若不降,江南各州必群起而应之,到那时危局难挽,功亏一篑,我等亦将死无葬身之地。"

"好。传令下去,明日我将亲率大军攻打润州。"李敬业道。

"大人不可操之过急,想那李思文拒绝我军所求,必然有所防备。不如我军暂且漠然置之,待他稍有松懈时出其不意攻之,则事半而功倍。等下官安排细作潜入润州,一旦有消息即可兴兵。"魏思温又出谋划策了一番。

"好! 就依军师。"

是夜月明星稀,乌鹊南飞,天空留下一阵阵孤鸣,这声音令难以入眠的李敬业心中有种说不清的隐忧。他原以为一俟起兵,天下会竞相响应,不料连堂叔父都难以说服。他无法预料往后去战事将会怎样,他现在才真正体会到,祖父统兵打仗是何等不易。

他步出帐外,登上营门前的土丘,就可以听见洪泽湖的涛声。月光下,远山水墨画般地在湖岸布开浓浓淡淡的风景。南望长江,对岸就是润州城。要打润州,就得南渡,这究竟是事半功倍还是得不偿失,他不知当初起事的决策是否正确。

身后有脚步声,李敬业转身看去,见卫队队正王那相拿着斗篷披在他的肩头,他感激地点了点头。耳边传来夜巡的口令和回答声,他听得出,那是薛仲璋的声音。

薛仲璋显然也看见了李敬业,赶过来劝道:"夜深风大,大人还是回帐中歇息吧!"

李敬业嘘了一口气道:"盱眙攻伐不利,润州据守不降,开局如此,我岂能入睡?"

"胜败乃兵家常事,将军不必过于悲观。明日我军重整旗鼓,定能凯旋。"

"我等据扬州而成霸业,究竟胜算几何,是否谋之不周?"

薛仲璋最担心的也是这一点。他之所以不赞同直击洛阳,乃因为以疲劳之师对以逸待劳之旅,无异于以卵击石。加之所募士卒多系囚徒、工匠,与训练有素的京师禁卫难以抗衡。现在见李敬业一鼓之后而见衰微之势,不免有些担忧。他明白当初自己假巡察之命离开神都,除非颠覆武氏,否则就再无回去之可能,遂鼓舞道:"依下官看,我军之挫在润州顽抗,因此当务之急就是渡江攻克润州。此役大胜,全局则活,江南州县惧我军之势,必然倒戈归顺。只要占得半壁江山,就不怕与武氏兴兵对峙。"

"长史所言,甚合我意。"李敬业说着话,就发现头顶的月亮不知什么时候朦胧了。他再举目远眺,江面上起了大雾,二十丈以外什么也看不见了,便大喜道,"此天助我也! 传令丑时一刻吃饭,三刻出兵,直奔润州城下。"

再说润州城中的李思文从细作口中得知李敬业已放弃南过长江,攻打润州的消息,一颗心倒放下了。他判定李敬业根本无法攻陷洛阳,就从心底为自己庆幸。这样,他一不担心自己因亲缘之故,被拖进谋反案;二则润州百姓也无兵燹之祸。

当夜,李思文约了司马刘延嗣饮酒。

"大人料事如神,拒敌有方。若当初听了李敬业的劝降,将来必是车裂碎骨之下场。"刘延嗣赞道。

李思文仰头饮下一杯酒,喉咙里滚出得意的笑声:"敬业虽系吾侄,然其心浮气躁,与乃祖天壤之别。我岂能为巧言所惑,做出有负朝廷之举?"

"将军韬略在胸,令下官敬佩之至。"接着,刘延嗣又行令劝酒。

李思文倒也爽快,输了就喝。到子时,两人已是酩酊大醉了。李思文被卫士搀扶着回到后庭,躺在榻上呼呼入梦了。

梦中听见天空一阵猛雷,霎时电闪雷鸣,黑云翻滚。李思文大惊,当他被值守的司马从梦中唤醒后,睁着血红的眼睛问道:"何事惊慌?"

"启禀大人,大事不好了,李敬业的大军攻进润州城了。"

"不是说北上洛阳了么?"李思文虽有此问,但他明白李敬业是用了声东击西之策,不禁心中暗暗叫苦。他想披挂上马,却是酒意未去,浑身无力。好不容易穿上盔甲,被司马用力托上马,就被从外面进来的刘延嗣挡住了。

刘延嗣一脸的血,喘着气断断续续道:"叛军已占领润州,李敬业的部将尉迟昭率部冲进府来了!"

李思文接过兵器,率领身边的卫士就朝外冲。迎面而来的就是尉迟昭,他上前就是一刀,尉迟昭忙伸开长枪架住,李思文的胳臂被振得发麻。四面一片喊杀之声,李思文的心先自乱了。双方战了十个回合,李思文被擒于马下,连同刘延嗣一同缚了。

"将逆贼好生看管,等大人过江了再审。"尉迟昭对身边的士兵道。

……

太平公主将冯小宝引进贞观殿时,他显得紧张而又拘束,脸上不经意露出些微的抽搐,甚至额头冒出了点点汗珠。这毕竟不是在千金公主身边,而是去见一个生杀予夺都在眉宇一闪间的太后,一个让大臣们一想起就不寒而栗的当今至尊。

太平公主暗地打量着身边这个曾与千金公主夜夜耳鬓厮磨的男人,为他的窘态而好笑。这世间果真是物物相克么？在千金公主面前何等潇洒放肆的冯小宝，还没有见到母后就先怵了，太平公主于是宽慰道："你不要过于忐忑，太后不是外界传说的那样不近人情，她很懂体贴人的。"

"小人……"冯小宝愈益不自在了，"小人并非忐忑，只是有些……"

"有些惧怕是不是？那我问你，在千金公主面前你怕不怕？"

"那不一样的。"

两人说着话就来到殿门前，太平公主问门外的张尚宫道："母后在么？"

"太后娘娘批阅完奏章，正在榻上看书呢！"张尚宫说着，就进去禀奏了。

在这当儿，太平公主又一次叮嘱冯小宝，要他一定要随和些，不可太过拘束紧张。而她也借这个机会，整理了一下自己的思绪。

前不久，当武三思将千金公主有意把冯小宝献给太后，并提出要她说服太后接受的时候，她的确有些为难。这样的话她怎好当着母亲的面说呢？可武三思说这是尽人间的大孝，"论心不论迹"，要紧的是能治好太后的失眠。她不得不承认武三思说得有理，而且，自那天她与上官婉儿就宫中男女不平等之事谈论后，她的心就没有平静过。皇上不停地换身边的女人，为什么母亲就该受孀居的折磨呢？但事到临头，她还是决定把话说得隐晦些，这样不唯太后心安理得，冯小宝也不那么尴尬了。

"太后有旨，宣公主进殿。"张尚宫出来宣道。

"遵旨！"太平公主看了一眼身边的冯小宝，催促道，"走呀！"

"公主，这……小人……"

太平公主俏皮地笑了笑，推了他一把。冯小宝一个趔趄便进了殿，公主也随之跟了进去。

"儿臣参见母后。"

"平身！"武曌放下书本，抬起头看了一眼面前的两个人。

这一抬头仿佛一轮明月，银光灿灿地展现在冯小宝面前。他事前已知道太后与千金公主虽属两辈人，而实际年龄相仿。可眼前的武曌，哪像个年过六旬的老妪呢？她目光水润，如秋水潋滟，被一双弯眉衬托得神采奕奕；白雪一样的脸颊闪耀着迷人的光泽，细腻得如同锦缎，没有一丝皱纹；而那一头乌发云鬟高髻，雍容华贵，隆起的乳房在朝服下不安分地悠悠颤动，俨然一位品尝了情爱甘甜的少妇，每一个毛孔都透着成熟的、无须掩饰的风韵。冯小宝惊呆了，忽然觉得自己把青春消耗在千金公主身上是多么的不值。

有道是，男人要女人看。世间多情的女子对男人的感觉，甚至比男人对自己的感觉更为敏感。冯小宝在武曌迷离的双目中,看到了似曾相识,久别重逢的喜悦。武曌不用多想,凭借自己多年的经验,就断定这男人十分适合自己。他的眼睛、他的鼻梁、他的唇、他的宽阔胸肌,他的……她眯起的眼睛仿佛一面魔镜,眼前的男人被她剥掉了外装而赤裸裸地站在那里,让她回到了早年的岁月。

他们就这样相互对视良久,直到太平公主悄悄提醒时,冯小宝才发现了自己的失态,仓皇收回目光,跪倒在武曌面前:"小人冯小宝参见太后。"

"平身!"武曌的声音忽然有了嫩嫩的娇嘤,"张尚宫,赐座。"

无论是太平公主还是冯小宝,都窥探到了太后的不能自持。人同此心,当太平公主第一眼看到冯小宝时,就被带进无法自拔的迷幻,又怎么会对太后的心曲毫无所感呢?但冯小宝也很明白,眼前不是一个普通女人,因此,尽管张尚宫置了座,他还是痴呆呆地站在那里。

"太医为母后所述之补阳术甚为有理,儿臣也把人带来了,请母后降旨。"太平公主恭请道。

一切都是事先安排好的,因此武曌并不感到唐突,也无须保持矜持,她柔柔地对张尚宫说道:"你伺候公主到别殿歇息,我有话要对他说。"

太平公主会意地笑了笑,跟随张尚宫出去了。

冯小宝有些惶恐,叫了一声:"公主……"

太平公主回看了他一眼说道:"好好待着,一切听母后旨意。"

"你也退下,没有我的传唤,不许进来。"武曌看了看伺候在身边的武钦道。这情景与当年在感业寺与皇上重逢时何其相似,只不过那时候伺候在身边的是李荣。

"宝儿!你近前来,让我好好看看!"武曌像欣赏一件精美的艺术品般,眼睛从冯小宝的额头起步,慢慢地抚过他的全身。

冯小宝刚说了一声"小人遵旨",脚步却在帷帐前停滞不前了。武曌回头看他的模样,心中不禁生了爱怜,伸手一拉,小宝就顺势倒在了武曌的怀中。

"宝儿,你看我老么?"武曌捧着他的脸,痴痴地问道。那身上散发的兰香,一阵阵地沁入冯小宝的心脾,让他骚动不安。但他还是不敢放肆,只是小心翼翼地应着。

见状,武曌拉过冯小宝的手就放在自己双乳上。到这个地步,冯小宝才算摸透了太后的心思,于是就放松了许多,他一面抓挠武曌的身体,一面贪婪地吮吸着她的体香:"太后……"

"我喜欢你,不过,我毕竟是后宫之主,从今日起,你不能再叫小宝了。"

冯小宝感觉太后的身子在战栗:"那小人该叫什么?"

"好宝儿!我为你已起好了名字,你现在的身份是公主丈夫薛绍的族叔,叫薛怀义。我安排你到郊外的白马寺任住持,你出入禁中就方便多了。"

"就依太后。"

当晚,薛怀义留在宫中侍寝。

武曌的失眠症果然有了好转, 她在卯时一刻让张尚宫送薛怀义离开武成殿,自己则甜甜地入了梦乡。

卯时三刻,正在沉睡的武曌被一阵急促的声音唤醒,她睁开惺忪的眼睛问已经站在帷帐外面的张尚宫道:"有事么?"

"武承嗣大人求见,说是有紧急军情禀奏。"

"知道了,让他在塾门等候。"

辰时一刻,武曌梳洗完毕,已经坐在武成殿中央了。武钦站在门口高声道:"太后有旨,宣武承嗣觐见!"

这半晌武承嗣心急火燎的,从扬州传来的消息让他如坐针毡,刚刚到了卯时,就急忙地进宫面圣了。

昨夜虽睡得很晚,但男人的滋养使武曌精神很好:"你究竟为何事就早早地进宫了?"

"太后,大事不好了,李敬业他……"

"他怎么了?不是去了柳州么?"

武承嗣大声道:"太后有所不知,李敬业杀了扬州长史陈敬之,举兵反了!"

"什么?你说什么?"武曌的眼睛顿时睁大了。在确认李敬业已聚集十万之众在扬州举事的消息后,她的脸顿时阴沉了,狠狠地击打身旁的案几怒骂道,"如此逆贼,我岂能饶他!"

武承嗣不敢怠慢,又将李思文寄来的《讨武曌檄》呈上。武曌接过一看,"讨武曌檄"四字赫然映入眼帘,不禁冷笑道:"螳臂当车,不自量力。"然而,当她看了几行之后,就屏住了呼吸,为满篇犀利的文字所震撼。

"试看今日之域中,竟是谁家之天下?"武曌情不自禁地念出声来,"此文若非指斥我,确可称得上好文章,只是不知是谁为之?"

"李思文在来书中称,文章乃婺州骆宾王所为。据说此人在仪凤三年曾做过侍御史,后来获罪入狱,出来后被朝廷任为临海丞,可他辞官了。"武承嗣应道。

"此丞相之过也!有如此人才,使之流落荒野也!"武曌放下檄文,沉吟片刻。随后,便把话题转到平叛上来了,向武承嗣询问破敌之策。

"据报,李贼初始以匡复庐陵王起事。攻下润州后,又在岭南广为张扬,言说李贤未去,号令三军荡平武氏。"武承嗣描述了一下当前的形势。

"逆贼欲混淆是非,颠倒黑白,蛊惑州县,将谋反朝廷易为李氏宗室与武氏族战,其狼子野心,可谓狠毒。"武曌点了点头分析道。

武承嗣立即接道:"贼之用心,正在逼武氏出战。因此微臣以为,当以毒攻毒,我出师有名,天下必蜂起响应,贼将失道寡助。"

"爱卿所言有理,只是李氏宗室中谁能担此重任呢?"武曌问道。

武承嗣精明的眼睛闪了闪道:"臣保举一人,此人名李孝逸,现在卫府中任左卫将军,可担此重任。"

"哦?他不就是郑王李亮之孙么?依礼,先帝该称他皇叔才是。"

武承嗣所言之李孝逸,乃是高祖皇帝八叔之孙,淮安王李神通之子,高宗时曾经做过益州大都督长史。在高宗立武曌为皇后时,他虽然没有在朝堂上表明意见,可当高宗就此事询问他时,他回道:"皇上以为当废,自然需废;皇上以为当立,自然需立,朝臣自当遵旨而行。"也许因为这一点,武曌主事后对他多所关顾。

是的!以李孝逸率军讨伐,这场战事就是朝廷为讨伐叛乱而战,为捍卫李唐社稷而战,为天下百姓而战。想到这里,武曌的眉宇展开了:"今日早朝,就任李孝逸为左玉钤卫大将军、扬州行军大总管,率军三十万南下平叛。"

此时已是辰时二刻,该是上朝的时候,可武承嗣却仍是一副欲言又止的样子。武曌见状便问道:"你还有事要奏么?"

武承嗣犹豫了片刻后说道:"微臣怀疑裴炎与李敬业谋反有关。"

"哦?"

"李思文信中言到,裴炎外甥薛仲璋乃叛军主将之一,他出京城后,就直抵扬州,如今已做了李敬业的长史。"

"有这等事?难怪裴炎不向我禀奏南疆战事。"武曌昨夜与薛怀义床笫之欢的愉悦顿时被这突如其来的消息冲得七零八落,联想到因庐陵王一事与她之间的龃龉,她的脸色顿时严肃了,"怂恿外甥犯罪,又不禀奏,显见包藏祸心,我岂能容他?"

……

裴炎此刻真的无法形容自己的心境。卯时三刻刚过,他就匆匆来到乾元殿的塾门等候上朝。从前日接到薛仲璋送来的密信，他就感慨自己的担心终于还是成了事实。外甥离开京都时他的提醒还在回响，谁知他不但毫无顾忌地投入反叛队伍，而且密信要自己做内应，这怎么可能呢？

如此做，他将无法面对将社稷托付给自己的先帝，更会危及当今圣上。两天来，他食不甘味，寝不安席，心里乱极了。他现在最怕的，就是见到武曌。

他要密使转告薛仲璋，早日向朝廷认罪乃唯一出路，不要对他在朝内策应抱任何妄想。

裴炎还反复咀嚼了檄文中的每一句话，觉得若太后明白，借机还政于皇上，那么她将名垂青史。他心头顿然升起庄严的责任感，为了平息叛乱，为了大唐生灵免遭涂炭，他要劝太后还政于皇上。

洛阳十月的清晨，风中带了潇潇的寒意。裴炎裹了裹朝服，就见大臣们纷纷进来了。

刘景先最先来到裴炎面前，问道："李敬业纠集十万之众向朝廷发难，并声言雍王未薨，大人听说了么？"见裴炎不置可否地点了点头，刘景先附耳又道，"此皆太后擅权所致。"

闻言，裴炎急忙摆了摆手，刹住了他的话头。

果然，他们的低语引起了春官尚书、同凤阁鸾台三品的武承嗣的注意，隔着几步远，他朝这边喊道："二位大人说些什么呢？如此神秘。"

裴炎不自然地笑了笑道："不干朝事，不干朝事。"

这时候，武钦在乾元殿门前喊道："辰时三刻已到，请各位大人上朝。"

今天朝会的议题很集中，武曌也很坦荡，她命武钦将檄文送给几位主要大臣传阅后，朝臣中便起了骚动。有骂李敬业狼子野心的，也有担心朝廷安危的。

武曌从龙位上站起来，环顾了一下大臣，出口的话语就重了："王德真、裴炎来了么？"

"臣在！"

"你等把笏板拿下来，看着我的眼睛回话。李敬业一介武夫，尚知用能士大才，你等身为朝廷宰辅，竟使骆宾王此等俊杰浪迹天涯，此非渎职乎？"

谨慎惯了的王德真面对武曌严厉的目光，有点慌神道："微臣惭愧！"

"惭愧？以己之昏昏，焉能使人之昭昭？我记得《尚书·周官》曰：'官唯贤才'，'进贤兴功，以作邦国'，你等终日浑浑噩噩，不思荐才，难怪我朝人才匮乏了。你等当反思己过，亡羊补牢。"裴炎正要说话，却被武曌制止了，"你不要说话,朝会之后,我有话要问你。"

裴炎心头一惊,看来武曌已知道了薛仲璋叛逃之事,他的眉宇沉沉地垂了下来,再也听不到身边的廷议了。

这时候,武承嗣出列奏道:"启奏太后,据南来的消息,肃政台监察御史薛仲璋假借巡察之机投靠叛军,而他乃裴炎外甥,臣请治裴炎之罪。"

可让裴炎没有料到的是,武曌并没有理会武承嗣的禀奏,而是直接将话题转到了平叛上:"李孝逸来了么?"

"启奏太后,臣在!"李孝逸出列回话。

"命你为扬州行军大总管,李知十、马敬臣为副,将兵三十万以讨李敬业。"武曌接着道,"李敬业愧对太宗赐姓之恩,自即日剥去李姓,改复姓徐。"

"微臣遵旨!"李孝逸道了一声,便出殿去了……

裴炎是最后一个离开乾元殿的,在前往武成殿的途中,他要将思路好好整理,以便陈奏更具说服力。为了表示自己的坦荡和磊落,他打算将薛仲璋送来的密信呈送给武曌,以证自己的清白。

在乾元殿外,他遇到了正在等候的刘景先。裴炎问道:"在朝会上,大人何以缄口不言呢?"

"下官正要出列,见太后不让大人说话,故退而不谏了。不过,下官最担心的还是大人如何应对太后。"刘景先道。

"老夫决计向太后提出还政之谏言。"

"大人所谏,亦下官所虑,只是如此一来,诚恐太后怀疑大人与徐敬业反叛有染。"

"君子坦荡荡。老夫心底无私,何惧流言疑窦?"

刘景先被裴炎的气度深深地感染了,执手相望道:"大人正气凛然,足为下官楷模。请大人尽可放心面圣,下官愿随大人之后……"

武曌一改朝会上的严肃,看见裴炎进来时神色反而平静了,道了一声"平身"后便吩咐宫娥赐座。

但裴炎却没有起身,就跪在武曌面前,回话就带了浓郁的沉重:"微臣失责,恳请太后治罪。此乃薛仲璋劝臣策应之书,恭请太后圣览。"

武曌也感动了,她为自己没有采纳武承嗣的谏言而庆幸,她大致浏览了一下薛仲璋的信便放在一边说道:"爱卿能把这信呈给我,足见你对朝廷一片忠诚。"

裴炎对太后的褒扬表示了谢意,却没有过于激动,他觉得太后误会了他的意思。因此,在武曌真诚地向他询问平叛之策时,他暗地咬了咬牙,就把思考了几天的话推出舌尖:"太后以为徐敬业此举目的何在?"

"爱卿明知故问,徐贼觊觎朝廷,擅兴兵戈,罪该万死。"

"非也!"裴炎已站在了武曌对面,"臣反复读过檄文,其字里行间并没有反叛朝廷的意思,自始至终都是指向太后的。"

"背叛我与谋反有何不同?我今日坐朝理政,背叛我与背叛朝廷无异。"

裴炎听得出来,武曌的语气中已带了愠怒,但他心里更明白,这是借乱逼武曌还政的机会,至于个人荣辱进退,他已不在乎了。

"太后能否听臣一言。"

"你且讲来,我洗耳恭听。"武曌的眉头凝结在一起,冰冷地看着裴炎。

"谢太后。"裴炎清了清嗓子道,"大唐不仅有太后,更有皇上。且皇上已经成年,却不能亲政,致竖子得以为辞,起兵谋反。若太后念先帝在天之灵,就当还政于皇上,则徐敬业不讨自平矣。"

"罢了!"武曌高声截住了裴炎的话,蛾眉眼看着就倒竖起来,"我宣你来,是垂问平乱之策,孰料你不为我分忧,反而要我还政,此举与贼众何异?"

"太后息怒,臣所谏者,正在破敌平乱之根本。"

"你与徐贼内外呼应,沆瀣一气,我要治你谋反罪。"武曌颤抖的手指向裴炎,朝外面喊道,"武钦何在?速传武承嗣、韦思谦、骞味道进殿。"

裴炎知道自己触怒了天颜,要获得宽谅已不可能,干脆直截了当道:"太后何须如此兴师动众,只需传武成殿詹事将微臣送往司刑监狱即可。"

"不!我光明磊落,定当于群臣面前定罪。"

半个时辰后,武承嗣、韦思谦、骞味道应召来到武成殿。

武曌问道:"众位爱卿,裴炎放言我还政,则乱自平,卿等以为如何?"

"现在看来,微臣所谏并非杞人忧天。裴炎勾结叛贼,意欲谋害太后,该处以弃市才对。"武承嗣来到裴炎面前,不无讽刺地转了一圈道,"自徐敬业叛国以来,本官数次探访平敌之策,你支支吾吾,原来早与反贼同流了。"

左肃政大夫骞味道接着武承嗣的话说道:"裴炎乃先帝临终托孤大臣,早欲挟天子以令天下。太后圣明,拨乱反正,主政改制,裴贼心怀愤懑,唆使外甥投靠徐贼。如此贰臣,若不绳之以法,朝纲何在?微臣身为左肃政大夫,审理裴贼,义在不辞。"

"爱卿以为呢?"武曌转而问韦思谦道。

"微臣唯太后旨意是从。"韦思谦没有更多的话。

"裴炎,事已至此,你还有何话说？来人……"

武曌的话还没有落,就听见武钦进来禀报道:"启奏太后,刘景先求见。"

"哼！他这个时候来……宣他觐见。"

刘景先在武钦的传唤声中踏进武成殿,就感觉到了气氛的紧张。裴炎梗着脖子站在殿中央,在他身旁的几位大臣一个个脸色阴沉,充满了怒气。再悄悄打量坐在龙位里的武曌,更是凤眼怒色,形容冰冷。他放慢脚步,来到武曌面前,撩起袍裾就跪倒了:"微臣刘景先参见太后。"

"我未有传宣,爱卿为何自来觐见？"

"启奏太后。"刘景先并不等武曌的"平身"口谕,便将笏板遮住颜面道,"微臣在署中闻听有人诬告裴大人谋反,特来向太后奏事。"

"刘大人所言差矣,不是有人诬告,是裴炎谋反证据确凿,不杀不足以震慑贼党。"武承嗣连忙接起他的话茬。

"下官向太后奏事,大人为何插言,岂非违礼乎？"刘景先斜睨一眼武承嗣,转过脸继续道,"裴炎乃社稷元臣,有功于国,悉心奉上,天下所知,臣可明其不反。"

"炎反有端,顾卿不知耳。"武曌说着,将薛仲璋的书信拿给刘景先看。

刘景先只是扫了一眼:"此信微臣见过。裴大人当时就严斥薛仲璋助纣为虐,并要信使转告他悬崖勒马。若是欲图谋反,何必如此？"

"若是裴炎真的谋反了呢？"骞味道反问道。

"若裴炎谋反,则臣亦反矣！"这话一出口,刘景先就知道自己惹下祸了,忙解释道,"微臣之意,是太后不可冤枉忠臣,做出亲痛仇快的决断。"

但他的辩解根本无法平息失语带来的喧哗,武承嗣率先出列,严词斥责道:"哼！裴炎虽有异图,尚知遮掩。你竟悍然承认谋反,此贼不杀,社稷危矣。臣以为当把裴炎、刘景先发司刑审理。"

"人不畏死,奈何以死惧之？你等无非包藏私心,排斥异己而已。"刘景先讽刺的笑意掠过眉心,他不再理会武承嗣,而是肃然面对武曌道,"太后若有雅量,请将裴炎谋反案提交廷议,臣敢断言,证裴炎无反者十之八九。若那时众臣皆曰可杀,微臣情愿领罪。"

"好！为使你等死得明白,也将其罪昭然天下,我就容你等多活几天。"

"太后圣明！"

"将裴炎、刘景先发司刑诏狱严加看管,待明日早朝后再行审理。"武曌说完,转过身去挥了挥手,"你等也散了吧！"

第十章

裴内史喋血都亭 徐敬业兵败阿溪

一大早,薛怀义刚刚离开,武承嗣就急忙到武成殿向武曌陈奏,说裴炎下狱在朝野引起了轩然大波,不仅刘景先为他说话,还有鸾台侍郎郭待举、凤阁侍郎胡元范等都称其无罪。

武曌皱了皱眉头,不以为然地责备武承嗣道:"你已年过不惑,做事为何如此沉不住气呢? 些许风浪就惊慌失措,能成什么大事? 不是还有骞味道和凤阁舍人李景谌都可以为他的谋反举证吗?"

"他们都是些文官,倒也好说,要紧的是单于道总管、左武卫大将军程务挺素来与裴炎交好,听说他下了司刑诏狱,也有密表来京。微臣担心这些人一旦闹将起来,岂非又是一个徐敬业?"武承嗣连忙将自己的担心说了出来。

"呈上来我看看。"武曌闻言便道。

展开表奏,武曌的心就提到了半空,程务挺在上书中直截了当地说他与裴炎同朝为官,知其乃耿介忠诚之士,绝不至于营私结党,密谋造反——

夫人主之明,在知人善任,亲贤者而远不肖,今太后偏信于一面之词,徒生疑窦,滥杀忠良,岂非令谗言者快而忠贞者痛。如此迁延,焉知今日裴公下狱,明日李公、张公不重蹈覆辙乎? 倘朝野人人自危,太后安可无忧乎? 边将安可以身赴国乎? 即微臣已终日惴惴然……悠悠万事,社稷为大,尚期太后明察。

"哼! 他是在要挟我么?"武曌将奏章扔到案头,脸色十分难看,"我借重于他,他倒指责起我来了,岂有此理!"

武承嗣近前一步，说话的声色十分诡秘："事情远非太后所想的那样简单，这个程务挺在神都时就与唐之奇、杜求仁等人过从甚密。据说，此二人外放出京时，他还到郊外相送，言语中不乏愤懑怨恨。如今徐敬业造反，唐、杜皆追随，怎知他们不会与程务挺同谋。"

武曌倒吸了一口凉气："我为何就没有想到这层呢？若二贼遥相呼应，南北夹击，则神都危矣！依你看，此事将如何处置？"

"臣闻左鹰扬将军裴绍业当年与程务挺同为裴行俭副将，常因战事歧见而多有龃龉，不如派他前往军中将其处斩，以绝后患。"武承嗣似乎早把这一切筹划在胸了。

"单于道乃边陲要地，军中斩将，军心不稳，又该如何？"

"这个不用担心，太后敕命裴绍业为单于道总管，正遂其建功之志。"

"好，我即命婉儿起草敕命，不日即可出发。"不过，武曌也没有忘记提醒，"程务挺乃军中名将，威震西域，需秘密处之，不可给突厥以可乘之机。"

"谨遵太后旨意。"

武承嗣刚离开不一会儿，武钦便来奏道："娘娘，一位叫姜嗣宗的郎将从长安来，有刘仁轨大人的上书要呈奏。"

难道刘仁轨也要为裴炎说情么？她记得刘仁轨离开洛阳时，裴炎送出十里，一时在朝野传为佳话。于是她对武钦道："就说我正在批阅奏章，不见。"

武钦去了一会儿又进来道："娘娘，来人言刘仆射确有重大要事禀奏，请娘娘务必召见。"

哦？武曌的思路因这句话转了过来，刘仁轨向来处事稳健，公而无私，绝不会因友情而罔视社稷大计。于是，她停下手中的笔，宣来人觐见。

行过君臣之礼后，武曌问道："刘仆射一向可好？长安情势如何？"

姜嗣宗一一做了回答，随后又把刘仁轨的密札奉上。武曌命武钦拆开封签，就看见了那熟悉的笔迹。

刘仁轨在上书中说，送信人乃卫府郎将，与裴炎相交甚笃。其人来长安后，言谈中不经意说出其早就发现裴炎有谋反迹象，却因重友情而没有举报。他以送书的名义将之送到洛阳，请太后依律处置。

贤哉仆射，真砥柱中流，股肱重臣矣。武曌心里这样想着，待她合上书札，脸上就带了愠怒："姜嗣宗，你知罪否？"

姜嗣宗大惊，忙不迭跪倒在地道："微臣不知所犯何罪，请太后明示。"

"哼！你知仆射在上书中说了什么吗？"

"微臣不知,还请太后明示。"

"他在上书中说你早就知道裴炎心有异动,却藏匿不报,这与叛贼何异?"武曌说罢,大喊一声,"来人!将姜嗣宗拖下去。"

被冲进来的羽林卫缚了的姜嗣宗这时才明白,自己一言不慎惹下了杀身之祸,他便从心底大骂刘仁轨阴险狡诈。

可事情还没有结束。刚刚押走一个又来一个,外面的大声说话引起了武曌的注意,她立即要武钦去看。

武钦来到殿前一看,原来是裴炎兄弟裴爽的儿子、身为太仆寺丞的裴伷光,他正因羽林卫的拦挡而吵闹。

这已是他第三次要求觐见太后了,前两次都被羽林卫挡在门外未能得逞。看见武钦出现在殿门口,裴伷光舍下羽林卫急忙来到武钦面前施礼道:"烦请公公代为禀奏,就说下官要觐见太后。"

"太后正忙于批阅奏章,大人还是请回吧!"

裴伷光没有搭话,直接从袖中掏出一个黑色口袋,上面贴了双重的封签,递到武钦手中。

武钦很诧异,问道:"大人所奏之事如此秘密,还要用封事?"

原来这"封事"乃秘密条陈专用的封袋,非重大事由不为。裴伷光深知自己官卑职微,又是裴炎案中牵涉之人,不用此法,恐难以见到武曌。现在见武钦问起,他也不便言明,只是回答道:"下官书中所陈正与裴炎一案有关。"

武钦的眼睛就睁大了,莫非他有裴炎谋反的新证?亲侄举报,裴炎必死无疑,便连忙道:"大人少待,咱家这就去通禀。"

"又是为裴炎而来的吗?他们究竟要干什么?我即便杀了这个老儿又如何?"武曌抬头看了看武钦。

武钦小心地朝上看了一眼道:"臣观那裴伷光似乎并无求情之意,倒是带了封事前来求见。"

"封事?这么说他是来举报的。好!宣他觐见。"武曌停下手中的笔。

随着武钦的一声传唤,裴伷光第一次踏进这平日里只有为数不多的几位大臣才能来的地方,那庄严肃然让他的心里不禁忐忑不安。然而,他也只是眉毛微微颤抖了一下,旋即便恢复如常了。

他明白这是上苍赐予他的唯一机会,随着裴炎一案的发酵,他的父亲也被下了司刑诏狱,他的家人在案情大白之前也被禁在了府中,失去了自由。如果他不抓住眼前的机会,那他自己的性命也在旦夕之间了。他在心里埋怨表兄薛仲璋，若非他投贼，何至全族人会招此大祸？可他明白，埋怨解决不了问题，他只有趁此一搏，也许还有转机。

从殿门到武曌面前不过数十步远，可他感觉是如此的漫长而又重峦叠嶂，及至跪在武曌面前的时候，他的脊梁已经湿透了："微臣参见太后，千岁千岁千千岁！"

武曌抬起眼皮看了一眼裴伷光，问道："你伯父谋反，你还有何话可说？若是有新证就呈上来，若是求情，我念你并非裴炎所出，且不与你追究，早早回署中去吧！"

"微臣是来为太后献计的，哪敢为伯父诉冤呢！"裴伷光应道。

"哦？"武曌发现这裴伷光说话果然不同凡响，脸上的表情就活泛了，"你有何计，且先奏来。"

裴伷光先呈上了封事，武曌打开一看，起首一行字便是"为太后高枕无忧计"，便放在一边说道："你既然来了，就直说吧！"

"谢太后。"裴伷光伏地，待二次抬起头来时已泪流满面了。

武曌就有些不解，道："我命你奏事，未言而先流泪，这却是为何？"

"微臣这是为太后流泪，为社稷流泪。"听武曌"哦"了一声，裴伷光继续道，"依礼制论，太后乃李唐儿媳，先帝弃天下，太后遂揽朝政，变异嗣子，疏斥李氏，封崇诸武。吾伯父忠诚社稷，反诬以罪，戮及子孙……"

"罢了！你这是在指责我么？"武曌厉声问道，一股冷气直朝裴伷光的脊梁而来。

"微臣怎敢指责太后，微臣这是替太后惋惜。"

"哼！"

"太后所为如是，微臣实为惋惜。若太后能够听微臣一言，早日复子明辟，高枕深居，则宗族可全。否则天下一变，不可复救也。"

"胡说八道！你伯父获罪朝廷，已发司刑诏狱，你本应举报新证，戴罪立功。谁知你竟敢出此狂言，我念你年轻无知，就饶你一回，还不退下！"

这半晌武钦也吓坏了，今天一大早，不顺心的事情接连不断，他生怕太后一怒之下在殿前杀人，现在他看太后宽容了裴伷光，忙上前劝道："大人还是请回吧！"

可裴伷光却是一步三回首，口里喊道："太后今日用臣言，犹未晚也！一旦有变，悔之晚矣！"

"裴大人，太后不追究已属不易，你何故如此固执？"

然而,就在裴伷光被武钦拉出殿门的当儿,他却再度跪倒在地,仰天长泣:"太后,微臣劝您悬崖勒马……"

这回武曌真发怒了,每个字都是从牙缝里挤出来的:"哼!你如此不识好歹,我岂能饶恕。来人,将裴伷光当殿杖击一百,流瀼州!"

羽林卫将裴伷光按倒在殿外阶陛前的平地上,就见雨点般的棍棒朝他的臀部打去。开始裴伷光还借喊叫缓解疼痛,到六十棍时,他已是奄奄一息了。武钦见状,忙进去向太后禀报。

"抬回府去,待伤情稍好后立即离京,永不叙用。"武曌挥了挥手。

人是走了,但惨叫声却一直在武曌耳边回响。自裴炎案发生以来,为其鸣冤者络绎不绝,且个个都不惧死,这使她感到了裴炎的力量。因此,裴炎要么屈从她的意志,与武承嗣、武三思等人一起辅佐她;要么就去死,那是对以他为首的维护李氏力量的重击,也是对至今仍在左右彷徨的势力的震慑。

其实,她对裴炎还是了解的,他曾不止一次当着朝臣们的面犯颜直谏,而且她也多次接受了他的谏言,并且后来证明这都是正确的,他完全不用借助徐敬业来胁迫她!她一向看重裴炎的干练和清晰,认为他是刘仁轨之后最理想的宰相人选,可他偏偏……

一切的根源都在她废黜了李显,都在她对武氏宗族的封崇,可自己这样做错了么?她决计再做最后一次努力,只要他迷途知返,她打算不计较他的过去。第二天,她召集了武承嗣、骞味道、李景谌和韦思谦,将自己的意思告诉了他们。

这事首先引起了骞味道的不安,一向果断的太后为何忽然变得优柔寡断了,一定有什么原因影响了太后。他很警觉,只要裴炎翻案,他骞味道就不可能继续留在朝堂上,因此他力主杀掉裴炎:"请太后三思,为何叛军如此甚嚣尘上,皆因裴炎是其内应。裴炎一死,徐敬业反叛无望,则自然散去。"

他的话得到了李景谌的回应,他知道自己的举证本身就是讨太后欢心,多为捕风捉影之言,很难参验,一旦太后明白,他难逃欺君之罪,于是情绪高昂地附和道:"臣以为骞大人所言甚是。裴炎乃社稷之蠹,民之蟊贼,罪该万死,不杀不足以平民愤。"

他俩在说话的同时,都把目光转向了武承嗣,希望能从他那里获得支持。但武承嗣没有急于明确的表态,这段时间他与骞味道等人在朝中共事,明显感到他们与裴炎的差距。他们目光太短浅,过于注重个人得失,缺乏长远之谋。他反复揣摩了太后的意思,觉得若能挽回裴炎的性命,则不仅他本人将感戴不已，就是太后这里也不失为一功。可当初是他第一个举报裴炎的，他也不愿意落一个出尔反尔的名声。就在大家等待的时间，他已将思路做了转换："诸位同僚，下官深深体味太后惜才、爱才之情，深谙太后为社稷的深谋远虑。因此，依下官之意，我等应体察上意，说服裴炎倒戈一击，平叛则不战而胜。"

"承嗣所奏，正合我意，只是谁能担此说服大任呢？"武曌为武承嗣这么快就理解了她的意思而欣慰，她朝大家看了看，见骞味道、李景谌相继低下了头，就知道他们未行先惧了，而且她也知道，让这两个举报过裴炎的人去见他，必会适得其反。她的目光在收回前的最后一刻，落在了韦思谦身上，"韦爱卿为何一言不发呢？"

韦思谦欠了欠身子施礼道："臣以为太后所虑，至为深远。夫斩易而服人心难，若能说服裴炎遵循圣意，则更显太后海量宽怀，亦堵住叛军口实，使其失去人心，这岂不两利？"

闻言，骞味道的眉头就皱在了一起："韦大人说起来轻巧，做起来未必容易。裴炎何许人也，他是先帝托孤大臣，若能一言而使其动，还用进牢狱么？"

李景谌也附和道："与其徒费口舌，倒不如杀之痛快。"

韦思谦并不和他们辩驳，只是将目光对着武曌道："两位大人所言也许不无道理，然则太后惜才之情令微臣感动，为张达圣意，微臣愿到诏狱去见裴炎一面。"

"如此便有劳爱卿了。即便裴炎辞气不屈，天下亦知我仁至义尽了。"见韦思谦愿意去，武曌的眉宇顿然大展。

太后既已表态，其他人自然无话可说。出了武成殿，李景谌对骞味道道："太后这是要赦裴炎死罪么？"

骞味道摇了摇头："太后圣心无常，我等莫测其深。可下官明白，裴炎只能死，否则，你我都不得全身而退。"

"大人有何妙计，可将这老儿置于死地？"

"下官深知裴炎品性，因此韦大人此行十之八九是徒劳无获。到那时我等力奏太后，将其处以极刑。"

……

这是十月下旬的一天，傍晚下起的雨丝，从窗口飘进位于洛阳城东南的司刑诏狱，洒进裴炎的心里。他伸出手，一任冰凉的雨点落到手心，浸润他那颗焦灼的心。

从托孤大臣到反叛同谋,从座上宾到阶下囚,一切都如梦如幻。从被打入牢狱时起,他不再追忆那些站在朝堂上指点大政的往事,更不眷恋那些被人尊敬和追捧的荣耀,这些,对于从风雨中走来的他来说,已经淡若浮云了。他只是痛心,曾经叱咤风云的太宗为何不能生下一个能够光大基业的后人呢?为何一个威赫四域的王朝会落在一个如此有心机的女人手中呢?在他为了让这个女人把朝政还给李氏宗室而奔走的时候,为何就没有一个宗室之人振臂一呼呢?

到了这个牢狱后,他就听到司刑寺的令丞们私下议论,就在他进入司刑诏狱的第二天,当今皇上李旦竟上书武曌,要求尽快将他判以弃市。他很吃惊,他之所以与武曌发生冲突,不都是为了他么?皇上惜命到了如此地步,这唐室复兴还有望么?

伴着长长的叹息,他用潮湿的手理了理蓬乱的白发,忽然就感到了眼角的老泪,及至最后竟泪流满面:"上苍啊,你何故如此毁我大唐啊!先帝啊,你为何弃臣民而去啊……"

他的哭声惊动了监狱的典狱丞,他来到牢房前,看着老大人痛不欲生的样子,心中甚为不解。他敲了一下牢房的铁锁,朝着里面高声说道:"裴大人,您这又是何苦呢?大唐官员汗牛充栋,又不只有您老一人。进了这牢房,您还是多想想自己吧。"

裴炎的哭声戛然而止,为自己刚才的失态尴尬:"请狱丞大人见谅,老夫也是情之所至,不得不为啊!"

典狱丞摇了摇头,从外面递进一碗热水道:"裴大人,天凉了,您喝口热水暖暖身子。"

裴炎接过碗,喝下一大口热水,身子果然暖和多了。

"也许卑职少见世面,但就是不能理解朝堂上的大人们整天都在想些什么。为何身系牢狱还要牵挂那些想也无益的事呢?这有用么?倒不如该吃吃,该喝喝,该睡睡,说不定……"隔着栅栏门,典狱丞自言自语道。忽然,他发现自己说溜了嘴,忙刹住话头,"卑职失语了,大人先歇息吧。"

典狱丞的脚步渐渐远去,也把裴炎的思绪带到了牢房外。他在想,朝廷是否已派兵讨伐了徐敬业的叛军?是谁来统帅官军?战事进行得如何?尽管他极不赞同武曌废黜李显,可他也极不赞成徐敬业等人谋反。从理智上说,他对这种僭越犯上的行为是十分厌恶的,他又怎会与之同流合污呢?身陷囹圄的他希望尽快结束战争,使百姓免遭涂炭,朝野尽快恢复平静。思虑完这些,他有些疲倦,可一闭上眼睛,就看见一幅幅血淋淋的画面,这让他惊悚不安,难以入眠。

牢房的门再度响了,说话声自远及近。

"大人请!"这是典狱丞的声音。

"裴大人近来如何?"

"启禀大人,黄昏时分还哭了一场呢!"

"你前面带路,我去看看。"

裴炎睁开眼睛,就看见一个穿着黑色斗篷的官员来到牢房前。牢门打开后,那人对狱丞道:"你且退下,我有话要对裴大人说。"

这时,裴炎终于听出,来的不是别人,乃右肃政大夫韦思谦。他欠了欠身子,举起戴镣铐的双手打拱问道:"韦大人夜间到此,是老夫的大限到了么?"

韦思谦脱去斗篷,在裴炎的对面坐了下来,又命随从摆开几碟酒菜,给裴炎斟了一杯举过头顶道:"大人饮过这杯,下官才好说话。"

裴炎并没有去接酒杯,揶揄地笑了笑道:"太后要送老夫上路,尽可腰斩于市,也好警策世人,何用鸩毒?"

韦思谦知道裴炎误解了,干脆先饮了才将另一杯放在他面前。待裴炎饮了,韦思谦这才说道:"太后要杀大人,只需一道旨意即可,何须用鸩毒?下官自请来狱中,一则乃探望大人,二则也是有几句话想与大人说。"

"难得韦大人如此关顾,老夫敬大人一杯,大人有话不妨敞开了说。"

"痛快!"韦思谦放下酒杯道,"大人一世英明,托孤辅政,功莫大焉,此即太后亦念念在口矣。大人忠唐之心,天日可鉴,然大人也不难明白,自先帝弃社稷而去,庐陵王与当今皇上皆因懦弱,难当大任,太后主政,情非得已,大人又何必逼太后还政呢?且大人陈奏之时又在徐贼起事之际,难免给奸人造成口实,太后若不对大人加以处置,恐难平朝野舆情,此亦情非得已。"

"那依大人之意呢?"

韦思谦犹豫了片刻后说道:"下官已向太后谏言,力陈大人忠贞不贰,绝无反叛之心。因此太后要下官宣达她的意思,只要大人收回谏言,太后将赦免大人。"

裴炎摆了摆手,截住韦思谦的话头道:"韦大人不必再说了,太后的意思老夫已经明白,大人可以回去复旨了。"

"裴大人,您这是……"

"老夫感佩韦大人深夜探望,可老夫深受先帝恩泽,当初之所以支持太后废黜庐陵王,乃因他要将大唐江山拱手赠予韦玄贞,而绝非要转到武氏之手。太后一月两废,此翻手为云覆手为雨之举,骆宾王所指'人神共愤',虽难脱夸饰之嫌,然太后玩弄当今皇上于股掌之中,不得人心,却是事实。老夫已无颜见先帝于泉下,岂可再助纣为虐。"

"大人……下官……"

"自古宰相下狱,岂有全身而退之理?大人若真以为老夫忠贞唐室,就请奏明太后,刘景先不过胁从之人,还请太后开恩。"裴炎说完,艰难起身向韦思谦叩首。

韦思谦有些仓皇不已:"裴大人,这使不得……"

在听取了韦思谦的陈奏后,十月底,武曌下旨斩裴炎于洛阳都亭,将刘景先贬为普州刺史。裴炎族中兄弟流于岭南,永不许回京。

行刑那天,天气忽然清朗了,裴炎被押往刑场,在那里,他看到了即将被流放的家人。他十分感激韦思谦允准他在最后时刻与亲人话别:"你等虽为老夫兄弟,然所任之职皆个人奋发而为,无老夫分毫之力,却因老夫牵累,流放异乡,不亦悲乎!"言罢,他慷慨登上刑台,没有再看亲人们一眼……

李孝逸率领的讨逆军来到临淮,他原以为徐敬业乃一伙乌合之众,不堪一击,孰料战事进展得并不顺利。

听说李孝逸的军马浩浩荡荡南下,徐敬业立即从润州北返回扬州,摆出一副决战的架势。他屯兵高邮的下阿溪,凭水拒敌;又派徐敬猷逼近淮阴,使别将韦超、尉迟昭屯兵都梁山,互为犄角,彼此支援。

李孝逸遣偏将雷仁智先攻都梁山,第一仗就被徐敬业的军队击溃,遂按兵不进。消息很快被据城坚守、盼望朝廷大军的州县官员飞报给洛阳。武曌听闻李孝逸首战失利,十分震怒。这时,武承嗣又举荐了左鹰扬将军黑齿常之为江南道总管,前往驰援。

这一天,李孝逸正在帐中为战事踌躇而愁眉不展,随军察纠军纪的殿中侍御史魏元忠急匆匆进来,将一封密札呈给他。李孝逸拆开密札,大体浏览了一遍,眉头就皱了起来。放下密札,他一脸狐疑地问道:"果真如此么?"

"如果下官没有猜错,黑齿常之现今已在路上了。"魏元忠应道,"大人不难记得,这黑齿常之乃百济人,早年曾率部与苏定方激战于百济西部,以骁勇有谋略而著称。龙朔三年,时任方州刺史的刘仁轨率军在白江口一役中大败百济军,并招抚了黑齿常之,从此他成为卫府名将,在与突厥和吐蕃的战争中屡建功勋。此人虽已年迈,然宝刀不老。"

"这么说,太后怀疑我不能平息叛乱了?"

魏元忠虽官只有七品,然思路清晰,见李孝逸情绪焦灼,遂趁机劝谏道:"天下承平已久,忽闻狂狡,注心倾耳一俟其诛。然将军却久留不进,远近失望,朝廷若以他将代替将军,将军将以何辞逃逗桡之罪呢?将军还是迅速进兵,以立大功。不然,灾祸就要临头了。"

这话让李孝逸的心顿然提到了半空,他想的不是别的,而是自己乃李姓宗室,若彷徨踟蹰,会不会被疑为待价而沽,与裴炎一样逼太后还政。

"速传李知十、马敬臣将军议事。"李孝逸不是裴炎,他没有这个胆量,也不愿意背这个名。

不一刻,二位将军来到中军帐。李孝逸没有客套,直接问道:"我军徘徊不前,太后震怒,我军将何以自处,请各位将军各抒己见吧。"

闻言,李知十献计道:"韦超凭险自固,士无所施其勇,骑无所占其足,且穷寇死战,攻之多杀士卒,不如分兵守之,大军直取江都,覆其巢穴。"

马敬臣则有不同看法:"韦超虽据险,但其众非多,若是我军多用兵击其所部,则前方兵力势必分散;如少留兵而守之,终为后患。倒不如我军先击韦超,此贼一败,其势必举。淮阴、高邮之地则望风瓦解。"

"魏大人有何意见?"有了事前的提醒,李孝逸十分看重他的建议。

"我军新到此地,雷将军失利,在于未知敌情。下官今日观察,贼之精兵尽在下阿,乌合而来,尽在一决,万一失利,大事去矣。然智者千虑必有一失,徐敬业将徐敬猷摆在临淮城外,却是一大失误。"

李孝逸惊异魏元忠的分析,追问道:"哦?大人不妨详说。"

魏元忠理了理胡须,自信地说道:"这徐敬猷原本赌徒出身,只知道施些小伎俩,哪懂用兵之道!因此下官以为,诸军中以此最弱,其军心最易动摇。我大军临之,驻马可克。"

"我可虑之,敌亦虑之,奈何?"李孝逸又问道。

魏元忠笑了笑说道:"徐敬业骄狂,君不闻骄兵必败,加之敌新胜,过于麻痹,等他想到救援,却是远途难解近危。"

"大人一言,胜却千军万马。"李孝逸当即决定大军于当夜出击,一路自己亲率,偷袭都梁山韦超部,一路由李知十率领夜袭徐敬猷部。马敬臣留守临淮,与魏元忠一起防敌。

有道是,天时不如地利,地利不如人和。天公作美,到了傍晚,天空阴云密布,狂风大作。站在临淮城头,望着对面敌营灯火明明灭灭,陪同李孝逸观看敌情的魏元忠大喜过望道："此天助也！"

事情发展果然不出魏元忠所料，徐敬猷根本没有料到朝廷军队会在深夜来袭。连日来战事倥偬，徐敬猷许久没有神游赌局了。随着韦超、尉迟昭新胜，他按捺许久的赌性迅速复发，不仅邀了几位别将在帐中大赌，连军营中的旅帅也趁机摆起赌局，借机敛夺士卒钱财。

中军帐中，李宗臣虽人在赌场，心却在却敌上。因此连输三局后，他便不想玩下去了，对徐敬猷说道："这样的天气最是敌袭之机，请将军不可大意。"

徐敬猷一边整理赌具，一边笑李宗臣胆小："今夜狂风大作，大雨将临，敌军岂敢轻易攻袭，难道不怕我军埋伏么？来！继续下注，我若是赢了，就请众位将军喝酒。"

这样一直玩到子时，李宗臣外出小解，看到门口的哨兵瑟缩着身子昏昏欲睡，他上前厉声斥责道："你等竟然睡去，敌军若是此刻来袭，你命休矣！"

一言未了，却听见狂涛般的声音滚滚而来。借着寨门口微弱的灯光看去，天哪！官军仿佛从天而降，李宗臣暗惊大事不好。他一边转身，一边朝着中军帐的方向大喊："敌军来袭，各位司马速速迎敌。"

"这怎么可能呢？"徐敬猷呆了，望着散落一地的赌具讷讷自语。匆忙中他被卫士扶上马，从偏门逃进了浓浓夜色。

李宗臣率领各路司马匆匆上马迎战，他本是扬州曹仓参军，哪里是唐将的对手？十几个回合后，李宗臣打马败走。其他几位校尉见主将逃走，也无心恋战，纷纷四散。官军取首级千余级，拔除了这颗前出临淮的钉子。

再说李孝逸率骑兵五千从正面攻入韦超的营寨，还命雷仁智率步军一万在临淮周围设伏，专击逃窜之敌。

当晚，韦超为庆都梁山却敌制胜，于军营中摆酒设宴，喝得酩酊大醉，就酣然入梦了。他在梦中骑一匹神驹来到洛阳，将都城围个水泄不通。在洛阳城外，他将武三思斩于马下。武曌神色慌张地捧着玉玺向他称降，声言要还政于李唐。这时候，就听见身后传来大笑，回身一看，却是英国公徐敬业。

徐敬业手执宝剑正要砍去，突然天空滚过一阵猛雷，将韦超从梦中惊醒。他睁开惺忪睡眼一看，眼前哪有武曌的影子，却见一位旅帅惊慌失措地进来禀报，说李孝逸亲率唐军攻进营寨了。

韦超顾不得多想，昏昏沉沉地披挂上马冲出营帐。只见夜色中火光熊熊，漫山遍野都是唐兵，他情知负隅顽抗只是徒然损兵折将，只草草应付几个回合，就趁夜色带人逃遁了。沿途又遭雷仁智的步军伏击，等到了下阿溪时,损折了将近一半的兵力。

第二天,李孝逸在都梁山召集军前会议,商讨下一步进军方向。

魏元忠趁着大胜分析道:"都梁山和临淮城一战,我军士气高涨,正好一鼓作气,出击下阿溪!"

三位主将对魏元忠之言没有任何异议,于是决定先派一位叫苏孝祥的后军总管作为前锋,渡溪击敌。

魏元忠狐疑的目光掠过李孝逸的额头,问道:"自我军讨贼以来,下官有闻雷仁智屡与敌接战,未闻苏总管接敌之举,今命其为前锋,这……"

"请侍御史放心。苏孝祥乃末将之属,虽初临战阵,然深通兵法,此去必予敌以重击。"李知十宽心道。

"先生筹划游刃有余,然若论知将,则稍逊之矣。"李孝逸也随声附和。

见状,魏元忠便不好再说什么了。

两位副总管离开后,李孝逸反复揣摩了魏元忠的心理,也意识到他并非杞人忧天,遂又从自己部属中派遣左豹韬卫果毅成三朗率军协助苏孝祥。

守卫下阿溪前沿的是长史唐之奇,听闻官军压境,他一方面飞报徐敬业,一方面与偏将们商议应对之策。正当此时,细作来报,言说李孝逸率军渡溪探我军虚实。

唐之奇听罢,拊掌大笑道:"兵者,诡道也!李孝逸不知因变,沿用夜袭徐敬猷之策,此乃兵家大忌!"言罢,他当即命令在溪对岸设伏,张网以待。

这一切苏孝祥却全然不知,五千人马刚刚上岸,埋伏在草丛中的叛军立时杀声震天。苏孝祥知道中了埋伏,急令撤回,但为时已晚。

唐之奇命令部属万箭齐发,唐军大部来自北方,不习水性,溺死者过半。

"此乃天灭我矣!"苏孝祥大惊,一句话还没有出口,一只流矢飞来,他便"扑通"一声落入水中。

"苏将军!"成三朗挥剑拨开箭雨,正要上前抢救。不料从身后伸来数支钩连镰枪,将他拉下船去,缚了押送到大帐。

唐之奇从未见过李孝逸,但见对方将领被俘,忙对身边的军士大喊:"受缚者乃李孝逸也!"

成三朗大喊道:"贼将眼拙。堂堂大唐主帅岂是尔等乌合之众所能擒得了的,爷乃左豹韬卫果毅成三朗!"

闻言,唐之奇不免有些失望,喝令帐下军士将成三朗推出斩首。

成三朗并不惧怕,仰天大笑,那声音让唐之奇听起来有些发怵,不禁好奇地问道:"你生死在本官一念之间,何故大笑?"

"我笑你等鼠目寸光,不识大体。须知官军大至矣,你等破在旦夕,今三朗一死,乃为大忠,朝廷封妻荫子,流芳百世;你死,则妻子籍没,终不及我也。"成三朗说罢,昂然朝帐外走去,"本将军顶天立地,只求快死。"

唐之奇被成三朗痛骂,又羞又恼,他从军士手中夺过战刀,"嗖"的一声砍了下去。伴随着一阵冷风,成三朗的头颅跌落在草丛之中。

两天以后,李孝逸率领大军在下阿溪西岸扎营。刚刚小胜,又遭大败,特别是折了两员部将,他本就彷徨不定的心又复动荡起来。这一点看得最清的还是魏元忠。大军一路南来,他见李孝逸用兵布阵平庸无奇,就由衷地感叹李氏宗室后继乏人。

果然,在三路大军的军前会议上,李孝逸忧心忡忡地说道:"自与叛军大战以来,我军屡屡受挫,一时克之甚难。不如暂且退兵,等黑齿常之大军到后再做打算。"

李知十见此劝道:"眼下我军虽战不利,然已给叛军以重创。如果此时退兵,叛军必定会趁势追击,则我军必败矣!"

马敬臣内心也赞成李孝逸的主张,沉思片刻后道:"为战者,在审时度势耳。末将也以为等黑齿常之将军至,破敌指日可待矣!"

眼看着退兵的主张占了上风,魏元忠心中十分着急,他猜太后遣黑齿常之为江南道总管,不过是要借此对李孝逸施加压力,同时截断徐敬业的后路。若此时畏缩不前,一旦黑齿常之参战,则李孝逸逗桡之罪难逃。如果是这样,自己作为监察官员也难逃干系,可当面指责他们亦觉不妥。在三位将军围绕战与退各抒己见之际,他的思维一直在高速运转,等李孝逸向他投来征询的目光时,他已经胸有成竹了。

"各位将军所言不无道理。"魏元忠环顾了一下周围道,"不过我军也不是没有克敌之策。"

"哦?"闻言,三位将军不约而同地将脸转了过来。

"今日夕暮,下官临溪观天象,见乌鹊如云,盘旋于对岸叛军营寨上空,忽然记起当年曹孟德之诗句——'月明星稀,乌鹊南飞',今下弦月而乌鹊飞,岂非敌之凶兆?其二,眼下正值隆冬时节,敌设伏之地乃溪对岸之芦荻荡,兵法云'风顺荻干,此火攻之利'。今我军集天时地利人和而为一,此时不战,更待何时?"

魏元忠自信自己的分析一定能扭转当前的局面,在等待主将做决策的时候,他的心已经平静多了。

三位将军的思路也因魏元忠的建言而发生了转变,以为其不失为克敌上策。当即,李孝逸发令回军下阿溪西岸,速速部署火攻。

正所谓时来天地皆同力。这天下阿溪沿岸大风骤起,水面冰封,魏元忠从溪边回来,兴冲冲地对李孝逸道:"此天助我也,将军今夜即可火攻制敌。"

李孝逸情不自禁道:"大人果然料事如神。"当即遣偏将雷仁智率三千人马渡溪火攻。

魏元忠没有猜错,下阿溪的徐敬业军此时已人心不稳。徐敬业没有想到,本来剑指洛阳的一场战争,却因长期盘桓在南国而不能北进。而因仓促起兵,供给不足,已是隆冬,属下兵士尚未换上棉衣;加之招募的士卒大多为当地人,大家思乡心切,军纪日渐松懈,有的已悄悄逃离了军营。唐之奇与杜求仁闻之,下令将这些逃兵追回斩首示众。可军需粮草无法解决,刑罚便失去了约束力,违反军纪者屡禁不止。

十一月初,外出打探敌情的军士将从扬州和润州的街巷带回的几份通缉呈给魏思温,上面说赦扬楚民胁从者,得徐敬业首授官三品,赏帛五千;得唐之奇等首官五品,帛三千。

看完之后,魏思温的眉毛蹙郁在一起,久久没有舒展。他明白,叛军中有不少人就是无赖,难保没有人为利益所惑,行暗杀之事。于是,他匆匆拿了通缉去见徐敬业。

出得营帐,忽见头顶上空乌鹊如云,北风呼啸,魏思温顿时就有一种不祥之感,进得徐敬业大帐中时,一个趔趄,差点摔倒。

"军师这是怎么了?"骆宾王一把上前扶住他。

"不妨事!"魏思温尴尬地摇了摇头,他发现唐之奇、杜求仁、薛仲璋都在,遂将通缉呈给徐敬业,"将军看看这个。"

看罢通缉,徐敬业脸色更阴沉了:"哼!武氏削夺李姓,正好,我早不想姓那个李了,用三品官悬赏我的首级,价钱不低啊!"

薛仲璋也很惭愧,当初若不是自己坚持割据,也不至有今日之局面。这时候,就听魏思温说话了:"为今之计有三:其一,稳定军心,待士卒以亲,不可妄开杀戒;其二,释放润州刺史李思文,他毕竟为大人堂叔,不可不念骨肉之亲,此亦退路矣;其三,眼下正值隆冬,天气寒冷,不利于战,我军只能坚守,以待来春。另外,眼下天干物燥,须谨防敌军火攻。"

"唐军前次遭我重击,人心离乱,末将闻李孝逸正欲退兵。军师所言,未免杞人忧天。"唐之奇却不以为然。

杜求仁道:"难道他不怕引火烧身么?"

看着将军们互相争辩,骆宾王不免有些心灰意冷。当初他之所以投奔叛军,一是出于义愤;二是对徐敬业匡复李唐满怀希望。可几个月下来,跟随徐敬业转战于扬州润州之间,他发现围绕在徐敬业周围的将领大多目光短浅,除了魏思温能在关键时刻献计献策外,其他人对行军打仗都不甚了了。进入十一月来,叛军日益艰难的处境常常让他想起当年在狱中吟就的诗句——露重飞难进,风多响易沉。过去他感叹"无人信高洁,谁为表予心",现在他更无法奢望别人对他选择的理解,一旦叛军败北,恐怕连性命都保不住了。但他并不后悔,他知道,自己的一切已与这支队伍绑在一起了。

"下官以为,还是多听军师的见解。"骆宾王道。

"十一月了,风向乃自西北来,而敌之营寨在下阿溪西岸,敌若火攻,我军则无救矣。"魏思温苦苦谏言。

"先生所言,不无道理。"徐敬业当下做出部署,一是要薛仲璋去军营放了李思文,二是要杜求仁和唐之奇立即提醒将士严防敌军火攻。

薛仲璋走出营帐,就撞进司马李宗臣的怀中,遂问道:"将军何事如此惊慌?"

"大人请看!"李宗臣的手颤抖着。

薛仲璋举目四眺,但见四面火光冲天。显然,唐军已点燃了平日的天然屏障芦获,火借着西风迅速从西北角烧进了大营。

"敌军火烧军营了!"薛仲璋大声惊呼,迅速向关押李思文的营帐处跑去。中军帐中的每个人都听到了薛仲璋声嘶力竭的喊声,大家忽地站了起来,仓皇的目光一起聚焦在徐敬业身上。

徐敬业"嗖"地从腰间拔出宝剑,对唐之奇和杜求仁道:"二位速去率领我军向东南方向突围。"

"末将遵命!"两位长史旋即转身离去。

"敬业悔不当初。若是听了先生直捣洛阳的忠告,又岂有今日?现今我军置身火海,已临灭顶之灾。先生还是趁机逃走,也许朝廷有一日大赦,尚有生存之日。"徐敬业看着面前的魏思温缓缓说道。

魏思温摇了摇头:"思温虽一介书生,然知三军可以夺帅,匹夫不可以夺志。既然跟了大人,自然绝无反悔之意。思温愿生为大唐而战,死为大唐献身。"

接着，徐敬业又转身握着骆宾王的手，热泪倾眶而出："先生追随敬业，以檄文昭告武氏罪恶，却没想失败来得如此迅速。也请先生速速离去，从此隐匿江湖，且待来日吧！"

"下官自写下《讨武曌檄》之日起，就将生死置之度外，即便逃得一时，也难逃武曌一生的追缉。下官不才，然愿效军师，与将军共生死。"骆宾王也不愿意走。

"难得二位患难之际，生死与共！"徐敬业十分感动，只见他挥动宝剑，朝外面喊道，"来人！"

卫队队正王那相全副武装地应声进来。

"我军已陷入重重危机，自此时起，你率兵护卫本官及两位先生，须臾不可离开半步，明白了么？"徐敬业大声命令道。

王那相目光游离片刻，旋即高声回答："明白，卑职愿以生命护卫将军脱离险境。"

眼看着大火越烧越近，徐敬业的宝剑在空中划了一个巨大的弧形，大呼一声"随我来"，便消失在茫茫夜色之中……

第十一章

薛怀义恃宠跋扈　傀儡帝忍辱让国

光宅元年十二月,李孝逸率领大军凯旋。这场事变导致举国大索,时间持续了月余,有人借此获得升迁赏赐,有人因涉案而受到贬谪流放,还有近万人身陷囹圄。

光宅二年(公元 686 年)春正月,为庆贺大捷,武曌宣布改元垂拱,大赦天下。在新春的第一次朝会上,武承嗣谏言太后临朝主政,四海臣服,朝野井然。当今皇上久不理政,循名责实,太后该称"朕",以明尊卑。没有朝臣对此提出异议,骞味道、李景谌等人更是急切拥戴。

武曌在婉辞了一二后说道:"夫君者,民之源也,源清则流清。天意民心,皆以为我必称'朕'而纲纪方明,此岂可违之? 从今以后,凡所颁制诰,皆以'朕'谓之。"

接着,武曌又在武成殿召见了润州刺史李思文:"徐敬业罔视朝纲,恣意谋反,依律当族其户。朕念你深明大义,灭亲尽忠,故不予连坐。今拜你为司仆少卿,望勿负朕望。"

李思文战战兢兢地匍匐在地。前些日子,他一直忧心忡忡,生怕因徐敬业反叛而被连坐。现在,太后的一番封赐让他明白风雨已经过去了……这时候,耳边又响起了武曌的声音:"另赐爱卿武姓,朕今不复夺也。"

"太后大恩,微臣铭感五内,没齿不忘。"李思文热泪盈眶,几不能语,心神似乎都在梦幻之中。

为裴炎辩护的刘景先再度遭贬,外放做了吉州员外长史,由三品跌到从五品;而与程务挺亲善的夏州都督王方翼,因为是已故废王皇后的近亲而被捕入狱,后又被流放到崖州。

祝捷的宴饮多少可以冲淡因为左相(左仆射)刘仁轨在长安殒薨而给武曌带来的忧伤。自显庆五年她与高宗共同执政以来,刘仁轨是李勣之外最能够体会她旨意的老臣,也是在大局面前丝毫不糊涂的重臣。她不能设想,如果没有刘仁轨,还有谁能替她管理长安。

二月二惊蛰这天响了几声春雷,接着就下起了立春以来的第一场雨,这是武曌心境最为惬意的日子。她要武钦宣已升迁为左豹韬卫将军、受封吴国公的李孝逸到武成殿,听取关于战事的详细禀奏。

踩着明亮的水花,登上武成殿的阶陛,李孝逸满面春色,微风吹起他洒了些许雨滴的朝服,似鸟儿双翼一般的飘飘然。自入仕以来,他从给事中做起,历经益州大都督长史、左卫将军、左玉钤将军,从没有像今天这样风光和自信过。及至拜倒在太后面前时,说话的声音都显得比平日高了许多:"微臣参见太后。"

"平身!"武曌看李孝逸的目光很温暖,出口的话语也很温婉,"平定叛贼,爱卿功莫大焉,坐吧。"

待他坐下后,李孝逸很惊诧太后近来芙蓉重发。那双丹凤眼梨花带雨,若皎月灿星般的生辉,略显富态的身子如今也有了惊鸿艳影的轻盈。

武曌笑得很开心:"爱卿平定叛逆,除了大唐心腹之患,朕喜出望外。今日召爱卿来,就是想听听详奏,以解朕好奇之情。"

李孝逸忙恭维道:"此役大胜,全赖太后运筹帷幄。"

武曌显然不满足这种没有内容的回答,接过话头说道:"那徐敬业乃将门之后,彪悍好斗,精于兵法,爱卿不唯平定叛乱,且取了三贼首级,其间必有诸多故事,可一一道来。"

"这……"李孝逸将了将美髯,平静了一下自己的心绪,"启奏太后,《兵法》云'将者,智、信、仁、勇、严也','智'乃战之首。臣纳侍御史魏元忠言,以火攻破敌,大败贼寇,斩首七千余级,溺毙下阿溪中者不计其数。徐贼率轻骑走入江都,欲偕妻子奔润州,从江上入海逃往高丽……"

武曌听得很专心,不时点头,及至听说徐敬业欲逃海外,眼睛顿时睁大了:"爱卿又是如何擒得贼首的?"

"臣在扬、润二州广贴告示,声言能取徐贼首级者,依朝廷令授官三品,赏帛五千;得唐之奇等首授官五品,赏帛三千。重赏之下,必有勇夫。徐贼做梦也没有想到,最终取其首级者竟是他的卫士队正王那相。"李孝逸说到这才喘了一口气,那心底的得意都溢于言表了,"第二天,臣正要遣司马往江上截杀贼众,魏侍御史带着王那相到帐前献了徐敬业兄弟和骆宾王的首级。叛贼一旦失去主将,顿时群龙无首,臣趁机与李、马两位大人四面合围,俘获徐党之魏思温、薛仲璋、李宗臣等人,至此,除贼将唐之奇葬身火海外,其余无一漏网。此乃太后神威,令敌丧胆。"

"也是徐贼逆天而行,失道寡助。"武曌听完后淡然道。

当李孝逸问到要不要给予王那相赏赐时,武曌的脸色顿时严肃起来:"将这个王那相处以绞刑。"

闻言,李孝逸的嘴张得老大,一时反应不过来。朝廷不是悬赏徐敬业的头颅么?怎么太后……

"如此临危卖主之徒,即为人臣也必将朝秦暮楚,毫无气节,留之无用。只是可惜了骆宾王一介俊才,却追随反贼,又被小人所杀,令朕扼腕。"武曌鄙夷道。

"微臣谨遵太后旨意。"但李孝逸心中却是发怵,自己虽说讨逆功高,可说不定她哪日变脸了也会将自己置于死地。正心事重重间,又听见太后问起了在这次讨逆中立了大功的魏元忠。

"太后有所不知,这魏元忠曾是国子监监生。因恃才傲物,故而多年未能入仕。仪凤四年,其曾上书言我朝与吐蕃之战得失。"

"你这一提,朕倒记起来了。"武曌打断了李孝逸的话,"这封密奏朕看过,却是切中时弊。"

"先帝爱才,授他以秘书省正字,人却在中书省听命。"

"嗯!朕记得,他后来做了监察御史。"

"是的,太后好记性,他现仍是殿中侍御史。"

闻言,武曌皱了皱眉头道:"如此才俊久而无迁,朕就任他做司刑正。"

"太后圣明!"

"改日朕还要召见他,询问治国之策。"

果然,在接下来的日子里,武曌数次召见了魏元忠,他们究竟说了些什么,连上官婉儿和武承嗣这些整天围着太后转的近臣都无从知道。结果,魏元忠还没有到司刑署上任,就又转为洛阳令了。

这事很快成为朝野议论的中心话题,洛阳令虽属五品,然因执掌神都,所以有机会直接向太后奏事。特别是随着官署东迁洛阳以后,长安日益式微,洛阳令比长安令更引人注目,非太后看重之人不能任之。

不仅如此,随着裴炎等人退出朝堂,武曌对宰相人选进行了调整。

除武承嗣、韦思谦、刘祎之留任外，五月，以修订大唐法律，勘定《垂拱格》而受武曌关注的地官尚书韦方质为同凤阁鸾台平章事。

六月，又以在建筑乾陵中功劳卓著，光宅以来精于荐才的天官尚书韦待价为同凤阁鸾台三品。

七月，曾因与上官仪一案有染而流放岭南、又经人举荐做到文昌左丞的魏玄同被任命为鸾台侍郎、同凤阁鸾台三品。曾接替刘景先为纳言的王德真因被疑与徐敬业有来往，而被流放象州，另任冬官尚书苏良嗣为纳言。

而对这些调整，最敏感的还是春官尚书武承嗣。在他看来，自从平叛之后，太后分外看重李孝逸引荐的人才，在朝会上也十分注意听取他的谏言。后来太后相继任命的宰相中，有不少人早年曾是褚遂良、长孙无忌等人的门生故吏。例如苏良嗣，就曾是裴行俭当年主持选举时十分看好的人才。他担心随着平叛的大捷，李氏宗室在朝廷的势力迅速膨胀。这种感觉，在垂拱元年十一月，终因发生在武承嗣府前的一场龃龉而更加强烈。

那天，武承嗣刚从武成殿回到府中，府令就来禀告，说李孝逸欺人太甚。武承嗣就皱起了眉头，询问何故。

"清晨起来，府役们就在清扫府前的落花。不料李孝逸府中的卫士驰马从府前经过，大骂武府的人没有眼色，挡了他们的道。小的上前与之论理，孰料那带队的旅帅口出不逊，甚是欺人。"府令回道。

闻言，武承嗣的眉头就竖起来了，问道："彼等说了些什么？"

府令先是支吾其词，直到武承嗣黑了脸，他才不得已说了出来："他们说武承嗣有什么了不起？还不是仗着太后的势么？说这朝廷说到底还是得靠李姓来支撑，没有他家将军平叛，武承嗣能心安理得地做春官尚书，能跻身宰相之列集议朝政么……"

"放肆！"武承嗣没有等府令把话说完，一掌下去，震得案几上的茶杯落了地，"哼！李孝逸胆大包天，敢向本官发难。"他后悔当初向武曌举荐李孝逸率军讨伐徐敬业，他原本是想要师出有名，向世人宣示徐敬业所反者非武氏，乃李唐社稷。孰料李孝逸不思感恩，竟自命不凡，狂傲恣肆。但他很快就觉察出了自己在下人面前的失态，渐渐地收了怒容，转而以责备的语气与府令说话，"此事老夫知道了，你等也要多加自约，不可造次，否则，滋事惹祸，老夫绝不轻饶，下去吧。"

第二天朝会后，武承嗣就怀着满腹的愤怨进了武成殿。当年的"北门学士"之一，如今的凤阁侍郎、同凤阁鸾台三品的刘祎之也在。

刘祎之看见武承嗣起身施礼,武曌拦住道:"爱卿不必顾忌,继续禀奏。"

"臣没有想到,朝臣中竟有如此推诿怠惰之人。前日在署中,一名叫房先敏的员外郎因徐敬业谋反案连坐,左授卫州司马,他不服而至宰相署中陈诉。可内史骞味道大人竟回答说,此乃皇太后处分也。微臣在旁,当即对房先敏曰,'连坐改官,例从臣下奏请,何出于太后乎?'微臣禀奏此事,意在陈明此风不可长。"刘祎之继续道。

"你以为呢?"武曌问身边的武承嗣。

武承嗣的心思仍在对李孝逸的私怨上,听到太后问话,忙借题发挥道:"骞味道等以平叛有功而傲视群臣,善则归己,过则推君,何其可恶。"

"骞味道不存忠赤,着即贬为青州刺史,以示惩戒,任裴居道为内史。"武曌眉毛横了横,转而对刘祎之道,"爱卿推善于君,引过在己,加授太中大夫,赐物百段、细马一匹。"

"谢太后。"刘祎之提起袍裾,跪倒在地。

武曌要他平身,接着不无训诫地对面前的两位大臣道:"夫为臣之体,在扬君德,君德发扬,岂非臣下之美事?且君为元首,臣做股肱,情同休戚,义均一体。未闻以手足之疾移于腹背,而得一体安者?日后再有诿过于君者,朕当重处。"

话说到这里,刘祎之很知趣地起身告辞。

"一大早进殿,有要紧的事禀奏么?"等刘祎之一走,武曌便关切地问道。

"方才太后任裴居道为内史,这……"武承嗣没有正面回答问话。

"朕明白这个位子该由你来坐,然水至清则无鱼,徐敬业虽败,然宗室依旧人心浮动,朕若走得太急,岂非自覆其舟?这个裴居道虽无多大建树,却是孝敬皇帝的岳父,现今的秋官尚书(刑部尚书)。任他做内史,一则朕不忘旧情,二则避免任人唯亲之嫌。"

"以太后至尊,即便用武氏族人,也没人敢说三道四。"武承嗣不以为然。

"此言差矣,朕要的是江山社稷,而非武家几人荣贵。你等虽为朕之至亲,亦不可恃威妄为。"武曌语气略有点训诫之意。

"臣哪敢恃威妄为,即便谨言慎行,亦不为他人所容。"武承嗣"哼"了一声道。

这话一出口,立即引起了武曌的注意:"你何出此言?"

武承嗣遂将府令所言对太后叙述了一遍。武曌听着听着,心倒渐渐平静了,待武承嗣话一落音,她反而以姑母的语气劝道:"你不闻狐假虎威么?府令的话你也相信?他们常常仗着是你属下,口出不逊,惹是生非,你当严加管束才是。"

武承嗣一脸的委屈:"仅仅傲视臣倒也罢了,那李孝逸自平叛归来后,酒前宴后,逢人便说离了李氏宗室,太后将独木难撑……"

"哦!有这等事?"武曌看了一眼武承嗣道,"李孝逸平叛有功,朝野有目共睹。你先退下,朕自有分寸。"

看着武承嗣不满意地离开了武成殿,武曌的内心不平静了。关于李孝逸的恃功狂傲她近来也有所闻,而今由武承嗣说出来,她便不得不注意了。可她也深知,作为武元爽的儿子,武承嗣身上也承继了太多不良的品格。因此,单就他和李孝逸之间的龃龉而言,她也一时难辨是非,需要进一步查验。

武承嗣在司马道口上了车驾,他回看了一眼春日阳光下的武成殿,多少有些失望。他没有从太后的话语中感受到对李孝逸的恼怒,也无法判断下一步该如何扳倒这个给他难堪的宗室将军。

车驾载着武承嗣的漫漫思绪,驶过洛阳的一家家店铺,偶尔有一片深绿的柳叶落在车轼。耳边不断传来少男少女们外出踏青的欢声笑语,他的心头骤然一亮:那个姓薛的大师在忙些什么呢?他的思路迅速转过来了,要扳倒李孝逸,薛怀义的枕头风比自己的谏言更有力量。嗯!他要给这个藐视自己的狂徒重重一击。他放弃了回府的打算,对驭手道:"去白马寺。"

驭手应一声"遵命",便拨转马头,朝上东门奔去。

白马寺始建于东汉永平七年,相传汉明帝因夜梦金人,遣使前往西域拜佛取经,回来后敕令修建僧院,为铭记白马驮经之功,故名为白马寺。自"二圣"定都洛阳以来,武曌斥资修葺一新,如今已是殿宇嵯峨、禅房堂奥、钟磬悠悠的佛门所在了。

薛怀义现今正坐在"方丈"室闭目养神,他一边捻动手中的佛珠,一边如梦如痴地回味着昨夜与太后的颠鸾倒凤。当年的卖脂粉儿如今已经落发,刮得干净的头皮泛着青色的光。当初削发时,他是多么不舍得一头乌发啊!可当他想到从此可以自由出入宫禁时,便释然了。

他昨夜酉时进宫,今晨卯时三刻离开。为了保持旺盛的精力,他这个寺院住持被恩准避过众僧可以大碗喝酒,大块吃肉。不仅如此,太后还让太医为他配了各种壮阳的药物。

太后坐在朝堂上是何等的威严,处理朝政来又是何等的有序果断。可当她渡入情海欲波,立即会变成另外一个人,欢腾得像一只矫捷的兔子,变着法儿激起一波又一波的高潮。

他是个男人，需要被人追捧，被人尊重的。可他并没有在朝臣们的脸上看到任何这样的迹象。无论是在白马寺进香，还是在洛阳街头，他都能感受到那种鄙夷讽刺的目光。他有自己的报复方法，他纠集恶少、无赖，唆使其削发为僧，乘着太后赐予的御马御辇横冲直撞于街头坊间，动辄对近之者肆意鞭笞，然后扬长而去。

这样过了一段时间，他发现朝臣见了他便纷纷侧目避之。有的躲避不及，他就肆无忌惮地对朝廷命官大打出手。右肃政台御史冯思勖欲将之绳之以法，差点被他打死。朝臣们虽然对他深恶痛绝，可碍于他是太后的男宠，人莫敢言。他脆弱的虚荣心在目无法纪的支撑下，暂时获得了满足，他很得意地放言——举朝上下，能耐我者何？

此时，一位寺院知事进来禀报，说春官尚书、同凤阁鸾台三品的武承嗣求见。

薛怀义迅速收回心思，对知事道："有请！"

在洛阳，薛怀义与武承嗣最说得来。这不仅仅是因为他与太后关系特殊，还因为他也是朝臣中最为谦恭的。

此刻，武承嗣已坐在薛怀义对面品茗了，他觍着笑脸问道："大师一向可好？"

薛怀义点了点头："吃得、睡得、玩得，岂有不快活之理？武大人今日莅临鄙寺，不是为了说这些淡寡如水的话吧？"

"大师果然见事洞明。不瞒您说，我今日来正是有一事相求。"

听完武承嗣的话，薛怀义讥讽地眨了眨眼说道："李孝逸算个什么东西，不过是太后脚下的一条狗，竟敢无视大人。"

武承嗣长吁了一口气道："谁说不是呢？可太后认为他平叛有功，不便贬斥。"

"大人这口恶气，就由贫僧与你出。只要他来白马寺，不打死他，也让他皮开肉绽。"

"谢大师出手，不过酿成命案，朝野也不好交代，最好将之逐出京城。"武承嗣谢道。

薛怀义笑武承嗣又要撒气，又要立牌坊，打死个官员能起多大风波？

武承嗣也不辩解，心里却想，这样的人在太后身边，迟早也是祸害。

说来也真是冤家路窄，第二天李孝逸就带着家小到白马寺踏青来了。他近来心境不错，因此那天当府令将与武府的冲突禀告他时，他竟没有在意。现在，走在寺中的禅林佛院间，听钟磬声和诵经声掠过长空，李孝逸心中惬意极了，对身边的夫人道："前面不远处就是大雄宝殿，你我进去上炷香吧！"

夫人含笑点了点头。

到了殿门前，李孝逸要府役、丫鬟们在外面等候，自己偕夫人缓缓来到大殿。面对如来金身，他们双手合十，默默祈祷，然后行了布施，才双双行跪拜礼。

他们正要离去，却见一帮手持棍棒的僧人进来问道："来者可是左豹韬卫将军李孝逸？"

李孝逸见来人气势汹汹，忙把夫人护在身后，上前答道："正是下官，请问师父有何见教？"

其中一位膀大腰圆，满脸横肉的知事道："贫僧乃白马寺寺监，贫僧且问你，既是前来拜佛，为何不见本寺住持？"

李孝逸施了一礼道："下官外出踏青，路过宝刹，进香拜佛祈福，本属私家之行，实在不敢叨扰大师，还请见谅。"

"哼！'贵量'且下不了场，你还敢言'贱量'，给我打！"

李孝逸见状，连忙对身后的卫士小声道："速护夫人出寺，这里我应付。"一言未了，就见十几名棍僧冲了上来，李孝逸拉开架势迎战。一名棍僧抡起棍棒就朝李孝逸头顶打来，他一偏身，顺势一拉，那棍僧就扑倒在地。李孝逸夺过棍棒做兵器，双方搏斗约半个时辰，棍僧们终不得近身。这时候，只听一位棍僧高喊"住持来了"，李孝逸一分神，当头挨了数棒，顿时血流如注，模糊了眼睛。

护送夫人下山的卫士们听到院内一片喊打之声，知道李孝逸遭了攻击，立时分了一部分人回到寺院。见自家主人负伤，队正大喊一声，冲进去就要厮杀。李孝逸见状，高声喝道："住手！佛门净地，不可造次。"

薛怀义手捻佛珠，面目愠怒，盯着鲜血糊面的李孝逸道："将军好大胆！这白马寺本是太后钦命重修，你竟敢在此撒野，该当何罪？"

"住持之言差矣！贵寺棍僧寻衅滋事，本官自卫，情非得已，何罪之有？"李孝逸分辩道。

薛怀义不由分说道："你自恃功高，目无律令，来人！将之拿了，有理你找太后去说！"

队正护在李孝逸身旁，大喝一声："谁敢动手，格杀勿论！"

李孝逸挥了挥手道:"你等且退下,本官跟他去见太后就是。"

"大人……你……"队正一跺脚,立在原地不动了。

李孝逸擦了擦眼角的血迹道:"大唐朗朗乾坤,岂容奸人胡作非为?"

卫士们让开一条路,眼看着棍僧们将李孝逸捆绑起来向方丈室走去。

可是让李孝逸没有想到的是,当他从薛怀义面前经过时,却见他不知从哪找来一块砖朝自己头上打去,一股热血涌出脑门,接着棍僧中传出一声呼喊:"李孝逸打住持了!"

接着,棍棒雨点般地落在李孝逸的身上,他本能地将头藏进两腿间,一任棍棒在自己身上猛击……

李孝逸在府上躺了多日,外面的事情就知之甚少了。这天,府令从外面办事回来,告诉他说洛阳城中不闻将军被打的消息,却是白马寺住持薛怀义被殴传得满城风雨。据说,太后听了很生气。

"太后一向圣明,岂肯听一面之词?"李孝逸乃武将出身,不善猜度别人的心理。他想不到,不论是薛怀义自伤以栽赃他,还是自己在白马寺与棍僧们的搏击,在经过薛怀义与武承嗣相互印证的陈奏后,都演变为他有意向太后发难了。

说完此事,府令又在门外禀奏,说新任纳言苏良嗣大人来访。

闻言,李孝逸便要起身迎接,从门外进到内室的苏良嗣按住他道:"将军有伤,何必计较繁文缛节,老夫在此坐坐就走。"

李孝逸闻言十分感动,道:"老大人岁交耄耋,尚为朝事奔忙,令晚辈感喟不已。"

"听闻将军被那个狂徒围殴,老夫甚是吃惊。"苏良嗣从丫鬟手中接过茶杯,呷了一口,"薛怀义不遵礼法,举止狂狷,本性使然。只是为何单向将军寻衅,老夫却百思不得其解,是将军得罪了什么人吗?"

"下官自平叛归朝,深居简出,并不曾与人有过节。"李孝逸突然想起府令所禀武府门前事,遂说了出来。

苏良嗣听罢,点了点头道:"这就对了。此事与武承嗣脱不开干系,他眼下正得势,大人还是谨慎些好。"

从李府出来,苏良嗣益发感到自己这个纳言任得不是时候。世事多变,难保有一天他不和这些人发生冲突。但他内心很坦然,他处事向来光明磊落,不唯先帝知道,就是太后也是明白的。

苏良嗣没有想到,他的感叹第二天就应验了。不过,连他自己都不清楚,这天早朝不知为何到得那么早。他在司马门前刚刚下了车，就不意与一疾行之人撞了个满怀。也许是那人走神的缘故，竟趔趄地跌倒地上，及至他跟跟跄跄地站起来时，一腔的愤怨都写在脸上了，指着苏良嗣的鼻子骂道："你老儿没有长眼么？竟敢挡本住持的道。"

苏良嗣听出来了，这是薛怀义的声音，立时也一脸肃然道："哼！你就是薛怀义吗？也不看看这是何等地方，你竟敢妄自出入？"

自出入禁中以来，薛怀义如入无人之地，上自大臣，下至宫娥，无不避之，何时受过如此奚落？他不通文墨，一时搭不上话来，哼哧几声后道："贫僧将此事状告太后，治你轻慢之罪。"

这一来苏良嗣更是怒火中烧，冷笑道："不晓朝纲，不遵法度，太后也不会宽恕你。来人！"

宫中禁卫见宰相喝令，纷纷上前。

"将此贼按到地上，捶其脸颊。"苏良嗣不由分说道。

禁卫们平日里对薛怀义狐假虎威的作为早已积怨在胸，如今得了宰相之令，顿时来了精神。四人将薛怀义摁倒在地，两人左右抽打他的两颊，不一刻，他就脸面红肿，眼圈发青了。苏良嗣这才喝令住手："本官今日打你，是因为你上冒犯先帝、太后神威，下欺群臣，置大唐法律于不顾。本官还要告诉你，往后如发现你从南牙出入，见一次打一次，打一次就向太后禀奏一次。"

苏良嗣说到做到，辰时二刻朝会一开始，他就坦然地将在南牙司马门前殴打薛怀义之事禀奏太后。不仅太后十分吃惊，朝堂上也一片哗然，熙攘了许久才平静下来。

武承嗣、武三思兄弟出来指责苏良嗣冒犯佛法，殴打法师，理应治罪；而新任内史岑长倩则认为薛怀义受命入禁中公干，该遵循法度，严于律己。

永淳元年，这个岑长倩曾官至兵部侍郎、同中书门下平章事，也曾奉诏代即将出征却去世的裴行俭征讨匈奴。后来，几经起落，才在垂拱二年再度入了凤阁鸾台，参知政事。

其他臣下也都对薛怀义此举各有褒贬，大家在奏事时，都很明智地将指责的范围限制在目无法度上。

武曌听着群臣议论，情绪由当初的吃惊渐渐归于平静，薛怀义做下这等事情，只能怨他行为不检点。男宠是什么呢？她玩厌了，可以换一个，而江山社稷一旦丢失，则不可复得。何况大臣们无论褒贬，都没有人提到他出入后宫是为何。想到这里，她挥了挥手，坦然地说道："我朝重佛事，乃为社稷黎民祈福纳祥,即便钦封的住持亦不能肆意妄为,苏爱卿打得对。朕还要传旨给殿中省,今后南牙只能宰相往来,违令者依律治罪。"

薛怀义隔了好多日子才再度进宫侍寝,在两人情感深醉时,他不失时机地倾诉被苏良嗣殴打之苦。武曌连训带哄地平息了他的委屈,抚摸着他滑腻的脸蛋道:"宝儿呀,那些宰相不是功臣世家,就是永徽元老,就是朕平日也礼让三分,你惹他们干什么?往后你就从北门进入,不可违旨。否则,朕也爱莫能助。"

薛怀义还能说什么呢?只有依旨行事,这样一来倒也没再生其他风波。

进入垂拱二年(公元686年)春,此事无形地冲淡了她与薛怀义的床笫之欢,于是,许久不曾犯过的失眠症重新复发。当她与薛怀义在一起的时候往往如醉如痴,兴奋之至,可过后接踵而来的是疲倦,是烦躁,动辄对上官婉儿、张尚宫、武钦等人发脾气,武成殿的气氛整日处在紧张之中。

她对自己一手搭建起来的朝政格局也不放心,总怀疑宰相中有人会像裴炎那样提出还政的谏言。李孝逸与薛怀义在白马寺大打出手的消息第二天就在枕边厮磨时传到了她的耳里,她虽不无嗔怨地责备薛怀义不该鲁莽行事,但在内心却认同了李孝逸心存异志的说法。李孝逸的话一定代表了宗室对她临朝的看法。从高祖到高宗,亲王、公主、将军、郡主盘根错节,他们才是最可怕的。

她越是担心,烦恼就越不时叩响她的心扉。这不,有人密奏说凤阁侍郎、同凤阁鸾台三品的刘祎之私议:"太后既能废昏立明,何用临朝称制?不如返政,以安天下之心。"

她的眼睛透过眼前的奏章,似乎看到一双双冰冷而又仇恨的眼睛,她丢开手中的朱笔,闭目养神片刻,就再也看不下去了。上官婉儿进了殿门,她一眼就看出了太后的走神。她站在殿中央,直到武曌睁开疲倦的眼睛,她才上前施礼叩见。

"有奏章要呈给朕看么?"

上官婉儿点了点头,缓缓来到太后身后,她一边轻轻地为武曌按摩脊背的穴位,一边回话:"有位叫作鱼承晔的侍御史,不知太后可曾记得?"

"鱼承晔?"武曌先是摇了摇头,但继之眉头一展道,"朕记起来了,洛阳令魏元忠提过,他的儿子鱼保家据说被叛军裹挟,是朕赦免了他。"

"太后好记性。现今鱼保家向朝廷上书,言太后欲知人间之事,请铸铜为瓯,以受天下密奏。"

"那你以为呢？"

"此不失为广开言路之途。"上官婉儿表示了支持。

"嗯,你可知会右肃政台,要韦思谦命有司绘图专制,布于两都、州县,凡告密者臣下不得问,皆给驿马,日六驿,送至京师。"

此时,上官婉儿已结束了按摩,正帮武曌整理衣领,她又忽然说道:"爱卿可拟一道诏书,贬李孝逸为施州刺史。"

闻言,上官婉儿很是不解,问道:"李大人平叛回来不到一年就外放出京,朝野会怎么看呢？"

"他竟敢殴打白马寺住持,又唆使属下在武承嗣府前滋事寻衅。朕若不处置,他们还不闹翻了。"武曌从案头拿起一道奏章道,"你看看这个。"

上官婉儿一看上面的标记,就知道是一道密奏。她打开一看,很是不解。刘祎之是太后最为亲近的大臣,怎么会说出如此不着边际的话呢？

"既是密奏,当不会空穴来风。祎之乃朕所引用,亦有背朕之心,岂复顾朕之恩也。近臣尚且如此,遑论宗室？由此推之,宗室一定是摩拳擦掌,蠢蠢欲动了。"

"太后圣明！祸因多藏于隐微,而发于未萌,不可不防。"上官婉儿十分感佩武曌的警觉,去年下半年,徐敬业在扬州举事,她就听说亲王中有人曾唆使诸王准备联名上书,乘势要武曌还政于皇上。孰料,徐敬业举事如同六月的阵雨,来得快也去得快,待平叛结束后,她遵照太后旨意,曾要武成殿太监暗中探听,却是不甚了了。

"你说说,朕若是还政于旦儿,彼等是否会弹冠相庆？"

"太后是要试探一下么？"

武曌很吃惊,旋即笑了,心想什么事都瞒不过上官婉儿。事情既已点破,她也不打算遮掩,干脆直截了当道:"朕就是欲试诸王之忠奸,人心之所向。"

上官婉儿沉思了一会儿后道:"这倒不难。太后不妨放出话去,就说准备还政于皇上,先看皇上如何举止？若皇上欣然接受,则无疑身后站着诸王;若皇上坚辞,则太后依旧临朝主政,朝野暗议便自然平息了。"

武曌眨了眨眼睛道:"你下去草拟一道诏书。"

"微臣遵旨。"

"朕不想给群臣留下虚与委蛇的印象,故而言辞定要恳切。"

"微臣知道。"上官婉儿暗暗感慨太后之精明,既要将事情做得圆满,又不给别人留下任何口实,又问道,"皇上那边的上书怎么办呢？"

"朕意由他亲笔来写,你可以润色,总是要见朝臣的么。"

"微臣明白了。"

但武曌似乎还不放心,在上官婉儿起身告辞之时,她还特别叮嘱此事只有她二人知道。

"也不让两位武大人知道么?"

"当然!"武曌没有留丝毫余地,"彼等见识太浅,容易画虎不成反类犬。"

离开武成殿时,上官婉儿的心境忽地变得复杂了,想象不来皇上李旦在看到太后还政的诏书后是一副怎样的表情。一想到他将近三年来在偏殿过的那种门可罗雀的日子,就觉得他作为一个男人十分可怜,回居处的脚步也变得沉重多了。

一连数日,上官婉儿把自己关在室内,为太后还政诏苦思冥想,她已揣摩透了太后的心思,就思谋着怎样将话说得恰如其分。

进宫以来,她代太后起草过无数的诏、制、敕,向来以文采斐然,遣词精准而受称誉。可这一回,她有种才尽词穷的为难。多少次刚有了一个大略的思路,可才写了几句又觉不妥,干脆撕掉,案边地上已积了一大堆废纸了。

中午,太后差宫娥送来饭菜,可她没有食欲,吃着吃着就走了神。

第三天晨曦初露的时候,她终于将文稿收了笔。迅速地来到梳妆台前,以最快的速度梳洗完毕,便急急忙忙到武成殿觐见。

"文稿起草好了?"

"启奏太后,文稿初成,微臣恭请圣览。"

"看你两目有了阴影,便知昨夜煞费苦心了。"

武曌把诏书仔仔细细地读了一遍,眉宇间露出难以遏制的喜色,及至收起文稿,那满意都溢于言表了:"难得爱卿聪慧,深解朕之苦衷。请带上文稿到别殿拜见皇上,看他阅后如何应对?"

别殿距武成殿不远,上官婉儿进去的时候,郭纬正陪着李旦下棋。两人都对上官婉儿到来很吃惊,特别是李旦,眉目间立即充满了难以掩饰的恐惧。他们匆匆收拾了棋局,起身迎接。

上官婉儿严格遵循着君臣之礼,道:"微臣参见陛下,吾皇万岁万万岁!"

李旦从没有上过一次朝,似乎早已习惯了被人遗忘。当上官婉儿拜见他时,竟至于没有任何反应。上官婉儿只得将刚才的话重复了一遍后,李旦才木讷地说道:"不知知制诰到此,有失远迎……"

上官婉儿忙回道:"皇上如此说,折杀微臣了。"

"母后近来可好?"其实,他自己都觉得这话是多余的,因为昨日他才刚刚携皇后问安回来。

"微臣是奉太后旨意来向陛下呈送诏书的。"上官婉儿没有正面回答李旦的问话,就双手递上了文稿。

李旦不知自己又犯了什么错,猜测太后在诏书中会说些什么,不免脸色有些仓皇。及至将文稿前前后后看了一遍后,他立时目光离散,脸色蜡黄,整个人呆了。过了好一会儿,他忽然跪倒在地,对着案头的文稿连连叩首道:"儿臣谢母后恩典,但还政之意万万不可,万万不可啊!"

皇上失魂落魄的样子让上官婉儿心里有些难受。唉!论年龄,他才二十四岁啊!却过早地苍老了。她忙上前扶起皇上,又倒了一杯茶为他压惊,同时直截了当地说道:"太后要臣带回皇上的答复呢!"

李旦不假思索,就决然地摇了摇头道:"此事万万不可。母后临政,朝野井然,圣威四域,民丰物阜,朕感佩之至。有母后主政,社稷大幸。"

上官婉儿继续道:"可太后自感日昃忘食,夜分辍寝,欲养闲高枕,庶获延龄,还望陛下三思。"

"母后若是执意还政,无异陷朕于不孝,还乞知制诰转告母后,朕就在别殿聆听母后教诲,不胜感激。"李旦坚持己见。

上官婉儿面露难色道:"此类大计关乎社稷,更关乎陛下母子之情,臣转达恐为不妥。陛下若坚辞不受,不如亲自拟一道上书,臣呈送太后,待她阅后再做商议。"

"好!这个上书由朕来写,只是无须再做商议,恳请母后亲理万机,临御天下。儿臣将每日为母后康健祈福,凡有虑之不周者,悉听教诲。"说完,李旦便唤来郭纬引笔铺纸。

李旦万千感慨,眼前浮现的都是皇兄李弘暴死、李贤自缢、李显房州漂泊的画面。他的心一阵阵紧缩,仿佛大祸就在眼前,手也不由得战栗不止。犹豫了许久,他才将笔落在纸上。好在刚才与上官婉儿的叙话中,他已明晰了思路,故而还是当场草就了辞让的上书,只是因心情紧张,写到最后,竟大汗淋漓了。

接过郭纬递来的绢巾,李旦擦了擦额头的汗珠对上官婉儿道:"你替朕看看,有何不妥之处尽可奏明,朕随手就改。"

上官婉儿也不客气,捧起上书大略浏览了一遍,见词诚意切,文句通畅,便道:"微臣这就带回去呈送太后批阅,并将陛下辞让之坚奏明太后。"

李旦送上官婉儿到殿门口，一直看着她上了轿舆，身影在墙角处消失才转回头来。他发现刘皇后正泪流满面地站在殿中央看着自己，便走到她面前拂去眼角的泪水道："好好的，你为何哭了？"

"方才的话妾都听见了，陛下为何辞让，是她提出还政，又非陛下强争！"

"唉！你进宫多年，母后心思总该知道一二，为何如此糊涂呢？"

"这江山本就姓李，她强夺而去，心亏理屈也是真的。"

"你难道忘记两位皇兄是如何死的？庐陵王是如何被废的了？眼看着宪儿、撝儿、隆基一天天长大，朕不愿意看到他们陷入灭门之灾。"

闻言，刘皇后就又哭了："陛下堂堂一国之君，仰人鼻息，这过的是什么日子？"

李旦拥着刘皇后，内心一阵痛苦，便感叹道："父皇！儿臣无能，愧对列祖列宗。"

正月二十日，依例朝会，辰时二刻，朝臣们分文武两班站立在丹墀内。当武钦宣布朝会开始时，大家惊异地发现，一直没有出现在朝会上的皇上竟坐在了太后身旁。

连武承嗣都十分纳闷，悄悄向新任内史裴居道问道："皇上现身，太后这是为什么？"

裴居道谨慎地摇了摇头："下官也不明白。"

朝臣的骚动正是武曌所需要的，待大家渐渐静下来之后，她朝身边的武钦点了点头。只听武钦尖着嗓子宣道——

> 制曰：朕以庸昧，虔膺厚托，宿承先顾，社稷宗庙，寄在朕躬。久亲庶政，勤倦成劳，自今日起，复政于皇上，朕方资药饵，冀保痊和，百官总己以听，有司尽职，上下一体，辅佐皇帝，朕当养闲高枕，庶获延龄。

宣读完诏书，武钦对呆坐在一旁的李旦道："陛下，请接旨吧。"

李旦两眼无光，显得十分倦怠，几经提醒后，他才起身来到丹墀内，伏地拜了三拜，说话声就带了颤音："请母后收回成命。儿臣不堪重任，乞母后继续主政朝堂，此乃黎民之福，社稷之幸。"

见此，武曌的脸就拉下来了："朕还政于你，乃思谋良久之举。皇上推辞，这却是为何？"

"母后，文武之道，凭经纬而开国；春秋之功，藉生杀而成岁。母后临御天下,忧劳兆庶。宵衣仁旦,望调东户之风;旰食忘眠,集缉南薰之化。故得中外禔福,遐迩乂安。儿臣诚乞母后君临紫极,抚育苍生,普该有识之流,为启无疆之福。"

此刻,武钦暗地将昨日上官婉儿带回的稿子对照着看,发现李旦所述竟与文稿一字不差,知其用心良苦。

"皇上是要累死朕么?"武曌又问道。

这时候,只见武承嗣出列奏道:"皇上意切词诚,微臣请太后为社稷虑而受之。"

韦方质、韦待价、魏玄同、魏元忠、韦思谦等一班宰相先行跪倒在地,祈求武曌继续主政,接着,朝臣们纷纷跪倒一大片。只有刘祎之保持了沉默,显然,那道密奏事出有据。

看看火候到了,武曌也见好就收,她欣悦地环顾了一下丹墀内的朝臣们道:"皇上坚辞,朝野挽留,悠悠万事,社稷为大。朕不惜衰朽之身,昧旦忧勤,不遑寝食。于今之后,君臣同力,光我大唐基业。"

见太后心情大悦,裴居道趁机出班奏道:"纳言苏良嗣大人表奏,宁州刺史狄仁杰抚和戎夏,内外相安,人得安心,郡人为他勒碑颂德,臣请太后下诏表彰。"

这消息让武曌分外欣慰,她当年还乡并州时,狄仁杰还是一个二十九岁的年轻人,自仪凤二年奉调进京后,这些年没少历练,终于没有让她失望:"传朕旨意,即日起狄仁杰调任神都,任冬官侍郎。"

接下来,武钦又当朝宣布了太后的旨意,指责刘祎之非议朝政,惑乱人心,着即发司刑诏狱审理。

除登基大典那天外,这是李旦第一次参加朝会,他对母后的多变十分吃惊。他做豫王时,刘祎之曾是他的王府司马。他擅书能画,文藻绮丽,使得他们之间超越了君臣的藩篱。况且,朝野都知道他是太后的心腹,怎么能……

李旦忽然热血上涌,从座上站起要说话:"母后,儿臣……"

可武曌根本无视他的存在,对武钦说了一声"退朝",便径自出殿去了。

第十二章

告密风似飙过野　劝农雨如酥润心

李旦回到别殿，埋头扑在案头大哭，口中断断续续道："朕无能，救一臣下尚且无力，何谈社稷？刘爱卿，朕对不起你啊！"

宫娥和太监们顿时慌了神，一个个面面相觑，不知道该怎样劝慰皇上，只有小心翼翼地在一旁伺候。

郭纬明白，皇上的伤心都来自乾元殿上刘祎之被贬，遂使了个眼色要众人退到殿外。他掩了殿门来到李旦身边劝道："木已成舟，覆水难收，陛下还是要看开些。"

李旦抬起头来，耸动着肩膀道："既是太后临朝，干脆就直接称帝罢了，何必虚设帝位，连朕说话的机会都不给……"

"陛下！"李旦一句话没有说完，就被郭纬断然截住了，他上前附耳道，"陛下！您需谨防隔墙有耳啊。"

李旦的身子一哆嗦，遂收住了话头，对郭纬道："你速去告知刘祎之家人，就说朕一定要上言母后，为他辩冤。再说他曾是母后心腹，当年'北门学士'之中坚，也许母后会念其修纂有功，会发恻隐之心，赦他死罪。"

郭纬不置可否地点了点头，内心却埋怨皇上糊涂。武元庆，太后兄长，一旦获罪，流放南疆，身死异乡；雍王李贤，太后亲生，杀而不皱其眉，况刘祎之区区臣下耳？可他觉着这样说让皇上太难堪，于是答应往刘府走一趟："臣谨遵皇上旨意，这就去刘府告知其家人。不过陛下也知太后秉性，聊尽心耳。"

面对严酷的现实，李旦也无话可说，目送郭纬离开别殿，他对伺候在外面的宫娥喊了一声："来人！笔墨伺候。"

宫娥滴水研磨，李旦刚刚弹了弹笔尖，就听见殿外一声传唤："皇后驾到！”

李旦放下笔，刘皇后窈窕的身影就进入眼帘了，去年刚生下小皇子李成器的她，依然朱唇红颜，莲步轻移。李旦心中掠过欣慰的涟漪，这几年若不是她早晚陪伴，大概自己早已不想苟活于世了。

"陛下安好！"刘皇后问候道。

李旦点了点头。

刘皇后瞅了瞅案面摊开的笔墨纸砚，问道："皇上这是要作画吗？"说着，她从宫娥手中接过墨碇，撩起衣袖研了起来。

李旦长叹一声，刘皇后循声看去，这才发现皇上的脸上泪迹斑斑，霎时便杏眼圆睁，惊道："皇上遇到不顺心的事了么？"

李旦屏退左右，伤感地将乾元殿上的事叙说了一遍，刘皇后那颗早已愤怨蓄积的心就无法平静了，蛾眉倒立道："太后专横，欺人太甚了。"

"皇后小点声。"说着，李旦向殿外努了努嘴。他现在是草木皆兵，似乎身边的每一个人都是太后的密探。他想起去年小年时，刘祎之到别殿拜见，君臣品茗间，刘祎之触景生感，说他有一天同凤阁舍人贾大隐饮酒，席间说起当今朝政，他言太后既能废昏立明，何用临朝称制？不如返政，以安天下之心。孰料就在这还政礼让的朝堂上，母后便对刘祎之开了刀。

"显然是贾贼告了密。"刘皇后断定道。

"你说如此境况，朕哪有心付于丹青呢？"

刘皇后被李旦的一番话说得泪花蓬蓬："如此度日，与牢狱何异？"

"更有甚者，有人建言太后铸铜瓯以受天下密奏，此风一开，告密蜂起，诬良为盗，诬忠为奸者得以升迁，则天下危矣。"

"今日座上宾，隔夜阶下囚，这岂不让人人自危？"

"刘祎之因朕获罪，朕若置若罔闻，岂非让臣下寒心？朕决计上言母后，请其开恩，赦刘祎之死罪。"言罢，李旦起身就向案头走去。

刘皇后上前一把按住李旦的手道："陛下三思，太后专断，怎会听陛下之言。救人未果，而自招其祸，累及诸子，到头来事与愿违。"

"皇后好糊涂！"李旦推开刘皇后的手道，"朕记得皇兄李贤流放巴州后，曾在给上官婉儿的信中吟《黄台瓜辞》，今三瓜已摘，留朕孤守藤蔓。朕就不信，她真能无情地把朕摘掉。"

见李旦意决，刘皇后不禁为之动容。两年多来，她第一次见皇上拍案而起，就由不得拿起案头的笔递到他手中："既是陛下必欲为之，妾当随左右。"

李旦虽生性懦弱,然自幼善文辞,执笔在手,情开湍流,一泻而出,将刘祎之对太后的忠贞不贰,屡建卓劳描绘得淋漓尽致。写着写着,李旦随心逐浪,涉及了铜匦告密一事——

儿臣以为,徐敬业倒行逆施,朝廷讨之,天道人心。然则,执事者疾徐敬业首乱唱祸,将息奸源,究其党与,遂使陛下大开诏狱,重设严刑,有迹涉嫌疑,辞相逮引,莫不穷捕考按。至有奸人荧惑,乘险相诬,纠告疑似,冀图爵赏,恐非伐罪吊人之意也。

儿臣窃观当今天下,百姓思安久矣,故扬州构逆,殆有五旬,而海内晏然,纤尘不动,陛下不务玄默以救疲人,而反任威刑以失其望,臣愚暗昧,窃有大惑。伏见诸方告密,囚累百千辈,乃其究竟,百无一实。母后仁恕,又屈法容之,遂使奸恶之党快意相仇,睚眦之嫌即称有密,一人被讼,百人满狱,使者推捕,冠盖如市。或谓母后爱一人而害百人,天下嗷嗷,莫知宁所。

夫大狱一起,不能无滥,冤人吁嗟,感伤和气,群生疠疫,水旱随之。人既失业,则祸乱之心怵然而生矣。古者明王重慎刑法,盖惧此也。昔汉武帝时巫蛊狱起,兵交宫阙,无辜被害者以千万数,宗庙几覆。古人云:前事之不忘,后事之师。伏愿母后念之! 切切顿首。

写完最后一个字,李旦觉得十分疲惫,他仰面靠在龙位上闭目不语。刘皇后捧读墨迹未干的上言,想起自弘道元年以来朝廷的变故,回味两年来偏居别殿,门阙冷落的遭际,不禁潸然泪下。及至读到对告密风起的种种忧虑,她转过脸来看了看疲惫不堪的李旦道:"陛下一时激怒,言辞过激,妾……"

"朕是忧心朝纲废弛,百川沸腾,社稷危亡。"

刘皇后又问道:"皇上要不要盖玉玺呢?"

李旦苦笑道:"玉玺现在尚宝监处。即便有,朕敢盖么?"

刘皇后便无言了,停了一会儿又问:"此书该由谁去送?是托人转交,还是直达天听?"

李旦想了想道:"皇后可否让身边的袁尚宫去一趟,她虽年轻,处事机灵,定可周旋恰当的。"

刘皇后觉得李旦说得有理,当下传来袁尚宫反复叮嘱,袁尚宫道一声明白,便转身去了……

自跟随刘皇后以来,袁尚宫不是第一次进武成殿,路径并不生疏。她对上官婉儿也熟悉,只是没有说过话。走完司马道,拐上廊庑,曲曲折折地走了一段,她又折向了一条花径。二月春寒料峭,花枝尚未长苞,不免寂寥,倒是两边垂柳的柔枝,渐渐地挂了鹅黄。知制诰的门前,有几位宫娥正在打扫枯叶尘土。袁尚宫上前道过缘由,宫娥见是皇后身边的人,自是不敢怠慢。不一会儿,那领头的宫娥就出来让袁尚宫进去。

上官婉儿这会儿正在聚精会神地看着太后亲书的《垂拱集》,她一双明眸随着太后的书法和文辞而流转,口中发出"啧啧"的感叹。她不知祖父当年因何原因就是对太后看不上眼,可眼前这一本仿王羲之书体而写就的文集,以中锋起笔,侧锋丰姿,捻转提顿,流转自然,时而云烟藏岫,时而锋芒毕露,着实令她赞叹。至于章法,首尾呼应,笔意顾盼,朝向偃仰,疏朗通透,形断意连,气韵生动,风神潇洒。其神其韵,几于乱真,却又透出女人的婉秀,尤其是太后梳理了自显庆以来奉诏听百司奏事,坐朝理政之参验,更是弥伦群言,高屋建瓴,堪为策论之范。尤其令她感动的是,太后竟把叙述自己进宫经历的文章给自己看,这份情感就是当今皇上也未能沐浴的啊!但是她也是理智的,那些蕴含在字里行间的宫廷争斗,尤其是太后十分得意的权谋之争,她从内心是厌倦的。而且,她对太后的独断专行也不无微词,可这一切,与太后机敏聪慧、韬略过人相比就微不足道了。

她放下书卷,双目迷离,整个心神都随着太后的文字走了。她由太后的做派又想到了她的几个儿子,唯有李贤最像太后,却早早死在了太后的威势之下。她无法想象,当今皇上是怎样打发那度日如年的时光的。

一连串的脚步声打断了上官婉儿的思绪,她睁开双眼,就听见袁尚宫道:"尚宫袁婧参见知制诰大人。"

上官婉儿含嫣一笑道:"尚宫客气了,坐下说话吧。"

"卑职是奉皇上旨意来请知制诰大人转呈上书的。"袁尚宫说明来意后,就将奏折递了过去。

上官婉儿接过李旦手书的奏章,大体浏览了一遍,就不露声色地对袁婧道:"请袁尚宫转奏皇上,微臣一定转呈皇上之书。"

可等袁尚宫一离开,上官婉儿的双眉就紧皱了。皇上昨日刚刚礼让朝政,今日就呈送言辞如此激愤的上书,太后会怎么看呢?这不是指责太后专权么?就这样呈上去势必会被疑为不愿意让政,若触怒了太后凤颜,皇上必难逃李贤下场,最起码也会如庐陵王一样,被流放京外。那时候,这李唐江山究竟归于谁手,就真难说了。

上官婉儿摩挲着双手,在屋里来回踱着步子。该怎么办呢?大约半个时辰后,她拉开门对外面的宫娥说道:"本官要处理太后送来的文卷,你等不可喧哗,不经传唤,也不可贸然进来。"说罢,她转身关了门来到案头,一笔一画地临摹起李旦的笔迹来。

当年在掖庭受到武曌的关照,她从小便临摹书艺大家欧阳询、褚遂良等人的字,练就一手技巧。凡眼前文字看过几遍,即可通晓结体、章法、风范,仿出个八九不离十,若不细看,是难辨真伪的。

她细细揣摩起李旦的书艺,竟与太后相类,便心中暗自庆幸。她铺开稿纸,一字一句地抄了李旦上书中就刘祎之一案的陈言,而把关于告密的议论删除了。末了,她又反复看了看,觉得毫无破绽,才放心收入卷内,继续阅读起太后的文卷来。

第二天不逢朝会,一大早,上官婉儿便带了《垂拱集》来见武曌。

"朕的文卷你看完了?"武曌放下正在批阅的奏章,示意她坐下说话。

上官婉儿洁净如玉的脸上就充满着玉兰般的微笑:"微臣惭愧。"

"哦?"

"微臣不知陛下日理万机,竟写得一手王右军的行书!真可谓遒劲,绝代更无。"

"呵呵!此乃后人礼赞右军之语,朕何堪当之?"武曌笑道。

"太后当之无愧。"

"朕向来以为,书艺者,天赋、心源、造化三者合一方能为之。"武曌说话时,脸上露出难以遏制的兴奋,"此皆太宗教诲之功也。"

果然,武曌接过《垂拱集》,便动情地讲起一段让她难以忘怀的往事——

"往事如烟,然唯此一事,刻骨铭心。当年朕方进宫时,正值豆蔻已过,及笄未至,常在太宗身旁伴驾。太宗命朕研习右军之《兰亭序》,并悉心指点,殷殷不倦。也是朕生性喜爱书艺,日有精进,太宗十分喜欢。有一日,先帝进宫,太宗要他点评《兰亭序》文辞及书艺,他一时语塞,朕不忍其窘,乃冒胆提示。太宗龙颜顿怒,斥责朕不该多嘴,命朕当庭回答三问,若是答得上来则罢了;若是答不上来,则乱棍打死。朕毫无惧色,娓娓道来,不唯有条不紊,还独出新见,使太宗龙颜大悦。岁月如隙,转眼数十载过去了。若无当日,朕焉有今日?后来,先帝发奋,终成正果。他为李勣亲撰御书碑文,比之朕有过之而无不及也!"

上官婉儿静静地听着,幽幽情思伴随着武曌的追忆而丝絮般地飘舞着。

面前这个曾经爱过两个男人的女人,也许因背伦而引起男人们的非议,可在她心中,太后活得坦荡真实,活得有声有色。这就够了,女人这一辈子,有几个真爱过的男人存在心底,就是最大的欣慰了。

"婉儿!"

上官婉儿的心像云彩一样飘着,飞过大唐男人的丛林,他们金戈铁马、羽扇纶巾,他们峨冠博带、风流倜傥,他们诗林拔萃,文海泛舟,哪一个又将是自己的最爱呢?是那个武三思么?或许……

"婉儿!"

上官婉儿一激灵,这才发现自己走神了,脸颊顿时泛起红晕,掩了口道:"太后是在叫微臣么?"

"看你目光飘忽,心思都飞到殿外去了吧?"

上官婉儿欠身回道:"微臣是被太后的往事感动了。读《垂拱集》时,微臣为太后的文章书艺而撼动,以为古往今来,集政事、才情、文章于一身者,唯太后耳。"

"朕希望你在身边能有所作为,朕已在心底谋计,今后我朝应选巾帼女秀入朝任官,与男人一样在朝堂议事,奉旨出使。"武曌很高兴上官婉儿能有这样的感觉。

"太后圣明!男人可以青史留名,女人也一样可以彪炳汗青!"看太后情绪很好,上官婉儿从衣袖中拿出李旦的上书,婉转地说道,"微臣还有一事禀奏太后。"

"说吧!"

"是……"上官婉儿顿了顿道,"昨日皇上差袁尚宫送来一道上书……"

"哦!呈上来。"

武曌接过上书阅看,待停留在最后一句话上,脸色勃然大变,"唰"地将上书摔在地上骂道:"如此孽障!竟敢口出狂言,为逆贼说情,对朕说三道四。朕本欲还政于他,是他上书再三推让。如今,倒指责朕处置刘祎之不当,看来,他内心对朕积怨甚深,让政不过故作姿态罢了。"武曌并不等上官婉儿回应,就对武钦说道,"传朕旨意,令皇帝面壁思过,一日三省。"

上官婉儿明白,话说到这个地步她已没回旋的余地,只有道一声"太后圣明",便起身告辞,出殿去了。

……

春分已过,伊河的浪花最先感知了"日暖春柳新"的融融和煦。

然而牢房里的人心,却离春天渐行渐远。刘祎之望着在牢房窗外盘桓的紫燕,油然想起去年这个季节,他在太后面前弹劾内史骞味道推过于君,致使其远行青州的旧事。此事犹在昨日,而自己的下场却比他更惨,说来真是人生无常。

晚饭还没有送来,刘祎之望着窗外树枝上的绛红色,就知道太阳即将在苍山之后隐没了,难熬的一天又过去了。他伸出带血的手指,在牢房的墙上划了一道。数了数,已经有三十多道了,自己已身陷囹圄一个多月了。

人在排解孤独和寂寞的时候,经常是追忆往事。当年,他与孟利贞、高智周、郭正一四人以文藻而为世人称道,同为弘文馆学士。孟利贞早在龙朔二年先他三人而去,高智周也在四年前寿终,郭正一走得更早,永徽年间便终老天年了。四人中数他最年轻,却受到时为皇后的武曌的看重,使他得以入禁中,成为"北门学士"的一员,参与了《列女传》《臣轨》《百僚新诫》《乐书》等书的编纂,并且有机会就朝政私下密议,最后以皇后的名义陈奏高宗。那时候,他是何等春风得意。尤其是在皇后上书高宗《十二建言》后,更是如日中天,很快由朝议大夫迁为中书侍郎,并兼豫王府司马。如果不是那次到荣国府私下看望姐姐惹恼了皇后,被流放巂州,他的仕途本来是平直宽坦的。

也许是他当年的才气给太后留下了深刻的印象,几年后,他被召回京城,恢复原职。他从心底感谢太后的恩泽,他相信太后也感到了这一点,所以才让他参与了废黜李显,册立李旦的谋划。

他对李旦的情感远浓于李显。作为曾经的豫王府司马,他从心底希望新皇上有所作为,成为继高宗后又一个中兴之主。可他没有料到,就在新皇登基的当天,太后就剥夺了他坐朝理政的机会。有一天裴炎与他谈起这件事时,他也很尴尬。一边是对自己有恩的太后,一边是朝夕相处的皇上。在理智上,他不得不承认太后当政,不仅李旦望尘莫及,就连高宗与之相比也很逊色;但从情感上说,他更希望李旦真正成为一个坐朝问政,光大基业的皇上。

他原本是保持沉默的。可谁知那个该死的贾大隐不但让他喝得酩酊大醉,而且引出了那么多关于帝后之间的话。酒醒后,他很后悔,可是晚了。贾大隐直接去皇宫告了密,而接受告密的不是别人,正是武承嗣……从那时起,他就觉得自己完了。

牢房的走道里亮起了灯盏,晃晃悠悠地,映出他佝偻的身影。他没有食欲,望了一眼狱卒放在牢门口的晚饭,肠胃翻腾、恶心欲吐。这时候,就听见从身后传来说话声,那是夫人的声音:"这点银子请大人收下,给弟兄们买些酒喝。"

"好！你尽量快些,让上面知道,我要受责罚的。"

"请大人放心,韦思谦大人已经打过招呼。"这是儿子的声音。

狱吏来到牢房前开了牢门。只听夫人叫了一声"老爷",刘祎之一步上前抱住夫人,焦急地呼唤:"夫人！你怎么样了？"

夫人睁开眼睛,那泪水就哗啦啦地淌到了胸前,嘴里只是"老爷、老爷"地叫着,却一句话也说不出来。

儿子跪在面前,凄然涕下道:"孩儿不孝,让父亲大人受苦了。"

刘祎之欣慰地摆了摆手,问道:"你与母亲为何能来探监？"

儿子从怀里拿出一张绢帛递到刘祎之手中,他看着看着,仰天长叹了一声:"吾必死矣。"

儿子大惊,痴呆呆地看着父亲道:"父亲,您不能吓孩儿啊！"

"非父亲吓你,实因太后临朝独断,威福任己,陛下上表,徒使吾祸速至矣！"刘祎之将身子转向牢窗,怅然良久。

可事情到了这个地步,刘祎之反倒平静了,他对夫人和儿子道:"若是皇上不上表,也许太后念老夫当年修书之功,贬谪流放,皆可回旋。可皇上如此一掺和,太后必疑我为帝党,必杀不可。既然其祸不能避之,毋宁坦然相对,你回去好好赡养母亲,教子读书,勿失我望。"言罢,他端起夫人和儿子带来的酒,一饮而尽,便不再说话。

待儿子和夫人走后,刘祎之唤狱卒拿来笔墨,他要草书上表,言还政之利,恳请太后改弦更张,取信于天下百姓——

　　夫觇乎大唐,猛将如雨,文士如云,希美之死,形同蝼蚁。然则,太后专断,上以代皇上临朝,下以开铜匦之衅,致仇者竞相诬告,奸佞徒称有密,一人被讼,百人满狱,赭衣塞道,遍野哀鸿,其悲然悲乎然也。嗟乎！人之将死,其言也善,微臣黄泉将赴,了无牵挂,唯念大唐江山,伏乞太后,明殷鉴之伤,暴秦之祸,纳贤者之言,尊上苍之意,还政于宗室,则天下黎首无不仰拜……

刘祎之明白,这道奏疏只会加快他走向死亡的步伐。但他并不后悔,每日照样吟咏不止。其间韦思谦又来狱中探看过两次,意图说服他收回谏言,终无果而归。韦思谦不能理解,裴炎力主还政,乃先帝之托,刘祎之本太后心腹,为何固执己见而不知返。他也曾就此问过刘祎之,可他只是笑而不答。

武曌虽然对刘祎之逆鳞很惋惜,毕竟它曾是"北门学士"的中坚,为她能有今日建过卓勋。可当韦思谦、武承嗣先后向他禀奏了刘祎之的固执后,她终于决定,赐他家中自缢。

清明节前一天,天空飘起了立春以来的第一场雨,本来暖和的天气骤然转凉了。清晨起来,刘祎之正在牢窗前出神地看雨,忽然听到牢门打开,有人高呼"太后敕到"。那是韦思谦低沉的声音:"查凤阁侍郎、同凤阁鸾台三品刘祎之违逆圣意,欲图谋反,着即于家中赐死。"

刘祎之很平静,没有丝毫的慌乱,并以揶揄的语气反问道:"不经凤阁鸾台,何名为敕?"

韦思谦无言,他不得不向将死的刘祎之道出了一个残酷事实,那就是太宗亲创的五花判事制早已形同虚设,宰相议事,在很大程度上就是讨论如何执行太后的旨意。他已经老了,早已没有勇气直指政弊。

囚车押着刘祎之回府时,雨渐渐地大了,浓密的雨丝落在囚车内,冲洗着刘祎之身上的血迹。即将到达刘府时,他竟面目一新,除了无法洗去的伤疤外,周身干干净净。韦思谦十分惊异,莫非人世间果有质本洁来还洁去的造化。

"上苍不让他带一丝尘埃上路啊!"他暗自感叹。

刘祎之走了,即使在行刑的最后时刻,依然镇定地要儿子为他濯足,说是脚底也不能沾一丝污垢,才能去见高宗;他还自操数纸,援笔立成,给太后上了最后一道奏章。

刘祎之的绝命奏章在武曌案头放了多日,令她一想起来就难以释怀。刘祎之曾是她的股肱之臣,已然走上离经叛道之路,那其他朝臣呢?她不敢往深里想。一天夜里,她情不自禁地把这种感觉说给床笫依偎的薛怀义听。

"太后何必忧虑?不是有人建言设铜匦么?太后可奖掖告密,只要有人举报,立即治罪,还怕有人心怀叵测么?"薛怀义道。

"此事总要有人来做,宝儿看朝中何人可担当此任?"

"治有罪之人,需得意坚手狠之人。朝中诸臣,心慈手软,不能当此重任。微臣推举一人,此人名索元礼,乃西域人,在洛阳多年,是微臣义父。做起此事来定是利索,不知太后意下如何?"薛怀义建言道。

"好!此事就由他办。"

第二天朝会上，武曌不但召见了索元礼，而且擢升他为游击将军、推使，可在洛州设置机构，审理"谋反者"。

正所谓作茧自缚，当初向武曌提出设铜匦纳密奏的鱼保家，没有想到索元礼审理的第一件案子竟是他。

索元礼将自己多年来研制的刑具悉数献给朝廷，一件是狱持，即泥耳笼头，枷研楔毂，折胁签爪，悬发熏耳，卧邻秽溺；第二件叫作宿囚，即昼禁食，夜禁寐，敲扑撼摇，使不得瞑。这些都是刑狱从来没有过的刑具。

鱼保家第一次受审，不肯招供，索元礼就令行刑者抬出铁笼，鱼保家看了这刑具，先自软瘫了，当下招供，不久就被判为死刑。

审判结果上奏到武曌那里，索元礼立即得到赏赐，于是他更加有恃无恐，上任不到一个月便办理了几件案子，牵累人数达千人之多，一时洛阳城内血雨腥风，囹圄人满。

对这件事表现出浓厚兴趣的是两个永徽前后出生的年轻臣僚，一个是刚满四十岁的文昌台都事周兴，另一个是刚过了三十五岁生日的侍御史来俊臣。他们一个是长安人，一个是京畿万年县人，两人几乎是先后相跟着来到洛阳。

清明刚过，洛阳城周围的麦子眼见得拔节，不几天就齐刷刷地站在平原上了。这也是一年最好的时节，读书抑或入仕的英俊少年，久居闺房的小姐丫鬟，还有宝马香车的公主驸马都在这样的日子，把自己放飞在蓝天白云之间。

自北魏在这里开凿石窟，尤其是武曌迁到洛阳居住后的二十多年间，伊河两岸成为春游的圣地。这一天，在伊河东岸的香山石径上，走着来俊臣与周兴。

香山上的野花开得正盛，红黄蓝白，分外妖娆，一群群彩蝶在花中飞舞，但这些对矮胖的周兴和清瘦的来俊臣似乎都没有引力。周兴关心的是，老死不相往来的来俊臣为何忽然主动邀自己出来春游。

登上半山坡，转过路旁的一块巨石，周兴问道："来大人今日约下官来此，不只是为了看着山花春草吧？"

"大人说呢？"来俊臣捻了捻下颔的胡须，不等周兴回答又接着道，"依大人的岁齿和才气，真安于都事这个位子么？"

周兴叹了一口气道："下官何尝愿意徘徊不前呢？可上天无路，报国无门，想也是枉然。"

来俊臣道:"索元礼以酷刑而治告密案,受太后擢拔之事周大人不可能不知道吧?"

"那算什么?西域蛮夷之人,能搞出什么名堂来?下官审起案子来,比之有过之而无不及。"周兴眼角掠过一丝轻蔑。

来俊臣毕竟年轻,走了几步,停下来等周兴与自己比肩后道:"眼下全国告密风甚盛,若你我能够联手,还愁没有前程么?"

"听大人之意,已是胸有成竹了。"

来俊臣得意地笑了笑道:"不瞒周大人,下官研习刑具已有多年,颇有心得,大人可愿闻之?"

周兴暗自吃惊,看这来俊臣年纪轻轻,其貌不扬,倒很有些心计,便表示愿意洗耳恭听。

前面是一方平地,植了亭亭如盖的青松,空地上设了许多石案儿、石凳,供前来游山、拜佛的人小憩之用,场边就有一家茶铺。这会儿正是上午巳时,阳光从松枝的缝隙间投射到地上,将阴凉切割出大小不同的图案。山静鸟谈天,远处的沟壑传来一阵阵鸟鸣。周兴见状,建议道:"上山路高,走得热了,不妨到林间小坐如何?"

"好!"

两人来到林间,挑了林深处的案几坐了。来俊臣不待周兴说话,就喊来店小二要了一壶"渠江薄片",他给周兴斟了一杯道:"此为我朝首推名茶,色浓味香。"

周兴呷了一口,果然清香沁脾:"大人对品茶倒颇有心得。"

"消闲而已。"

待茶饮过三巡以后,来俊臣对周兴道:"近年来,下官研造出一套刑法,大致说来,颇多精彩。譬如说'凤凰晒翅',将嫌犯手脚串联于木橡之上,朝一方旋转,裂骨疼痛;又譬如'驴驹拔撅',用物抵住腰肌,反向扼其项;再如'仙人献果',令嫌犯跪在地上,在枷上垒瓦,贼不堪重负,必招供无疑;还有'玉女登梯',让嫌犯立于高台之上,从后面强拉住颈上之枷。大人以为,比起那个索元礼如何?"

周兴听着,心想自己这些年于刑罚上多有创制,未料小同乡竟也费尽心机,一时真有些惺惺相惜的感慨。

"大人果然厉害。"周兴放下茶杯,捋了捋胡须赞道。

来俊臣忙摆了摆手:"下官听说大人于刑法上亦有高妙之作,何不赐教一二？也好让后学开开眼界。"

"雕虫小技，不敢与大人相比。日后若是行刑，一定请大人赐教。不过，下官倒是十分关注，大人有如此严刑酷法，何不呈给太后以治告密案呢？"周兴问道。

来俊臣叹了一声道："总需有人引荐才行。"

周兴眼睛转了转道："你我不妨去拜见武承嗣大人。他眼下最惧者乃人心叵测，正欲借铜匦之设排斥异己，此正你是我用武之时。"

"大人如此一提，下官倒想起来了。外间传言武大人喜欢古玩珍宝，下官家中有一件高颈竹节铜薰炉，是西汉阳信公主所用之物，此时正派上用场。"来俊臣随声附和道。

眼见时间不早了，他们起身下山。两人都明白了对方的心思，至少在眼下，他们都觉得有联手的必要。

事情的发展果然不出来俊臣所料，武承嗣盯着手中的明光闪闪的高颈竹节薰炉，喜爱之情溢于言表，及至看了他们介绍刑具的图册后，就觉得他们正是眼下可用之才，遂道："本官眼拙，明日就向太后禀奏，举荐两位大人专理告密案。"

隔了一天，武承嗣进了武成殿，就看见武曌一脸的不高兴，便上前小心翼翼地问候道："微臣参见太后。"

武曌放下手中的奏章："平身！坐下说话。"

"微臣见太后凤颜不悦，不知所为何事？"武承嗣试探着问道。

"还会有什么呢？铜匦之设，朝野沸腾。这些学士们不晓大政，却喜欢说三道四。前有骆宾王，眼下又出了个陈子昂。"

"哦！太后这一说，臣记起来了。太后所说，就是那个在麟台（秘书省）任正字的陈子昂。"

"他在上书中极言铜匦之弊，以隋末杨玄感之乱暗喻徐敬业谋反，以隋炀帝大开屠戮而暗讽朕设铜匦。所谓'大穷党兴，海内豪士，无不惧殃''杀人如麻，流血成泽，天下靡然，始思作乱'云云，这岂非危言耸听，他是要胁迫朕么？"武曌说着便有些愠怒了。

武承嗣听着，心中暗喜，立时怒形于色道："依臣观之，陈贼乃徐敬业之党，与骆宾王之流无异，该千刀万剐。微臣今日参见太后，正是要向太后举荐两人。一人乃文昌台都事周兴，另一个是侍御史来俊臣。二位皆年富力强，处事干练，于刑罚颇有心得。"

武曌有些误解,她关注的是朝廷律法,遂问道:"两人对刑律知之甚深?"

武承嗣立即听出了武曌的意思,遂将刑具的残酷掩藏于心底道:"臣观二位,颇具汉之张汤风范。"

武曌点了点头道:"就依爱卿所奏,任周兴为秋官侍郎,任来俊臣为左御史中丞,与索元礼、丘神勣一起办理告密案。"

"太后圣明!"武承嗣接着上前一步奏道,"启奏太后,陈子昂目无天尊,口出不逊,不妨命丘神勣将其下狱,叫周兴与来俊臣审理。"

"不可!"武曌断然道。

"如此狂徒,留之何用?"

"糊涂!莽汉亦能治世乎?文武之道,社稷两翼。马上取天下,未必马上可治天下,太宗当年就十分注重对学士的重用。昔汉武临朝,欲将长安京畿之周至、宜春扩入上林苑,受到司马相如、东方朔等人阻止,汉武非但不治罪,反而赐金银绢帛以奖掖;魏徵一介书生,曾多次当朝犯颜直谏,太宗爱之如一。前事不忘,后事之师,朕岂能对手无寸铁的士人肆意开刀?再者,彼直言于朕,比之骆宾王撰写檄文骂朕要强多了。"武曌边分析边教训道。

"这……微臣倒是没有想到。"

"你诸事尚需三思,退下吧!"在武承嗣告辞之际,武曌从身后厉声叮嘱,"不可伤及麟台正字毫发,否则,唯你是问。"

武承嗣出得殿来,仍然很纳闷,太后忽兴告密之风,忽又对一群狂徒网开一面,她到底要干什么?他一时如坠云雾之中。

等他回到署中,周兴、来俊臣早在那里等候,武承嗣把消息告诉他们后,又加了一句:"明日早朝才能宣布,两位大人不可得意。"

武承嗣把与武曌在宫中所言告知周兴、来俊臣,两人也大惑不解。来俊臣冷哼道:"陈子昂若犯在下官手中,不粉身碎骨也绝活不了。"

武承嗣忙道:"你还没有到任,切不可狂言,尤其不可违逆太后旨意,明白么?"

两人会意,连连表示:"大人放心,没有太后旨意,下官绝不动他。"

……

这一年,成了靠告密升迁,因告密死伤无数的年份。

雍州醴泉人侯思止靠卖饼为生,因行为不轨而受到恒州刺史裴贞杖罚,他怀恨在心,密奏裴贞谋反,被擢升游击将军、侍御史。

王弘义,以无德行见称,告乡里谋反,擢授游击将军、殿中侍御史。

其间，许多无辜蒙冤者不是被酷刑折磨而死，就是被打成终身残疾；不少人都是如鱼保家一样，刚刚看见刑具就先招供了。周兴、来俊臣根据诉状上奏朝廷，大批人或伏诛，或自裁。秋官署每日接到司刑上报的拘人、死人数量都在节节攀升。

朝臣们往往先一天还在朝堂奏事，当夜就被刑拘，第二天就传来不堪重刑而死的消息。因此，许多官员上朝前，先向家人安排后事，以示诀别。

一向懦弱平庸的内史裴居道每日更是如临深渊，惴惴不安，生怕有一天武曌想起他与李弘的关系而动了杀机，他几次以年老多病为由，求太后允他致仕，都被拒绝了。

裴居道辞归不能，干脆就守住一句话——太后圣明，微臣依太后旨意是从。他对自己的行为也严加规范，每日从署中回到府上，立即闭门谢客。他批阅文书也小心谨慎，一般都不说具体所指，只在别人批阅过的文书上写上一个"知"字。

在进入夏日的时候，朝廷的人事又发生了一次新的变化。韦思谦被任为纳言，于垂老之年得以入相；苏良嗣改做了左相；同凤阁鸾台三品的韦待价做了右相。

让武曌欣慰的是，苏良嗣的正气凛然，重于修为，使他成为继刘仁轨之后在朝臣中威望最高的宰相。一年来，从洛阳到州县，告密者累百聚万，却没有触及苏良嗣的。因此在武曌看来，他无论从政绩上还是从品德上，任左相都当之无愧。

这些，苏良嗣当然也深有所感。他不仅处事谨慎，光明磊落，而且对妻子儿女都严管重教，不使他们在外惹是生非。武承嗣命周兴等人私下里搜罗许久，终无所获，只能眼巴巴地看着太后常召他进宫问政。

一天，武曌传苏良嗣进宫时，他把夫人叫到面前道："太后召老夫进宫，吉凶未卜，若有不测，速将家中细软散与府役、丫鬟，遣散众人。"

夫人就流着泪道："这过的是什么日子啊！"

"老夫不过心存忧虑，未必就一定祸从门入，你哭什么？"

苏良嗣的这种心境，直到在武成殿看到和颜悦色的武曌时，才有了松弛。

君臣坐定，武曌问道："朕近来阅观贞观、永徽之治，深感整肃朝纲与兴农活商不可偏废。铜匦之设，乃在整饬纲纪；兴农活商，在固根基。不知卿有何感触，说来朕听。"

苏良嗣沉吟片刻后道："自永徽年来,先帝屡次颁诏,督课农桑,然诏制之行,时过境迁,民依然无所遵循。微臣以为,陛下应罗织文学士编纂各业行为则循,颁行天下,永为之志。于官,考课有据;于民,遵循有规。如此则民殷国富,社稷固强。"

"爱卿所奏,甚合朕意。朕已想好了书名,就叫《兆人本业》如何?"武曌击掌称快道。

"太后圣明。此名一则让天下百姓知我大唐天地之广,人口甚众;二则知我大唐域内百业兴盛,乐业务本。"苏良嗣在心里分外称道武曌的敏捷,忙回应道。

"朕将修纂之事悉数委与爱卿,不知可有困难否?"

苏良嗣忙道："谨遵太后旨意。臣回到署中,就召集文士商研纲目。"

"人你不用找了。朕当年曾命刘祎之等编纂过《列女传》等书,一时才俊云集。现今擢拔的擢拔,犯罪的犯罪,然尚有周思茂、范履冰等在。爱卿可带他们起草文稿,也免得凤阁鸾台、诸尚书间掣肘扯皮,朕可不愿意为这些事费神。"

这就是武曌的不同他人处,她要将一切都掌控在自己手中。苏良嗣老辣多谋,将太后的心思看得很透,只要是于民有利,于社稷有益,由谁来撰写并不重要。

自那以后,苏良嗣每日除了处置署中日常公务外,就将主要精力都投在了编纂《兆人本业》上。他先找来地官尚书,了解了垂拱年间国家的人口和诸业种类,然后由周思茂、范履冰等人分门列类,阐释介绍,提出农桑四时要则,规定地方官员对农业的管理,凡是能够达到"田畴肯辟,家有余粮"的,擢拔赏赐;为政苛滥,户口流移者,轻则贬官,重则革职查办。

时值九月,书稿终于完成。苏良嗣在前面写了奏章,附上书稿,到武成殿来见武曌,却不意碰见了从殿内出来的武承嗣。寒暄之余,苏良嗣问道："大人这是要回署中?"

"正为一件案子禀奏太后,讨个主意。"武承嗣应道。

苏良嗣便不再往下问,打了一拱准备转身离去,武承嗣却上前道："此事与前些日子雍州山踊有关。大人一定记得,雍州新丰县有山踊出,初时六七尺,至月余而三百丈。群臣皆以为祥瑞,四方毕贺,太后降旨,改新丰为庆山。"

"不错!庆典方过,君民皆欢啊!"

"可偏偏出来个多事的江陵人俞文俊,竟然上书太后称'以女主居阳位,反易刚柔,故地气隔塞山变为灾,臣以为非庆也……'这下惹恼了太后,要下官传旨,将其举家流放岭南。"

苏良嗣对武承嗣的话保持了沉默。因为这牵涉对太后的指责,他担心应了反被诬告,心想这位江陵人大概也算是一位学人,武曌不愿落个乱杀文人的名,否则就该"凤凰晒翅"了。

"大人办案有方。"苏良嗣说着,拱手告辞,进了武成殿。

武曌将《兆人本业》前面的奏章大体看了一遍,连声道好,深感苏良嗣是体会了她的意思。此书不仅编纂的思路非常清晰,体例非常规范,文笔细腻质朴,且很实用,并不艰涩,一卷在手,业事尽知。

"文稿且留朕处,待朕阅后,若无不妥,即可颁行州县。"

"太后圣明,《兆人本业》行之州县,来年必是五谷丰登。不过……"苏良嗣有些犹豫。

"爱卿有话不妨直说。"

"启奏太后,臣闻州县豪强兼并成风,以致农者贫无立锥之地。而《兆人本业》之行,前提是耕者有其田,如此,民心才能安定,太后圣恩方能及于域内。"

"爱卿所言极是。朕意由爱卿牵头,宰辅集议一次,议定抑制豪强之策,与《兆人本业》一同颁布天下,由地官署以朝廷名义赴州县查案,凡密告豪强者有赏。"武曌频频点头。

苏良嗣正要离去,武曌的声音又在耳边响了起来:"传朕旨意,凡新开之地,免征三年赋税,以资奖掖。"

听着苏良嗣渐行渐远的脚步声,武曌心中的快意如浪花一样翻卷,一时难以平复。所谓清者自清,浊者自浊。有人奏称告密风致人人自危,为何苏良嗣却镇定自若,一如既往?在她看来,畏惧者非贪即反。

嗯!苏良嗣虽春秋已高,然而夕阳晚照,灿烂如晨,此人尚可大用。她油然想起自刘仁轨去后,西京留守一职一直空缺,若苏卿前去,定能胜任。

因苏良嗣她又想到一人。去年,曾诏命在地方颇有政绩的宁州刺史狄仁杰回朝,孰料宁州官吏、百姓万人签名上书,恳请朝廷暂留其一年,狄仁杰也表示还有些公务要处置。春花秋月,一年很快过去了,八月中秋前,朝廷曾六百里快马传敕召狄仁杰回京,想来他也该在路上了吧!

第十三章

武承嗣献石图谶　唐宗室密谋匡复

垂拱四年(公元 688 年)春正月,洛阳年气依然,它在除夕响遍街坊的爆竹声中,在乾元殿觥筹交错的饮宴上,而官员们的内心却是冰结雪铸的冷。

元日早上,李旦、刘媛带领在垂拱三年被册封的恒王李成美,楚王李隆基,魏王李隆范,赵王李隆业,内史岑长倩,检校纳言魏玄同,左相苏良嗣,右相韦待价,同凤阁鸾台三品武承嗣,鸾台侍郎、地官尚书韦方质和即将赴长安留守的裴居道等人,在举行过祭祀大典之后,来乾元殿向武曌贺岁了。

武曌的气色很好,脸色丰满而又红润,就是脖颈处露出的皮肤也是白皙滑腻的,没有一丝皱褶。大臣们每每抬头仰望太后,都在心里为她的驻颜有术而惊叹。

李旦理所当然地走在前面,率领皇后与四个皇子先行向太后拜贺。这也是自朝堂让政以后,他第一次在如此宏大的场合与大臣们见面。当耳边传来"皇上春祺"的声音时,他很僵硬地笑着招手。按理,他是要接受山呼万岁的朝贺的,可现在,谁还敢冒太后之不韪,而喊出"万岁"两个字呢?

带着皇后和几个儿子,李旦庄严地来到母后面前,感谢她的恩典,头深深地埋在衣袖间:"儿臣感念母后恩典,愿母后寿延无量。"

一刹那,武曌的眼睛湿润了。这情景让她想起了很多往事,那长眠在梁山的高宗,那先白发人而去的李弘、李贤,也许还想到了刚刚从均州转到房州的庐陵王李显。天生的母性在这亲情的氤氲中回到了她的眉宇间,她本该享受天伦之乐的,可却不能。站在她的角度,没有选择,即便是母子之间。

苏良嗣、魏玄同、裴居道等都被皇上的跪姿强烈震撼了,他们在心底震颤着同一个声音——陛下可怜。

太后与皇上向臣下赐酒,武曌举起酒杯,面对朝臣道:"戊子初元,万象更新,朕与众位爱卿,与天下百姓共贺新春。"

臣僚们举起酒杯,面朝武曌,山呼"太后吉祥如意"!

谁也没有注意到,刚刚四岁的楚王李隆基忽然从乳母怀中挣脱,他越过李旦,径直来到武曌面前,"扑通"一声跪倒在地,奶声奶气地喊道:"孙儿恭祝皇祖母万寿无疆!"

李旦见此情景吓坏了,他上前请罪道:"是儿臣教子无方,请母后恕罪。"

武曌却笑了,她上前抱起李隆基道:"小小年纪,即晓得君臣之礼,将来必成大器。"

李隆基童稚的脸紧紧地贴在武曌的胸前, 很亲昵的样子。武曌低头看去,这孩子一点也不像他的父亲,口唇、额头处处都有太宗皇帝的影子,尤其是那双细长的眼睛炯然卓光,她的心片刻间生出莫名的悸动。

贺岁进行了两个时辰,在群臣散去后,武曌留下苏良嗣、武承嗣和新任冬官侍郎狄仁杰到武成殿叙话。

大年元日本是休沐,苏良嗣猜不透太后这时候召见会有什么急事。离开神都一年多,朝廷已物是人非。走路生怕被落叶打了头的裴居道接替他任了西京留守,韦思谦也在年前以太中大夫身份致仕。朝廷今后有什么事情,还会遣人去垂询,可他们再也不用提心吊胆地防着周兴、来俊臣等人了。而告密骤风的呼啸,让多少风华正茂的忠良陷入囹圄,枭首殒命。

从乾元殿到武成殿并不远,也许是岁逢元日,感慨良多;也许是顾影自盼,又老了一岁,苏良嗣的思绪一下子拉得很远,离开神都时太后为他饯行的情景还历历在目。

那一天苏良嗣紧赶慢赶,刚刚走完司马道,就发现武钦焦急地朝这边张望,他急忙上前问道:"下官来迟了么?"

"太后已在殿内等候多时了,大人就随咱家进去吧。"

也许是他的年龄与当年刘仁轨离开神都时相仿吧,武曌见苏良嗣进来,脸上立时充满了笑容。

苏良嗣打量了一下膳室,见酒菜早已备好,忙道:"微臣见驾来迟,请太后恕罪。"

"不妨事,朕今日略备薄酒,就是想与苏爱卿叙叙话。爱卿且先饮一杯,权作说话的引子。"武曌笑道。

在这样的时刻饮酒,臣下并不敢畅饮。苏良嗣轻轻碰了碰杯子,就听见武曌的声音在耳边响了起来:"刘大人薨后,朕反复思虑,朝中再没有人比爱卿更适合去经营长安了。"

苏良嗣回道:"刘大人德高望重,乃微臣楷模。"

"爱卿所言极是。朕看重的就是他胸有大局,磊落忠贞,敢言直谏。"

"臣当年出仕时,就尝闻刘大人诸多佳话,至今想来,仍感慨不已。"

酒过三巡,武曌的脸上就泛起了红晕,话也多了起来:"长安,太宗经略之京都,先帝神位之所在,爱卿此去,务必殚精竭虑,勿失朕望。"

"臣肝脑涂地,在所不辞。"苏良嗣急忙起身。

"听说爱卿乃雍州武功人氏。"武曌又问。

一句话勾起了苏良嗣的悠悠乡情,他已有许多年没有回故乡了。此次回去,他感到肩上的使命沉重,觉得这每一滴酒都是朝廷的一份责任。

武曌缓缓饮了杯中之酒,说话的声音也更柔静了:"爱卿可知太宗就诞生在武功,他年轻时在那留下许多的诗句。"说着,武曌轻启朱唇,诵道——

> 代马依朔吹,惊禽愁昔丛。况兹承眷德,怀旧感深衷。
> 积善忻余庆,畅武悦成功。垂衣天下治,端拱车书同。
> 白水巡前迹,丹陵幸旧宫。列筵欢故老,高宴聚新丰。
> 驻跸抚田畯,回舆访牧童。瑞气萦丹阙,祥烟散碧空。
> 孤屿含霜白,遥山带日红。于焉欢击筑,聊以咏南风。
> 昔年怀壮气,提戈初仗节。心随朗日高,志与秋霜洁。
> 移锋惊电起,转战长河决。营碎落星沉,阵卷横云裂。
> 一挥氛沴静,再举鲸鲵灭。于兹俯旧原,属目驻华轩。
> 沉沙无故迹,减灶有残痕。浪霞穿水净,峰雾抱莲昏。
> 世途亟流易,人事殊今昔。长想眺前踪,抚躬聊自适。
> ……

武曌吟罢,长吁一声道:"朕很愧惜,终究没能去武功看看太宗先妣之旧宫为何让他如此眷恋不已。"

苏良嗣的眼睛湿润了,端起酒杯的手也微微颤抖。不管内心对太后临朝有多么纠结,可此时此刻,他还是想起了太后协助高宗理政,在高宗驾崩后署理朝政的赫赫功业。他也明白,太后以诗话别都不是文人墨客的闲吟,而是含着对太宗的深深怀念,寄托着对他的殷殷期望。

"苏大人在想什么呢?如此出神。"

苏良嗣收回思绪回看一眼,见武承嗣与狄仁杰过来了,忙打拱道:"向大人祝岁,老夫忽然想起了一件往事。"

武承嗣也笑道:"辞旧迎新之际,人们总会抚今追昔。大人心境,下官理解。"

狄仁杰忙上前向苏良嗣恭贺新春:"下官去岁应召回神都,途经长安时与大人一叙,至今想来,真是胜读十年之书。"

他说的是第一次被武曌召回的旧事,当时路过西京,他先去拜谒了太宗昭陵、高宗乾陵,后又专程到长安城中拜见了苏良嗣。在宁州刺史任上,他就听说苏良嗣痛捽薛怀义之事,而苏良嗣当年在担任荆州都督府长史时,也听说狄仁杰以知顿使身份阻止许敬宗、李义府要并州地方出资为皇后筹办谢父老宴的凛然正气。两人一见如故,话谈得十分投机。

苏良嗣对狄仁杰毫不隐瞒神都的腥风血雨:"大人回来得真不是时候。"

狄仁杰举酒对苏良嗣道:"大丈夫当以身赴国。时艰而见忠良,怀英(狄仁杰的字)不才,然愿效大人品节,绝不屈从权贵,必以热血殉我社稷。"

当夜,两人大醉,梦做得很沉也很香。孰料一觉醒来,朝廷的六百里快马急件到了,说宁州吏民上书朝廷,竭诚挽留狄仁杰延职一年。离开长安时,苏良嗣率西京留守署的官员将他送至咸阳以西,才依依马上相别。此刻,两人都为能在神都聚首而欣慰。

苏良嗣谦虚道:"大人性刚正,品务实,故深得宁州百姓拥戴。老夫那些话不过是人生一些参验,何敢言胜读?"

武承嗣在一旁打趣道:"年节之际,本是万象更新之时,两位大人倒对旧事念念不忘,莫非真的老了?"

两人相视一笑,并不直接回答武承嗣的话,而是终止了话题:"太后等着呢,我等速速进去吧!"

武钦引着三人进了殿,武曌已端坐在那里等着了。见诸位大臣进来,遂开口道:"各位爱卿,年节之际本无朝会,还要召各位前来议事,朕甚不安。"

几位大臣纷纷道:"过节事小,社稷事大,非有要事,太后不会召见。"

"还是几位爱卿能体会朕的心境,其实,这事朕早在节前就反复思虑过了,只是因为吐蕃犯境,朕忙于处置,现韦爱卿已率军出征,朕终于有机会与众位商议了。"

太后说这话的时候,武承嗣脸上有些不自然。当初,拜韦待价为西道行军总管负责征讨吐蕃时,他曾提出要指派御史监军,遭到了武曌的责备——

古者明君遣将,阃外之事悉以委之! 比闻御史监军,军中事无大小,皆需承禀,以下制上,非令典也,且何以责其有功。当时,武曌说得武承嗣满脸通红,因心思被看破而十分尴尬。他忙接话道:"夏官署报,韦相率领大军一路西去,所向披靡。"

"此皆朕不设监军,将军纵横捭阖之故。"武曌把话题又收了回来,"今日朕召几位爱卿来,就是要就宗庙大计问政于卿等。洛阳勘定神都多年,朕也很少再回西都。朕以为自今年起,在神都立高祖、太宗、高宗三庙,四时享祀如西庙之仪。与此同时,朕亦欲为武氏先祖立崇先庙,诸位爱卿有何意见,朕想听听。"

苏良嗣与狄仁杰相互看了看,遂把目光投向武承嗣道:"武大人定是胸有成竹,不妨先说。"

遇事敏捷的武承嗣立即领会了太后的意思,立李唐宗庙是人心需要,而立武氏宗庙才是真正意图。既然两位大臣推举自己先说,他也就当仁不让,起身来到武曌面前清了清嗓子道:"太后此举,上顺天意,下合民心。前日,微臣秉承旨意就宗庙数询问过司礼寺(太常寺),有博士谏言,武氏宗庙应为七室,李氏宗庙应为五室。盖因太后临朝,万民敬仰,皆先祖光前裕后之故。"

苏良嗣算是明白了,原来太后一方面遣韦待价出征,一方面她和武承嗣并没有闲着。而且博士们也学会了阿谀逢迎,见风使舵。大唐江山乃高祖初创,太宗光大,高宗固之。无大唐岂有武氏?无高宗岂有太后今日御臣理政的机会?岂可本末倒置。不管太后平日如何看重自己,他都认为此举违背制度,他身为左相,不能坐视,遂道:"启奏太后,《礼》曰,天子七庙,诸侯五庙,此百王不易之义也! 今博士别引浮议,广述异文,不以国家常度为法,甚是不妥,请太后三思。"

武曌的眉头皱了皱,便转头问回京不久的狄仁杰。狄仁杰亦不假思索地应道:"微臣以为苏大人所言甚是。微臣深念太后亲承顾托,光显大猷之宏略,慎终追远,承先启后之苦心。然则,《礼》有所源,国有法度,不可轻废,故而崇先庙应如诸侯之数。"

武承嗣没想到两位同僚一致持反对意见,一时着急,便说出不顾身份的话来:"两位大人之言乃抱残守缺之见。所谓移风易俗,因变故也。今太后承太宗宏业,禀永徽之治,内使国泰民安,外使异族臣服,前光世业,后昭来者,武氏崇先庙为何不能立以七数?"

狄仁杰回朝以来,第一次与武承嗣直面,对其仗太后之势,颐指气使的神气也很看不惯,凛然道:"武大人之言差矣。古者便国不法古,治世不循旧礼,然商鞅之变,在耕战也;汉武之变,在强国焉;贞观之变,在纲纪也;永徽之变,在中兴焉。今大人为一族之私而言变,不唯成世人笑柄,恐怕首先是曲解了太后的意思。"

武承嗣也是第一次感受到狄仁杰的词锋犀利,一时回不上话来,脸憋得通红道:"你……你信口雌黄,敢蔑视太后。"

苏良嗣见状忙道:"太后这不是征询臣下谏言么?武大人何须动怒,年节之际伤了和气,于身心大不利。"

这话软中带刺,武承嗣怎会感觉不出来?可面对苏良嗣的笑脸,他却是无论如何也发不起脾气来。

其实,武曌此番问政也是要试试人心向背。见两位自己平日十分看重的大臣均直言不讳地反对将武氏宗庙立以七数,这至少说明许多事情欲速则不达。她调整了自己的情绪,以责备的语气对武承嗣道:"苏爱卿所言,亦朕之所思也,这不是大家在一起商议么,你何必怒形于色?那些博士都是些书呆子,怎么可知朕的衷肠呢?亏得两位大人提醒,否则一旦颁诏,甚失人心。"说到这里,武曌伸开双臂,大度地对三位大臣道,"朕意已决,崇先庙立以诸侯数,唐室宗庙以礼为七数。此事不复再议,你等也无须在朝臣中传播。"

三人不约而同地赞道:"太后圣明。"

武承嗣遭到两位朝臣的驳斥,心中愤愤不平,便借旧事发泄:"臣闻李孝逸被贬为施州刺史后,积怨朝廷,腹诽太后,竟然说自己名字中有白兔,又道兔乃月中之物,故而,他有天子之相。"

"哦!有这等事?"武曌故作惊诧。

苏良嗣与狄仁杰交换了一下眼色后道:"此乃传言,不可轻信。微臣建议派人南去一问便知。"

"苏爱卿之言,正合朕意。"武曌说着,将脸转向狄仁杰,"狄爱卿!近来有人密奏,言吴、楚等地多淫祠,朕欲任你为江南道巡抚使前往查案,就便转道房州,代朕探视庐陵王,也到施州问清李孝逸的案情,如何?"

"微臣谨遵太后旨意。"狄仁杰应道。

眼见时间不早了,武曌便挥了挥手道:"今日元旦,卿等本该与家人团聚,却被朕耽误了。大家都回去吧,朕也要与公主团聚了。"

出得武成殿,武承嗣因话不投机,先行告辞走了。苏良嗣与狄仁杰也相跟着朝司马门走去。

新春的气息凝聚成淡淡的雾霭,在晨间的宫阙间徘徊,硕大的宫灯悬挂在司马道两旁的高竿上。但毕竟距立春还有三四日时间,因而,偶尔掠过的寒风扑到脸上,仍然是冷飕飕的。

在苏良嗣的记忆中,神都的春节有过两次低潮,一次是高宗驾崩那年,神都的所有歌舞竽笙都停止了,也禁止燃放爆竹,整个正月都是冷冷清清的;再就是这一回,因告密泛滥,臣僚出出进进都悬着一颗心。与高宗驾崩那年相比,这一回却是冷在心里。据说,有的朝臣把除夕年夜饭当作诀别饭来吃,再好的菜都被泪水淹成了咸涩。

"郝处俊你该知道吧?"突然,苏良嗣轻声问了这么一句。

狄仁杰回道:"知道,仪凤年间,下官调大理寺丞时,他任吏部侍郎,上元初,他为中书令,可谓一代名相。"

苏良嗣看了看周围,小声道:"上元中,高宗因头风病重,欲逊位与皇后,他竭力阻止,结果,祸及孙辈象贤。象贤为太子通事舍人。去年,他的家奴为了讨封,诬告主人谋反,太后命周兴拘之,严刑逼供,终不能令其开口,被强判极刑,临刑前,他大骂太后。太后闻之大怒,令肢解其尸,掘其祖坟,自此,凡行刑犯人,必于口中置木丸,以堵其口。"

闻言,狄仁杰摇了摇头,叹息道:"此风蔓延,实非朝廷之福。"

苏良嗣提醒道:"狄大人初回京,说话也当谨慎,不应给奸佞口实。"

"多谢大人提醒,然下官以为人臣者,当以诤谏而事主,勿以逢迎而谄媚,方见得忠诚。"

两人说着话走完了司马道,临上车前,苏良嗣告诉狄仁杰,这乾元殿不久也要拆掉改作明堂了:"据说,太后厌朝会之争论不休,又鄙薄儒生清谈,故而只与北门学士商议定制。他们说明堂当在国阳丙巳之地,三里之外,七里之内,薛怀义奉旨丈量,恰在乾元殿处,太后已命薛怀义主持此事了。"

"哦!此事下官倒是第一次听说。"狄仁杰的心情骤然沉重了许多。

苏良嗣上了车驾,渐渐淡出了狄仁杰的视野,他收回目光,吩咐驭手朝相反的方向走去。

即将奉旨出京,你不可胡思乱想。狄仁杰在心里提醒自己。就听驭手一声吆喝,马儿撒开了四蹄,朝前奔去……

在狄仁杰前往吴楚的日子里,武承嗣的心一直在翻腾着。元日一大早太后接受苏良嗣与狄仁杰的谏言,将武氏宗庙降为诸侯级,让他心中愤愤不平了许久,以致后来他多次谏言武曌改弦更张。武曌不但没有听从,反倒责备他处事太鲁莽。说苏良嗣、狄仁杰都是忠心耿耿的重臣,不可对他们心生疑虑。而这个朝廷就像一个大染缸,各色人等都要有,不能少了周兴、来俊臣,更不能少了苏良嗣和狄仁杰。而且苏良嗣和狄仁杰的话都是为朝廷着想,说他武承嗣若是为朕谋,就该找出朕之理政上合天意之证。

武承嗣回到府上,就陷入了苦思冥想,到哪去寻找证据呢?恰在这时,他的堂弟、左卫将军武三思来访。

听了堂兄的倾诉,武三思笑道:"兄长如此聪明,岂能被些许小事难住?"

武承嗣惊愕道:"听贤弟的意思,已是成竹在胸了?"

"成竹不敢说,可小弟提一件事,也可开兄长思路。"武三思娓娓道来,"兄长可记得进京后,太后要小弟读《太史公书》一事。一天,小弟看到始皇三十六年(公元前211年)秋的一段记载:荧惑守心(星象名)。有坠星下东郡,至地为石。黔首或刻其石曰'始皇帝死而地分'。始皇闻之,遣御史逐问,莫服,尽取石旁居人诛之,因燔销其石。不知兄长认为此事影响如何?"

武承嗣听了不以为然:"我要找的是上合天意之据,你说这些何用?"

武三思就笑道:"兄长岂不知天意乃人为乎?小弟以为,那石壁本就是有人刻好置于彼处的。"

武承嗣茅塞顿开,明白过来了:"贤弟是说,这天意皆人为矣!贤弟一句话,令为兄茅塞顿开。只是这样的事情,谁来做呢?"

武三思道:"此事不劳兄长,小弟去找怀义大师。他眼下正在督建明堂,还怕找不到刻石的人。"

兄弟俩总算眉头舒展开来,武承嗣要家人备了些酒菜,两人相坐对饮,酒过三巡,武承嗣问道:"听说贤弟近来总去武成殿看上官婉儿,可有此事?"

武三思笑了笑道:"兄长也知道小弟的情况。小弟不喜读书,今太后命读《太史公书》,小弟哪读得懂,只好去找婉儿姑娘讨教啊!"

武承嗣听罢,好不容易止住笑声,用筷子指着武三思道:"事情恐怕没有贤弟所说那样简单吧?为兄可是听说,你总喜欢偷……"

武三思闻此打住武承嗣的话道:"兄长如此说就显得俗了,此所谓闻香识女人也。"

"此事若被太后知道,你可就大祸临头了。"武承嗣的脸色却严肃起来。

武三思忙求道:"此事还请兄长一定为小弟保密,至于兄长所托之事,不需三日定有消息。"

三天以后,武承嗣刚刚回到署中,录事就来禀报,说有一汉子求见,说有要事。

"传他来见。"

不一会儿,录事引一手中捧了石头的汉子进来了。见了武承嗣,那汉子纳头便拜:"草民参见大人。"

武承嗣情知薛怀义的人到了,煞有介事地说道:"报上名来。"

"小人唐同泰,雍州人氏。"

武承嗣问道:"你欲向本官禀报何事?"

"启禀大人,小人是来向朝廷献瑞石来了。"那汉子道。

"哦!瑞石?呈上来。"

从录事手中接过一个包裹,武承嗣慢慢打开,只见被杂物铺垫的包裹中间有一块洁白如玉的石头,上面赫然写着"圣母临人,永昌帝业"八个字。那汉子说他数天前在洛水边为人佣耕,歇息时忽见滨水有一物闪闪发亮,他近前一看,原是一刻了字的石头。他不敢急延,遂包了赶来献与朝廷。

武承嗣心中暗喜,想这怀义大师也真能编,这故事不唯绘声绘色,而且天衣无缝,遂对录事道:"带他下去领赏。"

"启禀大人,小人还有个不敬之情,大人能否引荐小人去见太后?"那汉子问道。

武承嗣道:"太后日理万机,哪有时间见你等乡野之民。本官自会向太后转奏你的忠心的。"

这事前后做得十分隐秘,以致薛怀义当晚在宫中与武曌厮守时,也没有透露半点消息。

第二天不早朝,辰时二刻,武承嗣就带着瑞石来到武成殿,将前前后后、根根节节向武曌陈奏了一遍。

武曌闻言十分奇异,问道:"果真如此么?"

"恭请太后圣览。"武承嗣呈上白石。

武曌反复把玩手中的石头,色泽亮丽透明,石质圆润如玉,所刻字体为汉隶,拙朴而不失大雅,心中暗道天意果然垂爱于朕,一双丹凤眼顿然灼灼有光地说道:"《周易·繫辞》云:'河出图、洛出书,圣人则之。'《礼记·礼运》又曰:'天降膏露,地出醴泉,山出器车,河出马图。'朕观其石,圆而润,且名之为宝图。传朕旨意,册封唐同泰为游击将军。命司礼寺择定吉日,朕将受图。"

当然武曌也没有忽视受图谶所面临的障碍,她要苏良嗣召集检校纳言魏玄同,四年前因透过于君而被贬谪、刚刚出任内史的骞味道,鸾台侍郎、地官尚书韦方质,加上春官尚书武承嗣,集议受图诸事。

图是由武承嗣敬献的,他当然是"受图"的积极推动者,他当着众位宰相的面眉飞色舞地描述"宝图"出水的机缘、时间、地点,说这应了易书所言之"书出洛",此天以大任降太后矣。

骞味道不假思索就对"宝图"大加礼赞,四年前的一句错话险些丢了性命,这次能够重回神都,他以前事为鉴,时时提醒自己不能再犯第二次错:"诸位大人,下官以为天意不可违。"

魏玄同见两人一唱一和,内心很是不屑。早在任吏部侍郎时,他就对选举人才"课试既浅,艺能亦薄,而门阀有素,资望自高"的弊端给予过猛烈抨击,以为"有志之士,在富贵之与贫贱,皆思立于功名,冀传芳于竹帛"。后来,因上官仪一案而遭流放。然宦海沉浮而不折其腰,他又怎么能任由虚妄的"图谶"蛊惑太后呢?遂道:"诸位大人,老夫一生见闻世事,虽凤鸟河图之说见于典籍,然至今未见实证,故而孔夫子才有'凤鸟不至,河不出图'的感叹。现在为何轻信一乡野之人的信口雌黄呢?"

魏玄同的话刚落音,就遭到武承嗣的谴责:"大人是何意思?难道太后名之'宝图'也是妄说么?"

"大人何出此言。"魏玄同不满地看了一眼武承嗣,"太后命吾等集议,老夫本于职责坦言所见,此乃正遵循太后旨意矣,何来僭越?集议政事,人人皆可畅所欲言,何谓犯上?"

"魏大人此言差矣!太后已为神石命名,足见其邃不可测,妙不可言。上天以宝物示我朝,于子民言,太后乃圣母;于朝纲言,太后乃神皇,大人还是顺从天意为佳。"骞味道附和武承嗣。

苏良嗣一直听着大家的话,他很快就听出这一切都是太后事先授意的。即使集议没有通过,依太后的性格仍然是要一意孤行的。何况,"圣母神皇"的尊号并没有改变皇上仍然存在的现实。尤其是正值告密风盛之际,弄不好会有更多的人头落地。作为太后亲委的集议召集人,他不能看着武承嗣等人借机在太后面前搬弄是非,嫁祸于人。于是,他在骞味道说完话后就站了起来道:"诸位大人,集议本就是各陈己见,政见相左亦不为怪,不可因情伤事。老夫以为各位大人所言皆金玉之见,即便'宝图'不出,太后于我大唐,上承太宗大业,下开垂拱新局,尊为圣母,当之无愧。因此当由老夫陈奏太后、陛下择定吉日,拜洛受图。"

本来众人以为苏良嗣的主意不失为上佳,集议到这个时候就不应再盘桓于细节了。可就在此时，韦方质却说话了，除了对太后旨意表示遵从外，话锋却直指苏良嗣："大人之言模棱两可，下官闻苏姓同僚中曾经有一位'苏模棱'，未料大人也深通此术。"

闻言，苏良嗣就为韦方质的斜出而郁闷，好在众人都已起了身，他硬是忍住没有再多说话。

众人散去后，魏玄同也留下了，他责备苏良嗣中庸，苏良嗣也不埋怨，抚着魏玄同的肩膀道："你我皆两鬓如霜，下官实不愿周兴之流借此兴风作浪，残害好人。"

魏玄同却不以为然："哼！周兴能拿老夫怎样？当年若非老夫提携，岂有他今日？"

苏良嗣劝道："世间万物，唯人心难量。大人还是谨慎为好。"

在第二天的朝会上，苏良嗣不等武承嗣禀奏，就抢在前面将集议结果奏给武曌。武曌很高兴事情如此顺利，当朝下旨将在五月十一日（戊辰）亲拜洛，受宝图；祭祀南郊，告谢昊天；还将在正在建设中的明堂举行朝觐，命诸州都督、刺史及宗室、外戚以拜洛前集于神都。诏书还特别强调，太后将在五月十八日加尊号为圣母神皇，制神皇三玺。

朝廷的诏书以六百里加急分发各地，到达博州刺史琅琊王李冲治所时，已是四月中旬了。

李冲是太宗第八子越王李贞之子，与李旦乃堂兄弟。不仅生得相貌奇伟，而且受祖父的影响，又秉承父亲兼涉文史，长于骑射的家风，从年幼时起就每日闻鸡起舞，夜半孤灯，故而博学多才，在宗室子弟中以才行而闻名。

安顿好朝廷使者，李冲回到署中，把朝廷的诏书翻来覆去地看，越看越觉得事多蹊跷。太后临朝理政这是朝野尽知的，为何偏偏要造出个"河洛出图"的神话呢？而且，还要宗室前往神都朝觐，她究竟要干什么？他再继续读下去，"圣母神皇"四字如同钢针向他刺来。不唯称圣母，还要称神皇？这不是野心昭然若揭么？

四月的天气，李冲不禁打了一个寒战，他似乎看到了一幅血淋淋的画面。哦？她也许是要趁机将李唐宗室杀戮殆尽，以绝称帝之后患。他的眼神无法再在诏书上滞留了，朝着外面喊道："来人！传长史萧德琮来见。"

不一刻，萧德琮到了，两人又对朝廷的诏书字斟句酌了许久，不放过一个疑点。

"王爷所言甚是，属下也从诏书中读出了凛凛杀机！"

"依长史之见,本王该如何处置?"

萧德琮进言道:"凡事预则立,不预则废。前者徐敬业举事,因为仓促,故而被朝廷击溃。王爷当有所准备才是。"

李冲站起来在厅内踱着步,若有所思道:"长史所言甚是。现今朝廷使者尚在驿馆等候,本王应该如何回他?"

萧德琮附耳密语几句,李冲点了点头道:"就依长史。现今要紧的是做好两件事情,一件是火速遣人前往豫州,与老王爷商议对策,最好能劝阻他进京;第二件事情就是由你秘密募兵,以防不测。"

"王爷放心,属下当不负重托。"萧德琮应道。他跟随李冲多年,对其人其志深有了解,他有时候甚至想,以李冲之才,为何就不能做皇帝呢?别的不说,就眼下两件要紧事的部署,就足见其谋略过人。

第二天一大早,朝廷使者刚刚梳洗完毕,就见州刺史府的录事参军急匆匆地来禀报:"大事不好了,王爷昨夜发热,已不省人事,长史请大人过去。"

"昨夜宴席上不是还好好的么?为何一夜就病重了?"使者有些疑惑。

"大人有所不知,朝廷诏书到达之前,王爷已患病数日,因为大人奉旨宣诏,王爷不敢怠慢,怕辜负了太后圣望,故而强打精神,勉力为之。"录事参军解释道。

使者"哦"了一声,两人相跟着来到李冲内室。帷帐倒垂,影影绰绰可见李冲躺在榻上,从胸腔中发出阵阵呻吟,一位年过六旬的郎中正在诊脉。

使者正要近前看望,却被郎中一把拦住道:"大人使不得,王爷所患乃伤寒。大人千万不可靠近,以防有染。"

闻言,使者倒退一步,额头上渗出了汗珠。这时候,就听见李冲有气无力地说道:"本王乃不治之症,使君不可靠前,就在远处听本王几句话。"

使者相信李冲是真病了,忙应道:"王爷有话请讲,本使一定转奏太后。"

"请使君转奏太后,冲虽为侄辈,然尊太后胜于尊母。太后受宝,国之大事,本王本当朝贺,无奈伤寒染体,朝不保夕,还请太后宽恕。一俟康复,冲即赴京请罪。"言罢,李冲咳嗽不止,郎中端着铜盆上前,但见从他口中喷出一股血,人顿时昏过去了。

郎中抱住李冲大呼道:"王爷……王爷……"

身边的府役、丫鬟们见状,呼啦啦地跪倒在地,哭成一片。

使者上前问道:"先生,王爷他……"

郎中摇了摇头道:"呕血乃病入膏肓之征也,长则半月,短则三五日矣。"

使者隔着帷帐道："王爷且静养,本使回朝,一定转奏王爷病情。"

"王爷有病,下官就送大人归朝,车驾就在外面。"这时候,萧德琮从外面走了进来,陪同使者离开了。

送走朝廷使者,萧德琮回到刺史府,只见李冲从榻上坐起来吐了口中含的鸡血道："一股腥味,本王何曾受过此等罪?"

萧德琮上前笑禀道："王爷这出戏演得形神兼备,使者上车时还在为王爷英年患绝症而惋惜不止呢!"

李冲淡淡一笑,随即又郑重起来："现在还不是高兴的时候,毕竟朝觐乃举朝重典,我等可以骗得了使者,却骗不了武氏,因此诸事都要抓紧。派往豫州的人走了么?"

"今日一大早就快马走了。"萧德琮回应道。

"唯愿父王能看穿武氏图谋……"李冲心中默默然。

"本王饱经风霜,观几多兴废沉浮,岂能看不穿其阴暗图谋。"在豫州府,越王李贞指着朝廷诏书,眉目间露出不屑和鄙视。

说起来,他在太宗诸子中排行第八,是高宗的兄长。可就因为是燕妃所生,便只能对九弟称臣。从青春风华到两鬓染霜,数十年来,他的心结从来没有打开过。作为两小无猜的玩伴,他对李治的懦弱是看在眼里的。如果李治有一点太宗的秉性,也不至于让武曌占据了朝堂,对宗室又打又压。

在太宗诸子中,李贞向来以才干多思而与纪王李慎受到宗室看重。在吴王李恪被杀后,他和李慎实际上成为诸王的首领。可现在,他的眉宇紧紧地凝在一起,透过这道诏书,他似乎看到李唐宗室人头纷纷落地的惨景,听到耳边阴风嗖嗖的哀鸣,但他却找不到一个拒绝的理由。

是夜,天空阴沉沉的,没有月亮,只有汝河水滔滔地从城外淌过,沉闷的涛声击打着不眠人的心。室内,烛光将李贞修长的影子印在墙上,他问坐在对面的裴守德道："你说,本王该以何策应对?"

裴守德是汝南县丞,也是他的女婿。端起酒杯,他与王爷一碰,酒就进了腹中,话也随之出了口："兵法云,知己知彼,百战不殆。如今京都情势不明,总该打探清楚才好。"

李贞点了点头道："依你说,这趟神都本王还非去不可?"

裴守德进一步道："父王不仅要去,而且还要备厚礼呈上,如此才能打消太后和武氏的疑虑。"

李贞眉毛一扬道："本王之意也是这样。然吾等太宗子弟,高宗同胞,岂能忍看大唐社稷落入妖后之手,如果本王没有猜错,神都就是一屠场。"

"父王所言不无道理,可依小婿看,未必'受宝'之际,即是杀戮之时。"裴守德分析道。

"哦?愿闻其详。"

"一则,王爷们虽然聚于神都,然其部属与子弟部属皆在京外,一旦有事,朝廷无力四面出击;二则,'受宝'本是大喜,王爷们奉诏朝贺,乃遵旨行事,朝廷擅开杀戒,师出无名,于法无据,即便是太后也难以收拾残局。"

"本王也以为太后之所以要宗室云集神都,亦在试探,吾等不妨将计就计,也试探一番。不过,本王迟早要与武氏翻脸,因此不能坐以待毙。"李贞说着,举起手中的酒杯,邀裴守德将最后一杯酒饮尽,说话都带了浓烈的酒气,"你我一荣俱荣,一损俱损。本王赴京后,州中诸事就由你打理。山雨在即,眼下最要紧者四件事,一要迅速修书,询问诸王境况;二要抓紧时间募兵,以备不测;其三,李冲现在博州任上,速遣人送信于他,劝其不要进京,一切听候本王消息;其四,少子李规年轻气盛,在本王离开其间,你要多加约束才是。"

一番话说得裴守德内心繁杂了,似乎岳父有一种赴难的苍凉和悲壮,遂打拱道:"父王放心,小婿不才,然情知本乃大唐臣民,岂肯屈命于妖后。父王所嘱诸事,小婿即可去办。只是,给王爷们的信该怎么说才不易露出破绽。"

李贞仰头望着黑魆魆的窗外,沉思片刻后道:"本王想起来了,前日收到黄国公李撰来书,他只写了一句话——'内人病浸重,当速疗之,若至今冬,恐成痼疾。'你就转这句话,诸王一看就明白了。"

"父王所言甚是,如此可保万无一失了。"

"去吧!"李贞拉开门,一缕疏雨扑面而来。

……

五天以后,也就是四月二十二日,李贞带着天中山泉水酿造的"中州玉液"数十坛、银器数百件,还有绢帛千匹,由府兵护卫前往神都。他之所以要早些进京,也是要趁机会会诸王,特别是纪王李慎,就日后起事做些准备。

裴守德携家人前来送行,王妃、钰钟郡主与王爷挥泪而别。

大约在李贞离开半日后,李冲的信使到了。

听了信使的禀报,府令呆了:"世事为何如此阴差阳错,王爷刚刚走了半日,追恐怕来不及了。"

信使闻言又道:"小王爷有重要信件呈给老王爷。"

"差官少待,待我去请王妃。"府令说罢,就去请王妃。

不一刻,王妃来到前厅,信使施礼见过,王妃接过信一看,心就碎了,泪水哗啦啦地淌个不停,口中只是讷讷道:"时事多艰,王爷要保重了。"

府令在一旁劝道:"王爷一向处事稳健,此次必能化险为夷。"

"安排信使下去休息,拿笔墨来。"王妃止住泪水,就在案头铺开稿纸,将对儿子的思念,对时事的担忧,对越王命运的牵挂倾泻于纸上。末了,她语重心长地叮嘱李冲——

　　汝父进京,命悬一线。在汝父逗于神都期间,汝慎勿妄动。切切!

府令在旁边看了,觉得王妃心事沉重,却想不出一句劝慰的话来。

范阳王的名号听起来很大,实际上封邑就是涿州的一个县域。说起来,身为李唐宗室,面对武氏专权,大家都同仇敌忾,正所谓"兄弟阋于墙而外御其侮"。然在宗室内部,嫡、庶之间的差别是很大的,李霭作为太宗十九子鲁王李灵夔的儿子、高宗皇帝的堂兄弟,被册封到偏远的范阳,数十年来,倒也独安一隅。他本来已心境淡泊,自心底感念高宗的宽仁,打算就在这幽燕之地看看书,狩狩猎,了此一生。然则左玉铃将军李孝逸平定徐敬业叛乱,反遭贬谪的消息传来后,他的心就不能平静了。同为宗室中的非嫡系,他有了唇亡齿寒之感。说不定哪一天太后一道诏书,他就会身陷牢狱。

他相信这种感觉不只是他有,其他王爷也不例外。与其为人鱼肉,不如奋起一搏。但他也很清楚,独木难撑乾坤,何况他这样的旁系呢?如何才能把这种感觉传达给诸王,他是颇费了心思的。说直白了,怕被人告密;说得太隐晦,又担心别人另作他想。就在这时,他接到了高祖第十一子、现任青州刺史的韩王李元嘉之子李譔的书信,他很隐晦地写了"内人病浸重,当速疗之,若至今冬,恐成痼疾"的话。李霭很快就猜中了其中的意思,他立即将这信抄给了堂兄李贞和他的儿子李冲。近几年,他同李贞父子走得很近。

这些天来,他一直处于忐忑不安中。一方面,他无法判定李贞父子是否看懂了那话的意思;另一方面,他将李唐宗室排了一个序,从太宗的兄弟那一辈起,韩王李元嘉、霍王李元轨、他的父亲鲁王李灵夔、越王李贞、纪王李慎,再到下一辈琅琊王李冲等,要说实力,足以与武氏抗衡。可他也很迷茫,为什么这些年来武氏却一再得逞,及至到了取代当朝皇上的地步。

"诸王各求自保,岂能成得了大气候?"这是他最直接的感觉。

朝廷使者尚在驿馆,眼看着四月中已过,范阳距洛阳迢迢千里,去与不去他都得做出选择。正举棋不定间,录事参军来报,说是琅琊王派人来了。

李霭眉宇顿展,忙道:"快快有请。"

来人正是李冲的录事参军,李霭问道:"王爷可已启程赴京?"

录事参军回道:"启禀王爷,我家王爷身患伤寒,已请朝廷使者代为请告。王爷怕您担心,故命属下前来送信。"

李霭"哦"了一声,他猜透了李冲的用意,遂又问道:"老王爷呢?"

"属下离开博州时,听说老王爷已出发前往京都了。"录事参军回道。

李霭又"哦"了一声,他料定李贞此去神都,定有所谋,因为他已得知父王李灵夔也在路上了。他打开信件,就看到了李冲熟悉的笔迹,除重复了李撰的话意外,还特别在下面加了一段话——内人病笃,已入膝理,非猛药不能遏其势,非施术无以去其疾。弟于博州遍访名医,皆言须标本兼治,内外相应,天人同力,以药固本,以术去痈,以气补体,乃得见奇效。

他这是要动刀兵啊!李霭心头怦然一动,血霎时就沸腾起来。

李霭反复品味着李冲的话,他觉得自己应该说些什么。他明白,对李冲来说,现在最需要的就是支持。可他一想起徐敬业举事时,其兴也勃而其败也忽的教训,就觉着仇恨和热情是一种力量,可以使人拍案而起,却也能使人丧失理智,在复杂情势面前不思则罔。李冲气盛,眼下最需要的是冷静。

李霭来到案头,握笔沉思片刻,在稿纸上写道——内人痼疾,非一医可以奏效,非一药可以除患。须得邀四方名医,会而诊之,若夫群医并起,事无不济。搁下笔,他问录事参军:"使君可曾用过膳?"

"早已酒足饭饱,就等王爷的回音呢!"录事参军回道。

"本王欲使你将书信亲呈与琅琊王,不可贻误。"

"请王爷放心,属下定不负使命。"

做完这一切,李霭对外面喊道:"来人,请朝廷使者。"

不一刻,朝廷使者来到王府,两人见过君臣之礼,李霭就一脸的热情说道:"让使君久等了,还请见谅。"

"王爷谦恭了,敢问王爷何时启程?"使者急着想完成使命。

"本王请使君来,就是要告您,本王准备三日后与使君一起赴神都参与太后'受宝'之仪。只是不知该送些什么礼品,还请使君赐教。"李霭一副谦虚求教的样子。

闻言,使者的一颗心总算放下了。

第十四章

南下方晓心向背　受宝暗藏山雨情

　　垂拱四年(公元 688 年)四月,正是吴楚之地春草葳蕤的季节。可江南道巡抚使狄仁杰的到来,使得沿途州县的官员们再也没有心境沉醉在弱柳从风、丛兰裛露的春色中了。这是狄仁杰第一次负命南行,他一路上雷厉风行,推倒滥建祠庙一千七百多座,只保留了夏禹、吴太伯、季札、伍员四祠。他留给江南官吏最深刻的印象就是刚正廉明,执法不阿。以往对朝廷巡抚高接远送,馈礼赠金的习惯在狄仁杰这里无法施展了,甚至连通常的饮宴都被他一次次地拒绝。官员们虽然当下尴尬,有失面子,或者有些官宦生出被弹劾的隐忧,但大部分官吏还是觉得不必再为接待大费周折,心境便轻松了许多。

　　刺史、县令们私下议论,朝廷的钦差若都能像狄大人这样一尘不染,两袖清风,何愁朝纲不振,民心不顺呢?

　　其实,这样狄仁杰也不感到别扭。一切都在律令的范围内处置,风清气正,是非分明,他也不必背上额外的负担。

　　狄仁杰一路都在想着一个问题。江南鱼米之乡,苏湖乃朝廷粮仓,忽然兴起了淫祠之风,原因恐怕不是官员们说的那样简单。他的这种思虑直到进了房州之后,才有了头绪。

　　房州刺史任杰闻听朝廷钦差到了,一大早就率长史、司马到城外迎接。

　　州治所房陵城坐落在州中部的河谷、平坝处。马栏河静静地从城南流向远方,河两岸多为丘陵。四月间,山上修竹苍翠,树木葱茏,通向山外的道路就在翁郁的林间穿越延伸——这也是到达房州的唯一大道,任杰焦急的目光一眨也不眨地盯着山道转弯处,生怕因为自己的疏忽而慢待了朝廷大员。

　　论起来,冬官侍郎与刺史大体都是一个品阶,有的甚至还要略低一点,但他是奉太后旨意前来巡察,自然就不可小视了。

眼看日色已近正午,却仍不见巡抚使的影子。任杰就有些不安,回头对身后的司马道:"你速带府兵沿着山路往前搜寻,直到接到人为止。"然后,他又看一眼长史道,"大人且先回州府,令膳厨备好酒菜,狄大人一到就开席。"

两人离开后,他又守候了一会儿,眼看时间已经过了午时,便觉得倦怠袭身,打了个哈欠道:"看来狄大人今日是来不了了,回城。"

而狄仁杰这会儿在哪里呢?他就在房陵的集市上慢悠悠地穿行。他在一家卖米的摊位上,捧起一把白生生的大米,问货主价钱。他很惊异房陵民风的朴实,他们自产的大米,花费了多少心血,可是他们在计算价格时,常常忘了这一项。因此,这里的米价比别地的便宜了许多。此刻,他正在米市的摊点旁蹲着与货主叙话。

"敢问老者高寿?"

货主忙摆手道:"刚过花甲,不敢言高寿。"

狄仁杰笑应道:"在下五十九,该称你老兄才是。"

货主被这和善的老头感染了,话也随之多了起来:"先生从何处来,又要到哪里去,在何处高就?"

狄仁杰道他从中原来,听闻太后颁行了《兆人本业》后,深受百姓拥戴。去年成为大唐立国以来收获最丰实的年份,尤其是江南大米闻名遐迩,就想着来做做生意。

这话一提,货主的眉毛就跃跃欲飞了,道:"先生来得正是时候。朝廷颁行《兆人本业》,使百姓定其位,安其心,乐其业;朝廷又颁令百姓实田,以实际占有地亩计税。如此,则豪强夺田之事锐减。法行半年,天人相应,去秋的晚稻就丰收了。"

狄仁杰回头看了看跟在左右的属下,笑得很舒心,对百姓的赞誉他由衷地点头称是。由此,他想到了当年在侍御史任上就为武曌的《十二建言》所感奋,那里面的第一条就是"劝农桑,薄徭赋"。在"二圣"临朝期间,大唐国力渐盛,人口激增,万民乐业,这是包括上官仪等一贯反对她的臣僚都不得不承认的事实。他进一步想,徐敬业反叛之所以短命,人心所向是一个重要原因。

狄仁杰站起来向老者告别,货主急忙问道:"先生不买米了?"

狄仁杰捋了捋美髯,神秘地笑了笑道:"在下做的是大生意,那一袋米不够。"说罢,他道一声"叨扰了",转身融入了熙来攘往的人流。

前面有一商号,店小二远远看见一位老者走来,脸上立时堆满了笑意:

"老先生请到里面看看。"

狄仁杰闻言,便走了进去。

这是一家经营丝绸的店铺,店家摊开一卷湖蓝色的绵绸道:"先生请看,这是去秋蚕丝染织而成,丝是上好的丝,颜色、花型也是最时兴的,先生要是有意,本店可让价给您,回去给夫人做件春衫是再合适不过了。"

狄仁杰摸了摸绵绸,果然手感、质地都不错。问过价格,他买了两匹。他站在柜台前与店家叙话,从《兆人本业》的颁行到地方官员的督促;从整饬欺行霸市到鼓励蚕农多养蚕出丝,店家发自内心地感谢朝廷的英明。

狄仁杰一边听,一边问道:"刺史任大人如何看待朝廷的诏策?"

店家闻言,警惕地问道:"先生为何问这个,您是……"

狄仁杰也不避讳:"他是在下的一位朋友,多年未见了。"

店家遂道:"刺史大人为施行《兆人本业》,专门把地方豪绅召集到府上转达太后的旨意,还要他们将《兆人本业》广为传抄,发给百姓诵读。"

狄仁杰合掌击节,快意道:"这个办法好!韩非子曰,'宪令铸之官府,刑罚必于民心',就是这个道理。"

出得店门,狄仁杰看见从对面坡上下来一对女子,手里提着刚刚采来的桑叶,袅袅婷婷地到集市上来卖,伴随着她们的脚步,山坡上飘来一阵阵歌声。狄仁杰听得出这是当地的乡曲,他开心地对属下道:"民为邦本,百姓的日子好过了,江山就固若金汤。"

再往前走,就是房陵县衙,门前拥了一群人,正在熙熙攘攘地议论什么。狄仁杰上前打听,方知堂上正在审理一起地产纠纷案。于是,他不动声色地站在人群中观察。原告乃当地的几户农夫,状告本乡豪绅关某采取殴打、私设刑讯手段,逼迫他们卖地。县令依据诉状,细细审理,开始的时候,关某仗着财大气粗,又有亲戚在京城做官,不把县令放在眼里。在事实面前,百般抵赖。县令下令将其按倒在地上痛打一顿,在场百姓都拍手称快。

听着县令对豪绅的严词申斥,狄仁杰满意地点了点头。他抬头看了看,日色已是正午,于是便对属下道:"听闻房陵黄酒很有名,你我寻个小店且饮两杯如何?"

属下知道他这样做就是为了回避地方的宴请,忙道:"就依大人。"

几位卫士分别走在狄仁杰的周围,大家来到北街,那里果然有一家小店,经营的都是当地山间的小吃。他们上了二楼在一个角落坐下,店家立时赶来,问他们想吃什么。狄仁杰点了几样当地土菜,又要了一坛黄酒。等菜上齐后，狄仁杰夹了一筷子竹笋炒木耳道："这黑木耳可是房州的贡品，放在这里，就是寻常菜。什么事情一沾了官气，就离地气远了。"

这番话说得众人频频点头。

用过午饭，他们才缓缓地来到房州刺史府门口。属下卫士上前对守卫的士卒道："烦请通禀，就说江南道巡抚使狄大人到了。"

"狄大人？哪个是狄大人？"

狄仁杰上前道："老夫就是狄仁杰。"

这士卒也算是在刺史府值守多年的老兵，迎接过不少朝廷大员，可哪一个不是轿舆宝车，前呼后拥呢？现在眼前这个和善的老者竟称自己就是威震江南的巡抚使，他说什么也不相信。

"您真的是狄大人？"

狄仁杰笑道："难道不像么？"

那士卒就有点不好意思，忙道："请大人少待，卑职这就进去通禀。"

不一会儿，府门大开，任杰率领刺史府的幕僚迎出门来。

"哎呀！狄大人！"任杰一步上前，施礼道，"大人这一路微服私访，可是苦了下官了，派人沿山路探寻了十多里。"

狄仁杰上前还礼道："老夫就是想到处走走，看看民情风俗。"

任杰又把幕僚和地方官一一介绍与狄仁杰见面，轮到介绍房陵县令时，狄仁杰赞道："不用了，老夫看过县令大人审理案件的过程，县令一身正气，是非分明。大唐县令都如大人这样，《兆人本业》何愁不能落到实处。"

任杰见状，便转换了话题："大人一路劳顿，下官在府内备了薄酒，为大人接风。"

"不劳刺史大人了，老夫方才已品尝了房州的黄酒，甘醇、清冽，真是好酒！"狄仁杰笑道。

任杰的脸上不免尴尬，但随即释然。他已从周边州县了解了狄仁杰一路的举止和起居，也就不勉强了。于是便邀狄仁杰到府内厅中坐下，品茗说话。

茶过三巡，狄仁杰问道："老夫奉旨一路南行，入了房州境内，却不同于苏杭，除民风淳朴，也绝少淫祠之作，这却是为何？"

任杰解释道："不瞒大人，房州辖内除佛、道、儒外，确少异祀。依下官看来，淫祠之蔓延，既因政风，也因经济。夫法之大行，邪恶不作；农桑大兴，庸闲不存；政风清廉，贪腐遏制，人心思定。当此之时，民之信任人力过于信神力，何须滥祀而茫然屈从于邪力。"

狄仁杰觉得任杰这刺史没有白当,他由任杰的话引出了新的思考,道统与人心何者更重要?太后恐怕不能光听朝堂上的议论,民心乃天,太后的《兆人本业》已深入人心了。

"大人所言,金声玉振。不出华堂,岂能闻如此金玉良言,老夫一定禀奏太后。"接着,他把此行房州要办的第二件事情提到了任杰面前,"老夫此行还有一件事情,就是奉太后旨意探视庐陵王,不知殿下近况如何?"

任杰道:"自庐陵王迁来房州后,先住在房州城西二十里处的'化龙',然殿下惴惴不安,忧惧'化龙'二字被人曲解,惹起大祸。于是下官又在不远处另建庐陵王城。"

狄仁杰赞道:"大人对朝廷的忠诚天日可鉴,若无不便,烦劳大人与老夫同往探视如何?"

"一切听从大人安排。"任杰言毕告辞。当晚,狄仁杰在州驿馆歇息。

第二天一早,狄仁杰率数十名卫士,任杰又命州刺史府曹仓参军押了上好的酒酿和干菜、肉脯等,浩浩荡荡地往庐陵王城来了。

马队沿着化龙河谷缓缓前行,河水不大,但水流较急,从谷底哗哗淌过。河谷两边的半山坡上,麦子已经放了黄亮。狄仁杰心中又是一层浪花——百业之兴,在于仁政啊!

二十里路大约走了半个时辰,便远远地瞧见在化龙河畔的一处平台上建了一座小城。其规模虽然较之京都王府小了些,但也算是云阁连栈,檐牙高凿。城门口两边站着两位府兵,见州刺史大人到了,忙上前参拜。任杰大声道:"江南道巡抚使狄仁杰大人奉旨探视庐陵王殿下,你等速速放下吊桥。"

那府兵去了不一会儿,吊桥就落了下来。一干人从东门进去,狄仁杰就觉得任杰的确是有心之人。一座王城,王府就占据了六成地盘,余下四成用作修筑苑囿,虽不大,却也是四季常绿。为了排遣李显的寂寞,城中还设了古玩、斗鸡场所、当地的风味茶餐等。王府门前,自是有另外一批府兵把守。

李显至今仍不明白,开始是将他贬到房州的,中途却传来一道太后的旨意,就转到了均州,可刚刚稳定下来,太后的旨意又下来了,要他返回房州。

那是发生在垂拱元年的事情,从那时候起又过去了四年。六年前,他曾赌气要将社稷赠予的岳丈韦玄贞在流放地去世,岳母崔氏被杀,他们的四个儿子韦洵、韦浩、韦洞和韦泚全部死于刀剑之下。消息传到均州,陪伴他的王妃韦香当场昏厥了过去。

这消息如同鬼魅,无时无刻不盘桓在他的周围,使他终日处在惊惧之中。看到他这副模样,韦香的心都要碎了,常常以泪洗面。她的心境很复杂,一方面,她觉得愧对于殿下,如果没有自己当初一再地要求,李显就不会在裴炎面前说出那样的话;另一方面,她又觉得李显太消沉了,不像是太宗后人该有的行为。因此,她一夜又一夜在床头苦口婆心地劝他振作起来。

李显当然有自己的道理。他知道,母后那双眼睛一刻不停地盯着远在异乡的他。他越是消沉,母后就越放心。

比起李贤当年的境遇,他已很满足现状了。他唯一的希望就是外界不要干扰他的生活,他恳请任杰不要跟时跟节地来探视,尤其害怕听到朝廷钦差到来的消息。可他越是害怕,事情就越是不期而至。

清晨起来,用过早膳,他和韦妃在檐下逗画眉玩。这画眉已学会不少人语,它可对李显说"殿下请",也可以对王妃说"娘娘万福",它还可以对客人说"恭迎您到来"。这不,它亮晶晶的眼睛看着李显,一条巧舌就在两片喙间弹奏出清脆的声音:"客人来了!"

他一回头,就看见王府司马站在了身边:"启禀殿下,江南道巡抚使狄仁杰求见。"

"何人?你说何人?"

司马重说了一遍狄仁杰的名字,未料李显一阵昏厥,向后倒去。司马眼快,赶快上前托住李显瘦弱的身子,韦香掐住人中,好一会儿他才缓过气来,口中讷讷道:"吾命休矣!"

当年李忠、李贤的遭遇让他们得出教训,朝廷钦差登门之际,也就是流放者生命终结之时。这些年,李显只要一听到朝廷来人就惊恐万分。韦香随即做出一个决定,她要司马扶李显到后殿歇息,自己去见狄仁杰。

狄仁杰看见韦香,起身施礼道:"微臣狄仁杰参见王妃殿下。"

韦香道:"二位大人不辞劳苦,远途而来,我代庐陵王先谢过了。"

"微臣此次是奉诏前来江南巡察淫祠之事,临行时太后叮嘱,要微臣转道房州探视庐陵王和王妃殿下。"狄仁杰解释道。

"谢太后恩典。不知太后差大人前来意欲何为?要杀要剐亦当明示才是。"韦香开门见山,毫不避讳。

好个伶牙俐齿的韦妃!狄仁杰心中暗叹,嘴里却道:"王妃误会了,庐陵王久在房州,太后以慈母之心,昼夜牵萦,故而命微臣前来宣慰谕意。"

一直没有能够插上话的任杰趁机道:"卑职与狄大人备了些酒菜送来,还请王妃过目。"说着,他向后挥了挥手,府兵们抬着酒坛等什物鱼贯而入。

韦香一一看过,却是不卑不亢,保持着仪态道:"多谢两位大人,多亏刺史大人关照,殿下衣食足矣。"

狄仁杰又道:"微臣前来王城,就是想见见庐陵王殿下。"

韦香也不隐瞒,直截了当道:"狄大人有所不知,只因此前两位皇兄皆薨于朝臣之手,故庐陵王对朝廷大臣拒而不见。"

狄仁杰正色道:"此一时彼一时也,微臣为人,想必王妃也有所耳闻,岂是鹰犬之流乎?"

仪凤元年(公元 676 年),左武卫大将军权善才因误斫昭陵柏树,当时,身为大理丞的狄仁杰奏罪当免职。高宗大怒道:"善才斫陵上树,使朕不孝,必杀之。"

李荣见皇上作色,暗中劝狄仁杰退却,可他却毫不退让道:"臣闻逆龙鳞,忤人主,自古以为难,臣愚以为不然。居桀、纣时则难,尧、舜时则易。臣今幸逢尧、舜,不惧比干之诛。假使盗长陵一抔土,陛下何以加之?今陛下以昭陵一株柏杀一将军,千载之后,谓陛下为何主?"高宗听后,便罢了此事。这件事情,一时在朝中传为美谈。

看狄仁杰的神色,也不像是来行刑的样子。韦香脸上的疑云渐渐消去,回头对身边的宫娥道:"去请殿下。"

李显在宫娥的搀扶下来到前殿,见了狄仁杰,他脸上的情绪很复杂,惊惧未去,又添矜持:"本王身患小恙,还请大人海涵。"

狄仁杰与任杰起身跪倒在李显面前道:"微臣参见殿下。"

这声音很久远了,以致李显有些迟疑,直到韦香在耳边提醒后,他才不无惶恐地说道:"二位大人平身。"

众人坐定后,狄仁杰转达了太后牵念之意,又问李显有什么话要带给太后。李显明白母后的意思,她让朝臣前来探望,有作为母亲的思念,但更多的恐怕还是不放心,遂道:"请大人转奏母后,托母后洪福,我在此心安理得,读书以养生为要;每日皆为母后祈福,愿母后驻颜益寿,长生久视。"

狄仁杰表示一定转达。众人又聊了一会房州的山水人文,狄仁杰发现李显不再想朝堂上的纠葛了,他的心在山水间徜徉,在诗书间遨游,倒真有些返璞归真的淡泊。可他毕竟是同曾高居皇位的人说话,深浅俱难,说者难受,听者也别扭。好在他此行的目的已经达到,看看天色不早,便起身告辞,李显、韦香也不强留。

看着两位大臣的身影消失在宫门之外,李显又一次感到韦香的重要,他也很庆幸自己没有成为刀下之俎:"唉! 本王又活了一次。"

"殿下不要如此说,殿下刚过而立之年,岂知没有再起之时? "

"异时幸复见天日,当唯卿所欲,不相禁制。"李显一回身就抱住了韦香,两行热泪滴落在她的脸颊上,热辣辣的。

辞别庐陵王,经数日辗转,狄仁杰于五月初来到了施州。在这里,他见到了刺史李孝逸。

当晚,李孝逸在府中宴请狄仁杰。

施州蛮夷聚居,风俗各异,山高地贫,然民风朴实。因朝廷多年在这些地方实施"羁縻"之策,故而在李孝逸之前,州刺史多为当地部族酋长。

说是宴请,也就是几样当地的风味菜肴和酒酿,始喝尚觉醇绵,一会儿就在腹中燃烧起来。狄仁杰饮过几杯,借着酒劲,话就出了口:"将军一世聪明,为何相信图谶之术? "

李孝逸很纳闷狄仁杰怎会提出这样的问题,遂道:"大人所言下官不明白,还请大人明示。"

狄仁杰放下酒杯道:"有人密奏太后,说将军拆字道,'名中有兔,兔乃月中之物,当有天分',可有此言? "

李孝逸很吃惊,关于朝廷告密风起,他也有所耳闻,但自己这里僻乡远地,这又有何干?孰料事情就冲着自己来了。李孝逸把一杯酒灌进腹中,仰天长叹道:"下官冤枉啊! 如果下官没有猜错,此必武承嗣所为。"随后,他又将几年来与武承嗣之间的龃龉述说了一遍,"当初徐敬业谋反,太后委以重任,下官至今难忘。我军大捷而归后,太后又多加赏赐,下官感太后天恩犹恐不及,何以会生出如此邪念? 所谓拆字云云,纯属子虚乌有。"

"人言可畏。本使回到神都,定要向太后禀明事情原委,还将军一个清白。"狄仁杰相信李孝逸的话,他若是心存异想,当初何必要与徐敬业大动干戈呢?

"多谢大人。请大人转奏太后,下官定当尽职竭命,不辱使命。"李孝逸举起酒杯谢道。

酒喝到最后已是戌时一刻,在回驿馆的路上,半轮如钩的山月悬挂在山头,淡淡的清辉照得远山如水墨画一般。白日喧嚣的县城宁静地伫立在夜色中,只有清江从城外滔滔流过。狄仁杰忽地就生出"心远地自偏"的感觉,他不知道,当初李孝逸是以怎样的心境来到这里的。

旅途劳顿,狄仁杰真累了,加上喝了些酒,他很快地就沉入梦乡,等他醒来时,太阳已经升上山头。他刚刚洗漱完毕,驿令就上来了,说早膳已经备好,请他入席。

狄仁杰来到膳室,却只有长史一人,忙问李孝逸在哪?

"大人还不知道吧?昨夜子时,朝廷的圣旨就到了,称李将军所为逆鳞,图谶谣言,欲图谋反。本该斩首,念其平叛有功,着即流放儋州,已于黎明押送登程了。"长史回道。

狄仁杰手中的筷子"当"的一声就落在地上,痴痴道:"怎么会这样呢?"

"李将军在施州声闻妇孺,却遭此厄运,实属不公。"长史为狄仁杰换了一双筷子,接着道,"李将军临行时要下官转告大人,回京后要为他辩冤。"

狄仁杰又问道:"长史可知,前来宣诏者是哪位大人?"

"过去不曾谋面,听李将军介绍说,彼乃左肃政台中丞来俊臣。狄大人认识吗?"长史略一思索后道。

狄仁杰点了点头。他明白了,还是李孝逸说得对,一定是在他离京期间,武承嗣再度陈奏太后,诬告忠良,混淆是非。狄仁杰打定主意,回到神都后一定要向太后陈明原委,为李孝逸洗冤。

"请长史放心,本使对此事绝不善罢甘休。"

……

"哼!人都死了,他不罢休又能怎样?"武承嗣对从儋州归来的来俊臣道,"此事可做得干净?"

"大人放心,李孝逸死于心痛,有当地医家为证。"来俊臣拿出证据。

武承嗣冷笑一声道:"顺者昌逆者亡!"

闻言,来俊臣心里打了一个寒战,立即谄媚地笑了笑道:"李孝逸之死在于警示宗室,勿生妄想。否则,结局会更惨。"

"大人言之有理。眼看'受宝'在即,宗室云集神都,随时都会风云突变,你我须当谨慎应对才是。"这话是在武府说的,送走来俊臣,武承嗣又觉得"受宝"是一个机会,何不谏言太后将李氏宗室一网打尽呢?这念头一出来,他就一夜无眠了。刚刚辰时二刻,他就急急忙忙地进了武成殿。

莫道君行早,更有早行人。当他被宣进殿时,竟在这里看到了从豫州刺史任上回京述职的越王李贞。他忙上前见礼道:"微臣参见太后、八王爷。"

武曌道一声"平身",示意他在李贞旁边坐了,然后继续说话:"皇兄不以年高,不辞劳苦,进京参加'受宝'之礼,朕欣慰之至。"

李贞忙欠身道:"豫州地处淮北,地瘠人贫,微臣就带了些当地的土产布帛以表贺忱。祈求太后美意延年,祈祷我朝本固邦宁,享国万世。"

"谢谢皇兄。所谓来而不往非礼也,朕也要送皇兄一件礼物。"武曌说着,对伺候在身边的张尚宫道,"拿朕的《兆人本业》来。"

张尚宫去了片刻,捧了一卷书进来,武曌指着书卷道:"此乃朕富民强国之策,今赐予皇兄,还望皇兄为中兴大唐勠力同心。"

李贞捧着《兆人本业》,看着书笺上的题字,心里先是一惊,接着就动起了心思——太后送此书究竟有什么意图呢?是示威还是笼络,抑或是试探,她明知道自己在诸王中的地位啊!李贞接过书卷,忙不迭地说道:"微臣谢太后恩典。"

"旦儿羸弱,朕临朝理政,乃先帝临终之托,朕勉力为之。皇兄聪颖多智,社稷之固,还仰皇兄及各位王爷率先垂范,表里楷模,共图大业。"武曌话中显出送客之意。

李贞遂起身道:"臣谨遵太后旨意。武大人有要事禀奏,臣就此告退了。"武承嗣忙站起身来恭送。

武曌对武钦道:"送王爷出殿。"

李贞刚一离开,武承嗣就对武曌道:"截至昨日,宗室诸王已全部到京。臣以为应趁此机会将之剪除,也免其生风滋事。"

闻言,武曌的脸色顿时沉了下来:"朕命你筹备'受宝'大典,你却尽思谋这些……"

"臣这也是为太后着想,太后以为李贞之流真会效忠么?"武承嗣尽量装得很委屈。

武曌笑道:"彼司马昭之心,朕焉能不知?然则,诸王是遵旨前来参加大典的,若无异动,朕岂可做无名之举?"

"这……臣以为今日不除诸王,将错失良机!"武承嗣仍不死心。

"你之言不无道理。可古今成大事者不仅要进,更贵于忍,小忍而图大谋。眼下,朕只能静观其变,伺机而动。"武曌略思片刻后又道,"你出去后立即去找左金吾将军丘神勣,除京师卫戍要多增兵员外,尚需派出密探,注视宗室行迹,不可疏忽大意。"

"臣明白,这就去宣达太后旨意。"武承嗣走出武成殿时,仍然以为太后过于谨慎了。

洛水北岸搭建了一座"受宝"台,高两丈,阔数丈,上面放置了洛神的神位。相传洛神乃上古伏羲氏的女儿,一天,她生了遍游天下的念想,便沿着河水一路南下到了洛水边,她为这里的山清水秀而缱绻,遂在此定居。武曌就是据此将洛阳定为神都的。

早在太宗身边为才人的时候,她就从屈原的《离骚》中读过洛神的足迹,"吾令丰隆乘云兮,求宓妃之所在。解佩纕以结言兮,吾令蹇修以为理",让她对这位美丽的女神日夜向往。后来,她跟着高宗来到洛阳,就在这洛水河边,她不止一次地从曹子建的《洛神赋》中读出她的美貌,那"其形也,翩若惊鸿,婉若游龙。荣曜秋菊,华茂春松。仿佛兮若轻云之蔽月,飘飘兮若流风之回雪。远而望之,皎若太阳升朝霞;迫而察之,灼若芙蕖出渌波。襛纤得衷,修短合度。肩若削成,腰如约素。延颈秀项,皓质呈露"的描述,带给武曌无穷的遐想。终于有一天,她向高宗提出,她要如洛神一样地留在神都。有时候她甚至想,自己就是洛神再世。今日,她终于有机会表示对这位女神的敬仰了。

高台四周,插着绣了"唐"字的彩旗,龙出云水,鳞光闪闪。从地面登上"受宝"台的阶梯都铺了猩红色的地毡,台上台下都有京师禁卫守卫。

不仅如此,城南也设置了祭祀点。武曌深信,这"宝图"注定是上天的启示,回想这么多年自己在风云际会中走过的道路,她就对孟子"天之将降大任于斯人也"的箴训深信不疑。因此她诏令群臣,在拜过洛神之后,还要祭祀天地。司礼寺这几日也是忙得不亦乐乎。既要筹备祭祀的程序和物品,又要为太后缝制祭祀的袆衣。虽然这些都是由尚衣局采买制作的,然司礼寺要依照礼制提出要求。至于宰相以下的朝臣们,遵照太后旨意,需要多次演练祭祀的步法、秩序。

苏良嗣作为左相,不仅时不时要被太后召进宫中就大典事宜咨询,更要率先参加排演。但他毕竟年事已高,几天下来已疲惫不堪。中间小憩时,他小声问魏玄同道:"大人果真以为'宝图'乃上天赐予的么?"

魏玄同看着不远处的骞味道和韦方质,眨了眨眼,苏良嗣遂收住话头。

进入五月,神都的天气渐渐变热。五月十一日卯时二刻起,洛水边就聚满了人群,人们依据事先的划分组成一个个方阵。最东边的是龙门寺和白马寺来的僧尼,西边是司礼寺来的博士,中间是朝臣们聚集的地方,靠着朝臣的是从各地来的李唐宗室。沿着洛水,左右金吾将军部署了众多禁卫警戒。

辰时二刻,与往常朝会一样,武曌由李旦、苏良嗣、武承嗣、上官婉儿陪同出现在群臣面前。人群中发出"太后圣明"的声涛,从脚下一直蔓延到洛水对岸,在山野间荡起经久不息的回声。

武曌今天着了一身新作袆衣,大带,随衣色,朱里,纰其外,上以朱锦,下以绿锦,纽约用青组。青衣,革带,青袜、舃加金饰。

登上"受宝台",武曌抬眼远眺,洛水自西南的崤山一路奔来,在洛阳城下因伊河的交汇而形成宽阔的水面,阳光蒸腾起的乳色水汽,随着风在河面上扯丝拉絮,婀娜缠绵。身后就是洛阳,她心头涌起千里江山奔来眼底,万世社稷掌中握定的不尽感慨。她十分看重这次受宝,因为它不仅象征着天意,也代表着民意。

巳时一刻,武承嗣宣布"受宝"大典开始。

白马寺住持薛怀义率领僧尼来到方阵前的空场打坐诵经,那些从《华严经》中摘出的经文都是武曌熟悉的。其间有些段落,她在感业寺时背诵过成百遍,现在从薛怀义等人的口中念出,她更有着别样的感觉。

接下来,是由宫廷学士们诵读曹子建的《洛神赋》,那又是完全不同的氛围。曹植文采奕奕,联类无穷,沉吟于视听之区,流连于万象之际的情感徜徉,听得武曌心驰神飞,让她回到了与高宗相识相知的年月。

　　余情悦其淑美兮,心振荡而怡;无良媒接欢兮,托微波而通辞;愿诚素之先达兮,解玉佩要之,嗟佳人之信修兮,羌习礼而明诗……

颂完诗文,就该宣读拜洛水的祭文了。

祭文出自上官婉儿的手笔,文稿起草好后呈送给武曌时,她一连读了两遍。这婉儿也太聪明了,无论章法还是辞藻,她都很满意。武曌破例,就直接点名要上官婉儿宣读。

当上官婉儿莲步轻盈地来到台前展开文稿时,台下一度荡起一阵喧哗。然而,随着那婉转嘤咛的诵唱如春水般淌进他们的胸臆时,僧尼、官吏和诸王都屏住了呼吸。

　　彼伏羲之淑媛兮,结河伯以为俪;悲伯而伤之矢兮,牵后羿而洛嫔。思洛水之清流兮,乃移舟而南来。眷恋恋而不思归兮,乃教民以结渔。彼乌发以垂肩兮,若飞瀑之落谷;彼明目以览世兮,若皓月之临空……夫佑我社稷,福我子民……

上官婉儿的话音刚落,在典雅而又恢宏、凝重而又婉转的祭祀乐曲中,武曌率李旦、苏良嗣、武承嗣缓缓来到洛神神位前,行三叩九拜之礼。

等他们回到各自位置的时候,盛典的最后一个节目开始了。遵照旨意,苏良嗣手捧已经装入盒子的"神石"来到武曌面前,高声念道:"圣母临人,永昌帝业。"

武曌接过盒子转身递给上官婉儿,面向台下的僧尼、大臣和诸王道:"昊昊上苍,降大任于朕;尊尊洛神,托社稷于朕。朕当不负天意,欲图中兴。"

台下又腾起一阵声浪:"太后圣明!"

李旦就站在武曌身边,他跟随着台下的声浪而祝母后万寿无疆,德配日月。他的目光暗淡而冰冷,因为他从上官婉儿的祭文和母后的话中没有听出"中兴大唐"的字眼,一切都是含混不清的。他用余光悄悄地朝台下看,就看到了一个恶煞的身影,那不是别人,正是当年杀了李贤的丘神勣。他又转脸打量左相苏良嗣,但见他脸色严肃,没有任何兴奋地表示。李旦觉得浑身发冷,似乎如陷入茫茫大海中的一叶孤舟,随时都有倾覆的危险。

随后,一行人到洛阳南郊祭祀天地。

第二天,武曌又在正在建筑中的明堂接见朝臣,加尊号为"圣母神皇",并当着朝臣们的面展示了太后的三颗玉玺。它标志着,太后今后完全可以不用皇上的玉玺就能发布诏书。李旦虽然陪伴在左右,可母后没有给他任何说话的机会。

可有人没有忘记他。在几天的大典仪式中,李贞的眼睛一刻都没有离开过李旦,皇上暗淡的目光给他留下了太深的印象。他猜得出皇上眼下的心境,他有着同样的感觉。

一向被诸王视为唐室砥柱的李贞人在明堂坐着,可武曌滔滔不绝的声音他一句也没有听进去,他从心底埋怨皇上的软弱。他打量着坐在前后左右的亲王们,情态各异的面容让他有些捉摸不定。难道就这样束手就擒,做武氏刀下的鬼魂么?纵然不为李唐江山忧虑,也该为自己的生死着想吧?李贞的目光暗地掠过人群,在不远处看到了纪王李慎。他眉宇平展,形容安静,很专注地注视着坐在上面的武曌。似乎所有的变故,都在他的预料之中。

在太宗诸子中,他虽然排行第十,可他见事敏锐,早在贞观年间任襄州刺史时,就以善于治政而受到辖内百姓的拥戴。他也是诸王中最有主意的人,不可能对目前的局面无动于衷吧!

李贞决计,待朝会散后,屈兄长之尊去纪王府一趟。

此时,纪王府中,李慎恭敬地与兄长叙着话,追忆着儿时的趣事,询问豫州近年来的农桑丰歉,皇兄一家的起居安康,又很热情地往李贞杯里续茶,就是不说正题。李贞不免有些焦急,他放下茶杯道:"十弟以为兄长来此就为了讨一杯茶喝么?"

李慎回应道:"小弟愚钝,还请兄长明示。"

李贞问道:"不知十弟可曾听说,皇叔李孝逸在流放儋州途中被杀了?"

"太后不是说此事乃一伙强盗所为么?"

"你难道会相信这个?李孝逸与我等相比,乃平定徐敬业叛乱的功臣,先是被贬,继之被杀,十弟不感到寒心么?难道十弟没有看到太后'受宝'背后的玄机么?"

刚刚过了五十岁生日的李慎摸一把下巴叹道:"此皆上天之意,你我又能有何作为?"

对这个回答,李贞很不以为然:"何谓天意?荀子曰,从天而颂之,无如制天命而用之。武氏如此铺排张扬,分明是要取唐室而代之,这一点,十弟真没有看出来么?"

"皇上都无良策,我等又能如何?"李慎迷离着眼睛,平静地看着李贞。他怎么会看不透武曌的用心呢?在来神都之前,他已同身边的长史反复商议,深感自显庆以来,太后经多年经营,已鹰爪满朝,早已不是当初那个从感业寺归来,在皇上面前哭哭啼啼的武媚了。而让他更感沉重的是,他的母亲韦贵妃本来就是北周遗老的孙女,虽为贵妃,并且为太宗生下了他,可从未得到太宗更多的恩宠。而他还有七个儿子,有的已入朝为官。一旦动起兵戈,不免流血折命。

李贞看一眼李慎道:"皇上懦弱,我等不能坐视社稷易主。武氏一旦觊觎神器,必不能见容于你我兄弟。"

"兄长之言不无道理,可依小弟观之,眼下尚非举事之机。"李慎沉吟片刻,向李贞作了一揖道,"以为弟之见,兄长不如密与诸王商议,待时机成熟后再举事不迟。"

这话在李贞听来,无异于下了逐客令,可他又不便发作。从纪王府出来,李贞很失落,眼眶中就噙满了悲凉的泪水。曾被高宗赞为"渐天汉而含润。资日观以载文,艺重三雍,道优二陕,梁池挺秀,燕馆趋贤,位表衔珠"的李慎尚且进退维谷,踟蹰犹豫,那其他亲王可想而知。更让他不安的是,远在博州的李冲还在等待着京城的消息。他怕李冲心浮气躁,贸然出兵,引火烧身。

在李贞逗留京都的日子了,又发生了两件事情,促使他对举事有了更加紧迫的感觉。

六月初一上午巳时,天空渐渐变得阴暗起来,李贞临窗仰望,只见黑云正一点一点地吞噬着太阳,不一会儿,整个街坊夜色如墨,伸手不见五指。街道上脚步杂沓,人声嘈杂。有高声呼唤亲人的,有号啕大哭以为灾难降临的。

李贞读过董仲舒的《春秋繁露》,日食在这个时间出现,对武氏家族和李氏宗室将意味着什么。他很快就想到了两点,一是武氏号称"圣母神皇",必是得罪了上天和洛神,而以灾异谴告之;二是警示李唐宗室诸王,时不我待,应该顺应天意,举事讨武。

日食的第二天,皇叔李元嘉之子、通州刺史李撰,范阳王李霭登门来了。

李贞问道:"二位兄弟为何到此,身后没有人跟着么?"

李撰笑了笑道:"小弟什么人?岂是那些蠢材能跟踪得了的。小弟转了几条街才到了这里。"

李霭问道:"八哥可曾听说,东阳公主封邑被削,二子徙往巫州。"

"哦!有这等事,是何原因?"

"还能有何原因,不就是因为她曾尚高履行,而高又与长孙太尉乃姑表兄弟,太后因而恶之。"

"岂有此理!她心中还有没有太宗?"

东阳公主是太宗的第九个女儿,本来就因为高履行一案受到牵连,接着又遭遇新城公主暴亡在府上,高宗怀疑夫婿韦正矩是元凶,怒而将其诛杀。东阳公主因为其保媒而受到处罚,迁往集州。

李撰愤愤不平地说道:"事情已过去数十年,复又削掉封邑,岂非让宗室难堪?"

闻言,李贞的心就"咯噔"了一下,感到真是到了兔死狐悲的地步了。

李撰接着又问道:"'受宝'那日,兄长注意皇上了么?"

"没有!皇上怎么了?"李贞明知故问。

李霭悲道:"皇上脸色苍白,双目无光,眉含悲郁,其心可想而知。"

其实,李贞又何尝没有同感呢?他能体会到皇上身在宫苑,如入囚笼,度日如年的滋味,只是慑于太后淫威,不敢有所表示罢了。何况,他的痛苦已不属于个人了,而是整个宗室之痛:"为兄也以为皇上表面上很顺服,其实在内心是日夜盼望我等起兵勤王,斩除妖后,还我大唐乾坤,匡复先帝基业的。"

两人听了都频频点头。李撰出主意道:"既是皇上有此意思,我等何不矫诏起兵?"

李霭也在一旁支持:"我等不才,愿将勤王之军交由兄长统领,誓死匡复唐室。"

李贞握着两位兄弟的手道："当此之际,为兄应担当重任。"接着,他们又在一起商议了联络诸王的方法、起兵时间。

"为兄就不相信,当唐室大军兵临城下时,妖后还能坐在武成殿泰然无事。"李贞满腔悲愤道,"人言撰弟善属文,这勤王之诏就由你来写。"

李霭又道："小弟已听说,七月武氏还要大封洛水、举行嵩山封禅,朝野都为此奔忙,此正是我等聚兵之良机。"

"显庆以来,宗室皆被武氏遣往各地,故同时举事尚需时日,我意十月最佳,二位兄弟以为如何?"李贞建议道。

两人都以为李贞深谋远虑,当下决定以书信通知诸王,十月同时在各地起事,共趋神都。

为避朝廷耳目,李霭、李撰一直待到子时才趁夜回到自己府中。临行时,李贞送至府门口,还特别叮嘱朝觐结束后,不要同时离开京城,以免武氏爪牙生疑。

接下来的日子里,李贞独自一人,或坐车,或乘马,遍游神都山川风物、佛寺道观,兴趣来了还要吟几首诗,托上官婉儿呈给武曌批阅。武曌对这位皇兄也是刮目相看,每有感触也都写成文字加以褒扬,似乎大有相见恨晚之感。可只有武承嗣明白,太后这一切都是做给诸王看的。她私下里一刻也没有放松对李贞的关注。

"八王狡黠奸诈,不可掉以轻心。"她这样叮嘱武承嗣。

眼看六月已经过半,诸王相继离去,李贞觉得是该回去了。这天一大早,他来到武成殿向武曌辞行："微臣在神都期间吟了几首谬作,承蒙太后不弃,微臣甚感恩遇之隆。"

武曌笑道："人言皇兄善骑射,涉文史,兼有吏干。朕拜阅大作,果然不凡。"

李贞忙谦虚道："微臣惭愧,太后赠《垂拱集》,微臣反复读解,果然字字珠玑。"

"哦!那你说说,朕的那个《垂拱集》有什么好呢?"

"字潇洒飘逸,自不必说。文章深意,微臣只用一字概之:真。"

武曌闻言很吃惊,她看着面前的李贞,没有想到他会这样评价自己的著作,这个人实在让人捉摸不透啊……

第十五章

李沖博州独起兵　武曌神都操胜券

垂拱四年(公元 688 年)七月,远在博州的李沖收到了通州刺史李撰矫皇帝之名发来的"诏书",痛数武氏专权,大兴告密之风,囹圄人满,朝野人心浮动,百姓怨声载道。说朕名为皇上,实与囚徒无异。继拜洛水、受"宝图"之后,太后又于七月丁巳,更"宝图"为"天授圣图",洛水为"永昌洛水",封洛神为显圣侯,加特进,禁垂钓,祭祀比四渎,定为中祀;又将"圣图"所出的泉水命名为"圣图泉",在泉水所在地置永昌县。不仅如此,太后还封嵩山为神岳,封山神为天中王,拜太师,使持节神岳大都督,禁止放牧。同时,将发现瑞石的汜水改为广武。诸多举止,都在移社稷于武氏,大唐危若朝露。

李沖反复看着"诏书",透过这沉重的文字,似乎看到皇上痛苦的挣扎,武曌淫邪的狂笑,昭陵的溃塌,乾陵的飘摇。况且前不久,父亲李贞从豫州遣专使送来书信,详述了五月神都洛阳的情势,话虽然说得很隐晦,但字里行间都是山雨欲来的征兆。两相照应,他的血液被急火点燃了,心中油然升起"当今天下,舍我其谁"的浩然。他相信,宗室诸王必然也都收到了同一份"诏书",这使他对讨武的必胜充满了信心,他相信徐敬业的悲剧绝不会重演,而专横的武曌必然被这熊熊大火焚毁。

然而,事情的发展并非他想象的那么简单。眼看中秋节即将来临,却没有诸王起兵的消息传来。一天,他接到了通州刺史李撰的来信,言语间显露的情绪较之发布"诏书"时低落了许多,说不少王爷但求自保,对起事犹疑不决。特别是在诸王中颇有影响力的纪王李慎,竟然指责他们鲁莽,说此匹夫之勇,知其不可为而为之,乃愚师也;还说太后固然专权,然施政多得人心,此时大动兵戈,难逃败局;自古识时务者为俊杰,诸王不可轻兴兵爨,致宗室喋血,生灵涂炭。

"人言纪王以善政闻,现今观之,徒有虚名耳。"李冲放下书信,情不自禁地感叹。

中秋节那天,他又接到范阳王李霭的来信,说派出去联络的使者回来,都是一副沮丧的模样,有的以为,眼下尚未准备好,不宜鲁莽;有的表示,待其他宗室王爷起事后必应之。李霭在来信末尾再次提醒李冲,鉴于眼下人心殊异,举棋不定,不如暂藏兵锋,待宗室四面并起之时,再行举事不迟。

李冲将信件扔到案头道:"这是什么话,群龙无首,岂能成事?若等待观望,讨武无期矣。"

太阳落于苍山之后,一轮明月从城头升起。博州城大街小巷人头攒动,万家团圆,一派节日气氛。可李冲的心却不在此,他让家人一同到后花园饮酒赏月,自己却约了萧德琮到书房议事。

事情到了这个地步,李冲也不隐瞒长史了。屏退左右,关了房门,他便将范阳王的来信递给了萧德琮:"依大人观之,眼下情势如何?"

"这?"

"你我相知,无须避讳,直言即可。"

萧德琮捻须沉吟了一会儿说道:"不是下官小看宗室,诸王爷皆寸目也。所谓'辅车相依,唇亡齿寒',往昔诸侯尚知,诸王竟茫然若瞀,岂非愚钝?须知覆巢之下,焉有完卵,贪图自保,必为武氏各个剿灭。"

"大人所言甚是。"李冲站起来,望着殿外的秋月感慨道,"本王以为,今日不为,明日必死。不管别人如何,本王欲九月起兵。只要做起来,就不怕无人回应。"

"王爷所言极是。不过……"

"你不必顾虑太多,有话放开说。"

萧德琮道:"博州之于神都,在北,豫州在南。若能南北夹击,则洛阳在我掌握之中,届时诸王见武氏大势已去,必群起而攻之。"

李冲点了点头道:"大人所言,甚为有理,待本王修书一封,星夜驰往豫州,报与父王知晓。之前本王要你招募兵马,现境况如何?"

"下官已募得兵马五千。"

闻言,李冲忧虑道:"我军乃新募之旅,战力当不能与府兵相比,须得加紧操练才是。"

萧德琮自信地回道:"自五月出榜招募以来,从者甚众,下官命熟悉为战之司马吴希智日夜操练,现已历三月,阵法与兵器都大有长进。王爷若是有空,不妨到校场一观。"

"如此甚好!"

第二天,李冲披一件银色铠甲,骑一匹赤兔马,长史则着了黑色铁甲,骑一匹雪青马,两人一前一后出了刺史府,直奔设在聊河河滩的演兵场而来。

八月,秋汛刚过,聊河水清澈见底,偶尔有落叶落入水中,宛若一叶叶小舟,缓缓远去。马蹄踩着河滩的鹅卵石,风驰电掣而来。

萧德琮高喊一声"到了",两人便紧了紧缰绳,那马一声长啸,在聊河岸边停了下来。

隔河眺望,但见在河对岸宽阔的沙滩上,一队队的士兵在指挥下演练枪术,喊杀声在河湾的丘陵处激起阵阵回声。

一位年轻的士卒出枪不力,被队正看见,他上去一脚将其踢倒在地,厉声喊道:"站起来!"

士卒挣扎着站起来,队正手持长枪,站在他对面喊:"出枪!"

士兵犹豫了一下,队正迎面又给了他一记耳光,骂道:"练时不出力,战时必然要流血。你是出汗,还是要命?"

队正并没有发现王爷和长史的到来,他的话音刚落,就听见耳边传来一声大吼:"不对!"

队正一怔,转过身见是王爷,赶紧抱拳躬身道:"卑职叩见王爷。"

李冲看着眼前的这些年轻人,最大的也不过二十一二岁,与自己儿子的年龄不相上下,若非战争,他们绝不会在这沙滩上摸爬滚打。他把手中的马缰递给身后的卫士,一脸严肃地来到阵列前面高声道:"队正只说对了一半。平时多流汗,战时少流血,自己存活固然重要,可最终还在于灭敌。舍此目的,练兵何为?"

他从一位士卒手中接过枪,来到队正面前,问他敢不敢较量一番。队正赶忙低眉垂眼地说不敢。

"现在站在你面前的不是本王,而是反贼。你要心中有敌,才会眼中有敌,明白么?"

"明白!"队正高声回答,随后手持兵器,朝着李冲就是一枪。

这真是一场让人眼花缭乱的好厮杀,但见寒星点点,银光烁烁,时而刺、挡、格、斗,时而疾行如飞,时而虚虚实实,时而腾空下扎,时而斜出猛刺。一个是雏鹰展翅,一个是浪里白条;一个枪雨滂沱,一个稳如泰山。双方大战数十回合，李冲卖出一个破绽，待队正再来进攻时，拦腰打去，队正便气喘吁吁地摔倒在地了。

这一阵厮杀吸引了沙滩上的士卒，数百双眼睛跟随着搏击的起伏流转。精彩处，人群中爆发出阵阵掌声。

"如此练，方能有真功夫。"李冲转身拍了拍膝盖的尘土。

长史急忙赞道："王爷好枪法，真有太宗遗风。"

李冲对这个评价很欣慰，觉得自己可以担当起匡复基业的重任了。

队正悄悄问长史："卑职斗胆问大人一句，我等如此苦练，将要应对何方敌军来袭？"

长史回道："你等只需练好功夫便可，多问无益。"

落霞孤烟时分，李冲与萧德琮一干人回到刺史府，洗漱完毕，李冲对萧德琮道："养兵千日，用兵一时，还要加紧操练，否则，战事一到措手不及。"

走进大门，看见王妃与乳母正带着小王子在花坛前玩耍，他的心一下子就柔软了。他明白，这孩子自从他决定起兵之日起，将同他的父母一样不得安宁。

"叫父王！"李冲看儿子的眼睛有些发热。

儿子怯怯地叫了一声"父王"，李冲笑了，但几滴一直在眼角藏着的泪花却在笑声中落了下来。

王妃见状，吃惊地问道："王爷，这是怎么了？"

李冲摇摇头道："没什么，我只是想起了一件往事。"

王妃将儿子交给乳母，陪李冲来到膳室。李冲有些心不在焉，吃着吃着就住了筷子，陷入沉思。王妃呼唤了几次，他的思绪才转过来："抱歉，我又想起了一件事情。"

王妃宽慰道："妾深解王爷心境，眼下武氏专权，百川沸腾，民怨载道，王爷欲替天行道，剪除妖后，因此……"

"惜哉李唐宗室，王公成群，竟然相互观望。若是我再不出头，恐怕明日就为人鱼肉。"李冲叹一口气，往王妃的食碟中夹了一块肉继续道，"一旦举事，胜负难料，若是……"

"王爷不要再说了。"王妃的泪水顺着脸颊淌下，"妾既随王爷，就当艰危共担，真到了那一天，妾先自刎于王爷面前，绝不落于贼手。"

这场晚膳用得太沉重。走出膳室，李冲还在心里埋怨自己……

节令一个接着一个，中秋的月光尚在李冲的心头徘徊，重阳节又一天天临近了。

节日前一天,李冲约了萧德琮和各路司马到府中议事。

"眼看秋已过半,一旦入冬,天寒地冻,战事殊难展开。因此本王决计重阳节举事。今日邀各位来,就是商议战事布局,还望众位畅所欲言。"

萧德琮首先道:"我军此举,目标直指神都,南下第一要津,就是济州。刺史薛顗,乃驸马都尉薛绍兄长,不知他对举事如何看?不妨先派使者试探,如能说服彼与我等一起举事,则再好不过。"

司马吴希智建议道:"欲取济州,当先取武水。一旦占领武水,济州门户大开。"

"好!二位所言,正合吾意。可派一使者前往济州游说,只要他不阻拦我军南进,就与举事无异。"

萧德琮又道:"王爷放心,此事就由下官去办。"

第二天,萧德琮派了一位参军带着自己的亲笔信前往济州,其他人则做攻打武水准备。

武水县令郭务悌很吃惊,七月以来,不断有消息说琅琊王在辖内招募兵马,他原以为是奉了朝廷之命,为与突厥作战秣马厉兵,如今看了萧德琮的来信,他更是惊讶不已,陷入两难境地。他很明白,以武水县的军力,止暴惩恶尚可,要与李冲对抗无异于以卵击石。可若是随了反军,他日若事败,自己也难逃一死。

然而郭务悌毕竟早年在府兵中做过参军,官虽卑微,经验却是不少,当下传来县丞、县尉和师爷商议:"琅琊王起兵,乃反朝廷也,吾等乃朝廷命官,岂能应之。"他要县丞火速修好表奏,今夜从南门出去,一路所过驿站,换马不换人,以六百里加急奔往神都,禀奏博州战情。又对师爷道,"你速修书一封,从东门出去,赶往济州刺史大人处求援。"

安排完这一切,他才对县尉道:"等信差走后,你率领城中官兵和乡勇,紧闭城门,日夜防守,等待朝廷援兵。"

"谨遵大人之命。"

郭务悌长叹一声:"老父随我久居武水,平日里忙于公务,未能膝下尽孝,本意重阳节陪父登高,看来只能留待来日了。"

县尉劝道:"反贼渡河,尚需些时间,不如今夜大人先回府与老大人团聚,属下巡察即可。"

郭务悌摇摇头道:"琅琊王多思多疑,我担心他识破,还是先部署为要。"

县尉很感动,道:"大人对朝廷的忠心,天地为证。"

"我倒没有想朝廷重用擢拔,只求武水百姓平安度日。"

两人说着说着走上街头,夜色已经渐渐地浓了,白日很清爽的秋风,现在吹到身上却很瘆人,郭务悌的心顿时沉重了。

此时,一队府兵捎着长枪,来到城墙根,准备上城楼去,被县尉一声喝住,一一检查了士兵的武装,叮嘱道:"我军力不济,要多备滚木礌石。"

"明白!"队正答道,转身带着府兵上城楼去了。

登上武水县城城楼,满目幽蓝色的天空,一道弯月寂然悬挂,身边只有几颗明明暗暗的星星,再往远处看,一切都被夜色所淹没。但郭务悌知道,博州就在河对岸,此时,也许萧德琮正掌灯阅看自己的复信,也许正在与琅琊王商议明日如何进攻武水。

郭务悌对身边仗剑而立的县尉道:"我不明白,博州沃野千里,平川如镜,粮丰民安,独据一方,偏安一隅,王爷何必要大兴兵戈呢?"

昏黄的灯光下,县尉茫然地看着郭务悌,不知道该怎样回答,其实对于他而言,只要能保境安民,至于这朝堂究竟是该姓武还是姓李,他关心不了,也并不关心……

第二天,前往济州的县吏回来了,说济州刺史薛大人道李冲乃乌合之众,不堪一击。杀鸡焉用牛刀,不日将派遣莘县县令率军驰援。

看着刺史大人的文书,郭务悌一头雾水,摸不清他到底在想什么?再想到敌我众寡悬殊,心里顿时吃紧了。

就在郭务悌接到薛颙文书的同时,济州使者录事参军高篡却进了李冲的博州府。

高篡没有带薛颙的片纸只字,但是带了口信,言薛刺史大人深为王爷壮举感奋,本欲响应,然驸马都尉在京,有投鼠忌器之恐。但刺史表示,若是义军途经济州,只作虚于应付状,绝不阻挡。

高篡匆匆而来,匆匆而去。

更漏进了子时,预报着新一天的开始,可李冲却依然毫无睡意,他反复琢磨高篡话中的意思,试图读透其间的每一个字和隐藏其后的心思。

"大人说,薛颙究竟怀的什么心思?所谓虚于应付,究竟又是什么?"李冲问着身边的萧德琮。

萧德琮回道:"薛大人的话不无道理。然而人心叵测,眼下情势复杂,王爷不可轻敌。"

"长史所言,不无道理。可即便他变卦,我五千人马,又岂是小小武水县所能阻挡得了的?"说着,李冲又对身边的司马吴希智和别驾孟青道,"为防不测,你等各率五百军士,分别部署在西门和东门,若是郭务悌开门迎接我军便罢,否则,你二位就攻城。"

萧德琮说道:"明日进军,下官可率千人走在前面,一路搜索前进,防止济州守军伏击。"

"好。"李冲对一边的司兵参军道,"传令下去,寅时造饭,卯时出兵。"

卯时三刻,东方晨曦初露,博州刺史府下的五千军马,加上早先老营的千余人,总计六千多人,分为前后左右四军,集结在博州城下,看上去黑压压一片,书写着"唐"和"李"字的大旗迎着晨风飘扬。

李冲在萧德琮的陪同下登上阅兵台,直到这时,才向士卒亮出了讨武的旗号:"各位将士,武氏专横,囚皇上于宫禁,聚党羽于朝野。欲夺李唐社稷之心昭然若揭,本王遵循天道,自今日起,聚义起事,讨伐武氏,匡复李唐,诸位将士当勠力同心,奋勇杀敌,直捣神都。前进立功者奖,畏罪退缩者斩无赦。"

人群中一阵喧哗,有的脸上就流露了不安,有几位军士小声议论:"王爷这不是要造反么?你我怎么能为他卖命呢?"

一位年龄稍长的军士制止道:"事到如今,又能怎样?弄不好眼下就没命了。且走且看吧。"

李冲厉声要军伍肃静,向萧德琮挥了挥手,只见他抽出宝剑,在空中划了一道弧线,高喊一声出发,大军便浩浩荡荡地朝黄河边奔涌而去。滚滚的烟尘很快就淹没了他们的身影,只有马蹄声在晨间的旷野久久回荡……

第二天太阳刚刚升起的时候,大军已经距武水县城不足四十里了。这时候,前往侦察敌情的探马疾驰而至,向长史萧德琮禀报说,前面五里地,发现有府兵游动。

萧德琮问:"有多少人?"

"大约不足千人。"

萧德琮心中打鼓,疑惑这近千人马从何而来?但军情紧急,容不得他多想,忙传两位旅帅来见。他又想到昨日济州使者高篡的话,心想这大概就是所谓的虚于应付了。

他便在心里骂薛颛奸猾,竟然脚踩两只船。义军胜了,他可以借此邀功;若是官军胜了,他也可以借莘县县令平叛,洗清与李冲的牵连。难怪他只派了使者,却不曾写一句话。

"你率一支人马从左边的林子过去,在身后袭击敌军。"他又对另外一位旅帅道,"你率军与本官同行,在正面迎接敌人。"

不错,迎面而来的正是莘县县令马玄素率领的军队。

州府的文书一到,马玄素就对自己的县丞和县尉感叹道:"刺史大人这是一步进退自如的棋路啊!"

但马玄素还有自己的心事,既然是驰援武水,为何薛颙不让司马率府兵解围,却要他马玄素出兵?他怀疑薛颙只是作壁上观,做做样子罢了。莘县城内人马总共只有千人,现在抽调七百人援助武水,若是不敌叛军,自己将面临全军覆没的危险。因此从离开莘县的那一刻起,他就十分谨慎。每走二十里,军伍就要停下来等待前面的消息。

这不,部队刚刚停下来,探哨就来禀报了,说前锋在距后军所在地不足三里处,遭遇了叛军的伏击,寡不敌众,已向这边逃来了。马玄素大惊,未料叛军战力如此厉害,心想若是硬顶,必陷灭顶之灾。他没有丝毫犹豫,就对身边的县尉道:"传令我军向东撤退,入武水城。如此,则不仅不负刺史使命,亦可与郭大人同商退敌之策。"

县尉道一声"遵命",号令部属呼啦啦地朝东而去。

县尉又留下几名士兵,用树枝扫乱马蹄足迹,防止李冲兵马追来……

又是一年好风景。洛阳周围的山岭都渐渐地披上了金色或者红色,比起春天倒有了一种别样的美。

垂拱四年的重阳节,对武曌来说,犹如雨后晴天一样的明朗和洁净,没有任何的杂陈和阴影。往年这个时候,她总是有意无意地想起这是李弘的忌日,为此,她多年都是独自在武成殿度过的。那种自责和愧疚总是折磨得她食不甘味,寝不安席。但是今年,这种情况因为有了薛怀义而消失无踪了。他的玉树临风,他的乖巧顺服,都给她带来诸多愉悦,使她心中的纠结已然散去,而活出了新的春色。

春天,她终究还是拒绝了左相苏良嗣、内史岑长倩的诤谏,毁掉了乾元殿,并以薛怀义为监工,调集徭役者数万人,开始实现多年来欲在神都建明堂的夙愿。

一个女人,对自己所爱的男人会发狂到不顾一切。当年的冯小宝,现今的薛怀义,在武曌心中不仅仅是侍寝的男宠,而且是心怀巧思的能人异士。垂拱二年,她就欲召薛怀义入住皇宫主持宫廷营造,可苏良嗣却要求将之逐回白马寺。武曌就有些不高兴,道:"尚贤使能,古之理也。朕观怀义乃能者,又有何妨?爱卿说三道四,肆意指责,这是为什么?"

关于太后与薛怀义的缠绵撕扯,苏良嗣心知肚明,但那是太后个人私情,他从不提及。可一个男宠堂而皇之地住在深宫,这是绝对违背礼制的。

苏良嗣向太后拱手作揖道:"臣记得当年有位叫作罗黑黑的异族琵琶演奏者,技艺精湛,太宗欲使之教宫人乐音,也先行阉割,后为给使。今陛下若以怀义有巧性,欲于宫中主持营造,臣请阉之,庶不乱宫闱。"

"你!"武曌被苏良嗣的话噎得一时回不过神来,却又找不到治罪的理由。而且苏良嗣如此说话,分明回避了让她难堪之词,她不得不承认这老儿精明过人,因此随即转换思路道,"此事容朕再想想。"

从此,这事便没有了下文。

然而,她没有放弃当初的打算。时间推移到了垂拱四年,四月,她召左肃政大夫同平章事骞味道和武承嗣,征询由薛怀义主持明堂修建的意见。

武承嗣与薛怀义因李孝逸之事而早已结成朋党,他自然是太后动议的坚定支持者:"太后用人不拘一格,微臣以为,建明堂,非怀义大师莫属。"

武曌又问道:"前年朕欲让他主持宫室营造,遭到苏良嗣反对。骞爱卿如何看呢?"

骞味道忙说道:"苏相不辨是非,太后岂能听他的。臣以为,怀义大师识见广博,定能胜任。"

"好!朕意命苏良嗣回京,趁他回京之前,一切事情已成定局,那老儿就是有话也无可奈何。"

武承嗣就不明白了,建议道:"一个苏良嗣,老朽不堪,太后惧怕他作甚?调回神都,投之牢狱,岂不快哉?"

"你不明白,杀苏良嗣容易,平伏人心难。"武曌对此嗤之以鼻。

如今几个月过去了,投入数万人的明堂主体已然耸立起来。对于工程的每一个环节,薛怀义都不忘在与太后狂癫时,半是表功,半是撒娇地吹嘘描绘一番。随后,他还是以明堂总领和白马寺住持的身份在武成殿向武曌禀奏了明堂修建的进度,并且邀请太后在重阳节这天到场巡视。

"好!就依卿所奏,朕明日走一遭。"武曌转头对武钦道,"传朕旨意,上官婉儿、骞味道、武承嗣、韦方质、丘神勣、武三思,随朕一同前往明堂。"

"皇上那边……"武钦又问道。

"你过去问问他,若是身体不适,亦可不去。"

果然,当武钦前往别殿探视时,刘皇后回道:"皇上昨夜作画到深夜,偶感风寒,特向太后请告。"

闻讯后,武曌一脸的不悦:"不去也好,免得看了心烦。"

九月九日,秋阳爬上洛阳城头的时候,几位大臣早已站在司马道旁等候武曌。辰时二刻左右,从贞观殿走出来一群宫娥、太监,两边是手持兵器的宫廷禁卫,接着是张尚宫在前面开道,然后,武曌在宫娥的搀扶下,缓缓地朝着司马道上走来。

武曌顾盼生辉,看着道旁一盆盆的金菊,她更是开心地笑了,显然对薛怀义的细致周到很满意。花儿金风飘寒蕊,人却玉露摇丰姿,人花相映,重阳的节气就分外地透了浓香,武曌鬓边还插了张尚宫特意寻来的一小枝茱萸,看上去绿莹莹的。

武曌这一身装扮,让上官婉儿完全被太后的妩媚惊住了。她紧走两步,到太后身边轻轻说了一句:"太后美艳绝伦。"

武曌斜睨了一眼婉儿,叹口气道:"是么?朕感觉老了。"其实,在内心,她很高兴婉儿的赞美。

上官婉儿不经意间抬头朝前望了一眼,脸就腾地泛起红晕:"三思,看他玉树临风的样子。这些日子去何处了,为何不见进宫来呢?"

她有些魂不守舍,急忙用衣袖掩了面,生怕别人看见内心的秘密。

明堂距贞观殿还有些距离,在司马道口,武曌被宫娥扶上轿舆。在即将拉下垂帘的当儿,她对上官婉儿道:"知制诰,朕赐你骖乘,上来。"

"谢太后。"

丘神勣一直看着上官婉儿被垂帘遮住,还没有收回目光。这情景让武三思很不舒服,他上前狠狠地拍了一下他肩膀,丘神勣转过脸来,恼怒地说道:"干什么?吓我一跳。"

"上马吧! 丘大人。"武三思一跃上马,狠抽一鞭,追着轿舆队伍去了。

丘神勣朝地上吐了口唾沫,也一打马跟了上去。

薛怀义早已率了大匠们等候,看见呼啦啦地来了诸多轿舆,他上前双手合十道:"白马寺住持薛怀义恭迎太后,阿弥陀佛。"

武曌一手挽着上官婉儿,一边扶着宫娥,下得轿来。她打量着头戴禅巾、身披袈裟的薛怀义,丹凤眼便溢出舒心的笑意。这身行头是她亲自命尚衣局做的,薛怀义身材挺拔,眉目清秀,穿在身上自是十分得体。

武曌点了点头:"大师督建明堂,劳苦功高,朕将于明堂建成之日,重重赏赐,并对白马寺广送布施。"

"谢太后。"薛怀义赶紧施礼,随即扫了一眼随行的朝臣,当他确定没有苏良嗣时,这才快步走到太后身旁,向她禀奏明堂的建设情况,"据贫僧所知,周朝时的明堂为九室,一室有四户八牖,凡三十六户,七十二牖,以茅盖屋,上圆下方。堂方一百一十二尺,高四尺,阶博六尺三寸。室居内,方百尺,室内方六十尺,户高八尺博四尺。汉明堂高一百四十尺,象坤之策;屋圆二百一十六尺,象乾之策;屋高八十一尺,象九九之数。九室法九州,八窗法八风,十二重发十二月,三十六户法三十六旬,七十二牖发七十二候。各个方面都比周朝明堂大了许多。"

武曌边走边听,觉得武三思、太平公主的眼力不错,这薛怀义果然聪明,虽在佛门,却对儒家礼制十分熟悉。

"历来一代胜于一代,此物生生不息之理也。说到汉室明堂,朕倒想起一些史事来。当年汉武帝十六岁即位,雄心勃勃,乃罢黜百家,独尊儒术,于长安杜门外建明堂。孰料遭遇窦太后之阻,不唯罢了窦婴、田蚡相位,而且推倒明堂。此于朕看来,未免狭隘。"

上官婉儿看了看太后说道:"哦!臣明白了,此所谓过犹不及也。太后圣明,尊佛而不废儒,乃再造春秋盛事矣。"

"朕以为,同则不继,和实相生。儒、释、道,于我圣朝完全可以各展其长,互为补正,何须扬此抑彼,有我无你呢?故而,朕此次建明堂,不以司礼寺住持,而以白马寺怀义大师住持,正是要打破儒释不相容之窠臼,开儒、佛互照之新局。"

"太后真乃千古神皇。臣跟着太后,每日聆教,胜于学馆。"

"你倒会说。"武曌很满意地看了看上官婉儿,转而问薛怀义,"记得朕曾看过我朝明堂图,觉得胜于前朝。"

此时,一干人已经来到工地,薛怀义不失时机地跟太后表功道:"神皇每每于图上的批阅,贫僧反复体味,与大匠精研细改,不敢疏忽大意。"他指着眼前一排排高大的梁柱,"我朝明堂,高二百九十四尺,方三百尺,凡三层,下层法四时,各随方色,中层法十二辰,上为圆盖,九龙捧之。上施铁凤,高一丈,中有巨木围,上下通贯,栌栌撑枓藉以为本。下施铁渠,为辟雍之泉。"薛怀义咽一口唾沫,喉结颤了颤继续道,"贫僧已经想好,明堂建成以后可号为'万象神宫',太后意下如何?"

上官婉儿在旁边听着,心里很是惊异,薛怀义为何用这样商议的口气与太后说话？朝臣中也没有敢如此的。然而，武曌却丝毫没有感到意外，反而高兴地说道："此名甚好，怀义才思过人，深知朕心。"

薛怀义边走边介绍，几位朝臣渐渐地也看出些名堂来。骞味道碰了碰韦方质道："大人可看出些道理了？"

韦方质眼睛眨了眨，回答得很谨慎："富丽堂皇，大大超越了前朝明堂的规模。"

骞味道笑道："仅仅只是富丽堂皇么？"

"还有什么，大人不妨明说？"韦方质问道。

"我朝坤胜乾衰，阴盛阳衰之势于此可见矣。"骞味道指着明堂上的雕塑，压低了声音，"大人仔细瞧瞧，自古龙为乾，主阳；风为坤，主阴。可看看我朝明堂，圆盖上施以铁风，九条龙围绕其周，岂非阴盛阳衰之象？"

韦方质心里"咯噔"一下，仔细一看，果然有九龙朝风之意，心想这薛怀义算是揣摩透了太后的心思，但他立即一句话岔了过去："下官愚钝，倒是没看出个子午丑卯来。太后已经走远了，我们还是快点吧。"说罢，他加快脚步，与骞味道拉开了距离。

武承嗣与武三思走在一起，细细品味，却从薛怀义的介绍中读出另外的意味来。

武三思附耳对武承嗣道："小弟听说'咸'字在《易经》中有男女交媾之意。不知兄长可否看到，怀义大师所建明堂，除了太后主政意象以龙凤呈现外，还嵌入了男女阴阳交合之意。"

"何以见得？"武承嗣转过脸来，眨了眨眼睛。

"外界传闻怀义大师命根坚挺。"武三思说着指了指挺立的站着铁风的圆木。武承嗣细心打量，会意地笑了。

武承嗣想随着明堂的建成，薛怀义将更为太后垂青，往后许多事情都得借重于他了，便看了一眼武三思道："往后你我都得在怀义大师面前谨慎些，这风那风，不如太后耳边的枕头风。"

武三思说道："兄长高见。小弟倒有一主意，日后怀义大师进宫，你我为之牵马坠镫未尝不可。"

武承嗣却没有回答，说不清该怎样回答。

丘神勣本就是个莽汉，看这眼前的建筑高大宏伟，与宫殿无异，就不理解为何太后看得津津有味。加上秋日太阳温暖，不一会儿就昏昏欲睡了。

有道是祸从口出，二次回朝的骞味道因眼前宽松的氛围而松懈了。在走遍明堂的各个角落后,又对身旁的韦方质发起议论来:"伟矣哉,明堂之嵯峨乎。古者明堂,茅茨不剪,采椽不斫,近者施以珠玉,涂以丹青,铁鹭入云,金龙隐雾,昔殷辛琼台,夏癸瑶室无以加也。"

韦方质顿时听出了骞味道话里的意思,却明知故问道:"大人所言何意,是礼赞,抑或非议?"

曾经受过刘祎之弹劾的骞味道没想到韦方质会这样提出问题,心里不免有些慌乱,脸也红了,口也塞了:"大人这是何话?下官当然是礼赞了。"

韦方质没有再问下去,眼睛却流露出几分诡秘的笑,让骞味道瘆得慌。

其实,不只是骞味道作如是感怀,走在太后身边的上官婉儿也为明堂建筑的奢华而吃惊。她自幼博览群书,读过《淮南子》,那里面说,"文王周观得失,遍览是非,皆著于明堂",换言之,古之明堂,在读经、讲经、朝诸侯,故而多为节俭,以警策朝野。而今明堂,雕梁画栋,着意铺张,太后意在夸功耀迹,于本意相去远矣。但她将这些藏在了心底,她明白,太后对自己男宠的杰作,是看在眼里,喜在心头的。

参观完明堂,薛怀义谦恭地对太后道:"贫僧在这明堂膳室为太后及各位大人备了素餐,还请品尝。"

武曌回转身来,对朝臣们说道:"朕悉心向佛,喜食素餐,不知各位大人可习惯否?"

朝臣们便纷纷附和……

这是武曌最感惬意和舒畅的日子,从拜洛水到"受宝",从嵩山封禅到建明堂,一切是这样的顺畅。她甚至断想,于此以后,再也没有什么力量能够阻止她给自己加上"圣母神皇"的光环了。

转眼日子到了九月底,武曌的情欲却并没有因为秋日的肃杀而有丝毫的减退。这天夜间酉时,薛怀义依照太后旨意来到了贞观殿,他是走偏门进到内室的。

灯火很亮,武曌在宫娥的伺候下,以芙蓉花浸泡沐浴,又服了当年韦香献的药方,皮肤立刻透亮白嫩;而自内向外散发的香气,从帷帐深处飘向殿堂的各个角落,仿佛这高屋广厦绽开了芙蓉的芬芳;在张尚宫拉合了帷帐后,武曌迷离着丹凤眼道:"你退下吧。"

"奴婢遵旨。"张尚宫向武曌施了一礼,转身离去。

顷刻,帷帐外就传来男人的脚步声。她立刻闭上了眼睛,只有修饰之后的睫毛在眼睑处烙下淡淡的眼影。这几乎是所有女人在情感潮汐到来时都会有的风姿,也是一个女人最迷人的时刻。

"太后,今夜可否早点歇息?"薛怀义怯怯地说道。

"这是为何?"武曌睁开眼睛,看着薛怀义。

"贫僧连日在明堂工地忙活,有些力不从心。"

"你是要朕杀了你么?"武曌的脸上顷刻变得十分冰冷。

薛怀义本能地打了一个寒战。

武曌对着外面喊道:"张尚宫!"

张尚宫应声进来。武曌说道:"去偏殿取来'千金秘精方'和'长相思'。"

张尚宫取了药来,武曌便让宫娥端了黄酒伺候薛怀义服下……

丑时二刻时分,武曌和薛怀义刚刚平息情波,一向得体而知趣的张尚宫却不经传唤就进来了:"太后,春官尚书武承嗣、夏官尚书岑长倩求见。"

"何事如此紧急,还要深更半夜进宫,就说朕已安寝,不见。"

"二位大人说军情紧急,故而进宫。"

"知道了。伺候怀义大师偏殿歇息,宣他们进殿。"

不一会儿,武曌已穿戴整齐,在贞观殿等候两位大臣到来。岑长倩和武承嗣一进殿就不约而同道:"太后,大事不好了。"

"身为朝廷重臣,每临大事须有静气,纵然外敌入侵,亦不必如此惊慌。"

武承嗣道:"非突厥、吐蕃之攻也。济州刺史、武水县令相继急报,琅琊王、博州刺史李冲起兵造反了。眼下贼兵已渡河,将武水围了个水泄不通。"

"贼众有多少人马?"

"据济州刺史朝报,李冲在博州募兵五千,加上原有府兵,约六千人。"

武曌闻言就笑了,道:"六千乌合之众,就将你等吓成这样,圣朝若如此,还有希望么?"

岑长倩解释道:"倒不是六千贼众有何之惧,微臣所忧心者乃星火燎原耳。《尚书·盘庚》道:'若火之燎于原,不可向迩',故微臣深夜进宫奏明太后。"

武曌收敛了笑容,岑长倩的话让她认识了事态的严重。五月拜洛水时,武承嗣曾谏言趁宗室云集神都,一举剪灭。她顾忌无凭无据,怕惹起朝野风波。孰料几个月后,果真有人出来向她宣战。

"哼!螳臂当车,不自量力。"话虽这样说,但她内心却是十分担忧,看了看面前的两位大臣问道:"依二卿之意,该如何处置?"

岑长倩作为夏官尚书,主兵部,自然得先拿出对策:"臣以为应派卫府将军中之能征善战者,率兵星夜北上,讨伐叛贼。"

武承嗣附和道:"还要传旨给济州刺史,命他于当地募兵,阻击贼众南下,并与援兵相应,聚而歼之。"

"好!朕思虑左金吾将军丘神勣出兵最为合适,他有勇善战,定可克敌,大胜而归。"武曌点了点头,接着又问,"那个八王爷近来如何?"

武承嗣回道:"据报他在神都期间,曾登门游说李慎谋反,遭到拒绝。"

武曌进一步部署:"先帝诸兄弟中,八王爷最是老谋深算,不可不防。传朕旨意,以左金吾将军丘神勣为清平道行军大总管,以岑长倩为中原南道行军大总管,遏制李贞北上与博州之贼会合。"

岑长倩从内心感佩武曌的处乱不惊,镇定应对,忙说道:"谨遵太后旨意,臣不日即率军南下拒敌。"

"凤阁侍郎同平章事张光辅为诸军节度。"

"这?太后……"

武曌摆了摆手道:"朕知道爱卿要说什么。光辅久在京都,也该阵前历练,日后方能大用。"

岑长倩便不好再说什么。

武曌又问:"还有何事,不妨奏来。"

武承嗣从怀里拿出一卷黄色绢帛说道:"州县急报,李唐宗室都收到了皇上发出的诏书,号令宗室诸王发兵勤王,同驱神都。"

武曌接过来,借着灯火仔细观看,不禁一时血液上涌道:"物必自腐而后虫生,他竟敢号令宗室杀他母后!速传尚宝监。"

不一会儿,尚宝监便神色慌张地来了,武曌见面便问道:"你可知罪?"

尚宝监低头拜倒在地道:"微臣不知,还请太后明示。"

武曌把盖着皇帝玉玺的勤王诏扔在地上道:"你自己看吧。"

尚宝监捧着诏书,反复观看,良久才抬起头,面对众人肯定地说道:"启奏太后,此矫诏也。"接着,便将平日管理皇上诏书,对玉玺篆刻线条的比对述说了一遍,"陛下请看,这玉玺边款毛糙,线条无力,乃赝品矣。"

武承嗣狠狠地瞪着眼睛道:"你敢断定这诏书是假的?"

"若有误,臣甘愿领罪。皇上玉玺藏在尚宝监,臣日夜派重兵把守。钥匙由臣与两名金书分别掌管,缺一人即无法打开印库。"

"朕险些冤枉了皇上。"武曌听罢,心一下子轻松了。此时,更漏正报卯时三刻。

第十六章

李贞父子皆殒命　狄公奉诏赴豫州

武水县县尉站在城楼上，远远瞧见一队人马朝这边奔来，忙令军士备好滚木、礌石准备迎战，又遣人速报县令郭务悌。

说话间，那队人马已经来到城下，领军的官员对着城头喊道："城楼上可是郭县令，速命属下开城门。"

县尉从城垛上伸出头问道："敢问阁下是何方军伍？"

领军的官员道："下官乃莘县县令马玄素，请速放下吊桥，放我等入城。"

县尉正要回答，只听身后传来脚步声，郭务悌已过来吩咐道："让我与他说话。"

马玄素与郭务悌乃同科进士，二人并不生疏。郭务悌见城下果然是马玄素，忙令守门军士放下吊桥，马玄素即刻率领七百人马气喘吁吁地拥进城内。刚刚拉起吊桥，就听见护城河外马蹄生波，人声嘈杂。郭务悌定神一看，原是李冲的长史萧德琮率领的一千多人马到了，他不由得心底打鼓，好险，若是稍晚一步，后果将不堪设想。

当日午间，两位县令就在县府小酌，席间说到迎敌之策，马玄素问道："既是大人向薛刺史求救，为何不见济州出兵？"

郭务悌也皱了皱眉头道："下官也十分疑惑，按理，薛刺史与驸马都尉薛绍乃同宗兄弟，看在太平公主的面上，薛刺史出兵平叛，责无旁贷，此亦立功良机，却不知为何迟迟按兵不动。莫非……"

马玄素呷了一口酒，苦涩而又辛辣，点头道："大人之虑不无道理。眼下我等只能固守，投降是万万不可的。我观琅琊王之众军容纷乱，定难持久。"

郭务悌赞同道："马兄高见。下官接到密报，朝廷已任左金吾将军丘神勣为行军大总管,星夜赶往博州平叛。我军只要忍耐几日,就可等来援军。"

二人说话当下,即命两县军士加强防守。

再说萧德琮率领的博州军已在城下叫阵半日,一直无人应声,正要号令攻城,旅帅来报,说琅琊王到了,就在距城一里地的林间扎营。萧德琮即命司马吴希智率军攻城,自己则快马赶到李冲营寨。一见面,他就不无遗憾地对琅琊王禀报:"慢了一步,让贼人逃进了武水城!"

李冲命卫士给萧德琮上了茶水,胸有成竹道:"武水不是洛阳,本王已命军中望气者观了天象,这两天就会有风,若是用柴草塞其城门,届时趁了风势,以火攻之,还怕这城不能破?"

"王爷果然运筹帷幄,胜券在胸。"

当即,琅琊王帐下别驾孟青便率军士用装满草垛的车子塞了城南门。

傍晚,营寨前的军旗果然猎猎作响,李冲走出帐外,禁不住大喜过望,对身边的萧德琮道:"此真天助我也。大人可速命弓箭手将火把投向草车,两千步军随后,单等城门一破,就夺取城池。"

"下官遵命。"萧德琮唤来孟青,两人率了步军埋伏在护城河边的草丛中,又命弓箭手将蘸了羊油的箭镞射向草车。不一会儿,十几辆草车便火势熊熊,浓烟滚滚,城楼上的官兵士卒被熏得咳嗽不止。萧德琮见时机已到,便挥了挥手,草丛中的伏兵纷纷腾跃而起,朝着火光奔去。

可就在这时,风向突然急转,热辣辣的火苗不烧向城门,反而向着萧德琮的队伍扑来。风助火威,火借风势,冲在前面的士卒身上已燃起了火苗,发出惊惧的呼喊。跟在后面的军士怕殃及自己,潮水般地向后退去,不少行动迟缓的,被踩在脚底,不一会儿就没命了。

这情景被守城的郭务悌、马玄素看见,又命弓箭手连发火箭反攻,两千博州步军顿时陷入一片火海。哭喊声、惊叫声、大火熊熊燃烧的声音,交织在一起……

指挥攻城的孟青惊呆了,朝萧德琮投去疑问的眼神。萧德琮也摇了摇头道:"下官亦莫名其妙,望气者不是说风向在北么?为何忽而转南?"

孟青看着士兵一片片地倒在火海中,气得破口大骂:"若是见了望气者,定将其碎尸万段,方解我心头之恨。"

但更让他们没有想到的是,城中的两位县令见风向大变,当下派一队弓箭手,悄悄地出了东门,绕到李冲大营背后趁乱放了火箭,烧了营帐。叛军措手不及,死的死,伤的伤,活着的见大势已去,也趁着夜色逃了。

黎明时分,李冲、萧德琮和吴希智才得以在黄河岸边相遇。一个个焦头烂额,蓬头垢面,哪里还有一点举事的气概呢?

李冲问道:"孟青呢?"

吴希智摇了摇头,萧德琮叹一口气道:"想是葬身火海了。"

吴希智气咻咻道:"望气者不是说天象宜于火攻么?为何风向却反而烧向我军。"

李冲这才想起,自昨夜起就没有见望气者的影子,愤然道:"二位不必气馁,捉住望气者,定要将其斩首,祭祀我义军亡灵。"

萧德琮环顾了一下周围,五千募兵早已四散无踪,身边仅剩下亲兵、家童数十人跟随,忙对李冲道:"此地不可久留,若是追兵赶来,我等寡不敌众。下官以为,还是渡河回博州再图来日。"

李冲在战袍上擦了擦血迹,很疲累地说道:"渡河吧!"

李冲前几日靠李霭信件支撑起的自信如春来冰融般地坍塌了,他的脚踩在松软的秋草上,发出窸窸窣窣的声响。他很后悔没有听从李霭的话,等待诸王联络好后同时举事,此次仓促起兵,也注定是这个结局。

"一局失而局局失。"李冲讷讷自语,道不尽繁复的心绪。

吴希智劈开芦苇,好在来时的船只尚在。数十人分乘两条船向北岸驶去,船到中流时,李冲狠狠地拍打船舷,仰天长叹:"天不容我矣。"

萧德琮听闻潸然泪下,劝慰道:"王爷何须悲叹,我博州尚有千余精锐,留得青山在,何愁春不至。下官虽然愚钝,然愿追随王爷,重整旗鼓。"

吴希智心里已打起了退堂鼓,武水弹丸之地,尚一败涂地,遑论神都。但下一步究竟如何走,他还没有想好。他迷茫地望着对岸的山水,梳理不清自己的情绪。

九月二十二日,过河后又经过两天的疲累行军,一干人终于来到博州城下。

正是午时,大家腹中饥饿,便在城外的岗子上坐了歇息,李冲唤过吴希智吩咐道:"让城门司直放下吊桥,本王要进城。"

吴希智道一声"遵命",转身去了。大约半个时辰后,他才回来。

李冲疑惑地看了看吴希智问道:"如何去了这么久?"

吴希智回道:"守城军士误以为是朝廷府兵来攻城,故而犹豫不决。见了卑职后,才相信是王爷回来了。"

"既如此,王爷就进城吧。"萧德琮见李冲依然不放心,便接着道,"谨慎起见,下官走在前面,若有变,也好应对。"

吴希智见状忙道:"长史尽可放心,卑职就在王爷左右,即使生变,卑职当以身保护王爷。"

及至走到吊桥中央,李冲看到城门口的士兵阵容整齐地列队迎接,悬着的心方才落地。想到立即就要见到王妃,几天来的疲劳顿时远去,正要转脸去褒扬吴希智,却吃惊地看到六七名军士用力关了城门,将他的随从全关在了城外。

"这是为何?"李冲警惕地去抽腰间的宝剑,却不想吴希智早已将剑架在了他的脖颈。

"你……"

吴希智冷笑道:"卑职若是再跟随王爷盲动,必死无葬身之地。与其如此,倒不如用王爷的头换得千人的命。"言罢,揪着李冲的头发,手起剑落,头颅就在手上了。

一股热血"噗"地喷到走在前面的萧德琮身上,咸腥的味道,让他一阵恶心,不等他回头看,就被守军穿胸刺了一刀。他只沉闷地"哼"了一声,就扑倒在地,气绝身亡了。

吴希智仗剑站在城门中央对身边的军士说道:"诸位已经看见,李冲谋反,短短七日即遭惨败。我等朝廷臣民岂可附逆。本司马自今日起主持博州事务,等待朝廷大军到来,敢违令者斩。"

旅帅见机立马带头高呼:"听凭将军调遣……"

九月二十四日,丘神勣率领朝廷大军,一路浩浩荡荡地来到博州。吴希智率博州录事、司功、司仓、司户、司田、司兵、司法、司士七曹参军及市令、丞、文学、医学博士等大小官员出城迎接。

吴希智言李冲等人谋反,违天理、逆人心,他忠于朝廷,已斩了李冲、萧德琮,并率博州大小官吏前来迎接将军。

丘神勣冷冷地看了吴希智一眼,笑道:"如此说来,司马功在朝廷了。"

"卑职不敢邀功。然将军兵不血刃而得博州,太后闻之,当大加封赐。卑职无他,只求在将军麾下效力,报效朝廷。"

"如此说来,你为大忠了?"

吴希智听出丘神勣话中有话,不敢再说下去,只说道:"但凭将军调遣。"

丘神勣从腰间拔出宝剑,在空中挥了挥,闪过一道弧光,厉声道:"好个贪婪小人。李冲谋反,本官奉诏讨逆,正要生擒逆贼,依律问罪,谁料你私动杀机,灭口毁迹,该当何罪?来人,给我拿下。"

话音刚落,早有两名校尉出来,将吴希智缚了。

"将军,卑职冤枉啊!"吴希智绝望的喊叫,不仅使得迎接朝廷大军的官吏们毛骨悚然,也激起丘神勣杀人的快感。

"你不是说本官夺取博州兵不血刃么?本官今日就给每一个士卒的刀刃都染上血。"丘神勣来到吴希智面前说着,面对跪在地上的博州官吏大喝一声,"此等贼众跟随叛贼李冲,图谋问鼎神都,及李贼兵败,又转脸攀附朝廷,岂能容留在世。来呀,将反贼头颅砍下,悬挂城楼,示众三日。"

官吏群中一阵骚动,知道今天难逃厄运,有的挣扎起身,有的昏厥过去,有的跪地求饶,有的感到与其哀求无望,倒不如死个痛快,从地上爬起来,迎着府兵的刀锋,结束了自己的性命。

府兵们得了丘神勣的将令,狞笑着一拥而上,有的抓住官吏的头颅,一刀割下来,举在手中放肆地狂笑;有的将之按倒在地,剖了腹揪出肠子,挑在刀尖。短短半个时辰,博州城外尸横遍野,血流成河。

丘神勣一眨不眨地看着府兵们杀尽博州官吏,觉得还不足以向朝廷禀奏讨逆功绩,又把几位司马叫到面前吩咐屠城一日,破袭千家。

"若遇王妃,其将奈何?"

"除恶务尽,格杀勿论。"丘神勣没有丝毫犹豫,言罢又对跟随在身边的录事参军道,"今夜就在琅琊王府歇宿。连夜草拟奏章,飞报朝廷,就说我军进入博州,大举破贼,斩首两千余级。琅琊王死于乱箭之下。"

录事参军正要转身离去,丘神勣又在身后说道:"同时奏报神皇,济州刺史薛颐怯敌渎职,坐失剿敌良机,按律该问罪。去吧!"

……

"怎么可能呢?"李贞手持裴守德送来的急报,怆然涕下,"从起事到殒命只有七天啊!难道这是天意么?"

裴守德抚着李贞的肩膀,提醒道:"岳父大人,现在不是悲痛之际,朝廷派了夏官尚书岑长倩为行军总管、凤阁侍郎张光辅为节度,率领十万大军奔豫州而来,岳父当有对策,方能御敌啊。"

两人说话的地方乃上蔡县城。

李冲在博州举兵的消息传到豫州,李贞当即就陷入了从未有过的焦虑之中。他在内心埋怨儿子的处事不慎,在诸王还在观望之际,他为何就贸然兴兵了呢?

他忙找女婿裴守德商议。他一直觉得裴守德任县丞显然是屈才了，此人虽然官卑职微，然善谋多智，稳健慎思。

果然，裴守德很快就做出了判断："岳父大人，为今之计，只有我豫州起兵，南北策应，方能牵制妖后，使其顾此失彼，以免琅琊王孤立无援。"

"好！贤婿所言，正合本王之意。"九月二十二日，李贞在豫州举事，率军北上，一举攻下上蔡。

那天站在上蔡城头，他很乐观，断言他们父子如此举动，必然可以起到登高而招、一呼百应的效用，用不了多久，大唐域内，必若火之燎原，陷妖后于灭顶之灾。

可他完全没有想到儿子会败得这么快，他的大军还没来得及从上蔡出发，李冲死于叛将刀下的消息就如三冬的寒风，吹冷了他的心。

"青州那边有消息么？"他说的是霍王、青州刺史李元轨。

裴守德有些讥讽地说道："老王爷以为眼下不是起兵良机，他尚需看看朝廷情势，让岳父大人也千万不可轻动。"

"那么，江都王那里呢？"

"眼下尚无消息，据说在日夜募兵，细节无从得知。"

"唉！一个个都是贪生怕死之徒，不可与谋矣！"李贞在室内踱着步子，约有一刻时间才住了步子，"事到如今，还有一条路可走。"

裴守德没有说话，但听得很专注。

"既是诸王观望，我等独木难撑，不如本王自缚往神都向太后请罪，她念及先帝同脉之情，也许可以赦免本王。即便我一人伏诛，能救王妃、儿女也值得了。"李贞言罢，仰天叹息，"想我一字亲王，落得如此下场，悲夫。"

裴守德很惊讶，一向善于治政的越王竟会一下子万念俱灰，忙劝道："万万不可！太后是什么样的人王爷不是不知道。她为陷害王皇后，不惜杀死亲生女儿；她为专肆朝政，不惜毒死太子李弘；她派遣丘神勣逼死雍王李贤时，连一滴泪水都没有。请问岳父大人，您与太子、公主相比孰亲？彼等尚不能见容于太后，况王爷乎？"

"可眼下……"

裴守德正要说话，却见一录事参军进来低声耳语几句，便把一封信递给他。裴守德拆开一看，对李贞道："寿州刺史赵瓌大人与常乐公主复信了。"

"哦？呈上来。"李贞接过书信，一看就知道是常乐公主的笔迹。

常乐公主是高祖皇帝第十九女，论辈分他该称她为姑母，论起年龄，也该在七旬了。她十分感谢越王为李唐宗室而敢于担当的举止，在信中气宇轩昂地写道——

> 若诸王皆丈夫，不应掩久至是。昔杨氏篡周，尉迟迥乃周出，使天下响震。功虽不成，威震海内，足为忠烈。况诸王国懿亲，宗社所托，今李氏危若朝露，汝诸王不舍生取义，尚何须邪？祸且至矣。人臣同国患为忠，不同为逆，王等勉之。

合上书札，李贞面带愧色道："姑母乃女流，尚有如此气节，我乃李氏之脉，何以优柔寡断，进退踟蹰，真愧对列祖列宗也。"

裴守德接过信看完后道："公主所陈，正眼下宗室之危。岳父大人不可犹疑，也许，置之死地方可后生。小婿闻新蔡令傅延庆募得乡勇两千人，所属各县兵丁大约五千人，总计七千人马，尚可御敌于豫州城外。若战事顺利，沿途招募兵丁，不日即可募得十数万。"

李贞的斗志被常乐公主的信件和裴守德的分析再度激发出来："所谓兵不厌诈，严密封锁琅琊王的消息，放出话去，就道琅琊王连克魏、相数州，拥兵二十万，只要我等力战，援兵朝夕至矣。"

两人当下议决，将七千兵勇分为五营，授裴守德以大将军，负责调度军力御敌。

正说着话，只听见门外传来一阵争吵声，原来是李贞少子李规要进帐参见父王被卫兵拦住了。裴守德知道，李规这时候来，定是与出兵有关，便要卫兵放他进来。

李规一进门，就直截了当问道："大战在即，父王为何要孩儿回汝南去？"

李贞解释道："现大兵压境，我担心你母亲的安危，故而要你赶回汝南护卫你母亲。"

"父王之言，孩儿不敢苟同，所谓覆巢之下无完卵，如果上蔡守不住，汝南也难逃厄运。与其让孩儿守在母亲身边，倒不如让孩儿在这里阻敌，为母亲做一屏障。"

一番话说得李贞眼潮，叹气道："唉！你兄长已殉国，你再……"

李规挺了挺胸脯说道："孩儿年已二十，当年霍去病率军长驱直入匈奴数千里，也不过十八岁。大丈夫浴血疆场，马革裹尸又有何妨！"

李贞抱着李规的肩膀，两行浊泪顺着脸颊而下，喉咙也禁不住紧了。这情景让裴守德心中五味杂陈,油然感动,可他自己心里很清楚,以七千之众对朝廷十万大军,无异以卵击石。即便少将军武艺超群,终难扭转危局。他更知道,当今正是用人之际,如果自己身边没有能征善战之将,何以调度布阵?想到这里,他站起来向李贞施了一礼道:"请岳父放心,母妃那里,有郡主照管,她虽无布阵带兵经历,却也懂得些兵器,防身当无大碍。就让少将军留下,也有个照应。"

话说到这个分上,李贞还能说什么呢?本来此次起兵,就兵微将寡,再走一个,更显势孤力单。

"好!就依大将军所禀。"李贞抚着李规的肩膀道,"我命你与裴大将军一起,在豫州城东四十里据守。"

李规大义凛然道:"孩儿定不负父王嘱托。"

"战场上刀枪无眼,本王要你慷慨而去,平安归来,明白么?"

李规抱拳跪倒在地答道:"孩儿明白。"

话分两头,且说岑长倩与张光辅率领讨逆大军一路朝西南方向而来,行至距豫州城六十里处时,安下营寨。

虽奉了朝廷诏命共同出兵,但岑长倩一路上的心境是压抑的,以职论,他是夏官尚书,掌朝中兵务,且为同平章事,而张光辅此前只是夏官侍郎、同平章事,是自己的副手。说到底,太后还是对自己不放心啊。

岑长倩就是这样的性格,尽管在心底对朝廷的任命心存不满,然而,在事关社稷存亡的大计面前却是毫不含糊的。因此刚一住下,他就骑一匹快马,到二里外的张光辅帐中商议进军事宜。

张光辅心里也明白,自己虽为节度,朝职毕竟在岑长倩之后,若论起排兵布阵,他也不如屡次出击突厥的岑长倩,所以他也担心岑内心不服,同僚掣肘。于是他特地向武曌奏请,带了洛州司马房嗣业、洛阳令张嗣明来。这两人,一个少读兵书,以迅捷称;一个精通兵器,以善战而名。岑长倩进来的时候,两位将军正和张光辅说话,见了夏官尚书,三人忙起身迎接。

张光辅拱手道:"大人有什么事情,命曹掾或参军知会一声,下官过去即可。大人屈尊自来,折杀下官了。"

岑长倩笑了笑坐下说道:"你我均为朝廷而战,又都在夏官署,何分彼此。我来就是想和大人商议如何进军。"

"下官正要与两位将军过大人处,房将军已于昨日进军途中先行派探马潜入上蔡城中打探消息,获知豫州署中九品以上官员五百余人,皆受胁迫,我军只要摆出必欲灭之的强势,必致人心浮动。敌军若从内倒戈,如此则豫州可取矣。"

岑长倩心中惊异张光辅虽一介文官,却懂得"兵不厌诈"之术,点头道:"房将军所陈甚为重要。李氏宗室不是总诽谤太后治政乃违天逆人,离太宗之径,背高宗之道么?一旦官吏倒戈,归附朝廷,其言不攻自破矣。"

"大人高见。"张光辅赞道。

岑长倩接着道:"据探马来报,贼众人不过七千,所谓李冲二十万兵马朝夕而至,乃虚张声势,冲贼早于九月二十三日在博州城被所部司马所杀。所以我认为可兵分三路,一路由我率领,攻打上蔡;一路由房将军率领,直取豫州;一路由张将军率领,在上蔡、汝南之间布兵,使敌首尾不能相顾。"

张嗣明又献计道:"依末将之见,我军对外摆出围而不打之势,另遣小股人马混入城中,待到夜阑入梦之际,在街巷间传播官军攻城消息,敌不明就里,必先自乱,我军趁势攻城,不知可否?"

岑长倩击掌道:"此计甚妙,二位将军可速去准备。"

当帐内只留下岑张二人时, 岑长倩将一个现实的问题提了出来:"贼众与我相比,众寡悬殊,战事不会持续多久,多则三五日,少则一二日。如何善后,尚需你我定夺。"

张光辅道:"有消息说,丘神勣将投降贼众尽皆杀戮。下官以为,此正合神皇斩草除根、除恶务尽之意。豫州之投降官兵,亦应做如是处置。"

闻言,岑长倩沉吟须臾后道:"大人既已知道豫州官吏为贼胁迫,若是不辨是非而屠城溅血,恐失人心,还请慎思。"

张光辅不以为然:"大人未免过于拘谨。眼下虽只豫州在战, 然观之域内,诸王暗地磨刀霍霍,若不开杀戒,何以震慑宗室诸王。我等深受神皇恩泽,岂可心有旁骛?"

岑长倩便沉默了,这是多年来,第一次听张光辅用这样的口气说话。他为了取悦主上而不惜滥杀无辜的谈锋让岑长倩非常担心。

看着时间不早,岑长倩起身告辞,回去的路上,张光辅的声音一直在他耳边回旋。唉!已经有一个丘神勣在博州酿造了惨绝人寰的血案,他不能再看到豫州域内冤魂塞道。

不!绝不能让张光辅的图谋得逞。回到帐内,已过了酉时,岑长倩毫无睡意,他要将博州和豫州发生的一切上奏武曌——

　　夏官尚书同平章事臣岑长倩启奏陛下：

　　李贞父子，不思圣恩，密谋反叛，罪在不赦。讨逆伐罪，天道人心。然臣观之，罪在一人，余皆所迫。闻官军至，降者成蹊，若久旱之地，而逢甘霖；若途之饥者，而闻炊烟。伏地跪拜，山呼神皇。人心向背，于此见于一斑。故臣乞陛下，惩办首恶，宽恕胁从，慎勿伤及无辜。昔秦穆公不从百里奚、蹇叔之言，以败其师，悔过自责，疾诖误之臣，思黄发之言，名垂于后世。臣愿陛下慎思慎行，则社稷之幸，万民福祉。

　　他没有直接点出丘神勣和张光辅的名字，他相信武曌一定能够明辨是非。写完奏章，反复看了几遍，他又在末尾添了几句——

　　我三十万大军逼近豫州，破贼指日可待。李贞伏法，豫州空虚，乞陛下早定刺史，以安民心。

　　封好奏章，看看帐外，后半夜的残月冷清地照着大地。想到明天，或者是后天，这里将面临一场战事，他的心别有一番滋味，他让守卫把录事参军喊了进来，将手中的奏章交给录事参军，叮嘱道："明日一早，你骑快马飞驰洛阳，交给知制诰直呈陛下。记住，不要让张节度的属将看见。"

　　送走录事参军，岑长倩才稍稍平静了。他估计，张光辅要向朝廷报功，也得在战后，那时他的奏章早已到了武曌面前。

　　接下来的日子，三十万官军将上蔡和汝南两城团团围住，却没有进攻的迹象。

　　九月底，厚厚的云层积为连绵阴雨，每日落入汝水之中，以致河水骤然暴涨，汝南真成了"悬瓠之城"，而上蔡城中的街巷更是成了小河。

　　李贞每日看着雨雾茫茫的天气，眉头都被愁云锁住了。他十分清楚自己军队的底细，这样的天气越是绵延，他们就越是被动。各路旅帅也不断前来禀报，说城中粮草紧缺，人心不稳，他真担心酿成内乱。

　　绝不能坐以待毙，他已打定主意，要督促裴守德和李规主动出击，杀出一条血路来。想到这些，李贞对外喊道："来人！"

　　进来一位司兵参军，李贞便让他出城传小王爷与裴守德进城议事。司兵出帐不一会儿，又慌慌张张地回来禀报："大事不好了，小王爷与裴将军营地被官军夜袭，两位措手不及，仓促应战，全线溃败，现带着随从正朝王府奔来。"

"怎么会这样呢？"李贞一下子跌倒在案边，望着黑漆漆的窗外，只是不停地说，"完了！完了……"

卫士上前扶他，却被挡开，他无力地挥了挥手道："速去外面打探，看战况究竟如何？"

这时候，只听见府门外一片嘈杂，惊慌的脚步声声声敲打在李贞的心坎上。忽然就听见有人高喊："官军打进城了！逃命啊！……"

李贞一个冷战，"嗖"地拔出宝剑，就向外冲去，正好与进来的李规、裴守德撞了个满怀，"咚"的一声，三人都跌倒在地上。朦胧中，李规听见父亲熟悉的喘息，便放声大哭："父王，一切都完了。"

李贞抱着李规已经没有了眼泪，只是双手捧着他的脸道："我不怪你，此天不予我也。"

裴守德的头紧紧地贴着地面，饮泣着述说了被夜袭的经过："小婿罪该万死，都是小婿轻敌，原以为官军在这样的雨天不会出战。"

可李贞此时已没有心情追究责任，他更担心汝南城破后王妃与女儿的命运："可有救王妃及郡主之计？"

裴守德大哭道："张嗣明见上蔡战起，必率人攻取汝南。我等纵有此心，已回天无力了。"

"怎么会这样，怎么会这样？"李贞还是不敢相信兵败如山倒的严酷现实，"难道我七千之众，如此不堪一击么？"

裴守德道："固然敌众我寡，难以取胜。然则，更令人心惧者，乃在我辖内官员闻官军夜袭，临阵倒戈，若非小王爷与卑职醒得早，早成了奸细的刀下之鬼。人心叵测，难以识之。"

三人正说着话，就见一录事参军慌慌张张地跑进来禀道："王爷，大事不好了。有人打开城门，现在官军正潮水般地向王府开来。"

三人没有一人回应录事参军的话，本能地抱在一起。李规紧紧地贴着李贞哭道："孩儿不想这么年轻，就死在乱刀之下。"

"我等既已举事，就当慷慨赴死，岂能沦于贼手。"裴守德言罢，从腰间拔出宝剑，向脖颈抹去，一股热血喷出。他眼睛圆睁，望着王府的楼顶，似乎有许多话要说。

李贞被强烈地震撼了，一把推开李规，仗剑在手，血红的眼睛死死地盯着李规道："非是父王绝情，实在是因为与其酷刑死于敌手，倒不如自裁，少了许多屈辱。"

李规没有回避父亲刺来的剑,在利剑穿胸的那一瞬间,他浑身痉挛,血直往外涌,染红了战袍。李贞抱着李规渐渐僵硬的身体,没有感到任何痛苦,便双双倒在了血泊中。

官军,真的打进城了……

十月初,江南道巡抚使狄仁杰在徐州运河岸边下了船,换乘坐骑踏上了回洛阳的归程。他感慨时光飞逝,光阴荏苒。奉诏南行时,还是桃花乱落如红雨的清明时节,麦子才刚刚起身拔节,而归来时,中州大地已是金浪翻卷,糜谷飘香了。坐在马上,搭眼远眺,满目一片丰收景象。

这一天,他来到郑州。刺史曾泰是他在宁州刺史任上的长史,现升任州府大吏,自是十分感激恩师的栽培。一大早,曾泰就赶到城外五里地迎接。他知道狄仁杰不事张扬,因此没有带更多的随员,只他和长史两人。

"恩师鞍马劳顿,辛苦了。"师生见面,免不了一番寒暄。

狄仁杰挥了挥手中的马鞭道:"效忠朝廷,何谈辛苦。倒是二位为黎民谋福祉,可谓夙兴夜寐,不堪其劳啊!"

"学生不忘先生教诲,不敢懈怠,生怕有负皇恩。"

"皇恩浩荡,当应感戴,然则,孟夫子曰,民为贵,社稷次之,君为轻。民为邦本,本固邦宁。为官者,当以民之疾苦视同己之疾苦。不顾民利,取悦于上,争利于市,为我等所不为也。"

曾泰拱手道:"谨记恩师教诲。学生在舍下略备薄酒,为先生洗尘接风。"

狄仁杰赞许地点了点头道:"如此甚好,本是友情,一进官邸就变味了。"

长史在一旁说道:"刺史大人担心在城中酒楼设宴,被先生责备,故而改作家宴。"

狄仁杰呵呵笑道:"无须鸡鸭鱼肉,那是富家的膳食,我享受不了,只要有两件东西即可,一个是郑州的胡辣汤,一个是并州的刀削面、老陈醋,足矣。"

曾泰跟着狄仁杰笑了,言说就吃几样小菜,然后喝胡辣汤,吃刀削面。

心畅而步快,不到半个时辰,三人已经来到一深巷,在一座门楼前下马。府令赶忙上前,引了几位大人到前厅。

曾泰夫人正当中年,生得眉清目秀,是当年在宁州时狄仁杰保媒的,现在看见狄大人远道而来,十分高兴,当下见过礼,吩咐下人上了菜肴,喝的是狄仁杰家乡的杏花村汾酒。三杯下肚,浓浓的乡情顿时暖了心窝,话也随之多了起来。曾泰告诉狄仁杰,说自从《兆人本业》和减赋税的诏书颁布以来,郑州民心舒畅,五业兴旺,百姓都盛赞太后爱育黎首。

狄仁杰也大略地述说了此次江南之行的所见所闻,大家听了心里乐融融的。

放下筷子,狄仁杰却是往事涌上心头,便侧脸问曾泰:"记得霍王曾任过郑州刺史。"

"恩师好记性,"曾泰随之神色庄重起来,"霍王已被来俊臣下了牢狱,罪名是与越王密通,图谋反叛。"

狄仁杰"哦"了一声道:"宗室反叛之事,我在归途已有所闻,只是没有想到这么多人牵涉进去。二位对此事如何看?"

长史答道:"依我朝律令,罪在不赦。"

曾泰接着长史的话道:"宗室心存异想,所为偏激。"

闻言,狄仁杰略一思索道:"二位所言不无道理,可我还是那句话,民为贵,社稷次之,君为轻。天下者,百姓之天下,非一人一己之天下。贞观盛世,乃在民乐;永徽新政,乃在民安。今太后临朝,乃在民富。此三者,是非之权衡也。不闻政声,不观世风,不晓民意,单以族统论事衡人,难免走眼。"

曾泰与长史深为狄仁杰的一番话所折服,也进一步摸清了狄仁杰对事情的态度,双双举起酒杯道:"大人一席话振聋发聩,我等醍醐灌顶,请大人饮了这杯。"

夜阑席散,曾泰说道:"驿馆路远,不劳恩师远足。学生家中有上好的客房,不妨住了。"

狄仁杰忙摆了摆手道:"还是住到驿馆好些。我本朝廷钦差,住进私宅,难免被人猜度,你就送我回驿馆吧。"

长史又是一阵感动,感佩狄大人慎微慎独。当下两人上马,踩着夜色归去。

第二天一大早,曾泰早早地来到驿馆,陪狄仁杰用了早膳后道:"恩师平日忙于朝事,今归京途中,稍事宽余,不如由学生陪了,到新郑谒拜黄帝故里。"

"难得你一片热心,这回就免了吧。我已离朝数月,又逢宗室事变,太后必是等得急了,就此作别,后会有期。"曾泰死活不答应,坚持要送他。于是,两人骑了马,出了西门,缓缓走来。

多年的师生之谊使得二人生出好些别离的惆怅。一路上,曾泰的话少多了,走出了一二里路后,狄仁杰才打破沉默道:"我昨夜观书,叹当地乐俗。再度感到对一人一事都不可概而论之。就说这郑乐,孔子曰:'放郑声,远佞人。郑声淫,佞人殆',我不甚了了,后与太后论之,方知郑国之俗,有溱、洧之水,男女聚会,讴歌相感,故云郑声淫。于是,便觉得刘勰所谓'《韶》响难追,郑声易启',较之夫子高出一筹,其别在阳春白雪与下里巴人之故也。然郑声易学,也是它的长处。"

曾泰明白,狄仁杰这些话看似在谈论音乐,实则是开导他该正确看待太后掌理朝政,要他远离宗室是非。他在马上作揖道:"恩师良苦用心,学生定不负恩师高望。"

在五里外的长亭边,狄仁杰拦住曾泰道:"千里送行,终有一别,你回去吧。"

"恩师先行,学生等恩师走后再回去。"

但狄仁杰坚决不答应,直到看着曾泰拨转马头离去,自己才打马加快了脚步……

人急马快,两天后,狄仁杰的马已经停在洛阳的府门前了。

"啾啾……啾啾……"马嘶声惊动了府令,他出门一看,喜出望外,对着里面喊:"夫人,老爷回来了。"

狄夫人闻声出来,看到风尘仆仆的狄仁杰,眼圈先自红了,待回到前厅,第一句话就是:"看看!半年多没在京城,人都瘦了。"

狄仁杰从夫人手中接过热绢巾,擦了擦脸,呷了一口丫鬟捧上的热茶道:"夫人何必这样,老夫不是好好的么?"

"光远近来有信么?"他惦记儿子不能尽职尽责。

"前日来过一封,说在州司马任上还好,就是近来宗室起乱,州县分化,他生怕本州刺史糊涂,随了诸王。"

狄仁杰忙道:"老夫明日就寄书与他,当此风云变幻之际,他要稳住操守,不可糊涂。"

"谁说不是呢?老爷回来了,妾身就放心了。"

狄仁杰道:"不出华堂之门,必然闭目塞听。老夫到江南走一趟,百姓对太后新政拥戴之至啊。"

当晚,夫妻二人剪烛叙话,夫人告诉狄仁杰,说宫中的武公公来过几次,要老爷一回来就进宫面圣。

狄仁杰"哦"了一声,却是没有深问,朝廷的事情,他从来不在家中说,而且夫人知道得越少,家中就多一分安宁,可他的心却是不能平静了。熄了灯,他睁着眼睛瞅窗外的疏星,猜度太后召见他的目的。回想在郑州与曾泰说的那些话,他的思路越来越清晰,虽然从情感上说,他对贞观之治和永徽新政都有着深深的追念,可从理智上说,他不能不承认李氏宗室自高宗以后,尚无一人能够担得起社稷大任,既如此,为什么不能面对太后理政的现实呢,诸王之所以如此,无非是固执而已。

雄鸡啼晓之时,狄仁杰对自己的选择做了再一次确认。辰时二刻,他便已整好衣冠,匆匆赶往宫中拜见武曌。

武曌此时正坐在武成殿里看上官婉儿和武承嗣分别转呈的奏章。

一道奏章是岑长倩前几日飞报进京的;一道是张光辅的捷报,极言官军在豫州连克上蔡、汝南两城,斩贼首数千级,李贞父子畏罪自裁。审案中连坐六七百家,籍没五千人口。

两道大相径庭的奏章,让武曌陷入沉思,究竟哪一份更接近事实呢?尽管她对李贞父子率先发难恨在心头,但她更知道,这不是孤立的谋反案,她不能不慎而又慎。昨日她就此征询上官婉儿的看法,她极力推举狄仁杰为豫州刺史,前往处置善后事宜。武曌放下两道奏章,抬起头问武钦道:"狄仁杰来了么?"

武钦回应道:"启奏神皇,狄大人已在塾门等候多时。"

闻言,武曌的眉宇霎时就展开了,眼里流出不尽的快慰:"为何不早禀奏,快宣他进来。"

狄仁杰从秋日的晨光中走进了武成殿,走进了武曌的眼睛,那熟悉的气度让她不由自主地站起来,快步走到殿中央,一脸喜气地说道:"爱卿一路风尘,不惧辛苦,朕甚慰之。"

狄仁杰纳头要拜,但被武曌拦住了,她又打量一番狄仁杰,话里就多了几分抚慰:"千里迢迢,风尘仆仆,眼见的瘦了不少。"

狄仁杰赶忙拱手道:"谢太后垂念。"接着,他就把自己此番到了吴楚等地,如何清除淫祠,整肃民风,如何代太后去探视庐陵王,如何办理李孝逸谶语案,如何从百姓安居乐业中感受到太后劝农桑之策的圣恩远播一一述说了。话语虽平实无华,但在武曌听来已是十分有滋味,仿佛自己也去了一趟。尤其是《兆人本业》在民间的广为传播,使她对今春以来的一系列决策更是充满自信:"管子曰,'夫霸王之所始,以人为本',自古成霸业者,莫不本于民心。朕越来越相信，百姓要的是寒而衣暖，饥而果腹，富而安乐。谁能为之谋利，他就认谁为人主，爱卿以为然否？"

狄仁杰用温和的笑意回应了武曌的问话，接着以转达庐陵王对她的祈福岔开了话题。武曌正在兴头，倒也没有在意这微妙的变化。接着，狄仁杰就把李孝逸一事提到了武曌面前："臣奉诏查办李孝逸案，他道若有异心，何必风尘被甲，远征徐敬业。他要微臣致意太后，所谓'名中有兔'之谶，显系奸人陷害，还乞太后明察。然而，臣尚未离开施州，来大人又跟随而来宣诏，贬李将军到儋州。微臣惑然不解，还请太后明示。"

"此案已经过去，好在儋州隔海，他也不必再战战兢兢了。"武曌脸上就掠过些微尴尬。

狄仁杰顿时睁大了眼睛道："神皇难道真的不知道后来发生了什么？"

武曌没有回答，在等待下文。狄仁杰"唉"的一声悲叹，垂下了头道："他在前往儋州途中，被人暗杀了。"

武曌一愣，很快就猜到这必是出于武承嗣之手。她摩挲双手，怆然惋惜地说道："儋州蛮夷之地，想必李将军是触怒了当地土人。他若泉下有知，也知道朕的心。"

狄仁杰见状也不好再深究。武曌不失时机地要武钦将两份奏章拿给他看，狄仁杰大体浏览一遍，心中就有数了："李贞父子谋反，微臣在回京途中已有所闻。虽未到豫州，然为太后计，臣以为岑尚书所言情切而意真。夫获罪者，越王一人，余皆被迫。若是竞相连坐，籍没杀戮，必违太后仁恤之意，又离吏民忠于朝廷之心，上下交忌，社稷岂能稳固，望太后三思。"

"爱卿所言，亦朕所思。左相和婉儿都举荐爱卿做豫州刺史，朕也以为，拨乱反正，非爱卿莫属。还望爱卿体恤朕意，勿予推辞。"

太后这个意图，狄仁杰在阅看两道奏章时已经料到了。而且，他也知道豫州一案牵扯了太多的人，明辨是非，权衡轻重，乃天意民心使然，自己绝无推脱的理由，他也不打算退却。

狄仁杰起身，庄重地对武曌道："微臣遵旨，不日即动身前往豫州主事。"

武曌动容地说道："怀英，朕没有看错你……"

第十七章

宗室悲歌如雪乱　太后心志逐日高

岑长倩一接到狄仁杰将任豫州刺史的消息，就明白武曌已经看到了自己的奏章，并且听进了谏言，他心中多日的纠结霎时就散了一半。尽管以官阶论，他居于狄仁杰之上，可他还是喜不自胜地出汝南县城，去阳关路口迎接狄仁杰。

汝水清清，秋云淡淡。岑长倩手搭凉棚远望，从秋林边缘走来三五个黑点，渐渐的，身影越来越清晰。嗯！是狄大人，那潇洒的纶巾，那绯红色的刺史朝服，都让岑长倩脸上充满喜色。他催动胯下的战马，迅速迎了上去。

"狄大人到了！"岑长倩翻身下马，情不自禁地喊道。

狄仁杰急忙下马，疾步前趋，躬身行礼道："怀英何德何能，劳大人远途来相接。"

岑长倩道："我听闻大人将赴豫州，满心欣喜，就盼着早日谋面。"

两人上了马回城，狄仁杰询问平叛情况。岑长倩道："百姓盼天下太平，叛军不得人心，战场对阵，一击而溃。此皆太后运筹帷幄，决胜千里之故矣。"

狄仁杰深表赞同，并将自己江南之行沿途所见一一说给岑长倩听。

岑长倩问狄仁杰道："太后有否带话给我？"

"太后口谕，待豫州稍定，大人即需回朝主持夏官署。"

岑长倩又问到神都情况，狄仁杰沉默了一会儿说道："神都风雨莫测，虽说骞味道归京后被任了左肃政大夫，可审案诸事，皆归于周兴、来俊臣等人。此二人虽然一个才官居秋官侍郎，一个也只任职左御史中丞，但因与武承嗣纠缠在一起，故而许多狱案皆可直接上奏太后。"

这一回，轮到岑长倩沉默了，他开始明白为什么张光辅一定要株连众多无辜,又以节度的身份拒绝他的谏言了。

狄仁杰敏锐地觉察到岑长倩心绪的微妙变化,便问:"大人为何忽然沉默了?"

岑长倩叹了一口气道:"有些事情,你见到张节度就明白了。"言罢,在坐骑屁股上抽了一鞭道,"廉颇老矣。"

狄仁杰跟了上去,看着岑长倩头发中已落了霜,心想他与张光辅之间一定龃龉很深了。

对于张光辅,狄仁杰多少了解一些,他处事干练,善于言辞。狄仁杰在任大理丞时,他是司卫少卿,掌管宫闱值守,一般只在朝堂上见面,听他陈奏,条理清晰,声色俱茂。但他也听说,其人善于揣摩上意。后来,狄仁杰到宁州做了刺史,张光辅也做了长安令。垂拱以来,不知怎的他就做到了夏官侍郎同平章事。难怪岑长倩无可奈何。

岑长倩了解狄仁杰的性格,加上对张光辅的戒备,安顿好狄仁杰后便打消了设宴接风的念头,拱手告辞了。

府是昔年旧府,官是履职新官。狄仁杰把刺史府里里外外转了一圈,就发现越王兼任的刺史与非宗室的同一官阶有许多的不同。不仅高凿檐牙,广布苑囿,就是这府门前的石狮也比其他州县的大。住在这样的官署,他须时时警示自己啊!

稍事休整,他便开始查看案卷。一轴一轴地看下去,狄仁杰的眉头也越锁越紧。果然不出他所料,被牵进越王党羽者达六七百家,五千多人。其中不少人在"狱辞"中都留下"被胁迫"的印记,可张节度却一律将之上缴司刑寺,单等批文下来,就地处斩。

狄仁杰的心境格外的沉重了。因长史已经获罪,一连数日,他便找来录事参军,认真询问举事过程,梳理主线。人命关天,岂能视同儿戏?他决计要奏请太后甄别真伪,纠正谬误,以彰显神皇圣德。但他的措辞还是很谨慎的,绝不给武承嗣、周兴等人留下口实——

> 臣数日来,查阅案卷,遍阅狱辞,知彼皆诖误。本欲显奏,似为逆人申理;知无不言,空乖陛下仁恤之旨……此辈咸非本心,伏望哀其诖误,宽恕其罪,使彰显太后圣德,朝廷恩泽。

他特地命使者将其带给左相苏良嗣,要他直接呈给太后。

其间,他到张光辅的行辕拜访了一次。张光辅回避了许多实质问题,绕着圈子要狄仁杰识时务,不要固执己见。狄仁杰笑而不答,适时告辞。张光辅却在他背后说道:"狄大人,好自为之。"

出了节度行辕,他觉得腹中有些饥饿,遂对跟在身边的卫士队正道:"到前面的小店中喝碗胡辣汤,吃几个包子去。"

店小二见一和善老者,带了几位随从前来,看阵势就是一名官家,忙上前问道:"大人想吃点什么,小人这就去张罗。"

队正看了看狄仁杰说道:"每人一碗胡辣汤,两个肉馅包子。"

店小二答了一声"大人少待",不一刻就把小菜、汤食和包子上齐。

狄仁杰正要招呼大家吃,就听见不远处传来呼救声。原来是几个府兵追着一位少妇,有的抢过她手中的包袱,有的搂着她要非礼。女子惊恐地缩作一团,却招来一阵淫邪的笑声。

狄仁杰的筷子停住了,大声道:"光天化日之下岂容强抢民女,去看看。"

这时候,店小二阻止狄仁杰道:"大人还是撒手吧,这些人惹不得。"

狄仁杰"哦"了一声,问道:"这是为何?"

店小二压低声音道:"这些人都是张节度属下的府兵,自进入汝南城以来,屡屡抢占民房,强奸民女,有反抗者,非杀即关。"

"今日我就要管管这事。"狄仁杰听着,脸色赫然严肃了起来。随即他放下筷子,带了随从朝出事地点走去。

那几位府兵正欲架着民女离去,却不料队正执了腰刀从旁拦住,厉声道:"朗朗乾坤,岂容你等胡作非为,还不束手就擒?"

"呵呵!口气不小啊!竟敢与爷如此说话,不要命了。"

"新任豫州刺史狄大人在此,还不见过。"

"狄大人?不认识,爷只知道节度张大人,快快让开。"说罢,那人向其他几位府兵使了个眼色,扯着少妇就要走。

这情景让狄仁杰不禁勃然大怒,大喝一声道:"将这几位狂徒拿了。"

队正和随从们得令,迅速出刀与府兵厮杀在一起。队正飞起一脚,朝府兵中为首的旅帅扫去。旅帅本就理亏,一个猝不及防便跌倒在地,眼看着刀架在了脖子上,其他的几位府兵也纷纷败北。

这一场厮杀惊心动魄,又逢近午时,正是街头百姓云集之际。大伙纷纷为狄仁杰除暴安良而感奋不已,队正拦住大家,劝道:"请诸位散去,狄大人定会依律处置这几个不法之徒的。"

众人散去后，只留下那民女还站在原地瑟瑟发抖，狄仁杰对那女子道："想你二老和丈夫在家都等得急了，快回家去吧！"

民女纳头便拜："今日若非大人，小女就没命了。救命之恩，没齿不忘。"

直到那女子的身影消失在街巷深处，狄仁杰才收回目光，眸子里多了许多的沉郁。来了这么多日子，自己总是忙于审阅案卷，却不承想案外情势比之案内更复杂。他觉得，无论如何都该与张光辅做一次深谈了……

狄仁杰命随从将几位扰民的府兵押回刺史府，认真审理，取了供词，决定第二天再去节度行辕。不料午后不久，跟随张光辅来豫州的洛州司马房嗣业倒登门向狄仁杰要人来了。

房嗣业转达了张光辅对狄仁杰的歉意："张大人之意，这几位府兵是末将的属下，就由末将带回去严加管束，不劳大人审理了。"

"本官已经审讯过了，几位对所犯罪行供认不讳，本官正要去见张大人呢。"接着，狄仁杰话锋一转，"至于那几位罪犯，本官作为刺史，职在除暴安良，既是在本官辖内犯事，自然由本官审理，不劳司马费心了。"

房嗣业倒吸一口冷气，过去在洛州就听说狄仁杰处事刚锋，不轻易折腰，今日一见，果然如此。但他明白，如果这几个兵卒留在狄仁杰手中，等于授人以柄，这也是张光辅最为担心的。

"狄大人！"房嗣业刚才挂在脸上的谦恭和微笑顿然退去，"我朝纲纪，尊卑有序。今两位宰相率军平叛，大人私扣末将属下，这对两位宰相不恭吧！"

狄仁杰不经意地笑了笑，理了理美髯道："司马大人就不必作态了吧，案情审理清楚，本官自会向二位宰相陈明的。"

"好你个狄仁杰，本官一再谦让与你，孰料你却一意孤行，等着吧！"房嗣业负气拂袖而去。

狄仁杰知道，房嗣业不会善罢甘休，定会说动张光辅兴师问罪的。与其坐等，倒不如主动上门，也正好给张光辅敲敲警钟。

第二天一大早，狄仁杰就带着供词抄本去了节度行辕。

张光辅正为狄仁杰不给面子在帐中生气。狄仁杰的突然到访，让他有点措手不及，忙示意房嗣业和张嗣明两位回避，才吩咐道："快快有请狄大人。"

话未了，就听见狄仁杰的声音传了进来："不用请，下官来拜见大人了。"

张光辅吩咐卫士向狄仁杰奉了茶，开口第一句话就是："昨日房司马言语多有冲撞，还望大人海涵。"

狄仁杰拱手道："臣僚之间，因歧见而言语龃龉，不足为奇。下官倒是担心,若不严格约束属下,伤了百姓之心,那就有负太后的厚望了。"

张光辅的脸上有些不自然,点了点头,端起茶杯掩饰了自己的尴尬。

狄仁杰趁势将自己来豫州后的所闻所感和盘托出:"下官来豫州后,听说豫州军民闻官军至,降者塞道,附者云集,以致越王父子溃败如水。然将士恃功,多所求取,恕下官不能留情。"

张光辅的脸霎时充血涨红,话也带了怒气:"刺史大人这是在讽刺本相治军无方么?"

狄仁杰并非不在意张光辅情绪的变化,只是随着帐内气氛的紧张,说话的口气也骤然加重了:"乱河南者,一越王贞耳。今一贞死,万贞生。"

张光辅再也无法保持节度的仪态,站起来指着狄仁杰的鼻子道:"狄仁杰,你这话是何意?是说朝廷不该平叛么?你如此说与叛贼无二,本相可以杀了你!"

"大人不必动怒,下官绝非妄言,天见之,地感之,民知之。大人统兵三十万众,所诛者应止于越王贞。而踊城出降者四面而成蹊,大人纵将士暴掠,杀降者以为功,非万贞者何?"

"你……信口雌黄,本相要向太后弹劾你。"狄仁杰的话如利剑直指张光辅的要害,触摸到了他色厉内荏的虚弱。

此时,狄仁杰胸中的多日来的闷气、面对强权而不屈的胆气,都汇成一股饮犊上流的豪情:"以大人之所为,上污苍冥,下污朝堂。下官恨不得以尚方宝剑加大人之颈,下官虽死,如归耳。"

张光辅完全被狄仁杰凛然不可犯的气概震慑了,他不敢看狄仁杰,却对着帐后喊道:"送客!"

狄仁杰拂了拂衣袖上的纤尘,冷笑两声道:"不劳大人,下官告辞。"

狄仁杰昂首阔步离去了好一会儿,张光辅才回过神来,对着帐外狠狠地跺脚:"放肆,竟敢威胁本相。"

房嗣业和张嗣明从帐后转了出来,劝道:"如此狂徒,大人何必计较。"

张光辅眼睛充了血,恨恨地说道:"如此狂徒,还希望太后赐你尚方宝剑,做梦吧。"

一提到"尚方宝剑",房嗣业眼前一亮,冷笑道:"他不是还没有尚方宝剑么?"

"此话何意?"张光辅闻言一惊,立刻问道。

张嗣明马上会意,道:"房大人的意思是,他没有尚方宝剑,就表明奈何不了我们。我们却可以先发制人,向太后举报他与叛贼沆瀣一气。"

张光辅顿开茅塞,也十分赞同:"若不给这狂徒一点厉害瞧瞧,他将来受到太后恩宠,还不置我等于死地么?"

房嗣业建议道:"要弹劾就连岑长倩一起弹劾。自狄仁杰来豫州后,两人同气相连,多次于行辕密谈,若无他背后主谋,一个州刺史,岂敢如此放肆?"

三人正说着,值守的卫士在门外喊道:"岑大人到。"

张光辅便急忙收住了话头……

十月底,朝廷下了两道诏命:一道是命岑长倩和张光辅班师回朝,豫州政事悉数移交狄仁杰;另一道是恩准了狄仁杰的陈奏,将被胁迫参与反叛后来投降的五千人流放丰州。

大军回朝的前一天,狄仁杰邀请岑长倩到豫州城外的一家酒肆小酌,依依惜别之情都在酒中了。喝至半酣,狄仁杰拱手对岑长倩道:"下官预感,接下来治罪宗室党羽将会延及更多朝臣,人心叵测,万望大人珍重。"

送走朝廷大军,狄仁杰做的第一件事情,就是为流放的五千人口选择了一位司户带队:"此去地阔路远,要翻越长城,跋涉塞外。时近冬来,天气日寒,扶老携幼,不堪其苦。他们要过宁州,若遇时艰,可找当地乡老,就说我命你等求助,可解断炊燃眉之急。"

司户应道:"大人体恤百姓疾苦,卑职怎敢懈怠。请大人放心,卑职定不负使命,将他们平安送至丰州。"

第二天,晨曦初露之际,流放的五千人顶着萧瑟的寒风,带着家小,踏上了背井离乡的征程。人群中哭声此起彼伏,绵延数里,仿佛满地银霜都是他们的泪水凝结而成。

司户率领士卒前后照应,当他带着队伍走出汝南五里地时,忽然看到秋阳下的高坡上有一个人影,那不是狄大人么?他顿时来了精神,回头朝着身后的人群喊道:"狄大人送大家来了。"

人们加快脚步来到土坡前,纷纷跪倒在地,感激声一浪高过一浪。狄仁杰忙走下高坡,扶起走在最前面的老者连道:"众位父老乡亲,快快请起,怀英承受不起。"自己却满脸是泪水。

狄仁杰的忧虑很快被证实。

李贞父子的惨败果然成了向宗室开刀的导火索。整个十一月,从神都洛阳到诸王任职的州郡,到处血污纷飞,人头落地。

最先被处置的是韩王李元嘉、鲁王李灵夔和常乐公主。这三人因是宗室,太后诏命骞味道直接审理。几天后的朝会上,骞味道奏报,没有证据证明二位亲王与李贞父子同谋。武曌很不满意,一怒之下,将案子交与来俊臣。

来俊臣才不管王爷,还是公主。他并不急于审案,而是押着他们去看刑讯过程。他特地选择了用铁圈套住头颅,在头颅和铁圈之间钉楔子的刑罚,眼见那罪犯随着木楔的增加,由惨叫到昏厥,最后脑骨粉碎,脑浆四溢时,李元嘉瘫软了,李灵夔更是当场昏迷不醒。倒是常乐公主冷眼观看了整个过程,明白即使不受刑也难逃一死,趁着行刑者与两位王爷周旋的当儿,撞死在了刑室的墙上。

李灵夔被冷水泼醒后,对来俊臣道:"大人不就是要本王承认与李贞父子同谋么?不错,本王确染指博州、豫州两案,诸多布阵排兵,皆出于我等。"

来俊臣脸上露出得意的笑道:"二位王爷明白,也少受皮肉之苦。"说着,要录事拿了"狱辞",李元嘉与李灵夔先后画了押。李元嘉毕竟习武出身,在来俊臣看狱辞的时节,夺过门口值守府兵的刀,一刀结果了李灵夔的性命,接着,顺着自己的脖颈抹去,一股鲜血喷涌而出。

来俊臣拿着李元嘉、李灵夔和常乐公主的狱辞去拜见武曌,密奏骞味道与二王同谋,欲掩盖其罪行。武曌当殿下令,将骞味道及其子处斩。

十二月,青州刺史李元轨连坐越王谋反案,被废为庶人,流放黔州。可从陈仓翻越终南山时,槛车不明原因地翻进万丈深渊,人车俱毁。押送囚车的司马回来说,当日中午,队伍行进到大散关以南秦、蜀分岭的山梁时,忽然雷声大作,从东南方向飘来漫天乌云,他们眼睁睁地看着囚车被风卷进深沟,在沟底摔得粉碎。好长一段时间,李元轨的遭遇都被渲染得充满了神秘,让听到的人毛骨悚然。

接着是江都王李绪等被戮斩于市。

至于因越王案而连坐,被处以极刑的朝臣更是不计其数。往往是朝会开始时,还在向武曌奏事,朝会还没散,就有人被革职查办,就连他们的姓氏也被改为与五蠹相关。

每天都有人被押往刑场,每天都传来有人被周兴、来俊臣的酷刑折磨而死的消息。身在济州刺史任上的薛顗惶惶不可终日,连睡觉都不能定神,常常梦到自己被周兴、来俊臣的酷刑折磨得粉身碎骨。

他夫人虽然对神都血案有所耳闻,但在她印象中,夫君根本就没有参与李冲举事,遂劝道:"别人是别人,夫君是夫君。既是没有参与谋反,何须惊慌失措,反而授人以柄。"

薛顗擦了一把汗水道:"你懂什么?太后自李冲举事后,就风声鹤唳,任何不慎都会遭她怀疑。"

"难道夫君……"夫人慌神了。

"唉!我哪有这个胆量啊!要命之处在于我与李冲自幼交好,举事前,他又派遣使者到济州联络。我碍于情谊,也遣录事参军高纂回访了博州。"

"呀!"夫人惊呼一声,"夫君这是自招其祸啊!"

"好在我多了一个心思,没有留下片纸只字。"

"吓死妾了。"夫人软瘫在薛顗肩头,过了片刻又问,"高纂现在何处?"

"此时此刻,他还能去何处?就在我麾下栖身。"

"这就好说。"接着,夫人对薛顗附耳说了几句。

薛顗的眼睛睁得老大,心想自己的夫人如何也有了如此心机。

夫人一眼就看出了薛顗的心思,眉毛一横道:"这个关头自保要紧,你不杀他,不定他什么时候告密到太后那儿,夫君完了不说,牵累妾及儿女忍受酷刑,生不如死。"

第二天夜间,高纂就不明不白地被人杀死在家中。只留下血淋淋的身子,头颅不知去向。

司马前来禀报时,薛顗刚刚洗漱完毕,闻言大惊道:"朗朗乾坤,竟然有人暗杀本官属下,是可忍,孰不可忍!"当下命司马率府兵全城大搜。然而,多日过去,案子终因毫无头绪而不了了之。

薛顗命人为高纂刻了木雕头像,妥为安葬,并向朝廷呈上一道奏章,极言李冲罪行,表达对太后的一片忠诚。

可薛顗没有想到,当初他派遣去声援武水的莘县县令早就怀疑他与李冲暗中同谋,告密的书信几乎与他的奏章同时到京。

而获知这个消息的不是别人,正是驸马都尉、武曌爱女太平公主的夫婿薛绍。他连夜派人往济州报信,可已经晚了。左卫将军武三思的人马更快到了济州,将薛顗一家锁进囚车,押往神都了。

"你看到武三思了?"在薛府门厅,薛绍问中途返回的使者。

"卑职到济水边正要渡河时,听到一阵战马嘶鸣和车毂滚动的声音,便急忙隐藏起来了。须臾就看见武将军骑马走在前边,而紧跟着他的,就是大老爷的囚车,再后面,就是夫人和孩子。"

"完了!"薛绍失魂地跌坐在座位上,过了一会儿,无力地挥了挥手,"你先下去,我要静一静。"

使者正要转身,薛绍又叮嘱道:"此事千万不能泄露出去。"

薛绍明白,瞒什么人都不能瞒太平公主,这不仅因为公主与她母亲性格一样最恨被人蒙骗,更因为眼下也只有太平公主才可能救薛氏家族于水火。

太平公主这些日子正忙着为武曌即将在十二月举行的明堂落成盛典献计献策。从四月到十一月,她时不时地到明堂工地巡游,与其说她关心母后倾情的嵯峨建筑,倒不如说她更牵挂着风流倜傥的怀义大师。

当薛怀义陪她在工地的各个角落转悠时, 她总会情不自禁地暗暗打量这位削了发的青年,而心中对母亲有了一种无以名状的嫉妒。她太幸运了,这样的美男子竟然倒在她的怀抱。甚至还因此对薛怀义生出微妙的抱屈,他正当盛年,却要陪伴一个年过六秩的老妪,岂非耽误了大好青春。

这些复杂而又说不清的心绪,让她对明堂很上心,尤其是对明堂落成大典热心非常。她不仅亲自到尚衣局为母后设计大典穿的衮冕,还到上官婉儿那里阅看了朝廷关于大典的程序。其实,这些都是既定的有司职责,可她就是要借此证明自己才是太后最可心的女儿。

那天,暮色渐沉,归巢的鸟儿在明堂上空翻飞,发出叽叽喳喳的叫声,一抹余晖涂在明堂的金顶上,闪着耀眼的光。薛怀义送她上了车,才合掌告辞。

"回去吧!"太平公主斜睨一眼薛怀义,便要驭手驱动了车子。

太平公主没有想到,一件十分棘手的事情正等待着她。

"公主为何这么晚才回来呀!"薛绍一边将公主迎到厅中,一边说道。

太平公主看了一眼薛绍问道:"这不是明堂落成典礼在即么, 何事如此慌神?"

宫娥将太平公主肩上的斗篷脱下,又奉上驱寒的热茶,才小心翼翼地退下。薛绍这才迫不及待地说道:"大事不好了!"

太平公主听他把薛顗获罪入狱的前前后后述说了一遍。话音还没落,太平公主的蛾眉就立起来了:"看来母后当初没说错,你们薛家一个个都是添堵的主儿。"

她说的是陈年旧事,当初她为了躲避吐蕃和亲而不得不嫁到薛家时,武曌认为薛顗的妻子萧氏出身不够高贵, 想逼薛家休妻,经人反复劝说才罢休。这件事对薛顗的伤害很大,当他了解到太平公主与武曌性格十分相近,也怕因太平公主身份太高而招来祸事。因此,虽然论辈分,该是大伯与弟媳的关系,而实际上二人并无任何交情。

"哼,现在有事了倒来寻我。"

薛绍很殷勤地给太平公主续上茶,一脸苦相道:"公主也知道周兴、来俊臣之流的手段,万一兄长忍受不了酷刑,信口诬我为同谋,于公主也是利害攸关。"

太平公主没有说话,但心却动了。是呀,若是真的祸从薛顗口出,不唯薛绍受到株连,连自己也洗不清了,她回看一眼薛绍道:"你要我如何做?"

"恳请公主进宫拜见母后,说明真相,消除疑窦。"

太平公主双手摩挲了好一会儿,才答应进宫试试。

第二天一早,太平公主先去了一趟尚衣局,见为武曌做的袆衣已经完工,便要李尚衣装了随她同来武成殿。她人没有进去,笑声就先到了:"恭喜母后,袆衣做好了。"

武曌放下正在批阅的奏章,抬眼看一眼女儿,笑着说:"朕都不急,你倒坐不住了。"

"儿臣不是尽孝么?"太平公主红唇绽出盈盈的笑,吐出的每一个字都是芬芳的。她让李尚衣帮武曌试穿新袆衣,披肩、插花、束带、佩环,一一上身。

太平公主围着武曌前后转了转,惊讶地叫出了声:"哎呀!此衣该是天工仙造,穿在母后身上,是如此合身,如此华贵。"说着便命宫娥拿了两尊铜镜,前后照了照。看到武曌脸上飞满喜色,李尚衣紧张的心才松了些。

试罢袆衣,收拾好一切,太平公主留下来与武曌说话。

从太平公主走进武成殿那一刻起,武曌就猜到她必有所求。现在,母女二人独处了,武曌便直截了当地问道:"有何事?说吧。"

"母后圣明!儿臣正有一件事情要陈奏呢。"太平公主身子向武曌身边挪了挪,遂将从薛绍那里听到的转述了,末了道,"母后明察,想薛绍兄弟乃皇家至亲,断不会追随李冲之流,祸乱朝政。"

"罢了!"武曌试衣时的喜气荡然无存,"武水、莘县两县令均有密奏,三思也已赴济州详细审理,得知薛顗不仅暗中与李贼通谋,而且事后杀了属吏高篡灭口,可谓罪大恶极,不杀不足以震慑李贼余党。"

太平公主接着问:"那驸马呢?难道也要株连入狱么?"

"不提倒也罢了,一提他朕就生气。早知今日,当初就不该成这门亲事。"

"母后反悔了?"太平公主不依了,"当初不是母后要儿臣嫁与薛家么?"

"江山与驸马,孰为重要,想你不难明白。"

太平公主依然不服气:"母后是要儿臣从此寡居么?"

"放肆！你怎敢如此与朕说话。朕平生最恨背主离经的贰臣逆贼，纵骨肉亲生亦不能容，遑论姻亲。"武曌起身，冰霜满眼地对外面喊道，"来人！"

武钦应声进来，武曌大声道："传朕旨意，薛顗通敌谋反，罪在不赦，着即诛之，驸马薛绍，隐情不报，杖击一百，发司刑诏狱。"

仿佛晴空霹雳，太平公主蒙了，先是呆呆地望着武曌，继而昏倒在地。

宫娥、太监们顿时慌了神，七手八脚地围了上来，武曌看了一眼众人，厉声道："送公主回府思过，一个月不能入宫。"

薛绍如何能受得了一百棍重击呢？不久也就死在了狱中。太平公主没有亲自为夫婿收尸送葬，她的泪水也没有滴在地上，而是化作报复的胚芽，深深地埋进了心里。

明堂落成庆典，终于在十二月的朝会上，议定于二十五日举行。

武曌就是要借此向朝野宣告，宗室在与武氏的博弈中再一次败北。与早年长孙无忌、褚遂良、上官仪等宗室维护者相比，这一次是与李氏诸王直接对垒，他们不仅输了，而且输得更惨，付出的代价更大。

武曌同时也没有放松对别殿的关注，她想知道李旦会如何看待自己与宗室的这一场厮杀。朝会一结束，她就把苏良嗣传到武成殿，要他前往别殿传达旨意——大典之日，让皇帝、皇太子陪同太后参加盛典。

武曌没有特别点明要苏良嗣试探一下别殿对诛杀李氏宗室的看法，她料定这也是苏良嗣无法回避的话题。

苏良嗣已经八十二岁了，在朝廷兴起告密风之际，他曾以年高体弱而几次请求致仕，均被武曌婉拒。如今，当他步履蹒跚地来到别殿时，他的老态龙钟催下了李旦心酸的泪水。

"臣以衰朽残躯，参见吾皇万岁。"苏良嗣颤颤巍巍地跪倒在地，当他抬起脸看皇上时，禁不住老泪纵横。李旦上前扶苏良嗣，发现他两膝僵硬，挣扎了许久才起了身。

苏良嗣沉重地坐下后又道："太后要老臣传旨，二十五日明堂落成大典，请陛下随行。"

李旦点了点头。他已经麻木，对朝廷内的任何事情可以做到熟视无睹了，他唯一关心的就是自己能不能在武曌身边活下去，而不重蹈李弘、李贤的覆辙。

但苏良嗣还是忍不住问起皇上对宗室举事的看法。李旦却顾左右而言他：“朕乃桃源中人。只要母后悦目娱心，朝事顺畅，朕心足矣。”

苏良嗣脸上掠过无奈的痛苦，他非常理解皇上的心境。但他还是将越王李贞父子、霍王李元嘉、鲁王李灵夔的遭遇陈奏给李旦。李旦虽然没有说话，但已忍不住地默然流泪。

苏良嗣劝慰道：“尽管诸王矫诏，假陛下声名而号令宗室，然太后明辨是非，对陛下信任有加。”

“爱卿春秋已高，当松鹤延年，相期茶寿。”李旦的神色这才有所活泛，他来到案边，铺纸引笔，不用半个时辰就为苏良嗣绘就一幅鹤寿图，还加了私章，“不知爱卿何时寿诞，朕又不便过府，就此赐画，聊表贺忱。”

苏良嗣分外感动，欲再次跪拜，被李旦的贴身太监郭纬拦住，随即送他出宫。

苏良嗣一走，李旦再也压抑不住自己的情感，面向云天凄然道：“父皇！儿臣苦啊！”

郭纬见状，忙在旁边提醒：“陛下，小心隔墙有耳。”

李旦的哭声戛然而止，万千苦悲又咽回腹中了。

他怎么可能对宫廷的腥风血雨熟视无睹呢？他又怎么可能对亲王们伏诛殒命无动于衷呢？自从郭纬打听到李冲父子举事的消息后，他就曾经埋怨宗室诸王不该妄生事端，他知道这样非但于事无补，弄不好他这个挂名的皇上也难逃厄运。

一天，郭纬从外面回来，告诉他一个骇人听闻的消息：范阳王李霭、黄国公李撰矫诏，号令诸王齐集神都勤王，他当时就以为必死无疑。这几个月，他就是这样提心吊胆走过来的。

如今，事情终于过去，李旦吩咐郭纬道：“到后堂佛龛，烧一炷香，聊表朕之诚矣，然后传太子来见。”

依制，太子是要居于东宫的。可李旦尚且住别殿，太子当然不能奢望依旧制居所，只不过有个读书的地方罢了。

郭纬去了不一会儿，太子李成器携五岁的楚王李隆基前来拜见父皇。李旦很惭愧，因为自己的软弱，连儿子们也在朝臣面前直不起腰来。特别是武承嗣和武三思，常常用讽刺的目光看着他们兄弟，这让李成器心中积了太多的愤怨。

李隆基虽然是窦德妃所生，却因为英俊多艺而很受李旦的喜爱。从四岁起，就安排他跟着太子陪读。他人聪明，与太子形影不离。现在，他听说父皇要带着太子去参加明堂落成盛典，便问道："请父皇赐教，什么是明堂？"

李旦解释道："明堂者，朝廷祭祀天地，宣明政教之处所也。"

"如此说来，父皇可以去那里给臣下宣达旨意了。"

李旦闻言很尴尬，不知道该怎样对儿子解释这一切。李成器毕竟长李隆基数岁，拍了拍他的肩膀说道："听父皇说话。"

李隆基却不依，非说也要参加落成盛典。

李旦有些不悦："太后只恩准父皇与太子参加，你须遵照太后旨意。"

李隆基噘着嘴道："儿臣不明白，父皇作为皇上，为何处处却要听太后的？儿臣有一天做了皇上，一定要自己说了算。"

"放肆！"李旦沉闷的呵斥，让李隆基吓了一跳，"小孩子信口胡说，难道不知祸从口出，还不退下！"

一大早的心境被一老一少搅得一片纷乱，李旦再也无心画画了。李隆基虽然年幼，他的话却如重锤一样敲击着李旦的心弦。他无法回答儿子的问话，甚至怀疑就连这样的日子都不能过到头。

时光流转，小雪大雪又一年。腊月二十三，时令进入小年，洛阳的年味因为明堂的落成显得比往年更浓。大街小巷，坊里坊外，每日人头攒动、熙来攘往，店门大开，酒旗飘飘。

薛怀义这些日子十分忙碌，遵照太后的旨意，他对明堂做最后的修整。他的心情很好，每夜与武曌耳鬓厮磨，白天则一心一意地筹办典礼。但他总觉得缺了什么，当驻足在鎏金铁凤前时，他明白自己所有落寞都源自一个女人身影的消失——他有几天没有看到太平公主了。当他看到奉太后口谕前来查看盛典筹备的太监武钦时，就迎了上去。

武钦见礼之后便道："咱家奉了太后口谕，来查看大典准备得怎样了。"

"贫僧这就带公公到处看看。"薛怀义捻了捻脖颈上的佛珠道。

武钦十分惊异薛怀义的调度能力，明堂一切都井井有条。

薛怀义看看身边的武钦，看似不经意地问道："这些日子，为何不见太平公主了？"

"唉！"武钦长叹了一声，"此事咱家本不该说，可大师毕竟深受太后恩典。前些日子，薛驸马因为涉嫌与李冲父子同谋，被杖责一百，殒命狱中了。"

"哦！"薛怀义恍然大悟，只是他与太后在一起，却没有听她提过一个字。

两人边说边走，来到明堂北侧，但见一五级高台，上面铸一巨大佛像，薛怀义与武钦登上三级台面，这才刚刚走到佛的脚底，抬眼看去，佛身直插云霄,薛怀义介绍道:"此乃天堂,所贮之佛小指上可容数十人站立,开魏、隋以来巨佛之先河。"

武钦吃惊地眨了眨眼睛说道:"如此巨佛,如何立得起来?"

薛怀义诡秘地笑了笑道:"世间只有不愿为之行,却绝无不能为之事。贫僧所铸之佛像,乃谓之夹纻,以麻布与干漆混之,塑造成像,敷以金粉。故而体虽大,却轻便。"

这一席话说得武钦频频点头,连道:"太后闻之,必将重赏大师。"

薛怀义嘴上回应着武钦的话,其实早在床第狂癫之余,太后已许诺要封他为将军了。他在心底嘲笑岑长倩那些人,戎马一生,也不过是个将军……

十二月二十五日到了,昨夜,太后破例地没有让薛怀义侍寝,因此,卯时二刻,他就早早地起身,带着大匠和众僧,将明堂的各个环节重新查看了一遍,才回到处所。众僧换上杏黄色的崭新袈裟和僧帽,肃然而又整齐地排列在明堂前,等候典礼时刻的到来。

明堂毕竟是儒学的象征,故而从卯时三刻起,司礼寺的博士们也来到明堂前,一个个纱帽高耸、皂靴整齐,青色朝服,手持笏板,肃穆庄严,与旁边的杏黄色方阵形成鲜明的对比。博士们都是第一次看到明堂,其中有不少人惊异于它与典籍中所载的迥然相异,暗中嘲笑薛怀义不学无术,亵渎先师,可他们岂知这一切皆出于太后旨意。

辰时二刻,一冬无雪的神都太阳很亮、很暖,文武官员浩浩荡荡的车队来到明堂前,依照事先的安排,府卫将军们站成一个方阵,宰相以下,九品以上文官站成一个方阵。

辰时三刻,庞大的宫廷卤簿出宫了。先是甲盾禁卫作为先导,接着是手执金瓜、宝顶、旗幡的仪仗,再后面是太乐署的舞者和鼓吹署的乐工数百人,然后才是左金吾将军丘神勣率领的府卫护卫着武曌的銮驾缓缓而来。

宏大的鼓乐、竽笙声久久地回响在通往明堂的道路上空。

跟在太后车辇后面的是皇上李旦和太子李成器。

父皇的遭遇使得李成器自幼养成了恭谨、小心的性格,他很拘束地坐在父皇的身旁,看着父皇木讷的脸,心里酸酸的。自六岁略通人事时起,他常常看到父皇独坐垂泪,总也弄不明白他为何如此的脆弱。现在,他已经九岁了,多少也明白了一点,但仍忍不住问道:"父皇,为何母后没有一起来?"

李旦眨了眨眼睛,没有回答李成器的话,莫名其妙地说了一句:"今日天气很好,三九小阳春。"

李成器便不再问,忧伤地看向前方。他看到太后的背影,开始对这位将自己的父皇冷落在一边的女人有了一种无言的愤懑。

武曌坐在车辇里,丹凤眼望着浩荡的卤簿队伍,联想此时明堂门前文武云集,儒释分列,旌旗猎猎的恢宏,心浪如潮水般地翻腾。那是一种天翻地覆的快慰,一种旷古未有的新局。那个汉朝的吕雉没有做到,那个本朝的长孙皇后没有做到,而她做到了。她终于让那些轻视女人的男人们一个个死在了自己的刀下,一个个拜倒在自己的脚下。这个冬日的上午注定属于自己。不!这四时行焉,百物兴焉,永远属于她。她唯一感到不快的是,太平公主称病没来参加盛典。然而,这有什么呢?仿佛是故意做给任性的女儿看,她特赐上官婉儿骖乘,与她坐在同一个车驾。

鼓乐在掀起一个新的高潮后,终于在明堂前静了下来。接下来,就是"神皇圣明"的山呼此起彼伏地涌动。武曌就在这样的欢呼声中,由宫娥搀扶,在上官婉儿的陪伴下走下车辇,缓缓来到"万象神宫"的中央,居高临下地俯视着群臣。

典礼由新任天官尚书武承嗣主持,太乐署的乐工和舞姬演奏了由武曌亲自撰写的《登歌》,作为盛典的主题歌舞,一千四百人长袖翻飞,裙裾飘飘,生出万千变化来,正所谓:

> 礼崇宗祀,志表严禋。
> 笙镛合奏,文物维新。
> 敬遵茂典,敢择良辰。
> 絜诚斯著,奠谒方申。

这一切,都在武曌的眼前幻化成江山的逶迤巇嶭,皇权的威仪至尊,四域的遐迩一体。她在心里对高宗道:"陛下,您生前屡次欲建明堂,妾今日为您圆了梦。"

一个多月前,当太乐署的官员陈奏明堂典礼尚需雅乐时,她欣然提笔,写下了如上的诗句。她反复斟酌了开篇的句子,郑重地用"礼崇宗祀"四个字,就是要告诉那些恣意谋反的宗室子弟,她理所当然地是李唐社稷的承继者;但她更希望从自己这里,开启一个完全不同的朝局,她选择了"文物维新"这四个字,恰当地把当下与前朝划为两个篇章。

不错,不仅她在这样的场合,用这样的方式传达了一种酝酿巨变的信息,而且在场的皇上和大臣们也都听明白了。

左相苏良嗣与右相韦待价暗暗地交换了一下眼色,小声道:"大人听出其间的玄机了么?"韦待价肯定地回看了一眼苏良嗣,两人的眼睛不禁都有些湿润……

新任内史岑长倩的感觉最为敏锐,他吃力地摇了摇头,想把这可怕的想法驱除出去。

其实,李旦早听出了《登歌》的意思。他的脸死灰一样地阴暗,手不由自主地拉了拉旁边的太子李成器。

李成器惊惧道:"父皇,您的手好冰凉。"

一句话说得李旦泪水涌流。唉,即便是这个徒有虚名的皇上,他大概也做不了多久了……李旦情不自禁地紧紧抱着李成器。

祭祀天地的程序一如往日。在司礼寺的官员宣读完祭文后,武曌率领百官,献太牢、珍禽、奇兽、杂宝于坛前,行了隆重的祭拜礼。

乐工们高奏庆典雅乐。武曌跟随着乐声的落伏,让武钦宣读了两道诏书:

　　制曰:明堂之成,普天同庆,人神共喜,朕垂爱四域,大赦天下。自即日起,开放明堂,民可入观,参拜我佛。改河南县为合宫县。

　　制曰:白马寺住持薛怀义主持明堂修建有功,着即册封为左威卫大将军、梁国公。

人群中立刻一阵骚动,但很快就被东南角杏黄色的袈裟方阵压了下去:

贺喜大师!

神皇圣明!

薛怀义手持法杖,披着冬日的阳光,一步步走到太后面前来了。在他的身后,是金光闪闪的夹纻大佛。

第十八章

李旦逊位子让母　武曌革命周代唐

天授元年(公元 690 年)八月,神都洛阳暑流减退。

太平公主一大早就到上阳宫参拜武曌来了。越过观风门,一路走来,浴日楼、丽景台、七宝阁、九州亭和曜掌亭缓缓地从她眼前掠过,这里有她太多难忘的记忆。上元年间,父皇和母后在这里署理朝政时,她才九岁。当时因为随外祖母荣国夫人杨氏祈福而被送进佛门, 但每隔一段时间荣国夫人就送她到这里与父皇和母后团聚。

那时候,她经常在落日余晖中跟随父皇沿着曲径散步。天性活泼而又聪颖的她常常问父皇,为何历朝历代都要立男儿为太子,而不立女儿为太子?为什么父皇身边除了母后,还有那么多女人? 每逢这时候,高宗总是爱怜地抚摸着她的头道:"你天资聪颖,可惜生就个女儿身。"

她对父皇的回答很不满意:"女儿身怎么了? 难道这大唐天下只是男人的么? "

而从母后眼睛里,她感受更多的是温柔、偏爱。及至后来大了些,连她自己也惊异,为何自己的容颜中就没有留下多少父皇的痕迹,而方额广颐,倒与母后十分相像。再大些,她的脾性就越来越像母亲。在母后的心中,她多权略,善言辞,故而许多事情不与几个儿子商议,也总喜欢听听她的看法。

这种偏爱,使得她的封赐大大地超过了同龄的公主们。依朝廷规制,公主食邑为三百户,可母后一次又一次地加封,使得她的食邑达到了三千户。以致朝野百官见了她都侧目而视之。

太平公主不是那种趋小利而舍大局的女人,武曌的做法给她的烙印太深,她希望有一天能够像母后一样,成为权倾朝野的女人。

　　然而,因为薛绍的案子,让她同母后生了嫌隙。这固然有着夫婿被杀的积怨,可更深层的原因还在于,她是将自己作为李唐宗室一员看待的。她十分怀念才情横溢、相貌奇伟的二哥李贤,更同情被冷落的皇帝李旦。所有这些,都使得她在薛绍死后就很少到上阳宫里来了。

　　这种境况,直到七月,太后提起她与武攸暨的婚事时才有了转机。

　　一片落叶随风飘落在九州亭前的池中,太平公主停住了脚步,久久地注视着那发黄的叶子,心里感叹着世事无常。

　　张尚宫见状提醒道:"太后在殿中等候公主多时了。"

　　她白了张尚宫一眼,心里嘀咕道,如此老妪,母后如何就想不到要换一个女人呢? 她转身离开九州亭,又转过耀掌亭,观风殿熟悉的雕梁画栋就呈现在面前了。

　　"儿臣向母后请安!"太平公主上前施礼。

　　"平身。"

　　"不知母后传儿臣来,有何旨意?"

　　武曌笑道:"知你一人在家烦闷,朕到这里赏秋,就是想让你来散散心。"

　　"谢母后恩典,如果儿臣没有猜错的话,母后还有事与儿臣商议。"

　　武曌越发为太平公主的聪明而感喟。她从案头拿起一卷经文,递给太平公主道:"此东魏国寺法师法明编纂的《大云经》,朕看了,觉得言简而思邃。"

　　太平公主随意浏览了一番,就从前面的序文中明白了武曌的意思,她毫不避讳地说道:"这哪是经文,分明是一道劝进表么?"

　　"唉!"武曌一脸无奈,"近来劝进的表奏雪片一样,堆满了朕的案头。你承嗣、三思表兄也屡有奏章,力谏朕称帝。朕进退维谷,召你来,也是想听听你的看法。"

　　太平公主丝毫不感到意外,表兄们的这种运作从洛水献石就开始了,无非就是想拥戴母后称帝。

　　放下《大云经》,太平公主毫不犹豫地说道:"从显庆年间算起,母后临朝数十载,就是立马称帝,也是顺理成章,何必要人来劝进呢?"

　　武曌很欣慰,昔日那个敢想敢为的太平公主回来了。但她毕竟有着与旧臣和宗室血搏数十载的经历,她更愿意将之归于天意、民心。她向前挪了挪身子道:"称帝之事,非同小可,需上合天意,下得人心,岂能贸然为之?"

　　她正要进一步说下去,武钦却进来禀报,说右卫中郎将武攸暨求见,现在殿门等候。

武曌便就此打住:"宣他觐见。"

趁武钦出殿的当儿,太平公主问:"母后为何宣他来见?"

"朕想问问他将婚典筹备得如何了。"

"一切悉听母后旨意,有何可筹备的?"

武攸暨是武曌伯父武士让的孙子,太平公主称武攸暨为表兄。她也知道他有了妻室,所以当七月的一天武曌提出要她嫁给武攸暨时,她当着上官婉儿的面婉拒了:"儿臣乃堂堂大唐公主,圣母神皇之女,岂可嫁与已婚男儿?"

武曌当时没有说什么,似乎丝毫没有生气的意思,可两天以后,便有消息传来,说武攸暨的妻子在一天夜里被人杀了。司刑寺查了数日,一无所获,遂不了了之。

而武攸暨却到公主府邸拜见来了。说一口并州方言的他并不避讳此次联姻与太后的关系,但他也丝毫不隐瞒多年来对公主的暗恋。他说从十二岁在合璧宫第一次看到公主时,就喜欢上了她。那时候,她就是他天上的星星,他只能远远地看着她。公主与薛绍婚典的那一天,他一个人躲到神都的一家酒肆,喝得酩酊大醉。

夜很静,灯烛却不那么亮;茶已淡,心却在浮动。借着灯影看武攸暨,太平公主就有了一种别样的感觉。

他的举止很谨慎,话虽俗却透着对她的痴爱。他的脾性分外温顺,其间她多次试图激怒他,都被他憨憨的笑容化解。

他们以后还有过几次会面,武攸暨都是应约而来,有礼而去。公主的心就被这实诚的微笑泡软了。她也渐渐打开与母后的心结,设身处地去替母后着想。是的,她一个女人,掌管着大唐社稷,要面对多少男人的目光,面对多少诘难。特别是李冲父子一案后,她对母亲安排几位表兄担任宰辅之举有了更深的理解。

于是,她答应了与武攸暨的婚事。那是八月初的一个雨夜,武攸暨又一次叩响了公主府邸的门环。太平公主孀居经年的焦渴,终于在那一晚化为疯狂的深吻。

生了两个儿子的武攸暨做起这种事情来依旧笨手笨脚,少了许多的风趣。她调动了一个女人所有的魅力,引导他一次又一次地挥洒激情,武攸暨从公主身上第一次感受到了女人那种妙不可言的馨香和柔软……

这时,殿外武钦的尖细嗓音打断了公主的思绪,她适才沉醉的自乐被武曌看在眼里,她知道风雨已经过去,公主将成为她称帝的有力推动者。

武攸暨进殿来了,他一眼就看见公主坐在那里,忙上前施礼:"微臣参见太后,参见公主殿下。"

武攸暨在武曌要他平身的那一刻,就有些结巴地恭贺道:"启奏太后,祥瑞降临,社稷之幸,黎民福祉啊!"

"哦?"武曌的眼睛立时闪烁着光彩,忙道,"何处祥瑞,快快与朕奏来。"

"微臣方才来的路上,忽见天空霞光万道,一只五彩凤鸟朝着上阳宫飞来。它披着团团祥云,落到左台的梧桐树上。顿时,满宫苑群鸟争鸣,纷纷聚拢在凤鸟四周。臣不胜惊奇,忙奏与太后。"

这消息如同秋日的阳光,洒进武曌心间,她忙对太平公主道:"竟有如此情景,快与朕去看。"

几个人来到殿外,抬眼看去,果然梧桐枝头有一五彩巨鸟,被群鸟围着,武曌情不自禁地叹道:"此天意眷顾朕啊!"

太平公主却在盘算,母后称帝后,第一个要做的事情就是立储。谁来做国嗣呢?她觉得比起几位皇兄来,她是最有资格成为李唐社稷继承者的。若是母后登了基,那就为女人驾御朝纲扫除了一道千年不越的障碍,就意味着自己完全有可能追随母后,在某一个早晨站在含元殿号令天下。

回到观风殿,武曌对太平公主和武攸暨说道:"朕意在八月中秋为你等举行婚典,封赐攸暨为驸马都尉,增食邑三百户。敕命文武百官、夷国使者前来致贺。公主要遣画师将今日所见之景着意写真,作为贺礼奉之婚典。朕闻关中父老九百人有劝进表上呈,也在婚典出示群臣。"

到这里,太平公主和武攸暨才明白,母后召他们来的本意是要将他们的婚典当成改朝换代的预演。

太平公主笑道:"这有何难,就画一幅《百鸟朝凤》。儿臣相信,武大人看到的,群臣必然也是看到了。"

武曌将脸转向武攸暨道:"民之所愿,朕之所从。孟子曰,国人皆曰可,则可,至理也。朕临朝称帝,乃天命难违。你今日回去,即可遣人前往并州,广征故里父老上书,以达民意所向。"

武攸暨回道:"此事臣与承嗣、三思兄早有安排,不日即可有消息到京。"

"好了!时间不早了,你们也退下吧!"

太平公主对武攸暨道:"武大人先行一步,我有话要对母后说。"

现在,观风殿只有母女两人相对而坐,武曌问:"你还有何话,不妨直接奏来。"

太平公主撩了撩宽大的衣袖道："其实儿臣不说母后也明白，李冲一案，宗室死伤殆尽，其幼弱存者皆流岭南，现今朝中武门居于显位。因此，儿臣请母后善待两位皇兄，以慰父皇在天之灵。"

武曌心中"咯噔"一声，隐隐一阵痛心，但她旋即转了情绪道："你尽可放心，只要他们不违旨，不谋反，朕绝不对亲骨肉开杀戒的……"

观一叶而知秋，这些年，每逢秋气渐深的日子，李旦总是会对着落叶暗暗垂泪。郭纬担心这样下去，皇上会抑郁成疾。因而，当他出现在殿门口时，就大声呵斥那些刚刚值守的太监和宫娥："皇上仁慈，不忍斥责你等，可你等也不该如此怠惰。触怒了龙颜，还想不想活？"

太监和宫娥们垂手而立，一副拘谨恭然的神情。可谁心里都清楚，皇上现今连自己都朝夕不保，何谈大怒？

郭纬心里当然更明白，他不想纠缠，吩咐大家速速将落叶扫去，以免皇上看见伤心。

大家正要散去，却不料从身后传来李旦的声音："不要动，如此甚好。"

大家面面相觑，不知所措，郭纬更是不解地看了看皇上道："谨遵陛下旨意，各执其事去吧！"

李旦又对郭纬道："你去殿中整理昨日的画稿，朕想一人静一静。"

郭纬看了一眼目光黯然的李旦，心里就一阵阵隐痛，道："外面风凉，陛下看看就请回。"随即转身轻手轻脚地进殿去了。

风吹动李旦额前的头发，乌黑中夹带着日渐增多的灰白，遮住了印堂上刻下的几道皱纹，但眼角的鱼尾纹是无论如何遮盖不了的，那悲秋的泪水是无论如何也无法锁在眼眶里的。

李旦模糊的眼睛看到的不是满地落叶，而是横陈在面前的一具具尸体。

一场因李贞父子举事而引起的杀戮，持续了两年多，每一次人头落地，都折磨着他一颗被岁月揉碎的心。

永昌元年七月，本以为拒绝了李贞的邀约，没有参与反叛的纪王李慎也难逃厄运，改姓"虺"氏，槛车押往巴州流放，行至蒲州时，猝死途中。没有人追究原因，而他的几个儿子也先后被杀。

九月，杀宗室鄂州刺史郑王李敬等六人，李敬的叔祖滕王李元婴的儿子李修琦等六人也被流放岭南。

最近的一次是前不久，太后又命周兴等人杀了太子少师、曾任纳言的裴居道。对于这位孝敬皇帝的岳父,李旦还是比较了解的。裴居道并不似韦玄贞那样雄心勃勃,他一生小心谨慎,唯太后之命是从,出任内史、纳言,奉诏留守长安,战战兢兢。可太后依然不能容他。他是在太子李成器的弘文馆被拘捕的,九岁的李成器吓坏了,一连两夜噩梦不止,醒来后号啕大哭。

九月,似乎注定就是一个流血的月份,不久传来消息,说安南王李颖等宗室十二人又惨遭杀害。

昨天,李旦正在作画,郭纬从外面回来告诉他,春上刚刚被授予安乐郡王和犍为郡王的故太子的两个儿子,被来俊臣鞭杀于诏狱。还有永徽年间高宗的两个儿子杞王李上金、许王李素节和诸子也死于非命。

郭纬继续道:"从宫里传出来的消息说,此事是因为武承嗣密奏几人谋反。听说许王是在龙门山自缢而死,泽王知道后,愤而自杀。"

李旦手中的笔"当"地就落在了地上,李上金、李素节且不去说,李光顺兄弟都是他看着长大的,当年他常常去太子府上对弈,他们嬉戏打闹的情景历历在目,可他却保护不了他们……

一阵风来,吹得秋叶沙沙作响,仿佛是宗室子弟的哭泣,直抵李旦脆弱的心房。他骤然觉得浑身发冷,似乎秋叶中满是愤懑、哀怨、绝望的眼神。

忽然,从宫墙外刮进一股旋风,卷起阶前的落叶,和着尘埃,围着他团团旋转。很快,他的眼睛便被迷住了,觉得自己像被几只手撕扯着,忽而东,忽而西,完全失去了自持的力量。他浑身发抖,对着殿内喊道:"郭纬何在?快救朕。"

院内的太监宫娥们纷纷赶来要冲进大风漩涡,却被刮倒在地,大家便十分惊慌地呼喊:"皇上!皇上!"

正在收拾画稿的郭纬闻声跑出来,却被眼前的景象惊呆了,他奋力冲进漩涡,牵起李旦的衣袖退入殿内,掩了殿门。

很长时间,李旦还惊魂未定:"朕有罪,此上苍以怪异之象谴告于朕矣。"

"时值秋日,阴阳之气交融,就会成旋风,陛下不必惊慌。"

但李旦身子仍然颤抖个不停,道:"朕在风中看到光顺和守礼了,他们埋怨朕不能力挽狂澜。"

过了大约半个时辰,一缕阳光透过窗棂,洒在别殿地上,惨白而又清亮。郭纬打开殿门一看,不由得陷入一片茫然。阶前的落叶早已渺无踪影,从司马道到别殿前,仿佛被清扫了一般,干干净净,了无纤尘。这到底意味着什么?他不敢多想,便吩咐尚食煮了安神汤,服侍李旦服了。不一会儿,李旦便在榻上睡去了。

看着眼角依然泪珠盈盈的皇上，郭纬深深地叹息一声，又去整理画稿。是的，皇上现在除了画稿，案头再无别的陈列。早先，太后还时不时地送些文书过来，自从李贞父子举事之后，便再也没有片纸只字给他。倒是左金吾将军丘神勣加派了诸多的禁卫，虽是名义上护卫皇上，实际上就是不让皇上出宫苑。

他刚把一卷画稿收拾好，就看见刘皇后进来了。郭纬小声告诉她，说皇上刚服了安神汤，睡着了。

刘皇后来到内室，看看李旦苍白的面容，心里很不好受，轻轻掖了掖锦被，出来轻声道："困兽囚笼，这哪里是人过的日子。"

郭纬吩咐宫娥为皇后奉了茶道："皇后驾到，老臣光顾着替皇上收拾画稿，未得远迎，还请恕罪。"

刘皇后呷了一口茶道："唉！终日惶恐，何谈凤驾？我方才见宫苑旋风刮得昏天黑地，很担心陛下，故而急急忙忙地赶到前殿来了。"

自李旦居于别殿几年间，她也看出，从故太子李贤那里转来的郭纬为人诚实，并不以太后旨意而是从，他们夫妇已经将他看作是一家人了。

刘皇后指了指外面，郭纬领会了皇后的意思，道："太后命来俊臣鞭杀了雍王府的两位王爷，皇上正为此事难过呢！"

刘皇后沉默了一会儿道："太后这是要将李唐宗室赶尽杀绝呀。"

郭纬来到殿外，看了看周围，禁卫们都在不远处值守，正值巳时二刻，宫娥和太监们按照自己的吩咐，到后花园整理落叶去了。他回转身，掩了殿门，这才回来说话。

郭纬用只有刘皇后一人才能听到的声音道："太后年高多疑，不仅是宗室，即便身边近臣，一旦被疑，亦格杀勿论。皇后可记得，苏相上回来府中传达太后旨意时提到的张光辅吧？"

"就是那个夏官侍郎，他不是因为剿灭李贞有功，被任为内史了么？"

"谁说不是呢？可他已经被周兴杀了。"

刘皇后眉毛颤了颤问："这是为何？"

"说来他也冤枉，他当初剿灭越王时，带了两名司马，一为洛州司马房嗣业，一为洛阳令张嗣明，这二人被告曾为徐敬业余党徐敬真逃往突厥给予资助。事情败露后，房、张二人反诬张光辅同谋。结果，三人同时伏诛。"

"他多行不义，罪有应得。"刘皇后不屑一顾道。

"还有那个地官尚书、同凤阁鸾台三品韦方质,因为患病期间怠慢了前去探视的武承嗣,后以神都盗贼肆虐、民喜群殴为由,也被弹劾了。韦方质又将责任推到苏良嗣身上,太后闻之大怒,流他到儋州,籍没了全家。"

"唉!最可怜的还要算苏良嗣大人,"郭纬顿了顿道,"虽然被太后宽恕,回到府邸不久就溘然长逝了。"

"这事情我知道。苏相出殡时,满朝文武为之吊祭,皇上还书写了挽幛。"

郭纬没有回应,平心而论,苏相的这个结局在宰相中属于圆满的。然而,他却不敢确定,这些身后的殊荣会不会有一天也被剥夺了。

郭纬接着又提到另外一位宰相魏玄同,因为在高宗年间得罪了时任洛阳令的周兴,现在周兴做了秋官侍郎,便诬陷他私下里议论太后年高,不如还政于皇上。太后闻之大怒,赐死于家。据说他临死前,有人劝他告密,以求能见到太后,为自己辩解。魏玄同说,事已至此,人杀我与鬼杀我已经没有什么两样,岂能做告密人邪!

话说到这里,刘皇后陷入不能自己的惊悚和恐惧:"这究竟是为何啊?怎知我还有没有明日。我死又何妨,只是皇儿们年纪尚小,岂能就这样离开人世?"

郭纬见此就后悔了,心想不该将这些告诉皇后的,自责道:"都是老臣该死,请皇后恕罪。"

刘皇后喘了一口气,擦掉眼角的泪水道:"公公何须自责,朝事如此,你何罪之有!在我看来,总该想个万全之策啊!"

话说到这儿,身后传来李旦的惊呼:"皇后救命!皇后救命!"

刘皇后与郭纬赶紧来到内室,轻轻喊道:"陛下,妾在这里。"

李旦一把抓住刘皇后的手道:"刚才朕做了一个噩梦,梦见被许多强人追杀。朕跑到一条河边,水面很宽,没有渡船,眼看强人追来,朕情急之间,跌入河中……"李旦喘了一口气,痴痴地看着皇后问,"朕是不是……"

一句话没有说出口,刘皇后用手捂住,心疼道:"陛下千万不能如此想。"她摸摸李旦的额头,冰凉冰凉的,转脸对郭纬道,"命宫娥为陛下奉茶压惊。"

喝过一口热茶,李旦清醒了许多,想想四年多形同软禁的生活,夫妻相拥而泣,无以言表,郭纬在一旁也陪着流泪。

当天的晚膳,李旦吃得很少,只喝了几口汤。晚上亥时三刻时,李旦忽然坐起身,摇了摇身边的皇后:"醒醒!朕有话对你说。"

其实,刘皇后根本就没有睡着,白日里郭纬讲的一件件惨绝人寰的事情让她心神不安。现在，听见李旦呼唤，她忙起身问道："陛下有何话说？"

"朕反复思忖，眼下宗室山崩，亲缘离析，能自救者，唯你我耳！"

"陛下到底想说什么？"

"朕这个皇上形同虚设。可在母后眼中，恰如骨鲠在喉。倒不如干脆就把这大唐社稷让与母亲，让她堂而皇之地称帝，朕只图几个皇儿平安无事。"

刘皇后摇摇头道："万万不可。如此，则宗室子弟泉下不会宽恕陛下。"

"皇后此言差矣。"李旦缓缓拢过刘皇后，让她靠在自己肩头，"自垂拱四年母后称圣母神皇以来，事实上已一天天朝这一步走。远的不说，就说永昌元年春正月，母后大飨万象神宫，服衮冕，搢大圭，为初献，以朕为亚献，太子为终献。她将武士彟列在先帝之后，共享帝祀，这意味着什么？接着又于则天楼御群臣，大赦天下，这又在彰显什么？她就是要让群臣知道，唐室没有任何人再能与她抗衡。"

李旦呼了一口气，接着说道："去年二月，她对朕连个招呼也不打，就追谥武士彟为周孝太皇。这又是何征兆，皇后难道看不出来吗？"

刘皇后向李旦胸口靠了靠，紧紧抱住他的肩膀道："她是在试探朝野。如此说来，她称帝只不过是时间问题。"

"她之所以对宗室必欲除之而后快，也是要为这一天做铺垫，"李旦的脸贴着皇后的鬓角道，"朕就是不说话，到时还是要被逐出别殿的。"

刘皇后暗暗呼唤："上天，你是真要让李唐社稷绝续灭种么？"

"朕意已决，不日就上书太后，拥戴她称帝。"

刘皇后不说话，也许皇上说得有道理。夜色沉沉，残月西坠，刘皇后觉得深夜就是一个巨大的囹圄，他们被困其间，不见天日。

过了很久，刘皇后疑惑道："就算陛下有意让国，母后也未必就信。"

李旦讷讷自语道："朕在弘文馆时，曾经读过汉王充《论衡·感虚篇》，那里面说，'精诚所至，金石为开'，朕一心一意拥戴她，她会感知到的。"

"陛下！"刘皇后无法再保持平静，窝在李旦怀抱里泣不成声了……

第二天巳时一刻时，郭纬慌慌张张地进了殿，站在帷帐外禀奏李旦，说千金公主来了。

千金公主，不就是那个寡居多年的祖姑母么？算算年龄，也该七旬了吧！她曾将一卖脂粉儿的冯小宝养为男宠的传闻，为李旦所不齿。加上她本是高祖身边的宫女所生，只因生得聪明俊俏，为高祖喜爱，才封赐千金公主。若不是她突然来访，李旦几乎都要忘记这个人了。

可不管怎么说，她终归是长辈，不见有失礼仪。于是，李旦对郭纬说道：
"请公主在前厅稍候，朕即刻就来。"

李旦携着刘皇后来到前厅，站在门外看去，千金公主银发高髻，虽年届
七秩，却是雍容华贵。李旦与刘皇后上前道："不知祖姑母驾到，有失远迎，还
请见谅。"

千金公主忙起身回话，开口却是："皇上一向可好？妾奉母后之命前来探
视皇上。"

李旦惊得目瞪口呆，不知道发生了什么事情，以为公主神志昏迷，不辨
长幼，竟然将孙辈当了同辈人称呼。

刘皇后更是被眼前突然降临的女人惊呆了，忙要郭纬去传太医进宫，为
祖姑母诊脉，这举动却被千金公主一把拦住："妾知道会被你等误会，且坐下
待妾说给你们听。"

千金公主丝毫没有赧颜和尴尬，她很坦然地告诉李旦夫妇，说太后已经
将她收为义女，改姓武氏，赐名武菁，更号"延安大长公主"。她现今是出入宫
禁方便，宝马香车相伴，宫娥太监成群。

"如此说来，皇上与妾不是该以姐弟相称了么？"延安大长公主说得眉飞
色舞，"母后经天纬地，垂拱社稷，万民拥戴，圣母神皇当之无愧。"

李旦不敢以皇姐称呼眼前的延安大长公主，而且他也叫不出口。她的浅
薄和俗媚，让他想起宗室的另外一个女人。她就是被太后诛杀的纪王李慎的
女儿东光县主李楚媛。论起来，她才真的是他的宗室堂妹。她自幼以孝顺而
名，后来嫁给司议郎裴仲将。婆母有病，她亲为之尝药膳，平日与妯娌们相敬
如宾。时宗室子弟多以骄奢相尚，唯她守持节俭。有人劝她说，"人生富贵在
得志，独勤苦，欲何求。"她答曰，"幼而好礼，今而行之，非适志欤！观自古女
子，皆以恭俭为美，纵侈为恶。辱亲是惧，何所求乎；富贵倘来之物，何足骄
人。"众人闻之，皆以为愧。闻纪王被太后诛杀，她号啕恸哭，呕血数升，守丧
期满，发誓二十年内不用润发的油脂。

唉！宗室子弟，若楚媛者庶几几人，若千金公主又庶几几人？李旦在心中
喟叹，顿然觉得眼前的祖姑母猥琐丑陋。他便不再以祖姑母的身份称她，便
问道："不知公主今日驾到，有何见教？"

延安大长公主道："妾奉太后口谕，一则来告知皇上，太平公主自驸马都
尉薛绍获罪之后，孀居经年，太后欲使其尚伯父之孙、右卫中郎将武攸暨，请
皇上届时前往贺忱。"

李旦心里就打鼓,论起来,这武攸暨与自己也算得上远房表亲,他入朝以后,也曾奉太后口谕来过几次,知他在并州已有妻室,自己的妹妹嫁过去,到底算什么身份?

延安大长公主一下子就猜到了李旦的心思,撩了撩衣袖,遮住颜面喝了一口热茶,话也就随着笑声出口了:"皇上是担心武攸暨有了妻室么?嘿嘿!天下还有母后办不到的事么?"

刘皇后在一旁插话道:"皇上的意思,是怕委屈了公主。"

延安大长公主斜睨一眼皇后道:"这就不劳皇后费心了。太平公主是什么人?她是母后的爱女,母后能让妹妹受委屈么?"

刘皇后就在心里埋怨自己多嘴。是的!是她将女儿嫁给娘家人,关自己什么事呢?于是,刘皇后莞尔一笑道:"公主所言甚是。"

"请公主转奏太后,朕到时一定重礼相贺。"李旦本想借口作画下逐客令,思忖之后,又觉得她现今是太后身边的红人,得罪不得,便只得暂时按捺住心头不快,示意宫娥给延安大长公主续茶。他猜想延安大长公主今日来此,绝不是仅仅谈论太平公主的婚事,一定还有比这更重要的使命。

果然,延安大长公主接下来要说话的样子,就显得庄重多了。她将老迈的身子向前挪了挪,声调也低了许多:"皇上说说,世上竟有这般奇事?"

见李旦夫妇没有打断她话的意思,延安大长公主继续说道:"东魏国寺有位叫法明的师父皇上可知道?"

李旦摇了摇头。

"这个法明大师最近撰写了《大云经》四卷,上表太后,言说太后乃弥勒佛降生,当代唐为阎浮提主,制颁于天下。妾就是听听皇上对此事如何看?"

嗯!这才是延安大长公主前来的目的,想必她是来探口风的。尽管他们也知道,这一天迟早会到来的,但如此不遮不掩、明火执仗的,还是让刘皇后感到吃惊。她正要说话,却被李旦用眼色拦住,他换上了一副十分热心和谦恭的色容道:"朕与皇后昨夜还在说,准备上表拥戴太后称帝,至于朕的去留,一切遵太后旨意而行。"

"哦!"延安大长公主惊讶于李旦的回应。来此之前,她虽然想到李旦不会明目张胆地反对,却也不曾想到他会答应得如此痛快。她不禁为自己的成功而击节称快,"哎呀呀,难得皇上如此通达,要妾说,此亦是天意啊!"

"既是公主来了,朕即刻草就表章,请公主代为呈送母后。"李旦言罢,起身来到案边,执管在手,不假思索就写下了一道"劝进"表章,其意之诚,其情之切，都在字里行间了。

目送延安大长公主的轿舆消失在楼宇叠翠的宫苑之间，刘皇后一转身，就觉得五内翻腾，顿觉天旋地转。李旦被吓坏了，一面大呼"来人"，一面抱起皇后焦急地唤她的名字。

在后殿的窦德妃欲送李隆基去弘文馆陪太子读书，见宫娥来报，说皇后在前殿昏厥过去，丢下儿子就跑过来了。当初册封皇后的时候，虽然两人因为争宠而明争暗斗过，可后来她发现，人与人之间的恩怨实在经不起艰难时世的磨洗。如今，留在她们之间的，只有惺惺相惜。她用洁白的丝绢擦去刘皇后嘴角的血迹，纤纤细手缓缓地在她手腕的脉络处摩挲。不一会儿，刘皇后的呼吸声终于游丝一样地传递到李旦的耳边。

刘皇后睁开疲倦的眼睛，凄然泪下道："世间竟有如此无耻巧媚之徒，竟然以姑母身份做了别人的女儿，真乃宗室之大辱。"

李旦伏下身子，贴着刘皇后的耳朵道："此等小人，你和她计较什么？"

这时候，郭纬带着宫娥进来，将一碗安神补气汤呈上，皇后饮了大约半盏，脸上才渐渐有了血色。

李旦让窦德妃扶皇后躺在榻上，然后，屏退宫娥、太监，只留郭纬在身边，他要将自己逊位的消息告诉大家："朕已向太后上表逊位，拥戴太后称帝。此朕救皇子、公主唯一之良策也。自今日起，皇后与德妃皆应训诫皇儿，一切皆应循礼，改姓武氏，不可造次，更不可滋事生非，明白么？"

两个女人含泪点了点头。

郭纬"扑通"一声跪倒在地："皇上……老臣……"

李旦喉结悠悠颤动道："这些年难为你了。"

天授元年九月七日，洛阳宫则天楼前，从卯时起就文武云集，禁卫森严，太乐署、鼓吹署的乐工歌伎们从凌晨子时三刻就来到楼下的场上，演练盛大的乐舞。

文武大臣按照司礼寺的安排，分别在直面则天楼的区域内排列，紧挨着大臣的是来自东瀛和西域的各国使节；由此下去，才是各州刺史和洛阳京兆各县的县令。阵列前面有一大片空地，是乐舞演唱的专属区；这些区域的四周用锦带围起来，每隔一丈远，就有一名禁卫值岗，将百姓挡在外面。

则天楼是洛阳宫城的正门，本是前朝的建筑，它因太过奢华曾经被太宗皇帝视为隋炀帝贪腐的象征而拆毁，后来却成为高宗皇帝重新修葺后赐给武曌的礼物。新修后的紫薇观,较之隋朝是更加崔嵬。

为这个日子筹谋多年、耗费了大量心血的文昌左相武承嗣在卯时二刻便早早地来到楼前,抬眼望去,一轮残月悬挂在空中,平日里繁密的星云如今在则天楼和周围炫彩耀辉的灯光下,显得黯然失色,回望门楼,紫薇观周围布满了岗哨。军士们一个个持戈肃立,阵容整齐。

左金吾将军丘神勣一眼就发现了武承嗣,三步并作两步地来到跟前道:"左相大人到得好早啊。"

武承嗣连忙应答:"将军辛劳,我没有猜错的话,你又是彻夜不眠吧!"

丘神勣点了点头道:"为防奸人图谋不轨,末将在坊间部署了岗哨。至于则天楼周围,更是水泄不通。不过,为神皇尽忠,肝脑涂地,在所不辞。"

武承嗣赞道:"将军两次受命,剪除奸党,平息谋反,功莫大焉。"

"呵呵!彼此,彼此。"丘神勣心想,大主意还不是出自你武大人之口么?

在这个日子,薛怀义破例没有着袈裟,反而穿了左威卫大将军的甲胄,只是从头盔后面露出青白的发际,显得不伦不类。去年,他出任新平军大总管,北出幽州,讨伐突厥。结果走到紫河,也没有机会与突厥军接战。站在阴山脚下的单于台上,遥想当年汉武帝勒兵十八万,长驱漠北的旧事,他忽然有种英雄豪气,俨然在单于台下勒碑纪行。回到神都后,就被封为鄂国公了。

武承嗣虽为左相,见了薛怀义也是毕恭毕敬,先行礼节,寒暄再三。

薛怀义早已脱去了当年的浮气,举止间傲岸多了,出口的话也充满了感慨:"今非昔比,如今,满朝都是太后的心腹了。"

武承嗣略一思忖,还真是。看看!那边一辆车子停下来了,从车子上走下来的不是新婚宴尔的太平公主和右卫中郎将武攸暨么?太平公主总是这样,人还没有到跟前,声音却先到了:"哎呀!几位在说什么呢?如此兴致勃勃。"

"看劳燕相伴,臣等艳羡呢。"武承嗣打趣道。

武攸暨忙道:"谢兄长亲赴公主与小弟的婚典。"

的确,那种宏大热烈的场面,武攸暨是没有经历过的。可在太平公主看来,要紧的是,太后借此为称帝进一步铺平了道路。

人世间所有的感受,说到底就是一种心理的趋向,当左卫将军武三思捧着《百鸟朝凤》的画来到武曌面前时,她的光泽让一切顿然改变了颜色。武攸暨在上阳宫见到的情景,经过画师的丹青妙笔,顿时成为朝臣们共同的所见,大臣们争先恐后地描述八月朝会上,有凤凰自明堂飞入上阳宫的情景,还一个比一个讲得更详细。于是,武承嗣借着酒力,极言此乃上天让太后临朝称帝之征兆。于是,朝臣们哗啦啦地跪倒一片,山呼"神皇万岁"。

这时候,一位来自汲县,叫作傅游艺的侍御史出列了,说是为婚典献礼,实则呈上的是民间劝进表,声称关中九百余人上表,请改国号为周,赐皇帝姓武氏。接着,武曌故乡并州的县令也都呈上劝进表。傅游艺一出面,州县官吏唯恐自己落伍,干脆数字越报越大,到宴会结束时,竟然达到了六万人。

在太平公主婚典进入尾声时,司礼寺卿请武曌说话,六十七岁的武曌目光灿灿,环顾满座宾客,高举酒杯道:"各位爱卿、异国使君,请饮下此杯,朕有话说。"

傅游艺率先高呼:"神皇万岁。"

满场的人们也都跟着喊,巨大的声涛甚至淹没了太乐署的演奏。

武曌挥了挥手,等大家静下来时才高声说道:"今日乃公主与武攸暨大婚之日,未料诸位爱卿以劝进为礼,达民心于上庭,然朕慎思慎为,当继唐室基业,于今之后,称帝之议,无须再提。"

正当群臣愕然之际,却见李旦从座中站了起来,来到武曌面前,一脸的虔诚和恭谨:"儿臣前已有表章上呈,恳请神皇临朝称帝。今日,借御妹婚典之际,群臣拥戴之刻,再请母后择日称帝,勿失天意所示,勿冷臣民之心,勿负儿臣至诚。"

这一番话是如此清晰而又果断,大臣们即刻把目光聚焦在皇帝身上。

"唉!你这不是在逼迫朕做违心之事么?既是皇上有意,容朕斟酌之后再行决策。"武曌无奈地摇了摇头,再一次举起酒杯,太乐署的乐声进入了一轮新的高潮……

自婚典之后,李旦不再以皇上自视,终日关闭殿门,与几位皇儿和皇后厮守,等待着命运的裁决。

九月三日的朝会上,武曌终于决定,顺应臣民和皇帝之请,改唐为周,改元。

太平公主今天风姿绰约。婚后二十多天来,她一直在猜测称帝以后的母后将把当今皇上置于何处,会不会像庐陵王那样外放出京,于某个角落聊度余生。那么,谁又会是未来的太子呢?会是武承嗣么?昨夜,她反复推想,否定了这种可能。再怎么说,他总是侄子,哪里有亲生的近呢?她曾去询问上官婉儿,想捕捉武曌内心的秘密,可直到今天登基大典前,她也没得到任何的蛛丝马迹。太平公主摇了摇头,不再让这飘忽不定的漫想烦心,一切的结果,就在今天。

辰时一刻,一对宫廷侍卫护卫着李旦和刘皇后下了车辇,武承嗣与丘神勋、薛怀义远远望见,相互交换了一下眼色,都躲开了。武承嗣不知该如何应对这个尴尬的场面,该称呼李旦什么。倒是太平公主以"皇兄"之称,打了招呼。但她也明白,这个日子,任何语言都只会让李旦伤心。在李旦礼节性的回应之后,她迅速离开了。

不只是武承嗣等,李旦很快就发现,几乎所有的朝臣看见他都远远地避着走。他倒不觉得难堪,事已至此,荣又如何,辱又如何?比这更要紧的是皇子们的生命。他理解他们的难处,也不计较他们的无礼。这些日子,他的泪水已经流干,留下的只是木然。

巳时一刻,武曌的车辇停在了在则天楼前,与她一起下来的,还有知制诰上官婉儿。

武承嗣、岑长倩、李旦、太平公主、武攸宁(武攸暨之兄)、邢文伟、太平公主等跪拜恭迎,然后,一起陪同武曌登上则天楼。

一步一步攀登砖砌的台阶,脚下发出钟磬般的声音。武曌低头看一眼那青色的硕大的砖,一如重修后的崭新,而岁月却经历了多么起伏跌宕的变化。她至今仍然记得,弘道元年十二月那个上天垂泪的日子,与她耳鬓厮磨半生的高宗拖着病体从奉天宫回到洛阳,欲登则天楼宣敕,托付后事,终因体力不支而作罢。从那时候到眼前,又是七年过去,年华的风雨让多少人化为尘埃,又有多少人平步青云。裴炎走了,刘仁轨走了,刘祎之走了,苏良嗣走了。长眠在梁山深处的李治,会不会想到大唐宗室会有今天呢?若有一天他们泉下相逢,他又该如何评价她现在的作为呢?

站在紫薇观前,俯视楼下,旌旗竞奋,人海茫茫,臣民们的眼睛一齐朝着楼上仰望,让武曌油然想起那幅《百鸟朝凤》的巨制,而太乐署为了这个不平凡的日子谱写的乐曲,就是以《百鸟朝凤》命名的。

武承嗣宣布登基大典开始。依照程序,九月初四,专事祭祀了宗庙。故今日典礼的第一项,就是李旦尊武曌为圣神皇帝的诏书。

武曌没有选择岑长倩,而是由知制诰上官婉儿担任诏书宣读。

上官婉儿今天着一袭绯红色儿朝服,乌纱也是与男官一般无二,她缓缓出列,展开李旦的最后一道诏书——

　　制曰:多难兴王,殷忧启圣。朕之不敏,受寄于缀衣之夕,荷顾于凭几之前,然病体不济,难承大业,乃顺天依民,尊圣母神皇为圣神皇帝,以达社稷之幸,兆庶之福……

台下方才涌动的潮声顿时宁静下来,他们很想知道武曌的诏书是如何说的。上官婉儿顿了顿,展开了武曌的第一道诏书——

> 制曰:天无二主,帝业唯恒。朕自辅先帝理政以来,宵分辍寝,日旰忘食,勉思政术,殷殷不敢倦怠。奈何上苍降任,以赤雀朝凤告之;皇帝上表,以帝业道统托之;黎庶诣阙,以万方兴亡期之。朕可各方之请,号为圣神皇帝,改国号曰周。君临紫极,抚育苍生;启无疆之福,遐迩乂安。槐省棘署,众僚庶尹,宜竭乃诚,各扬其职。钦此。

接着,武曌的第二道下来了——

> 制曰:社稷之固,在于续嗣;宗庙之祀,在于脉延。朕既即位,周不可一日无嗣。今以旦为国嗣,赐姓武氏,以皇太子为皇孙。钦此。

李旦依礼制受太子册封,当他从武钦手中接过盖了圣神皇帝玉玺的诏书时,眉宇间分外平静,他暗地庆幸他和妻儿又活了下来。

至此,一场权力的表面交接已经完成。在"圣神皇帝万岁"的山呼声中,人们顺理成章地进入了欢庆阶段,盛大的《百鸟朝凤》乐舞,在则天楼下掀起新的狂潮……

狂欢,总是让人们忽略了许多的细节。谁也没有注意到,在楼下广场红紫翻飞的翩跹中,太平公主悄悄离开了喧闹的人群……

第十九章

立嗣再起诡谲浪 狄公不改诤谏风

岑长倩出了武成殿,心绪就像这灰蒙蒙的天一样,纷乱而又茫然。这是天授二年的七月,正值神都酷暑,他浑身都是汗,走路也不那么利索了。

五月,他奉诏担任武威道行军大总管,西击吐蕃。大军行至中途,忽然又接到一道来自神都的敕命,要他立即回京。究竟是什么原因,皇上却没有说。他只好将军务交给副总管,自己一人回到京城。这一回来就是数月,皇上至今没有解释这件事情,仿佛从来就没有过出兵的诏命。

其间,皇上提出要着手改州为郡,让宰相们集议,宰相中的大部分人都是唯皇帝之命是从,没有谁愿意认真思考这件涉及改制的大事。只有他岑长倩一人站出来说话,以为"陛下始革命而废州,为不祥"。这话不出两日,就被人弹劾到武曌那里。好在皇上对他还是比较了解的,这不仅因为他自高宗朝起,就一直在夏官署任事,更因为在武曌临朝称制后,在平叛等许多大事上他都能是非分明,敢言直谏。因此,私下召见时,皇上说"爱卿之所言出于公心而无私欲",遂罢了此议。

可大军还在青海盘桓。作为主帅,进与退,他得给一个明确的回答。于是,今日朝会后,他到武成殿参拜武曌。

他没有想到,武曌把这件事情看得很轻松:"陈兵青海,对吐蕃形成威慑,使其不敢生觊觎之心,岂非良策?"接着她话锋一转问道,"近来有人进言,求改立武承嗣为太子,不知爱卿如何看待此事?"

岑长倩迅速整理自己的思绪,思考该怎样回答。关于这件事,他早有所闻。五月的一天,在家里用膳时,儿子灵原告诉他,近来有一位叫张嘉福的凤阁舍人唆使一位叫王庆之的人上表皇帝,要求改立国嗣。他当时觉得这些人乃是异想天开,白日说梦。现太子不仅曾经是皇上,更是圣神皇帝亲生,她怎么会做出这样的决策呢?

"爱卿是为难么?"武曌又问道。

就在这一刻,岑长倩耳边响起了在豫州分手时狄仁杰的话——"诤臣者,唯社稷存亡,何计生死耳"。他的脸有些发热,手执笏板,面向武曌站定了:"陛下,今皇嗣在东宫,并无大错,故不宜有此议,请陛下严责上书者。"

这一回轮到武曌沉默了,而且脸色迅速就转了阴沉。大殿里静极了,甚至可以听见呼吸声。岑长倩做了最坏的打算,静静等待皇帝的裁决。

武曌终于说话了,口气却并不似岑长倩担心的那样:"你且退下,此事容朕思虑之后再议。"

在司马门阙前,岑长倩回想起一年来的朝事纷纭,陷入无以名状的迷茫,走路的脚步也慢多了。

天授元年登基后没多久的九月十三,皇上打破了贞观以来"帝七王五"的规制,追尊周文王为始祖文皇帝,姒嫄曰文定皇后,追尊她的祖先武居常为睿祖康皇帝、她的父亲武士彟为太祖孝明高皇帝。至此,武氏宗族的祭祀庙数与李唐宗室居于同等地位。相比于垂拱四年那次欲将武氏与李氏宗庙比肩的尝试,现在没有人敢拿"礼制"来反对了。

岑长倩记得,当年他在兵部任职时,就听说过武元庆、武元爽兄弟当面冷落荣国夫人,又轻视时为皇后的武曌,因而,最终都死在了她的刀下。可现在,皇上在对逝者大肆追尊的同时,立武承嗣为魏王、武三思为梁王、武攸宁为建昌王,又封伯父的几个孙子武攸暨等为郡王,诸姑姊皆为公主。

这些,随着皇上的临政,都不难理解。岑长倩感到困惑的是,皇帝在任命新的宰相时,完全丢弃了总章以来由她参与的"身、言、书、判"条件。司宾卿史务滋因为在任期间,对薛怀义主持的白马寺殷殷关顾,而被任为纳言;凤阁侍郎宗秦客,因为多次劝武曌称帝而被任为内史;曾在太平公主婚宴上呈送关中九百人劝进书的侍御史傅游艺,被任命为鸾台侍郎、同平章事;因为押送庐陵王李显而有功的左玉钤大将军张虔勗,左金吾大将军丘神勣,为亡父守孝三年刚刚归来的侍御史来子珣,一同被赐姓武氏。

回想与这些庸碌之辈共事的枝枝节节,他有一种恍若隔世的感觉。难道周朝真是到了"世无英雄,遂使竖子成名"的地步了么?岑长倩凭借自己多年的经验,断定这些人不会长远。

果然,一个月后,宗秦客因为一桩贿赂案受到连坐,被贬为遵化县尉。

再过两个月，史务滋被来俊臣弹劾，罪名是在与来俊臣审理尚衣奉御刘行感兄弟二人谋反案时，以为凭据不足，不可定罪而被诬为同谋，因惧怕酷刑而在家中自尽。至于那个傅游艺，在任逾月，即被罢为司礼少卿。

武承嗣在这一年中分外殷勤，私下里曾谏言道："陛下称帝，皆《大云经》昭之，请封赐东魏国寺。"

于是，皇帝敕命洛阳、长安各置大云寺一区，藏《大云经》，由经文撰写者高座讲解。参与经文疏证、诠释的九位僧人皆赐爵县公，赐紫袈裟、银龟袋。

过了些日子，武承嗣又谏言："陛下得以称帝，释氏功莫大焉。"武曌于是又下诏，以释教开革命之阶，升于道教之上。

岑长倩一路走着，心想在酷刑肆虐的几年间，只有两人洁身自好，那就是司刑丞徐有功、李日知。

但徐、李身在墨中，岂能独善。他们要以事实为据判案，就必然会遭到来俊臣等人的嫉恨。道州刺史李行褒兄弟被诬谋反，徐有功据理而争。来俊臣旧法炮制，向皇上弹劾徐有功同谋，当斩。好在武曌对徐有功为人知之较详，只做了免官处置。

这件事是后来武钦暗地里告诉岑长倩的，他于是就有一个强烈的感觉，"铜匦告密"之策难以为继了。

这时传来一阵脚步声，打断了岑长倩的思绪，那不是武承嗣么？他一定是为改立国嗣又去游说皇上了。他不愿意与之照面，便上了车子，吩咐驭手速速驱马离开了。

岑长倩的感觉没有错。徐有功虽然只是个司刑丞，但他的遭际却引起了武曌的注意。不久后，当司刑丞李日知亦因据实办案被诬参与谋反时，她的心境就更复杂了。

这些年，因为"告密"而死了多少人，她没有让有司计算过。仅是索元礼一人手下就死了数千人，以此类推，武曌惊出一身冷汗，她不得不重新评判，当初由鱼保家提出的谏言而掀起的酷刑风，到底给她带来了什么？

今非昔比，当她以圣神皇帝的身份坐在朝堂上听臣下廷议此事时，她除了暗里自检外，更多的还是要顾及自己的尊严。因此，当不断有人进言减轻刑罚时，她也处于听与不听之间。于是，案子还是一如既往地判着，每天几乎都有大臣被杀的消息。

先是左金吾将军丘神勣被告谋反，她将这案子交与周兴去办，丘神勣以罪死。消息传开，臣僚们暗中议论，说丘神勣杀害李贤，罪大恶极，至有今日。

接着,傅游艺因为向一位至亲夸口自己梦登湛露殿而被告发。他知道比起酷刑,自杀要干脆多了,于是在一个深夜选择了后者。等来俊臣发现时,尸体已经僵硬。再下来,左玉钤将军张虔勖被告谋反,在狱中被杀。

至此,天授元年以来的宰辅班底全都成了反贼,这直接的后果,就是从此朝堂上再也没有人说话,只有皇帝发布敕命、诏书和朝臣们的附和声。

武曌是在贞观年间从谏如流、君明臣贤的氛围中长大成熟的,又是在永徽新政那种君臣和谐、勤政廉明的政风中登上皇后位置的。在她称帝之前,她需要一批人为她礼赞,制造各种来自上苍的神话;需要他们罗织罪名,将一切政敌置于死地。可现在江山已在掌握之中,她需要听到整肃朝纲、振兴农桑等谏言,甚至一些不同的声音。

她对鸦雀无声、唯唯诺诺的朝堂渐渐生出了诸多厌倦。有时候,她坐在武成殿批阅奏章,在举笔不定时,会不自觉地喊出一些老臣的名字。

武曌忽然感到了前所未有的孤独。她需要有人听她倾诉,而如今能够与她轻松说话的,只有薛怀义。

薛怀义现在光环加身,威临朝野,既是将军,又是国公,这种身份使他再没了早年被苏良嗣殴打的尴尬,可以堂而皇之地出入宫禁。

但两人的情感却也发生了微妙的变化,武曌毕竟已是六十八岁高龄了,宫廷的药方再有奇效,也抵不住老去的脚步,这也是薛怀义暗中极不满足的。从建明堂时起,他就盯上太平公主了。他不知道皇上是不是发现了什么蛛丝马迹,竟然很快将她嫁给了堂侄武攸暨。后来,皇上又几次诏命他为行军道总管,使得他在她身旁侍寝的机会少多了。

但薛怀义明白,没有皇上就没有自己的今天,无论是否心甘情愿,他能做的就只有小心翼翼地博取皇上的欢心了。

八月中秋的前一天,他应皇帝的口谕走进了上阳宫。

女人们都是一样的,不管是贵为皇上,还是相夫教子的柴门主妇,在寂寞时都需要男人的抚慰。武曌很看重他们之间的会面,因此在宫娥的伺候下早早地洗漱了,等待他的到来。

夜间酉时三刻,薛怀义从北门引进上阳宫。他先按照张尚宫的吩咐,细细地沐浴之后,才来到武曌的寝殿。张尚宫一言不发地为他撩开帷帐后,便知趣地退出了殿外。在浓芳馥郁的气息中看武曌,虽然早年的风韵还依稀可见,却毕竟没有初见时的绰约了,只从那一双眼睛中读得出久盼的焦渴。

可这一次,眼前这个衰老的女人却无论如何也激活不了他生命的张力,他有些害怕："陛下,臣……"

武曌心里起了疑窦,他往日的雄劲都到哪里去了:"你这是为何? 朕的脾气你是知道的。"

薛怀义赤裸的身子颤抖了一下,忙道:"陛下息怒,臣因出征回来不久,有些疲劳。"

"果真如此么? 好! 朕就相信你一回。"武曌说着,朝外面喊来张尚宫,要她去拿《千金秘精方》和《长相思》。药物调制好后,武曌要左右退下,她自己亲自看着薛怀义用药。药物终于唤起了男人的躁动,也让武曌醉入皇榻。

子时过了,从宫墙上传来的打更声悠悠地传到宫殿之际,两人都从对方身上获得了满足,便开始说话。

武曌将近来朝堂上的萎靡不振说给薛怀义听:"一个朝廷,没有人敢说话,这还是朝廷吗? "

薛怀义想了想道:"臣有一句话,不知当讲不当讲? "

"但说无妨。"

"群臣噤嚅其口,乃在告密和酷刑,尤惧周兴之无据定罪。当今之际,当于索元礼、来俊臣、周兴三人中选一人治罪,方能消除朝野恐惧。"

武曌点点头道:"此事朕不是没有想过,只是铜匦之设,乃朕意为之,他们不过遵旨行事罢了。"

薛怀义侧过身来对武曌道:"铜匦之设,本意在敞开言路,博采民意,不料为个中奸佞所用,亦不足为奇,夫去一恶而百善至,杀一人而朝野安。群臣闻之,必感服陛下圣明。"

薛怀义一番话武曌是真的听进去了。死人无数的现实总得有人抵罪,他们三人是再合适不过了:"那依爱卿看,谁的积怨最大呢? "

"依臣观之,周兴乃臣僚最恨者,他发明酷刑名目繁多,又凭借推论定罪,而不重实据,冤案定然不少,若是拿他开刀,当能慰人望。"

"嗯! 还有那个索元礼,杀人数千,也一并杀之,以平伏人心。"武曌加上一人又问,"谁来拘拿二人最合适? "

薛怀义几乎不假思索回道:"古人云:'登彼西山兮,采其薇矣,以暴易暴兮,不知其非矣。'能治周兴者,唯来俊臣耳! "

"好! 爱卿其言甚善。"武曌在薛怀义的脸上捏了一把,"此事就交由爱卿来办,朕才放心。"

第二天,薛怀义将来俊臣传到白马寺,宣达了皇帝的旨意。

来俊臣忙拱手道："请大师放心,下官不敢懈怠。下官正要禀奏皇上,近来有人密告周兴曾与死犯丘神勣同谋反叛朝廷,下官正要拘拿。"

辞别薛怀义,来俊臣的心也开始踯躅烦乱了。且不说他与周兴有乡里之缘,也不说当年香山之约。单说办案,就十分棘手。周兴是什么人,他的奸诈和狡黠,岂是能轻易上钩的?

过了伊河,来俊臣觉着腹中有些饿了,恰见前面飘着一面旗子,上书"洛州烤饼"四字,倒勾起对故乡万年烙馍的食欲。他便进得店来,找一僻静处坐下。唤来店小二,他要了红豆稀饭、小菜一碟、烤饼两个。不一刻,饭菜便上齐了。来俊臣拿起一个烤饼,果然外焦里嫩,酥脆深黄,咬一口余香满齿,遂问店家这饼的制作过程。店家也一一道来,可来俊臣眼前浮现的却是周兴以大瓮炙人的刑罚,竟与这烤饼无异。

隔了几天,来俊臣以乡里之谊邀周兴过推事院饮酒,事先在侧室置一大瓮,四面架上木炭,烧得通红。

推事院乃是奏请武曌恩准,在丽景门设置的一个皇家监狱,专供来俊臣等酷吏审理嫌犯使用。凡被关进这所监狱的人,都是活着进去,死尸出来,无一例外。

酒过三巡,两人脸上都泛起了红晕,来俊臣问道："下官正有事要请教大人,若是囚犯不认罪,当用何法?"

周兴很得意地将杯中的酒饮尽,抹了一把胡须道："要囚犯认罪,易如反掌耳,只需置一大瓮,以木炭围之,置囚于瓮内,形同烤饼,何愁不招?"

来俊臣哈哈笑道："大人于刑罚果有研究。下官今日要审一囚犯,就在侧室,不妨去看看。"说着两人来到侧室,但见木炭烧得正旺,大瓮散发出灼人的热,却是没有见囚犯的影子。

周兴见状问道："囚犯何在,我倒要看看,他的骨头能有多硬?"

来俊臣指着周兴的鼻子道："大人不就是囚犯么?"

"大人说笑了吧,我怎么会是囚犯呢?"

来俊臣的脸色忽然冰冷起来:"有人密告大人与丘神勣同谋反叛朝廷,皇上已敕命本官审理。本官念在同乡之情,还请如实招认,免得皮肉受苦。"

周兴大惊道："我自入朝以来,忠心耿耿,必是有人诬告,请大人明察。"

来俊臣指了指烧得通红的大瓮道："看来,大人是要体味自己的创制了,那就请君入瓮吧!"

周兴经手办过多少案子,又有多少人死于大火炙烤之下,没想到今天倒要"作茧自缚"了。只要进了这瓮，就将化为灰烬，倒不如先认了，也许还能有机会。于是他"扑通"一声就跪倒在地了："大人不必动刑，我认罪就是。"

来俊臣见状便让录事拿来事先写好的狱辞，让周兴画了押。又命将周兴脱去朝服，换上囚衣，押在死牢，自己揣着狱辞去见皇上了。

不久，武曌的诏命下来了，判周兴流放岭南，索元礼斩刑。

看着周兴被押上囚车，渐渐地从自己的视线中消失，来俊臣转身回了署中，从内心讲，他对这个结果还是感到了一丝欣慰。他知道皇上反复无常的性格，岂知明日之来俊臣，不会成为今日之周兴呢？他明白，踏上了这条路就没有回头的可能，他只有不断地办案，才能在皇上面前证明他的存在对大周是有用的。

不管怎么说，臣僚们既惧怕，又恨之入骨的两位酷吏终于得到了惩治，大家暗地里都舒了一口气。

其实，武曌心里清楚，宰相班底那些人，除了岑长倩，其他的都是因为拥戴自己称帝才得以擢拔的，无论是资质还是才能，都难当大任。他们被密告谋反，虽不排除有冤假错案，但说到底还是举止龌龊，德薄才鲜。因此，在擢拔新的宰相人选时，她自然地想起了洛州司马任上的狄仁杰。

天授二年九月，武曌诏命左羽林大将军、建昌王武攸宁为纳言，洛州司马狄仁杰为地官侍郎，与冬官侍郎裴行本并为同平章事。

接到朝廷的诏命，狄仁杰来到滔滔远去的洛水边，他看着远方嵩山山头的红叶，炽燃如火，感慨万千。从豫州刺史到复州刺史，再到洛州司马，宦海颠簸，人生沉浮。想起在汝南与张光辅那一场唇枪舌剑，犹在昨日，自己已是六十一岁的年齿了。此去京都，尚不知等待他的是什么，而曾经与自己推心置腹的岑长倩又怎样了。

落日的余晖在西边天际抹下一缕丹霞时，洛阳城已经在眼前了。夕阳给城楼涂上凝重的绛紫色。城门口站着一位老者，正聚精会神朝远处看。狄仁杰定神望去，不仅"哦"了一声，便迫不及待地下了马，先拱手行礼了："劳大人在此等候，怀英甚是不安。"

岑长倩双手按着狄仁杰的肩膀，端详了良久才道："瘦了，也黑了！"

"看大人精气矍铄，怀英不胜欣慰。"

岑长倩笑道："闻知大人归来，老夫在府上备了薄酒，有许多话要说。"

"如此怀英恭敬不如从命了。"

"只是这样一来，就劳弟妹倚门守望了。"

两马一前一后,慢悠悠地走过街道。正是暮色苍茫之时,也是洛阳夜市刚起之际。街道上人头攒动,穿过一条大街,又拐进一条小巷,前面有一府邸,门前挂着两盏宫灯。两位进到客厅,早有丫鬟捧了铜盆、面巾在那里等候,洗漱之后,顿时清爽多了。这时候,岑夫人在丫鬟搀扶下来到前厅说:"老爷昨日听闻大人将回京履职,高兴得一夜未眠。"

狄仁杰忙贺道:"嫂夫人精神健旺,乃大人之福。"

岑夫人吩咐丫鬟摆上酒菜,举起酒杯道:"老身不胜酒力,敬大人一杯后就不奉陪了,大人与老爷一醉方休。"说罢,施了一礼,便退席了。

狄仁杰要起身向岑长倩敬酒,被他一把拦住道:"老夫知大人廉洁自律,故而只在家中为你接风,请先饮了老夫的接风酒再说。"

狄仁杰拗不过,只好从命。

豫州往事就如觞中的醇酿,流淌着记忆的馨香,狄仁杰十分感谢岑长倩在豫州讨逆时对自己的百般关照。

岑长倩举起杯子道:"老夫所襄助者,乃大人持正秉直、关爱黎民之德,非私心耳。只是回朝后没能阻止张光辅的谗言,至今想来依旧惭愧之至。"

往事如烟,狄仁杰更关心眼下的情势,便焦急地问道:"京都近来都有何消息?"

岑长倩摇了摇头道:"京都朝野,扑朔迷离。狄大人此番回京,凡事尚需谨慎为好。"

"大人能不能说得详细些?"

岑长倩道:"大人大概还没有听说,去年的众庶、朝臣、州县劝进的风潮刚刚消停下来,近来又有人闹出改立国嗣的喧嚣。"

狄仁杰的眼睛顿时睁大了,问道:"天授元年不是立了国嗣么,这话又从何说起?"

岑长倩示意狄仁杰喝酒,接着说道:"三月,凤阁舍人张嘉福指使洛阳人王庆之联络数百人,上表朝廷,要求立武承嗣为太子。皇上征询老夫意思,老夫以为不可。"

"难道朝廷就再也没有人站出来说话了么?"

"后来,皇上又问地官尚书、同平章事格辅元,格大人也以为不可,并指斥武承嗣有觊觎帝位之心,请皇上警惕。结果没过几天,格大人就被来俊臣拘拿,当晚就死于酷刑之下。"

格辅元此人狄仁杰并不陌生,仪凤年间他被调回神都任大理寺丞时,格辅元任御史中丞。两人一起参与过案件审理,算是当今不多见的刚直之士。他的兄长格希元在故太子李贤那里深得信任,曾参与了《后汉书》的注疏。

岑长倩说到伤心处,浊泪双流:"老夫也差点伏诛,来俊臣为取证据,挟持了老夫长子灵原,硬说他与司礼卿兼判纳言事欧阳通等数十人谋反,好在欧阳通受尽酷刑,终无异词。皇上念在老夫戍边有功,放回家中赋闲了。"

"此事毋庸猜度,定然是武承嗣指使。"狄仁杰重重地放下酒杯道,"怀英只要在朝一天,就不能让国贼图谋得逞。"

可岑长倩还是劝他慎言慎行,千万不可触怒凤颜:"皇上喜怒无常,大人当见机行事,不可执拗。"

岑长倩还告诉他,眼下朝中正直之士者,有夏官侍郎李昭德,其人见事敏,重于行,是他任上得力副手。若是有事,可以与他一起商量。

"多谢大人,怀英明白。"看看时间不早,狄仁杰担心夫人和儿子牵挂,便起身告辞,岑长倩坚持送到府门外。

狄仁杰走出一段路程,驻马回眸,感叹岁月真是一把刻刀,当年马上驰骋的将军,什么时候变成一位佝偻的老者了呢?

回到府上,夫人与儿子光远已在家等候多时,夫人略有埋怨道:"知道老爷今日要回京,老身早早就做了上好的饭菜,都热了几次,不料夫君到现在才回来。"

狄仁杰歉意地笑了笑道:"刚进城,就被岑大人接到了府上。老夫又不好拒绝,便恭敬不如从命了。"

夫人无奈地笑了笑道:"夫君一辈子,都是四海为家,何时想过妻儿呢?"

狄仁杰知道,夫人这些年跟随自己吃了不少的苦,前年调洛州司马时,夫人被留在神都,为他担惊受怕。可有什么法子呢?身为朝臣,为社稷尽忠,职责所在,遂笑道:"等老夫致仕告老,回到并州整日陪伴夫人可矣。"

当晚,他问了如今做了太子洗马的狄光远职上的事情。狄仁杰听了,心里很不好受。一国太子,不能过问朝政,人世间大概没有比这更痛苦的了。

狄光远也提到有人上书要立武承嗣为太子的事情,狄仁杰用一句话岔了过去。宦海险恶,他不愿意儿子在这些事情上陷得太深:"你只管尽职伺候好太子即可,余事不必多问,明白么?"

"孩儿谨遵父命。"狄光远言罢,到后院打来热水,亲自为父亲沐了足,才回了自己的房间。

狄仁杰人虽然躺在床上,但心却由岑长倩的话牵出万千思绪来。皇上的诏书说,任他为地官侍郎、同平章事。格辅元伏诛后,地官署将实际上由他主事,许多事情都得从头收拾。子时二刻时,夫人醒来,见他仍在身边辗转反侧,便问:"想什么呢?还不睡?"

但越是想睡,就越是睡不着。到了卯时三刻,狄仁杰无论如何躺不下去了,干脆起身洗漱一毕,看书消磨时光,等候去向皇上复旨。

辰时三刻,狄仁杰已经出现在武成殿门口了。

武钦让他少待,说皇上正听王庆之的陈奏呢?

"哦!王庆之?就是他联络二百多人上表要求皇上改立太子的啊?"

"都来了数次了,看样子皇上都有些烦了。"武钦说完,转身就回了殿。

狄仁杰看了一眼武成殿的门,心想这真是赶得早不如赶得巧,怎么自己一回京就碰上了这无赖。正想着,就见武钦送出来一个四十岁左右的中年人,他穿一身青色袍服,应是九品的官阶,想来就是王庆之了。看他与武钦一前一后的样子,定是不愿意离开武成殿。

"大人请回吧,皇上已经明白了大人的忠心,会认真考虑的。"

王庆之并不理会武钦的劝告,对着殿内喊道:"陛下!臣忠心赤胆,天日可鉴啊!"

"回去等待皇上的旨意吧!"武钦挥了挥手,把一张盖了皇帝印玺的纸递到王庆之手中,"陛下口谕,大人今后进宫,须得持这印纸,明白么?"

王庆之接过纸,揣进怀里道:"武大人满腹经纶,治政有能,立为国嗣,众望所归,微臣还会向皇上上表的。"

狄仁杰在一旁看得火起,一步上前扯起那人的衣袖怒道:"公公已明白告诉你,皇上会斟酌裁取的,你为何仍在此胡闹?堂堂大周宫苑,如此无规无矩,成何体统。"

王庆之翻了狄仁杰一眼,一副不以为然的神色:"你是哪路神仙,竟敢对本官如此说话?"

武钦连忙介绍:"这就是刚从洛州司马任上归来的新任地官侍郎、同平章事狄仁杰大人。"

"你就是狄大人啊!"王庆之一笑,"素闻狄大人刚正不阿,是非分明,今日看来也不过如此。"

武钦见状,忙拉了拉王庆之的衣袖道:"狄大人是来向陛下奏事的,大人还是请回吧!"

但王庆之并不理会,继续道:"当今太子昏庸无能,又非武氏宗室,下官奏请改立太子,天意民心。大人竟然指斥下官无礼,岂不是非不辨?"

狄仁杰眉毛一横,大声道:"本官今天就以是非不辨,打你个目无朝纲。"说着,他挥动手中的笏板,朝王庆之头顶砸来。

王庆之没想到狄仁杰会真打他,他本能地抱住了头,仓皇地向司马道奔去,口里却骂道:"好你个狄仁杰,回头我就告诉武大人,治你一个谋反罪。"

狄仁杰也不理会,收回笏板,不无讽刺地笑道:"如此无赖,究竟是怎样做到九品的,皇上竟然还要见他。"

武钦无奈地叹道:"大人与他计较什么,皇上在殿内已经等候多时了。"

狄仁杰肩披九月的阳光走进了武成殿,他挺拔的身躯、飘飘的美髯、铿锵的脚步,立即引起了武曌的注意。

放下手中的朱笔,武曌愉悦地与狄仁杰打着招呼:"狄爱卿回京了。"

狄仁杰忙用笏板掩住颜面, 跪倒在地道:"臣狄仁杰参见吾皇万岁万岁万万岁! "

"平身! "武曌挥了挥手,立即有宫娥奉上座椅,"爱卿是何时回京的? "

"微臣昨日回京,今日就来向陛下复旨。"

"爱卿在洛州,那里民生如何,爱卿不妨奏来。"

"陛下的《兆人本业》与劝农桑诏书颁行后,州县兴业有循,黎首大受其益,称颂陛下恩泽浩瀚。"

武曌欣慰地点了点头:"爱卿当尽责履职,督促州县务本兴农。"

"臣一定不辜负陛下圣望,当殚精竭虑,宵衣旰食,为国效力。"

武曌接着就把话题转到豫州平叛的往事上来, 也许是出于某种程度上的歉意,也许是要说明她本来的心思,她的目光中含了诸多的温和:"爱卿在汝南甚有善政,然被贬为复州刺史,又复贬为洛州司马,可知是何人在朕面前弹劾的么?"

狄仁杰挺了挺胸道:"臣只知效忠朝廷,并不惧流言蜚语。荀子曰,'流丸止于瓯臾,流言止于智者',臣相信陛下定会明辨是非,甄别错谬的。"

这个狄怀英,倒生得一副伶牙俐齿,什么话从他的嘴里出来,就总是如春风扑面。武曌怎么能听不出话里的味道呢?但坐在她面前的狄仁杰,那稳健和持重,那种大度雍容,都使她喜欢听他说话。他越是这样,她就越是觉得不该回避当年听信张光辅谗言铸成的错判:"朕之不敏,少知人之明,当初张光辅在朕面前弹劾爱卿, 称爱卿对朝廷诛杀李贞父子有微词, 朕竟然就听了。爱卿不以个人进退为悲喜,职复州,境内晏然,职洛州,除暴安良,誉满四方,朕甚慰之。我朝臣僚都能像爱卿这样,朕就可以高枕无忧了。"

狄仁杰听闻此言,内心不由得涌起一阵感动,不管天授以来朝事如何纷乱,可作为皇帝能够如此坦诚地当着大臣检点过失,实属不易。作为对皇上的回应,狄仁杰的话显得宽容而又豁达:"陛下以臣为过,臣改之;陛下不以臣为过,臣之幸也。至于何人谗言,臣早已不计较了。"

武曌心头又卷起一层浪花,借着融融的秋光看去,狄仁杰浓眉、阔额,挺直的鼻梁、乌黑的美髯,都像一个人。哦!对了,他的品格,他的胸怀,都太像太宗皇帝了。她惊异自己竟然喜欢上了这位比自己小六岁的地官侍郎了,她爱听他说话。

"入秋以来,难得今日天蓝日丽,爱卿就陪朕在宫苑内走走吧!"武曌转脸又对武钦道,"告诉他们不要总跟着,朕要和狄爱卿说话。"

出了殿门,登上甬道,整个洛阳宫就在眼底了。枫叶如丹,槐叶如金,驱散了深秋的萧萧寒意,盛开在宫苑花坛里的秋菊,浮光耀金,散香吐芳,竞相争艳。整日为案牍劳神费心的武曌,迈着蹒跚的步履,边走边看。

她很久不曾这样散步了,当初,代理国政与现今的感觉是多么不同。那时候,皇上虽然是个虚设,可毕竟在她的意念中,江山是李氏的,总隔着一层说不清的距离。而一旦真正成为江山至高无上的主宰,就有了一种分娩之后,看着身边婴儿的亲近。此刻,她感到头顶的太阳是这样鲜亮,而从身边吹过的风是这样的和煦,时光对于她是这样的自由。

可这种心境随着她把目光转向东边而很快被抑郁所取代。东宫那一片楼宇深处住着她的儿子,当今的太子李旦。他依旧每隔五天,就来给自己请安,只是履行做儿女的责任,从来没有一句话过问朝事。这既让她放心,又让她不安。一个国家的储君,岂能不问朝政?

唉!秋色恼人。武曌侧目去看身边的狄仁杰,竟然也把目光投向了东宫,她于是问道:"近来朝野有不少人谏言朕改立承嗣为太子,爱卿如何观之?"

狄仁杰撩了撩袍裾道:"陛下是说那个王庆之吧,微臣来时已看到了。"

"恐怕不只是看到了吧,如果朕没猜错,一回京爱卿就知道了这件事。"

狄仁杰没有回答,只是微微笑着。两个绝顶聪明的人走在一起,要掩藏什么是分外难的。既然皇上已经看破了,那他还有什么顾忌呢?狄仁杰收回东望的目光道:"陛下若是恕臣无罪,臣当知无不言,言无不尽。"

这个狄怀英,狡黠得可爱,武曌心里这样想,接着就大度地说道:"这不是在朝堂上,朕不怪罪你就是,有话就说吧!"

"谢陛下。"狄仁杰紧走两步,来到武曌面前道,"立嗣,关乎社稷存续,即使微臣不言,陛下当深谙其重。微臣要说的是,天皇,乃陛下之夫,皇嗣,乃陛下之子,陛下身有天下,当传之子孙而为万代基业,岂得以侄为嗣乎?"

武曌沉吟片刻后道:"非朕定要改立皇嗣。乃有臣下谏言,道大周者,武氏天下,承嗣武姓,于朕亲缘。"

狄仁杰步步为营,虽据理而不卑不亢,温文尔雅,每一句话都斟酌再三,滴水不漏:"陛下所虑,不可谓不周。然臣记得,去岁陛下登基之时,以太子为皇嗣,已命之改姓武氏,依臣观之,此正陛下圣明之处。"

见武曌点了点头,狄仁杰进一步道:"自古不孝有三,无后为大,此乃基业接续之通理,自茅舍百姓至庙堂之君,概莫能外。臣才疏学浅,从未闻侄为天子而为姑立庙者也。"

闻言,武曌的心怦然一动,狄仁杰知道他的话触动了皇上的心底,便趁机继续阐释不能改立皇嗣的理由:"况陛下受天皇之顾托,若以天下与承嗣,则天皇不血食矣。"

说完这些,狄仁杰便悄悄观察武曌的表情,先还是眼角湿润,继之泪花闪闪,他想,皇上此刻一定回到了与高宗深爱的那些岁月。若自己一生相守的人得不到祭祀,那她有何颜面在泉下去见他呢?

"狄爱卿。"武曌声音哽咽着说道,"你的一番话令朕梦魇大醒,从今以后,有人再敢言改立皇嗣者,杀无赦。"

狄仁杰与武钦悄悄地交换了一下眼神,都为皇上终于心神安定而欣慰,武钦趁势上前劝道:"外面风大,陛下还是回去吧!"

"好!"武曌转身回殿的脚步轻松了许多。

秋深虫草鸣,夜长人不眠。在魏王武承嗣的府上,张嘉福、王庆之正为谏言重立太子受阻一事而一筹莫展。

"皇上不允,如之奈何?"王庆之问道。

"皇上怎么说?"张嘉福在一旁问道。

"下官奏道,自古神不歆非类,民不祀非族。今谁有天下,而以李氏为嗣乎?皇上谴之曰,皇嗣我子,奈何废之。"

武承嗣接着问:"皇上还说了什么?"

王庆之说:"下官伏地涕泣,不肯离去,皇上以印纸遣下官退下,说今后要进宫,须得向禁卫出示此纸。"

武承嗣看一眼张嘉福问道:"依舍人观之,皇上这是什么意思?"

张嘉福眨了眨眼睛道:"依下官看,皇上这是在探水之深浅。王爷不记得了?当初朝野劝进时,皇上不也是再三推辞,甚至呵斥么?最后怎么样,该怎么做,还怎么做。"

武承嗣闻言频频点头,认为张舍人所言甚有道理:"所谓水滴石穿,以其韧也。皇上既是赐纸给你,说明她并不拒你于殿门之外。以后,你可隔日一次,直至皇上感动,必然采纳陈情。本王姑母执国,立武氏为国嗣天经地义。若是事成,本王当在皇上面前力荐两位。至于那个狄怀英,本王自会对付的。岑长倩身为左相,已败到我手,区区狄怀英,能奈我何?当初徐敬业反叛时,骆宾王曾向域内发问,试看今日之域中,竟是谁家之天下?哼哼,当今天下者,武氏之天下;当今社稷者,武氏之社稷。武氏后胄不为国储,昊天不公。"

送走张嘉福和王庆之,武承嗣唤来府令问道:"王妃睡了么?"

府令回答道:"王妃白日看春燕为诸姬教习妆梳,有些累了,先歇息了。"

"哦!知道了。"武承嗣转身进了书房,对府令道,"传春燕到书房,本王要问她教习妆梳诸事。"

"已是子时,春燕恐怕已经……"府令犹豫了一下。

"啰唆什么?睡了也要叫起来。"武承嗣沉闷的声音中分明带了恼怒。

府令忙转身去了王府后面的厢房。

值更丫鬟为魏王沏了茶,知趣地退下。在这王府里,凡美貌的丫鬟没有不成为武承嗣口中羔羊的。王爷深夜传春燕到书房问话,她们都捏了一把汗。

武承嗣喝了一口热茶,随手拿起一卷国史书稿,看到在他为武氏先辈编纂的专卷后,武曌用很清秀的行书批了一段赞语,对他的构想、文笔都有所褒扬,他眉宇间就流溢出难以抑制的喜色。是的!他断定皇上之所以推诿,就是要观朝野舆情,而在心底是希望立自己为太子的。

皇上年逾六十八,她还能在朝堂坐多久呢?她身后……武承嗣闭着眼睛,展开遐想,被群臣参拜的威严,华衮的富丽堂皇,嫔妃成群的簇拥……

一阵香破窗而入,打断了武承嗣的思路!哦,这是女人的芬芳,一定是春燕。他殷殷期待的春燕,乃周朝补阙乔知之的一位婢女,生得美丽婀娜,且能歌善舞,尤其是化妆术十分精到。容貌平平的一个女儿家,经她梳妆打扮,立时容光焕发,摇曳多姿。乔知之风流多情,自是将她视为掌上明珠。然而,一个偶然的场合,就在她被传唤敬酒的当儿,偏偏被武承嗣瞧见了。从此武承嗣的脑子整天里都是她……终于有一天,他向乔知之提出,想借春燕过府为诸姬教习梳妆。乔知之敢不从命么?眼睁睁地看着魏王府的车子载走了美丽的春燕,从此有借无还了……

脚步声在门口止住了,接着就是春燕纤弱的声音:"奴婢参拜王爷。"

武承嗣拉开书房门,说话的口气顿时和气了许多:"快快请进。"

将春燕让进屋里,武承嗣大度地挥了挥手道:"坐下说话,深夜传你来真是不好意思,就是想问问教习诸姬妆梳可还顺利?"

春燕不肯坐下,遂将半月来教习情况一一说来。但武承嗣的心思根本不在此,春燕那粉嫩白皙的皮肤,那一双勾人魂魄的眼睛,那微露还掩的丰胸,让他五灵出窍,魂不守舍。

他贪婪的目光看得春燕毛骨悚然,她掩了掩胸口,战战兢兢地说道:"王爷! 奴婢告辞了。"

武承嗣不等春燕转身,就从后面抱住了她:"美人儿,本王喜欢你。"

"王爷,千万不要这样。"

武承嗣把她抱到榻上:"你随了本王,可以让你荣华富贵,那个穷酸的书生有什么好的?"

可他想错了。春燕先是求饶,实在无助情急之时,竟在武承嗣的胳膊狠咬了一口。武承嗣大怒,一边用力掐住春燕的脖颈,一边骂道:"今日你就是死,本王也要你的身子。"

可怜春燕先还是双腿狠蹬,到后来就一动不动了。武承嗣手伸到她鼻翼间,就知道她已气绝身亡了。

"晦气!"武承嗣剥开春燕的衣裳发泄了一通,才用力将春燕的尸体踢下床榻。从她衣襟里露出一条白色绢布,武承嗣展开一看,正是乔知之写给她的情诗——

　　石家金谷重新声,明珠十斛买娉婷。
　　此日可怜偏自许,此时歌舞得人情。
　　君家闺阁不曾观,好将歌舞借人看。
　　意气雄豪非分理,骄矜势力横相干。
　　辞君去君终不忍,徒劳掩袂伤铅粉。
　　百年离恨在高楼,一代容颜为君尽。

武承嗣仿佛看到一双喷着火的眼睛,一团一团朝自己烧来……

第二十章

恨切切洛阳梦残　冤深深宰相遭捕

天才放亮，武承嗣就命府令速传武三思过府。武三思刚刚起床，却不料兄长传唤，连早饭也顾不得吃，就赶到魏王府来了。

"兄长如此急传小弟来，有何要事？"武三思打了一个呵欠问。

武承嗣一脸的窘迫，遂将昨夜与春燕的长长短短述说了一遍，末了道："此事若是陛下知道了，为兄立嗣之事休矣。"

武三思揶揄道："你还知道这些？现在是什么时候，朝野对于皇上改立国嗣本就微词不少。过去，一个岑长倩就够闹心了，现在皇上又把那个天不怕地不怕的狄仁杰调回了京城，要是他们拿这个说事，就是皇上也没办法。"

"贤弟所言，为兄深知，这不是与你商议对策么？"

"需要小弟做什么，不妨直说。"

"皇上一向看重婉儿，有些奏章都是先送到她那阅看的，你看……"

"哦！兄长是要婉儿截住弹劾的奏章？"武三思想了想，"这个倒不难，可一旦皇上知道了，婉儿可是要担罪名的。"

武承嗣无奈地说道："能瞒一时就瞒一时，待为兄被立为国嗣后，皇上就是有气，也不会废黜的。"

武三思答应去游说上官婉儿，接着，又批评武承嗣眼角太小："不就是一个补阙喜欢的婢女么？值得兄长如此倾心和疯狂，以致酿出人命来？皇上身边的佳丽成群，喜欢哪个，跟她老人家说说，还不是任你挑拣……"

武承嗣"唉"了一声道："贤弟不知道，那女子真是太可人了，为兄听说庐陵王妃韦氏通体芳香，这女子馨香优雅不让韦妃，谁知她性格那样倔强。"下面的话他没有说，但那色眯眯的神色告诉武三思，他还没有从梦中醒来。

"那女子的尸首呢？"

"还在后院柴房。"

"兄长好糊涂，快命人投入井内，将井填了，上面栽植花草。"武三思说着，就要向外走。

武承嗣在后面喊道："你这就要走？"

武三思回头应了一声："小弟这就进宫去。"

武承嗣跌坐在前厅，对外面喊道："来人……"

武三思出了门，上了车子，驭手一甩马鞭，车子朝皇宫方向跑去。

半个时辰以后，武三思的车子已经停在司马门外。守门的北阙司马认识武三思，上前见礼："王爷早！"

武三思问道："知制诰没有出宫么？"

司马道回道："没有看见知制诰出宫。"

武三思点了点头，要驭手在外等候，自己匆匆上了司马道。

时光流逝，又是好多日子没有与婉儿在一起了，她此刻在干什么呢？是为皇上遴选必看的奏章、上表，还是在吟那些他似懂非懂的诗作？每一次拥着上官婉儿，他都会生出既志得意满又自惭形秽的复杂心理。同是吟风弄月，感事抒怀之作，从她口里出来，他听着就是舒服，却无论如何也体味不出那脱俗清雅的意味。

但他发现，上官婉儿不在乎这些。为什么？她没有说，他也没有问。也许，和她与姑母的情结有关系吧！

几位宫娥在门口打扫落英，看见梁王来了，急忙施礼。一位宫娥心照不宣地说道："知制诰正在里面阅看文书呢！"

武三思轻轻地叩响门环，里面应了一声："进来！"

武三思推开门，上官婉儿就抬起头来了。他们已经摈弃了同僚之间的礼节，一切都很随意。上官婉儿停下笔问："王爷为何一大早就进宫来了？"

武三思笑道："听姑娘的意思，是不喜欢我来了？"

"是王爷好些日子没有来了啊！"上官婉儿喝了一口茶水道。

"我陪怀义大师外出云游去了。"武三思解释道。

"你倒是有闲心。"

武三思无奈地笑了笑道："怀义大师近来心情不畅，因此我陪他出去散散心。"

上官婉儿心想，这兄弟二人也真是，堂堂的亲王，倒在薛怀义面前毕恭毕敬。一次,她看到薛怀义从宫中出来,武承嗣与武三思一人在左边扶马鞍,一人在右边牵着缰绳,口中还不断叮嘱"大师小心",这要是让狄仁杰等朝臣见了,成何体统?

后来,听说武曌知道了这件事情,却未责备兄弟二人。正是瞅准了这一点,武承嗣才敢唆使王庆之联络了二百多人上书皇帝,奏立他为太子,谁想中途却出了春燕这件恼人的事情。

武三思问道:"我进来时,姑娘又在写什么?"

"凤阁送来替皇帝草拟的两道诏书,一道是立故于阗王尉迟伏阇雄之子尉迟暇为继王。另一道将军一定记得,去年皇上曾经下诏,遣巡抚使者到州县发现人才,无闻贤愚,尽加擢用。一时无法任用的,可为补阙或者拾遗。结果,这两类无实职官员太多,有人语曰:'补阙连车载,拾遗平斗量。'有一叫沈全交的举人为之续诗道,'糊心存抚使,眯目圣神皇'。你猜怎么着?皇上看了,竟然拊掌大笑,'如果有司不滥荐人才,何恤人言。'这不,要臣起草诏书,将不称职者,或寻谪黜,或刑诛之。"

"做个皇帝还真是不容易啊!"武三思说着拉起婉儿的手,"多亏了有你,否则,以她的春秋,如何承受得了?"

上官婉儿一个趔趄,就坐进了武三思的怀抱,回了他一个妩媚的笑:"王爷这张嘴是越来越会讨女人的欢心了,是不是对别的女人也是如此?"

"天地良心,我除了姑娘,可是心无旁骛的。若有半句假话,就……"这句话没有说完,就被上官婉儿的樱口抵住,那女人的芳香都沁入心脾了。

上官婉儿娇嗔道:"谁要你对天诅咒的。"

武三思乘机就把武承嗣误杀了春燕的事情原原本本地说给她听了,上官婉儿听了撇了撇嘴道:"王爷这兄弟是怎么了?一个个猫儿一样,见了腥就迷了,那春燕有什么好的,让他生出如此不慎之行?"

武三思也不辩驳,道:"眼下正是奏请改立皇嗣的要紧关头,兄长不想因为这个贱人坏了大事。"

上官婉儿立即明白了武三思的意思,"咯咯"笑道:"有色心,却没色胆。"

武三思急道:"都什么时候了,姑娘还在说笑。这事就托付给姑娘了。"

上官婉儿点了点头:"我每天都要替皇上看一些七品以下官吏送来的奏章,只是不知道乔知之属于哪一级官阶?"

武三思略一思索道:"他就是前年皇上要巡抚使者举荐的士人,现在是补阙,充其量也就是个九品吧!"

上官婉儿回道："果真如此就好办了。只要我看见，就一定给他抽出来，不呈给皇上就是了。想他那样的官阶，要见皇上也如同登天。"

"姑娘真是个人精。"武三思回了上官婉儿一个吻，就将她抱起来。

上官婉儿拦住道："皇上急着要看发出的奏章呢。"

闻言，武三思就有些失望："好不容易见一面，就这样了？"

上官婉儿转身从榻上捧出一个衣箧道："我这儿有一套中人衣冠，王爷晚间可以穿上进来。"

武三思懊丧地说道："堂堂大周亲王，却要穿着这套行头，也真是寒碜。哪日奏请皇上，干脆赐婚于你我，做个长久夫妻如何？"

上官婉儿并不回应，却道："时候不早了，王爷先回去，我待会儿也要去武成殿。"

武三思离开上官婉儿，走到武成殿前时，却是被眼前的情景惊呆了。

哦！那不是邀集了二百人上表，奏请皇上立武承嗣为太子的王庆之么？只见他手中捧着一张纸，奋力挣脱押解他出宫的禁卫，对着殿内喊道："皇上圣明，臣忠于大周之心，天日可鉴。"

武钦喝道："还不退下，惹恼了皇上，连命都没了。"

可王庆之心记着武承嗣的叮嘱，根本不把武钦的话当回事，干脆伏在地上号啕大哭，只是重复一句话："魏王立为国嗣，众望所归啊！"

武钦见劝解不住，正为难间，却见狄仁杰从殿中出来了。狄仁杰一早就来了，他是来向武曌呈送垂拱元年以来各州户口的，却不料碰见王庆之再度求见皇上，就改立国嗣陈奏"民意"。

武曌经过这些日子朝臣的劝奏，心事终于平定，对王庆之道："当今国嗣乃朕亲生，又改姓武氏，承继大周基业，应天理顺人心。朕念及你心诚，不予追究，今后勿复再奏。"

"陛下，臣就是死，也要拥戴魏王为国嗣。"

武曌听言十分恼怒，对狄仁杰道："狄爱卿，王庆之若再执拗，杖一百。"

"遵旨！"

武钦看见狄仁杰出来，也不说话，指着地上的王庆之只是叹息。狄仁杰会意，对押解的禁卫大喊道："此贼欲废我皇嗣，本官奉皇上旨意痛打之。"

禁卫们听说是皇上旨意，纷纷上前，对其一阵拳打脚踢。王庆之抱着头仍然在喊："陛下，臣忠心可鉴啊。"不一刻，他的口鼻耳都流了血，躺在地上呻吟不止。

狄仁杰见状，本欲放手，转而又想，如此无赖，今日不除，来日必成后患，于是又对禁卫喊道："皇上旨意，杖一百。"

禁卫们抡起手中的棍棒狠狠打下去，却再没听见任何声音，一人上前试了试鼻息，对狄仁杰说道："启禀大人，王贼已气绝身亡。"

这时候，就听见身边传来一声"打得好"的喊声，狄仁杰看去，正是夏官侍郎李昭德。

李昭德向狄仁杰伸出了大拇指："此贼混闹武成殿，已非第一次，下官也曾进言皇上速除之。大人今日又为国除一害，功莫大焉。"

"此乃以儆效尤，看今后何人再敢以身试法！将王贼送往家中，令其家人葬之。"狄仁杰说完，对李德昭拱了拱手，便转身走了。

李昭德对武钦道："边关有消息来，请公公通禀，就说臣求见陛下。"

武三思躲在一边，眼看着王庆之被活活打死，却慑于狄仁杰的刚锋，始终没有露面。直到狄仁杰走远了，他才来到武钦面前问道："这是怎么回事？"

武钦叹了口气道："王爷有所不知，这个人也太不知进退了。"

待他将事情经过叙说了一遍，武三思的心也沉到了底："这么说，皇上不再考虑改立国嗣了？"

"这……咱家亲口听皇上说，于今以后，有再敢言改立国嗣者，斩无赦。"

武三思心想这下完了，转身就上了司马道，直奔魏王府去了。

"怎么会是这样呢？"听了武三思带来的消息，武承嗣颓唐至极，低着头坐在厅中，脸上没有了血色，过了好一会儿才问，"果真是狄仁杰命人将王庆之杖击而死？哼，好个狄仁杰，你跟本王过不去，就离死期不远了。"

武三思正要说话，府令却在门外禀告说左御史中丞来俊臣求见。武承嗣忙道："快快有请。"

来俊臣一见武家兄弟，就传递了一个最新的消息："启禀殿下，岑长倩昨夜在狱中自尽了。"

闻言，武承嗣睁大了双眼："没听说大人拘捕此贼呀，怎么就死了？"

"是昨日后半夜拘捕到推事院的。下官审理此案事前，先让他观看了'玉女登梯'的刑罚，受刑者不是别人，正是那个司礼卿欧阳通。下官让其站在高木台上，从后面拉住脖子上的枷用力后扯。这个欧阳通死硬不招，大约半个时辰就死了。岑长倩见状，当即碰死在狱中的石柱上。"来俊臣说着，将狱辞呈给武承嗣看。

岑长倩在"狱辞"里承认自己在豫州平叛时，曾私通李贞父子，回朝以后,又对太后称帝存有腹诽。

武承嗣问道:"岑贼果真承认了么?"

来俊臣指了指下面的手印道:"承不承认有何要紧,只要有了这手印,就是铁定的案子。皇上看了,也会深信不疑的。"

武承嗣放下"狱辞",长叹一声道:"去了一个岑长倩,又来了一个狄仁杰,一个个都是浑身长刺,油盐不进的逆贼。"

来俊臣已经听出武承嗣的话外之音,一双精明的眼睛滴溜溜地转着,操着一口秦音道:"莫非殿下有要下官办的案子?"

武承嗣便要武三思把王庆之之死述说了一遍,末了道:"所谓打狗欺主。杀王庆之,是狄仁杰向本王下了战书,就休怪本王无义寡情。"

来俊臣笑道:"这有何难,下官找个借口将这老东西拘捕到推事院,随意安个'谋反'的罪名,他还会有活路么?"

武承嗣有些迟疑:"狄仁杰分外精明狡黠,单凭刑具恐怕很难制服他;加之皇上不知因何原因十分器重他,若无实据,皇上这一关都很难过。"

来俊臣很自信地说道:"这个不劳殿下费心,下官会让他有根有据的。"

武三思在一旁插话道:"不仅仅是狄仁杰,宰相中任知古、裴行本,还有新任的司礼卿崔宣礼、文昌右丞、御史中丞魏元忠都与这老贼是一丘之貉。"

来俊臣几乎没有犹豫,道:"一并拿了,除恶务尽。"

武承嗣依然有些犹豫:"这可是皇上钦定的宰相班底,你这样,不是把朝廷枢机掏空了么?陛下能答应么?"

来俊臣大声道:"皇上最忌恨者,乃谋反也。等她知道了,贼人一个个都已经死了,谁来对证?"

别人不说,来俊臣对任知古和裴行本这两位素无声名的人忽然地被任命为同平章事早就心怀芥蒂。他们究竟为朝廷做了什么,竟得皇上如此青睐。要说擢拔晋升,他才是当之无愧的,可皇上至今仍只让他在御史中丞的位子盘桓,连个左肃政大夫都不给。

"好!此案就仰赖大人去办,办好了,本王定在皇上面前多多举荐。"

……

又是一年春风至,时光在朝野一片忙碌中来到了天授三年(公元692年)春,武曌再一次改元长寿。这些日子,狄仁杰陷入从未有过的郁闷中,他常常在梦里看到岑长倩华发霜鬟的影子。

那天杖毙王庆之,午间回到府邸,就听到从署中回来的狄光远告诉他,说岑长倩不仅承认了谋反罪,而且在当日黎明时分,于推事院狱中自尽。

狄仁杰顿时呆了。一向人情练达、胸襟开阔的岑相怎么会谋反呢? 又怎么会认罪呢?他顾不上劳累,就打马奔向岑府去了。可当他赶到时,正看见禁卫押解着岑府老小在府门聚集,黑漆漆的大门上,赫然已贴上了司刑寺的封条。府令告诉他,公子灵泉尚在囹圄,岑夫人及百口家小,尽皆流放岭南,皇上的诏书说,即日出发,不许滞留京城。

豫州平叛的情景依旧历历在目,从洛州回到神都的樽酒夜话余温尚在,可他与岑相却已是隔世之人,他无论如何也不会相信岑长倩会谋反。他很后悔前些日子对武曌的一席陈奏,也许是因为它给了来俊臣们借口。

去冬的一天,他拿着来自陕州刺史关于关中大旱,恳求开仓赈济的奏章去见武曌,恰逢一位叫王循之的太学生上表告假还乡,武曌批了“准”字。他看到皇上的确很疲劳,趁势奏道:“臣闻人君者为生杀之柄不假人,自余皆归之有司,故左右丞、徒以下不够;左右相、流以上乃判,为其渐贵故也。太学生告假,都是丞、薄所管之事,何劳陛下亲览。”

他当时从武曌的愉悦和频频点头判断皇上是听进去自己的谏言了。然而,像岑长倩这样的宰辅,怎么能轻易交给一个御史中丞去审理呢? 依他的性格,是要挺身而出为岑长倩辩解的,可令他陷入被动的是,当武曌将一纸“狱辞”摆在他面前时,他纵有千条理由也抵不住囚犯的一纸供词。

三月三日是上巳节,武曌邀集朝野文人到洛水岸边举行歌会,演唱她亲自写的诗歌。正字陈子昂、咸亨年间进士杜审言、上官婉儿等竞相献诗。狄仁杰觉得大部分诗人所吟,礼赞皇上威及海内,恩泽八方,言出心声,但也有专事献媚的流俗之作。也许每个人都有自己的生存境遇,他并不苛求别人与自己心灵共颤,但总觉得听起来别扭。

好不容易挨到散会,他没有直接回府,而是独自一人到岑长倩的墓冢前站了许久。因为是囚犯,墓地不但置于荒草丛中,且小得极不起眼,墓碑上只是由府令请人写了“岑长倩之墓”五字,别无其他。狄仁杰俯下身子,掬起一抔黄土,撒在坟茔上,不善吟诗的他满怀悲愤地仰天长吟:

> 将军百战戴金甲,忍辱受屈应有涯。
> 来春雾散天开日,煮酒坟头绽春华。

“岑大人,怀英当为大人洗冤昭雪。”狄仁杰将酒杯高高举起,一饮而尽,

"大人泉下有知,当与怀英共饮此杯。"

"哎!李大人,元忠看您来了。"一阵哭声,被春风吹得颤颤巍巍,愈加显得凄凉。狄仁杰转脸去看,原来是魏元忠,跪在不远处的一座坟前燃化香纸,那是李孝逸的坟茔。

狄仁杰见状便向岑长倩墓作揖告别,也来到李孝逸坟前,伏地烧了纸钱,殷殷叮嘱道:"李将军!春日融融,天暖风和,大人带些纸钱,到扬州战场、施州旧地看看,也好了却一番心愿。"

魏元忠这才看见狄仁杰,忙起身施礼道:"大人没有去歌会?"

狄仁杰回道:"散了后,我来看看岑大人。几年过去,李将军的坟上已经青草葱茏了。"

魏元忠仰天长叹:"可惜一代忠良,譬如朝露,叱咤风云一生,就这样背着罪名长眠于此了。"

两人拍打了膝盖上的尘土,魏元忠又道:"听说大人自洛州归来,早有心登门拜访,却是奸佞眼杂,怕给大人带来不便。今日坟园相遇,也是有缘,不妨随便走走,下官也有些话想对大人说。"

狄仁杰赞同道:"我也正有此意。"

两人于是沿着白马寺旁边的官道缓缓而去。正午的太阳暖暖地照着中原大地,道旁的柳林间,归来的紫燕正带着乳燕觅食,"唧唧"的歌唱被风带向远方。不远处,麦子已经起身,齐刷刷的千顷碧绿,风一吹,绿波滚滚,金顶寺院如同帆船一样浮在绿色的"海面"。

狄仁杰看了一眼还没有从哀思中回过神来的魏元忠问:"垂拱四年,我以江南道巡抚使身份去施州看望李将军,分明听说他被来俊臣杀于流放途中,为何此处会有他的坟茔?"

魏元忠回看了一眼来路道:"说来话长。来俊臣从施州回来,说李将军在流放途中企图乘船去东瀛,被当地夷人杀死,尸体莫寻,而他的家人因涉嫌谋反被斩杀殆尽。下官不忍将军孤魂漂泊于天地之间,就起了这衣冠冢。因他是宗室,连碑石都不敢立,只有下官每年暗地来此祭奠。有几次被薛怀义看见,下官只好道是舅父的坟茔。"

"魏大人相信李将军会谋反么?"

魏元忠道:"知李将军者,莫如元忠。他如果怀有异心,战场上完全可以与徐敬业合军一处,那即便是黑齿常之将军来,也莫之奈何,可将军以社稷计,浴血驱敌,取徐贼首级于火攻之后。下官当时就在军中,亲眼见将军凤夜不寐,帐前运筹。如此忠良,忽而谋反,岂非咄咄怪事?"

两人走着走着,却发现前面没有路了,内心就有了不祥预感。回转身时,魏元忠的眼睛红了,索性将近几年的遭遇和心中的苦闷——道给狄仁杰。

李孝逸并非"贪天之功,以为己力"的将军,他自知平定徐敬业叛乱,魏元忠功不可没。回到神都后,李孝逸多次在武曌面前举荐魏元忠,皇上以功而升任他为洛阳令。可随着李孝逸谋反案的发生,他也被周兴拘捕入狱。周兴用尽刑具终不能使他屈服,于是瞒着皇上,由武承嗣签发,押往刑场斩首。他到现在也不清楚,当初是谁向武曌禀明了此事,自己捡回一条命来。

"皇上圣明,感念臣平叛有功,改判流放黔州。"魏元忠顿了顿说道,"当时武公公奉皇上口谕,怕慢了误事,先遣禁卫刀下留人。当监斩官要放在下时,下官倒如坠梦中,直到武公公宣了皇上旨意后,下官才放心了。"

狄仁杰没有打断魏元忠,他的思绪跟随着魏元忠的语流激荡起层层波浪,他的心境很复杂,究竟应该如何看待在神都的皇上呢?如果不是她对李氏宗室的那份戒心,何来血洒扬州,兵爨豫州的悲剧呢?如果她凡事总能约束武氏族人,又怎么会听信武承嗣、周兴、来俊臣这些小人的谗言呢?可就是同一个武曌,却在紧要时刻救了魏元忠。而且,他后来听说,皇上自始至终都对李孝逸谋反一案将信将疑。

太阳已经升到头顶,温暖中透着些许的热意,两人都走得额头汗水津津。魏元忠指了指前面酒旗飘飘的地方说:"大人若是公务不大繁忙,且进去小酌几杯如何?"

狄仁杰笑着点了点头:"好。"

二人来到酒家门前,只见几间茅舍收拾得干干净净,周围的几株桃树花儿开得正盛,仿佛云霞挂满枝头,旁边栽着几株翠柳,真有点"暖暖远人村,依依墟里烟"的散淡。

店主见来了两位官爷,忙上前答话。狄仁杰吩咐道:"切二斤牛肉,烫一壶杜康老酒,还有什么时兴菜蔬,各上一盘。"

店家回道:"近来新苜蓿下来,就为两位大人来一盘油炝苜蓿,还有鸡子炒香椿如何?"

魏元忠连连道:"甚好!甚好!在城里难得吃这样新鲜的菜蔬。"

不一会儿,菜已上齐。狄仁杰举杯相邀,两人饮下浓香的杜康,随口吟起曹孟德的《短歌行》:

对酒当歌，人生几何？

譬如朝露，去日苦多。

慨当以慷，忧思难忘。

何以解忧？唯有杜康。

魏元忠从吟咏中感到狄仁杰的忧思漫漫："是啊！岁煎人寿，人啊！最不经老，一转眼都不年轻了。大人这些年辗转于朝堂州县之间，沧桑悲欢，该有所体悟吧？"

狄仁杰没有回答，却转而问道："大人相信岑相会谋反么？"

魏元忠摇了摇头："岑相为人忠厚，又是平定豫州的功臣，岂会谋反？"

狄仁杰怒道："彼等残害忠良，欲加之罪，何患无辞？"

魏元忠沉默良久后道："下官等对朝廷一如曹孟德诗中所言，是青青子衿，悠悠我心。悲莫大于被人误解，我等都一把年纪了，还能为朝廷效力多久？"

二人吃完出得店来，魏元忠忽然有一丝后怕，问狄仁杰道："今日叙话，不会隔墙有耳吧？"

狄仁杰朗朗的笑声被春风带向远方的麦田："所谓'君子坦荡荡，小人长戚戚'，我等既是说了，何惧被人偷听？"

魏元忠想想也是，心里也坦然了。

暮色降临时，狄仁杰回到了府上，夫人与光远兄弟在家中等候多时，不见他回，便用过晚饭，早早歇息了。

第二天逢早朝，狄仁杰在含元殿司马道前下了车子，远远地瞧见塾门前等待上朝的臣僚们似乎熙熙攘攘地在议论什么，便快步走到大家面前寒暄道："各位大人好早。"谁知众人见是他，竟纷纷散了。

冬官尚书、同平章事裴行本把狄仁杰拉到一边说："大人不知道吧？魏元忠昨夜被侍御史侯思止拘捕到推事院了。"

"啊！"狄仁杰一口凉气攻心，半晌说不出话来，还真让魏元忠说中了。

早在宁州刺史任上，狄仁杰对侯思止其人就有所了解。他本是一位目不识丁的街头卖饼者，因为在诛杀李氏宗室中告密有功，而被武曌擢升为游击将军。但他并不满足，要求任为御史。其人心狠手辣，魏元忠落入他的手中，让狄仁杰十分揪心。

"罪名呢？"

裴行本回道："听武大人刚才说，似乎与潞州刺史李嗣真谋反案有关。"

经他如此一说,狄仁杰想起来了。在朝廷刺史中,像李嗣真这样的文官出身并不多,他醉心于画艺,本完全可以置身事外,专以书画取悦皇上,可他就是不能容忍武承嗣、来俊臣等人草菅人命,冤案频出。在潞州任上,便上书武曌,说"古者狱成,公卿三听,王必三宥,然后行刑。比日狱官,单车奉使,临时专决,不复闻奏。倘有冤滥,何由可知?况以九品之官,专命推覆,操杀生之柄,窃人主之威。案覆既不在秋官,省审复不由门下,国之利器,轻以假人,恐为社稷之祸。"并且直指来俊臣构陷无罪,离间君臣,而当时这道奏章就是由魏元忠呈送给武曌的。

辰时三刻,朝会开始,武承嗣首先出列上奏道:"侍御史侯思止查潞州刺史李嗣真与魏元忠通谋反叛朝廷,诋毁皇上,魏元忠已在昨夜被侯思止拘捕,正在审理中。"

来俊臣接着武承嗣的话道:"据臣察知,李嗣真一案牵涉朝中官员甚多,臣当出于公心,严密侦查,绝不容国贼逍遥法外。"

来俊臣的话音刚落,狄仁杰出列反驳道:"来大人何必危言耸听?依臣观之,我朝野众臣,竭力尽忠,图谋不轨之徒终为个案。就以魏元忠言,其扬州平叛,勋功卓劳,所谓谋反云云,纯属子虚乌有。至于潞州刺史李大人,不过说了些真话而已,何罪之有?请皇上明察。"

这时候,武三思忽然出来说话了:"有人举报魏元忠与狄大人于白马寺外酒店借酒诽谤朝政,可有此事?"

狄仁杰的心"咯噔"一声,知道被人跟踪了,但他并不打算否认,更不打算回避。他整了整衣冠,坦然地来到丹墀中心,凛然道:"昨日臣骑马去白马寺外踏青赏春,不意与魏大人相逢,小酌几杯,亦不违制。至于诽谤朝政,乃构陷之词,请陛下明察。"

武曌细细揣摩着每一个人的陈奏。从理智上说,她不大相信狄仁杰与魏元忠会参与谋反。可她更不愿意阻止武承嗣等人,她断定他们这样做,也是为了武氏天下。因此,在双方唇枪舌剑,争执不下的时候,她便适时地平息纷争:"众位爱卿所奏,朕悉听细思,告密之风,固然也有错判之差,可毕竟为固社稷,功不可没。所谓清者自清,浊者自浊。审案之责,在左台、推事院,据法审之,务求实据。散朝。"

武钦尖着嗓音喊道:"陛下旨意,若无他奏,散朝。"

出了含元殿,狄仁杰回顾刚才朝会上的情景,体味皇上话中的意味,感佩武曌的过人之处。论起御臣之术,她更愿意将来俊臣等人当作一把刀,时刻悬在臣下的头顶。因而,尽管这些人的作为她很清楚,却是不愿减其权力。

可狄仁杰很自信,他相信皇上会明忠奸之辨,观是非曲直的。

这时,他见裴行本从后面跟上来了。他对裴行本今日在朝会上缄口不言有些遗憾,待他到了身边,就直截了当说道:"大人明哲保身,必不能自保。"

闻言,裴行本脸上就有些发热,嗫嚅道:"下官不是不想陈奏,只是众说纷纭,下官没有机会。"

狄仁杰冷笑了一声:"大人作为宰辅之一,当以国事为重,社稷为先,岂可明哲保身,在大事上装糊涂。"

裴行本就是这个性子,他觉得狄仁杰的话虽尖刻了些,却是坦荡磊落,无须设防,也就不计较了,反而自检道:"大人一席话,令下官惭愧之至。"

其实,狄仁杰因为知之甚深才这样说,说过了也就心境平复了。

当日署内署外,看起来倒也平静,可狄仁杰自己很清楚,他毁了武承嗣的太子梦,武承嗣又怎会善罢甘休呢?拘捕魏元忠,正是要从他那里打开缺口,为他罗织罪名。

一想到这些,他不免纠结。当晚回到府中,从太子身边回来的狄光远告诉他,李旦听闻武承嗣筹谋取代于他,心中惶惶不安,又欲让位。狄仁杰就很伤感,如此懦弱,臣下奈何?但是,他还是要儿子密告太子殿下,皇上已回转心意,一定不可再生颓废之心。韬光养晦,忍辱受屈,历练心志,以待时机,方能当得天下大任。

后半夜,狄仁杰如厕,正准备起身,就听见一阵脚步,未及他反应,就被人用黑布蒙了头,又三两下捆了绳索,向府门外拉去。刚刚走了几步,耳边传来狄光远的声音:"何方贼人,竟敢深夜劫持本朝宰相。速速放开,否则要你等性命。"

接狄光远话的,是一个陌生的声音:"卑职奉了来大人之命拘捕嫌犯,还请少将军勿生枝节。"

预料中的终于来了,狄仁杰对押解他的府兵道:"请去掉老夫头上所蒙之物,我有话说。"

狄仁杰睁开眼睛,狄光远一把宝剑横在府兵面前,一脸的杀气。他对儿子道:"彼等也是奉命行事,我自知清白,何惧拘捕。让开!"

狄光远挥着手中的宝剑,目光中含着怨嗔:"堂堂一国宰相,上无朝廷诏命,说抓就抓,成何体统?"

夜色中,狄仁杰呵斥着儿子:"不可放肆,侍奉太子要紧。"

"父亲!"随着手中的宝剑"咣当"一声掉在地上,狄光远跪下了。

"走吧!"狄仁杰绕过儿子,昂然向府门外走去。

这时,从身后传来夫人的哭喊声:"夫君,这到底是为何啊?"

狄仁杰没有回答,径直上了推事院的车子,消失在晨曦中。此时正是神都开市之际,押解狄仁杰的车子穿越一道道街坊,朝丽景门的方向奔去。狄仁杰含笑凝视远方,仿佛不是去碎骨掉肉的监狱,而是赴一场盛典。

太阳升上洛阳城头的时候,狄仁杰已经坐在推事院的审讯室了。看看周围布满了血污的刑具,狄仁杰很快明白了来俊臣的意思,是要借此向他施加压力。果然,当他回转目光的时候,来俊臣出现在面前。他的脸上挂着诡谲的笑意,不无讥讽地说道:"狄大人没有想到,会在这样的场合与下官见面吧?"

狄仁杰回答道:"这样的场合很好啊!有冤魂相伴,本官倒也不寂寞。"

来俊臣没有想到狄仁杰会这样回答他的问话,想来他也是心有所备的:"下官还要告知狄大人,李嗣真谋反案牵涉嫌犯甚众,凤阁侍郎、同平章事任知古,冬官尚书、同平章事裴行本都进来了。有机会邀他们到这里聚聚,看看下官是怎样审案的。"

狄仁杰轻蔑地说道:"如此甚好!也让他们看看你来俊臣的刑具是如何吃人不吐骨头的。"

话说到这里,来俊臣显得很尴尬,觉得不好再交锋下去,免得出丑,遂起身对狄仁杰说道:"狄大人少安毋躁,下官立即遣判官来审理你的案子。"

不一会儿,进来一位中年判官,自报姓名王德寿,身边还有一位录事,负责记录问案过程。依照程序,王判官先问了狄仁杰的姓名、官阶,接着就要他交代如何与李嗣真勾结,反叛朝廷的:"若能承认犯罪,可免死罪,否则,酷刑之下,大人难逃毙命。"

狄仁杰笑了笑,没有回答。

王德寿又道:"前任鸾台侍郎、同平章事乐思晦大人认识吧?他一进推事院,就承认自己乃唐室老臣,谋反据实。虽一死了之,却是少了许多的痛苦。"

狄仁杰捋捋颔下的美髯,出口的话不但直接,而且很清晰:"大周革命,万物维新。唐室旧臣,甘从诛戮,老夫图谋反叛是实。"

这个回答,大大出于王德寿的预料,他接着又问:"还有细节么?"

"前日朝会上,已昭然于大庭广众,何须细节?大人尽可拿狱辞来,本官画押就是。"

狄仁杰如此干脆,审讯的时间大大缩短,王德寿命将狄仁杰羁押在重犯牢中,自己则带了狱辞去向来俊臣禀报。

"果真如此么?"

"千真万确,下官不敢隐瞒大人。"

来俊臣也十分吃惊。狄仁杰声名太大,又是武曌很看重的宰相,他怕拿不下,正准备去找武承嗣奏请皇上降敕,给予他行刑权力,未料这个狄仁杰这么快就招认了,他反倒觉得没趣:"如此简单的供状,难以取信于皇上,若能举报杨执柔谋反罪,皇上必深信不疑。"

第二天,王德寿来到狱中,见狄仁杰很安详地面壁而坐,口中念念有词,便感叹道:"身陷囹圄,尚能如此,狄公心之安静,于此可见一斑。"

狄仁杰转过身来,靠墙坐着道:"曹孟德曰,烈士暮年,壮心不已。但活一日,即不能不为学。"

将死之人,学有何用。王德寿也不想讨论这些没有丝毫意义的事情,遂将话题转到杨执柔身上来:"杨执柔大人知道吧?"

"同朝为官,他为夏官尚书,老夫为地官侍郎,岂能不知?"

"有人向来大人举报,说杨执柔有反志,憾无实据。来大人要我转告大人,若能举证夏官尚书反状,可减罪。"

狄仁杰很是困惑,论起来,杨执柔与武曌母亲荣国夫人同为弘农杨氏,以亲缘论,该是皇上的外家族人,当初皇上擢拔他也是出于这个原因。来俊臣拿他说事,究竟要干什么?狄仁杰忽然有了一丝害怕,不是为自己,而是为皇上。假若有一天,武承嗣与这些人执掌了国柄,还有皇上的宗庙可言?他不禁为来俊臣等人的龌龊而怒火中烧,"呼"地从地上站起来,指着王德寿的鼻子道:"皇天在上,后土在下,狄仁杰堂堂七尺男儿,岂能诬陷他人以自保,若如此,毋宁死。"言罢,奋力向墙壁碰去,霎时血流如注。

王德寿大惊,急忙命人上前抱住狄仁杰。随即悻悻地出了门,向来俊臣复命去了……

一天,狄仁杰正在牢房里打坐,想把近来发生的一切理出个头绪,每想起一件事情,就在牢房的墙上划一道。若是大事,就划两道。正反复检索,就听见隔壁"哐当"一声,牢门开了,几位狱卒抬着一个嫌犯,说一声"进去",就扔进牢狱的柴草上。

"唉!不知又有哪家大人遭此横祸?"狄仁杰叹了一口气,继续想他的心事。过了一会儿,听见隔壁传来咳喘声,他忙敲了敲墙壁问,"请问可是魏大人?"

隔壁有气无力地回答:"是下官,请问大人是……"

"连我的声音都听不出来了么？狄仁杰。"

"哦？狄大人，这样说来，你我是邻居了。"魏元忠苦笑道。

两人正要说话，狱吏走了过来，大声呵斥道："不许喧哗，不许串供。"

魏元忠便不说话，躺在柴草堆上，望着外面发呆。刚刚受过重刑，每一块骨头都像碎了一样地钻心疼，血将皮肉与袍服粘在一起，挪一步皮肤就像被撕开一样。人世无常，前几日，窗外这融融的春天还属于他，可一夜之间，就被隔绝在另一个黑暗的角落。环顾周围，墙上印着一个个血手印，有的已经发黑，从那些手印背后，似乎能看见一双双忧伤而又愤怒的眼睛。

这是他第二次入狱了。

第一次是在永昌元年，多亏皇上在行刑前发了赦令。这一次，他自知在劫难逃了。走过生死场，魏元忠已将去留看得很淡，当御史侯思止出现在他面前的时候，他甚至有一种无言的轻蔑。都说一方水土，滋养一方人杰，可西都长安这方水土，却不仅仅诞生了如太宗这样的千古圣皇，也出了不少为人不齿的蠹毒。眼下得宠的三位酷吏，竟然都出自长安。他不知道长眠在昭陵和乾陵的两位皇上在九泉之下，该是怎样的心境？

侯思止看看坐在刑座上的魏元忠，先抛出一句话："足下踏春甚有所获吧？说说，你是如何与狄仁杰密谋反叛的？"

魏元忠明白了，便赞道："大好春光，大人却龟缩于暗室，蝇营狗苟于草菅人命，岂非有负上苍的好生之德？"

侯思止并不理会，只是目露凶光道："足下就不要绕圈子了，说，如何密谋反叛的？"

魏元忠哈哈大笑："大人早已知我谋反，何须再问？"

侯思止恼羞成怒，指了指刑讯室的刑具道："这些可都是好东西，足下是想尝尝'仙人献果'，还是想'玉女登天'，抑或是'凤凰晒翅'呢？"

"悉听尊便！"

"来人！"侯思止大呼一声，立刻就有四个行刑手进来，一个个腰圆膀粗，凶神恶煞，"给这老贼来个'驴驹拔撅'，看他还嘴硬。"

行刑手上前按住魏元忠，缚了手脚，拉上一个木台，用一只杠子顶住腰部，另一个行刑手拉着他脖子上的刑枷，全力往后拽，魏元忠顿时感到呼吸被阻塞，腰部就像断了似的。

侯思止在一旁看着，露出狰狞的笑意："滋味好吧？还不快快招认。"

在行刑手松手的那一瞬间，魏元忠喘了喘气说道："无中生有，你让我从何人说起？"

侯思止大叫："上刑！"

魏元忠一阵剧痛，就昏过去了。现在，躺在牢房里，白天的一切就是一场噩梦，他不知道整个刑讯自己是怎么过来的，感到只有躺着，哪怕是躺在柴草上，都是舒服的。这才仅仅是第一次过堂，只要他不招认，这种折磨就会重复下去。他抬头看窗外，天空呈现出铁黑色的幽深，仿佛一个张大口的魔鬼，他脆弱的生命时刻都会被吞噬了去；牢房里很静，狱卒们大概都昏昏睡去了。这也是他最容易思念家人的时候，他现在最担心的就是夫人和儿子。

"元忠一死何妨，可儿子还年轻。"他看着墙壁，讷讷自语。

隔壁传来轻轻的敲击声，一个低沉的声音传了过来："魏大人。"

"狄大人受苦了。"

狄仁杰"嘿嘿"笑了笑道："倒没有受多少刑，他不是说，只要承认谋反就可不受刑么，我就承认了。"

"唉！狄大人，你好糊涂，谋反可是死罪，你怎么能承认呢？"

"只要不死，就有大白于天下的机会。"

"话是这样说，可谁知道何时项上的人头就没了。"

"我知道从承认到行刑，还会有一段时间。我相信，皇上一旦知道我等境况一定能够明辨是非的。"

魏元忠疑虑道："下官与大人不同，皇上是知道我被拘捕的。"

狄仁杰回道："因此我一定要设法让皇上知道我等是被冤枉的。"

"大人有良方么？"

"眼下还没有，但老夫不会坐以待毙。睡吧！"

魏元忠根本睡不着，每当思绪停滞的时候，疼痛就从各个伤口迸发。他用浮肿的手摸摸脖颈处凝结的血渍，开始思考狄仁杰的话，他也许是对的。

尽管皇上已经知道他魏元忠被捕，但将自己生拉硬扯到李嗣真的案子，他觉得实在太冤枉。在朝堂，他与李嗣真来往很少，说不了几句话。及至他检校潞州刺史，就更是没什么交流了。即使见了面，也就是寒暄几句而已。

魏元忠想，自己不过一御史中丞，不算什么？可狄仁杰、裴行本、任知古等都是股肱之臣，怎么会甘于伏诛呢？而且他相信狄仁杰一定会有办法的。

牢狱外的天渐渐有了亮色，魏元忠朝栅门外喊道："来人！我要见侯大人。"他决计承认谋反，以此赢得时间。

狱吏跑过来笑道："你想明白了？早该这样啊！"

第二十一章

武曌终明告密弊　八载酷刑终转衰

无论是来俊臣还是侯思止都没有想到,对狄仁杰、魏元忠的审理会如此顺畅。接下来的程序,就是拿了此案所有人的"狱辞",奏请皇上批准行刑。

等待是难耐的,可对狄仁杰而言,却也是从容的。他现在终日思谋的都是如何让皇上知道自己的冤情。

而对来俊臣等人来说,他们不但要向武曌奏明,这些人的"狱辞"都是出自内心的承认,并无刑讯逼供。还得向皇上证明,推事院对这些人很优待,起居照顾得很周到。来俊臣深信,只有这样,才能在皇上面前掩盖他一手制造的一桩桩冤案。

洛阳的天气就在双方的等待中进入了五月,夏天的脚步一天天地临近了。推事院的牢狱,因为污脏、狭小,空气显得浊重,比监狱外更早地感受到酷热的到来。狱卒送来午膳,狄仁杰吃得满头大汗:"这鬼天气,才刚刚过了端午,怎会如此热?"汗擦着、擦着,他的目光就停留在衣襟间不动了! 他发现,机会来了。

王德寿见狄仁杰逍遥自在,丝毫没有悲观的样子,不免生奇:"狄公是否觉得这推事院牢狱是方福地?"

狄仁杰笑了笑道:"是否福地不敢说,倒是少了许多的公务。每日只是吃与睡,倒也轻松了许多。而不必像来大人与足下,整日想着如何对付别人,太累。"

王德寿命狱卒打开牢房,又让其搬了一张机凳进来,坐在狄仁杰面前,问了两份"狱辞"上的许多事情,狄仁杰一概回答"不知",道:"子曰,六十而耳顺,老夫偌大年纪,自己承认谋反也就罢了,岂能无中生有,拉他人垫背。"

王德寿说不清是惭愧,还是感动,放下"狱辞"不再过问,而将话题转到了狄仁杰判案上:"下官听说总章年间的宰相阎立本曾赞誉狄公'河曲之明珠,东南之遗宝',可有此事?"

狄仁杰摇了摇头:"阎大人过誉了,老夫充其量一并州村夫耳,不过多读了些书而已。"

王德寿又问:"下官又闻仪凤年间,狄公在大理丞任上,一年中判决了大量积案,涉及一万七千余人,无冤诉者,一时名声大振,成为朝野推崇备至的神断,可有其事?"

"何敢妄称神断,但无冤案倒是真的。当时,当今皇上常代先帝听百司奏事,当殿询问其故,你猜老夫怎么说?"狄仁杰明白,王德寿这样的判官根本无法理解其间的缘由,干脆直接道,"老夫陈奏,公生明,廉生威。老夫办案刚正廉明,执法不阿,必重证据,故而无冤案错案。"

"下官自任判官以来,也是从未贪赃枉法啊!"

狄仁杰捋捋美髯,侃侃而谈:"足下能如此,诚哉可贵,然作为执法者,公与廉,两不可缺。而'公'在良知,在官德,在修为。"

"愿闻其详!"

狄仁杰就提起一个人名来:"汉武之季的张汤,想来足下不会陌生?"

见王德寿点了点头,他继续说道:"张汤任御史时,自廉自律,府上清贫,他去世后,其母以牛车运送灵柩,家存钱币不足五百,有棺无椁。然则,审案不公,株连无辜;重推轻据,骂名千年。何也?无他,非公也!老夫任大理丞之际,老父严加训诫,老夫至今不敢须臾忘之。赖高宗圣明,皇后慧眼,调露年间,老夫被任侍御史,司农卿韦弘机做宿羽、高山、上阳等宫,耗资甚巨,老夫弹劾他诱帝追求奢泰,皇后从谏如流,罢其官职。多年后,老夫见到韦大人,谈及当年之事,他毫无怨言,自我检讨说,虽省俭钱缗,亦民脂民膏,铺张豪奢,罪当其罚。"

王德寿的表情渐渐地凝重了,他不知道该怎样评价狄仁杰的行为,但他感到有某种东西触动了他心底最软处,让他有了些微的不安。

在之后的日子里,王德寿借口核查罪证,时不时地来到牢房,听狄仁杰讲那些散落在陈年旧岁里的故事。狄仁杰讲这些故事当然不是无的放矢,王德寿脸上的细微变化,都引起他密切的关注。他的直觉告诉他,这个终日跟着来俊臣的判官心窗上已裂开了一道缝,阳光就从这缝隙中照进了他的心房。

这一天，他又向王德寿讲了左司郎中王立本恃恩用事，臣僚惧之，独他犯颜直谏，将之治罪的故事。之后，两人沉默了许久，狄仁杰道："老夫有一个不情之请，不知足下可变通否？"

连王德寿自己都说不清，不知什么时候他对狄仁杰的称呼都变了："大人有何吩咐，尽可告知下官。"

狄仁杰擦了擦额头的汗水道："你看老夫进来时，神都尚是春寒料峭，现今都入夏了，这衣裳装了棉絮，太热。大人能否让家人抽调棉絮，也好度夏。"

王德寿道："这事想来不难，大人想找何人？"

"犬子光远乃东宫四品侍卫，设法让他来见。"

王德寿应道："好！这事就由下官去办。不过，此事不可让来大人知道。"

两个多月来，狄光远每一天都是在牵肠挂肚中度过的，他忘不了父亲临行前严厉的目光和呵斥，若非父亲极力制止，他此刻也许也身陷牢狱了。自父亲被拘捕后，母亲就病倒了，他除了在太子身边尽职尽责，一回到府上就坐在床前安慰母亲那颗憔悴的心。

都说清明时节天垂思亲的悲泪，长寿元年的清明却是艳阳高照，这对蒙难中的狄氏家人不知意味着什么。清明过后，天气渐渐地热了，狄光远就分外牵挂父亲的换季衣裳何时能送到牢狱去。这些纷繁的事情一扰心，他做起事情来就有些魂不守舍，这又如何能够瞒得过李旦的眼睛呢？

李旦放下画笔，朝着站在殿门口的狄光远喊道："狄爱卿，狄爱卿。"一连几声，他都没有回应，李旦就提高了声音。

狄光远这才回过神来，打拱道："殿下是传微臣么？"

李旦问道："狄爱卿是有什么心事么？"

狄光远也不隐瞒："家父遭奸人陷害，正遭牢狱之灾，微臣牵念不已，故而……"

李旦摆了摆手，道："爱卿不说，我也明白，抽空去探视方为人子之道。若有不便，我去恳请陛下恩准。"

"谢殿下，臣父乃罪臣，岂敢劳动殿下？而陛下对臣父知之甚深，想来一定会恩准的。"

李旦眉宇间掠过依稀的忧伤，他为狄光远的善解人意而感动。事实上，他自己也很清楚，若是由他出面，也许会弄巧成拙。他转身对郭纬道："命詹事另遣侍卫来侍奉我，狄爱卿可回府上料理探视之事。"

但狄光远婉谢了李旦的好意，直到侍卫换了班才离开东宫。

他一进门，就看见母亲正坐在室中抹泪，心就悬到了半空："母亲，发生了何事？"

狄夫人擦了擦发红的眼睛道："推事院的差官送来了你父亲的棉衣，说让换一件夹衣去。"

"哦！母亲不必着急，待孩儿来看。"说着他从案边拿起棉衣，来回翻看，就觉着肩膀处明显比其他地方厚一些。摸一摸，似有东西藏着。

"这棉衣是何人所送？"狄光远警觉地问母亲。

"是一个二十多岁的差官，说是判官王大人差遣的。"

狄光远不禁为父亲的冒险捏了一把汗，可他旋即释然。父亲一生经历过多少沧桑，应对过多少风浪，没有把握是绝不会如此做的，便低声对母亲说道："父亲有信来了。"

"哦？"狄夫人惊异地睁大了眼睛。只见狄光远抽出随身匕首，划开棉衣肩膀处，果然藏有一片从内衣撕下的残布，起首赫然写着——

> 罪臣狄仁杰叩见吾皇陛下：
> 臣自入仕至今，蒙先帝垂爱，陛下恩宠，供职大理寺，屡断冤狱；出受宁州刺史，抚和戎落，修睦边陲；巡抚江南，严禁淫祠；豫州平叛，广张圣恩，民感陛下，山呼万岁。风雨半世，殷殷系念者，社稷矣；眷眷顾怀者，生民矣。忽遭拘捕，以刑讯之，逼臣承反。然知臣者，陛下也；爱臣者，陛下也，臣乞陛下明察……

狄夫人叹道："你父亲是要你上殿面君，呈送奏章啊！"

"孩儿明日一早就去拜见陛下。"狄光远收起奏章。

狄夫人还是有些不放心，道："你凡事须小心谨慎，万不可触怒圣颜。"

"请母亲放心，父亲安危，系于一瞬，孩儿自有分寸。"

第二天，狄光远拿了父亲的奏章，到武成殿面见皇上。武钦说皇上正和上官婉儿在里面说话，要他在墼门等候。

狄光远不会想到，武曌此时与上官婉儿所议的话题，正与推事院酿成的冤案有关。

前日朝会后，武曌在上官婉儿陪同下，到大司农寺巡察州、县春耕、春荒情势，看见一位不满十岁的小男童在院内扫地，便深感不解，就要上官婉儿上前询问。孰料那男孩不是别人，正是前任同平章事乐思晦的儿子。

上官婉儿问道："你小小年纪，不在父母身边读书，为何来此服徭役？"

男童道他已家破人亡，又听说来司农寺的就是当今皇上，立即挣脱婉儿的手，跌跌撞撞地来到武曌面前，"扑通"一声跪倒在地，哭道："请陛下为臣申冤。"

武曌详问情由，男童回道："臣乃是宰相乐思晦之子，只因家父为来俊臣陷害身死，臣母担惊受怕，撒手人寰，臣孤身一人，被没入大司农寺。"

武曌又问道："不是你父亲自供谋反么？"

男童答道："来俊臣大施酷刑，逼父亲承认谋反。"

武曌不信，问身边的婉儿和武钦。

男童又道："陛下不信臣言，可问朝臣之忠清，陛下平素所信任者，只要进了推事院，没有不承认的。"

所谓童言无忌，武曌相信小孩子不会说假话，只是她从武承嗣那里获得的消息，都是关于罪臣主动承认谋反的奏言啊。她对坐在对面的上官婉儿说道："难道承嗣他们有何事瞒着朕么？"

上官婉儿自然选择了很谨慎的措辞。爱屋及乌，她既是与武三思厮守，就不能不顾忌武承嗣的感受。何况，她已经答应了武三思相机在太后面前为武承嗣开脱。可她却无法抹去男童菜青色的、挂着泪珠的脸庞，这让她进退维谷。

"启奏陛下。"上官婉儿想了一下道，"男童所诉，也许不假。可他毕竟不满十岁，又是在陛下面前，难免言语恍惚。所谓耳听是虚，眼见为实。陛下何不差人到推事院巡察，自知分晓。"

"嗯！"武曌应了一声，"爱卿所言甚合朕意，爱卿若无碍，不妨走一走。"

上官婉儿忙答道："遵陛下旨意，微臣明日就前往推事院看个究竟。"说罢，她起身告辞。

武钦见状便对狄光远说："待咱家进去为大人通禀。"

狄光远便上前拜见上官婉儿。

上官婉儿问："大人不在太子东宫，来此是有事么？"

"末将是有事要禀奏陛下。"见狄光远闪烁其词，上官婉儿不由得叹息人与人之间心的距离，便不再问了。不过，她知道狄仁杰被押在推事院已有两个月，狄光远进宫必是与这件事情有关。

这时，从身后传来武钦的声音："陛下有旨，狄光远觐见。"

狄光远一进武成殿，就跪在武曌面前道："微臣参见吾皇，万岁万万岁。"

武曌要他平身说话,他却依旧额头贴地道:"家父性命危矣,请陛下救臣父脱难。"

"有何话站起来再说。"

"家父从狱中捎来奏章,陛下一观便知。"

"哦!又是一件从嫌犯手中来的。"武曌接过奏章,大略阅过一遍,与男童所诉毫无二致,便不得不倍加注意了。

命武钦收起奏章后,武曌问道:"牢狱栅门,你是如何得到奏章的?"

狄光远回答:"天热,家父要换夹衣,于是,将奏章夹在棉絮里带出。"

武曌看了一眼狄光远道:"你且下去,朕今日就遣人前往推事院巡察,若事情属实,定会有所甄别。"

狄光远一退出大殿,武曌的脸色就很难看了。即便是嫌犯,也该有换洗衣裳啊,这不是损朕的恩德么?她立即传来张尚宫,要她告诉上官婉儿去推事院时,专门查一查嫌犯衣着境况。

上官婉儿一回到住处,就看见了武三思的身影,便问:"王爷为何来了?"

武三思回道:"进宫有事,就来看看姑娘。"

"怕是无事不登三宝殿吧!"

"还是姑娘聪明。"武三思说着,跟上官婉儿进了室内。

他先搂着吻了一口,却被上官婉儿推开道:"一大早,外面有人呢?说说,来此有何贵干?"

武三思收敛了笑容道:"姑娘忘了前些日子兄长托办之事吗?"

上官婉儿答道:"确有乔知之诉状,被我压下,硬是没有呈给陛下。"

武三思忙谢过婉儿,并且告诉她乔知之府上着火,他在睡梦之中被烧死在内室了。

"又是你等干的吧?你们也真胆大,竟敢在皇上眼皮底下枉法杀人,要是让……"

一句话没有说出口,她就被武三思从后面搂住:"我的姑奶奶,你能不能小声些。"

两人正说着话,就听见外面有人在问知制诰在么?一位宫娥回答,说正与梁王在里面说话呢。上官婉儿急忙推开武三思,问道:"何人在外喧哗?"及至看见是张尚宫,又问,"是陛下那里有事么?"

张尚宫看了看武三思,一副欲言又止的样子。上官婉儿见状道:"不妨事,你就直接说吧。"

张尚宫转达了武曌要她查看嫌犯换季衣着的旨意。上官婉儿忙应承了下来。

现在,屋里又只剩下两人,武三思就坐不住了,问:"皇上宣姑娘去,究竟是为何事?"

上官婉儿遂将乐思晦儿子诉状之事前后叙述一遍,末了道:"你等营私,却让皇上落骂名,大热天,你让狄仁杰着棉衣,这成何体统?"

武三思忙撇清道:"这可不关本王的事。"

上官婉儿眯着眼睛看着武三思道:"来俊臣还不是听魏王的?"

武三思这会儿心已经乱了,站起来要走,上官婉儿也不拦着,笑道:"又是去传消息的吧?你们呀,早知今日,又何必当初?"

上官婉儿猜得没有错,武三思出了门,绕过武成殿,就翻身上马朝魏王府奔去了……

无论是来俊臣还是侯思止,都十分感激武承嗣及时把武成殿的消息转告给他们。整个推事院用了整整两天时间,由狱卒带着嫌犯将狱室里里外外清扫了一遍。

魏元忠因为受刑后挪动不得,被狱卒拖到栅门之间的走廊坐着,借着从外面投进来的微光,第一眼就看见了挥着扫帚打扫的狄仁杰。狄仁杰也是第一次看见受刑的魏元忠,那遍体的伤痕,让他吃惊于酷吏的残忍。

当狄仁杰拖着扫帚从他身边走过时,魏元忠悄悄地问:"这究竟是为何?如此兴师动众,大动干戈?"

狄仁杰看了看左右,便小声道:"我料定皇上知道了这边的情况。"

"怎么会呢?谁有如此能耐,能直达天听?"

"无须多问,再过数日,便见分晓。"狄仁杰一转身,发现狱吏朝这边走来,两人就此打住。

狱吏手中捧着一件衣衫,上面盘了带子,对狄仁杰说道:"换上吧!"

狄仁杰也不拒绝,接过就穿上。据此他进一步断定,狄光远已将奏章送到了武曌那里。

三天以后,上官婉儿带了左肃政台的曹掾们来到位于丽景门的推事院。来俊臣、侯思止等早早地在大路口迎接。

远远地瞧见阵势很大的巡察队伍,来俊臣清瘦的脸上堆满了笑:"知制诰大人驾到,下官未得远迎,还请恕罪。"

上官婉儿下了车子便说道:"本官今日奉陛下旨意,前来查看牢狱,还望大人如实禀告。"

侯思止从旁插话道:"知制诰大人一路劳顿,还请到厅中喝杯茶,歇息片刻,卑职就与来大人一同陪大人查看狱室。"

"还是先去看看狱室吧!"上官婉儿婉拒道。

于是,来俊臣在前引路来到狱室,但见嫌犯们既未披枷,亦未戴镣,一个个纶巾腰带,衣着整齐。来俊臣解释道:"狄仁杰等下狱,臣未尝褫其巾带,寝处甚安。"

上官婉儿打量了站在走廊里的狄仁杰等人,似乎身上也没有留下什么伤痕。及至走进狱室,平日的柴草早已踪影无寻,换上了较为舒适的榻床,就连以往血污的墙壁也刷上了白粉。她从心里感叹动作好快啊!不禁有些后悔将消息传给武三思了。

看完狱室,来到前厅,来俊臣已命属下备好了茶点。上官婉儿喝了一口茶,继续问话:"皇上听说大人等以刑逼供,可有其事?"

来俊臣一脸委屈地说:"若无实据,就是下官再用刑,嫌犯们也不会承认啊!"

闻言,上官婉儿说话的声音就加重了:"陛下圣德浩瀚,即使嫌犯亦多所体恤,两位大人办案以来,甚有建树。然则,还请深谙圣意,万不可做违律之事。"

来俊臣与侯思止频频点头:"臣等不敢妄为,还请大人禀奏陛下,臣忠于大周,天日可鉴。"

"本官当然会如实向陛下奏禀这里发生的一切,两位大人就好自为之吧!"接着,上官婉儿就又问起狄仁杰和魏元忠的情况。在她的印象中,狄仁杰素以干练、多智而颇受皇上青睐;而魏元忠本身就是御史中丞,当属冬官尚书的辅助,对于大周律令熟稔在胸。说这两个人谋反,真是疑窦重重。

来俊臣察言观色,立即明白了这不是上官婉儿的意思,必是皇上分外重视此案。他当然明白,自狄仁杰入狱以来,虽不曾遭受重刑,但魏元忠遍体鳞伤是掩盖不住的,一旦让他出狱,最终倒霉的是自己。因此,他前两天就以狄仁杰的名义写了一份谢死书。不仅对所犯罪行供认不讳,而且甘愿伏诛。

"果真是狄仁杰所写么?"上官婉儿手捧谢死书,满目的狐疑。

来俊臣忙解释道:"狄仁杰性格,想必姑娘也有所闻,他若是不愿意写,虽施酷刑也是无用。"

上官婉儿想想也是,再看笔迹,确与狄仁杰类似:"好!两位大人就静待皇上的旨意吧！"

上官婉儿的这一趟推事院之行，让来俊臣心里没了底。他猜不透皇上的心思，心情就像这雨前的神都，雾蒙蒙的。

回到院中，两人沉默对望许久，侯思止问道："大人今天怎么了？不是说好谢死书由魏王转呈皇上么？为何又给了知制诰？"

来俊臣叹了一口气道："不是话赶到一处了么？谁知她会忽然提起狄仁杰呢？本官近两天反复思虑，皇上如何对这里的一切知道得这样详细，为何不差魏王来，却遣了知制诰来？"

"假谢死书一旦被识破，我等就是欺君之罪啊！"侯思止有些害怕。

"事到如今，也只能且行且看吧？"

"依下官之见，不如将那老贼……"说话间，侯思止做了个抹脖子的手势。

来俊臣连连摆手："祸积忽微，我等已错失一局，再不能因小失大。狄仁杰是何等人物？他向来受到皇上垂爱。皇上没有遣魏王来，本就蹊跷，他再死在狱中，必然引起皇上疑虑。"

外面起了风，如雪的柳絮纷纷扬扬地从窗前飞过，白茫茫一片……

武承嗣跪在武曌面前，口中嗫嚅道："陛下，臣……"

武曌厉声道："你不要再说了，身为亲王，本该遵法表率，你却为了一个婢女而杀了朝廷命官，如此胸怀，岂能成大事？"

武承嗣一头雾水，武三思明明告诉他，乔知之的上书被上官婉儿抽掉了，事情是从何处败露的？他根本不会想到，他本人就是"告密"者。

乔知之虽为一介补阙，但对朝廷的人事布局看得很清。他对春燕并非图一时之快，而是出于真诚的爱。自从春燕被武承嗣以教授姬人妆梳"借"入府中，他就知道自己已经失去了春燕。果然，不久就传来春燕投井自尽的消息，他痛不欲生，喝得酩酊大醉，反复吟咏两人最后一次私会时写给她的诗句：

意气雄豪非分理，骄矜势力横相干。
辞君去君终不忍，徒劳掩袂伤铅粉。

他不甘心一棵含珠带露的玫瑰被摧折，即便玉碎，他也要上书朝廷，控告武承嗣草菅人命的罪行。在草成上书之后，他担心武承嗣的爪牙遍布宫中,上书无法顺利地到武曌手中。于是,他将上书又抄写了两份,一份投往北阙,一份投进"铜匦",一份缝进自己的衣襟。

在大火炙烤他的时候,他庆幸于自己已有准备。

现在,这两份上书都已到了武曌手中。上书的日期,正是王庆之闹着要她立武承嗣为太子的那些日子。武曌很感佩狄仁杰的见事之明,也为自己未改立国嗣而庆幸。

武承嗣悄悄用余光看了一眼武曌说道:"都是臣一时糊涂,贪恋女色,才酿成如此后果,请皇上赐臣死罪。"

武曌看了看武承嗣,不由得为武门子弟不争气而叹息:"你父亲目光短浅,才招流放。本期望贺兰敏之能撑起门户,孰料他淫性不改,朕自当清理门户。如今,你又……朕命你自今日起闭门思过一月,未经朕恩准,不必再到署中。孟子曰,贤者以其昭昭使人昭昭。你今以己昏昏,岂能使人昭昭,退下吧!"

武承嗣连忙叩首谢恩,正要告退,就见武钦、上官婉儿走了进来。

上官婉儿先呈上代皇上分拣过的奏章,然后说道:"微臣从推事院回来,特来向陛下复旨。"

武曌脸色阴沉地看了看武承嗣道:"你先不要急着走,听听推事院那边的事。"

武承嗣听得出,姑母的恼怒已经过去,而且上官婉儿所说之事,也是他最关心的。

上官婉儿将牢狱所见一一禀奏之后,见武曌满意地点了点头道:"看来这个来俊臣还真是办事周密有致。"遂将话题转到狄仁杰身上来。

武承嗣心中自然十分清楚,自己的消息没有白送。

上官婉儿又道:"狄大人衣衫整洁,气色尚好。不过,据来大人说,狄大人自承反后,就向皇上写了'谢死书',甘愿伏诛。"

"哦!有这等事?呈上来。"武曌接过绢帛,果然乃狄仁杰手笔,字体严谨,章法工整,遣词真诚,自语道,"这个狄仁杰,前日上书辩冤,现今又求速死,究竟在想些什么?"

这一层上官婉儿当时的确没有想到,经武曌一提示,也颇感奇怪。

此时,武承嗣却在一旁道:"鸟之将死,其鸣也哀。他将死之人,企图做最后一搏,也属常理。求而无望,但盼速死,亦不奇怪。请陛下择定刑期,将反贼狄仁杰、裴行本、任知古、魏元忠斩首。"

"没让你说话。"武曌瞪了武承嗣一眼，转过脸对上官婉儿道，"依你之见呢？"

"微臣原也没有想那么多。经陛下提示，亦觉不解之处甚多。"

"你断定这'谢死书'出自狄仁杰之手？"

"来大人亲口对微臣所言。"

武曌沉思片刻后道："这也不难，来人！"

武钦应声进来，武曌下令道："速带人快马前往推事院，提嫌犯狄仁杰来武成殿回话。"

武承嗣一听就急了，上前阻拦道："何劳公公？就由臣命人去提，岂不快捷。"

闻言，武曌的眉毛就横了，大声斥责道："要你闭门思过，明白么？"

武钦见皇上发怒，忙带着禁卫直奔丽景门。

半个时辰后，估摸武钦差不多快到了，武曌这才回转身来，厉声要武承嗣退下。

一个时辰后，狄仁杰已经跪倒在武曌面前了："罪臣狄仁杰参见吾皇，万岁万万岁！"

武曌眼睛冰冷地掠过狄仁杰的额头："狄仁杰！你可知罪？"

"微臣不知，还请陛下明示。"

武曌冷笑一声道："承认谋反'狱辞'在此，还敢说无罪么？"

"启奏陛下，微臣深受皇恩，纵肝脑涂地，无以回报，何敢徒生异心，反叛朝廷？其二，臣乃一介书生，手无寸兵，如何反叛？其三，臣父子三代皆朝廷忠贞之士，无由反叛。"

"既无叛心，为何承认谋反？"

"启奏陛下，臣若不承认谋反，则已死于拷掠也。御史中丞魏元忠不承认谋反，被施以酷刑，遍体鳞伤，至今犹不能动。知制诰前几日查看牢狱，当有所见。"

听狄仁杰如此说，武曌想起乐思晦之子的哭诉，两相对照，当是实言。但她仍然不能理解，既然上书为自己辩冤，为何又表奏谢死？

狄仁杰很吃惊地睁大眼睛："微臣不曾表奏谢死啊！"

武曌对上官婉儿道："拿给他看。"

狄仁杰将表奏来回看了几遍，由衷地感叹道："世上竟有如此奇人，模仿微臣笔迹几于乱真，实属难得。"但他接下来就笑了，"不过模仿终究是模仿，乱真毕竟不敌本真,请陛下将臣的上书与谢死书两相对照,自然不难看出马脚。"

武钦于是将两份文书摊开在案头,狄仁杰一眼就看出谢死书的漏洞来:"请陛下细观,别的不说,就臣狄仁杰这三个字,与臣奏章中之书写习惯就不相同。陛下再看,臣的字偏于欧阳公,重于恭谨。而其人之字,显然在欧阳询、褚遂良之间兼取,故而虽像,却还是破绽百出。"

事情到了这个地步,一切都明了了,武曌又道:"由此观之,爱卿果真被冤了。"

"此案非臣一人之冤。任知古、裴行本、魏元忠诸位大人,迫于酷刑而承认谋反,然其忠周之心,可比伯夷、叔齐。"

武曌道:"好了!爱卿不必再回推事院,朕即刻命你回府与家人团聚。其余诸事,朕自会决断。"

风雨终于过去,狄仁杰伏地拜谢皇恩。武曌分明看见,狄仁杰的泪水滴落在地。

唉!原来男儿有泪,只在伤心处哦!武曌朝着外面喊:"来人,送狄爱卿回府。"

狄仁杰走了,但他泪水津津的样子却在武曌脑海里回旋,引出她诸多的心事。

"依你观之,朕该如何处置此案?"武曌问身边的上官婉儿。

"这……"上官婉儿拖长了声音,这件事情的确让她不好回答。在武曌身边这两年,她从皇上身上学到的不只是御臣理政之术,还无形中承继了她性格中许多东西。以至于有一次武三思与她在一起时,说她的神态与陛下像极了。闻言,她当时真有些害怕。

一方面,作为上官仪的孙女,她对狄仁杰这样的忠臣良将有着发自内心的敬仰,但同时,她又喜欢壮实而又英俊的武三思。在武曌的几个侄子中,三思在相貌上是最像武曌的。于是,她选择了反询的语气:"陛下圣明,定会做出圣裁的。"

"朕是如此谋虑的。单就此案而言,几位爱卿理当官复原职。"

"陛下是不是说,对这几个人的处置,关乎大周基业?"上官婉儿立即明白了皇上的意思。

武曌起身道:"朕以为大周初立,人心不稳,臣僚中不少人身进了大周,可心还在唐室。若是重新启用狄仁杰诸卿,承嗣与三思等也有所顾忌。但若有些臣下效仿魏元忠等口无遮拦,事无分寸,岂不乱了朝纲？"

"陛下的意思是,不追究死罪,但仍需降职使用,以震慑朝野。"上官婉儿望着年届七旬的皇上,深感上苍让武曌降生到人间,就是驾驭群臣的。就是狄仁杰这样的大贤在她手中,都不过是一颗棋子,由衷地感佩道,"陛下所虑甚周,微臣明白了。"

"你替朕拟一道诏书,贬狄仁杰为彭泽令、任知古为江夏令、魏元忠为涪陵令、崔宣礼为夷陵令……裴行本、李嗣真流放岭南。交天官署阅过,若无异议,明日朝会上宣布。"

一场涉及数名大臣的谋反案终于落了幕,可是被诬陷者遭到贬谪,诬陷者却没有被追究。朝臣们的心也还是终日悬着,担心不定什么时候,同样的厄运会降临到自己头上。因此,早朝的氛围也是万分凝重。

早朝后,武曌特意传狄仁杰到武成殿说话:"朕知道卿有不白之冤,可此案涉及人数太多,如裴行本、李嗣真者,确有反状,所谓'白沙在涅,与之俱黑',爱卿既有染,朕就得给朝野一个交代。故贬彭泽,情非得已。"

狄仁杰拜倒在地道:"臣铭感陛下不杀之恩。官有大小而责无巨细。彭泽虽一小县,然臣不敢略有懈怠,必竭力尽忠,以报君恩。"

一番话说得武曌心头潮热,眼睛湿润了,她上前抚着狄仁杰的肩膀叮嘱道:"此去多则两年,少则一年半载,朕定当调卿回京。"

武曌一直看着狄仁杰的背影消失在视野之中,才收回目光。她这一生中斩杀朝臣不计其数,贬谪朝臣数不胜数,但从来没有谁像狄仁杰这样牵动着她的心绪。

朝政仍需一刻不停地运转。一批人走了,自然另有一批人来填充空白。朝廷相继任命司刑卿、检校陕州刺史李游道为冬官尚书,主持宫廷修建,以秋官尚书袁智弘为同平章事,以夏官侍郎李昭德为凤阁侍郎,检校天官侍郎姚璹为文昌右丞、检校地官侍郎李元素为文昌右丞,与司宾卿崔神基并同平章事。

说起来,李游道也是法吏世家,他的父亲李叔慎就做过刑部侍郎。可一想到左肃政台那批武承嗣擢拔的酷吏,他就觉得这冬官尚书做起来十分棘手。他是在长寿元年正月十四被任命的,那天,他跪在含元殿许久,直到朝臣们散去,仍然没有起来。他恳请辞去职务,仍然到陕州去做刺史,可皇上并不理会他。

还有二月任命的秋官尚书同平章事袁智弘,更是战战兢兢。那天,他走出含元殿,满腹心事地对李游道道:"公以为比之狄仁杰,你我如何?"

李游道回道:"下官不敢妄议,依下官看,狄公乃凤凰,下官乃燕雀耳。"

袁智弘叹了一口气道:"下官亦有同感。狄公若猛虎,下官乃麋鹿耳。狄公尚不能自保,为贼所陷,你我上任之日,项上人头恐怕已落了一半。"

宰相班底中,最为引人注目者乃夏官侍郎李昭德。他出身望族,其父李乾祐为贞观年间的殿中侍御史,祖母去世时,太宗还遣使到墓前吊丧。李昭德虽为妾所生,然强势干练,颇得乃父遗风。天授二年,王庆之上书改立国嗣时,他也曾劝谏武曌,不可助长此风。因此,皇上对他还是颇为欣赏的。

狄仁杰一案落幕后,他是朝臣中唯一送狄仁杰出京的高官。那一天,两人从丽景门出城,路过推事院时,李昭德问道:"大人当时就是在这里度日如年的?"

狄仁杰用马鞭指了推事院门前的岗哨道:"处官任事,全在心境。不瞒大人说,从被拘捕的那一刻起,老夫就没想能活着出去。心想生死不过一程路而已,便也心安理得了。"

李昭德自嘲道:"只要铜匦仍在,来俊臣诸人不死,说不定哪天下官也进了这牢狱。"

对于狄仁杰的为人,李昭德早从心底感佩。两人出了城,都为朝事的纷纭而忧心忡忡。

"我此番离京,陛下虽言情非得已,然一旦下去,三年五载必不能回京。虽然皇上对于酷吏任事,有所反思,然要告密之风彻息,恐非易事。我素仰大人刚直,当担当社稷重任。"

"大人所言,鞭辟入里。下官正要就此请大人赐教呢!"

狄仁杰忧心忡忡道:"想来大人也知道,我之所以入狱,全因打死拥立武承嗣的王庆之而起。可依我观之,此事还没有完结,武承嗣、武三思还会再起风浪的。眼下最要紧的是,皇上用人唯亲,武承嗣权力过大,势必有一日会凌主逼宫,大人须当警之。"

李昭德听得出狄仁杰心头的沉重,其实,他又何尝不是如此想呢?他环顾皇上新任命的袁智弘与李游道,皆胆小怕事之辈,因而就有了孤鸿的寂寞:"大人这一走,下官少了一位良师益友,心中顿感十分孤单。"

狄仁杰看着眼睛湿润的李昭德,也是感慨万千:"我虽人在天涯,然与大人心意相通,会时刻关注神都风雨的。大人务必以社稷为重,无惜此身。"

两人惜别,李昭德一直看着狄仁杰消失在阳关尽头,才姗姗回身。

不久,狄仁杰的担心和忧虑就被验证了。刚刚履职的李昭德就与武承嗣在朝会发生了担任宰相后的第一次冲突。

五月十九日朝会一开始,李昭德陈奏吐蕃酋长曷苏率部落请求内附,请武曌定夺。

武曌处理起这些事情, 向来是胸有成竹的:"尽管大周素与吐蕃修睦善邻,然其动辄犯边掠地。今曷苏来附,削敌之力,壮我军威,当善待之。"

李昭德十分赞同:"陛下圣明,微臣也以为若能善待之,并安置于大周境内,必能分化吐蕃国内之主战挑衅流,求得边陲安宁。臣以为当派遣右玉钤将军张玄遇为安抚使,将精卒二万人迎之。"

"爱卿所奏,甚合朕意。传朕旨意,诏命张玄遇为安抚使,前往宣达谕意,置其部落于莱川州,令其安居乐业,臣服朝廷。"

接下来, 冬官尚书袁智弘出列禀奏, 说当初由李昭德大人主持的文昌台、定鼎、上东诸门的改建和外郭城修建,已经竣工,请陛下前往一观。

武曌很满意地点了点头道:"李爱卿于我大周,功莫大焉。外城既修,神都固若金汤。明日不早朝,诸位爱卿就随朕前往一观吧!"

李昭德最是感动。当初要他主持修建外城,他生怕给武承嗣等人留下把柄,对下属严厉约束,自己更是行若由夷,不染一尘。今日获得皇上的赞誉,总算是值了。

接着,武曌便问:"诸位大臣,还有陈奏么?"

群臣沉默了一会儿,武承嗣捧了一块赤纹白石出列,奏说有西都长安人献瑞石,呈陛下观之。

武承嗣这一段时间很谨慎,尽管武曌没有就乔知之之死再追究下去,但他明白,立为国嗣是不可能了。他现在唯一能做的,就是尽快消除姑侄之间的阴影,扭转皇上对自己的印象。

一天,武攸暨匆匆赶来,说是有一位从长安来的商贾欲献瑞石给皇上,他用重金买回来反复把玩,觉得应了天人之交,便拿来供他鉴玩。

武承嗣将那石头捧在手上,左看右看,也看不出与其他石头有什么特别之处?但他还是惊呼道:"哎呀! 兄弟慧眼,此乃神石也。"接着便极力从颜色到纹理细细品评恭维了一番。

武攸暨不学无术,被武承嗣说得乐不可支。

武承嗣手捧白石,始终没有松手,对武攸暨道:"为兄出两倍价钱,你就卖与为兄吧!"

武攸暨先是不肯出让，后架不住武承嗣规劝，终于拿了钱乐颠颠地走了。

武承嗣深知，自从洛水边拜"宝图"后，皇上对来自天外的神石情有独钟，视其为国之祥瑞，朝之福祉。

武曌见此石圆润玉泽，晶莹透亮，特别是红色的纹理中竟然隐约可见是条龙在白云间腾跃，脸上霎时布满了喜色。

武承嗣不失时机地恭维道："微臣以为，神石之出，乃我朝盛事。请陛下与洛水'宝图'等同视之，不唯册封，还要举行盛典，中外朝贺。"

经武承嗣这样一说，大臣们纷纷附和，不仅称赞武承嗣慧眼识宝，尤其将之与大周中兴联系起来，铺排演绎，尽情想象，一时朝堂上人声鼎沸，及至后来，竟然哗啦啦地跪倒在朝堂上，山呼万岁。

李昭德为朝臣的虚伪和昏聩而悲哀，因此，当武承嗣喋喋不休地向武曌诠释神石的"色白而心赤"时，遭到了他辛辣的嘲讽："依武大人所言，此石赤心，那下官斗胆问一句，难道天下的白心石头都存有反心么？"

李昭德的话在朝堂上引起哄然大笑，武承嗣的脸顿时涨得通红，大声喊道："你等为何发笑？神石出水，我朝幸事，很好笑么？即便石心无反，但你等之中必有怀反心之人。"

臣僚们被武承嗣的气势所震慑，顿时鸦雀无声，把目光投向武曌，不知道皇上就此会做出怎样的决断。唯独李昭德没有退却，他上前一把从武承嗣手中夺过赤纹石，对着外面喊了一声"拿刀来"，于是禁卫进来奉上腰刀。李昭德举起刀对准石头，向武曌说道："臣只要一刀下去，即可见真伪。"言罢，用腰刀在石纹上来回刮削，那些涂在白石外表的红纹纷纷脱落。

李昭德看了一眼武承嗣问道："请问王爷，这该如何解释？"

"这个？本王怎么会知道此乃作弊之作？"

李昭德凛然而立，全然不把武承嗣放在眼里："启奏陛下，此石显然是别有用心之人欲取悦陛下，故而以假充真，既戏弄了王爷，又犯了欺君罔上之罪。臣请将此人发司刑寺问罪。"

武承嗣将头垂在胸前，不敢看臣僚，也不敢看武曌。

武曌坐在龙案里，脸色更是青一阵白一阵，狠狠地盯着武承嗣，心境比以往任何时候都复杂。最近接二连三发生的事情，使她对几个侄儿很失望。

这时候，冬官尚书李游道出列打圆场道："臣以为奸人献石，王爷不知，所谓不知者不罪，臣今日散朝后，就命有司拘拿嫌犯，以欺君之罪斩之。"

可谁也没有想到,武曌却对大臣们道:"虽石有假,然心无恶,且罢了吧!退朝!"

武承嗣再次从心底感谢姑母给了自己一个台阶,若是真要追究下来,李昭德定不会放过他。走出含元殿,他深深地舒了一口气。

哼!竟敢欺瞒本王,纵然皇上饶了你,本王也定要杀了你!武承嗣在心里想。走了一个狄仁杰,又来一个李昭德,武承嗣觉得,如意元年的夏天让人分外烦躁。

八月底,彭泽县令狄仁杰向李昭德发来一封书信,要他代为转呈自己提请皇上省刑罚的奏章。李昭德为狄仁杰"居江湖之远而怀其君"的胸襟所感动,打开奏章,刚看了几句,他的心潮就滔滔翻卷了——

彭泽县令臣狄仁杰参见吾皇陛下:

夫法者,国之权衡也;若尺寸绳墨、规矩衡石、斗斛量角。所以决疑而明是非,百姓所悬命也。悬衡而知平,设规而知圆,万全之道也。

今既革命,民心思定,宜省刑尚宽。曩者李斯相秦,用刻薄变诈以屠诸侯,不知易之以宽和,卒至土崩,此不知变之祸也;汉高祖定天下,陆贾、叔孙通说之以礼义,传世十二,此知变之善也。

自文明草昧,天地屯蒙,三叔流言,目无纲纪,豫州兵祸,生灵涂炭,故不设钩距,无以顺天应人;四凶拘难,扬州遭劫,人心浮动,故不切刑名,不可摧奸息暴。故设神器,开告端,曲直之影必呈,包藏之心尽露。奸佞尽处,四海偃然,然则,急趋无善迹,促柱少和声,伏愿陛下览秦汉得失,考时事之宜,审糟粕之可遗,顿艰险之锋芒,使天下苍生坦然大悦,岂不乐哉。

李昭德心中积蓄许久的话,都被狄仁杰这淋漓酣畅的文字点透了。他卷起奏章,南望云天,由衷地感喟道:"国有怀英,中天一柱;民有怀英,民之安乐。"

狄仁杰奏疏中所列,正是周初政之弊端,它积之于显庆年间,而终于在此刻暴露出,与当今上下思定的祈愿相去甚远。如果不决然切除,总有一天会有社稷倾覆之危。李昭德相信,狄仁杰这道奏疏,如惊雷横田,如醍醐灌顶,一定能引起皇上的深思。狄公远在江南,尚胸怀社稷,我如何能毫无作为,他意气风发地喊道:"来人!"

值守的丫鬟进来,李昭德兴冲冲说道:"润笔研墨,本官要上书……"

第二十二章

旗猎猎大军西去　雪哀哀二妃香消

这一夜,李昭德几乎无眠。起草完奏疏,他便将自己的文字与狄仁杰的文字两相对照,一个谏言省刑罚,一个提请慎用人,相得益彰,珠联璧合。他兴冲冲地招呼丫鬟服侍洗漱,掬一捧清亮的水敷在额头,顿时觉得爽快了许多,思路在这一刻也变得更加清晰。昨夜的冲动也渐渐消退,手中的绢巾就停留在空中了。

狄仁杰的遭遇就是一面镜子。世间的许多事情,往往欲速则不达,他不能再重蹈狄仁杰、魏元忠的命运了, 他必须选择一个适当的时机密奏给皇上,而不是在公开场合与武承嗣他们对垒。李昭德重新回到书房,将两份奏章藏好,才上车奔含元殿去了。

就在他等待时机的日子里,四月以来新组的宰相班底中,李游道、王璿、袁智弘、崔神基等被以谋反罪论处,流放岭南。

告发他们的是一个叫作王弘义的侍御史, 早年因为告密曾被授为游击将军。据说他审讯嫌犯时,喜欢选择狭小的房间,地上铺满蒿草,在蒿子上面铺一层毡褥,嫌犯被熏得透不过气来,就会招供,或者牵出他人。袁智弘就是在酷刑下把王璿、李游道等人指为同犯的。

案发以后,李昭德惊出一身冷汗,他自己也说不清,为什么这次自己倒侥幸置身事外了。也许是因为皇上近来在各种场合不断褒扬他的缘故。

机会终于来了。八月二十四日的早晨,武曌起床盥洗之后,由宫娥服侍着梳妆。铜镜里映出她六十八岁的面孔,虽不及前几年那样丰满,但宫廷御医们精湛的驻颜术,还是让她看上去比实际年龄年轻了许多,加之敷粉描眉之后,整个人顿时光彩照人。

"朕还不老吧？"武曌问站在一旁的张尚宫。

张尚宫忙回道："陛下寿春永在，风华依旧。"

武曌很开心地笑了，这一笑不要紧，在她身后的张尚宫就有了新的发现。原来皇上前些日子脱落的几颗牙齿处竟然长出了新牙，洁白而润泽。张尚宫"哦"的一声，转过身就跪在武曌面前道："恭喜陛下，贺喜陛下。"

武曌收回笑容问道："一大早，喜从何来？"

张尚宫大声道："陛下的落齿更生了！"

"啊！真的么？"张尚宫要宫娥拿来铜镜，捧在武曌面前，当她看到了那白色的米粒一样刚刚露头的新牙后，自己也惊呆了。

"落齿新生，乃陛下返真还童之象，亦国家振兴之兆。"武钦说得武曌心花怒放，忙传来上官婉儿，要她拟一道敕命，重阳节那天，于则天楼大宴群臣，大赦天下，宣布改元。

重阳节这天天气格外好，秋高气爽，则天楼耸立在蓝天之下。

不管李昭德在内心怎样认为此事有些小题大做，但他表面上也满面欢喜，与皇上一起分享那个朝野欢庆的时刻。

武承嗣人瘦了不少，似乎比往日沉稳了。跟在武曌的身后，他发现姑母明显老了，早年挺直的腰身如今已经有了略略的佝偻，这对他来说无疑是很沉重的现实。他主动地与李昭德打招呼，李昭德回了武承嗣一个笑道："每日朝上、朝下、署中、府上，忙忙碌碌。"

"大人可知道王璿、李游道谋反案？"武承嗣的意思是，你李大人老奸巨猾，竟然没有被牵涉进去。

这样的话，李昭德怎么会听不出来呢？但他觉得，在这样的时刻，这样的场合，任何尖锐的辞藻都会给人留下好斗的印象，于是他回道："下官有今日，多谢武大人百般关照，等哪一日有机会，定当报答。"

话里话外的讽刺意味，武承嗣是听出来了，却是找不到一点破绽，只回道："应该！应该！"

在这次庆典上，朝廷不仅宣布采用新的纪元，而且把每年的九月定为社日，就从今年重阳节开始，颁布了改元、大赦的诏书后，便开始社祭。

佛事是长寿元年社祭的主要活动。武承嗣发现皇上没有选择白马寺，而是去了龙门寺。而且，与上次祭洛水，受宝图和改唐为周、称帝不同，薛怀义也没有率领众僧，而只是一人参加了改元的大典。典礼一结束，他便告退了。不只是武承嗣，李昭德等一班宰相也都看到了。

龙门寺的圆觉法师早已率领寺中的知事们在山门外迎接。

"南无阿弥陀佛,贫僧恭迎陛下。"圆觉法师一手持着法杖,单手行礼,

"南无阿弥陀佛!"武曌则以双手合十回之。

接下来,圆觉法师便陪同武曌到大雄宝殿进香,然后到法堂开始说法。

鹤发童颜的圆觉法师面目和蔼,雍容大度,侃侃而谈。武曌在蒲团上打坐听讲,那一句句经文都勾起她对青春年华的追忆。本来面对佛祖,该是心绪宁静的武曌此时却泪光盈盈,丹凤眼里闪回的都是红尘滚滚、命运颠簸的画面。张尚宫拿来丝绢递给皇上,借以掩饰她的失态,又在她耳边道:"陛下落齿更生,乃童颜再发征兆,该高兴才是啊!"

武曌这才渐渐地笑颜复现,待圆觉法师讲完经文,她再次上前合掌感谢。武曌从武钦手中接过三卷装裱后的经文道:"此乃朕手抄《华严经》经文,在这个特别日子赠予寺院,聊表朕向佛之心。"

接下来,圆觉法师陪同武曌及其随行大臣们参观石窟造像。这许多洞窟开凿长达数十年,几乎与她一起走过了风雨历程。特别是卢舍那大佛,每次看都让武曌心情不能平静。这一回更是感喟万千,在梵文中,卢舍那佛是"光明遍照"之意,又作"净满"之意,这正应了"曌"的含义。回顾自己称帝的经历,就对佛的情缘又深了一层。

武曌转身吩咐武承嗣道:"传朕旨意,明日即遣司礼寺官员为龙门寺、白马寺和东魏国寺僧众广送布施。"

"遵旨。"武承嗣忙回答。

臣僚们纷纷称道她日理万机,尚能俯仰天地,真乃神明之君,大周圣皇。武曌欣然领受,并不作谦。她相信,伴随着这口新牙,她的生命将会出现第二次春色烂漫。

她临坡而站,俯视山下,神都洛阳,广厦联署,宫观盘郁,则天楼如卓尔鹤姿,傲然耸立,岚浮翠绕。当她伸开两只胳臂拥抱它时,万里江山都在她的怀抱中了……

就在武曌心境最愉快的日子,李昭德来嘉豫殿拜见她了。

罢君臣礼数,李昭德启奏,说彭泽令狄仁杰有奏章来了。

武曌因为心境不错,加上本来对狄仁杰外放就心存惋惜,如今听说有奏章到了,立刻眉宇大展道:"这个狄怀英倒是有心之人,还惦记着朕。"从武钦手中接过奏章,武曌细细读着,刚才轻松的表情渐渐凝重起来,及至放下奏章,抬头看了看李昭德问道:"爱卿如何看待怀英这道奏章?"

"狄大人不以位卑而忘忧国,其心如日月,磊落光明,其言若警钟长鸣,金声玉振。"

武曌没有回应,却只一个"哦"字,还提高了尾音。

"微臣很惭愧,身为朝廷重臣,却无狄大人敢言直谏的气概。不过,微臣也有几句心里话想对陛下说,都写在奏章上面了。"说着,李昭德双手将奏章举过头顶,递到武钦手中。

武曌又"哦"了一声,待阅罢奏章再度抬起头来时,语气中就含了少有的平静和嗔怪:"爱卿与朕有何话不能当面说,还要写成奏章,岂非君臣隔心?"

李昭德闻言,脸上就有些发热,忙道:"微臣惭愧。"

武曌看了一眼武钦,他就知道皇上有话要单独与宰相说,于是就带着一干宫娥退到了殿外。

"有话你就直接说吧,朕可不愿意你藏着掖着。"

李昭德所有的顾虑都被武曌这番话打消了,但他还是给自己留了一条后路:"陛下恕臣无罪,臣才敢放胆说。"

"朕恕你无罪!"

李昭德这才整了整衣冠,近前一步道:"臣斗胆以为,魏王权太重。"

"他不是朕的侄子么,事就委托他办得多些。"

"臣敢问陛下,侄之于姑,与子之于父何如?"见皇上没有回答,他知道触到了武曌的最敏感处,"子弑父篡国者不绝于史。南朝刘宋之刘劭,元嘉三十年,与其弟刘浚率兵夜闯宫弑父篡位;隋炀帝杨广,于文帝弥留之际囚之僻室,病饿而亡。子犹如此,况侄乎?"

李昭德打量着武曌的表情,发现她听得很专注,就知道她上心了,便继续道:"今魏王既为陛下之侄,又为亲王,又为宰相,权侔人主,如此下去,臣恐陛下不得久安于天位矣。"

"咦!"武曌感叹一声,没有下文。显然,李昭德的话触碰到了她心底的隐秘。他所列举之事,远者不过三百年,近者不过数十年,仿佛一块巨石投进水波不兴的湖面,顿时浪花飞溅,涟漪不绝。

"不瞒爱卿说,这些事情朕真的从未思量过。"

李昭德脸上充满着忧虑和诚恳:"陛下千年,社稷百代,不可不思啊!"

"此话到此为止,只你我君臣知之即可。"

"谢陛下听完臣的陈奏,臣告辞了。"

李昭德正欲转身,却不料武曌又道:"爱卿留步,朕还有话说。朕近来接到西州都督唐休璟朝报,请求收复前被吐蕃所侵之龟兹、于阗、疏勒、碎叶四镇。朕亦觉得此时正是收复失土,振我大周国威之良机。只是不知哪位将军可担重任,爱卿久在夏官署,可否举荐一二?"

这一回轮到李昭德感叹了。原来皇上的眼睛一刻也没有离开过边境,她的心时刻牵系着边陲的安危。

"唐休璟数十年来两任西州都督,久在边陲,实属难得,臣乞陛下予以褒扬。此既为夏官署职责,亦体现陛下爱军之恩泽。至于举荐挂帅之人,眼下就有一人可担大任。"

"谁?"

"臣所举之人,乃右鹰扬卫将军王孝杰。"

"这个人朕知道,近来新任夏官侍郎、同平章事娄师德也向朕举荐过其人。仪凤二年,他曾随中书令李敬玄西击吐蕃,结果大败。与工部尚书刘审礼同被吐蕃赞普俘获,流落多年,才回到京城的。"

武曌所提到的娄师德,是李昭德任凤阁侍郎后进入夏官署的,永徽年间以进士入仕。高宗在位时,从县尉做起,累迁监察御史,上元年间,朝廷招募"猛士"以击吐蕃,他以文官应召,很快成为兵部瞩目的新星,尤其在保障军需和营田方面颇有建树。他一上任就举荐王孝杰,这让李昭德很欣慰。

"臣在夏官署供职多年,常闻王将军凭栏长啸,为不能复当年被俘之仇而遗憾。近年来,他率部演练,夜而枕戈待旦,晨而闻鸡起舞,可谓兵精将良,他若出兵,定会大获全胜的。"

武曌皱了皱眉头道:"此朕称帝后,第一次收复四镇大战,于外,要震慑四夷;于内,要振作朝纲,只可胜而不可败。利害关系,爱卿自是不难明白。王孝杰……"

李昭德自信道:"兵法云:知己知彼,百战不殆。微臣举荐王将军,不唯当下兵势甚旺,更在于他当年被吐蕃赞普俘获后,吐蕃王以'貌类其父'而厚待之,故而,吐蕃虚实,他知之甚详,定能稳操胜券。"

话说到这儿,武曌也觉得以王孝杰挂帅最为合适,于是同意了:"就依卿所奏,明日朝会就命其出征。"

第二天朝会上,武曌任命王孝杰为武威军总管,与武卫大将军阿史那忠节一起,率军进击吐蕃。与此同时,以文昌左相、同凤阁鸾台三品武承嗣为特进,以纳言武攸宁为冬官尚书,以夏官尚书、同平章事杨执柔为地官尚书,并罢政事。而以秋官侍郎崔元综为鸾台侍郎,夏官侍郎李昭德为凤阁侍郎,检校天官侍郎姚璹为文昌左丞,以检校地官侍郎李元素为文昌右丞。

对于这个任命,最感欣慰的还是李昭德,这倒不是因为他由夏官侍郎擢拔为凤阁侍郎,而是因为武曌听进去了狄仁杰与自己的谏言。只不过皇上处理起这些事情来更加不露声色,名义上给武承嗣加了特进,实际上使其权力更加虚了,对武攸宁则直接降职使用。论起为人来,武攸宁要比武承嗣好许多,惜乎其才能平平,实在不堪大用。

"众位爱卿!"等武钦宣读完皇上的诏书,武曌站起来,宽大的衣袖在空中划出一个弧形,"西州四镇皆我大周国土,然近年来,吐蕃以为大周鞭长莫及之故,日益蚕食,致我四镇相继落入贼手。朕今欲发征伐之师,收复国土,保境安民。王总管……"

王孝杰出列答道:"臣在!"

"朕要为将军于神都城外举行出师大典。朕望大军此去,横扫吐蕃,收我失地,壮我国威。"

大臣们被武曌雄视八荒的气概深深地感染了,跟着喊道:"收我失地,壮我国威。"

王孝杰也感染得激情澎湃,上前双手作揖道:"臣定不负陛下厚望,用吐蕃人的血濯洗四镇陷落的耻辱。"

走出含元殿,王孝杰从置于殿门口的剑架上拿起宝剑佩在腰间,两颊仿佛饮了烈酒般的滚烫。看见李昭德过来,他迫不及待地上前拱手道:"末将忍耐多年,终于等到了这一天。感谢大人举荐。"

李昭德辞谢道:"此非下官知人,乃陛下善任之明。"

在司马道尽头,李昭德拱手与王孝杰作别:"等将军凯旋之时,只要下官还在这个位子,一定奏请陛下为你庆功。"

……

马思边草,将盼战阵。王孝杰的心此刻早已飞往天山脚下。永昌元年,皇上派遣薛怀义任新平军大总管北击突厥,这让他很困惑。薛怀义一个靠卖脂粉起家的男宠通什么兵略,知什么打仗?从内心讲,做这种徒有虚名者的副手,他难以心服。与其如此,倒不如栖身兵营,以待来日。现在,这一天来了!他倒有些心神不定,生怕自己的一点失误,辜负了陛下的期望。

九月下旬,神都的气候日渐清冷,清晨起来,洛阳周围的山川都蒙上了一层霜。从则天楼起,每隔半里地,就有一座用从香山上采来的松枝搭建的彩门,每个门边,都站着两名全副武装的府兵,一直绵延到宣辉门外。在这里,耸立着阅兵台,上面铺了猩红的地毡,四周布满了羽林卫。即将出征的府兵由司马和别驾率领,组成一个个方阵,每个方阵的四角都竖着一面"周"字大旗,旁边有一面稍小一点的旗帜,上面写了紫色的"王"字。这是武曌称帝后第一次也是唯一的誓师仪式,里里外外都散发着军旅的豪气和胆气。

上午已时二刻,武曌在李昭德、武承嗣的陪同下来到阅兵台。军阵中立刻爆发出"大周威武"的声浪,李昭德作为主管夏官署的宰相,主持了今天的誓师。太乐署的乐手们演奏了武曌亲作的《享昊天乐》十二首:

> 奠璧郊坛昭大礼,镂金拊石表虔诚。
> 始奏承云娱帝赏,复歌调露畅韶英。

一曲完毕,武曌庄严地来到后土、神州、岳镇、海渎、原川等大军将要经过的方位和山川神灵面前献"太牢",为将士们焚香祈福。武承嗣宣读了由司礼寺起草的祭文。在祭旗之后,李昭德高声道:"请王将军接旗。"

王孝杰一身铁色铠甲,褐色战袍,足登云靴,腰佩宝剑,铿锵有力地登上阅兵台,先向诸神焚香,然后向陛下行军礼。当王孝杰双手作揖,向武曌行注目礼时,武承嗣在皇上耳边悄声道:"他怎么如此无礼,见了皇上也不下拜?"

武曌瞪了一眼武承嗣道:"你孤陋寡闻,岂不闻军中不行跪礼的规制?"

武承嗣脸上掠过些许尴尬,退到一旁。王孝杰来到李昭德面前,庄严地接过军旗,面对皇上肃立,高声宣誓:"皇命在上,臣等奉诏出征,勠力同心,誓伐吐蕃,竭忠用命,誓保大周社稷。"

"竭忠用命,誓保大周社稷。"

"竭忠用命,誓保大周社稷。"

"……"

在滚滚的声潮中,王孝杰走下阅兵台,将军旗交给掌旗官。这时候,一对士卒抬着宰杀的牲畜,绕着军阵,缓缓而行,殷红的血滴在地上。当"牺牲"来到王孝杰面前时,他从剑鞘中抽出宝剑,让鲜血染红了兵器,以示勇往直前,虽死不辞。这个过程,叫作"殉阵",含着"不用命必斩之"的意思。接下来,每一军阵前站立的别驾和司马,也都给自己的战刀淋上血迹,战鼓、金铎上也都淋了血。将士们也都热血沸腾,一个个似乎都到了战场。

李昭德见一道道礼仪完成后,便来到武曌面前请示道:"请陛下训示。"

武曌挥开左右的宫娥,从座上站起来,台上、台下立即安静下来,数万双眼睛一齐投到台上。武曌今日着一身金色软甲、粉色战袍,头戴粉色盔缨的铁盔,腰佩龙泉宝剑,一身英气。她来到检阅台前,目光自远及近地掠过面前的军阵,沉默良久,这才大声对即将奔向战场的将士们说道:"朕记得年轻时,太宗得名马曰狮子骢,性格暴烈,军营中无人驯服。朕对太宗道朕能驯服,只需铁鞭、铁挝、匕首耳。铁鞭击之不服,则以挝挝其首,又不服,则以匕首断其喉。太宗壮朕之志。今我大周雄师,负戈出征,当怀虎狼之志,挝敌之首,断敌之喉,壮我军威。朕于神都,等待大军凯旋。"

人群中又是一阵"皇上万岁"的欢呼……

武曌走下阅兵台,来到王孝杰面前道:"将军远行,朕赐御马一匹,见马当心系神都矣。"只见御马监牵来一匹深红色的军马,但见这马高头、阔胸,四蹄有力,"啾啾"昂首嘶鸣,铁蹄在地上磕出闪闪的火花。

武曌又道:"此马乃朕登基时,突厥王所赠,今朕赐予将军,请将军勿负朕望。"

王孝杰从御马监手中接过马缰,踩着马镫上了马,作揖道:"陛下赐马,恩同瀚海,微臣当以身赴国,请陛下在神都等待捷报。"说完,王孝杰勒转马头来到队伍面前,宝剑在空中划出一道弧光,大喊一声,"出发!"

长寿二年春节前,中原落了一场雪,洛阳城内的高低建筑,城外的大小山峰,银装素裹,分外妖娆。位于洛阳城东南方的东宫,在这样的日子,多少显得有些寂寥。武曌称帝后,李旦虽然从皇上降为国嗣,生活的境况却一如既往,他照样深居简出,从不参与朝政,也没有人过问他对当下朝政的看法。

对于他,现在是既不为月盈月亏而悲喜,也不为个人遭际而感叹,每日晨起,洗漱完毕,就开始铺开绢帛作画,而且很投入。一旦进入到丹青世界,仿佛这个世间就只有他一人存在。

走出后宫,前往庄静殿的路上,他抬头看看天,哦!落雪了。李旦伸出手接住飘飘荡荡的雪花,整个人就觉得清爽了许多。沿着打扫得干干净净的司马道一路走来,郭纬已经在殿门口等候了。他正要下拜,却被李旦上前拦住。随后他来到案头,郭纬已经把昨天没有画完的绢帛铺开了。他画的是一幅《楚天湘水图》,画面上湘水滔滔,两岸千山对出。

郭纬每日在太子身旁陪伴,看过他无数幅画,唯独对这幅湘水图看不透。他不明白,太子身在神都,何以对湘楚情有独钟。每当他就此问李旦时,得到的都只是一句很简单地回答:"大凡世间之人,诉诸丹青者,皆心源之于造化质感,或者梦中所见矣。"

呵呵！也许太子是在梦中看到楚地了吧！

李旦很庆幸郭纬没有看懂他的画,否则一不小心传出去,他一家就会招来杀身之祸。

湘水波涛、山间云霭是当年他从已故宰相阎立本那里学来的线描,很细腻,也很有气势。但在他看来,总没有将自己心中所期待的那种韵味表现出来,却苦于一时找不到新的手法。今天,他将要完成画的最后一部分,就是右下角那一方松石了。

他先勾出山石的筋骨,然后采用斧劈皴的方法,画出山峰的峻峭险拔。待半干后,用石青敷了色彩。

李旦搁下笔,退到远处,眯着眼睛看了许久,终于满意地点了点头。

郭纬问道："殿下此画题为《楚天湘水图》,何以见物不见人乎？"

李旦摸了摸下颚,就笑了:"夫画者,迁想之作也,此处虽无人物,然却是在画者的心中。所谓大象无形者是也。"

郭纬懵懂地点了点头,好像听懂了,又好像没有听懂。他少小进宫,先是跟随故太子李贤,后来被武曌安排到李旦身边。他没有读多少书,自然读不透太子的画作,便奉上一杯茶,道:"天冷,殿下暖暖手。"

人心是一口井,站在井边的人只能看到井底之水,永远看不到水下的世界。李旦表面的平静又怎么可以取代他思念儿子的焦渴呢？

他的几位皇子,除了皇太孙李成器留在东宫,其他的都封在京外。而他最喜欢的三子李隆基也远在长沙。他不知道这个年节还能不能回来与他团聚。而更揪心的还是他的母亲窦妃思子心切,几度病倒榻前。

李旦看着看着,禁不住热泪盈眶。郭纬就愈发地不解:"殿下画成,本乃喜事,为何落泪了？"

李旦没有回答,却望着窗外的雪道:"如此大的雪,也不知隆儿能否回来与我一起过年。"

话音刚落,就听见门外响起一阵急促的脚步声,接着一位窈窕女子站在了殿门外,软声细语地禀报:"启奏殿下,楚王回京了。"

"哦！如此雪天,我真还担心……"随即,李旦转身对郭纬道,"快去迎接隆儿。"之后又对那女子道,"我知道了,你退下吧。"

"遵旨！奴婢告退了。"女子低眉顺眼地悄悄打量了一下李旦,怯生生地转身离开。

李旦久久地望着殿门前那一串小巧的足迹，目光陷入迷茫。

这宫娥叫韦团儿，是几个月前上官婉儿奉武曌的口谕送到东宫来的。东宫宫娥成群，太监塞道，陛下却还把团儿送到自己身边来，显然还是对自己不放心。于是，他对韦团儿产生了一种本能的戒备，暗地里叮嘱郭纬，绝不让她走进前殿，更不容许她翻看自己的画作和文书。

之前深秋的一个夜晚，李旦在庄静殿作画到深夜，正要吩咐郭纬收拾残纸碎片，韦团儿却进来了，手中捧着一个四方托盘，上面放着一碗银耳燕窝汤，说是奉太子妃旨意前来为殿下消除疲劳的。她还向郭纬传话，说窦妃有事传他前去。

郭纬离开后，殿中就剩下李旦和韦团儿两人。她双目迷离，轻移莲步，袅袅婷婷来到李旦面前，脸颊就浮上了红晕，说话如白云般的绵软："奴婢见殿下终日郁郁寡欢，心中很不好受，若奴婢能为殿下排解惆怅，就请殿下……"说着，团儿低下头去吻李旦。

李旦自幼长在深宫庭院，每日身边美女如云，无论是在当亲王时还是在别殿当皇帝时，都曾经有过借美女排解心绪的举止，这也是皇上能给予他的最大的自由了。可面对韦团儿，他警觉了。

李旦一把推开韦团儿，对着外面喊道："来人！"

守护在外的狄光远闻声进来，李旦挥了挥手道："团儿姑娘偶感不适，你带她下去吧！"

"殿下！"韦团儿满目愤怨地回看李旦……

但李旦事后并没有向武曌陈奏此事，他不能不顾虑到陛下的感受。

经过那个夜晚，两人之间都有了一种暗中的尴尬。开始的时候，韦团儿见了李旦还有些怯生生的，但自从被武曌传进宫中问了一回话后，回来就变了，似乎此前什么事情也没有发生。她再出现在李旦身边时，坦然而又淑良，这倒让李旦心中更多了几分不安，也许是自己想得太多了吧！

"儿子拜见父亲。"李旦转身去看，九岁的李隆基英气勃勃地跪倒在自己面前。

李旦上前扶起李隆基，目光从他的额头起一点点地移动，直到他穿着虎头靴的足尖："嗯！是隆儿，是隆儿，我不是在梦中。"

一年多没见，李隆基又长高了不少，那相貌就越发地像太宗了，这是李旦最大的欣慰："如此冰天雪地，隆儿能够回到神都，甘苦我自知。"

李隆基倒没有李旦那样沉重，言道："儿子到达陕州时才开始下雪的，儿子率领卫士和别驾弃车骑马,星夜奔驰,用不了几日就回京了。"

"见过你母亲了?"

"还没有,儿子见过父亲后就去看母亲。"

说了一会儿话,李隆基拜别李旦,转身出了前殿,向后宫而来。路过殿宇之间的花坛时,远远地瞧见他的兄长李成器穿一身蓝色箭衣,正在扫开的空地上舞剑。伴随着剑花飞舞,在他的周围环绕着腾腾热气。屈指数来,兄长已经二十二岁了。

李隆基在一旁静静地看着李成器,直到他平气收势时,才上前施礼道:"见过兄长。"

"哦!弟弟回来了。"李成器将宝剑插在鞘中,递给身后的太监,一步上前就抱住了李隆基,"这一年,想煞哥哥了。"

兄弟俩携手来到后宫,从延义门进去,向左拐,就是后宫。刘妃住在袭芳殿,窦妃住在飞香殿。他们先到刘妃殿内请安,然后李成器回了自己居住的文思殿,李隆基则去见自己的母亲窦妃。

因思子而病卧榻上的窦妃看着李隆基平安归来,不由悲喜交加,久久地抱着儿子,目光一刻也不愿意离开:"隆儿,你瘦了。"

李隆基倒不像母亲那样伤感,安慰道:"少年英雄,古已有之。甘罗十二岁奉旨出使,舌战赵国庸臣;汉武十六岁执掌国柄。凡天之降大任于斯人,必先劳其筋骨。儿子乃李唐之后,岂能怠于安乐?"

窦妃吻着李隆基的额头,心中很是欣慰。唉!他的父亲太软弱了,才任武氏蹂躏宰割。但她还是提醒儿子,京城波谲云诡,变幻莫测,皇上春秋日高,性格乖戾,他须处处小心才是。

接下来的日子,李隆基每日除了向父母请安外,就是与皇兄一起舞剑论书。他发现,李成器对于龟兹乐音研读甚深,便于一个雪天邀了恒王李㧑、郑王李范、赵王李业几人来听龟兹乐音。

木炭火将文思殿烘得温暖如春,滚热的酒酿在殿内各个角落弥漫着芳香,大家听着龟兹来的几位琵琶手、五弦琴手、箫演奏手弹拨吹奏着李成器谱写的曲子,那旋律中含着一种青山远去的忧伤,浮云藏狗的苍凉,听得几位亲王心里酸酸的。

李隆基见状,举起酒杯道:"众位兄弟册封在外,难得一见,如此伤情,岂不辜负了如此美景。我在这里敬诸位兄弟一杯。"

几杯酒下肚,李成器脸热胸袒,站起来道:"我为诸位兄弟起舞助兴一番如何？"

他跳的就是龟兹舞，先是独舞，接着是几名女乐手伴着起舞，继之，李隆基等兄弟四人也都加入了进来。旋转、歌吟，让他们暂时忘却了积蓄太久的压抑，沉浸在春前的狂欢中，直至夜阑人静。

当那悠长的音乐渐渐停止时，几位兄弟才想到时间不早了，纷纷起身告辞。这时候，李隆基却说话了："年节之后，兄弟又要各回封邑。来日相期，渺若云汉，何不同榻而卧，做竟夜之谈？"

李撝就笑他太痴，何来能覆五人之棉被。

李隆基狡黠地眨了眨眼睛道："不劳各位兄弟费心，我早有所备。"说着，他对跟在身边的太监挥了挥手，只见两位太监抬过一卷棉被。李隆基吩咐展开，大家一看，果然十分宽大，足够五人同寝。李隆基又挥了挥手，见两个宫娥抬出一个大枕。李成器的眼睛顿时睁大了，这小小细节已足见李隆基处事的周密。

当夜，兄弟五人同卧一榻，彼此叙说着埋在心头许久的话，说到父亲李旦虽身为太子，却不能过问国政时，李成器潸然泪下。李隆基则愤愤不平，发誓有朝一日，要重振大唐基业。

"隔墙有耳，兄弟……"李撝忙伸手捂住了李隆基的嘴。

第二天早起，雪停了，李隆基又约几位兄弟踏雪狩猎。李成器摇了摇头说："你我兄弟，前呼后拥，弓箭在腰，难免引人疑虑，倒不如踏雪寻梅如何？"

李范附和道："王兄此议甚好。小弟知道，神都城外东魏国寺就有蜡梅开得正盛，不妨一观。"

当下弟兄五人换了棉外氅、风帽，率了侍卫出宫去了。

他们一行来到建春门前，城门司直见是李成器，忙吩咐开了城门，放下吊桥。五人正要驰过吊桥，却听见身后声音嘈杂，李隆基回头去看，见一队人马冲了过来，一边喊"闪开"，一边挥动皮鞭抽打躲避不及者。有一位旅帅的马鞭恰好打在了李成器的卫士肩头，这样一来，卫士不依了，狠狠地回了旅帅一鞭。

双方很快扭打在一起，从马上打到马下，从徒手搏击到抽出兵器对峙，眼看就要酿成大祸。李成器见状，拨转马头，对着纷乱的人群大喝一声："住手！同是大周府卫，大打出手，成何体统？"

话音刚落，就听见从不远处传来一声怒吼："何人在此喧哗？"李成器转脸去看，却是左金吾将军武懿宗，也是皇上的族侄。

武懿宗策马来到城门前,看到旅帅脸上的血印,脸顿时拉下来了:"殿下对卫士不加管束,随意出手打人,心中太没有皇上了吧?"

李成器掂量得出这话的分量,忙道:"都是我疏于约束,还请将军息怒。今日回去,定当严训。"

这话一出口,早已按捺不住的李隆基不依了,催马上前道:"吾家朝堂,干汝何事?敢迫吾骑从。"

话虽不多,却一下子噎得武懿宗半晌说不出话来。

事情最后还是以李成器道歉让步了结,李隆基就感到十分窝火,一干人霎时游兴索然,转身回了宫中。

窦妃看见儿子气呼呼地回来了,便问道:"不是与你皇兄踏雪去了么,为何如此早就回宫了?"

李隆基将马鞭递给身后的太监,一屁股坐下道:"如此忍耐,何时终了?"

听完儿子的叙说,窦妃心中很不是滋味,可她明白小不忍则乱大谋的道理,便拉着李隆基的手道:"昔越王勾践兵败吴王夫差,乃苦身焦思,置胆于坐,坐卧即仰胆,饮食亦尝胆也,儿啊!不可做匹夫之勇啊。"

"母亲,儿子是为父亲憋屈啊!"李隆基看着日渐消瘦的窦妃,眼内涌出两股热泪。

在儿子回到自己的殿中后,窦妃急忙来到袭芳殿,见刘妃正皱着眉头发愁,还没有等她说话,刘妃就开口道:"这些个孩子不懂事,我担心城门失火,殃及池鱼,皇上若因此怪罪太子殿下,那就……"

窦妃叹道:"谁说不是呢?他们只管自己痛快,怎的就不想想他们父亲的艰难呢?"

整个晚上,两个女人都提心吊胆,睡不安稳,生怕夜半府卫闯宫问罪。

这是腊月二十八发生的事情,除夕一大早,郭纬却带回一个消息,说皇上听了武懿宗的陈奏,非但没有恼怒,反而夸誉李隆基像个热血男儿。

这到底是怎么回事?连李旦也蒙了。

除夕夜,李旦偕刘妃和窦妃带着儿子们去与武曌守岁。在那里,他看到了太平公主。

太平公主对李隆基格外偏爱,拉着他来到武曌面前笑道:"哎呀呀!也就是他才敢当面顶撞懿宗表弟,陛下说是不?"

武曌抚摸着李隆基的肩膀道:"朕诸子皆雅柔有余而刚气不足,隆基脾性,颇类太宗,朕心甚慰矣。"

然而,接下来发生的事情却不仅让李旦感到无地自容,而且让东宫嫔妃都十分震惊。

长寿二年(公元693年)元旦清晨,武曌循着近年惯例,于万象神宫举行祭祀大典,却以魏王武承嗣为亚献,以梁王武三思为终献。祭祀大典上,演奏了皇上亲自制作的神宫乐,舞者达九百多人,气势较之往年更大。虽然祭祀的列祖列宗包含了武氏宗室和李氏宗室,但主祭人没有一个出自李唐宗室。

皇上做出这样的安排,连宰相一干人都不知道。李昭德悄悄打量站在祭祀班列中的李旦、刘妃、窦妃和他们的几个儿子,见他们一个个都脸色苍白,十分难看,不由得叹了口气。

几个时辰的祭祀大典,对李旦来说形同牢狱。好不容易挨到典礼结束,车驾一回到东宫,他就颓然跌倒在榻上,两眼呆呆地望着殿顶,沉默不语。

“欺人太甚,是可忍,孰不可忍!”刘妃气咻咻地说着,从身上脱下斗篷递给韦团儿。

窦妃也接着道:“即便不看太子之面,也该顾忌宗庙吧!武承嗣算什么东西,凭什么资格亚献?”

正说着话,李成器带着几个弟兄来到庄静殿,纷纷替父亲鸣不平。

李旦从榻上坐起来,挥手阻止了众人的议论:“陛下自有道理,我等愚昧,何能知之?你们各自回自己的殿中去吧,万勿再生事端。”

刘妃眼里噙着泪水道:“从皇上当到太子,到头来连祭祀宗庙的资格都没有了,殿下不觉得,这是让东宫蒙羞么?”

李隆基接着刘妃的话道:“母亲一语中的。惹急了,儿子就上嘉豫殿问个究竟。”

李旦大喝一声“罢了”,眼泪终于忍不住流了出来:“你等万不可鲁莽,若是希望我多活几天,就万万不要有违逆之举,否则,陛下追究下来……”

可平日里温雅淑静的窦妃今天却难以咽下这口气,道:“殿下也不必过于谨慎,皇上所生四子,二子死于非命,一子流放房州,唯剩殿下一子,妾就不信她还真的能将蔓上之瓜摘完。”

李旦长叹一声:“你们哪……”

午后,李旦醒来,郭纬禀告,说刚才宫中来人,传韦团儿进嘉豫殿去了。

“你说什么?”李旦一下子就紧张起来,“陛下这会儿传她进宫,绝非吉兆。”

郭纬亦觉事出蹊跷,但他还是安慰李旦道:“殿下也不必忧虑,毕竟母子连心,陛下不会因几句议论就对亲子开杀戒的。"

韦团儿手捧扎了钢针的人偶跪倒在武曌面前, 将在刘妃与窦妃殿脚发掘祝诅器物的经过叙述一遍后道:"奴婢以为, 二妃对陛下在万象神宫未召太子亚献怀恨在心,才出此毒计。"

"哼!这两个可恶的女人,恐怕是活腻了。"武曌从牙缝中挤出几个字,但她转脸面对韦团儿的时候,整个的人就平静多了,"朕知道了,你且回东宫去,一切如常,勿动声色,若是对太子稍有不恭,朕让你死无葬身之地,明白么?"

"奴婢明白。"韦团儿急忙回应,然后战战兢兢地退出去了。

正月初二,东宫沉浸在年节气氛中,一切风平浪静。李成器与李隆基等几位兄弟结伴出游时,再也没有发生建春门那样的冲突,大家从心底感谢皇上的宽怀,以为事情已经过去了。倒是两位太子妃心中不安,觉得误解了皇上。

正月初三,窦妃到袭芳殿向刘妃拜年,对她说道:"依礼,今日你我作为儿媳,该朝拜陛下才是。"

"就依妹妹。我等如此,非为别的,单为太子殿下平安无事。不过,依陛下的性格,我总觉得平静背后有蹊跷。"刘妃还是心有疑惑。

"她是当今皇上,凡事总得依律才行。"接着窦妃就向刘妃说了初二早上武钦特地传李隆基进宫的情景。武曌毫不掩饰她对李隆基的喜欢,她还拿出自己撰写的《垂拱集》抄卷赐予李隆基。

刘妃听了后道:"妹妹说得也许有道理,这不仅因为隆基这孩子长得太像太宗皇帝了, 还因为永昌元年, 陛下诏命将之过继给故孝敬皇帝李弘为子,以续香火。她不好对他怎么样,否则对朝野也不好交代。"

不管怎么说,问安拜年总是要遵循礼制的。刘妃想,也许是自己多虑了,两人遂一起来到庄静殿,跟李旦商量。

以往王妃朝拜皇上,也是常有的事情,可今天李旦却说不清楚为什么自己有了一种莫名的担心:"爱妃改日进宫亦无不可,破五去亦不违制。"

闻言,刘妃笑道:"依制,五日一请安。因为年节,错到今日,若不去,陛下降罪下来,如何了得?"

李旦没有理由再阻拦她们:"爱妃所言甚是, 不妨早去早回, 好让我放心。"

出了东宫,刘妃对窦妃道:"殿下今日神色似有些不安,想必是前日为了祭祀大典之事,韦团儿又被传进宫中问话。如今他有所犹豫,亦在情理之中,相濡以沫十数年,知夫者莫若妻,他就是这个性格,遇事胆小谨慎。"

这话若是放在过去,窦妃心中定是不乐意了。可近年来,李旦的坎坷境遇磨平了两个女人心底的芥蒂,窦妃点点头道:"姐姐说得对!妹妹听说殿下幼年时也是胆气十足,背着陛下出去斗鸡,如今凡事谨小慎微,皆因世事沧桑之故。"

刘妃深以为然。她们的话题便又由李旦延及几个儿子身上,刘妃的心情就沉重起来:"孩子们不懂事,不了解这宫中每一块砖都流着血和泪。有时候因为血气方刚,看不惯眼前世故,总会说些不得体的话来。我意今日进宫,你我姐妹要察言观色,若有变兆,尽早吩咐他们离京。"

说着话,车驾便到了嘉豫殿前,两人相携着下车步行。节日的嘉豫殿,处处洋溢着喜庆的气氛,司马道两旁挂满了宫灯,一直到殿门前。

张尚宫正在殿门外等候,看见两位王妃后忙上前见礼。

她们就这样进了宫……

嘉豫殿的殿门,在她们踏进宫殿的那一刻,缓缓地合上了。

李旦今日的心里乱纷纷的,手中的笔也不听使唤,他画的是《寒雪栖禽图》。他先用笔勾出一枝古松,添加了几丛针叶,又在右上角画了一只寒禽,孤立枝头,眺望远方,似乎是在期待乳禽归来,又似乎是在独自落寞。雪是靠大片留白渲染的,云雪飘扬,大有万象错布的感觉。郭纬在旁边看着,击节称赞殿下的画艺愈来愈精了。

然而在画禽眼时,竟然因含水太多而流墨了,好好的一只禽眼顿时成了一团黑。李旦的心一下子就乱了,回身时,衣袖竟扫落了案头的玉砚,只听"咯噔"一声,碎成两块……

李旦顿时浑身软瘫了,近乎声嘶力竭地喊道:"爱妃她们……"

朦胧间,他看见韦团儿出现在门口,却无论如何也喊不出声。

第二十三章

李太子饮恨自保　王孝杰挥师大捷

东宫太监去了小半个时辰，太医署的秦鸣鹤就来了。

郭纬引着秦太医来到庄静殿内室，但见李旦脸色苍白，秦太医忙拿了脉枕垫在他的腕下，屏住呼吸，细听脉跳。只感觉尺脉脉壁紧张度增高、脉搏张力增加而出现弦直状态，脉体弦长、绷细而紧张，且滞涩不畅。

秦鸣鹤又换了个姿势诊断，脉跳很快从指下掠过，出现振动消失的空寂感，其间缺少平稳地过渡，几乎脉搏一出现，指下感觉有如一个很小的豆状往上顶一下就过去了。他这下心中就有数了，宫中的事情本就错综复杂，加上皇上性格善变，太子殿下日子艰危啊。

郭纬迫不及待地问道："殿下究竟为何症？"

秦鸣鹤将了将银白色的胡须，缓缓道："脉象显示，殿下之病，乃遭受惊恐，又兼心气郁结，故而昏厥。臣先开几剂药，用以安神清淤，如需再诊，随时传臣进宫。"

开完方剂，郭纬命可靠的太监去尚药局抓药，自己陪着李旦，问要不要禀奏陛下知道。李旦摇了摇头，凄然泪下道："我自知病因，即便秦太医不诊脉，也是清清楚楚。"

"玉砚落地，乃物之损毁常事，殿下无须思虑太多。"

李旦叹道："二位王妃前来辞行时，我就要她们速去速回，现已这个时辰了，却不见踪影，你说……"

郭纬劝慰道："年节之际，兴许陛下高兴，留两位娘娘进膳呢。"

李旦摇了摇头："陛下从未有过此举，即便是庐陵王之韦妃，当年与陛下情笃，亦从未留在宫中用膳，何况……"

发了一会儿呆，李旦又问："成器他们兄弟呢？"

郭纬回道："他们都去玩投壶了。"

"此事先不要告诉他们。"话虽是这样说，可李旦明白，瞒得了一时，瞒不过今天。到晚上还不见他们的母亲回来，又将会发生什么，他简直不敢想。

东宫太监从尚药局回来，郭纬亲自安排细心的宫娥为李旦煎好药，并亲自侍奉服下。不一会儿李旦就进入了梦乡，他这才收拾摔碎在地上的玉砚残片。他捧起玉砚细细端详，禁不住在心底惊呼"怪哉"，裂口不偏不倚，恰好从中间断成两片，裂痕如刀切一般。他的手就不由自主地颤抖起来："唉！两位娘娘八成是回不来了。"

他将玉砚的碎片收进旁边的匣子中，回转身来到内室，看见李旦额头汗水津津，口里依稀呼唤："爱妃……爱妃……"

他擦了擦潮湿的眼角，来到外室，寂然独坐，以备李旦随时传唤。

李旦在梦中看见了刘妃和窦妃，可她们平日里清丽的面容却变得模糊不清。她们的身子很轻，脚板离开地面，似乎是在空中飘浮的片云，他隐隐约约听见她们凄婉的哭声："殿下，妾不忍离殿下而去啊！"

"殿下，妾冤枉啊！"

"殿下，你要为妾报仇雪恨啊！"

那声音忽而很遥远，忽而又很贴近，忽而有如风声，忽而有如水声。

李旦奋力追赶着她们的身影，却始终可望而不可即。他使劲高呼："爱妃，我来救你……"不知她们是否听见了他的呼唤，却始终停不住脚步。

李旦追着两位王妃到了一座殿宇前，那殿宇周围黑云涌动，阴风簌簌，她们双双进了殿宇，忽然从殿宇的上空喷出一股鲜血，顿时染红了半边天。李旦置身于血色的云霓中间，被风裹着，怎么也冲不出去，他大声喊道："陛下救我……"

郭纬听到李旦梦中大喊，急忙来到内室，只见太子的双手压在胸前，口中呓语不断。他忙上前轻轻挪开他的双臂，李旦一激灵，醒来了，奋力将郭纬推到一边，惊恐地问道："你是何人，为何要加害我？"

郭纬大惊失色，从地上爬起来来到李旦榻前道："殿下，臣是郭纬啊！"

李旦睁开迷离的双眸，发现跪在面前的确是日夜陪伴他的太监，心绪才稍稍安定了些，问："两位爱妃还没有回来么？"

郭纬摇了摇头，李旦无力地靠在榻上，眼望殿外纷纷扬扬、越下越大的雪，口中讷讷自语道："爱妃定是遭遇不测了。"

　　李旦又问几位王子可否回来，郭纬禀告，说午后他们与侍卫狄光远一起在后花园冒雪练剑，这会儿应该是各回殿中去了。

　　"速传狄爱卿来见。"李旦下令。

　　郭纬出得庄静殿，就看见狄光远一人正站在殿外不远处的雪中，他紧走两步上前道："狄将军，殿下传你进殿。"

　　狄光远手按剑柄，来到郭纬身边问道："看公公神色慌乱，究竟发生了什么事情？"

　　郭纬长叹了一声："唉！刘妃与窦妃进宫朝拜皇上，眼看天色已晚，仍不见踪影，殿下牵挂不已，恐生事变，故而要咱家传将军商议对策。"

　　狄光远的心就"呼啦"一下悬在了半空，清晨他到东宫巡察时，曾看见两辆车驾出了东宫，后面跟了一群宫娥、太监，却不承想是两位王妃。

　　进了庄静殿，狄光远惊异地发现，这才半日没见，太子竟像换了个人，精神疲惫，双眸浮肿。看见狄光远进来，李旦挥手免去了参拜之礼，直截了当地说道："自今夜起，爱卿就不必回府上了，率领宫中禁卫小心巡察，直至王子们离京回到封邑。"

　　"请殿下放心，有臣在，贼人休想近得东宫半步。"狄光远话锋一转又道，"微臣听闻两位王妃进宫面圣，至今未归。微臣清早看见有宫娥、太监伴随王妃进宫，传他们来问话，也许有助于弄清情由。"

　　狄光远一番话让郭纬顿开茅塞，当下传来王妃身边的两位尚宫问话。她们不约而同地回答，说到了嘉豫殿前，王妃吩咐让她们在外等候，孰料她们等了半日却不见娘娘踪影，便到殿门口去问，值守的太监说两位王妃早就离开多时。她们回到东宫一直等待娘娘归来，因此没有及时禀奏太子殿下。

　　郭纬脸拉得老长，责备两位尚宫为何不早说。

　　李旦已经没有心思再去斥责尚宫们了，他有一种预感，刘妃与窦妃已不在人世，他的心一阵阵绞痛。她们曾陪伴他度过了一个个艰难的时刻，忍受了常人无法忍受的屈辱。多少次，他为自己的尴尬地位而心灰意冷，甚至曾经萌发过绝世之念，是刘妃苦口婆心地殷殷劝慰，一次又一次抚平他心头的创伤；有多少次，他连眼下这个太子也不想再做，欲向皇上上书辞让，都被窦妃劝阻，说他如此会留下以身胁迫的把柄。也许，当初她们来到自己身边时，只求获得一份皇家的宠爱，可风雨人世却把他和她们结为了同沉浮、共悲欢的心灵知己。可现在，她们就这样无声无息地走了。李旦终于无法忍受久抑的沉郁，仰面捶胸，号啕大哭："爱妃，是我害了你们。二妃已去，我安能苟活于世？"李旦扑下榻床，朝着殿中央的梁柱撞去。

狄光远飞步上前，从后面抱住李旦劝道："二妃虽去，王子尚在，殿下岂可毁于一念而留下千古遗恨？"

郭纬"扑通"一声跪倒在地，哭道："为李氏宗庙计，请殿下珍惜！"

李旦颓然跌坐在地道："身为太子，无力呵护至亲，何谓太子？"

狄光远扶起李旦回榻道："于今之计，是要呵护诸位王子不被伤害，还请殿下慎思对策。"

"我心乱如麻，茫然无计，依二卿观之，此事该如何了结？"

郭纬起身，到殿门口看了看，回来掩上门道："依臣观之，诸位王爷留在京城，百害而无一利。"

狄光远暗示郭纬到殿门外守着，他沉吟须臾后道："微臣以为今夜子时密召诸位王爷陈明利害，遣他们早早离京。为防止皇上生疑，不可以一次离京，应错开时间，如此，既合于朝制，又不违人情。"

"事到如今，也只能如此了。"李旦点了点头。

郭纬站在大雪纷纷的殿前，不一会儿足尖就被雪覆盖，冻得生疼，脊梁也冰冷冰冷的，身子缩成一团，却是不敢有丝毫的懈怠。宫里上灯时分，韦团儿端着一个方盘，上面盛着酒菜，从延义门出来，朝这边来了。他立即睁大了眼睛，瞅着她袅袅婷婷的样子。

隔着几步远，韦团儿向郭纬打着招呼："天寒地冻的，公公不在殿里侍奉殿下，却站在雪地里发呆。"

郭纬做了一个安静的手势，小声道："殿下刚刚睡着，你轻点。"

"现在又不是夜间，殿下睡什么觉？奴婢感念殿下天冷作画，温了一壶酒，御膳房做了上好的小菜，给殿下暖暖身子。"韦团儿欲绕过郭纬。

郭纬伸开双臂拦住道："殿下作画疲累，刚刚睡着。你去了，若是殿下怪罪下来，无论是咱家还是姑娘都难以收场，你就交给咱家吧！"

韦团儿无奈，只好说道："如此不劳公公了，奴婢夜间值守，殿下何时饿了，传唤一声，奴婢送进去就是。"言罢，她转身便走了。

"哼！"韦团儿进了延义门，回看一眼风雪中的郭纬，嘴角露出得意的笑，"蠢材，岂能知道这一切皆是我所为呢？"

郭纬的心思当然没有因为韦团儿的离去而停歇，他猜想韦团儿此来定是已经获悉二位王妃进宫不归的消息，想探个究竟。待她走远后，便急忙进来说明原委。

狄光远自幼跟随父亲学了些断案技能，便分析道："依臣观之，这团儿断非寻常宫娥，说不定二妃失踪与她干系甚大。微臣猜度，不用多久皇上定会召见殿下询问东宫事变。臣奏请殿下，无论发生什么事，都要安之若素，从容淡定，绝不要在皇上面前流露丝毫愤懑。"

郭纬也在一旁道："臣也奏请殿下，各位王爷离京前定要去向皇上辞行。若是问起宫中情况，皆答一切如常。"

夜色渐渐深了，李旦看着面前的两位心腹，只是默默点头，心却是随着两位皇妃去了。

更漏过了子夜，新的一天已经开始。从延义门内传来杂沓的、低沉的、踩着积雪的沉闷脚步声！哦，他的儿子们来了……

正月初三凌晨子时，父王忽然密召众位兄弟到庄静殿，言明二位王妃外出不归的噩耗，李隆基就从心底断定母亲的死与嘉豫殿脱不开干系，他倒没有如李成器那样痛哭流涕，他忍着丧母之痛，发誓定要报这杀母之仇。

正月十六辰时二刻，李隆基在狄光远和随身别驾护卫下来到嘉豫殿。值守的太监说陛下正月初四就搬回武成殿了。皇帝移驾，自是要通知东宫的。李隆基这样做，正是要给武曌留下闭目塞听的印象。

现在，武成殿就在眼前，听到武钦传宣的声音后，他在殿门口平静了一下心绪后才缓缓走到武曌面前，跪倒在地道："孙儿叩见吾皇万岁万万岁。"

武曌放下手中的朱笔，来到李隆基面前，看着他英姿勃勃的样子，脸上就露出由衷的喜悦："在神都度新年，还开心吧？"

"启奏陛下，孙儿沐浴圣皇恩泽，聆听陛下教诲，十分开心。"

武曌没有接李隆基的话茬，却用一双丹凤眼抚摸着李隆基的脸颊，那目光透着浓郁的母性，唉！他太像太宗了，怎的就有了那个不知天高地厚的娘呢？一刹那，武曌的眼睛有些湿润了："听说你母后失踪，朕不胜伤感。"

李隆基觉得，眼前的陛下，让他觉得很陌生，也有几分可怕，但他很快想好了说辞："母亲失踪，萱堂蒙悲，然有祖母圣恩沐浴，孙儿也很幸运。"

武曌对李隆基的应对自然很满意，却也很纳闷。小小年纪，对宫中重大变故泰然置之，何以有如此帝王气度呢？

"好！难得你孝心一片，你母亲闻之，亦当含笑。"她没有说出后面两个字，却换了期待的口气，"楚地民风彪悍，望你好自为之，多为朝廷效力。"

祖孙之间的谈话以李隆基的"孙儿遵旨"而结束，听着李隆基的脚步渐行渐远，武曌心头忽然就萌生了一种无以名状的遗憾。偌大的武门为何就出不了如李隆基这样的少年英杰呢?

二月二,惊蛰日,立春后第一声惊雷响过神都上空时,武曌正在武成殿批阅奏章,武钦进来禀奏,说禁卫发现嘉豫殿方向火球滚动,有一棵巨大的松树被雷击起火。武曌手中的笔就搁在了案头,她的心顿时缩紧了,立即想到了二位王妃的死。

其实,正月初三那天,刘妃、窦妃走进嘉豫殿的时候,并没有见到皇上。这一切都是来俊臣事先安排好的,皇上早已离开了大殿,到另一处等待消息。据来俊臣后来呈送的"狱辞"说,二位王妃对所犯罪行供认不讳,甘愿领罪。她们死于乱棍重击,就埋葬在嘉豫殿的地下。

曾经荡漾着君臣笑声的嘉豫殿成了一座死殿、孤殿,只有前后殿门上的大锁在寒风中摇出"咣当"的哀鸣。有夜里值守的太监私下里传说,每当子夜时,就从殿内传来女人凄厉的哭声。皇上一怒之下,将那个值守的太监杖击一百,当场毙命。从此,二妃之死也成了大周朝野讳莫如深的禁忌。

可这恼人的雷声,让孤魂鬼影再度爬上了武曌的心头,让她重新回到如长孙无忌当年被杀之后的心境。让她百思不得其解的是,她的旦儿对二妃的不归至今置若罔闻,她派到东宫去的韦团儿近来没有任何新的消息带给她。

"武钦!速去知会东宫,午后移驾庄静殿。"

武钦道一声"遵旨",转身出了武成殿。武曌靠在榻前,闭目深思。他们母子很久没有敞开心扉说话了,她应该想想,该对他说些什么?

不仅是武曌,李旦对陛下忽然要来也十分惶恐。送走武钦,他便转身问身后的郭纬:"陛下驾临,显然与二妃失踪有关,爱卿说我该如何应对?"

"当此之际,武承嗣眈眈于国嗣,殿下纵有千般委屈也该忍在心底,从容镇定,万不可任性自为,坏了大事。"郭纬说着,眼睛就潮热了。

两人正说着话,狄光远在殿外禀奏道:"陛下驾到,已经进宫来了。"

他的话刚刚落音,就听见武钦尖细的声音:"皇上驾到!"

李旦率狄光远与郭纬来到殿外,跪倒在地道:"儿臣恭迎圣驾,陛下万岁万万岁!"

武曌说一声"平身",待李旦起身,才在郭纬引导下进了庄静殿。环顾四周,所有的摆设都是当初入住东宫时武曌敕命殿中省安排的。进门两边的墙壁上,悬挂的是武曌的两首诗作,迎面的台案后面,是已故的冯承素临摹的《兰亭序》,相比于褚遂良的同题临摹,冯书在形似中带着明显的个人标志。它本是呈给高宗的,现在悬挂在这里,也是对先帝的追念。除了这些,太子没有任何自己的笔迹墨痕留下。

武曌来到案头，翻了翻一卷已完成的画作，其中有一幅松鹰图，那鹰眼高瞻远瞩，那松枝，龙爪虬枝。李旦见状，忙上前道："听闻陛下甚爱松鹰，儿臣原想装裱以后呈奉陛下的。"

武曌点了点头："百行孝为先，你有此心，朕甚欣慰。"

郭纬向外面招了招手，宫娥们立刻捧着茶点鱼贯而入，李旦先饮后武曌才缓缓地呷了一口。母子之间，还如此警惕，这个细节让李旦有些寒心。

武曌放下茶杯，随意问了太子平日的起居，知他除了作画，就是读书，履行每五天向皇上请安，每晚睡前，还要到后殿的佛龛前为陛下祈福。

武曌的表情平和而又慈祥，看着李旦日渐消瘦的面容，天然的母性让她不无哀婉地说道："刘妃、窦妃失踪月余，至今渺无消息，知道你心中不好受，其实，朕又何尝不是如此呢？"

李旦的心头顿时就忐忑了，转身拜倒在地道："谢陛下记挂，儿臣有陛下足矣！"接着又问，"是否让儿臣传卢妃、王妃前来拜见陛下？"

武曌摆了摆手道："不必了，朕就是来看看你，坐坐就走。二妃失踪后，她们都很怕朕吧？"

李旦形容淡定地说道："陛下言重了，刘妃、窦妃失踪，皆造化所致。各位王妃早晚都净手焚香，佛前三拜，为陛下祈福纳祥。"

"若真如此，朕甚慰之。"说着，武曌便起身，"这半晌怎不见韦团儿？"

李旦忙命宫娥出去传唤，不一会儿，韦团儿便进来拜见皇上。武曌一脸正色地训道："朕遣你来东宫，原是要你陪伴太子，你为何玩忽职守？"

李旦见状，忙解释道："非团儿不遵职守，是儿臣得知陛下驾临，要她督促膳房备酒肴看去了。"

武曌却不以为然："宫中有尚食，何须她多嘴多舌。"但她话说到这里，却是锋头一转，要她往后小心从事，不可疏忽大意。

在场的郭纬和狄光远都听出了皇上的弦外之音，不由得为太子捏了一把汗，孰料李旦的一句话使转机倏然出现："此事原不怪团儿，是儿臣所虑不周，往后让她早晚陪在儿臣身边就是。"

武曌又问狄光远近来可有狄仁杰的消息。狄光远很恭谨地回道："谢主隆恩，微臣一定向家父转达陛下恩泽。"

武曌倒是很喜欢狄光远，说话、气度都有狄仁杰的影子，便由衷地说了一声"乃父家教甚严啊"，便起身要武钦起驾回宫。

　　李旦见状就有些急了,一步上前道:"膳房菜肴已经备好,请陛下用膳后再回去也不迟!"

　　武曌一边往外走,一边道:"朕就是过来看看,晚膳已定好回宫用。来日方长,你好自为之。"来到殿外的轿舆边,武曌忽然对跪倒恭送的李旦等人道,"团儿随朕回宫一夜,朕有话说。"

　　郭纬和狄光远都痴痴地望着武曌离去的方向发呆,半晌没有回过神来,看看李旦,他们面面相觑,猜不透他心里究竟在想什么。

　　武曌被雷声引发的郁闷并没有持续多久,就被来自边陲的战报冲淡了。

　　第二天朝会上,李昭德带来一个振奋朝野的消息。武威道总管王孝杰在安西与吐蕃大战中大获全胜,已收复二镇,目下正乘胜谋划新的进军。

　　武承嗣、姚璹、崔元综等纷纷出列,盛赞皇上运筹帷幄,决胜千里。

　　武曌脸上终于有了近几天来不曾有过的喜色, 她的目光掠过大臣们的眉头道:"王将军出师大捷, 终雪垂拱三年韦待价兵败西陲之辱。传朕的旨意,命王孝杰一鼓作气,夺回安西四镇,朕将重赏三军。"

　　"遵旨,臣立即广张圣恩,提振士气。"李昭德心中的闷气终于因为王孝杰的大捷而一吐为快了,他暗中打量了身边的武承嗣,却发现他举起笏板,一副要说话的样子。

　　武曌也注意到了武承嗣,问道:"你有话要说么?"

　　武承嗣趁机出列道:"西陲大捷,可喜可贺,然内忧不可掉以轻心。据推事院举报,失踪至今仍不见踪影的窦妃之父、润州刺史窦孝谌之妻庞氏,因其女失而不归,疑被人所杀,故而于府上祝诅皇上,请陛下明察。"

　　武曌刚刚温暖的脸顿时冰冷了,厉声道:"如此逆贼,岂能容得?传朕旨意,命推事院严查重判,绝不姑息。"

　　王孝杰、阿史那忠节的十八万大军集结在西州都督府治所高昌城外,军队的帐篷绵延十数里,每隔一段就有一个寨门,门前旌旗猎猎,军阵森严。寨内巡逻的士卒来回穿梭,由旅帅们带领的军演喊杀连天,此起彼伏,一派临战的架势。

　　今天的军前会议商定在西州都督府举行,王孝杰、阿史那忠节与长史相约着一起进城。一路且行且看,王孝杰感喟岁月匆匆,物是人非。矗立在火焰山南麓的高昌城,自乾封年间裴行俭任都督以来,励精图治,使之成为方圆十一里、内城外城相互照应的坚固城池。举目远眺,每隔几里,亭堡林立,连属相望,而当年坚守西州的老将军却已长眠地下。那时候,王孝杰尚年轻,但裴行俭掀起总章选制热风的场面他是有所耳闻的。

睹物思贤,王孝杰深感此次出兵责任的重大,便对阿史那忠节道:"我等身负皇命,当以先贤为范,勠力同心,共击吐蕃,收复失地。"

阿史那忠节系突厥血统,其父亲自追随太宗以来,屡立战功,声名赫赫,尽管在唐时突厥将领时有反叛北归者,可他的父亲却矢志不改初衷。裴行俭的故事他在神都任职时没少听,故而对王孝杰的话深有同感:"大人所言,正是末将之愿。"

两人的战马刚刚来到西州都督府门前,现任都督唐休璟就紧跑慢跑地迎出门来。进入都督府前厅,王孝杰环顾厅中设置,虽是简朴,却弥散着临战气息。公案后面,置兵器架,上有一青锋宝剑。两边呈八字形的兵器架上,陈列着各种兵器。墙上挂着一幅西州兵略图。

室内生了牛粪饼烧的炉子,倒也暖融融的。

唐休璟命录事参军给两位大人斟上奶茶,道:"下官自上书朝廷,陈请收复四镇后,日夜盼望朝廷大军到来,诚恐失了歼敌良机。"

"许久没有喝此杯中物了,味道如旧啊!"王孝杰呷了一口奶茶,心中荡起悠悠的边陲情怀。仪凤二年,他随工部尚书刘审礼西行出击吐蕃,九月,两军战于青海大非川,唐军被困,时为行军总管的中书令李敬玄畏敌怯战,按兵不救,以致他和刘审礼被俘。

话题很快转到军情的分析上来,唐休璟带着两位将军来到西州兵略图前道:"下官之所以要上书朝廷请求出兵,盖因吐蕃新赞普赤都松登基时尚年幼,朝政大事悉归宰相钦陵主持。随着赤都松年齿渐长,日欲亲政,对钦陵权倾朝野心怀不满,两人神离久矣。天授二年,赤都松削钦陵主盟权,从此,君臣之间剑拔弩张,动荡不安。下官以为,此正是我收复失地之良机。"

王孝杰频频点头道:"大人所奏,亦陛下所虑。末将与阿史那忠节将军率兵来此,正要一举收复四镇,雪我失地之辱,振我大周国威。"

阿史那忠节问道:"我军远途奔袭,只宜速战,不可盘桓。不知眼下哪一镇兵力较弱?"

唐休璟指着地图道:"若论兵力,龟兹最弱。自高宗上元二年龟兹王归附我朝以来,十七年间,屡次出尔反尔。以致我朝镇制,屡建屡废。下官以为先打龟兹,最易震慑诸镇,且最为有利者,莫过于龟兹王白素稽老迈,龟兹围绕继嗣明争暗斗,正好趁机出兵。"

王孝杰与阿史那忠节频频颔首,当下商定由王孝杰率一军攻打龟兹,阿史那忠节率一部向西南方向布军,以防疏勒镇兵马驰援,待攻下龟兹后,合兵一处,直取疏勒。唐休璟则往南拒于阗、碎叶兵马。

随后,唐休璟便用西州时蔬宴请王孝杰与阿史那忠节,牛羊肉溢香,马奶酒醉人。席间,唐休璟频频举杯,为可以扬眉吐气地与吐蕃决战而干杯。

"两位大人。"唐休璟仰起脖子,将一杯酒灌进腹中,印堂显得红而闪亮,"四镇几归几废,想来令人感慨良多,最近一次,乃垂拱二年,他匐之役战败后,朝廷不得不弃置四镇。可下官没有一天不想要重头收拾山河,再完金瓯。这一天终于来了,感谢二位大人。"

"此皆陛下运筹之故。"王孝杰言罢,三人的杯子一声脆响,碰在一起。

三位将军散席时,唐休璟又道:"二位将军住在城外风餐露宿,下官甚为不安,还是将行营搬进城中来吧!"

"为将者当沙场醉卧,马革裹尸,行辕设在城外,进退自如。大人的心意末将领了。"王孝杰说完便翻身上马,一声鞭响,朝城外奔去了。

回到行辕,日色过午。王孝杰立即传将军高仙芝、张怀寂、韩思忠等到帐前听令,两位将军一位二十一二岁,一位刚刚十八岁,都是自小在西域长大的青年才俊,听说要打仗,顿时摩拳擦掌,跃跃欲试:"好男儿当驰骋疆场,建功立业,随时听命出征。"

王孝杰高声道:"高将军虽然年轻,但已在西域经年,本将军出征前,就曾向陛下和李大人点名要你。此次出击吐蕃,首战务胜。明日卯时,你趁着夜色出兵奔袭龟兹,可有难乎?"

高仙芝回道:"没有!末将之骑兵,皆以西域战马为坐骑,只用一天便可到达龟兹城下。"

王孝杰紧锁的双眉顿时展开了,道:"将军前行,本将军行辕紧随其后。"

张怀寂见状也出列道:"大帅!末将请命出征。"

王孝杰又部署道:"张将军率部在龟兹城西布兵,策应阿史那将军,伏击疏勒驰援之敌。"

"末将遵令!"两位年轻将军转身出营去了。

王孝杰对着外面喊道:"来人!传录事参军收拾行装,行辕前移。"

第三天卯时一刻,高仙芝的骑兵踏着晨间的幽暗来到龟兹城下时,一钩残月还冰冷地挂在黑色的天幕上。自幼就跟随父亲在这里长大的高仙芝,这冷月天山早已司空见惯,他现在心中所愿,就是用自己的刀去为头顶的盔缨增添光彩。

借着淡淡的月色看去,这座所谓西域最大国的都城周长不过八里,每面城墙长不过二里,最短处也就小二里,构成了不规则的正方形城池。夯土筑成的墙最低处六尺,最高处二十一尺。也许,它作为一国之都,曾经有过属于自己的辉煌,可自从成为大唐或者吐蕃的军镇后,早已铅华不再。

前几日派出的细作回来禀报,说龟兹城内的白素稽和属下根本不知道大周大军兵临城下,依旧在围绕谁为继嗣争论不休。高仙芝闻言大喜,立即令旅帅带领属下扮成吐蕃军模样,前去叫城。其他大军埋伏在城周围,待城开后一举攻入。

卯时三刻,一位身着牛皮盔甲的"吐蕃副将"率领大约二百人马来到东城门下,用吐蕃语对着城上守城的官兵喊道:"我等受钦陵宰相差遣,来助白素稽王爷守城,速速开门,让我等进去。"

不一会儿,从城垛伸出一个脑袋,借着羊油灯火看去,似乎也是一位副将,瞅了瞅城下的军伍道:"赤都松不是赞普么? 为何将军会持钦陵之命? "

"吐蕃副将"解释道:"赤都松赞普违逆天意,欲投降大周,钦陵宰相明于大义,将赤都松软禁,命各路将军奔赴各如(吐蕃军队单位)加强军备,以防汉人来攻。"

"哦! 如此说来,钦陵宰相掌握国柄了? "

"正是! 否则,你我都会当了大周的刀下之鬼。"

"将军少待,待末将禀奏王爷。"

过了一会儿,城门果然开了,那位副将率士卒出城迎接。两人寒暄片刻,副将便道:"天气寒冷,还是请将军进城吧!"

于是,龟兹守军在前,高仙芝的军队在后,刚刚进到一半,只见那位扮作吐蕃副将的旅帅从身后一刀取了守城副将首级,他的部属未及反应过来,就被大周军士斩于城门口。旅帅回身招了招手,早已埋伏在城外的周军在高仙芝的率领下,潮水般地涌进城来。

城楼上的龟兹守军发现情势不对,急忙冲下城来,为首的一位判官大声对身边的一位百夫长喊道:"速去禀告王爷,周军攻进城了。"

白素稽是在睡梦里被侍卫喊醒的,他已精疲力竭。昨夜,他的两个儿子来到王宫,逼他做出选择。弟兄二人说到激动处,拔出腰刀格斗许久,结果,大儿子白虎将小儿子白龙刺伤,侥幸没伤及性命。白虎临行前留下话,三日之内要结果,否则,将率军投奔疏勒。那时父子兵戎相见,也难以保全父王。

面对甩手而去的白虎，白素稽伤心之至。他感到从未有过的孤单，后悔当初叛唐投奔吐蕃，现今赤都松、钦陵之间箭在弦上，又怎么可能分兵助他呢？看来，只能期望疏勒驰援了。

白素稽直到丑时方才睡去。他在梦中被白虎持刀追杀，睁开眼睛却是亲兵站在榻前禀报，说大周军队打进城了！

"真的么？怎么可能呢？从未听说周朝发兵啊？"

"千真万确，现在，街上已血流成河了。"

白素稽慌了神，匆匆忙忙披挂上马，冲出府邸。晨曦中，城内火光熊熊、浓烟滚滚。火光中，一位二十多岁的青年将军大声喊着："白素稽老贼，朝廷待你不薄，你却屡次叛国投敌，还不快下马投降，可免你一死。"

一看来将的年纪，白素稽就明白遇到克星了。他也不搭话，手执双鞭就开打了。高仙芝轻轻一拨，震得白素稽手腕发麻。勉强战了十数个回合，白素稽拨转马头，朝西门奔去。

高仙芝挥着大刀紧追不舍，追至西门口却驻马不前，吩咐身边的旅帅："速速清扫战场，将大周旗帜插上城楼。"

旅帅们不解，问为何不追了？

高仙芝笑道："那边正有人张网以待呢，我等就等着王总管进城吧。"

白素稽冲出城门，回头一看，不见了追兵，不禁松了一口气。判官禀告道："在凌晨的大战中，白虎被乱军砍死，白龙不见踪影。城池已被周军占据，下一步欲往何处，请王爷定夺？"

白素稽仰天长叹道："两位蠢子自相残杀，给周军可乘之隙。于今之计，只有西去疏勒了。"

一干人驱马向西，约五里地，天色才渐渐放明，白素稽不禁大笑道："人言周朝人杰辈出，不过如此，竟百密亦有一疏，周人于此处设伏，本王休矣！"话音未落，只见前面红柳林中涌出一支军队，为首的将军不过十八九岁，高呼"活捉白素稽"，杀将过来。

白素稽魂惊魄飞，哪有心思恋战，勉强应了几个回合，即落荒逃走。谁知不远处，正有沙坑等着，他一个跟斗就陷进去了。

太阳从盘桓在戈壁尽头的云彩间跃上天空时，阿史那忠节的军队与张怀寂的军队在龟兹城西汇合。

当白素稽被张怀寂押到阿史那将军的马前时，心想可谓冤家路窄。当年自己与忠节的父亲一同归附唐朝，太宗分别授阿史那忠宁州都督，授他以龟兹都督,但他不久就叛唐而去。正思绪纷乱间,就听见耳边传来阿史那忠节的声音:"你不辨是非,出尔反尔,杀掠大周臣民,罪在不赦,今日终成囚徒,还有何话说?"

白素稽笑道:"今日落在将军手中,本无生望。只是如将军这样出身效命大周,终非长策。此处地在边陲,将军正可趁机倒戈,回归突厥。"

阿史那忠节大怒,喝断白素稽的话道:"将死之人,竟敢蛊惑本将军。来人,将之押回龟兹城中,等候王总管处置。"

白素稽一离开,阿史那就对张怀寂道:"张将军擒贼有功,本将军当奏明朝廷,以期封赏。"

张怀寂正要说话,便有探哨进来禀报:"吐蕃疏勒驻军正向龟兹方向而来。"

"敌从西南驰援而来,此时疏勒城中必然空虚,张将军听令,由你率军拦截西来敌军,本将军乘机夺取疏勒城。"阿史那忠节喊来军中司兵,要求传令下去,早膳之后开拔,绕过东来敌军,朝疏勒方向迂回。

张怀寂深为阿史那忠节的气度所感染,在马上作揖道:"请将军放心,有末将在,绝不让敌军东进一步。"

张怀寂把白素稽押到龟兹城中时,王孝杰的行辕也前移进了龟兹城。他谢绝了高仙芝要他住进王宫的建议,而在城中间扎下行辕大帐。身边的侍卫和录事参军刚刚部署好一切,高仙芝便进帐来禀告攻取龟兹城的过程,王孝杰听了击节道:"高将军善于用疑兵之计,不伤一卒而得一城,首战即胜,功莫大焉。本将军要奏明陛下,为将军请赏。"

高仙芝自谦道:"末将久闻老将军用兵如神,今日就教于麾下,荣幸之至。"

王孝杰摇了摇头道:"为将者,不能总记着出五关,更当牢记走麦城。说本将军用兵如神,乃徒有虚名耳。仪凤二年,不就被吐蕃俘虏了么?多年来,本将军常以此为训,检点思过。"

高仙芝道:"胜败本兵家常事,老将军何必纠结于心。"

王孝杰却笑道:"塞翁失马,焉知非福。本将军流落吐蕃之际,乞黎赞普刚驾崩不久,赤都松赞普登基,思父心切,第一次见到本将军,竟误以为父王复活。及至知本将军容貌颇类其父时,待为上宾,使得本将军有机会摸清吐蕃军情。后来唐与吐蕃修睦,本将军得以还乡。然雪耻之心,未有一日冷却。"

高仙芝深为王孝杰的虚怀若谷而感动,由衷地说道:"末将年轻,还望老将军不吝赐教。"

两人说着话,出了营帐,沿着街道缓缓而行。迎面吹来的风沙打得脸颊有些疼,王孝杰拉了拉风帽道:"高将军自幼随父亲在此戍边,也真是苦了青春年华。"

高仙芝按了按剑柄道:"末将倒没有觉得有多苦。这里的龟兹乐音沧桑动人,听来如饮甘醇。"

"哦?"王孝杰侧耳去听,从城中的某个角落传来琵琶、五弦、横笛的和声,悠扬中透着几分苍凉和忧伤。

高仙芝说道:"将军若有逸兴,不妨去看看。"

于是,两人循声而来,只见东南角的穹庐内,一群龟兹土人正随着琴音翩翩起舞。四位舞者,皆用朱砂涂额,穿绯红色的小袄,下着白裤,脚蹬帑乌皮鞋。女舞者头发很长,飘洒起来,煞是优美。

见有人推门进来,一位老者立即认出是大周朝廷的人来了,起身施礼,邀请他们入席。高仙芝告诉他们,王将军很喜欢龟兹舞蹈,希望大家不要拘束,继续欢歌。

王孝杰挨着老者坐了,一边观看舞蹈,一边品尝龟兹人的食品,一边听高仙芝转达老人的话。老者告他,吐蕃士兵滥杀无辜,民不聊生。龟兹人盼望大周军队很久了。对此,王孝杰更深地体味到陛下为什么要打一场收复安西四镇的战争了。

告别百姓,出了穹庐,老者的话一直在王孝杰的耳边回响。是的!民心者,社稷之本也,朝廷应该考虑在这里重置都督府了。他决计将军情写成奏章,快马送往神都。同时,奏请恢复安西四镇,由朝廷派官军长期驻守。

回到大帐,王孝杰却毫无睡意,传令士卒押解白素稽进来。仪凤二年,两人就曾经有过交锋,见了面王孝杰便问:"无耻叛贼,见了本将军为何不跪?"

白素稽不以为然地看了看王孝杰道:"昔日败军之将,本王为何要跪?"

王孝杰脸上不由得有些发热,可旋即转换过来,不无讽刺地说道:"你今日终被大周军队俘获,本将军正要用你的头颅祭奠当年西征的将士。"

白素稽暗暗打量王孝杰,果然目光中杀气逼人,知道他不是恫吓,浑身就不由得颤抖个不停。

这又怎会逃过王孝杰的眼睛呢?他来到白素稽面前,静观良久才说道:"本将军临行时皇帝有旨,战争非图杀戮,乃以复地为要。若你能道出于阗、碎叶军情,不仅可以免死,本将军当奏明皇上,可依旧封赐。"

白素稽用余光暗扫王孝杰,没有说话。

王孝杰并不理会,喊了一声"来人",伺候在帐外的士卒应声冲了进来,一个个手中的刀寒光闪闪。

"将这叛贼押出去砍了首级,报送朝廷请功。"

"遵命。"士卒们七手八脚地上前扯着白素稽身上的绳索就朝外拉。刚刚迈出大帐,白素稽却挣扎着喊道:"且慢!本王有话要说。"

王孝杰知道他的心理防线塌了,于是令士卒退下,问道:"你还有何话可说?"

白素稽疑惑道:"若本王讲出军情,果真可以活命么?"

"本将军乃堂堂大周行军总管,岂能言而无信?说吧!"接着,王孝杰命士卒为白素稽松了绑。

白素稽摸了摸酸胀的胳膊道:"于阗、碎叶,虽然依附于吐蕃,然近年来吐蕃内乱不断,鞭长莫及。故而两城仅有本部人马坚守。"

王孝杰的眼睛眨了眨,头伸到前面问道:"还有呢?"

"九月于阗祭祀天地时,本王应邀赴会,闻于阗老王伏酸雄病入膏肓。其子伏酸降年幼,赖辅政大臣主事……至于碎叶么,本大唐所置,后与四镇沦入吐蕃。"

话说到这儿,王孝杰已经获得了最重要的消息。他要重新思索进军方略了。待士卒将白素稽押出帐外后,他立即要录事参军传话给高仙芝,大军在龟兹休整五日,待疏勒那边有了消息后,再行南下。

这是一个不眠之夜,王孝杰没有想到,此次进军竟会如此顺利。

坐在案头,想起了皇上临行时的旨意:"为战之上,乃在不战而屈人之兵。前方战情瞬息万变,将军须应物决策,不可墨守旧规,影响战局。"现在,机会就在面前,起码于阗可以不费一兵一卒取之。但他总结边镇之所以几置几废,一个重要原因就是过于依赖羁縻之策,朝廷不曾有边将值守。这一次四镇恢复后,他以为必须由朝廷派遣镇守使,与四镇旧王族共同戍边,遏制其反叛图谋。

尽管牛粪火烧得很旺,但茫茫戈壁,到了深夜与凌晨交接之际,仍然寒风袭人。王孝杰哈了哈冰冷的手,要录事参军研墨铺绢,向朝廷直述自己的意见——

……

置镇屯兵,固边之要。曩者我朝边镇几度置废,盖因羁縻姑息,疏于监督。然则,边镇之于神都,万里之迢。羁縻都督,或缘于吐蕃诱惑,或迫于生计,或期于割据,乃逐利择主,了无定势。一旦事发,远水难熄火患,鞭长不及野骥。故臣以为,固边者莫过于置镇,置镇者莫过于选将。凯旋之际,陛下宜颁诏,任镇守使官,以主军务;羁縻之官,劝业兴农,乃安边固土之长策也。

将军高仙芝、张怀寂,风华俊茂,精兵通略,若镇守边镇,必可胜任……

写完奏章,天已大亮,他要录事参军安排快马送往神都。

五天以后,唐休璟以西州都督身份前来龟兹劳军,而阿史那忠节在夺取了疏勒城交与张怀寂镇守之后,也快马到了龟兹城。

当晚的军前会议上,阿史那忠节讲述了夺取疏勒城的过程,盛赞张怀寂英勇善战,精于谋划,在龟兹城西拦截疏勒援军,大获全胜。疏勒残军逃回时,城池已被他占领。

"张将军谋略,不逊于霍去病啊!"阿史那忠节最后感叹道。

王孝杰点了点头:"大人所言甚是,高将军虽只有二十二岁,然排兵布阵,有卫青之风,本将军已奏请皇上,待凯旋后,任他们为四镇镇守使。"

唐休璟更是感慨良多,江山万里,才人代出。现今的年轻人,二十岁就做了将军。他此次来带给王孝杰、阿史那忠节一个十分重要的消息。据于阗的线人禀报说,于阗王伏酞雄晏驾,他的儿子伏酞降生性脆弱,被几个王妃生的兄弟挟持,加之距吐蕃都城太远,已秘密派遣使者潜入西州欲图归附。然慑于钦陵之弟跛论压力,请求驰援。

王孝杰闻言大喜过望道:"此天助我也。我军当不失时机,进驻于阗,至于剩下一个碎叶,取之如囊中探物之易耳。"

阿史那忠节忙道:"碎叶城就由末将率军攻打,末将以属下韩思忠军为前锋,直击跛论,两位大人速往于阗镇压军乱,稳定局势。"

"好!"王孝杰挥着大手道,"留高仙芝镇守龟兹,我军不日南下,直指于阗。"

第二十四章

娄师德奉旨营田　韦团儿案发东宫

二月下旬,王孝杰的奏章送达神都,凤阁侍郎李昭德不敢怠慢,立即赶往武成殿,呈送给武曌批阅。他来到塾门,武钦告诉他,说皇上这会儿正在殿中传东宫婢女问话。

李昭德闻言十分纳闷,问道:"一个婢女,何劳皇上亲问?"

武钦小声道:"大人有所不知,此人是皇上遣往东宫伺候太子起居的。"

李昭德"哦"了一声,多少明白了些,不再往下问,只是端着杯子喝茶。大约一盏茶的工夫,从武成殿走出一位妖冶女子,杏眼桃腮,弱柳身材,倒也有几分姿色。

武钦进去不一会儿,就出来站在殿门口喊道:"陛下有旨,李昭德觐见。"

一见李昭德,武曌立刻换了喜悦的面容:"爱卿匆匆忙忙进殿,又有何让朕高兴的消息呢?"

李昭德上前打拱道:"启奏陛下,王将军从边关发来奏章,臣不敢延殆,专事进宫呈报。"

"哦!安西有战报发来。"武曌的眼睛顿时灼灼闪亮,不用宫娥扶持,倏然起立,从武钦手中接过奏章,哗啦啦地展开,那丹凤眼上方的眉毛就跃跃欲飞了,"王将军建斯功劳,竭此款诚。如此忠恳,甚是可嘉。"

合上奏章,武曌的心便跟着奏章飞往边关了,她踱着步子来到李昭德面前,鸟翼一样的衮服衣袖在空中舞动,似乎是自语,似乎又是对李昭德说道:"永昌元年,朕任文昌右相韦待价为安西道行军大总管,欲图收复四镇。可寅识迦河一战,我军惨败。痛定思痛,乃朕用人之失。韦待价既无将领之才,又狼狈失据,岂能制胜?此次安西收复,雪朕心头之愤,爱卿与娄师德举荐良才,功莫大焉。"

李昭德忙道:"此皆陛下知人善任,运筹帷幄。安西四镇复归,得之不易,臣……"

"嗯!爱卿的意思朕明白了。近来朕反复思虑,早年我朝因财力拮据,远征不便,故推'羁縻'之策,以夷制夷。四镇复得复失,几度沦于吐蕃,足见其策积弊甚重。今番回归,断不能苍黄翻覆,再为鱼肉。"

"臣要禀奏的正是这个意思。"

但李昭德的话还没有说完,武曌又道:"朕意羁縻之策不可全废。朕欲以异族首领主政,以朝廷将领主军,如此政、军两行而又相监,边关安之久矣。"

李昭德深感武曌思虑周密,自己想到的,她想到了,自己没有想到的,她也想到了,便由衷地感叹道:"陛下虽身在神都,然万里江山拢于一怀。臣十分惭愧。"

"自古以来,无先知先觉者,所谓智者,皆出于参验,朕之思虑,乃因安西战事翻来覆去之故。"武曌摆了摆手,转身回到龙案继续道,"朕欲凤阁拟诏,任高仙芝为于阗镇守使、张怀寂为龟兹镇守使、韩思忠为碎叶镇守使、封常清为疏勒镇守使,统归安西都护府节制,治所置龟兹,以许钦明为都护。至于王孝杰,班师回朝后朕另有任用。"

"陛下圣明。"李昭德为武曌的知人之明而感喟,她所点到的这几个人都是多年征战的骁将。韩思忠自幼习武知兵,军旅生涯即从安西起步;封常清虽年仅十八岁,然排兵布阵已现奇思。至于许钦明,少以军功任左玉铃卫将军,曾做过梁州都督,分量当然不轻。这个班底,至少十年内可保西陲安定。

"微臣遵旨,即刻拟诏。"

李昭德起身告退,却被武曌留住道:"爱卿对娄师德印象如何?"

李昭德沉吟道:"这……"

"这不是在朝会上,爱卿有何话不妨直说。"

李昭德赶紧解释道:"臣不是这个意思,臣与娄相同朝为官,深感其宽厚、忍让,君子之怀。一次,臣奉旨集议,诸臣僚皆如期到,唯公迟矣。微臣谴其体胖腰圆而行缓,曰'田舍夫',公应之,师德不为田舍夫,谁当为之。"

李昭德还没有说完,武曌已开怀大笑道:"此公真宰相腹矣。朕知他早年在先帝朝任殿中侍御史兼河源军司马时,就知营田事,颇有佳绩。天授初年,虽为金吾将军,领丰州都督,然依旧知营田事。近两年,爱卿任凤阁侍郎后,他迁夏官侍郎,为安西大捷赞划军务,亦颇尽力。然朕以为彼之长在营田,故而拟改任其为河源、积石、怀远等地及河、兰、鄯、廓等州的检校营田大使。不知爱卿以为如何？"

李昭德觉得武曌知娄师德甚深，也能把握他的长处，营田大使对于此公来说再合适不过了。他还有一个预感，这是皇上在为王孝杰归来做准备，但皇上不说，他也不好再问，只是赞同道："娄公出使，必见大效。"

"好！如此也请爱卿拟一道敕命，命娄师德近日出京巡察。"

李昭德出了武成殿，没有回凤阁署中，而是直接去了夏官署，他要将这个消息告诉娄师德，让他有个准备。尽管平日在朝事来往中，他们经常互相戏谑，然在政见上是相通的。而且他以为，皇上这次命娄师德巡察营田，也是为解安边将士衣食之需，足见皇上胸存大略，朝事缓急，运于掌握之内。

夏官侍郎的室门微闭着，一位主事坐在外间，专心撰写文书。他猛一抬头，却发现是宰相大人到了，忙起身施礼，又要沏茶，却被李昭德挡住道："我是来会会娄大人，他在么？"

"大人正在里面与兄弟娄师范娄大人说话呢！"

哦！李昭德记起来了，前日朝会上，皇上任命娄师范任代州刺史，他定是来向兄长辞行了。李昭德欲转身回署中，主事却道："娄刺史进去已有些时间了，下官估计话也快说完了，大人不妨在此少待片刻。"

娄师德与兄弟的话题这会儿的确已经转到官德上了。

其实，娄师范前来拜见长兄，原本是为感谢家兄这些年的养育之恩的。早年，兄长以进士身份而任县尉时，却遭逢不幸，父母逝于时疫。兄、嫂便将娄师范接到官署，以尽慈父之责。别人怎么样，他不知道，他是亲身体会到了长兄如父，长嫂如母的恩德。入仕以后，尽管兄长一再耳提面命，他也时时刻刻遵循兄训，不敢有丝毫违制之行。然而此番出京，他觉得请兄长到酒肆小坐，总不违朝制，亦合人情。因此，朝会一散，他就转道夏官署了。

"不可！"娄师德肥胖的身子蠕动了一下，看上去简直就是弥勒佛，却是没有笑意，"弟得以升迁刺史，非兄任宰相之故，乃陛下慧眼知人。你若怀感恩之情，就当即日赴任，报效朝廷。何生此举？"

"兄长所言甚是。"娄师范在兄长面前踱着步子，"正因此，故弟不邀友朋，只你我兄弟二人小酌，应无大碍。"

"两人亦不可。"娄师德脸上没有丝毫的松动，"赖陛下圣恩，兄十数年来知营田事，手中所过钱粮数以百万计，不差毫厘，即如此，犹有奸人借故弹劾。好在清者自清，浊者自浊，终无实据，才得以免祸。弟虽以兄弟情分小宴，然若让奸佞知之,不免又要小题大做。慎微知著者,当为训矣。"

娄师范便不好再强求,郁郁寡欢地起身告辞,娄师德腆着肚子站起来道:"且慢,在你赴任之际,兄尚有几句话说与你听,望弟三思。"

娄师范只得又坐了下来。

娄师德目光中含了深情问道:"圣恩浩荡,为兄备位宰相,你复为州牧,荣宠过盛,人所嫉也,你将何以自免?"

那目光悠长而又忧虑,娄师范"扑通"一声跪倒在地,眼睛潮热地说道:"兄长训诫,弟谨记在心。从今以后,虽有人唾我面,我拭之而已,绝不让兄长为难。"

"不对!"娄师德上前扶起兄弟,话语中就多了庄重,"此正是为兄所忧虑的啊!别人唾你面,是要激怒你,你擦了,正遂了他的意。唾有什么呢?你不擦,它自然也会干的。你笑而受之,则塞其口矣。"

看着弟弟一脸无法接受的样子,娄师德语重心长道:"记住为兄的话,受用终生。好了,时候不早了,你回府准备去吧。晚间,我与你嫂嫂在府上为你饯行。"

送兄弟出来,娄师德一眼就看见坐在外室的李昭德。娄师范与李大人见过礼后,先行离去了。娄师德见状便笑着说道:"宰相大人今日何有雅兴来访田舍翁?"

李昭德亦笑道:"舍翁善食,故体胖也。"

"非善食,乃心宽矣,君不闻心宽而体胖之理么?"

这两人见面不讽不说话,却总是肝胆相照,毫无芥蒂。进了内间,娄师德命主事上了茶,然后打趣道:"李大人来此,绝非为讨一杯茶喝吧?"

李昭德说道:"让大人说中了,陛下欲遣大人前往河源、积石、怀远等地巡察营田,不日敕命将至。"

"此乃下官意料中事。安西四镇大捷,镇制恢复迫在眉睫,若无粮草为续,何以拒敌?即便陛下不说,下官也准备陈奏。"

李昭德惊异于娄师德的料事如神,道:"大人出将入相,真乃陛下股肱辅佐也。"

于是,两人便说起仪凤三年旧事,那正是刘审礼、王孝杰大败之际。唐军已无斗志,娄师德挺身而出,集结散亡将士,提振全军士气。他还力排众议,只身赴赤岭与吐蕃赞普言和罢兵,之后,边陲多年无战事。

追忆往昔,娄师德以谨慎之言作结:"夫兵者,诡道也。故能而示之不能,用而示之不用,近而示之远,远而示之近。利而诱之,乱而取之,实而备之,强而避之,怒而挠之,卑而骄之,佚而劳之,亲而离之。攻其无备,出其不意。此兵家之胜,不可先传也。所谓'强而避之',即绝不为不可为之战,当时也是出于无奈。"

李昭德又道:"我听闻大人亦曾于陛下面前举荐王孝杰?"

"仪凤年龙支之败,责不在王孝杰,在中书令李敬玄。"

李昭德很是赞赏他的明断,便把话题转到眼下:"令弟何时离京?"

"三日后启程。"

李昭德提出为之饯行,被娄师德当面婉谢:"方才下官正是就此与他叙话。要他谨言慎行,不可滋长官气骄气。"

"大人高风宽怀,当为风范。"

五天以后,就在娄师范离京后的第三天,娄师德也奉敕起程,前往河源等地巡察。行前,他专程去武成殿向武曌辞行。

"爱卿素积忠勤,兼怀武略,朕所以寄之襟要,授以甲兵。自爱卿受委北陲,总司军任,往还灵、夏,检校屯田,收率既多,京坻遽积。不烦和籴之费,无复转输之艰,两军及北镇兵数年咸得支给。勤劳之诚,久而弥著,览以嘉尚,欣悦良深。"武曌褒扬了营田大使十几年的呕心沥血,正是因为他在北方营田十余年间,储备粮食数万斛,才为安西四镇大捷提供了充足的粮食。对此,李昭德也数次在皇上面前提到过。

"王师外镇,必藉边境营田,爱卿须不惮劬劳,更充使检校。"武曌对他再度检校营田大使寄予厚望,还让他看过尚方宝剑,"剑在如同朕在,有玩忽职守、贪贿不廉者,先斩而后奏。远途跋涉,爱卿还是乘车去稳妥些!"

娄师德深感责任重大,也十分感动于皇上的体恤和关顾,凛然道:"臣虽以臃肿之身,然屡经战阵,骑马已成习惯,还是骑马快些。"

长寿二年(公元693年)春三月,洛阳的天气刚刚转暖,清早起来,春风中还带着几丝寒意,但桃花却红艳艳地开遍了神都城乡,从四面山上飘来的红尘让京都成为一座花城。出发地定在光政门外,刚过辰时一刻,娄师德已经先到了。

随行判官李牧看时间尚早,建议他敲开附近的店铺等候,却被婉拒了:"为官者,当为属下表率。若是他们来时,见不到老夫,将会怎么看?"

判官就为难了,想宰相偌大年纪,加之又有脚疾,岂能久站?当他目光四顾时,就发现不远处有一巨木,尚可歇脚,忙对娄师德道:"请大人就巨木歇息片刻,坐骑即到。"

老实说,娄师德这半晌也的确感到右足疼痛难忍,便应允了。李牧便从马鞍上解下行囊,扶娄师德坐了上去。

"难得你如此费心,老夫这里谢过了。"

"能为大人分忧,是下官的荣幸。下官听闻大人在任监察御史时,到陕县巡察,适逢旱灾,民间求雨,禁杀牺牲。然则,县令为奉承大人,宰杀羊肉,遭到大人讽喻,可有此事?"

娄师德哈哈大笑道:"陈年旧事,陈年旧事。当时老夫年轻,言语不免孟浪,询之县令,为何违逆民意,宰杀牲畜。答曰豺狼噬之,下人夺其口矣,须臾,又上鱼肉,我复问之。答曰豺狼噬之,下人夺其口。我闻之,甚觉滑稽,遂曰:何不言水獭啖之。彼愧不堪言。"

李牧听罢,也笑得前仰后合,还从中品出了诸多的滋味。

天色微明,晨曦初露。出行的一干人相继到来,看到娄大人早到了,一个个低下头。

娄师德也不责备,反而道:"此去山高水远,风餐露宿,大家需多做准备,来迟在所难免。"

大家便愈发觉得不好意思。几位司田、司户纷纷表示,于今以后,当以大人为楷模,以刻苦勤奋自勉。娄师德见督促自律的目的已经达到,便命侍卫牵过坐骑,踩镫上马,却不料触及足伤,疼得他龇牙咧嘴。李牧见状道:"若是大人觉得不便,不如就奏明朝廷,缓行一二日也无大碍。"

"此言差矣。"娄师德挣扎着上了马,"自古君无戏言,岂知臣亦无戏言。老夫既已当殿许诺皇上,即日出征,岂能擅改。"言罢,在马屁股上抽了一鞭,一行七八人踏着晨光出宣辉门西去了。

出城五里地时,他让大家停了下来,自己勒马站在人们面前高声道:"诸位,于此刻起,我等就不仅是朝廷命官,更是皇上特使,一言一行,关乎国体。因此本官要在行前叮嘱几句:营田所获,乃为边陲屯粮,以供军需,据此,所过驿站,不可奢华,此其一。其二,近年我朝兴起高接远送之风,地方官吏中之别有用心者,专以逢迎为事,故所到之处,禁受礼品。其三,我等将去之地,周年缺水,因此,不可与兵民争水,更不可用水无度。此约法三章,仰各自律,违者严惩不贷,明白么?"

大家纷纷答明白了,他这才吩咐重新上路。

大约十天以后,娄师德一行到达灵州驿站,驿令闻知来者乃夏官侍郎、同平章事检校营田大使娄师德大人,早已率了录事和驿卒到站外迎候。

正当午时,阳光下一行人马滚滚而来,西北少雨,故而马行过后,荡起一阵烟尘。

不一刻,众人到达驿前,驿令上前作揖道:"大人远道而来,卑职未能远迎,还请恕罪。"

娄师德却笑道:"你可知已犯大罪乎?"

驿令大吃一惊,"哗啦啦"率领属下跪倒在地道:"卑职身犯何罪?还请大人明示。"

娄师德又道:"本官问你,吾等入驿,可曾验看火牌与勘合?"

驿令闻言,悬着的心反而松了,道:"大人乃当朝宰相,朝廷钦差,我已知晓,免验无妨。"

娄师德的脸色顿时严肃了,连发三问:"假若细作冒充朝廷钦差呢?假若是异族化装刺探我军情呢?假若有盗贼盗我军粮呢?"

驿令急得一脸的汗,伏地跪拜连道:"卑职有罪,卑职有罪。"

娄师德上前道:"你且起身,验过火牌。"李牧递过火牌,驿令认真看了,确信无误,便十分感动于宰相大人的一丝不苟。

"听大人一席话,卑职胜读十年书啊!"驿令道。

"驿站乃我朝内外转输枢要,不可不慎。依你所犯之罪,本相本欲鞭打,可以一朝宰相而打驿令,未免有污声名。若向你州县道破,你性命不存,姑且放你过去。"娄师德道。

驿令在此十数年,接待过众多的朝廷命官,有敷衍塞责者,也有颐指气使者,今天确实遇到了一代贤相,忙要口头谢罪,却被娄师德拦住道:"你真要感谢本官,就当恪尽职守,依律行事。"

然而,驿令被免一死,终觉过意不去,又慑于宰相大人严以自律,奢华必然再受责备。当晚,他便私下里找到驿站的膳厨,要他外出换些上好的白面,给大人们做一顿当地的揪面片,想来也不为过。

夜色渐浓,驿令便命膳厨端上了揪面片。娄师德借着灯光一看,只见面盆上飘着一层葱花和油花,又调了灵州老醋,香气扑面而来。不说吃,闻一闻都陶醉了。在他将要举起筷子时,手却踯躅了,问膳厨道:"驿站内士卒都食面汤么?"

因为有了驿令的交代,膳厨镇定地回道:"启禀大人,我等与大人所食毫无二致。"

"真的么？"

"真……的。"

膳厨口气中流露出一丝犹豫不决，这让娄师德越发地狐疑，道："你带本官去看看。"

"这……驿令大人有过吩咐，说大人一路劳累，千万不要打扰。"

"你带本官去看，出了事本官为你担着。"

膳厨见没有回转余地，只好带着娄师德来到另外一用膳处。由于去冬今春干旱，市易粮食紧缺，驿站官兵都吃的是苦黍和着菜做的晚饭，加上缺水，每人每餐就只供一碗水。看着他们蹲在地上艰难吞咽的情景，娄师德呆了。良久，他从一位驿卒手中端过碗，夹一筷子入口，果然干涩，后味还有些苦。他的脸色一下子就变得十分难看，厉声道："驿令何在？"

其实，自打娄师德一出寓所的门，驿令便觉大事不好，悄悄地在一旁静观事变，现在见宰相发怒，才战战兢兢地站出来应道："卑职在！"

"此即你所谓的毫无二致么？"娄师德指着碗里的苦黍菜叶汤道，"灾年粮缺，官员却食白面，你是要致吾等犯贪腐之罪么？"

驿令跪倒在地连道："卑职不敢，卑职只是不忍大人一路奔波，还请大人恕罪。"

娄师德不再责备驿令，对身边的李牧道："将面片盆端来，与驿卒共享。本官再次申明，有违行前誓约者重处。"

李牧从里屋端来白面，娄师德令将其倒进苦黍汤中，混为一体，并先来了一碗。李牧分明看见，当驿卒们将混了白面的苦黍汤捧在手上时，一滴滴泪水都洒进碗里了。

灵州三月，柳树还没有发芽，夜风呼呼地掠过驿站，发出"嗖儿、嗖儿"的哨音，一阵阵地扑打着窗棂。娄师德躺在驿站的炕上，只有脊背暖和，手脚却是冰凉。

娄师德与李牧同居一室，他在里间，李牧睡在外间。也许是风声的骚扰，虽已是子夜，娄师德却毫无睡意。今日的情景，让他想得很多。记得当年自己刚入仕时，父亲曾经要他读《韩非子》，他至今仍然可以很流利地背出"千丈之堤，以蝼蚁之穴溃；百尺之室，以突撩之烟焚"。青春年月，他以为只要心中堤坝不倒，就可以立定脚跟，清风两袖。现在看来，事情并不那么简单。

祸起于未萌，在很多情况下，它往往是极不易觉察的，虽说属下官吏的细微之举未必都包藏祸心，但有时就恰恰是这些关爱，会成为奢华的起点。

今日可食一白面,岂知明日不会受重金乎?

他轻轻地披衣起床,来到外间,发现李牧也没有入睡,便问:"判官想什么呢?"

"下官在想白日的事情。大人今日之举,令下官汗颜。据实而言,下官从未将之视为大事,以为不过人之常情。"李牧赶忙坐起来,把枕头搬到另一头,两人面对面坐着说话。

"朝纲之废,恰在这些所谓的人之常情。后汉丁鸿曾曰:'若敕政责躬,杜渐防萌,则凶妖消灭,害除福凑矣。'老夫年近六旬,尚慎微慎独,你年纪轻轻,万不可怠于貌似人之常情,而实则溃堤千里。老夫记得,陛下当年在给高宗皇帝的十二建言中,第一条就是戒奢华,倡节俭。惜乎至今践行者少而浑噩者多。"

听到此处,窗外的风在吼,李牧心中的风也在吼。

韦团儿近来很失落,她虽人在东宫,每日却是郁郁寡欢,独自一人时便自叹命途多舛。一样的美人儿,为何上官婉儿就能得到陛下的宠爱,而自己却总遭到皇上的责备呢?

韦团儿在五岁时就没了亲娘,她是在姨娘膝下长大的。在她八岁的时候,姨娘开始教她女红,先是学刺绣,再大些就学缝纫。她天资聪颖,处处都领先姨娘的几个女儿,可她总是遭到姨娘的责打和白眼。

有时候,她做女红太投入了,家人用过了饭,她就只能饿着肚子,等待下一顿。而姨娘每每拿了她的绣品到集镇上卖了好价钱,买回来的新布料、新玩具,却没有她的份。她幼小的心灵中逐渐播下了仇恨的种子,她开始学得刻薄、尖酸,并且人前一套,人后一套。有时候,姨娘外出的时候,她就对妹妹们百般折磨,并且威胁她们不能告诉姨娘,否则,将会招来更大的报复。

日子一天天过去,她就像一株山桃花,越是风刀霜剑,就越是开得艳丽。直到有一天,姨娘忽然发现她已经出落成一位亭亭玉立的姑娘了。她围着外甥女前后左右打量,像欣赏一件精美的作品。她透过外甥女窈窕的身段,似乎看到了她的价值。

而就在这时候,朝廷殿中省掖庭署到民间来招收女工。姨娘明白,进了掖庭,今生都不会再有出宫之日,于是早早就把自己的亲生女儿藏了起来。

姨娘没有想到,团儿非但不躲避,反而找到当地县令,要求进宫做女工。她的美艳当时就引起了掖庭官员的注意,在众多的姑娘中,她脱颖而出,自然被选进了皇宫。

离开家乡那一天,慑于掖庭官员对户婢修为的关注,她礼节性地向姨娘辞行,脸上却春风融融,没有掉一滴眼泪。她庆幸自己终于摆脱了姨娘,飞到了一个自由的空间。

然而,韦团儿最终并没有落脚在掖庭署,当她随着全国各州县的户婢们浩浩荡荡来到神都时,正值武曌筹备登基,韦团儿便选拔成了为皇上做衮服的户婢,进入了尚衣局。

那是一场何等精彩的测试啊!当她在绣架上精心绣出一朵含珠带露的牡丹时,全场轰动,连尚衣监都禁不住鼓掌叫好,当即将为皇上绣制衮服的大任交给了她和几位户婢。

韦团儿把这看作是改变自己命运的机会,她精心地描绘底样,选择彩线,从龙的鳞甲到眼眶,每一针、每一线都寄托着她的梦想。当衮服上的花团锦簇大部分绣成后,尚衣监拜见了时为宰相的武承嗣,欲请武曌为龙点睛,不想武曌竟答应了。

那天,太阳温暖而又鲜亮,武曌在武承嗣陪同下到尚衣局来了。尚衣监小心翼翼地铺开衮服,向她禀奏承担每一个部分的女工。他发现,当武曌细细端详那神采奕奕、栩栩如生的龙时,那保养得很好的白皙的脸在龙鳞的映照下泛着红光。

"此龙何人所绣?"武曌问道。

"启奏陛下,此龙出自新招户婢韦团儿之手。"说着,尚衣监传韦团儿上前回话。

韦团儿莲步轻移来到武曌面前,轻声慢语地行礼道:"奴婢见过太后。"

武曌的眼睛顿时睁大了,她显然被团儿的美艳和手艺所触动,想起那年召上官婉儿进宫的情景。相比之下,韦团儿虽少了上官婉儿身上的贵气,却多了小家碧玉的活泼。武曌收回目光问道:"你等不是要朕来点睛么,谁为朕配线?"

韦团儿没有丝毫犹豫,也不顾及周围的目光道:"奴婢愿为陛下效命。"

不一刻,韦团儿就配好了点睛的丝线。武曌在绣架前坐下来,平心静气,凭借年轻时的根底,寥寥数针,那龙的眼睛就活了,似乎刚刚穿越云霓,眼角还闪烁着灵光。

顿时,满场"陛下圣明"的欢呼声一片。

可就在这时,武曌说话了:"传朕旨意,韦团儿自即日起进东宫伺候太子,不得有误。"

就这样,她来到了李旦的身边。开始的时候,她并不敢有丝毫的非分之想,只按照皇上的安排,每日暗暗记录太子起居,定时到嘉豫殿禀奏。至于皇上为什么要这样做,她不明白,也不多问。

过了一段时间,她的心就不那么安分了。不错,太子身边的妃子很多,宫娥成群,可有几位能和她韦团儿相比呢?她有的是美貌,有的是青春,为什么就不能为自己争取更好的未来呢?

可是她错了,屡遭蹂躏的李旦早已心灰意冷,在那个让她难堪的夜晚,太子殿下不但拒绝了她,还严令郭纬将她赶出了庄静殿,她期待被宠爱的心从那刻就生出了复仇的火苗。

机会终于来了,因为长寿二年元旦万象神宫祭祀时太子亚献的身份被武承嗣取代,刘妃与窦妃对皇上的不满的对话被韦团儿清晰地听见并及时地禀奏给了武曌。

两位妃子失踪的当天,东宫陷入一片混乱,韦团儿虽然脚步不歇地穿梭在纷乱的人群中,可她的心中却是高兴的。

哼!你不是让我韦团儿丢脸么,那我就让你最爱的人从世间消失!那一夜,端着温酒从延义门走向庄静殿的路上,她就是这样悻悻然地表情。

这一次得手,韦团儿的心境发生了很大的变化。她不再希图围着太子转,而把博取皇上的欢心看作最重要的事。她相信,只要皇上高兴了,哪家王爷不是她的栖身之处呢?何必一定要死守在东宫呢?二月二惊蛰之后,皇上特意召她询问东宫的情况。

皇上问得很仔细,特别对二妃失踪后太子的言辞最为关注。这给了她一个明确地感觉,皇上母子并不像寻常母子那样和睦同心。她于是有了一个大胆而又危险的设想,既然可以让二妃消失,为什么不能让皇上厌恶甚至怀疑太子的忠诚呢?

揣摩透韦团儿心理的还是武承嗣,那天她从武成殿出来,恰好武承嗣要进殿奏事,在询问了皇上对韦团儿的问话之后,他暂缓了进宫,而用车子载着她进了魏王府。

虽然鼓动皇上改立国嗣的图谋屡遭拒绝,但武承嗣从来没有接受这种结局。尤其是当有一天他在皇上面前诋毁李昭德时,非但没有奏效,反而遭到申斥:"朕任昭德,始得安眠,此代朕劳,你勿复再言。"他一度很郁闷,这种心境直到皇上要他查窦妃母亲庞氏"厌胜"案时才有了回转。现在,听了韦团儿的述说,他的思路倏然开朗,既然庞氏为太子岳母,为何不可以将太子牵连进来呢?如此,则可达一石二鸟之目的。

偏偏在这当儿,有两名朝臣因为私谒太子而被处腰斩,这让武承嗣更加自信,扳倒李旦只是时间问题。

"你放手去查,太子若是干涉,有本王为你做主。"在魏王府,武承嗣对韦团儿道。

谁知韦团儿立即跪倒在武承嗣面前道:"奴婢感念王爷垂爱,若王爷不嫌弃,奴婢愿以身相许。"言罢便投入了武承嗣的怀抱。

武承嗣此时获得的不仅仅是嫁祸太子的机会,更为韦团儿衣袖间散出的兰香所陶醉,为那一双魅惑的眼睛所融化……

如今,虽已是长寿二年三月了,韦团儿回忆起那一夜仍然心旌荡漾,不能自已。她来到东宫后花园的一株栗子树下,轻轻掀开草丛,用手刨了刨,潮湿泥土中便露出一具"人偶",上面扎满了钢针,脊背上隐约可见"武当死,李当立"的字样。她警惕地看了看周围,才迅速离开栗子树,快步出了东宫,朝武成殿的方向奔去。

而此刻,武承嗣正在向武曌陈奏查处"厌胜"案,武曌先还是耐心地听着,听到后来,眉毛就竖起来了,声色俱厉道:"庞氏当斩。"

武承嗣不失时机地附议道:"微臣谨遵陛下旨意。"

他的话音刚落,武钦就进来禀报道:"侍御史徐有功求见。"

武承嗣的脸色立刻变了,道:"微臣以为,陛下还是不见为好?"

"这是为何?"

武承嗣道:"此贼狂妄,竟然受庞氏之子窦希缄蛊惑,认定庞氏无罪。"

"哼!朕倒要看看,这个徐有功有何说辞,宣他进来。"

武钦转身来到殿门口,高声喊道:"陛下有旨,徐有功觐见。"

徐有功从垫门走进武成殿的脚步是沉重的,他知道,自己的每一步都牵涉窦氏一族数十口人命。在左肃政台,人们留下了"遇徐、杜则生;遇来、侯必死"的传言,盖因为他虽然官卑职微,然在审理道州刺史李行褒兄弟谋反案时秉公重据。然而这一回,他的心却是忐忑不安了。

武曌看着跪在地上的徐有功,话语冰冷得让他发怵:"徐有功,朕听闻你对庞氏一案持有歧见,这是何道理?"

徐有功调整着自己的情绪,他以笏板掩面,平静地说道:"微臣查阅案卷,至今没有确凿证据可以证庞氏'厌胜',因此臣以为无罪。"

"哼！好你个伶牙俐齿。朕问你，你与同在肃政台之臣僚相比，办案失出为何如此多？"

"启奏陛下！"徐有功也不退缩，"失出，人臣之小过；好生，圣人之大德。"

"你！"武曌被徐有功的话噎住，一时沉默。

武承嗣却是怒目圆睁，上前道："小小侍御史，竟敢顶撞陛下，显系窦孝谌同党。陛下，应将徐有功发司刑牢狱问罪。"

徐有功鄙视地看着武承嗣道："为大周朝纲，纵死何妨？况岂我独死，诸人永不死也？"

正在武承嗣、徐有功词锋语箭之际，武钦却带来一个惊人的消息，说东宫户婢韦团儿抱了人偶要见皇上。

武承嗣立即禀奏道："韦团儿此来，必有新证，请陛下速宣进殿。"

徐有功立即反问道："王爷未见韦团儿，怎知她会出示新证，莫非事先设计？"

武承嗣没想到徐有功反应如此之快，顿时面红耳赤，指着徐有功的鼻子骂道："你十恶不赦，百死不惜。"

徐有功反而"哈哈"地笑了，他相信陛下已经听清楚了意思。可他的笑容很快收敛了，开始担心韦团儿出证真的把太子牵涉进去。

韦团儿抱着人偶进来向武曌陈奏，说今晨她到后花园发现这具人偶，上面写着"武当死，李当立"，不敢怠慢，来向陛下奏报。

"呈上来。"武曌从武钦手中接过人偶，看那银针根根刺向心窝，就隐隐觉得自己心中真的绞痛起来，及至翻看脊梁上的刻字后，脸色"嗖"地灰暗了，"看来！李贞父子阴魂不散啊！有人盼着朕速死呢！"

武承嗣很得意地看了看徐有功，对武曌道："证据确凿，微臣以为嫌犯必是与润州窦孝谌遥相呼应，沆瀣一气。此物既出自东宫，太子当难脱嫌疑，故微臣奏请陛下，由左金吾将军武懿宗率禁卫入太子府查看，定会有新证。"

武曌还没来得及回应，徐有功却说话了："且慢！微臣还有几句话要问韦团儿。"

武曌平日里虽对徐有功的固执己见颇烦，但从心底却喜欢他的直率，况且，此案牵扯太子，她也不能不慎重，于是便恩准了他的请求。

武承嗣严厉地看了看韦团儿道："徐大人要问你话，你须如实回答，不可信口胡言。"

徐有功并不在乎武承嗣的态度，转身来到韦团儿面前，先是专注地看她的眼睛,直到发现她有些仓皇时才问道:"本官问你,此人偶你何时看见的?"

"今日辰时一刻,奴婢于后花园栗子树下发现。"

"辰时一刻,你不在庄静殿伺候太子,跑到后花园作甚?"

"这……奴婢是路过那里,忽然看到树下有新土,故而……"

"从后宫到庄静殿,要从延义门出,你为何南辕北辙?"

"这……"韦团儿有些慌神。

徐有功乘机紧追不舍:"你可见有人埋了人偶?哦!既然没有看见,难不成这人偶系你所埋,还不从实招来!"

韦团儿被徐有功犀利的目光盯得浑身发毛,方寸自乱,暗暗转脸向武承嗣求救。

武承嗣便有些按捺不住,声色俱厉地说道:"徐大人这是何意?若是韦团儿所为,她还敢来向陛下禀奏么?分明是太子为二妃之死怀恨在心,故而做'厌胜'之术,诅咒陛下。"

徐有功听罢,仰天大笑。武承嗣便浑身不自在,质问他笑什么?

"下官笑大人妄自推论,漏洞百出。此类流俗小技,岂是太子所为?"

武承嗣问道:"若非太子所为,怎能出自东宫?"

"这也正是下官要问大人的,就算是太子所为,他不在别处埋藏,偏选了东宫后花园,岂非掩耳盗铃,画虎类犬?下官不妨问王爷,若王爷身为太子,能出此下策么?"没等武承嗣回应,徐有功接着道,"下官记起来了,天授二年,朝堂上一片改立国嗣嚣声,王庆之甚至以死相挟,敢问王爷何不亲自出面陈奏皇上?无他,乃瓜田李下之虑也。王爷都不愿为之,为何就断定太子必为呢?"

武承嗣的嘴张了张,终于没能回上话来。

徐有功说话的时候,眼睛一直暗暗打量武曌的情绪变化,及至发现她的脸色逐渐趋于平静,便知是见好就收的时候了。他转过身来,举着笏板对武曌道:"微臣以为,韦团儿未脱嫌疑,然此案与润州刺史夫人庞氏'厌胜'之事交织在一起,甚是蹊跷,臣以为先将韦团儿留于武成殿中,待案情真相大白后再回东宫不迟。"

武承嗣一听却不答应了:"微臣以为不妥,韦团儿前来禀奏,反受嫌疑,当属不公。"

在武承嗣与徐有功舌辩之际,武曌的心如风起青萍,荡起波澜阵阵。她虽然遣韦团儿到东宫,然本意在监视李氏宗室与太子的交往,却从来不相信儿子会诅咒母亲。现在,人偶出于东宫,她既是吃惊,又感疑虑。当韦团儿刚刚把人偶呈上来时,她的确怒在心头,但随着徐有功的层层辨析,她也渐渐平静了。一方面,她不得不承认徐有功的话滴水不漏,合情合理;另一方面,她又觉得武承嗣的怀疑不无道理,毕竟她和太子之间确有心结,难保他不会做出忤逆之事。

当然,这些只在她心中咀嚼,现在,她要的是真相。她已经暗暗打定主意,若坐实太子使"厌胜"术,那么,改立国嗣就是必然的了。武曌看了看面前的几个人,毫无偏倚地说道:"二位爱卿所言,各有道理,此案既是疑问甚多,不妨两案并查,韦团儿暂留宫中,待真相昭然时再作去留。然查案事宜,朕以为还是由来俊臣与徐有功协同。务必做到证据确凿,无论何人,僭越犯上,诋毁朕者,杀无赦。"

武承嗣与徐有功几乎同时应道:"微臣遵旨。"

武曌挥了挥手道:"你等退下,朕累了。"

武承嗣与徐有功各怀心事地走出了武成殿,武曌目光追逐着他们的背影很长时间才收回来,却发现韦团儿仍旧跪在那里,眼睛倏然冰冷了:"你且退下,好好思忖究竟为何?回头朕再追究。"

"陛下!奴婢……"

武钦在一旁道:"陛下意思很明白,快去女红室暂且栖身吧!"

韦团儿这才忐忑不安地出了武成殿,一路上她心如乱麻,远远望着在偏门外的女红室,脚下不小心绊了一下,跌倒在地,那眼泪就哗啦啦淌下来了。

武曌这会儿却是真的累了,这累,不在身而在心。她靠在座椅上,睁开迷离的眼睛,发现武钦在身边站着。

"你相信太子会诅咒朕么?"

武钦低下头回道:"老臣不敢轻言。不过,依人之常情,太子当不会生此违逆之举。"

"朕也做如是想。"

武钦眨了眨眼睛又道:"这半晌,老臣看得有些糊涂。"

"哦!如何糊涂了?你说说。"

"老臣不解,在庞氏之案中,来大人与徐大人歧见分明,为何陛下还要他们同查太子一案。"

"来卿长于酷刑,快自然快矣,然则大刑之下,难免屈招。徐卿性稳健,却是偏于固执,故而朕命二人协查,乃阴阳相合之理也。"

武钦还是不能完全明白,一脸茫然,武曌看他的眼睛,就知道没有听懂,笑了笑挥挥手道:"此为君之道,非你所能解矣,下去吧。"

就在韦团儿拿着人偶匆匆忙忙赶往武成殿的当儿,李旦也洗漱得清清爽爽,进了庄静殿,开始一天的第一幅画作。

郭纬早已将绢布铺好,研得很精细的墨散发着淡淡的芳香,与大殿一角的兰花相互侵染,那香就变得很有层次了。不管李旦静夜里如何思念离去的刘妃和窦妃,只要一走进这氤氲中,就会暂时将一切痛苦搁在一边,全身心地投入绘画。

进得大殿,李旦问道:"韦团儿呢?"

郭纬回道:"一大早就没见人。"

"难不成从陛下身边过来的人都是这个样子么?"李旦讽刺道,这让郭纬就不好接话了。

自从韦团儿被皇上遣到东宫以后,研墨之事多由她做,今天只能由郭纬代劳了。

他今天继续昨日的绘画,一青苔碧翠的巨石旁站着一位美人,黛眉紧锁,春愁满腹,双目望着远方,似在等候远道归来的郎君。一枝寒梅斜插画面,点缀出深寒季节。

与其说是在画美人,不如说他在宣泄自己心中的思念。他用的是阎立本的线描法,施以淡彩。现在,在即将点睛之际,他无法抑制自己的怆然心绪,泪花点点,滴在绢布上,将点燃在石缝间的青苔洇成一团一团。郭纬在旁边看着,也由不得心酸落泪。

"二妃已去多日,还请殿下节哀。"郭纬知道自己的劝说无济于事,但也只能是尽心而已。

李旦在一丛梅花上敷色时选择了黄色,不一会儿,蜡蒂满枝,暗香浮动。画已作成,李旦要郭纬拿过印章,正要题款,却不料一个小太监慌慌张张地跑进来道:"启禀殿下,大事不好了。"

一见此景,郭纬脸上就挂了霜,道:"殿下正在作画,你慌手慌脚的,成何体统?"

太监颤抖着身子道:"武将军带人来……来搜宫了。"

"什么?你说什么?"李旦手中的笔"当"地就掉在了地上。

话刚落音,就听见左金吾将军武懿宗在门外喊道:"启禀殿下,末将奉陛下之命前来搜查'厌胜'之物,还请殿下恩准。"

李旦走出殿门,看到同来的还有来俊臣与徐有功,顿时脸色蜡黄,说话也有些断断续续:"我在东宫,每日以作画为趣,何来'厌胜'之物?"

武懿宗一脸的横气道:"末将只是奉旨行事,其他一概不知。"

这时候,东宫侍卫狄光远匆匆赶来,按剑而立道:"东宫乃国嗣重地,岂能有污秽之物。将军如此兴师动众,能搜得见还则罢了,若是扑空,惊扰了太子殿下,该当何罪?"

这声音好生熟悉,来俊臣觉得似乎在哪里听过!哦!对了,它的节奏,它的浑厚,与狄仁杰何其相似。于是,他便对眼前这个年轻人分外注意:"想来将军就是狄公子了。当年狄公于推事院遭遇审讯之事犹在昨日,眼前将军不以为训,是要重蹈你父旧辙么?"

"你……"

狄光远眉宇间布满怒气,正要辩解,不料徐有功从旁插话进来道:"来大人请勿急于指罪,狄将军身为东宫侍卫,陛下赋予他护卫太子之责,出面说话亦是遵旨行事,似无不当之处。现武将军奉旨搜查,一切且待查后方见分晓。"

随后,徐有功转身来到李旦面前,先行了君臣之礼,才气平语和地说道:"下官与来大人皆是奉旨行事,下官深信殿下磊落光明,心底无私,断不会出'厌胜'之策。殿下不妨放手让禁卫去查,也好让真相大白,是非明辨。"

面对此情此景,李旦也知道若是不许查,定会授人以柄,于是后退一步道:"如此就依大人。"

这话一出,武懿宗立时盛气盈目,大声喊道:"来人!兵分三路,一路查后花园,一路查后宫王妃殿宇,一路查庄静殿。"

禁卫们呼啦啦地散开,而李旦的心却就此悬吊起来了。

狄光远见状,倏地一步跃到武懿宗面前,伸手握住他的手腕一扳。只听"哎哟"一声,武懿宗双臂发麻,那寒光闪闪的宝剑"当"的一声就落在了地上。

狄光远眼里却溢出意味深长的笑意,大声道:"剑锋无情,不要惊吓了太子……"

第二十五章

狄光远剖腹明志　娄使君边城斩官

大约过了半个时辰,武懿宗属下的旅帅果真捧着一具人偶前来禀报,说是在袭芳殿前的花坛中挖出的。

李旦闻言大惊,眼看着汗水就流下来了,连道:"我与陛下母子连心,岂能有大逆不道之举,必是有人陷害。"

武懿宗一脸的不屑:"既然从东宫掘出,本官自是不能隐瞒,必要禀奏皇上处置,还请殿下海涵。"说罢,他挥了挥手,率领属下就要离去。

孰料狄光远率领东宫禁卫横剑而立道:"将军不假审理,就断言太子所为,岂知非奸人陷害之举?"

武懿宗冷笑道:"殿下乃当朝太子,钦立国嗣,何人敢恣意陷害?"

"说得好!"狄光远接过武懿宗的话道,"下官不妨也问一句,殿下乃大周国嗣,接续国脉,顺理成章,为何要诅咒陛下,岂非违背人之常伦?"

"这……"武懿宗没有想到狄光远会借力打力,一时语塞,旋即道,"此事不劳将军费心,陛下自有公断。"说着,就要属下开路。

狄光远脸色顿时黑了,大声道:"将军今日若是说不出个究竟,恐怕这东宫的门……"

眼看着东宫禁卫个个拔剑在手,怒目横眉,庄静殿里的气氛紧张无比。

武懿宗素知狄氏父子的厉害,不免心中发怵,嘴上却不松口:"你等要干什么,是要谋反么?难道将军忘了李冲父子的前车之鉴么?"

李旦被双方的剑拔弩张强烈地震慑了,他担心一旦真动起武来,流血伤亡不说,陛下闻之,他更是百口莫辩。他挥了挥手,示意狄光远退下,自己上前,恭谨地对武懿宗道:"将军奉旨查案,光远年轻,还望将军海涵。我自知无僭越之心，更知清者自清，身正何惧影斜之理。'厌胜'之物就由将军带回，来日我亲自拜见陛下，陈明真相。"

武懿宗的脸上这才显得松泛了些，拱手道一声"下官告辞了"，才带着属下出了东宫，直奔武成殿而去。

喧闹了半日的庄静殿一旦宁静下来，又沉入可怕的冷寂。放走了武懿宗，李旦的心却是七上八下的没了着落。他明白，这一切因二妃之死而起，却与韦团儿脱不开干系，他也知道，韦团儿所有的怨恨都因那夜他的拒绝而生。虽然"厌胜"之术荒诞不经，可它触动的却是武曌心底最敏感的部分。

他的思绪，就如清晨的雾霭，扯丝拉絮，绵延不绝。他想到了前一段时间喧嚣一时的改立国嗣风波，此事尽管在狄仁杰、李昭德等宰辅的周旋下，随着王庆之的死而终于落下帷幕，然而，韦团儿的到来，"厌胜"之物的突现，都告诉他，事情还没有结束，暗流依然涌动，武承嗣的野心毫无收敛，而陛下在两位大臣因私谒他而被处死以后，干脆就禁止大臣们进入东宫。这一切说明了什么？说明了在立嗣问题上陛下仍在犹豫，这一切，都将使事情变得更加复杂。

与其中途搁浅，不如急流勇退。他曾将皇位几次退让，以致陛下得以称帝，如今何必在乎这个如同囚徒一样的太子呢？已经有两个女人为自己而殉命，难道还要儿子们身陷囹圄，身首异处么？

"唉！我反复思忖，这个太子不做也罢。"李旦长叹一声，对身边的狄光远与郭纬说道。

郭纬不解地问道："殿下何故忽出此想？"

李旦解释道："我若不退让，风波便永无定期。二妃尸骨无踪，我怎忍她们魂牵于儿女安危？"

"陛下！万万不可。"狄光远劝道，"自豫州平叛以后，短短几年间，李唐宗室，秋风落叶，折戟殆尽。庐陵王远在异乡，艰危莫知。曩者皇皇大唐，今唯殿下所系。若殿下退辞，宗庙何安？"

"纵然不退，既无出入宫禁之身，又无参与朝政之机，我形同虚无，守又何益？"

"不然！"狄光远又劝，"眼下武承嗣觊觎太子位久矣。依臣观之，二妃之亡，'厌胜'物出，皆武氏兄弟主谋，其心昭然，就是要逼殿下退位。若殿下请辞太子，岂非正中下怀？"

郭纬也附和道："狄将军所言，正切当下宫廷风云变幻之枢要。殿下万不可自乱方寸。"

"唉!"李旦摇了摇头,"我又何尝不想守列祖列宗之业,然天不予我,何妄求之?"

李旦的话让狄光远很揪心,父亲离京时曾经反复叮嘱,务必力保太子不受侵害,声音凝重而又哽咽:"臣者!国之辅也;上忠乎君,下爱百姓,臣之责也。风摧而不折其志,骨碎而不折其腰,慷慨赴死,在所不辞。目今太子处境艰危,你须以命殉之,可能做到?"在获得肯定回答后,父亲才放下了一颗悬着的心。

这件事情,是他们父子之间的约定,即便是留在京城的母亲都对此一无所知。现在,他深为李旦的软弱而寒心。自二妃案发以来,他已经有些日子没有回府上看望母亲了。他打定主意,今天就回去看看母亲,明天,他要亲自上殿面见武曌,为太子辩冤,即便引刀颈上,也绝不后退。

想毕,狄光远转身来到李旦面前跪倒奏道:"殿下不必彷徨担忧。微臣已决计明日拜见陛下,为殿下辩冤。纵然玉碎,也绝不容亲痛仇快,贼人图谋得逞。"

李旦急忙上前,双手扶起狄光远,涕泣道:"前者狄公仗义执言,鞭挞王庆之,怒责武承嗣,为奸佞所陷,以三品之职而贬谪县令,飘零彭泽。我每思及此,甚感不安。如今爱卿又要为我负重千钧,狄氏一门,父子忠烈,然爱卿春秋尚富,我何忍于爱卿奋不顾身,一切皆因我而起,还是……"

"万万不可!"狄光远截住李旦的话头,"臣意已决,殿下也不可退却。臣深信陛下母子情深,血脉情长,定能拨云见日,臣已离家数日,今日特向殿下告假,回府探视母亲,回来后就去武成殿拜见陛下。只是殿下不能再存退却之思。"

"好!我答应你!"

狄光远退出庄静殿,没有回头,生怕李旦又生顾虑。

府令最先看到狄光远的身影,便上前见礼道:"少爷回来了,刚才老夫人还在家里念叨,说狄家一老一少,都是不着家的主儿。"

狄光远笑了笑,来到后堂,看见狄夫人正坐在绣架前绣一幅兰花,紫色的线在母亲手中如云丝般穿梭,仿佛堂内的各个角落都飘着兰香。可狄光远第一眼看见的还是从母亲鬓角垂下的一缕白发,仿佛一片芦苇花,飞进他的胸臆。论年龄,母亲比父亲小六岁,年龄不算大。可父亲的遭际,岁月的风霜,吹白了母亲的秀发,吹皱了她的额头。在他童年时,母亲为父亲的刚正不阿而提心吊胆;在他青年时,母亲把心的一半给了父亲,另一半给了儿子,而唯独没有自己……

狄光远的眼睛湿润了,他就那么静静地站在一旁,看着母亲绣完一个花瓣,才上前跪倒在地道:"母亲,孩儿回来了。"

"哦,是远儿回来了。"母亲一分神,指尖就被针刺出了血。

狄光远眼尖,顾不得礼仪,挪动着膝盖来到母亲面前,拿起带血的指头,就放在自己口内吮吸,又对后堂喊道:"来人,拿白药来。"

"些许小伤,你何必大惊小怪!"母亲爱怜而又欣慰地看着儿子。

狄光远不说话,仔细地从丫鬟手中接过白药,轻轻地洒在伤口,又用白色绢帛包了,愧疚地说道:"都是孩儿不孝,还请母亲恕罪。"

"回来就好!"狄夫人说着,就吩咐后厨准备晚饭,"你在太子身边,其责重大,娘明白。既是告假回来,就一家子在一起吃顿饭。"

太阳最后一缕余晖消失的时候,狄府的灯亮起来了。狄光远母子入席就座,狄光远建议道:"父亲远在彭泽,家中大小诸事皆赖于府令,请他也入席吧。"

见狄夫人点了点头,府令反倒拘束了。

狄光远道:"你在狄府,就是一家人,坐吧。"

府令这才很不安地坐了。

狄光远端起酒杯,对母亲道:"孩儿平日忙于朝事,无法在母亲床前尽孝,请您饮下这杯。"

狄夫人举起手中的杯子,道:"娘知你一片孝心,只是忠孝不能两全,娘只盼你精忠报国,守护太子。有空了,向你远在彭泽的父亲写封信问安。"

"孩儿记下了,明日过后,孩儿就写。"狄光远转身又举起杯子,对府令道,"母亲体弱有病,府里上下辛苦您了,请您也饮下这杯。"

府令很惶恐,站起来双手举杯过头道:"谢少爷。"

饭后,狄光远扶母亲到前厅又叙了一会儿话。

"你父亲从彭泽捎书来说,彭泽干旱无雨,营佃失时,百姓无粮可食,他已上奏疏要求朝廷发散赈济,免除租赋,救民于饥馑之中。并说陛下已传旨,免去彭泽一年税赋,要求打开府库,赈济贫民。"

狄光远问道:"父亲可说到近来身体如何?"

"你父亲身体尚无大碍,就总是惦记太子。"

狄光远沉默了一会儿,没有说话,这引起狄夫人注意:"你为何不说话,是太子有事么？"

"母亲不必牵挂，太子殿下近来一切尚好，每日作画倒也优哉游哉。"狄光远不敢将这个话题再继续下去，生怕被母亲看出什么破绽，忙转移了话题，"孩儿平日总是忙，今天略有闲暇，就为母亲洗洗脚吧！"

"你呀……"狄夫人看着儿子笑了笑，"娘无病无灾，岂要你这般辛劳。"

狄光远也不回答，亲自到后堂温了水，试了几遍，才端到母亲面前："孩儿就是再大，在母亲面前也是孩子。"说着，就为母亲脱了袜子，将一双脚轻轻地浸入水中，撩起水轻轻地摩挲。温热的水顺着指尖，洒在母亲的脚掌、脚腕，也洒进了狄光远的心中。那些童年的记忆便都顷刻间涌上心头了。

七岁那年秋天，父亲为他请了先生授书，每日温课都要很晚才能就寝。一个冬天的夜晚，他因为抄写文章，直到夜里酉时写完最后一个字时，才发现窗外已是大雪纷飞，站起来后，一双脚已经麻木冰冷。他挪着艰难的步子回到寝室，母亲就跟进来了。母亲什么话也不说，默默地捧起他的脚就放进自己的怀里。那一刻，他看着母亲美丽的眼睛流出了泪水。

《诗》曰："父兮生我，母兮鞠我，拊我蓄我，长我育我，顾我复我，出入腹我。欲报之德，昊天罔极"，可他自入朝以来，在母亲身边待的时间太少了，欠母亲的太多了。而明天在皇上面前，尚不知会有什么事情发生。若是触怒皇上，这性命指不定都难保。狄光远撩水的节奏慢了，最后不知不觉地停留在那里，目光也离散了。

"远儿！你有心事？"狄夫人问道。

狄光远脱了缰的思绪被母亲的呼唤拉了回来，赧颜笑了笑道："孩儿怎会有心事，孩儿是想父亲了。"说着，他为母亲擦了脚，又扶上榻，看着母亲躺下，才深深地施了一礼退出。

第二天不逢早朝，狄光远洗漱一毕，没有到东宫，而是直接去了武成殿。武钦告诉他，武承嗣、武懿宗正在里面向皇上禀奏东宫人偶之事呢。

"正好下官也正为此事而来。烦请公公禀奏，就说东宫侍卫狄光远求见陛下。"

武钦面露难色："这恐怕……两位大人正在奏事，这时候将军进去……"

狄光远解下腰间的宝剑，放在殿门外的剑架上，口里道："不瞒公公说，下官正要当着两位大人的面明辨是非，还太子殿下清白。"

武钦虽从谱系上说，也算是武氏一支，却从不愿意与武承嗣兄弟同流合污。他也为太子的遭际唏嘘不止，可要他放狄光远进去，陛下若是追究下来，他轻则鞭笞,重则入狱。

设身处地,狄光远深解武钦的为难,看看左右无人,用力撕下半片战袍,递在武钦手里小声道:"下官闯宫,公公拦挡,陛下若是追究下来,就说扯下战袍也未能拦住。"

而此时,武曌正狠狠地说道:"好个李旦,朕念及骨肉之情,立你为国嗣,孰料你不思报恩,反倒结仇,诅咒'厌胜',僭越犯上,罪莫大焉,朕岂能容你?"

武承嗣暗暗打量武曌苍白的脸色,知道这一回李旦是在劫难逃了,便撩了撩袍裾火上浇油道:"微臣以为,太子对二妃之死疑窦未消,且仇积于胸,故而生此忤逆之举。微臣以为,其祸心在觊觎皇位,复李唐国号,是可忍孰不可忍!臣请陛下圣裁……"

"罢了!"武承嗣没有想到,武曌却反过来斥责,"你虽贵为王侯,却是志大才疏,除了在朕耳边传些是非之词,何曾有过治国良策?"

武承嗣被斥责,一脸的通红:"微臣是为陛下着想,绝无……"

武懿宗也在一旁帮腔:"魏王殿下对陛下赤胆忠心……"

他的话刚说了半截,就被殿外的争吵声打断——

"将军!你不能进去。"

"请公公放开,末将有事要上奏陛下。"

"将军你……"

两人回头去看,狄光远一阵风似的冲进了武成殿。

武懿宗忙上前拦住,大声道:"陛下正与宰相议事,你好大胆,竟敢私闯皇宫,罪在不赦。"

狄光远也不搭话,伸开左臂一用力,武懿宗一个趔趄,他没有拦得住,狄光远却已跪倒在武曌面前了:"微臣狄光远叩见吾皇万岁万万岁!"

武曌看一眼狄光远,用力拍打案头道:"狄光远,你好大的胆子,竟敢私闯皇宫,该当何罪?"

武承嗣趁着武曌的口气,顿时义愤填膺,摆出一副护驾的势头,大声呵斥道:"逆贼狄光远,目无皇上,藐视朝堂,来人,将这反贼拿了。"

在殿外值守的禁卫"呼啦"一声就涌了进来。

狄光远并不理会武承嗣,面对武曌跪着道:"微臣闯宫,罪该万死,却是情非得已。请陛下容臣奏完本章,臣死而无憾。"

武承嗣不容他分辩:"将死之贼,何来奏言,拉出去!"

"你且退下,朕倒要听听,他有何话说。"武曌一转头,对狄光远道,"朕念及你父忠贞可嘉,恕你起身说话。"

狄光远从地上站起来,缓缓地来到武曌面前道:"微臣蒙陛下恩典,赐臣四品东宫侍卫,臣不敢懈怠渎职,陛下圣言,萦萦于心;太子安危,殷殷系念。"狄光远顿了顿,加重了说话的语气,"臣终日追随太子殿下左右,每见太子早晚于佛前焚香祈福,愿陛下万寿无疆;若闻陛下采薪之忧,涕泣不已,祷之上苍,愿以自身之躯,代陛下病患;及知陛下康复,喜不自胜,跪之月下,洒酒苍天,又怎会有异心诅咒陛下?"

武承嗣问道:"人偶掘之东宫,当做何解释?"

"必是有人陷害殿下。"

武懿宗又道:"我现场查看,人偶于东宫后花园栗树下掘出,岂能有假?"

"奸人暗埋,亦未可知。"

"人偶两度俱在东宫,岂容你巧言令色,信口雌黄。"武承嗣转过身对武曌道,"狄光远混淆是非,颠倒黑白,欲图掩盖太子异心之迹,显系太子羽翼。臣闻狄光远常于静夜之际,与太子密谈于深宫,其狼子野心昭然若揭。"

就在武承嗣转身吆喝禁卫的时机,狄光远忽地从腰间摸出一把匕首,脸色铁青,傲然而立,武承嗣大惊,对着禁卫喊道:"逆贼欲图行刺陛下,还不拿下。"

禁卫一拥而上,将狄光远团团围住。狄光远一手高举匕首,喝令禁卫散开;一手拉开腰带,露出胸襟,高声喊道:"陛下不信微臣之言,请剖心以明皇嗣不反。"言罢,他举起匕首,朝胸口划去,顷刻间血流如注。

武承嗣呆了!

武懿宗呆了!

宫廷禁卫呆了!

武曌呆了!

一双双眼睛只是惊恐地看着眼前的一切。狄光远忍着撕心裂肺的痛苦,流着泪对武曌道:"陛下,臣何惧一死,但能为太子洗冤,死无憾矣。"

武曌霎时似乎明白了,对武钦喊道:"速传太医进殿。"又要禁卫抬着狄光远进到内室,放在榻上,用绢帛暂且包了。

武承嗣、武懿宗见事情大了,趁着禁卫忙乱中,悄悄地出了武成殿。

武曌俯下身子,附着狄光远的耳边安慰道:"爱卿忍耐些,太医片刻即来。"

不一刻,太医沈南璆匆匆赶来了。武曌观这沈南璆年不过而立,生得英俊潇洒,不禁对其医术怀疑起来,也顾不得君臣礼数,一脸狐疑地问:"依爱卿之见,狄将军可有救乎?"

沈南璆一边查看伤口,一边回答:"好在刀伤尚新,血尚热,救之有望。"

他将一紫色的药粉点燃,朝着狄光远的鼻子吹,不一会儿,狄光远就昏厥过去,然后从药箱里拿出一根钢针,放在火上烧燎去毒,绾了桑树皮线缝合,缚了白药,待血止住后,开了药方,交给一名太监,去尚药局取药。

待这一切安排妥当,沈南璆这才来到外室向武曌禀奏,说他为狄光远施了止痛迷药,又为他敷了宫廷特制的白药,今夜无事,如果顺利,明日即可苏醒,不用半月即可康复。

武曌舒了一口气,对沈南璆道:"你今日不可离开武成殿,就在宫中照管狄爱卿。"接着又传来武成殿詹事,要他派遣可靠禁卫严密守卫,不经恩准,任何人不能进宫。

这时候,从内室传来狄光远的呓语:"陛下……太子无罪……臣愿一死,为太子……辩白……"这断断续续微弱的声音却似惊雷,让武曌不得不扪心自问:难道朕真的错怪太子了?

武曌紧皱双眉,忽然就想到一个人,立即对武钦道:"速传郭纬到武成殿。"

郭纬战战兢兢地来了,下跪时浑身颤抖个不停,说话时磕磕巴巴。武曌道:"你不必惊慌,朕传你来,就是要问你,如何看待今日狄卿殉身一事。"

在来武成殿的路上,武成殿太监已将狄光远剖腹明志的经过大体述说了一遍,郭纬没有任何犹豫道:"启奏陛下,'厌胜'之术,乃东宫户婢韦团儿所为。"

"朕待她不薄,为何要含恨诅咒?"

"她既诅咒陛下,又欲加害太子。"郭纬遂将韦团儿如何欲图在深夜以姿色诱惑太子,遭到拒绝后怀恨在心,才千方百计设计陷害太子缘由述说一遍。

武曌心里"咯噔"一声,人就颓然坐在了一边,口中道:"这个小贱人,本是乡间女工,朕选她进入东宫,她非但不思回报,反而淫心浮荡,恶性丛生,差点铸成大错。速去尚衣局拿韦团儿来见,朕倒要看看,彼乃黑心还是红心。"

武钦带着禁卫来到尚衣局时,恰逢韦团儿捧着一沓绢帛出来,准备到绣房去。看到皇上身边的公公来了，忙上前笑脸相迎道："公公到尚衣局，是陛下有事情么？"

武钦铁青着脸，也不搭话，尖着嗓子大喝一声道："给我拿了。"

禁卫一拥上前，将韦团儿上了绳索。她一边挣扎，一边喊道："公公这是为何？奴婢犯了何罪？"

武钦冷笑道："有罪无罪，到陛下面前说吧！带走。"

一进武成殿，韦团儿单从武曌的表情就判断出事情已经败露，无力地低下头去。

武曌厉声道："抬起头来，看着朕的眼睛说话。"

"奴婢不敢。"

"抬起头来，看着朕的眼睛说话。朕问你，为何要加害太子？"

事到如今，韦团儿明白以自己的身份，不可能获得皇上的宽恕，便只有低头不语。武曌情知其罪坐实，大喝一声："将韦团儿发推事院牢狱，严加审讯。"

韦团儿彻底绝望了，在被推出武成殿的那一刻，她声嘶力竭地喊道："奴婢还有话说。"

"罪证俱在，你有何话说？"武曌怒道。

韦团儿抬起头时，泪水已经将脸上的粉黛冲得横一道竖一道的。她不后悔自己所做的一切，她恨这个世界如此的不公。为什么同是红颜，有人就青云直上，有人却要终身受人奴役？她恨太子，为什么就对她无动于衷？可现在要她一人承担全部的罪名，她不甘心。她也知道，武承嗣乃皇上的嫡亲，身居王位，即便如此，她也要皇上明白，他才是"厌胜"之术背后的主谋。

韦团儿没有回避自己纠缠太子之事，也丝毫没有歪曲太子拒绝的细节，在说完这一切后，她把话题转到武承嗣身上："那日奴婢从陛下殿中出来，遇见魏王，她传奴婢到他的府上，询问窦妃母亲庞氏祝诅陛下一案，并且要奴婢将人偶埋在东宫后花园栗子树下和庄静殿前的花坛间，以嫁祸于太子。奴婢出于对太子的愤怨，就答应了。奴婢罪该万死。"

听着韦团儿的叙述，武曌的脸色先是苍白，继之涨红，接下就冰冷铁青，她只说了一句话："传朕旨意，户婢韦团儿，陷害太子，嫁祸魏王，罪在不赦，着即腰斩。"

韦团儿被这晴天霹雳击打得人事不省，她被拉出去的时候，浑身软塌塌的……

武成殿恢复了宁静，只从内室传来狄光远的鼾声。武曌的内心激浪翻卷。这一天发生的事情让她震惊，也让她忧伤。改立国嗣的风波并没有因为她听取了李昭德、狄仁杰的劝谏而告终，暗流一直在这皇宫滚滚翻腾。而她自责的是，为什么就没有想到武承嗣操纵了这件事情呢？可现在真相大白时，她却犹豫了。治武承嗣的罪么？不管怎么说，比起李唐宗室来，他都是武氏嫡亲。现在治他的罪，无异于折断自己的一只臂膀。

她没有别的选择，只能让韦团儿将所有罪责背起来，以她的死求得暂时的安定。此事也进一步验证了当初狄仁杰、李昭德等人谏言劝阻改立国嗣的正确。承嗣的确难当大任，把大周江山交给他，她委实不放心。

第二天，武曌来到武成殿偏殿，狄光远已经苏醒，并且搬到了偏殿。

武曌亲自来到榻前，看狄光远年纪轻轻却大伤元气，疲惫不堪，心中生出几缕恻隐，道："旦虽为朕子，不能自明，使爱卿至此，朕心何忍？"

狄光远声音微弱地说道："谢陛下挂怀，臣以贱躯做证，殿下对陛下忠贞不贰。"

武曌俯下身子，为狄光远掖了掖被角道："这个朕明白。朕没有看错人，狄氏父子，皆忠良也。爱卿安心将息，有何需求，尽可向武钦提出。"

转身回到正殿，武钦已将来自各方的文书整理好，堆放在一边。她掀开一卷，却是娄师德从巡察点发来的奏报，大略是说在西去途中，遇武威道总管王孝杰，检举鄯州、廓州营田署屯田将军有贪贿盗卖军粮行径。武曌的眉头锁起来了，自语道："克扣军粮，万死不能消朕之恨。"正要提起朱笔批示，却看到娄师德在文末写道，"臣执尚方宝剑，立斩二贼，士卒欢呼陛下英明。"

她的眉宇这才稍稍有所松展，道："这个田舍翁办起事来果然腕上刚锋。"

放下奏章，她的脑际忽然就浮现沈南璆的身影。他高挑的身材、白皙的皮肤、不凡的谈吐，在昨日为狄光远疗伤时给她留下了很深的印象。

嗯！他比起薛怀义来要儒雅、要倜傥多了，怀义虽房中之术颇为精到，也能揣摩她的心思，可就是过于鲁莽，目无朝纲，常常闹出些让她尴尬的事情来，这个沈南璆断不会有这些毛病。

武曌抬起头，问武钦道："这个沈南璆是何时到太医署的？"

"臣也不清楚，待问过太医令便知。"

武曌想了想，莞尔一笑道："不用了，明晨你宣武三思来见。"

她知道，武三思办起这类事情来得心应手，滴水不漏……再说了，武钦一个中人,怎么可能读懂她那颗心呢?

长寿二年五月,娄师德到了鄯州。

湟水河自西向东,滔滔而去,鄯州都督府坐落在临河的半山坡上。虽为都督府,因为居住在这里的都是羌人,故而都督府所在地也远不能与内地的州府相比。沿着河川,满是山民的土屋、牧民的帐篷,再就是军营的营帐,绵延数里,看上去别有一番风味。不过,坐落在城中心的都督府倒是檐牙高凿,很有气魄。

鄯州都督毕武早已闻知朝廷钦差一路所行,也不敢肆意铺张,就在府中小宴接风。饭后,两人来到厅中,娄师德问起营田诸事,都督的脸色就不大好看,说鄯州营田将军谭桧眼中根本无他这个都督,随意殴打士卒,欺侮周围乡民,败坏朝廷声誉。

娄师德问道:"我接到武威道行军总管王孝杰将军举报,谭桧贪污军粮,倒买倒卖,可有此事?"

毕武应道:"虽曾闻说,然要坐实,恐怕还得详查。"

"哦!这如何说?"

毕武举例道:"近年来,鄯州风调雨顺,营田丰实,依理,供给军需当无问题。然每逢吐蕃进犯,谭桧总是寻找种种理由,极言军需困难,难以为继。下官也以为其中必有蹊跷。"

"那就请都督明日一起与本官巡查一番。"

"下官责无旁贷,只是即便握其罪证,没有陛下诏命亦无可奈何。"

"这个都督不必担心。"说着,娄师德对判官李牧点了下头。

李牧怀抱武曌钦赐的尚方宝剑,庄严地置于剑架之上,然后高声道:"见剑若见陛下。"

娄师德立刻拉着毕武跪倒在地,行三叩九拜之礼,高呼万岁万岁万万岁。待礼毕,娄师德从地上站起来时,脸上就充满了自信:"都督还疑虑本官不能手诛贪官么?"

望着门外渐浓的夜色,毕武自语道:"好个谭桧,看你这回还有何高招。"

"兵来将挡水来土掩,见招拆招。"在鄯州营田署,谭桧不无讽刺地嘲笑毕武挟朝廷之力而与自己对垒。

谭桧与毕武,虽然一为营田将军,一为都督,然而,因为营田向来是由夏官署直管,且由武曌亲自过问,因此事实上是不归鄯州管辖。每每毕武要营田将军提供军需，谭桧都以与吐蕃作战之需为由，延宕推诿。后来，毕武闻知谭桧私下里将军粮卖往吐蕃，从中牟利，曾欲奏报朝廷，却苦于其将营田署上下打点得铁板一块，他也无可奈何。

其实，谭桧对朝廷钦差的巡察比之毕武更早得知。对这个娄师德他并不陌生，早在他刚刚到达河源时，就有人飞鸽传书，将消息告诉了他。因此，近些天他对属下管束甚严，也停止了与吐蕃暗中的军粮交易。

他料定娄师德明日一早定然要来营田署巡察，他更知道毕武会抓住这个机会实施报复，现在，他正与自己的副将任廉、录事参军等商议对策。

录事参军首先道："这个娄胖子圆滑精明，他是一定要先查账务的，不知大人可有应对之策？"

谭桧将目光投向会计，会计应道："依照大人吩咐，卑职敢保万无一失。"

"是么？"谭桧点了点头，对录事参军和会计道，"你等且退下，我还有事要对任将军说。"

看着两人退下，谭桧对任廉道："此次娄贼来者不善，他素来精通算术，仅是在账本上动作，恐怕很难瞒过他的眼睛，将军可还有何万全之策？"

与吐蕃的交易，虽说出自谭桧的运筹，而实际上是由任廉直接办理的，他当然知道自己与谭桧如今是荣辱一体。他的眼睛眨了眨，就想出一条计来："末将倒是有一条计，只是不知大人可敢为之。"接着，他就上前附耳说了几句。

谭桧点了点头道："不仅如此。还可告知附近吐蕃将领今夜来袭，火灾加袭击，既是天灾，也是人祸，看他娄师德如何处置？"

当天后半夜，起了西风，营田署的官兵正在睡梦中，忽听营外传来"吐蕃来袭"的喊声，慌慌张张仓促出来迎战，不少人懵懵懂懂地做了吐蕃军刀下的冤魂。夜色中，吐蕃骑兵绕着粮库转了一周，一把火将身边的柴草点燃，霎时火光冲天，热浪翻卷。火光中，谭桧跃马上前，与吐蕃将领大战几个回合，吐蕃将领虚晃一枪，匆匆离去。谭桧追出一里地，与任廉的骑兵会合。两人相视一笑，拨转马头，朝大营奔来。

惊魂未定的几位判官见两位将军奔来，纷纷沮丧道："吐蕃深夜偷袭，火烧三座粮库，计数万石，朝廷若追究下来，这如何是好？"

谭桧长叹一声道："吐蕃军夜袭粮库，我军将士奋力杀敌，终救危于一悬，本官当上奏朝廷，陈明原委。"

任廉过来低声问道："会计死了没有？"

谭桧一惊,急忙下马来到粮库旁边的会计室,踩着残木断瓦,走了一圈,却是不见他的尸体。谭桧的眉头就拧在一起,疑惑道:"莫非他趁夜逃走了?"

任廉摇了摇头:"如此漫天大火,他垂老之躯怎么能轻易逃出,是化为灰土了吧!"

"即便烧死,总该有骨头呀。"谭桧摆摆手,低声对任廉道,"速派人寻找,活要见人,死要见尸,断然不可让他同朝廷钦差见面。"

任廉刚刚离去,就有值守的士卒来报,说朝廷钦差与都督大人到了。

"好神速呀!"谭桧不敢怠慢,忙率判官、录事参军等一干人到署外迎接。

隔着老远,娄师德的鼻子便耸了耸,问道:"何来烟熏味道?"

鄯州都督毕武未及回答,耳边就传来谭桧的声音:"哎呀,不知两位大人驾到,末将有失远迎,还请恕罪。"

娄师德宽容地笑了笑,上前打拱道:"本官奉陛下之命,前来巡查,大人不必客气。"说着,随谭桧进了营房。

一阵风来,吹起浓烈的烟味,娄师德追着风源望去,但见东南角三座被烧粮库裸露在众人面前。有的粮食已经烧成灰炭,有的才刚刚烤熟,散发着淡淡的香味,有的在高温下结了块。谭桧读懂了娄师德的目光,脸上立刻布满了苦痛道:"大人有所不知,吐蕃趁我夜深入睡之际,偷袭粮库,杀我士卒,末将和副将任廉率军力战,才将敌兵杀退。可惜,粮库已被付之一炬了。"

娄师德与毕武交换了一下眼色——吐蕃人迟不袭击,早不袭击,为何钦差到达鄯州当日夜里就来偷袭,难道是要给大周钦差以警告么?

两人沿着废墟转了一圈,心中疑云更深了,吐蕃人既是偷袭粮库,自是为粮食而来,为何却烧了粮库匆匆而去?

回到营田署坐定,谭桧命人奉了热茶,娄师德喝了一口,又苦又涩,顿感将士的辛苦。放下茶杯,他便问道:"自上次本官巡察之后,又是几年过去,不知鄯州营田扩了几许?"

谭桧拱手道:"大人好记性。近年来,末将率屯垦将士修渠引湟水河之水灌田,又开新田近千顷,到今年春上,总计达五千余顷。"

娄师德眯起眼睛看着谭桧,他就觉得很不自在。果然,娄师德将话题转移到王孝杰举报上来:"本官巡查途中,于河源接到武威道总管王孝杰将军告急信,言供需不足,军粮紧缺,敢问将军是何原因?"

毕武也在一旁敲边鼓道:"非但王大人,就连下官也是寅吃卯粮,难以为继,不得不命军中市令去百姓家购买。"

娄师德捋了捋胡须道："两位将军俱言缺粮，大人总该有个说法吧？"

这些问话，丝毫没有让谭桧精神紧张，自钦差从神都出发，他就思谋好了应对之词。他转过身时，眼眶了就带了泪花："都是末将无能，辜负了朝廷的信任。先说王孝杰大人那一宗，末将派遣得力判官，押解粮草往西北战场，孰料中途经过数百里戈壁，人烟稀少，行至于阗途中，在戈壁被吐蕃军伏击，将士们以身殉国，末将闻之，心痛如裂。末将也曾派遣将士拦截，然吐蕃人出没无常。至于毕大人那里……因四镇大战，粮草告急，故而多有虑之不周，还请大人海涵。"

毕武脸色阴沉，正要说话，却被娄师德悄悄按住："本官此次巡察，一则查看田亩，上奏营田业绩；二则查阅营田账簿，理清出入计数，还请将军方便一二。"

谭桧立即接上话道："那是自然，末将虽鲁莽，可朝廷纲纪却是了然于胸的。"

话刚落音，他就看见任廉的身影在门口晃了一下，又很快消失了。谭桧会意，谦恭地起身道："二位大人少待，末将去去就来。"

出得署门，来到一僻静的胡杨树下，谭桧焦急地问："会计可有踪迹？"

任廉懊丧地回道："搜遍周围数里地，未见踪影。"

闻言，谭桧就忐忑不安起来，忙道："二贼尚在署中，我不宜滞留太久，恐生疑心。你继续寻找，不可松懈……"

毕武见谭桧匆匆而去，看了看娄师德道："大人不觉得谭桧有些神不守舍，行踪诡秘么？"

娄师德应道："大人所言甚是，且看他下面有何举动。有尚方宝剑在，他就是奸猾抵赖，也难逃法网。"

闻言，毕武心想，谭桧这回算是遇到克星了。

"两位大人说什么呢？"谭桧转回来的时候，听了个尾音，问道。

娄师德没有直接回应谭桧的话，却道："请将军拿出账目来，本官看看。"

谭桧摊开双手，一副无奈的样子："不瞒大人，末将刚才出去就是要找人将账本奉上，供大人阅看，孰料昨夜吐蕃兵焚烧营帐，殃及计室。会计连同账簿被吐蕃人焚毁，至今仍然没有找到焦骨。"

"哦！如此说来，近年来账目无法找到了？"娄师德虽然还无法断定昨夜大火是否谭桧与吐蕃军密谋，但绝对与他脱不开干系。他沉思片刻后问道，"难道就只有一本账目？"

谭桧回道:"末将为官一向清廉,岂敢留两本账?"

毕武撇了撇嘴道:"大人该不是此地无银吧?"

这一句话让谭桧勃然大怒,他来到毕武面前道:"大人此话是何意?想我谭桧自弱冠及第以来,即以忠于朝廷为圭臬,以事君爱民为己任,何曾想过贪贿。昨夜之火,系吐蕃所放,末将马上厮杀,奋力保我军粮无恙。大人不上奏朝廷褒奖也就罢了,反而横加指责,是何道理?末将自知因耽误鄯州军粮,大人怀恨在心,挟嫌报复,在所难免。然大人乃朝廷命官,岂可信口雌黄,颠倒是非?若不是看在娄大人分上,末将定与你论个高低分明。"

毕武也毫不相让:"下官愿奉陪到底。"

娄师德见两人吵得不可开交,便笑眯眯道:"两位大人何须争论不休,本官既是奉诏行事,定不会因丢失账簿而终止巡察。所谓事缓则明,积雪终厚,难掩陈尸。本官之意,请谭将军仔细回想,定可水落石出。今日就到这里,今晚我等就在鄯州城中暂住。"

一出营田署,毕武便迫不及待地问娄师德:"大人葫芦里卖的什么药?难道不怕这贼趁机逃到吐蕃军中,背叛大周?"

娄师德笑着挥了挥马鞭,跑出一里多地,才回过头来道:"他不跑,怎知其罪乎?"

"明白了!"毕武追上娄师德笑道。

娄师德又看了看毕武道:"至于他能不能跑得出去,就要看毕大人的了!"

毕武立即参透了娄师德话中的玄机,朗声道:"这个请大人放心。"

一切安排妥当,两人才草草地用了些晚饭,然后到厅中叙话。娄师德呷了一口温茶,涮了涮喉咙道:"本官料定,会计未死,毕大人信否?"

"何以见得?"

娄师德分析道:"所谓出门观天色,说话观神色。本官发现,副将在门口闪身瞬间,他即仓皇外出,如果没有猜错,定是为会计失踪之事,此其一;其二,既是会计死于大火之中,总该有余骨留世。既不见尸,可知人必未死,大概藏身某处;其三,本官还断定,此人对于谭桧必含愤嫉,故而趁夜逃走,不久他就会找上门来的。"

毕武惊讶于娄师德的判断,但还是将信将疑道:"大人如此肯定?下官却不信。"

娄师德笑道:"来日可见分晓。"

一夜无话,第二天辰时二刻,司马飞报,说昨夜子时,谭桧与副将任廉欲逃往吐蕃,被司马中途伏击擒获,现正羁押在州府牢房,等待两位大人审问。

娄师德抚着毕武的肩膀道:"大人先输一局了!"

话刚落音,判官李牧进来禀报:"门外有一蓬头垢面、衣衫褴褛的老者前来,要求见大人。"

娄师德拊掌大笑道:"快传老者来见。"

过了一会,老者背着一个包袱进了前厅,一看见娄师德就"扑通"一声跪倒在地,放声大哭道:"大人救我。"

娄师德上前扶起老者,要他落座,毕武吩咐卫士上了热茶,他连喝两杯,脸色才慢慢地缓了过来,不待娄师德问,他就禀报道:"小人乃鄯州营田署会计,大难不死,来投大人,就是想助大人破案。"

"你不必着急,慢慢说。"娄师德在任何时候都是心平气定的。

老者喘了一口气,从包袱里拿出一本账目道:"此乃谭贼近年来与吐蕃交易,私卖军粮的账目。谭贼怕事情败露,曾命小人做了一本假账,以应巡查之用。但他仍旧不放心,干脆于昨夜暗通吐蕃将领偷袭营寨,放火烧了粮库。他的本意是要账目连小人一起烧死,以达死无对证之目的。孰料小人有所警觉,趁乱带着真账本逃了出来,在鄯州城南湟水河畔的草丛中,才躲过一劫。"

娄师德翻开账目,听老者一笔一笔地计算,一笔一笔地澄清。谭桧在营田署任上,暗中与吐蕃交易军粮,数量之大,获利之多,令人发指。待老者说完,他循着话题问道:"本官发现,数量如此之多的钱币,一部分由谭贼与任廉私分,一部分用来分给士卒,还有一部分发往神都了,敢问先生,发往神都何处呢?"

老者摇了摇头道:"这个小人就不得而知了。"

娄师德思索片刻,抬起头来时,目光就亮了,对老者道:"如今二贼被擒,营田署无人主持,本官意欲请先生协助判官李牧前去安定人心,不知意下如何?"

老者忙不迭地下跪道:"昔日在谭贼帐下,受尽折磨,动辄训斥责骂。而今大人拨云见日,小人扬眉吐气,欣然从命。"

娄师德当下传来李牧,交代署理营田各项事务,让他带着老者去了,这才转过神来,对毕武道:"该与两贼见见面了。"

娄师德处理起这些事情来,向来是应付自如,有条不紊地。他先请出尚方宝剑,置于大堂之上,行过大礼后才坐上主审的位子,毕武作为陪审自然坐在一边。毕武发现,这个肥胖的宰相审讯的次序也很别样,他不是从谭桧开始,而是先传副将任廉。

任廉被押进正堂时,面如死灰,低着头并不看人。娄师德喝道:"抬起头来!"

任廉一惊道:"罪臣不敢。"

"恕你无罪,抬起头来。"

任廉这才抬起头来,谁知第一眼就看见高悬堂上的尚方宝剑,先自软瘫了。只几个回合,就交代了与谭桧一起盗卖军粮的罪行。

谭桧就不一样了。他的官阶乃左玉钤将军,在营田署经营多年,自恃与京都武承嗣兄弟过从甚密,料定即便是宰相娄师德也奈何不了。自进了公堂,他一脸的不屑。毕武看着就气不打一处来,厉声问道:"见了钦差为何不跪?"

谭桧瞪了一眼毕武道:"所谓成王败寇,我今日落在你等手中,招亦死,不招亦死,跪之何益。"

娄师德要的是嫌犯的口供,并不在乎细枝末节,遂依照惯例逐条审理起来。每逢嫌犯否认时,就出具证据,坐实罪行。谭桧先是全部推到吐蕃侵犯上,继之又推到天灾上,继之见证物俱在,抵赖不过时,才低头认罪。

"谭桧!"娄师德敲打着公案问道,"据会计举报,你每年将与吐蕃交易军粮所获之四成解往神都,送往何处,你还是从实招来。"

谭桧的身子不由自主地哆嗦了一下,会计果然没有死。他明白,绝不能将武承嗣兄弟供出,那样不仅他自己必死无疑,要紧的是在神都的父母与妻子儿女也会因此招祸。想到这里,他毫不犹豫咬断舌尖,顿时鲜血直流……

这一举动不唯让毕武吃惊,更激怒了娄师德,他大呼一声:"来人!"

鄯州别驾率领士卒应声进来。

娄师德将尚方宝剑抱在怀中,来到谭桧面前道:"看看这是什么?此物在此,如同陛下亲临。今日本官若不斩了你,鄯州营田将毁于一旦,边陲安危不保!"接着高声宣布,"逆贼谭桧,贪污军粮,私通吐蕃,罪在不赦,着即斩首,首级高悬营田署门前高竿三日,以儆效尤。"

那天正是长寿二年五月初四,第二天就是端午节。